Valentina's laatste reis

VOOR Ulli,
VAN JANZELLE

juni 2012

Santa Montefiore bij Boekerij:

Onder de ombu-boom
Het vlinderkistje
De Vergeet mij niet-sonate
De zwaluw en de kolibrie
Valentina's laatste reis
De zigeunermadonna
Het geheim van Montague
De Franse tuinman
In de schaduw van het palazzo
De affaire

www.boekerij.nl

SANTA MONTEFIORE

Valentina's laatste reis

Dit is een speciale uitgave.

Eerste druk 2005
Vijfde druk 2010

ISBN 978-90-225-5943-7
NUR 302

Oorspronkelijke titel: *The Last Voyage of the Valentina* (Hodder & Stoughton)
Vertaling: TOTA/Erica van Rijsewijk
Omslagontwerp: HildenDesign, München
Omslagbeeld: Shutterstock.com (16210426)
Zetwerk: Mat-Zet bv, Soest

Voor mijn tante, Naomi Dawson

Proloog

Italië, 1945

HET WAS BIJNA DONKER TOEN ZE BIJ HET PALAZZO KWAMEN. DE
lucht was turkooisblauw en ging vlak boven de bomenrij waarachter de zon nu onderging over in lichtoranje. De stenen muren rezen
recht en ondoordringbaar op, bekroond door Don Quichot-achti-
ge torens, en een rafelige vlag hing slap aan zijn vlaggenstok. Ooit,
toen de winden van het lot uit een gunstiger hoek hadden gewaaid,
had hij vol leven op de bries gedanst, heer en meester over zijn omgeving. Inmiddels waren de muren helemaal overwoekerd door
wurgende klimop, alsof er een oude *principessa* langzaam werd ver-
giftigd, wier ademhaling nu reutelend met horten en stoten uit haar
buik opklonk. Herinneringen aan haar gevierde verleden die in het
weefsel van de borstweringen verborgen lagen losten op tot ze on-
herkenbaar en onherstelbaar verloren waren gegaan, en vanuit haar
ingewanden, waar het bederf had ingezet, steeg een kwalijke geur
op, samen met die van het rottende gebladerte van de wilde tuinen.
De stank was overweldigend. De wind had een scherpe ondertoon,
alsof de winter weerstand bood aan de roep van de lente en zich met
ijzige vingers teweerstelde. Of misschien was de winter daar wel ingetrokken, in dat ene huis, en behoorden die ijzige vingers toe aan
de dood, die nu zijn opwachting maakte.

Ze spraken niet. Ze wisten wat hun te doen stond. Verenigd door
woede en pijn en diepe, diepe spijt, hadden ze gezworen wraak te
nemen. Een gouden licht scheen uit een raam aan de achterkant,
maar de dichtheid van het oprukkende bos en de overgroeide bosjes en struiken beletten hun erbij te komen. Ze moesten het erop
wagen via de voorkant naar binnen te gaan.

Het was doodstil, op de wind in de bomen na. Zelfs de krekels
durfden de boosaardigheid die de plek uitstraalde niet te trotseren;

7

verder heuvelafwaarts, waar het warm was, tsjirpten ze erop los. De twee moordenaars waren eraan gewend rond te kruipen. Allebei hadden ze in de oorlog gevochten. Nu waren ze verenigd door een heel ander soort kwaad, een kwaad dat hen persoonlijk op onredelijke wijze had getroffen, en ze waren gekomen om het uit te roeien.

Zonder geluid te maken klommen ze naar binnen door een raam dat iemand achteloos open had laten staan. Ze baanden zich een weg door de schaduwen, muisstil. Door hun zwarte kleding gingen ze op in de nacht. Toen ze bij het vertrek kwamen waar door de kier onder de deur licht scheen, bleven ze staan en keken elkaar aan. Hun ogen glansden als knikkers, hun gezichtsuitdrukking was ernstig maar resoluut. Geen van beiden voelden ze angst, alleen maar verwachting en een onwankelbare onvermijdelijkheid.

Toen ze de deur opendeden, keek hun slachtoffer glimlachend op. Hij wist waarom ze er waren. Hij had hen al verwacht. Hij was er klaar voor en voelde geen angst om te sterven. Ze zouden er wel achter komen dat hun pijn er niet minder op zou worden door hem te vermoorden. Dat beseften ze uiteraard niet; anders waren ze er niet geweest. Hij wilde hun iets te drinken aanbieden. Hij wilde van het moment genieten, er de tijd voor nemen. Maar zij wilden de zaak zo snel mogelijk achter de rug hebben en de benen nemen. Zijn koele minzaamheid was misselijkmakend, zijn glimlach die van een oude vriend. Die zouden ze wel met een mes van zijn gezicht af willen snijden. Hij voelde dat ze er aanstoot aan namen en daardoor werd zijn grijns nog breder. Zelfs in de dood glimlachte hij. Ze zouden zich nooit kunnen bevrijden van hem en van wat hij had gedaan. Wat hij van hen af had genomen zou hij nooit terug kunnen geven. Hij had gewonnen ten koste van hen, en het schuldgevoel dat aan hen zou knagen zou zijn laatste overwinning zijn.

Het lemmet van het mes glinsterde in het gouden licht van de lamp. Ze wilden dat hij het zag. Ze wilden dat hij er vol angstige verwachting naar zou kijken en er bang voor zou zijn, maar dat gebeurde niet. Hij zou gewillig sterven, vreugdevol. Hij zou genoegen scheppen in zijn pijn, zoals hij genoegen schepte in die van hen. Ze keken elkaar aan en knikten. Hij sloot zijn ogen en hief zijn kin, waarbij hij als een onschuldig lam zijn witte nek aanbood.

'Dood me maar, maar vergeet niet dat ik jullie eerst heb gedood!' zei hij, zich verlustigend en met iets triomfantelijks in zijn stem.

Toen het lemmet zijn keel doorsneed, spoot er een straal bloed over de vloer en muren, die ze diep, glinsterend rood kleurde. Hij viel slap voorover. Degene met het mes stapte achteruit, terwijl de andere het levenloze lichaam met een trap op de grond deed belanden, zodat hij met zijn gezicht naar hen toe kwam te liggen, zijn hals een ruwe, gapende wond. Hij glimlachte nog steeds. Zelfs in de dood glimlachte hij.

'Genoeg!' riep de man met het mes, en hij draaide zich om om weg te lopen. 'We hebben genoeg gedaan. Het was een erekwestie.'

'Voor mij ging het om meer dan om eer.'

Het eerste portret

1

Londen, 1971

'ZE LAAT ZICH DE ATTENTIES VAN DIE JONGEMAN WEER WELGEVAL-
len,' zei Viv, die op het dek van haar woonboot stond. Hoewel het
een zachte lenteavond was, trok ze haar sjaal met franje om haar
schouders en ze nam een lange trek van haar sigaret.

'Je bent toch niet weer aan het spioneren, hè schat?' vroeg Fitz
met een wrange glimlach.

'Je kunt je nou eenmaal moeilijk afsluiten voor het komen en
gaan van de minnaars van die vrouw.' Ze kneep haar ogen tot spleetjes en inhaleerde met opengesperde neusgaten.

'Het lijkt wel of je jaloers bent,' luidde zijn commentaar, en hij
trok een grimas toen hij een slokje nam van de goedkope Franse
wijn. In al die jaren dat hij nu Vivs vriend en agent was had ze nog
nooit een fles behoorlijke wijn gekocht.

'Ik ben schrijfster. Het is mijn taak om nieuwsgierig te zijn. Alba
is charmant. Ze is een heel zelfzuchtig iemand, maar toch voel je je
als vanzelf tot haar aangetrokken. Als de spreekwoordelijke mot tot
de vlam – hoewel, in mijn geval is er geen sprake van een mot, maar
eerder van een fraai uitgedoste vlinder.' Ze slenterde over het dek
en installeerde zich in een stoel, waarbij ze haar blauw-roze kaftan
als zijden vleugels om zich heen vouwde. 'Desondanks geniet ik van
haar leven. Het zou wel iets zijn voor een boek, wanneer we ooit
geen vriendinnen meer zijn. Volgens mij is dat echt iets voor Alba:
ze beleeft haar pleziertjes met mensen en trekt dan weer verder. In
ons geval zal ik degene zijn die verder trekt. Tegen die tijd kunnen
de drama's van haar leven me vast niet meer boeien, en heb ik trouwens ook genoeg gekregen van de Theems. Mijn oude botten doen
dan pijn van het vocht, en het gekraak en gebonk houden me 's nachts
uit mijn slaap. Dan koop ik een klein château in Frankrijk en trek ik

me helemaal uit het openbare leven terug, want roem is dan ook iets saais geworden.' Ze zoog haar wangen naar binnen en wierp Fitz een grijns toe. Maar Fitz luisterde niet langer, hoewel het zijn werk was om dat wel te doen.

'Denk je dat ze ervoor betalen?' zei hij, en hij legde zijn handen op de reling en keek omlaag naar het modderige water van de Theems. Naast hem lag Sprout, zijn oude springerspaniël, op een deken te slapen.

'Vast niet!' antwoordde ze stellig. 'De boot is van haar vader. Ik durf er wat onder te verwedden dat ze nog geen twaalf pond huur per week hoeft op te hoesten.'

'Dan is ze dus gewoon geëmancipeerd.'

'Net als iedereen van haar generatie. Ze lopen allemaal achter de meute aan. Daar moet ik niks van hebben. Ik was mijn tijd ver vooruit, Fitzroy. Ik had al minnaars en rookte al wiet lang voordat de Alba's van deze wereld wisten dat zulke dingen überhaupt bestonden. Inmiddels geef ik de voorkeur aan simpele Silva-Thins en een celibatair leven. Ik ben vijftig, te oud om een slaaf van de mode te zijn. Het is allemaal zo frivool en kinderachtig. Ik kan me beter met hogere zaken bezighouden. Jij mag dan een dikke tien jaar jonger zijn dan ik, Fitzroy, maar ik kan zo wel zien dat jij ook niet veel van mode moet hebben.'

'Ik geloof niet dat Alba mij zou vervelen.'

'Maar jij, lieve schat, zou háár uiteindelijk gaan vervelen. Je denkt misschien dat je een zwierige Lothario bent, Fitzroy, maar vergis je niet in Alba. Ze is niet zoals andere vrouwen. Ik wil niet beweren dat het je moeite zou kosten om haar het bed in te krijgen, maar haar aan je binden is een heel ander chapiter. Ze houdt van variatie. Haar minnaars gaan nooit lang mee. Ik heb ze zien komen en gaan. Het gaat altijd hetzelfde: ze komen huppelend de loopplank op en als het voorbij is sjokken ze er als geslagen honden weer af. Ze vreet je op met huid en haar en spuugt je vervolgens weer uit als een kippenbotje – en dat zou toch heel akelig zijn, hè schat? Ik wil wedden dat er nog nooit iemand zo met jou om is gegaan. Dat heet karma: niets gaat ooit verloren. Later moet ze ervoor boeten dat ze al die harten heeft gebroken. Maar goed, op jouw leeftijd zou je op zoek moeten gaan naar je derde vrouw, en niet naar een tijdelijke bevlieging. Je zou je moeten settelen. Je hart aan één vrouw moeten verpanden en het daar houden. Zij gaat zo tekeer omdat ze half Italiaans is.'

'Aha, dat verklaart dat donkere haar en die honingkleurige huid.'

Viv keek hem vragend aan en haar smalle lippen plooiden zich tot een nog dunnere glimlach. 'Maar die heel lichte ogen dan? Vreemd...' Hij slaakte een zucht, zonder de smaak van de goedkope wijn nog op te merken.

'Haar moeder was Italiaanse. Ze overleed kort na Alba's geboorte. Bij een auto-ongeluk, geloof ik. Ze heeft een afschuwelijke stiefmoeder en een saaie piet van een vader. Marine, weet je wel. Hij zit daar nog steeds, het fossiel. Volgens mij heeft hij al sinds de oorlog dezelfde kantoorbaan. Reist elke dag op en neer – stomvervelend. Kapitein Thomas Arbuckle, en hij is zonder meer een Thomas en geen Tommy. Niet zoals jij; jij bent meer een Fitz dan een Fitzroy, hoewel ik Fitzroy een prachtige naam vind en die desondanks zal blijven gebruiken. Geen wonder dus dat Alba in opstand is gekomen.'

'Haar vader mag dan een saaie piet zijn, hij is wel een rijke saaie piet.' Fitz liet zijn blik over de glanzend houten woonboot gaan die zachtjes deinde op de beweging van het getij. Of van Alba's liefdesspel. Bij de gedachte aan dat laatste kromp zijn maag in elkaar.

'Geld maakt niet gelukkig. Dat zou jij toch moeten weten, Fitzroy.'

Fitz staarde een poosje in zijn glas en dacht na over zijn eigen fortuin, dat hem niets anders had gebracht dan op geld beluste vrouwen en kostbare echtscheidingen.

'Woont ze alleen?'

'Ze heeft een tijd samengewoond met een van haar halfzussen, maar dat ging niet. Ik kan me niet voorstellen dat er makkelijk met haar samen te leven is, God zegene haar. Het probleem met jou, Fitzroy, is dat je veel te snel verliefd wordt. Als je je hart in de hand zou kunnen houden, zou het leven een stuk eenvoudiger voor je zijn. Je zou gewoon met haar naar bed kunnen gaan en verder niet meer aan haar moeten denken. Ah, dat werd tijd, zeg! Wat ben je laat!' riep ze uit toen haar neef Wilfrid zich over de ponton naar hen toe haastte met zijn vriendin Georgia achter zich aan, zich uitputtend in verontschuldigingen. Viv kon het heel slecht hebben wanneer ze laat waren voor het bridgen.

De *Valentina* was een woonboot die met geen enkele andere aan Cheyne Walk te vergelijken was. De voorsteven had een fraaie opwaartse welving, schroomvallig alsof ze een wetende glimlach probeerde te beteugelen. Het eigenlijke woongedeelte was blauw en wit geverfd, met ronde raampjes en een balkon waarop in de lente potten vol bloemen stonden en waar in de wintermaanden de regen door lekken naar binnen sijpelde. Zoals je aan een gezicht kunt zien wat voor soort leven de persoon in kwestie heeft geleid, onthulden de merkwaardige inzinking in de daklijn en de charmante helling van de boeg, die wel iets weg had van een heerszuchtige neus, dat ze misschien wel vele levens had geleid. Zodoende was haar raadselachtigheid het opvallendste kenmerk van de *Valentina*. Als een grande dame die zich nooit zou vertonen zonder make-up wilde de *Valentina* niet blootgeven wat er onder haar verflaag verborgen lag. Maar haar eigenaresse hield niet van haar om haar bijzondere trekken, of haar charme of zelfs haar uniekheid; Alba Arbuckle hield om een heel andere reden van haar boot.

'God, Alba, wat ben je toch mooi!' verzuchtte Rupert terwijl hij zijn gezicht in haar licht geparfumeerde hals verborg. 'Je smaakt naar gesuikerde amandelen.' Alba giechelde om zijn malligheid, maar kon geen weerstand bieden aan de sensatie van zijn baardstoppels die schuurden en kietelden, en aan zijn hand die al zijn weg had gevonden langs haar blauwsuède laarzen met plateauzolen en omhoog onder haar Mary Quant-rok. Ze kronkelde van genot en hief haar kin.
  'Niet praten, gekkie. Kus me.'
  Dat deed hij, want hij wilde haar graag ter wille zijn. Het deed hem goed dat ze in zijn armen opeens tot leven was gekomen na een stroef verlopen etentje in Chelsea. Hij drukte zijn lippen op de hare, blij dat ze, zolang hij met haar tong in de weer was, die niet kon gebruiken om op hem af te geven. Alba kon met de allerliefste en verleidelijkste glimlach de meest kwetsende dingen zeggen. En toch riepen die lichtgrijze ogen van haar, als een moeras op een mistige winterochtend, een vreemd soort mededogen op dat je ontwapende. Als man ging je dan voor de bijl, wilde je niets liever dan haar beschermen. Het was makkelijk om haar te beminnen, maar haar aan je binden was een heel andere kwestie. Maar net als al die andere hoopvolle mensen die over het veel betreden dek van de *Valentina* wandelden, kon hij niet anders dan een poging wagen.
  Alba opende haar ogen toen hij haar blouse openknoopte en een tepel in zijn mond nam. Ze keek omhoog door het daklicht naar slierten roze wolken en de eerste twinkeling van een ster. Getroffen door de onverwachte schoonheid van de verscheidende dag lette ze even niet op en meteen werd ze overspoeld door droefheid. Die stroomde door haar hele wezen heen en bracht tranen in die licht-

grijze ogen, tranen die prikten. Haar eenzaamheid knaagde aan haar en deed pijn, en niets leek die te kunnen genezen. Geschrokken door de slechte timing van een dergelijke zwakheid sloeg ze haar benen om haar minnaar heen en rolde zich om, zodat zij bovenop zat, kussend en bijtend en naar hem uithalend als een wilde kat. Rupert wist niet wat hem overkwam, maar raakte opgewondener dan, ooit. Gretig liet hij zijn handen over haar dijen omhooggaan, totdat hij merkte dat ze geen slipje droeg. Haar billen lagen glad en bloot voor hem klaar om ze met ongeduldige vingers te strelen. Toen was hij in haar en bewoog ze wild op hem op en neer, alsof ze zich alleen maar bewust was van het genot en niet van de man die haar dat verschafte. Rupert staarde haar vol ontzag aan en wilde zijn mond op haar lippen drukken, die iets geopend en gezwollen waren. Ze zag er wulps uit, en toch bezat ze ondanks haar ongeremdheid een kwetsbaarheid die hem ernaar deed hunkeren haar dicht tegen zich aan te drukken.

Algauw gingen ook Ruperts gedachten helemaal op in het vuur van hun liefdesspel. Hij sloot zijn ogen en gaf toe aan zijn verlangen, niet langer helder genoeg om naar haar lieftallige gezicht te kijken. Ze kronkelden en rolden over de stapels afgeworpen kleren rond op het bed, totdat ze op het laatst verhit met een bons op de grond vielen, buiten adem en lachend. Ze keek met stralende ogen naar zijn verraste gezicht en zei met een grinnik diep vanuit haar keel: 'Wat had je dan verwacht? De Maagd Maria?'

'Dat was fantastisch. Je bent een engel,' zei hij met een zucht, en hij drukte een kus op haar voorhoofd. Ze trok haar wenkbrauwen op en lachte hem toe.

'Volgens mij ben je niet goed wijs, Rupert. God zou me de hemel uit zetten wegens wangedrag.'

'Dan is die hemel niets voor mij.'

Opeens werd ze afgeleid door een bruine rol papier die was losgeraakt tussen de houten latten van de bedbodem. Vanaf de plek waar ze lag kon ze er niet bij, dus duwde ze Rupert opzij en kroop naar de andere kant. Ze stak haar arm onder het bed.

'Wat is dat?' vroeg hij, naar haar knipperend met zijn ogen in de verdwaasdheid van na het vrijen.

'Geen idee,' antwoordde ze langzaam, terwijl ze het papier te voorschijn haalde en zich terugtrok. Toen ze rechtop stond, pakte ze haar sigaretten en aansteker van het bedtafeltje en wierp ze hem toe. 'Steek er even een voor me op, wil je?' Vervolgens ging ze op de rand van het bed zitten om dat wat kennelijk een tekening was beter te bekijken.

Rupert rookte niet. Eerlijk gezegd had hij zelfs een pesthekel aan sigaretten, maar omdat hij niet suf wilde overkomen, deed hij wat ze hem had gevraagd en gaf haar de sigaret aan, waarna hij naast haar op het bed neerplofte en met een hand waarderend over haar rug streek. Ze verstarde. Zonder hem aan te kijken vroeg ze of hij wilde gaan. 'Ik heb het leuk met je gehad, Rupert. Maar nu wil ik alleen zijn.'

'Wat is er dan?' vroeg hij, stomverbaasd dat ze opeens zo koel kon doen.

'Ik zei dat ik alleen wilde zijn.' Even bleef hij zitten, zonder precies te weten hoe hij moest reageren. Geen vrouw had hem ooit zo behandeld. Hij voelde zich vernederd. Toen het tot hem doordrong dat ze niet van gedachten zou veranderen, begon hij zich met tegenzin aan te kleden, nog vol van de intimiteit die ze zojuist hadden gedeeld. Hij was zich ervan bewust dat hij wanhopig klonk.

'Zie ik je nog?'

Ze schudde geërgerd haar hoofd. 'Ga nou maar!'

Hij strikte zijn schoenveters. Ze had hem nog steeds niet aangekeken. Ze was geheel en al verdiept in het papier. Het leek wel alsof hij al de deur uit was.

'Nou, dan laat ik mezelf maar uit,' mompelde hij.

Ze sloeg haar ogen op naar de glazen deuren die toegang gaven tot het bovendek en staarde naar de roze avondlucht, die nu overging in de nacht. Ze hoorde niet de deur dichtslaan, noch Ruperts zware voetstappen toen hij mistroostig over de loopplank liep, maar slechts de fluistering van een stem die ze meende vergeten te zijn.

'O, hemel! Zo te zien is hier iemand niet zo blij,' merkte Fitz op toen Rupert op weg ging naar de Chelsea Embankment voordat hij onder de straatlantaarns verdween. Met zijn opmerking onderbrak hij even hun partijtje bridge. Sprout spitste zijn oren en sloeg zijn ogen op, waarna hij ze weer met een zucht sloot.

'Tja, ze neemt ze altijd flink te grazen, schat,' zei Viv terwijl ze een verdwaalde lok van haar blonde haar achter haar oor streek. 'Ze is net een zwarte weduwe.'

'Ik dacht dat die hun partners opaten,' zei Wilfrid. Fitz liet die verrukkelijke gedachte even op zich inwerken voordat hij met een abrupt gebaar een kaart op de tafel legde.

'Over wie hebben we het?' wilde Georgia weten, die haar neus optrok naar Wilfrid.

'Vivs buurvrouw,' antwoordde hij.

'Ze is een slettebak,' voegde Viv er op bijtende toon aan toe; ze won de slag en veegde de kaarten naar haar kant van de tafel.

'Ik dacht dat jullie vriendinnen waren?'

'Dat zijn we ook, Fitzroy. Ondanks haar fouten hou ik van haar. Fouten hebben we tenslotte allemaal, nietwaar?' Ze grijnsde en tipte de as van haar sigaret af op een fluorescerend groen schoteltje.

'Jij niet, Viv. Op jou is niets aan te merken.'

'Dank je, Fitzroy,' antwoordde ze, waarna ze zich tot Georgia wendde en er met een knipoog aan toevoegde: 'Ik betaal hem om dat te zeggen.'

Fitz wierp een blik uit het ronde raampje. Op het dek van de *Valentina* was alles stil en rustig. Hij stelde zich de mooie Alba voor die naakt op haar bed lag, met een blos en een glimlach, met welvingen en rondingen op precies de juiste plaatsen, en werd even afgeleid van het spel.

'Wakker worden, Fitz!' zei Wilfrid met een vingerknip. 'Op welke planeet zit je?'

Viv legde haar kaarten op tafel en leunde achterover. Ze nam een trek van haar sigaret en liet de rook luidruchtig ontsnappen. Terwijl ze hem opnam met ogen die zwaar waren van de drank en de uitspattingen des levens zei ze: 'O, op dezelfde planeet als een heleboel andere dwaze mannen!'

Met een golf van emotie staarde Alba naar het portret, dat was geschetst met pastelkrijt. Het was alsof ze in een spiegel keek, maar dan wel een die haar spiegelbeeld flatteerde. Het gezicht was ovaal, net als het hare, met fijne jukbeenderen en een krachtige, vastberaden kaaklijn, maar de ogen leken helemaal niet op die van haar. Ze waren amandelvormig, mosbruin van kleur, een mengeling van een lach en een diepe, onpeilbare droefenis. Ze hielden haar aandacht vast en staarden haar recht aan en dwars door haar heen, en als ze zich bewoog, volgden ze haar. Ze bleef er een hele poos naar zitten kijken, vervuld van hoop en dromen die nooit tot wasdom kwamen. Hoewel de mond maar heel vaag glimlachte, leek het hele gezicht op te bloeien van geluk als een zonnebloem. Alba's maag trok zich samen van verlangen. Voor de eerste keer dat ze zich kon heugen keek ze naar het gezicht van haar moeder. Onder aan het portret stonden in het Latijn de woorden: *Valentina 1943, dum spiro, ti amo.* Ze waren ondertekend met *Thomas Arbuckle.* Alba herlas die woorden wel tien keer, tot ze ze door haar tranen heen niet meer kon lezen. 'Zolang ik adem, hou ik van je.'

Alba had als kind Italiaans geleerd. Op een zeldzaam moment van welwillendheid had haar stiefmoeder, de Buffel, voorgesteld dat ze les zou nemen zodat ze contact kon houden met haar mediterrane wortels, wortels die ze er in alle andere opzichten had geprobeerd uit te trekken. Alba's moeder was tenslotte voor haar vader de liefde van zijn leven geweest. En wat een geweldige liefde was het geweest. Haar stiefmoeder was zich maar al te zeer bewust van de schaduw die Valentina over haar huwelijk wierp. Maar aangezien ze niet in staat was een zo krachtige herinnering uit te wissen, bleef haar niets anders over dan te proberen die te smoren. Dus werd Valentina's naam simpelweg nooit genoemd. Ze hadden nooit een reis naar Italië gemaakt. Alba kende niemand van haar moeders familie, en haar vader ging haar vragen uit de weg en op den duur stelde ze die niet meer. Als kind had ze moeten leven in een geïsoleerde wereld van een reeks losse feiten die ze langs slinkse wegen tot een geheel aan elkaar had weten te breien. Ze trok zich terug in die wereld en putte troost uit de beelden die ze had verzonnen van haar mooie moeder op de oevers van een slaperig Italiaans stadje waar ze tijdens de oorlog haar vader had leren kennen en verliefd op hem was geworden.

Thomas Arbuckle was destijds een knappe man geweest, had Alba op foto's gezien. In zijn marine-uniform had hij er heel goed uitgezien. Zandkleurig haar en lichte ogen, en een brutale zelfverzekerde grijns, die de Buffel louter door het gewicht van haar krachtige persoonlijkheid had weten terug te brengen tot een chagrijnige frons. De Buffel was jaloers op de woonboot die hij had gekocht en naar haar moeder had vernoemd, en had nooit een voet aan dek gezet; ze sprak over 'die boot' en noemde hem niet bij naam. De *Valentina* riep te veel herinneringen op aan cipressen en krekels, olijfgaarden en citroenen, en een liefde die zo groot was dat geen enkele mate van stampvoeten en snuiven er iets aan af kon doen.

Alba had nooit het gevoel gehad dat ze echt thuishoorde in haar vaders huis. Haar halfbroer en halfzussen leken sprekend op hun ouders, maar zij was donker en anders, net als haar moeder. Haar halfbroer en halfzussen reden paard, plukten bosbessen en speelden bridge, maar zij droomde van de Middellandse Zee en olijfgaarden. Hoe ze haar stiefmoeder en vader ook aan het hoofd had gezeurd, daarmee had ze nooit de waarheid boven tafel gekregen en het had hen er nooit toe kunnen bewegen haar mee te nemen naar Italië, waar ze haar echte familie zou kunnen leren kennen. Dus had ze maar haar intrek genomen in de woonboot die haar moeders heilige naam droeg. Daar voelde ze Valentina's etherische aanwezigheid; ze hoorde haar stem fluisteren in het rijzen en dalen der getijden, en omhulde zich met haar liefde.

Ze ging op het bed liggen, onder het daklicht, waar de sterren nu met honderden tegelijk glinsterden en de zon had plaatsgemaakt voor de maan. Rupert zou net zo goed helemaal niet langs kunnen zijn geweest. Alba was alleen met haar moeder; haar zachte stem sprak via haar portret en ze liefkoosde haar dochter met die zachte, verdrietige ogen. Deze afbeelding zou toch wel de lagen ijs die zich in de loop der jaren hadden opgebouwd doen smelten? Haar vader zou zich haar toch zeker herinneren en over haar gaan praten?

Alba liet er geen gras over groeien. Ze zocht in de rommelige kasten naar geschikte kleren, stopte de rol papier zorgvuldig in haar tas en haastte zich de smalle trap af en de boot af. Een paar eekhoorns speelden tikkertje op het dak en ze joeg ze geërgerd weg voordat ze de loopplank af liep.

Net op dat moment verliet Fitz, die met bridgen verloren had, de woonboot van Viv, licht in het hoofd van de wijn en geschrokken door het toeval waardoor zijn pad dat van Alba kruiste. Hij had niet in de gaten dat ze gehuild had en zij merkte Sprout niet op. 'Goedenavond,' zei hij monter, vast van plan een praatje te maken terwijl ze samen over de ponton naar de oever liepen. Alba reageerde niet. 'Ik ben Fitzroy Davenport, een vriend van je buurvrouw Viv.'

'O,' antwoordde ze vlak. Haar ogen waren op de grond gericht en gingen deels schuil achter haar haar. Ze sloeg haar armen over elkaar en drukte haar kin tegen haar borst.

'Kan ik je een lift geven ergens naartoe? Mijn auto staat om de hoek.'

'De mijne ook.'

'Aha.' Het verraste Fitzroy dat ze haar blik niet opsloeg. Hij was gewend dat vrouwen naar hem keken en wist dat hij er goed uitzag, zeker als hij glimlachte, en dat hij lang was, wat een voordeel had: vrouwen zagen lange mannen altijd wel zitten. Zodoende bracht haar gebrek aan belangstelling hem van zijn apropos. Hij keek toe hoe ze voortschreed met haar lange benen, gehuld in blauwsuède laarzen, en voelde dat zijn keel werd dichtgeknepen. Ze zag er zo lieftallig uit dat hij volkomen van slag raakte.

'Ik heb net verloren met bridgen,' drong hij vasthoudend aan. 'Bridge jij ook?'

'Niet als ik het kan voorkomen,' antwoordde ze.

Hij voelde zich voor schut gezet. 'Heel verstandig. Suf spelletje.'
'Net als degenen die het spelen,' kaatste ze terug, waarna ze even glimlachte voordat ze in een two-seater MGB stapte en wegreed. Fitz bleef alleen achter onder de straatlantaarn en krabde zich op het hoofd, niet goed wetend of hij nou beledigd of geamuseerd moest zijn.

Alleen in de auto, waar niemand haar kon zien, begon Alba te snikken. Ze kon ieder ander met haar bravoure een rad voor ogen draaien, maar bij zichzelf hoefde ze dat niet te proberen. Het gevoel van gemis dat haar eerder had overspoeld kwam weer naar de oppervlakte, en dit keer met grotere intensiteit. Ze had er recht op meer over haar moeder te weten te komen. Nu ze de tekening had, zou de Buffel wel móéten inbinden en haar vader aan het woord moeten laten. Ze had geen idee hoe het portret daar gekomen was. Misschien had hij het daar verstopt, zodat de Buffel het niet zou vinden. Nu zou ze erachter komen, omdat Alba het haar zou vertellen. Een heerlijk vooruitzicht. Ze schakelde en draaide Talgarth Road op.

Het was laat. Ze zouden haar niet verwachten. Het zou haar ruim anderhalf uur kosten om in Hampshire te komen, ook al was er weinig verkeer. Geen hond te zien. Ze zette de radio aan en hoorde Cliff Richard zingen *'Those miss-you nights are the longest'*, en haar tranen begonnen weer te stromen. Vanuit de duisternis doemde haar moeders gezicht op in het licht van de koplampen. Ze had lang, donker haar en met haar zachte, bruine ogen keek ze haar dochter zo vol liefde en begrip aan dat ze er de hele wereld mee zou kunnen helen. Alba stelde zich voor dat ze naar citroenen moest hebben geroken. Ze had geen enkele herinnering aan haar, geen enkel idee van haar geur. Ze had alleen maar haar verbeelding, en wie weet wat voor valse voorstellingen die haar voortoverde.

Het was makkelijk te begrijpen waarom de Buffel Valentina niet had gemogen. Margo Arbuckle was niet knap. Ze was een grote vrouw met stevige benen die meer geschikt waren voor kaplaarzen dan voor stiletto's, een fors achterwerk dat zich goed in het zadel van een paard zou voegen, en een sproetige Engelse huid zonder make-up die ze waste met Imperial Leather-zeep. De manier waarop ze zich kleedde was een verschrikking: tweedrokken en opbollende blouses. Ze had een volle boezem en als ze eventueel ooit een taille had gehad, was ze die nu in elk geval helemaal kwijt. Alba vroeg zich af wat haar vader in haar had gezien. Misschien had de pijn van het verlies van Valentina hem ertoe gebracht een vrouw te nemen die precies het tegenovergestelde van haar was. Maar zou het niet beter zijn geweest om met haar herinnering te leven dan om op zo'n jammerlijke manier een compromis te sluiten?

Wat betreft de kinderen die ze samen hadden gekregen – nou, op dat vlak hadden ze geen tijd verspild. Alba was in 1945 geboren, in het jaar dat haar moeder was gestorven, en Caroline al drie jaar daarna, in 1948. Het was een schande. Haar vader had amper de tijd gekregen om te rouwen. Hij had zeker niet de tijd gehad om haar kind te leren kennen, het kind van wie hij meer had moeten houden dan van wie ook ter wereld, omdat zij de levende nalatenschap vormde van de vrouw die hij had verloren. Na Caroline was Henry gekomen, en toen Miranda – bij ieder kind werd Alba een stukje verder weggeduwd in haar wereld van pijnbomen en olijfgaarden, en haar vader had het te druk gehad met zijn nieuwe gezin om op te merken hoezeer dat haar verdroot. Maar haar familie was het niet. God, dacht ze ongelukkig, zou hij er ooit wel eens bij stilstaan wat hij mij heeft aangedaan? Nu ze het portret had, was ze vast van plan hem dat te vertellen.

Ze sloeg af van de A30 en reed verder over smalle kronkelige weggetjes. Haar koplampen verlichtten de heggen, het vele fluiten-kruid en een enkele haas die haastig terughipte in de bosjes. Ze draaide het raampje naar beneden en snoof de lucht op als een hond, genietend van de zoete lentegeuren die samen met het ge-ronk van de motor naar binnen dreven. Ze stelde zich voor hoe haar vader na het eten zijn sigaar zat te roken en zijn cognac liet rond-walsen in een van die grote bolle glazen waar hij zo dol op was. Mar-go zou rebbelen over Carolines opwindende nieuwe baan in een kunstgalerie in Mayfair die eigendom was van een vriend van de fa-milie, en over Henry's laatste nieuws van Sandhurst. Miranda zat nog op kostschool; over haar viel weinig te melden, behalve dan dat ze prachtige cijfers haalde en in de gunst probeerde te komen bij de leerkrachten. Wat vreselijk saai en burgerlijk, dacht Alba. Zo voor-spelbaar. Hun leven zou dienovereenkomstig verlopen, langs we-gen die al bij hun geboorte waren bepaald, als treintjes die precies deden wat je wilde. 'En het treintje deed tjoeke-tjoeke-tjoek,' zong Alba, en haar sombere stemming klaarde op toen ze haar gedachten liet gaan over haar eigen onconventionele, onafhankelijke leventje dat een weg volgde die zij helemaal zelf had bedacht.

Uiteindelijk reed ze de oprijlaan op die haar een paar honderd meter onder hoge, slanke linden door voerde. In het veld rechts van haar kon ze nog net een aantal paarden onderscheiden, met ogen die glansden als zilver toen de koplampen van haar auto ze beschenen. Wat een lelijke beesten zijn het toch, dacht ze gemelijk. Nog een wonder dat ze niet allemaal knotsknieën hadden, gezien het gewicht van de Buffel. Ze vroeg zich af of de vrouw haar vader net zo bereed als haar paarden. Bij die gedachte kon ze een giechel niet onderdrukken, maar snel zette ze hem van zich af. Oude mensen deden dat soort dingen niet.

Het grind voor het huis knerpte onder de wielen van de auto. Het licht scheen uitnodigend naar buiten, maar Alba besefte wel dat dat niet voor haar bedoeld was. Wat moest Margo een hekel aan haar hebben, bedacht ze. Het zou heel wat makkelijker zijn om de herinnering aan Valentina uit te wissen als zij er niet was om haar voortdurend aan haar te herinneren. Ze parkeerde aan de voet van de imposante muren van het huis dat ooit haar thuis was geweest. Met zijn hoge schoorstenen en oude, verweerde baksteen en vuursteen had het ruim driehonderd jaar allerlei stormen doorstaan. Haar betovergrootvader zou het aan de goktafel hebben gewonnen, maar pas nadat hij als gevolg van zijn verslaving zijn echtgenote was kwijtgeraakt. Zij was al snel de minnares geworden van de een of andere hertog die aan een vergelijkbare verslaving leed, maar over veel meer middelen beschikte om daaraan tegemoet te komen. Het idee om iemands minnares te zijn stond Alba wel aan; haar stiefmoeder had haar het huwelijk voorgoed tegengemaakt.

Ze bleef in de auto naar de tekening zitten staren, terwijl drie kleine honden vanuit het duister toeschoten om aan de wielen te snuffelen en met hun stompe staartjes te kwispelen. Toen het gezicht van haar stiefmoeder om de deur verscheen, kon ze niet anders dan uitstappen en haar begroeten. Margo leek blij om haar te zien, hoewel haar glimlach haar ogen niet helemaal bereikte. 'Alba, wat een leuke verrassing! Had maar even gebeld,' zei ze, terwijl ze de deur zo ver openhield dat het oranje licht over de treden van het bordes spoelde. Alba onderging het ritueel van haar te zoenen. Ze rook naar talkpoeder en lelietjes-van-dalen van Yardley. Om haar hals hing een dik gouden medaillon, dat rees en daalde op de welving van haar borsten. Alba knipperde met haar ogen het beeld weg dat ze in de auto had bedacht van Margo die haar vader bereed als een van haar paarden.

Ze liep de hal in, waar de wanden houten lambriseringen hadden en volhingen met portretten van streng ogende overleden familieleden. Onmiddellijk rook ze de zoete geur van haar vaders sigaar, en haar moed wankelde. Hij kwam te voorschijn uit de woonkamer in een groen huisjasje en op pantoffels. Zijn haar was, hoewel het dunner werd, nog steeds vlasblond en was achterovergeborsteld van zijn voorhoofd, wat zijn lichte ogen, die haar gestaag waarderend opnamen, goed deed uitkomen. Heel even was Alba in staat door zijn zware postuur en buik heen te kijken, door zijn rossige huid en de ontevreden trek om zijn mond, en de knappe jongeman te zien die hij in de oorlog was geweest. Voordat hij comfort en vergetelheid had gezocht in conventie en routine. Toen hij nog van haar moeder gehouden had.

'Ah, Alba, lieverd. Waar hebben we dit genoegen aan te danken?' Hij kuste haar op haar slaap, zoals hij altijd deed, en zijn stem was rond en gruizig als het grind buiten. Joviaal, ondoorgrondelijk; de jongeman was verdwenen.

'Ik was toevallig in de buurt,' loog ze.

'Mooi zo,' antwoordde hij. 'Kom binnen voor een borrel en vertel ons hoe het met je gaat.'

2

ALBA HIELD HAAR TAS TEGEN ZICH AAN. ZE VOELDE DE BULT VAN het opgerolde papier met een touwtje eromheen. Het schreeuwde erom om onder de aandacht te worden gebracht, maar ze moest een gunstig moment afwachten. En ze kon wel een borrel gebruiken om moed te vatten.

'Wat zal het zijn, Alba-lief?'

'Een glas wijn zou wel lekker zijn,' antwoordde ze terwijl ze zich op de bank liet zakken. Een van de honden van haar stiefmoeder lag aan de andere kant opgerold te slapen. Slapend zien ze er liever uit dan als ze wakker zijn, bedacht ze, minder als smerige kleine knaagdieren. Ze keek de kamer rond waarin ze als kind zo vaak had gezeten, terwijl haar halfbroer en halfzusjes Racing Demons en Scrabble speelden, en voelde zich meer dan ooit een buitenstaander. Er stonden ingelijste foto's op tafeltjes beladen met emaillen doosjes en andere snuisterijen, afbeeldingen van haar waarop ze glimlachend haar armen om Caroline heen geslagen had, alsof ze voor altijd dikke vriendinnen waren. Als je niet beter wist, leek het of ze deel uitmaakte van een grote, hechte familie. Ze snoof afkeurend, leunde achterover en sloeg haar ene lange been over het andere, met een bewonderende blik op de blauwsuède laarzen met plateauzolen die ze laatst bij de Bata had gekocht. Margo liet haar ruimbemeten achterwerk neer in een armstoel en pakte haar glas cognac op.

'En, hoe staan de zaken in Londen?' wilde ze weten. Het was een opzettelijk vage vraag, want zij noch Thomas had ook maar enig benul van wat ze daar uitvoerde.

'Ach, je kent het wel, zijn gangetje,' antwoordde Alba al even vaag, want zijzelf had ook niet echt een idee. Ze was bijna de muze geworden van Terry Donovan, maar was te laat gekomen en hij was weggegaan. Ze had het te gênant gevonden om te bellen om zich te verontschuldigen, dus had ze het er maar bij laten zitten. Haar pogingen om modellenwerk te doen voor modebladen hadden schipbreuk geleden door eenzelfde gebrek aan motivatie. Mensen beloofden van alles: ze zou de nieuwe Jean Shrimpton kunnen worden, beweerden ze; ze zou beroemd kunnen worden – maar ze slaagde er nooit in echt stappen te ondernemen. Zoals Viv zei: 'God helpt degenen die zichzelf helpen.' Nou, totdat zij in staat was zichzelf te helpen zou de bescheiden toelage van haar vader er wel voor zorgen dat ze zich in Biba-jurkjes kon blijven hullen. De Ruperts, de Tims en de Jamesen zorgden wel voor de rest.

'Je voert toch wel iets meer uit dan de hele dag op die boot te zitten?' zei Margo met een glimlach. Alba besloot er aanstoot aan te nemen. Margo was altijd tactloos. Altijd kort door de bocht, ongevoelig. Ze zou een goed schoolhoofd zijn geweest. Het kwam Alba voor dat haar diepe, volle stem ervoor geknipt zou zijn om de baas te spelen over schoolmeisjes en hun te vertellen dat ze 'flink moesten zijn' wanneer ze in tranen uitbarstten omdat ze hun moeder zo misten. Ze had Alba vaak gezegd dat ze 'de kraan moest dichtdraaien' wanneer ze had moeten huilen om iets wat in Margo's ogen een kleinigheid was die de moeite niet waard was. Alba voelde wrok opkomen bij de gedachte aan alle vernederingen die ze door toedoen van haar stiefmoeder had moeten ondergaan. Toen herinnerde ze zich de rol en louter en alleen de aanwezigheid daarvan schonk haar plotseling zelfvertrouwen.

'Op de *Valentina* is het heerlijker dan ooit,' antwoordde ze, nadruk leggend op de naam. 'Trouwens, toen ik aan het opruimen was onder het bed, ontdekte ik tot mijn grote verrassing…' Net toen ze het nieuws wilde vertellen, kwam haar vader naar haar toe en overhandigde haar een glas rode wijn.

'Het is een bordeaux. Ontstellend goed. Hij heeft jaren in de kelder gelegen.'

Ze bedankte hem en probeerde de draad weer op te pakken, maar wederom werd ze onderbroken. Dit keer door een schorre, schrille stem, die jankte als de snaren van een mishandelde viool. Ze herkende hem onmiddellijk als de stem van haar grootmoeder.

'Ontgaat mij een genoeglijk samenzijn?'

Ze keken allemaal verrast op naar Lavender Arbuckle, die in de deuropening stond met haar slaapmuts met ruches op en in haar peignoir, zwaar leunend op een stok.

'Moeder,' zei Thomas, die schrok bij de aanblik. Overdag, als ze aangekleed was, oogde ze vrij normaal. Maar met haar slaapmuts en in haar peignoir zag ze er fragiel en trillerig uit, alsof ze regelrecht uit een doodskist was gestapt.

'Nou, ik laat me een genoeglijk samenzijn niet graag ontgaan.'

Margo zette haar glas neer en kwam met een vermoeid gesnuif overeind.

'Lavender, het is Alba maar; ze kwam even langs voor een drankje,' legde ze uit.

Lavender fronste haar wenkbrauwen. Haar kleine gezicht leek op dat van een vogel met glanzende oogjes en een kleine snavel.

'Alba? Ken ik een Alba?' Haar stem rees qua toon en volume terwijl ze langs haar gepoederde neus naar haar kleindochter keek.

'Hallo, oma!' zei Alba met een glimlach, zonder de moeite te nemen op te staan.

'Ken ik jou?' herhaalde ze, terwijl ze zo driftig haar hoofd schudde dat de versiersels op haar slaapmuts haar om de oren zwierden. 'Ik dacht het niet.'

'Moeder...' begon Thomas zwakjes, maar Margo stapte langs hem heen.

'Lavender, het is al behoorlijk laat. Zou je niet liever naar bed gaan?' Ze pakte de oude vrouw bij haar elleboog en maakte aanstalten haar de kamer uit te leiden.

'Niet als er visite is. Ik mis niet graag een aangenaam samenzijn.' Ze weerstond de pogingen om haar te verwijderen en hobbelde de kamer in. Thomas werd zenuwachtig en trok aan zijn sigaar, terwijl Margo met haar handen in haar zij afkeurend haar hoofd schudde.

Lavender ging zitten op de rechte leesstoel waarin Thomas altijd de zondagskranten doornam. Die was ruim en comfortabel, en stond onder een brandende staande lamp. 'Nou, gaat iemand me nog iets te drinken aanbieden?' blafte ze.

'Wat dacht je van een cognacje?' opperde Margo, die haar man midden in de kamer liet staan en naar de tafel met drankflessen stapte.

'Goeie hemel, nee. Het is een bijzondere gelegenheid. Een "Kleverig Groentje" zou meer op zijn plaats zijn. Wat denk jij?' Ze wendde zich tot Alba. 'Een Kleverig Groentje!' Haar wangen gloeiden roze.

'Wat is een Kleverig Groentje?'

'Crème de menthe,' mompelde Thomas met een frons.

'Een doodgewoon drankje,' snoof Margo, en ze schonk de oude dame een cognac in.

Hoewel Alba haar grootmoeder ergens wel amusant vond, wilde

ze haar vader dolgraag over de tekening vertellen. De wijn had haar licht in het hoofd gemaakt en op aangename wijze haar zintuigen verdoofd. Ze was er klaar voor hem erop aan te spreken, te eisen dat ze de waarheid te horen kreeg, en ze verwachtte dat hij daar gehoor aan zou geven. Na een blik op de grote zilveren klok op de schoorsteenmantel drong het tot haar door dat ze niet veel tijd meer had voordat haar vader en de Buffel naar bed zouden willen gaan.

'Hoe lang blijft u?' vroeg ze haar grootmoeder, zonder moeite te doen haar ongeduld te verhullen.

'En wie was jij ook weer?' luidde het ijzige antwoord.

'Alba, moeder!' kwam Thomas geërgerd tussenbeide. Margo gaf haar de cognac aan en keerde terug naar haar eigen stoel en haar eigen drankje. Een van haar hondjes kwam binnendribbelen en sprong op haar knie, en ze begon het dier met haar grote, vaardige handen te aaien. Lavender boog zich naar Alba toe.

'Ze denken dat ik op mijn laatste benen loop, zie je. Dus hebben ze me in huis genomen.' Bij de gedachte aan haar levenseinde slaakte ze een diepe zucht. 'Dit is het laatste station. Weldra ga ik heen en begraven ze me naast Hubert. Nooit gedacht dat ik zo oud zou worden. Daar sta je niet bij stil. Maar zo erg is het nou ook weer niet met me. In mijn bovenkamer ben ik niet altijd even helder, maar afgezien daarvan is deze ouwe meid nog heel strijdlustig!' Ze sloeg haar cognac achterover. Opeens leek ze te krimpen en kreeg ze iets verdrietigs. 'Deze kamer gonsde vroeger altijd van de partijtjes toen Hubert en ik nog jong waren. Het was er vol vrienden. Uiteraard had je een heleboel vrienden in die tijd. Nu zijn ze allemaal dood, of te oud. Geen fut meer voor partijtjes. Als je jong bent, verwacht je niet anders of je hebt het eeuwige leven. Je hebt het idee dat je alles aankunt, maar Magere Hein kun je niet aan. Nee, die neemt ons allemaal mee, of je nou koning of zwerver bent. Maar we gaan pas als het onze tijd is, nietwaar? Elk diertje heeft zijn pleziertje, zei Hubert altijd, en mijn pleziertje heb ik wel degelijk gehad. Ben jij getrouwd? Hoe heette je ook weer?'

'Alba.' Alba onderdrukte een geeuw. Soms was het moeilijk te begrijpen wat haar grootmoeder had gezegd, want ze kon overal eindeloos over doorgaan en van de hak op de tak springen. Ze klonk als een deftige oude hertogin uit vervlogen tijden.

'Een vrouw is niets zonder man aan haar zij. Niets zonder kinderen. Als je oud bent, krijg je een zekere wijsheid over je. Ik ben oud en wijs, en dankbaar dat mijn kinderen voort zullen leven als ik er niet meer ben. Dat geeft een diepe bevrediging, waar je je pas iets bij kunt voorstellen als je oud bent.'

'Maar je moet ook zorgen dat je je schoonheidsslaapje krijgt, vindt u niet?' zei Alba, die haar glas leegdronk.

'Zeker, kind, zeker. Hoewel ik op mijn gevorderde leeftijd weinig heil in slapen zie. Het duurt tenslotte niet lang meer of ik kan zo lang slapen tot ik er schoon genoeg van krijg. Te veel slapen is niet goed. Goeie help, is het al zo laat?' Abrupt schoot ze overeind, haar blik op de klok gericht. 'Ik wil dan misschien wel niet slapen, maar mijn lichaam heeft zo zijn eigen ritme, en ik heb de fut niet meer om daartegen in te gaan. Het was me een genoegen,' voegde ze er met een naar Alba uitgestoken hand aan toe.

'Ik ben uw kleindochter,' bracht Alba haar in herinnering – niet onvriendelijk, maar ze klonk ongeduldig.

'Goeie hemel, is het heus? Je lijkt helemaal niet op iemand van ons. Arbuckles zijn allemaal blond en jij bent heel donker en ziet er buitenlands uit.' Weer keek ze omlaag langs haar neus.

'Mijn moeder was Italiaanse,' hielp ze haar grootmoeder herinneren, en tot haar afgrijzen klonk haar stem hoog en emotioneel. Ze keek op naar haar vader, die nog steeds midden in de kamer verwoed aan zijn sigaar stond te trekken, een blos op zijn gezicht. De Buffel liet niets blijken van haar ware gevoelens en stond op om haar schoonmoeder de kamer uit te leiden.

Toen Margo terugkwam, liet ze haar schouders zakken en slaakte een diepe zucht. 'Lieve help, ze heeft ze echt niet meer allemaal op een rijtje. Heb je zin om te blijven logeren, Alba?' Alba kookte. Margo behandelde haar als een gast in haar eigen huis. Niet in staat haar frustratie nog langer te verbergen opende ze haar handtas en haalde de rol eruit.

'Dit heb ik onder mijn bed gevonden. Het moet er jaren hebben gelegen,' zei ze, met het papier door de lucht wapperend. 'Het is een tekening die papa heeft gemaakt van Valentina.' Ze keek haar vader met die merkwaardig lichte ogen van haar strak aan. Ze merkte op dat de schouders van de Buffel zich spanden terwijl ze nerveuze blikken wisselde met haar echtgenoot. Alba werd woedend.

'Ja, papa, hij is prachtig. Ik zal je even helpen herinneren wanneer je hem gemaakt hebt. In 1943, in de oorlog, toen je van haar hield. Denk je ooit nog wel eens aan haar?' Vervolgens wendde ze zich tot Margo en voegde er op ijzige toon aan toe: 'Sta jij het hem toe aan haar te denken?'

'Alba toch,' begon Margo, maar Alba's stem oversteemde de hare toen ze verderging met de gedachten onder woorden te brengen die al jaren gistten in haar hoofd. Als wijn die te lang was blijven staan smaakten ze nu bitter.

'Het is alsof ze nooit heeft bestaan. Je hebt het nooit over haar.' Ze kuchte om haar keel te schrapen en haar stembanden los te maken, maar die bleven pijn doen van wanhoop. 'Hoe kun je het laten gebeuren dat een andere vrouw de herinnering aan haar helemaal uitwist? Vanwaar zo veel lafheid, papa? Je hebt in de oorlog gevochten, je hebt mannen gedood die veel sterker waren dan jij, en toch... toch ontzeg je me mijn eigen moeder omdat je bang bent Margo van streek te maken.'

Margo en Thomas bleven allebei zwijgend en als aan de grond genageld staan. Geen van beiden wisten ze hoe ze moesten reageren. Ze waren wel gewend aan Alba's uitbarstingen, maar deze kwam onverwacht en was bitter als gal. Alleen de rook van Thomas' sigaar verstoorde de roerloosheid in de kamer. Zelfs de honden durfden zich niet te bewegen. Alba keek van de een naar de ander, in het besef dat ze zich had laten meeslepen door haar gevoelens, maar er was nu geen weg terug meer. Wat gezegd was, was gezegd en ze kon haar woorden niet meer terughalen, al had ze dat nog zo graag gewild. Uiteindelijk nam Margo het woord. Met haar handen tot vuisten gebald om zich te beheersen opperde ze dat dit iets was wat vader en dochter het best samen konden bespreken. Zonder nog welterusten te zeggen ging ze de kamer uit. Alba was blij haar te zien vertrekken.

Alba liep naar haar vader toe en overhandigde hem de rol. Hij pakte hem aan en keek een hele poos naar haar. Zij keek uitdagend terug. Maar zijn gezicht straalde geen enkele strijdlust uit, alleen maar een onmetelijke droefheid. Zo veel droefheid dat Alba zich moest afwenden. Zonder een woord te zeggen legde hij zijn sigaar in de asbak en ging in de leesstoel zitten waaruit zijn moeder zojuist was opgestaan. Hij maakte de rol niet open. Hij keek er alleen maar naar, streelde met zijn duim over het papier, terwijl de zoete geur van vijgen hem vanuit het verre verleden tegemoetkwam, uit een hoofdstuk van zijn leven dat hij lang geleden had afgesloten.

Alba sloeg hem nauwlettend gade. Ze zag de jongeman voor zich in zijn marine-uniform, zoals op de foto in zijn kleedkamer, met de witte sjaal, de zware jas en het gepluimde hoofddeksel. Ze zag hem slanker, knapper, gelukkiger. Er was geen diepe, verontrustende droefenis in zijn ogen, alleen het optimisme dat in de geest van degenen die jong en dapper zijn overheerst. Er was ook geen desillusie in te zien, want zijn hart trilde van liefde voor haar moeder in een tijd waarin hun toekomst zich nog als een rijk banket voor hen uitstrekte.

Ten slotte begon hij zachtjes te praten. 'Je bent dit keer te ver gegaan.' Alba schrok op. 'Van een heleboel dingen heb je in de verste verte geen notie. Als je dat wel had, zou je niet zo'n toon aanslaan tegen Margo. Je bent onvergeeflijk grof geweest, Alba, en dat tolereer ik niet.' Zijn woorden waren als een klap in haar gezicht.

'Nee, jíj begrijpt het niet,' jammerde ze. 'Ik wil alleen maar dingen over mijn moeder weten. Je hebt geen flauw idee hoe het is om nergens bij te horen, om het gevoel te hebben dat je geen wortels hebt.' Hij keek haar vermoeid aan en schudde toen berustend zijn hoofd.

'Dít is je thuis.' Zijn voorhoofd plooide zich in diepe rimpels. 'Ben ik niet genoeg? Nee, kennelijk niet. Je hebt je leven lang altijd maar lopen duwen en trekken. Niets is ooit genoeg, is het wel?' Hij zuchtte en richtte zijn aandacht weer op de rol. 'Ja, ik heb van je moeder gehouden, en zij hield van jou. Maar ze is overleden, Alba, en ik kan haar niet terugbrengen. Verder kan ik je niets vertellen. Wat ergens bij horen betreft, in Italië heb je nooit thuisgehoord. Ik heb je aan het eind van de oorlog naar Engeland gebracht. Je hoort hier, en dat is altijd zo geweest. Als er ergens een obstakel is, is dat niet Margo, Alba, maar ben jij dat zelf. Kijk eens om je heen. Je hebt je hele leven altijd maar genomen, zonder ooit dankbaar te zijn. Ik weet niet wat je verder nog wilt en ik heb er genoeg van om te proberen het je te geven.'

'Dus je gaat me niet over Valentina vertellen?' Ze probeerde haar tranen van woede terug te dringen toen ze voelde dat hij haar nogmaals wegduwde en zich voor haar en haar moeder afsloot. Maar ze wist dat het duveltje op zijn schouder niet zijn geweten was, maar Margo. 'Ik weet niet eens hoe jullie elkaar hebben leren kennen,' zei ze met een klein stemmetje. Ze zag de ader in zijn kaak kloppen omdat hij zich ongemakkelijk voelde. 'Je hebt nooit iets over haar verteld. Ooit was het jij en ik, papa. Toen kwam Margo en was er niet langer plaats voor mij.'

'Dat is niet waar,' gromde hij. 'Margo hield alles juist bij elkaar.'

'Ze is nog steeds jaloers op mijn moeder.'

'Dat zie je helemaal verkeerd.'

Alba grinnikte cynisch. 'Alleen een vrouw kan een andere vrouw begrijpen,' zei ze.

'Maar Alba, lieverd, jij bent nog helemaal geen vrouw. Je hebt nog een lange weg te gaan voor je echt volwassen bent.' Hij sloeg zijn ogen op, die nu bloeddoorlopen en waterig waren. Zijn droef-heid zou haar medelijden hebben kunnen wekken, ware het niet dat ze in haar hart zo veel wrok voelde. 'Zet me niet onder druk om te kiezen tussen jou en mijn vrouw,' zei hij, en zijn stem was zo kalm en ernstig dat ze kippenvel kreeg en een plotselinge kille lucht-stroom voelde.

'Dat hoef ik je niet te vragen, vader, omdat ik heus wel weet voor wie je zou kiezen.'

Toen de auto de oprijlaan af reed, stond Margo, die alles had ge-hoord, bij de deur van de woonkamer. Door de kier heen kon ze Thomas zien. Zijn gezicht was grauw en getekend door verdriet. Hij zag er veel ouder uit dan hij was. Peinzend betastte hij de rol en klopte erop. Hij maakte hem niet open. Hij knikte eenvoudigweg bij zichzelf, waarna hij opstond en naar zijn studeerkamer liep, waar ze hem een la hoorde open- en dichtschuiven.

Hij taalde er niet naar om het verleden weer tot leven te brengen.

Die avond zette Margo toen Thomas het bed in klom haar leesbril af en legde haar boek neer. 'Volgens mij wordt het tijd om die vre-selijke boot eens van de hand te doen,' zei ze. Thomas liet zich neer op de matras en legde zijn hoofd op het kussen.

'De boot heeft er niets mee te maken dat Alba zich heeft misdra-gen,' antwoordde hij. Ze hadden het hier al talloze malen over ge-had.

'Je weet best dat ik dat niet bedoel. Hij brengt ongeluk.'

'Sinds wanneer ben jij bijgelovig?'

'Ik zie niet in waarom ze niet ergens een flatje kan huren, net als Caroline.'

'Wil je soms weer beweren dat ze zouden moeten gaan samen-wonen?'

'God nee, wat een ramp was dat. Nee, ik geloof niet dat dat eerlijk zou zijn tegenover Caroline. Die arme meid, Alba deed niets anders dan ruziemaken, en ze is ook nog zo'n enorme sloddervos. Caroline moest elke avond haar troep achter haar opruimen. Siga-rettenpeuken in wijnglazen en dat soort dingen. Nee, dat zou ik Ca-roline niet nog eens aan willen doen, dat verdient ze niet.'

'Alba is heel tevreden op haar boot.' Doodmoe sloot hij zijn ogen.

'Er zou ook niet veel aan de hand zijn als het niet díé boot was.'

'Ik doe de boot niet van de hand. Trouwens, hoe denk je dat Alba dat zou opvatten? Als de zoveelste poging om de herinnering aan haar moeder uit te wissen.' Hij zuchtte. Margo stopte haar bril in de brillenkoker en boog zich opzij om haar boek op het nachtkastje te leggen. Ze knipte het licht uit en ging liggen, de dekens opgetrokken tot aan haar kin.

'Ik ga je niet naar die tekening vragen, Thomas. Dat is mijn zaak niet. Maar ik vind het jammer dat Alba hem heeft gevonden. Het doet haar geen goed om zo in het verleden te blijven hangen.'

'Het verleden,' herhaalde hij zachtjes, met zijn gedachten bij de tekening. Hij knipperde met zijn ogen in het donker, waar hij zeker wist dat hij Valentina's gezicht kon zien: stralend van jeugdigheid en die niet te beteugelen energie. Hij zou zelfs zweren dat hij de zoete geur van vijgen rook die na al die jaren naar hem toe kwam gedreven met dat langvergeten aroma van hoe het was geweest om zo intens lief te hebben. Zijn blik werd mistig en hij haalde diep adem. Na al die jaren, dacht hij. Dat die tekening juist nu moet opduiken, nu het me is gelukt het allemaal achter me te laten.

'Wat ga je doen?' vroeg ze. Thomas zette zijn herinneringen van zich af.

'Waaraan?'

'Aan de boot.'

'Niets.'

'Niets? Maar…'

'Ik zei: niets. Nu ga ik slapen. Ik wil het hier niet meer over hebben, Margo. De boot blijft en Alba blijft erop wonen.'

Alba kon amper de weg ontwaren door de tranen die in haar ogen opwelden en in een vloed waar geen einde aan kwam over haar wangen rolden. Het was al over twaalven toen ze haar auto onder de straatlantaarn op Cheyne Walk parkeerde. Ze was spinnijdig dat ze hem de tekening had gegeven; die had ze zelf moeten houden. Die zou haar geheim hebben kunnen zijn. Nu had ze helemaal niets meer.

Langzaam liep ze over de ponton naar haar boot, snuffend en badend in zelfmedelijden. Ze zou willen dat er iemand op haar zat te wachten, een leuke man tegen wie ze zich aan kon vlijen. Geen Rupert of Tim of James, maar een speciaal iemand. Vanavond wilde ze niet alleen zijn. Omdat ze wist dat Viv vaak tot in de kleine uurtjes aan haar romans zat te schrijven, klopte ze op haar deur. Ze bleef staan wachten of ze iets hoorde, maar slechts het gekraak van de boot en het zachte gekabbel van de rivier tegen de ponton begeleidden de vage geluiden vanuit de stad.

Toen ze zich mismoedig omdraaide, ging de deur open en verscheen Vivs gezicht in de smalle opening. 'O, ben jij het,' zei ze, waarna ze er bij nadere inspectie aan toevoegde: 'Lieve help, je kunt maar beter binnenkomen.' Alba liep achter de wapperende kaftan aan het smalle gangetje naar de keuken door. Evenals op haar eigen boot rook het naar vocht, maar die van Viv had een uniek aroma van iets exotisch en uitheems. Ze mocht graag Indiase wierookstokjes branden en geurkaarsen aansteken die ze in Carnaby Street kocht. Alba ging aan de ronde tafel zitten in het overvloedig paars geschilderde vertrek en boog zich over de kop koffie die Viv voor haar inschonk. 'Ik zit midden in een vreselijk moeilijk hoofdstuk, dus is een onderbreking best welkom en kan ik wel even met jou praten. Ik kan me niet voorstellen dat je in tranen bent om een man.' Ze trok een stoel bij en haar gezicht lichtte op. 'Neem er maar een, lieverd, dan ga je je beter voelen.' Alba nam een Silva-Thin en boog zich naar voren toen Viv haar aansteker aanknipte. 'Maar waar huil je dan om?'

'Onder mijn bed heb ik een schets gevonden die mijn vader van mijn moeder heeft gemaakt.'

'Goeie hemel, wat doe jij onder je bed?' Viv was zich er maar al te zeer van bewust dat Alba haar boot nooit schoonmaakte.

'Hij is prachtig, Viv, echt prachtig, maar mijn vader wil er geen woord met me over wisselen.'

'Aha,' antwoordde ze, terwijl ze inhaleerde door haar mond en de rook als een draak door haar neusgaten liet ontsnappen. 'Ben je op dit uur helemaal naar Hampshire gereden?'

'Ik kon niet wachten. Dacht dat hij blij zou zijn dat ik hem had gevonden.'

'Wat deed dat ding eigenlijk onder je bed?' Het verhaal van Alba's moeder intrigeerde haar nogal.

'O, daar had hij hem verstopt voor de Buffel. Ze ziet groen van jaloezie en wil niet eens een voet op de boot zetten omdat papa die naar mijn moeder heeft vernoemd. Dat mens is gek!'

'Hoe reageerde hij toen jij zei dat je hem gevonden had?' Alba nam een slok koffie en trok een gezicht omdat die te heet was.

'Hij werd kwaad op me.'

'Nee toch!' bracht Viv verbijsterd uit.

'Jazeker wel. Ik had het hem verteld waar de Buffel bij was.'

'Nou ja, dat verklaart wel iets.'

'Ik wilde per se dat ze wist dat hij hem voor haar had verstopt.' Ze grinnikte ondeugend, waarbij de scheve hoektand zichtbaar werd waarvan Rupert – of was het Tim? – gezegd had dat die haar glimlach zo charmant maakte. 'Ik wil wedden dat ze toen ik weg was een daverende ruzie hebben gehad. Ik weet wel zeker dat de Buffel elk woord dat we tegen elkaar gezegd hebben heeft afgeluisterd. Ik zie het al helemaal voor me hoe ze voor het sleutelgat naar adem heeft staan happen!'

'Heeft hij ernaar gekeken?'

'Nee. Hij kreeg alleen een kop als een biet en er kwam iets treurigs over hem. Hij houdt nog steeds van haar, Viv. Volgens mij zal hij dat altijd blijven doen. Waarschijnlijk heeft hij spijt dat hij met de Buffel is getrouwd. Ik zou alleen willen dat hij me meer over haar vertelde. Maar dat doet hij niet vanwege de Buffel.'

'Het is erg wreed en dom van haar,' zei Viv boosaardig met een klopje op Alba's hand, 'om jaloers te zijn op een overleden vrouw.' In Alba's merkwaardig lichte ogen welden weer tranen op en in Viv roerde zich iets van moedergevoelens. Alba was zesentwintig, maar voor een groot deel was ze nooit volwassen geworden. Onder al het zelfvertrouwen schuilde een kind dat alleen maar wilde dat er van haar werd gehouden. Viv gaf haar een tissue aan. 'En nu, lieve schat, wat ga je eraan doen?'

'Ik kan niets doen,' antwoordde Alba somber.

'O, best wel, je kunt altijd wel iets doen. Vergeet niet dat God degenen helpt die zichzelf helpen. Ik heb een vriend die je misschien zou kunnen helpen,' vervolgde ze, en ze kneep haar ogen tot spleetjes. 'Als er iemand in staat is zich op een charmante manier in andermans zaken te mengen, is het Fitzroy Davenport wel.'

3

Fitz had die nacht grillige dromen over Alba, en toen hij 's ochtends wakker werd zag hij onmiddellijk haar gezicht voor zich. Hij bleef in bed liggen, moed puttend uit de witte bundel zonlicht die door de kier in de gordijnen naar binnen scheen, en liet haar trekken stuk voor stuk nog eens de revue passeren. Hij dacht liever niet aan de mannen die die lippen hadden gekust en spoelde snel door naar haar bijzondere lichte ogen. Die lagen diep in hun kassen, omlijst door zwarte veerachtige wimpers en vrij zware wenkbrauwen, maar de schaduwen eromheen, niet op de huid maar ergens in de diepte, gaven haar de blik van iemand die werd opgejaagd. Haar manier van lopen had hem eveneens geprikkeld. Die lange gelaarsde benen. Het blote stuk dij voordat het korte rokje begon dat slechts haar kuisheid beschermde. De zelfverzekerde manier waarop ze was voortgeschreden. Het cliché van het jonge veulen dat Viv gelukkig in haar romans vermeed. En toen was ze zo onvergeeflijk bot geweest. Maar haar glimlach, met die scheve tand, was zo betoverend geweest dat het net leek of ze warme honing over zijn huid had gegoten en die met één verrukkelijke haal van haar tong er weer af had gelikt.

Beneden in de keuken hoorde hij Sprout en hij slaakte een zucht. Hij had geen zin om op te staan. Hij probeerde een smoes te bedenken om weer op bezoek te gaan bij Viv op haar boot, alleen maar voor het geval hij daar toevallig Alba tegen het lijf zou lopen. Misschien kon hij haar bellen onder het mom van dat hij een mogelijk contract met het buitenland wilde bespreken, een eventuele promotietournee door Frankrijk – de Fransen waren dol op haar boeken – of recente verkoopcijfers. Viv deed nooit moeilijk, zolang ze het maar over zichzelf kon hebben, en hij was vandaag helemaal in de stemming om te luisteren. Hij boog zich net opzij om de telefoon te pakken, toen het toestel overging. 'Verdorie!' mompelde hij, en hij pakte de hoorn op.

'Goedemorgen, schattebout,' klonk Vivs stem opgewekt. Fitz' ergernis verdween als sneeuw voor de zon en hij kon wel juichen.

'Schat,' fluisterde hij, 'ik wilde jou net bellen.'

'O, ja? En waarover dan wel? Iets prettigs, mag ik hopen?'

'Uiteraard, Viv. Jij bent mijn topcliënt, dat weet je best.'

'Nou, hou me dan niet langer in spanning.'

'De Fransen willen dat je op promotoer komt. Je publiek wil je zien,' loog hij, bijtend op zijn wang. Het doet er niet toe, dacht hij. Later geef ik er wel een slinger aan.

Vivs stem schoot een octaaf omhoog en ze slikte haar medeklinkers nog nadrukkelijker in dan anders. 'O, lieverd, wat geweldig! Uiteraard moet een mens zijn plicht doen. Je mag je publiek niet laten wachten. Ik heb hen tenslotte net zo hard nodig als zij mij.'

'Mooi, dan zal ik hun dat vanochtend laten weten.' Hij zweeg even toen Viv scherp inademde en stelde zich voor hoe ze in haar paarse keuken aan een Silva-Thin zat te trekken. 'Waar wilde jij me over spreken?' vroeg hij, in de hoop op een uitnodiging.

'Ach, dat was ik bijna vergeten.' In de schaduw van Fitz' nieuws had de kwestie met Alba haar glans verloren. 'Kom vanavond maar eten. Ik heb een klus voor je. Volgens mij vind je het wel leuk. Een zekere dame in nood moet door een ridder te paard gered worden van een feeks van een stiefmoeder en een walrus van een vader. Het is echt een kolfje naar jouw hand – en trouwens, je zag haar toch wel zitten? Alleen niet verliefd worden, hoor Fitzroy.'

'Je ziet me wel verschijnen,' zei hij, met een stem die schor was van opwinding.

Viv sloeg haar zwaar opgemaakte ogen ten hemel en legde de hoorn neer. Ze dacht niet dat ze hem op de lange duur een dienst bewees. Het zou natuurlijk allemaal eindigen in tranen.

Alba werd wakker in een grote leegte. Ze stond op en maakte een kop thee. Er lag niets in de koelkast, alleen een halve liter melk, een paar flessen wijn en rijen met flesjes nagellak. Het was een kille ochtend en ze had het ondanks haar paraffinekachels koud. Ze trok haar ochtendjas om zich heen en wreef luid geeuwend in haar ogen. Ze zou wat gaan winkelen om zichzelf op te vrolijken en misschien lunchen met Rupert, die bij een makelaarskantoor in Mayfair werkte. Wie weet kon hij die middag vrij nemen en zouden ze tot het donker werd in bed kunnen rollebollen. Hij had heel teder en ook enthousiast met haar gevreeën en was er erg goed in. Geen gefriemel en gehijg, daar had ze een hekel aan, en ze had ook een hekel aan graaiers. Rupert graaide niet, en tot dusver had hij haar ook niet lastiggevallen met telefoontjes. Hij was er gewoon wanneer ze hem nodig had en ze voelde zich prettiger door zijn gezelschap.

Ze stond op het punt hem te bellen, toen er hard op de deur werd geklopt. Ze herkende het geluid onmiddellijk en glimlachte. Het was Harry Reed, ook wel bekend als 'Reed of the River'. In zijn gesteven blauwe uniform en met zijn pet op patrouilleerde hij uit naam van de rivierpolitie op de Theems. Hij kwam niet alleen af en toe langs voor een kop koffie, maar had ook meer dan eens haar bed verwarmd. Toch zat ze vandaag niet op zijn ruwe liefdesspel te wachten. 'Hallo,' zei ze, met haar hoofd om de deur. Harry was lang en slank, als een papyrusplant, met zachte bruine ogen en een brede, brutale glimlach op een knap, hoewel lichtelijk grof gezicht.

'Ik was vergeten hoe je er 's ochtends uitziet,' zei hij vol verlangen, en hij zette zijn pet af en nam die in zijn grote, eeltige knuisten.

'Klop je daarom bij me aan?'

'Heb je tijd voor een kop koffie met een verkleumde politieman? Dan weet je tenminste dat je niets kan gebeuren!' Dat had hij al eerder gezegd en hij had er ook al eerder smakelijk om gelachen.

'Ik ben bang van niet, Harry. Sorry. Ik heb nogal haast. Ik heb een afspraak,' loog ze. 'Waarom kom je vanavond niet even langs, voor het eten?' Harry's ogen begonnen te stralen in de kou en hij zette zijn pet weer op en wreef zich vergenoegd in de handen.

'Aan het eind van de dag kom ik wel even aanwaaien voor een borrel. Als mijn dienst erop zit heb ik afgesproken met de jongens in de Star and Garter – misschien vind je het leuk om mee te gaan?'

Het schoot Alba te binnen dat Viv haar had uitgenodigd om te komen eten met Fitzroy hoe-heette-hij-ook-weer en dat ze nee moest zeggen. Hoewel ze het best leuk vond om in een bedompt vertrek te zitten met politiemannen in blauwe pull-overs die klaar waren met werken.

'Vanavond niet, Harry.'

'Ik neem je nog wel eens mee voor een tochtje. Weet je nog toen ik je moest afzetten bij Chelsea Reach? De brigadier had me levend gevild als hij me had betrapt.'

'Ja, dat was lachen,' beaamde ze, terugdenkend aan het opwindende gevoel van de wind in haar haar. 'Ik probeer voortaan wel uit het zicht te blijven, maar wie weet zie ik die brigadier van je wel zitten.'

'Hij zou jou in elk geval zeker zien zitten, Alba.'

Dat geldt voor wel meer mannen, bedacht ze. Het was soms ontzettend vermoeiend om zo aanbeden te worden.

'Iets drinken dan maar?' bevestigde hij, omdat hij niet wilde dat ze het zou vergeten.

'Als je geluk hebt en mijn pet ernaar staat.' Ze glimlachte hem toe, de scheve tand ontbloot, en hij leek week te worden van verlangen.

'Je bent er een uit duizenden, Alba.'

'Zoals jij me telkens in herinnering brengt, Harry.'

'Tot vanavond dan maar.' En hij klom zijn bootje weer in en schoot de Theems op, enthousiast naar haar zwaaiend met zijn pet.

Alba ging winkelen. Ze kocht voor veertien pond een shirt en een broek met wijde pijpen bij Escapade in Brompton Road en een paar schoenen bij The Chelsea Cobbler voor vijf pond, waarna ze een taxi nam naar Mayfair om te gaan lunchen met Rupert. Rupert wist zijn blijdschap amper te verhullen, want hij was bang geweest dat ze genoeg van hem had. Hij had niet verwacht dat hij nog iets van haar zou horen. Tot zijn ongenoegen had hij die middag een afspraak met cliënten, dus namen ze om twee uur afscheid en bleef Alba in het park zitten peinzen terwijl Rupert potentiële kopers rondleidde in huizen in Bayswater en zich bij elk bed dat hij daar zag voorstelde dat er een honingkleurige Alba in lag.

Alba kreeg genoeg van het park en het winkels afstruinen, en nam voor de lol de bus naar huis. Ze had niet langer in de gaten dat mensen naar haar lieftallige verschijning staarden en keek mannen die een praatje met haar probeerden te maken dreigend aan, maar het was amusanter dan een taxirit en ze was er langer zoet mee. Ze vond het leuk om naar mensen te kijken, te luisteren naar hun gesprekken en zich voor te stellen wat voor leven ze leidden. Ze keek uit naar het etentje bij Viv en naar Reed of the River die iets zou komen drinken. Ze stond er niet bij stil dat haar leven leeg was. Ze had vrienden en als ze 's nachts behoefte had aan gezelschap nam ze een minnaar. Ze maakte geen analyse van haar levensstijl en nam niet de moeite haar dagen te vullen met zinnige bezigheden, maar modderde gewoon door. Trouwens, niets inspireerde haar. Niet zoals bij Viv het geval was, die een enorme levenshonger had en de tijd wegvrat door uren achter haar typemachine door te brengen en boeken te schrijven die een weerslag vormden van haar ongelofelijke enthousiasme (sommigen zouden zeggen cynisme) voor mensen en hun zwakheden. Alba taalde niet naar het huwelijkse leven en kinderen, hoewel ze zesentwintig was en 'op leeftijd raakte', zoals Viv haar geregeld in herinnering bracht. Ze dacht niet na over de toekomst. Het drong niet tot haar door dat ze dat uit angst vermeed, omdat die toekomst leeg was.

Alba had een handdoek om zich heen geslagen; ze had een bad genomen en haar haar gewassen, en zat bloemetjes op haar teennagels te schilderen toen Reed of the River aan kwam varen. In zijn enthousiasme was hij aan de vroege kant. Hij rook sterk naar aftershave en had zijn haar met een natte kam achterovergekamd. Hij zag er knap uit en Alba was blij hem te zien. Ze hoefde hem niet te wijzen waar de drank stond: hij stapte er regelrecht op af en schonk voor hen allebei een glas wijn in. Ze kreeg door dat hij onder haar handdoek probeerde te gluren en veranderde defensief van houding. Ze was niet in de stemming – en trouwens, ze had een eetafspraak. Toen ze de laatste nagel beschilderd had, leunde ze achterover op de bank om ze te laten drogen.

'Revel heeft vanmiddag een arm in de rivier gevonden,' zei hij, terwijl hij zich installeerde in een stoel en zijn lange benen voor zich uitstrekte alsof hij thuis was.

'Wat luguber,' vond Alba, die haar fraaie neusje in rimpels trok. 'Wat is er met de rest van die figuur gebeurd?'

'Dat vragen wij ons ook af,' antwoordde hij op gewichtige toon. 'Het is onze taak om daarachter te komen.'

'Was het een oude arm of een verse?'

'Oud, denk ik. En flink verrot ook. Stinken dat-ie deed! Maar ik wil niet dat je nachtmerries krijgt, hoewel ik daar wel iets op weet!' Hij trok een wenkbrauw op, wat Alba negeerde.

'Misschien is het een overblijfsel van een Elizabethaanse hoveling die is gemarteld. Straks vind je zijn hoofd nog,' zei ze met een lach.

'Ben jij wel eens in de Tower geweest? Het is niet niks dat zo'n brok geschiedenis midden in de stad staat!'

Alba had de Tower nooit bezocht, en geschiedenis... Nou, die kon haar gestolen worden. Wat had het voor zin om over dode mensen te praten die je nooit had gekend? De enige geschiedenis waarin zij geïnteresseerd was, was die van haarzelf.

'Het hoofd dat erbij hoort duikt vast op als je er het minst op bedacht bent,' zei ze.

'Of wanneer jíj er het minst op bedacht bent,' voegde hij er grinnikend aan toe, terwijl hij zijn blik weer langs haar benen omhoog liet gaan.

Alba vroeg zich af hoe Viv zou reageren op een oud afgehakt

hoofd dat tegen de zijkant van haar boot bonkte en glimlachte toen ze bedacht dat ze het in een kartonnen doos naar de Buffel zou kunnen sturen.

'Als je het vindt, moet je me waarschuwen,' zei ze met een lachje.

Ze bleven doorkletsen toen Alba naar boven ging om zich te kleden voor het diner. Ze kon geen deur dichtdoen, want de slaap- en de badkamer bevonden zich op een vide met aan één kant een balustrade die uitkeek op de trap en de gang die naar de zitkamer leidden. Het werd laat en Harry was er al een tijdje. Ze koos hotpants van Zandra Rhodes, die ze combineerde met laarzen en een kasjmieren truitje met lapjes katoen erop gestikt. Toen Harry boven aan de trap verscheen, zijn glas in zijn hand en met een wellustige schittering in zijn ogen, stond Alba net voor de spiegel zwarte eyeliner aan te brengen. 'Je moet me niet zo besluipen,' berispte ze hem ontstemd.

'Ik heb zin in je,' zei hij schor.

'O, Harry, alsjeblieft. Ik ga uit eten. En ik heb me net aangekleed. Je dacht toch zeker niet dat ik me weer helemaal ging uitkleden?'

'Toe nou, Alba,' moedigde hij haar aan, terwijl hij van achteren op haar toe liep en een zoen in haar nek drukte, waar haar haar nog vochtig en warrig was.

'Ik kan alleen maar denken aan die arm in het water, Harry. Dat is niet erg romantisch.'

Harry wenste dat hij er niet over was begonnen. Ze voltooide haar oogmake-up, pakte de föhn en blies Harry het bed op, waar hij teleurgesteld ging liggen.

'Een vluggertje dan, schattebout. Om weer op te warmen na al die kou.' Hij grijnsde schalks en Alba moest ondanks zichzelf glimlachen. Zij kon er ook niets aan doen dat ze zo begeerlijk was.

Ze legde de laatste hand aan haar haar en liep naar het bed, waar ze een poosje naast hem ging liggen en hem zoende. Het was een lekker gevoel om armen om je heen te hebben. Reed of the Rivier bood óók een plekje om te schuilen. Maar toen hij met zijn handen over haar dijen streek, rolde ze van hem af.

'Volgens mij kun je nu beter gaan, Harry.'

'Met wie ga je vanavond eten?' wilde hij weten, zonder moeite te doen zijn jaloezie te verbergen. 'Ik mag hopen dat het geen man is.'

'Mijn buurvrouw, Viv.'

'De schrijfster?'

'De schrijfster, ja.'

'Nou, vooruit dan maar. Ik zou niet willen dat je in de problemen komt. Het is immers mijn taak je te beschermen.'

'En de rest van Londen – tegen ronddobberende ledematen,' zei ze met een lach, en ze gaf hem nog een kus en duwde hem de deur uit.

Tot Harry's afgrijzen was het terwijl hij ongeoorloofd van een glas wijn had zitten genieten tijdens werktijd eb geworden, zodat hij niet weg kon komen. Vol ongeloof staarde hij naar zijn bootje, dat eruitzag als een gestrande walvis die niet in staat is zichzelf los te werken, terwijl er een paar eenden geamuseerd kwakend voorbijzwommen.

'Shit!' riep hij uit, en opeens was hij zijn gevoel voor humor helemaal kwijt. 'Nou zijn de rapen goed gaar.'

Op dat moment kwam Fitz de ponton over lopen. Dit keer had hij zijn eigen wijn meegebracht. Twee flessen lekkere rode Italiaanse. Hij droeg een colbertje over een shirt met een groen-wit patroontje en zijn zandkleurige haar danste in de wind. Zodra hij Alba en de politieman op het dek van haar boot zag staan, kreeg hij een knoop in zijn maag van jaloezie. Haar hand op zijn arm deed een intieme relatie tussen hen vermoeden, en Fitz vroeg zich af of ze net uit bed waren. Viv had gezegd dat ze minnaars bij de vleet had. Terwijl zijn mond zich vertrok tot een grimas draaide ze zich om en zwaaide, waarbij ze hem een allercharmantste glimlach toewierp. Herkende ze hem van de vorige avond? Tot zijn ontsteltenis merkte hij dat hij terugglimlachte en de wijn omhooghield.

'Maak het niet te laat,' riep hij, 'want anders is dit allemaal op.'

'Mijn vriend is in de problemen geraakt,' antwoordde ze, hem wenkend. Ze legde uit dat Harry vastzat in de modder. 'Hij is net een ouwe walrus die op het strand naar adem ligt te happen,' zei ze, en ze hief haar kin in de lucht en lachte. Fitz herinnerde zich dat Viv haar vader met dezelfde bewoordingen had beschreven en liet opgelucht zijn schouders zakken; geen vrouw zou immers zo over een minnaar spreken.

Harry kon er niet om lachen. Hij voelde zich vernederd en geïrriteerd omdat Alba niet had verteld dat er ook nog een jongeman kwam eten.

Toen ze met z'n drieën stonden te overleggen wat ze moesten doen, kwam er een ander politiebootje naar hen toe gevaren, bemand door een streng kijkende man die onder zijn politiepet zijn voorhoofd in een frons trok. Harry kromp zichtbaar in elkaar.

'Zo zo zo, en wat mag hier wel aan de hand zijn?'

'Ik ben vastgelopen,' antwoordde Harry, en hij wilde net gaan toelichten waarom hij zich überhaupt op deze plek bevond toen Alba ertussen kwam.

'Brigadier, wat fijn dat u net op dit moment langskomt.' De brigadier rechtte zijn rug toen hij Alba's hotpants en laarzen zag, en zijn gezicht verzachtte zich en kreeg een bezorgde uitdrukking. 'Mijn man en ik zijn agent Reed enorm dankbaar.' Ze legde haar arm om Fitz' middel. Fitz kreeg het opeens bloedheet. 'Ziet u, ik zou zweren dat ik een hoofd heb gezien – ja, een hoofd. Zonder lichaam eraan vast. Het dobberde daar ongeveer rond.' Ze wees naar het bruine water. Ze sloeg haar ogen op naar de brigadier en deed haar best om er geschrokken uit te zien. 'U kunt zich wel voorstellen dat ik niet wist wat ik zag. Een hoofd zonder lichaam!'

'Ik zal mijn mensen optrommelen en het laten uitzoeken, mevrouw…' Op dat moment realiseerde Alba zich dat ze Fitz' achternaam niet wist.

'Davenport,' vulde Fitz snel aan. 'Meneer Davenport. Het zou heel fijn zijn als u dat zou willen doen. Ik heb liever niet dat mijn vrouw het nog een keer ziet.'

'Vanzelfsprekend, meneer Davenport.' Hij liet zijn blik naar Harry's jammerlijk gestrande bootje gaan. 'Ik geef agent Reed wel een lift en stuur hem terug als het vloed is. Laat de zaak maar aan mij over.'

'Dat zal ik zeker doen, en ik heb alle vertrouwen in u. Nu zou ik mijn vrouw graag mee uit eten nemen. Aangenaam met u kennisgemaakt te hebben, brigadier en agent…' stamelde hij met opzet.

'Reed,' zei Harry gemelijk.

'Natuurlijk, en dank u wel.' Na die woorden trok hij Alba met zich mee en liet Reed of the River over aan de genade van zijn brigadier.

Toen ze wegvoeren, wendde de brigadier zich tot Harry en zei met een waarderend knikje: 'Wat een mooie meid. Het is maar goed dat ze met zo'n sterke man getrouwd is, want anders zou ze wel eens flink in de problemen kunnen komen.'

Harry keek machteloos toe toen ze met Fitz in de boot van haar buurvrouw verdween.

Viv had zich voor deze gelegenheid getooid met een tulband van oude Indiase zijde. In een hemelsblauwe kaftan zat ze te roken door een elegant ivoren sigarettenpijpje, met nagels zo lang en rood dat het een wonder was dat ze er nog mee kon typen. Nu haar blonde haar was bedekt zag haar gezicht er veel ouder uit; je kon haar ingedroogde make-up in de rimpels rond haar ogen en mond zien zitten. Maar haar gelaatstrekken kwamen tot leven toen Fitz en Alba binnenkwamen en haar wangen kregen een natuurlijke roze blos.

'Kom binnen, schattebouten,' zei ze op kwijnende toon, en ze wapperde met haar hand naar hen ten teken dat ze moesten doen alsof ze thuis waren. 'Wat een drukte maakten jullie tweeën daar buiten. Ik zag dat die goeie ouwe Reedy vast was komen te zitten in de modder. Ik had wel eens willen zien hoe hij zich daaruit zou redden.' Ze lachte kakelend en nam een lange trek van haar sigaret.

Fitz was doodnerveus nu hij in het gezelschap verkeerde van de vrouw die hij zo fascinerend had gevonden en over wie hij zo lang had gedroomd. Hij nam plaats op het puntje van de oranje fluwelen bank alsof hij op sollicitatiegesprek was en friemelde met zijn vingers.

Alba liet zich neer op de stapel felgekleurde zijden kussens die op de grond lagen, trok haar benen onder haar lichaam en monterde helemaal op. Ze sloeg Fitz met haar merkwaardig lichte ogen gade, zich afvragend hoe hij haar probleem zou willen oplossen. De boot geurde zwaar naar wierook. Viv had kaarsen aangestoken en die in kleurige glazen potjes overal door de zitkamer verspreid neergezet. Het licht van de lampen was gedimd en er stond zachte muziek op. Alba nam hem door de rook heen op. Hij was op een heel aristocratische manier aantrekkelijk: intelligente ogen die sprankelden van humor; een brede, aanstekelijke glimlach; een krachtige kin en kaaklijn; ietwat sjofele kleding; en het krulhaar dat de kleur had van hooi en dat kennelijk al een hele poos geen borstel had gezien. Zijn ogen stonden haar onmiddellijk aan. Zijn blik was eerlijk en zacht, als Demerara-suiker, maar met een flinke snuf peper erdoor. Ze had een hekel aan mannen die zo vriendelijk waren dat het hen saai maakte. Zo iemand was hij duidelijk niet. Op dit moment zag hij er alleen maar zorgelijk uit, en ze had met hem te doen. In haar gezelschap waren mannen in twee categorieën in te delen: mannen die toesloegen en mannen die daar te fatsoenlijk voor waren. Fitz behoorde duidelijk tot de laatsten, en daar gaf ze ook de voorkeur aan. Tot dusver had ze nooit een man ontmoet die in de derde categorie viel: die van de onverschilligen.

'Zo, Fritz,' begon ze op gebiedende toon. 'Hoe pas jij in Vivs leven, en waarom heb ik je nooit eerder ontmoet?'

'Ik heet Fitz,' verbeterde hij haar ernstig. 'Een verkorting van Fitzroy. Ik ben haar literair agent.'

Viv kwam de kamer binnenzeilen met Fitz' fles wijn en drie glazen.

'Lieverd, je bent veel meer dan alleen mijn agent. Fitz is ook mijn vriend,' voegde ze er tegen Alba aan toe. 'Ik heb hem expres verborgen gehouden. Ik wil hem helemaal voor mezelf hebben. Ik deel hem vanavond dan wel, maar pas op, want ik ga het je heel erg kwalijk nemen als je hem van me afpikt, lieve kind. Zie je, bij Fitzroy kun je er altijd van op aan dat hij een glimlach op je gezicht tovert wanneer er weinig te glimlachen valt. Daarom heb ik hem ook uitgenodigd. Het leek me dat jij best eens opgevrolijkt mocht worden.'

Fitz kromp in elkaar, want hij voelde zich helemaal niet bijster amusant. Hij had om te beginnen een droge keel. Misschien dat een beetje wijn de boel zou smeren. Godzijdank had hij zelf de wijn gekocht.

'O, dat heeft Reed of the River al gedaan,' zei Alba zonder erbij stil te staan hoe dat opgevat kon worden. Fitz was uit het veld geslagen. 'Ik kwam niet meer bij toen ik zag dat dat malle bootje van hem aan de grond gelopen was.' Na die woorden wierp ze Fitz haar schalkse glimlach toe, en die leefde weer op. 'We hebben hem uit de problemen gehaald, niet dan? Als wij niet zo slim waren geweest, was hij vast en zeker ontslagen. Geen tochtjes meer naar Wapping. Dat zou ik jammer vinden.'

'Wat was dat allemaal over een dobberend hoofd?'

'O, Revel, een van de jongens van zijn werk, had een arm in de Theems gevonden. Moet je je voorstellen!' Ze hief haar kin en lachte schallend. 'Ik zei dat hij me moest waarschuwen als hij het hoofd zou vinden. Ik zou het graag in een doos naar de Buffel sturen.'

'Ah, de Buffel,' zei Viv met een zucht, en ze liet zich in de armstoel zakken. 'Dat is die boze stiefmoeder over wie ik je vertelde.'

Alba nam geen aanstoot aan het feit dat Viv kennelijk had geroddeld; ze vond het niet meer dan vanzelfsprekend dat mensen over haar kletsten.

'Ik geloof dat ik dat soort wel ken. Capabel, maar zo ongevoelig als wat.'

'Precies,' beaamde Alba, die haar as aftipte in een van Vivs limoengroene schoteltjes. 'Wat moeten we met haar aan?'

'Net als bij een goed boek hebben we een plot nodig,' zei Viv gewichtig. 'Aangezien ik van ons drieën de schrijfster ben, ben ik zo vrij geweest er een te bedenken.'

'Jij laat je publiek ook nooit in de steek,' zei Fitz joviaal, en schuldbewust schoot hem te binnen dat hij vergeten was de Fransen te bellen.

'Als het net zoiets is als in je boeken,' zei Alba, die er nog nooit een had gelezen, 'is het vast ontzettend boeiend.'

Viv zweeg even voor het dramatische effect, nam een flinke slok wijn, en begon toen heel langzaam te praten, waarbij ze haar medeklinkers inslikte.

'Van de Buffel kom je nooit af. Daar zijn we het allemaal over eens. En je kunt ook niet de genegenheid van je vader winnen wanneer je hem telkens in de haren vliegt. Nee, het is heel simpel: jij gaat het weekend met Fitzroy naar Hampshire.'

'Met Fitz?' herhaalde Alba.

'Met mij?' zei Fitz, naar adem snakkend, dolblij dat hij een rol kreeg toebedeeld.

'Jazeker. Je gaat je ouders laten kennismaken met je fantastische nieuwe vriend.' Fitz haalde diep adem om zijn opwinding te verbergen. 'Zie je, kind,' zei ze, zich tot Alba wendend, 'jij bent altijd de rebelse dochter geweest, het buitenbeentje. Nu kom je aanzetten met een uiterst gedegen, charmante, geschikte man. Fitzroy zal op en top bij hen in de smaak vallen. Hij zal bridgen, tennissen, de honden aaien, met je vader een portje drinken na het eten, over kunst, literatuur en politiek praten, en wat hij daar allemaal van vindt zal precies aansluiten bij wat zij ervan vinden. En wat toevallig nou: zijn vader heeft ook in de oorlog gevochten, in Italië nota bene. Kenden ze elkaar? Waar was hij gestationeerd? Fitzroy zorgt er wel voor dat Thomas Arbuckle van hem gecharmeerd raakt en die zal hem zo dankbaar zijn dat hij zich over zijn weerspannige dochter heeft ontfermd dat zijn waakzaamheid zal verslappen. Misschien praten ze wel over de oorlog bij een after-dinner sigaar, van man tot man, wanneer de vrouwen naar bed zijn gegaan.' Ze spreidde haar vingers en bewoog langzaam haar hand om haar woorden kracht bij te zetten. 'Het is laat. Een heldere nacht met een heleboel sterren aan de hemel. Thomas wordt nostalgisch en niets kan bij een man zo effectief het verlangen naar intimiteit oproepen als vleierij. Als iémand een ander uit zijn schulp kan lokken en vertrouwen kan wekken, dan ben jij het wel, Fitzroy. Fitzroy de Alleskunner.' Ze stak haar sigaret tussen haar lippen, waarna ze de rook in een lange, dunne kronkel uitblies, duidelijk ingenomen met haar voorstelling van zaken.

Fitzroy boog zich naar voren en plantte zijn ellebogen op zijn knieën. 'Ik zou nog wel een stapje verder willen gaan, Viv,' zei hij, want hij zag het helemaal zitten.

'Heel goed, schat.'

'Als ik eenmaal te horen heb gekregen wat ik wilde horen, is er nog één ding te doen,' poneerde hij ernstig.

Alba, die haar mond niet open had gedaan en de hele tijd geboeid had zitten luisteren, nam nu het woord. 'En dat is, Fitz?'

'Als je echt zo graag de waarheid over je moeder wilt achterhalen, moet je naar Italië gaan.'

Alba kneep haar ogen tot spleetjes. Hoewel dat idee geregeld bij haar was opgekomen, had ze zich nooit voorgesteld dat ze het in haar eentje zou uitvoeren. Ze had nooit iets in haar eentje ondernomen. Ze vroeg zich af of Fitz haar zou kunnen vergezellen. Hij was knap, charmant en vriendelijk, en duidelijk verliefd op haar. Ik zou nog wel een stapje verder willen gaan, Fitz, zei ze bij zichzelf. Jij gaat namelijk met mij mee.

4

NA HET ETEN EN EEN DERDE FLES WIJN GINGEN ZE HET DEK OP OM onder de sterren te gaan liggen die af en toe achter zware donkere wolken vandaan piepten. Het was koud, zodat ze dicht tegen elkaar aan kropen onder een deken, en ze keken meer omhoog dan naar elkaar. Na alle vrolijkheid was het onvermijdelijk dat de wijn, in combinatie met de schoonheid van de stormachtige nacht, hen melancholiek stemde. Viv dacht aan haar ex-man en vroeg zich af of haar boeken de plaats hadden ingenomen van de kinderen die ze nooit had gekregen. Fitz kon aan niets anders denken dan aan Alba's warme lichaam dat tegen het zijne lag gedrukt en aan het vooruitzicht om zo'n grote rol te spelen in haar verlossing, terwijl Alba de leegte in haar geest vulde met het beeld van haar moeders lieve gezicht.

'Ik heb de onvoorwaardelijke liefde van een moeder nooit gekend,' zei ze opeens.

'En ik heb die nooit gegeven,' zei Viv.

'Ik heb wel ervaren hoe dat is,' zei Fitz. 'En het is het heerlijkste wat er bestaat.'

'Vertel eens, Fitz,' vroeg Alba. 'Waarom is die liefde zo heerlijk?' Ze had het gevoel alsof haar borst werd samengedrukt door een onzichtbaar voorwerp dat groot en zwaar was.

Fitz zuchtte. Hij had het altijd als iets vanzelfsprekends beschouwd. Nu kreeg hij beelden van al die keren dat hij als kleine jongen in de armen van zijn moeder was gerend om troost te zoeken, en hij had ontzettend met Alba te doen omdat zij dat nooit had meegemaakt.

'Als kind weet je gewoon dat je het middelpunt bent van je moeders wereld,' begon hij. 'Niets is belangrijker dan jij. Ze zal alles voor jou opofferen en doet dat ook geregeld, want jouw welzijn en geluk zijn veel belangrijker dan de hare. Als man weet je dat ze, wat je ook doet en hoe je je ook misdraagt, toch altijd van je zal blijven houden. In de ogen van je moeder ben je briljant, slim, knap en bijzonder. Ik kan niet voor iedereen spreken, alleen voor mezelf, maar ik geloof dat het ook zo hoort te zijn. Mijn moeder is mijn beste vriendin. De liefde die ik voor haar voel is ook onvoorwaardelijk. Maar kinderen zijn zelfzuchtig. Hun moeder komt bij hen niet op de eerste plaats. Misschien zou dat wel moeten.'

'Ik had best graag een kind willen hebben,' zei Viv zachtjes.

'O ja, Viv? Meen je dat?' Fitz had haar nog nooit iets horen zeggen over een kinderwens.

'Dat verlangen zit heel diep, Fitzroy, en over het algemeen luister ik er niet naar. Maar op zo'n mooie avond en met vrienden om me heen begin ik na te denken over wat het leven en mijn eigen sterfelijkheid waard zijn. Op zulke momenten heb ik het idee dat me op de een of andere manier een belangrijk aspect ervan is ontgaan. Maar ik ben oud en zulke nutteloze gedachten zijn nergens goed voor.'

'Je zou een goede moeder zijn geweest,' zei Alba welgemeend. 'Ik zou best hebben gewild dat mijn vader met jou getrouwd was in plaats van met de Buffel.'

'Ik geloof niet dat ik je vader zo leuk zou vinden,' antwoordde Viv met een zacht lachje.

'Nee, dat denk ik ook niet.'

'Heb je hem wel eens ontmoet?' wilde Fitz weten.

'Nee, maar laten we zeggen dat zijn vrouw en hij me niet speciaal leuke mensen lijken.'

'Ik schort mijn oordeel op tot ik ze heb ontmoet,' zei Fitz.

'Dus je gaat mee?' zei Alba.

Hij wilde antwoorden dat hij wel alles voor haar wilde doen, maar dat had ze vast al talloze mannen horen zeggen, dus zei hij alleen maar dat hij dit bezoekje voor geen goud wilde missen.

Ze bleven op het dek liggen tot de sterren zich terugtrokken en het uit de dichter wordende bewolking zachtjes en aanhoudend begon te regenen. De boot deinde naarmate de rivier sneller begon te stromen, en het gekraak en gebonk namen toe, zodat Viv besloot dat ze niet eens zou proberen om te gaan slapen, maar aan haar bureau een volgend hoofdstuk zou gaan schrijven. Alba had zonder het te beseffen een oude wond opengereten. Het had geen zin te proberen die vanavond te helen; dat kon alleen bij daglicht, en ze had helemaal geen zin om in bed te gaan liggen piekeren over dingen die ze betreurde in haar leven.

Ze wenste hun welterusten en ging weer naar binnen, waar de kaarsen opgebrand waren en de plaat die had opgestaan was afgelopen. De geur van wierook hing nog in de lucht en er stond nog een fles wijn in de koelkast. Ze zette haar tulband af, trok haar kaftan uit en wikkelde zich in een knusse ochtendjas. Het verwijderen van haar make-up was altijd een ontnuchterende ervaring. Onopgemaakt zag ze er oud uit. Ze wierp alleen een blik in de spiegel als het per se moest en masseerde haar vermoeide huid met een dikke crème die beloofde wonderen te verrichten en de klok terug te draaien. De klok terugdraaien had ze best gewild. Zodat ze het allemaal over kon doen, maar dan anders.

De liefde was een hachelijke zaak. Je kon er beter over schrijven dan er zelf mee te maken krijgen. Ze was nu te oud voor kinderen en zou het niet kunnen verdragen met iemand samen te leven. God verhoede dat ze een man tegen zou komen die kinderen van zichzelf had en dat ze een stiefdochter zoals Alba zou krijgen. In stilte kon ze wel meevoelen met de Buffel. Alba was een lastpost, en nog een zelfzuchtige lastpost ook. Ze hoopte maar dat Fitzroy zijn ontvankelijke hart in de hand zou kunnen houden. Hij verdiende beter dan Alba. Het is wel duidelijk wat hij nodig heeft, dacht ze. Een degelijke vrouw die voor hem zorgt, en geen Alba die alleen maar aan zichzelf denkt.

Fitz liep met Alba mee naar haar boot. Hij zou willen dat die helemaal aan de andere kant van de Embankment lag, zodat ze in de motregen een heel stuk konden wandelen en lang konden praten. Hij wilde haar van alles vragen. Haar hooghartigheid prikkelde hem, maar het was haar breekbaarheid die hem aantrok. Hij wilde haar redder in nood zijn. Hij wilde anders zijn dan de rest. Hij wilde degene zijn aan wie zij zich kon vastklampen.

Toen ze bij haar deur kwamen, draaide ze zich met een glimlach naar hem toe – niet haar gebruikelijke charmante grijns, maar de verdrietige glimlach van een eenzaam klein meisje. 'Wil je bij me blijven?' vroeg ze. 'Ik ben vannacht liever niet alleen.'

Fitz stond op het punt haar te omhelzen, een kus op die volle lippen te drukken en haar te verzekeren dat hij als zij dat wenste eeuwig bij haar zou blijven, maar diep vanbinnen roerde zich een gedachte die hij niet kon negeren: als hij zou blijven, zou het net als met al die anderen zijn.

'Dat kan niet,' antwoordde hij.

Alba's ogen werden groot. Nog nooit had iemand een dergelijk voorstel geweigerd.

'Alleen maar om te slapen,' verklaarde ze, terwijl ze zich afvroeg waarom juist zij, nota bene, zich ertoe verlaagde zo nederig te smeken.

'Ik heb morgenvroeg een afspraak en mijn papieren liggen nog thuis. Het spijt me,' zei hij slapjes, toen hem ook nog te binnen schoot dat hij zijn hond Sprout had opgesloten in de keuken. 'Niet dat ik niet zou willen,' voegde hij eraan toe toen ze nijdig haar lippen op elkaar perste.

'Nou, welterusten dan maar,' zei ze koeltjes, waarna ze in haar boot verdween en de deur op slot draaide. De laatste kwijnende blik die ze hem had toegeworpen had hem tot een fractie van zijn oorspronkelijke lengte gereduceerd.

Fitz liep terug naar de Embankment en probeerde zich te herinneren waar hij zijn auto had geparkeerd. Hij voelde zich ellendig. Op het dek van Viv had ze haar diepste gevoelens tegen hem uitgesproken. Ze waren intiem geweest. Nu waren ze als vreemden uit elkaar gegaan. Hij zou niets liever willen dan zich omdraaien en weer bij haar aankloppen, en repeteerde bij zichzelf wat hij dan zou zeggen: ik heb me bedacht… Ik ben tot inkeer gekomen… Ik lijk wel gek om mijn werk belangrijker te vinden dan jou… Ik wil je bed en je leven delen… Ik ben stapelverliefd op je… Hij was dronken en emotioneel, en kon zijn auto niet vinden.

De avond was zo veelbelovend begonnen, dacht hij sip. Waarschijnlijk zou ze niet meer willen dat hij zich uitgaf voor haar vriendje nu hij haar zo weinig galant had afgewezen. Hij had het koud en voelde zich daas, en nog steeds kon hij zijn auto niet vinden. Meestal zette hij die vlak om de hoek neer, daar bij die gele streep. Vertwijfeld beende hij heen en weer, telkens weer de straten afspeurend in de hoop dat het voertuig op magische wijze zou opdoemen. Nadat hij een hele poos op dezelfde plek was blijven staan en beteuterd naar de weg had staan kijken, hield hij ten slotte maar een taxi aan. Hij moest er niet aan denken om naar huis te lopen.

Hij liet zich neerzakken op de leren bank en wierp zijn hoofd achterover. 'Clarendon Mews, alstublieft,' gaf hij op. De taxichauffeur zette de meter aan en draaide de weg op.

'U bent wel nat geworden, zeg,' zei hij, in de hoop op een praatje. Het was een lange avond geweest.

'Daar kan ik niet mee zitten,' mompelde Fitz. 'Voor haar heb ik alles over.'

'Aha, er is een dame in het spel,' zei de chauffeur met een begripvol knikje. Hij was er wel aan gewend dat mensen met een gebroken hart vanaf de achterbank hun problemen over hem uitstortten.

'Ze kunnen ons flink nekken. Eén blik, één keer met hun ogen knipperen, en we zijn nergens meer. Nergens. Zo voel ik me: alsof ik nergens meer ben.'

'Val uzelf niet te hard, meneer. Ze is het niet waard.'

'O, maar dat is ze wel,' zei Fitz met een melodramatische zucht. De taxi zwenkte naar links en Fitz zwenkte mee; zijn hoofd rolde losjes tegen de achterbank alsof het een meloen was. 'Zij is niet zomaar iemand. Ze is anders dan de rest.'

'Dat zeggen ze allemaal.' De taxichauffeur grinnikte. 'Dat dacht ik over mijn vrouw ook. Inmiddels heb ik wel door dat ze net zo zanikt als ieder ander. Degene die de liefde heeft uitgevonden, had wel een merkwaardig gevoel voor humor. Het punt is, tegen de tijd dat de schellen je van de ogen vallen is het al te laat; dan ben je getrouwd en zeurt ze je de kop gek over hoe slecht ze het heeft getroffen. Als die truc met de liefde niet werd uitgehaald, zou er geen man voor het altaar komen te staan. Een zootje is het, en ik ben voor de bijl gegaan, sukkel die ik ben.'

'U begrijpt het niet. Ik heb het wél over Alba Arbuckle.'

'Mooie naam, Alba.'

'Die is Italiaans.'

'Ik zou die spaghettivreters maar niet vertrouwen, als ik u was. In de oorlog kon je ook niet van ze op aan. Ze bleven zitten afwachten wie er aan de winnende hand was en heulden vervolgens met de Duitsers. De rotzakken. Maar we hebben ze wel wat laten zien, nietwaar? We hebben ze wel ingepeperd dat er met de Engelsen niet viel te sollen.'

'Ze is te jong om over de oorlog te kunnen meepraten.' Fitz rolde de andere kant op toen de taxi Clarendon Mews in reed.

'Welke?' vroeg de chauffeur, die stapvoets ging rijden en zich naar voren boog om door de voorruit te turen, waar de ruitenwissers met een hypnotiserend gepiep overheen veegden.

'De Tweede Wereldoorlog natuurlijk,' antwoordde hij geërgerd.

'Nee, ik bedoel: welk huisnummer?' verduidelijkte de taxichauffeur hoofdschuddend. Op dit uur kreeg hij altijd dronkaards in zijn wagen. Deze vent zag er chic uit en leek niet gewelddadig, alleen maar melancholiek. Fitz deed zijn ogen open. Toen hij zich vooroverboog, zag hij zijn auto vlak voor nummer 8 geparkeerd staan.

'Wel heb ik ooit!' zei hij met een frons. 'Hoe is die hier in godsnaam terechtgekomen?'

In zijn benevelde toestand kon Fitz de diverse muntsoorten niet uit elkaar houden en hij betaalde tot vreugde van de taxichauffeur veel te veel.

Fitz wist de sleutel in het slot te krijgen en stommelde naar binnen. Hij was te moe om zich uit te kleden en wilde eerst even een poosje op bed gaan liggen, alleen om zijn hoofd tot rust te laten komen. Maar op het moment dat hij zijn ogen weer opendeed was het tien uur in de ochtend en rinkelde de telefoon.

Op een elleboog werkte hij zich overeind en reikte naar de hoorn. Hij kuchte om zijn keel te schrapen voor het geval het zijn baas was.

'Fitzroy Davenport.' Het bleef even stil. 'Hallo?'

'Hai.' Alba's stem klonk dik en doorrookt.

Fitz ging abrupt overeind zitten, niet in staat zijn vreugde te bedwingen. 'Hai,' zei hij blij. 'Hoe voel je je?'

'Slaperig,' spon ze. Ze klonk alsof ze nog in bed lag.

'Ik ook.' Vervolgens schoot hem te binnen dat hij haar had gezegd dat hij een vroege afspraak had. 'Ik ben al heel vroeg opgestaan. Ik vond het leuk gisteravond, maar de wijn eist wel zijn tol. Volgens mij heeft die laatste fles me de das omgedaan.'

'Ik heb een enorme kater,' zei ze met een zucht. 'Eerlijk gezegd herinner ik me van gisteren heel weinig.' Dat was gelogen, maar Alba wilde zich Fitz' afwijzing niet herinneren. Fitz voelde een golf van teleurstelling door zich heen slaan. 'Maar,' vervolgde ze met een slaperige zucht, 'ik herinner me wel Vivs plannetje. Dat zat goed in elkaar. Doe je nog steeds mee?' Fitz bereed nu de kam van de golf in plaats van dat hij eronder lag te spartelen.

'Zeker weten,' zei hij.

'Mooi zo. Dan bel ik de Buffel om te zeggen dat we aanstaand weekend langskomen. Het wordt helemaal niet leuk, geloof mij maar. We kunnen het best van tevoren even ons actieplan doorspreken.'

'Goed.'

'Zullen we zeggen donderdagavond?'

'Dan neem ik je mee uit eten,' stelde hij voor in een poging goed te maken dat hij haar de vorige avond had laten zitten.

'Nee, ik draai zelf wel iets in elkaar. Kom maar om acht uur.'

Alba was nog steeds kwaad op Fitz, maar ze had hem nodig. Trouwens, Viv had echt een geweldig plan bedacht. Als Fitz eenmaal te horen had gekregen wat Valentina voor iemand was geweest, zou hij daarna met haar meegaan naar Italië, waar ze haar familie zou leren kennen. Ze stelde het zich al helemaal voor: de tranen, de omhelzingen, en dan de verhalen over haar moeders leven waar ze zo naar uitkeek. Er zouden foto's zijn. Broers en zussen misschien, neven en nichten, ooms en tantes. Iedereen zou herinneringen hebben die ze aan haar zouden vertellen. Zij zou de ontbrekende stukjes aanvullen en als een compleet mens terugkomen. Ze zou naar het graf gaan, er bloemen neerzetten, en eindelijk zou alles kloppen in haar wereld.

Toen de donderdag aanbrak, zorgde Alba ervoor dat eerst Rupert langskwam voor een drankje. Hij arriveerde vroeg, met een groot boeket rode rozen, waarvan de geur voor hem uit dreef op de bries. Alba verwelkomde hem bij de deur in een matroze zijden peignoir die amper tot haar dijen reikte. Haar lange glanzende benen eindigden in een paar roze bontmuiltjes die haar volmaakt roze teennagels vrijlieten, die die middag in Chelsea zorgvuldig waren gepedicuurd. Ze snoof de geur van de rozen op tegelijk met Ruperts vertrouwde aftershave, pakte hem vast bij zijn stropdas en sloeg de deur met een klap dicht. Vervolgens drukte ze haar lippen op de zijne en zoende hem. Rupert liet de bloemen vallen. Ze nam hem bij de hand en leidde hem naar boven naar haar kleine slaapkamer onder het daklicht. Het had de avond tevoren en het grootste deel van de dag hard geregend, maar nu was de hemel lichtblauw, met slechts hier en daar een rozegrijs wolkje.

Ze ging op het bed liggen en Rupert wurmde zich uit zijn kleren. Ze sloeg hem gade vanonder haar zware oogleden, terwijl haar lange bruine haar in een waaier om haar gezicht lag. Haar wangen waren roze, haar lippen weken verwachtingsvol en wellustig iets vaneen. Toen hij eenmaal uitgekleed was, stortte hij zich op haar en verslond haar zoals een leeuw zijn prooi verslindt. Ze sloot haar ogen en streelde bedaard zijn haar terwijl hij zich over haar lichaam naar omlaag bewoog en overal haar huid likte.

Om kwart voor acht lagen ze rozig en verfomfaaid in elkaars armen, en glimlachten tevreden.

'Wat jammer dat je weg moet,' zei ze met een zucht.

'De volgende keer moet je maar geen eetafspraak maken. Dan kunnen we de hele nacht bij elkaar blijven,' zei Rupert.

'Weet ik. Dom van me. We kunnen ons maar beter aankleden. Ik wil niet dat Fitz me zo ziet.'

'Wie zei je ook weer dat die Fitz is?' vroeg Rupert, die niet jaloers probeerde te klinken. Hij had tenslotte het bed met haar gedeeld en Fitz niet.

'Vivs literaire agent,' antwoordde ze ongeïnteresseerd, terwijl ze geeuwend opstond. 'Hij is een sul, maar ik doe het voor Viv.'

'Aha,' zei hij, gerustgesteld.

'Hij komt op tijd en gaat bijtijds weer weg, zodat ik eens een nacht lekker door kan slapen. Ik ben kapot. Wat ben je toch een beest, Rupert!'

Rupert trok zijn broek aan, die doordat hij opgewonden raakte strak kwam te zitten.

'Jammer dat ik 'm weg moet stoppen,' antwoordde hij met een glimlach. 'Hij is er alweer klaar voor.'

'Maar ik niet.' Ze keek op de wekker op haar nachtkastje. Het was inmiddels vijf voor acht. Fitz kennende zou hij over zo'n drie minuten voor haar deur staan, en precies op dat moment, bedacht ze triomfantelijk, zou Rupert vertrekken.

Fitz had bloemen gekocht, langstelige aronskelken, en een fles wijn. Italiaanse wijn ter voorbereiding op hun weekend, dat hij 'Italië heroverd' had gedoopt. Hij had een lekker geurtje op zijn wangen gesprenkeld en een gloednieuw shirt aangetrokken dat zijn modebewuste collega hem had aangeraden te kopen. Hij voelde zich aantrekkelijk. Hij voelde zich optimistisch. Het feit alleen al dat Alba hem had gebeld toonde aan dat ze hem had vergeven. Als ze hem weer zo'n aanbod deed, waar hij sterk aan twijfelde, zou hij erop ingaan.

Hij liep met kloppend hart en terwijl hij snel en opgewonden ademhaalde de ponton over. Even later stond hij voor haar deur. Hij had net zijn hand geheven om aan te kloppen toen de deur openging en Rupert naar buiten beende, die hem een hooghartige glimlach toewierp voordat hij fluitend over de ponton naar de Embankment liep. Toen Fitz zich weer omdraaide, stond Alba naar hem te grijnzen. Ook al was hij nog zo kwaad en voelde hij zich nog zo vernederd, door haar stralende glimlach leefde hij weer helemaal op. Hij was slim genoeg om te beseffen dat ze dit moment in scène had gezet om hem zijn plaats te wijzen. Om hem te laten zien dat het haar niets kon schelen. Het had gewerkt; hij voelde zich ook inderdaad de mindere. Hij glimlachte schroomvallig terug en overhandigde haar de bloemen.

'O, wat zijn die mooi,' zei ze stralend. 'Kom verder.' Om binnen te komen moest hij over een andere bos bloemen heen stappen.

'Het is mijn geluksdag,' zei ze giechelend, de bloemen oppakkend. 'Hoeveel meisjes krijgen er nou twee boeketten op één avond?' Het woord 'slet' kwam bij Fitz op en hij bloosde, met een ongemakkelijk gevoel omdat hij iets dergelijks over Alba kon denken.

'Je verdient ze allebei,' zei hij, met het vaste voornemen niet te laten merken dat het hem stoorde. Hij liep achter haar aan de gang door naar de keuken. Het deed er niet toe wie wie had afgewezen, bedacht hij met een zucht toen hij haar lekkere kontje in een strakke spijkerbroek voor zich uit zag lopen; zij was immers zo brutaal dat ze altijd zou winnen.

In haar kleine woonboot was het een ontzettende rommel. Hij ving een glimp op van de slaapkamer boven. Het antieke Franse bed, de balustrade, de trap... Alles lag bezaaid met kleren. Een grote kast stond open, de laden naar buiten getrokken, en kanten slipjes en glanzende zijden onderjurken hingen eruit als haastig geopende cadeautjes. Een paar roze schoenen met plateauzolen lag lukraak op de grond in de gang, alsof ze ze zojuist uit had getrapt. In de zitkamer lagen glossy tijdschriften her en der op de ivoorkleurige banken, en er was in geen weken stof afgenomen. Op de aanrecht in de keuken stonden stapels borden en kopjes. De kamers waren klein, in lichtroze en lichtblauwe tinten geschilderd, met lage plafonds. Het rook naar parfum en paraffine, in combinatie met de aangename geur van in de was gezet hout. Maar ondanks de chaos had de boot, evenals Alba, een enorme charme.

In de keuken zocht Alba in de kasten naar vazen. Toen ze er geen vond, zette ze de ene bos bloemen in een kan en de andere in de koffiepot, ondertussen druk babbelend over de dingen die Reed of the River in de Theems had gevonden – helaas niet het hoofd, vertelde ze, en zelfs niet de andere arm –, waarna ze voor hen allebei een glas van Fitz' Italiaanse wijn inschonk.

'Wat aardig van je om die moeite te nemen,' zei ze. 'Heel toepasselijk.'

'Deze wijn dient om het begin van "Italië heroverd" te vieren,' zei hij, zijn glas heffend. Alba's lichte ogen werden donker en opeens leek het of ze geroerd was.

'Dat is het aardigste wat iemand ooit voor me heeft gedaan. Je hebt er het volste vertrouwen in en je viert mijn beslissing om oude wonden open te rijten. Meer dan mijn vader en stiefmoeder zouden doen. We gaan ze allebei inpakken, met z'n tweeën. Papa zal zich tegenover jou uitspreken. Iedereen is dol op je, heb ik van Viv gehoord. Zo'n soort man ben je wel.'

'Ik weet niet of het zo goed is om zo'n soort man te zijn,' zei hij schouderophalend. 'Ik heb twee huwelijken achter de rug en ik ben nog maar veertig. Ooit had ik geld, maar dat is allemaal opgegaan aan de vrouwen aan wie ik mijn hart had verpand. Ik voel me er nog steeds schuldig over dat ik hun hart heb gebroken en hun leven heb geruïneerd.'

'Je bent te goed,' zei ze welgemeend. 'Ik heb geen geweten.'

'Je ziet er niet uit alsof je iemand kwaad zou kunnen doen.'

'O, Fitz!'

'Nou ja, je glimlach kan het vast weer goedmaken als je iemand eventueel iets zou hebben aangedaan.'

Ze liet een lach horen van achter uit haar keel en stak een sigaret op. 'Ben je soms ontzettend romantisch? Is dat je probleem?' Ze ging aan tafel zitten en schoof een stel nagellakflesjes opzij. Fitz volgde haar voorbeeld.

'Ik ben hopeloos romantisch, Alba. Als ik mijn hart aan iemand verpand, is er geen weg terug meer. Ik geloof in de liefde en het huwelijk. Ik ben alleen in geen van beide bijster goed.'

'Ik geloof helemaal niet in het huwelijk. Ik zou er erg slecht in zijn, en wat de liefde betreft – nou, er bestaan een heleboel verschillende soorten liefde, nietwaar?'

Fitz nipte van zijn wijn en voelde zich al wat beter. 'Ben jij ooit verliefd geweest, Alba? Echt verliefd, helemaal hoteldebotel?'

Ze dacht even over zijn vraag na, hield haar hoofd schuin en keek naar opzij vanonder haar dichte zwarte wimpers. 'Nee.' Ze zei het zelfverzekerd. 'Nee, ik geloof het niet.'

'Ach, je bent nog jong.'

'Zesentwintig. Viv zegt steeds tegen me dat ik voort moet maken als ik kinderen wil.'

'En wil je kinderen?'

Ze trok haar neus op. 'Ik weet het niet. Nog niet. Ik ben over het algemeen niet zo dol op kinderen. Ze zijn wel lief en zo, maar ook veeleisend en vermoeiend. Alleen leuk om even naar te kijken.' Ze lachte weer, en Fitz lachte met haar mee. Hij benijdde haar om haar gemakkelijke kijk op het leven. Het was vast heel eenvoudig om Alba te zijn, bedacht hij.

'Als het je eigen kinderen zijn, denk je er wel anders over,' zei hij, herhalend wat hij andere mensen had horen beweren.

'O, dat mag ik hopen. Ik zou best een goede moeder willen zijn.' Haar stem stierf weg; ze sloeg haar ogen neer en keek troosteloos in haar glas. 'Volgens mij zou mijn moeder een goed voorbeeld zijn geweest.' Ze sloeg haar blik weer op en glimlachte verdrietig. 'Maar dat zal ik nooit weten.'

'Daar kom je heus wel achter,' zei Fitz meelevend, en hij pakte haar hand vast. 'Want we gaan van alles over haar ontdekken.'

'Denk je echt dat het gaat lukken?'

'Als we klaar zijn, zullen we een uitstekend beeld van haar hebben, lieve schat.'

'O, Fitz. Ik hoop dat je gelijk hebt. Ik verlang er al mijn hele leven naar haar te leren kennen.'

Ze trok haar hand niet terug, maar keek hem vol verlangen aan. 'Ik vertrouw op jou, Fitz. Ik weet zeker dat je me niet zult teleurstellen.'

En Fitz bad in stilte tot wie er ook maar luisterde dat hij dat ook niet zou doen.

5

DIE ZATERDAGOCHTEND VROEG GING FITZ ALBA OPHALEN IN ZIJN
Volvo, terwijl Sprout tevreden achterin door het raampje naar de
meeuwen lag te kijken. Fitz moest beneden wachten terwijl zij zich
aankleedde. Hij kon haar boven zijn hoofd heen en weer horen lopen, bedenkend wat ze zou aantrekken. Hij had opgemerkt wat
voor kleren ze droeg; die waren met zorg uitgekozen en heel modieus. Hij wist niet waarom ze zo veel moeite deed, want in een jute-
zak zou ze er niet minder opwindend uitzien.

Hij tuurde door een van de ramen in de zitkamer naar de plek
waar Vivs boot lag, rustig en stil. Hij zag helemaal voor zich hoe ze
in een lang, soepel gewaad zat te hameren achter haar typemachine,
met een brandende sigaret op een van die limoengroene schoteltjes.
Hij vroeg zich ook af hoe vaak hij bij haar op het dek had gezeten en
had geprobeerd bij Alba's boot naar binnen te kijken, in de hoop een
glimp van haar op te vangen, een spoor van haar – wat dan ook. Hij
herinnerde zich Vivs waarschuwing: 'Als je maar niet verliefd
wordt, Fitzroy,' had ze gezegd. Te laat, bedacht hij met een zucht.

De avond dat ze samen hadden gegeten was geen teleurstelling
voor hem geworden. Hij had niet anders verwacht dan dat hij na het
eten zou vertrekken en naar huis zou rijden. Hij was tenminste niet
dronken geworden en was niet zijn auto kwijtgeraakt. Ze hadden
tot ver na middernacht zitten praten, hun buik vol met de risotto die
hij had klaargemaakt; Alba was ondanks haar enthousiasme niet in
staat iets te eten in elkaar te flansen. Ze had hem over haar jeugd
verteld, over haar afschuwelijke stiefmoeder en het isolement waarin ze haar hele leven had verkeerd.

Hij had geprobeerd uit te leggen dat het heel vanzelfsprekend
was dat haar vader zijn best had gedaan na het verlies van zijn eerste
vrouw zijn leven weer op te pakken. De tragedie van haar overlijden
moest hem wel bijna gebroken hebben. En hij bleef ook nog eens

achter met een baby. Hij had haar onmogelijk in zijn eentje groot kunnen brengen. Hij had Margo nodig gehad. Alba was eenvoudigweg een onschuldig slachtoffer van zijn vaste voornemen om een nieuw leven op te bouwen en het verleden te vergeten. 'Ik zie het vanuit het standpunt van een man,' had hij uitgelegd. 'Het wil niet zeggen dat hij minder van je houdt, maar alleen dat hij niet in het verleden wil blijven leven, en misschien dat hij jou daar ook tegen wilde beschermen.'

Alba was heel stil geworden. 'Misschien heb je gelijk,' had ze uiteindelijk gezegd. 'Maar dat verandert niets aan hoe ik over de Buffel denk. Ik heb gewoon ontzettend met mijn vader te doen. Hij verbergt zijn miserabele leven achter een oppervlakkige vrolijkheid. Opgewekt en enthousiast, dat is papa. Om zes uur een borreltje, om halfnegen eten, en om tien uur een glas whisky en een sigaar in zijn studeerkamer. Hij is altijd zuinig met zijn sigaren en rookt ze helemaal tot het eind op, tot hij zijn vingers bijna brandt. Hij beschermt zichzelf met de structuur van een routine. Overdag altijd hetzelfde driedelige tweedpak, 's avonds een huisjasje en pantoffels. De zondagse lunch in de eetkamer, het zondagse diner in de hal bij de haard. De kok maakt elke zondag hetzelfde gerecht klaar, hoewel het altijd iets speciaals is wanneer de dominee komt lunchen. Lamsbout of rundvlees, pudding of appelkruimeltaart. 's Middags maakt hij een wandelingetje, hij pakt een stok en inspecteert zijn landerijen. Maakt een praatje met de beheerder, discussieert over de fazanten en de aanplant van bomen. Alles is altijd hetzelfde, er verandert nooit iets. Er is niets waar de paarden bang van zouden kunnen zijn. Toen vond ik die tekening die hij nooit had verwacht nog terug te zien. Ik sleurde hem terug naar zijn verleden. De arme man, hij weet niet wat hij met me aan moet. Maar tegenover jou komt hij wel los, dat weet ik zeker. Hij is een man, en jij bent iemand naar zijn hart.'

Fitz had niet geweten of dat positief opgevat moest worden. In Alba's ogen waarschijnlijk niet. Viv had Thomas Arbuckle een 'ouwe mafkees' genoemd, maar als hij in de oorlog een jonge man was geweest, kon hij niet ouder zijn dan in de vijftig. Nog maar net van middelbare leeftijd.

Toen Alba in de deuropening verscheen, trok Fitz zich terug van het raam en van zijn gedachten. Ze droeg een eenvoudige broek en een beige corduroy jasje over een wit kasjmieren truitje met een polohals. Ze had haar haar in een paardenstaart gedaan en haar lange pony waaierde uit over haar voorhoofd en slapen. Ze deed geen moeite zich voor de rommel te excuseren. 'Ik ben klaar. Ik heb mijn meest conservatieve outfit aangetrokken, zodat ik goed bij jou pas.' Fitz had hier aanstoot aan kunnen nemen, ware het niet dat hij zichzelf al als conservatief beschouwde. Maar haar opmerking benadrukte nog weer eens de grote verschillen tussen hen en het feit dat ze met geen mogelijkheid iets in hem kon zien. Hij was echter niet teleurgesteld, want ze waren tenminste vrienden, en dat was beter dan buitengesloten worden in de motregen.

'Je ziet er prachtig uit,' zei hij terwijl hij waarderend zijn blik over haar lichaam liet gaan.

Ze trok een brede grijns. 'Ik vind het leuk als je dat doet,' zei ze, en ze draaide zich om en liep naar de deur.

'Wat doet?'

'Als je me zo van top tot teen opneemt. Ik kan je ogen voelen alsof het handen zijn. Ze kietelen.'

Buiten was het warm. Het voorjaarsbriesje danste over de rivier en deed het water rimpelen en rollen. Meeuwen zweefden door de lucht en hun kreten klonken uit boven het zachte geruis van het verkeer.

'Nou, ik hoop maar dat je een auto hebt die bij je imago past. Geen sportwagen. Papa wantrouwt mannen in sportwagens.'

'Ik heb een vrij oude, aftandse Volvo.'

'Klinkt goed,' zei ze, en ze stak haar arm door de zijne. 'We moeten ons als stel gedragen,' voegde ze eraan toe toen hij haar vragend aankeek.

Alba nam plaats op de passagiersstoel, nadat ze eerst een paar boeken en manuscripten achterin had gegooid om ruimte te maken. Naast de literaire chaos rook het ook nog eens naar hond.

'Ik wist niet dat je een hond had,' zei ze toen hij was ingestapt en de motor startte.

'Sprout. Hij ligt in de achterbak.'

Alba's ogen werden groot. 'Ik mag hopen dat het niet zo'n klein mormel is als de honden van Margo.'

'Hij is een kruising tussen een springer en een pointer.'

'Wat dat ook moge betekenen,' zei ze met een zucht, en ze draaide zich om om te kijken. 'O ja, hij kan ermee door. Godzijdank is het een grote hond. Ik haat keffertjes.'

'Sprouts blaf is heel mannelijk, kan ik je verzekeren.'

'Gelukkig maar, want anders had hij thuis moeten blijven, tenzij hij natuurlijk bereid is bij de thee die ratten van Margo te verschalken.'

'Luister maar niet naar haar, hoor Sprout. Ze meent het niet zo kwaad.' Je kon Sprout in de achterbak een geduldige zucht horen slaken.

'Wacht jij maar, je snapt het wel als je ze ziet. De Buffel houdt van dingen die ze onder haar arm mee kan nemen.'

'Je vader toch zeker niet?'

Alba giechelde en gaf hem een speelse por. 'Idioot! Ze is wel sterk, maar geen Hercules!'

Het hele stuk over de A30 zaten ze te kletsen. Toen ze van de grote weg afsloegen en hun route vervolgden over smalle, kronkelende weggetjes, toonde het platteland zich in al zijn glorie. Nu het warmer werd, kwamen de bossen volop tot leven en ze vibreerden met een helder, fosforescerend groen dat Fitz aan Vivs asbakjes deed denken. De lucht was zacht en rook zoet, en boven hun hoofd vlogen vogels, of ze zaten op telegraafdraden even uit te rusten van de zware taak van het nesten bouwen. Hun gesprek verstomde en ze keken om zich heen. De vriendelijke stilte van het land vormde een verfrissend contrast met de drukke, lawaaiige stad. Deze rust kalmeerde de ziel. Deed je diep ademhalen, helemaal tot onder in je borstkas. Fitz voelde dat zijn schouders zich ontspanden en zette alle vermoeiende dingen die hij op zijn werk te doen had van zich af. Zelfs Alba leek kalmer. Tegen de achtergrond van het groene land leek ze jonger, alsof ze niet alleen de stad achter zich had gelaten, maar ook haar stadse raffinement.

Fitz minderde vaart en ze reden de oprijlaan op. Die was een paar honderd meter lang, omzoomd met majestueuze rode beuken waarvan de knoppen opengingen en tere rossige blaadjes onthulden. Aan de rechterkant strekte een veld zich uit tot aan een donker bos. Er graasden een paar paarden, die amper de moeite namen om hun blik op te slaan om te kijken wat er aan de hand was, en een paar grote hazen, met opgetrokken schouders en trillende oren, troepten bij elkaar alsof ze diep in gesprek waren. Fitz vond het prachtig. Maar niets had hem kunnen voorbereiden op de schoonheid van het huis.

Beechfield Park was een groot landhuis van rode baksteen, met een heel eigen karakter en charme. Wisteria en clematis groeiden vrijelijk tegen de muren op. De glas-in-loodraampjes waren klein, maar net als ogen zagen ze er alert en waakzaam uit, en vol humor. De daken waren ongelijk, gebogen, alsof de geest van het huis in opstand was gekomen tegen de stringente lijnen van de architect en hun ledematen strekten en welfden om een gemakkelijke houding te zoeken. Het resultaat was een gebouw dat een grote warmte uit-straalde.

'Het is fantastisch,' riep Fitz uit toen de auto knarsend het grind op reed en voor de voordeur tot stilstand kwam.

'Het is oorspronkelijk van mijn betovergrootvader geweest,' leg-de Alba uit. 'Hij heeft het aan de goktafel gewonnen. Helaas verloor hij zijn vrouw aan diezelfde tafel voordat zij ervan kon gaan genie-ten.' Alba liet een goed verhaal nooit door de waarheid verstoren.

'Heeft hij zijn vrouw met gokken verloren?'

'Ja, aan een rijke hertog.'

'Misschien was ze wel een vreselijk mens.'

'Nou, zo leuk kan ze niet geweest zijn als hij bereid was haar in te zetten. O, de ratten!' zei ze met een lach toen Margo's keffende ter-riërs de deur uit kwamen stuiven. 'Het zijn Margo's troetels. Zorg in godsnaam dat je niet per ongeluk op eentje gaat zitten! Oudoom Hennie is eens een keer op oma's hondje gaan zitten en toen was het dood.'

'Wat onhandig van hem!'

'Het duurde een week voor ze het doorhadden. Hij had hem on-der een kussen verstopt en de huishoudster heeft hem gevonden.'

Op dat moment kwamen Margo en Thomas met een brede glim-lach de voordeur uit. Met haar diepe, gebiedende stem riep Margo de honden, slaand op haar dijen. Haar haar was grijs en losjes opge-stoken. Ze droeg geen make-up en haar huid was getekend en rood-achtig, zoals je zou verwachten bij een vrouw die een groot deel van haar tijd paard reed. 'Hedge, kom eens hierrr!' baste ze. 'Wat leuk om je te ontmoeten, Fitzroy,' voegde ze eraan toe, en ze stak haar hand uit. Fitz schudde die. Ze had een stevige, zelfverzekerde hand-druk.

'Wat een charmant huis hebt u, kapitein Arbuckle,' zei Fitz, Thomas' hand schuddend.

'Zeg maar Thomas,' antwoordde hij, goedmoedig grinnikend. 'Ik hoop maar dat het niet te druk was op de weg. Op zaterdagoch-tend kan er nogal wat verkeer zijn.'

'Geen enkel probleem,' antwoordde Fitz. 'We konden vlot door-rijden.'

Thomas kuste Alba's slaap, zoals hij altijd deed, en ze was ontzet-tend opgelucht dat hij na hun laatste gesprek kennelijk geen wrok jegens haar koesterde. Margo glimlachte strak; zij vond het moeilij-ker om haar gevoelens te verbergen.

'Vinden jullie het erg als ik Sprout even rond laat rennen?' zei

Fitz. 'Hij is oud en heel aardig voor dieren die kleiner zijn dan hij-zelf.'

'Kleine honden moet je niet onderschatten,' antwoordde Margo. 'Die zijn heel goed in staat om voor zichzelf op te komen.'

Fitz deed het vijfde portier open en de nogal stijve, verkreukelde Sprout zwalkte naar buiten. De honden besnuffelden elkaar alle-maal nieuwsgierig, hoewel de terriërs van Margo meer belangstel-ling voor Sprout hadden dan de oude hond voor hen. Hij had meer zin om zijn poot op te tillen tegen een wiel en aan het grind te snuffelen dan om met die mormeltjes te spelen die hun snuit tegen zijn achterste drukten. Fitz liet het vijfde portier openstaan zodat Sprout in de auto zijn toevlucht kon zoeken wanneer de terriërs hem te veel werden, en liep achter Margo en Thomas aan het huis binnen.

'Na de lunch komt Caroline op bezoek, en Miranda is thuis van school. Die arme Henry zit nog op Sandhurst; ze houden hem wel bezig daar,' zei Margo toen ze door de gang naar de zitkamer liepen. Fitz was aangenaam verrast door Alba's ouders. Het waren helemaal niet de boemannen die zij had beschreven, maar behoudende plat-telandstypes. De zitkamer was eenvoudig ingericht met lichte tin-ten geel en beige. Hij nam plaats op de bank en tot zijn verrassing kwam Alba naast hem zitten, pakte zijn hand en drukte die. Hij merkte op dat Thomas een blik wisselde met Margo. Het was dui-delijk dat Alba nog nooit eerder een vriend mee naar huis had ge-nomen.

'Iets te drinken, Fitzroy?' vroeg Thomas. Fitz vroeg zich af wat zij zouden verwachten dat hij zou willen hebben en vroeg toen om een whisky met ijs. Thomas keek vergenoegd en liep naar het tafel-tje met flessen. Margo ging op de haardrand zitten en nam een van de honden op schoot.

'En, Fitzroy, wat doe je voor de kost?' wilde ze weten terwijl ze met een grote hand over de hondenrug aaide.

'Ik ben literair agent.'

'Aha,' antwoordde ze, onder de indruk.

'Ik vertegenwoordig onder anderen Vivien Armitage.'

Ze trok haar wenkbrauwen op omdat ze de naam herkende. Mar-go Arbuckle was de belichaming van Vivs lezerspubliek.

'Dat is een goede schrijfster,' zei ze. 'Ik heb alleen helaas niet veel tijd om te lezen. Dit huishouden en mijn paarden nemen mijn da-gen helemaal in beslag, maar als ik de kans krijg lees ik graag haar romans. Thomas houdt van Wilbur Smith, hè Thomas?'

'Ik mag graag een goed boek lezen. Maar ik lees tegenwoordig het liefst biografieën.' Hij gaf Fitz zijn drankje aan. 'Niets is immers zo mooi als een waargebeurd verhaal?'

'En, Fitzroy,' begon Margo, 'ben je familie van de Davenports uit Norfolk?'

'Ja,' loog Fitz. Als je toch een leugentje ophing, kon je het maar beter zo zelfverzekerd mogelijk doen. Hij drukte Alba's hand en zij drukte op haar beurt de zijne. Ze vond dit prachtig.

'Ken je Harold en Elizabeth?'

'Harold is een neef van mijn vader,' zei Fitz. Hij had nog nooit van Harold en Elizabeth gehoord.

'Aha, dus jouw vader is…'

'Geoffrey.' Alweer een leugen, maar waarom zou ik er nu mee stoppen, dacht hij.

Margo kneep haar ogen tot spleetjes en fronste haar wenkbrauwen. Ze schudde haar hoofd. 'Ik ken geen Geoffrey.'

'Kent u… George?'

'Nee.'

'David?' Het was een gok.

'Ja.' Haar kleine bruine ogen lichtten op. 'Ja, David ken ik wel. Hij is getrouwd met Penelope.'

'Inderdaad,' zei Fitz. 'Charmante vrouw, Penelope.'

'Ja, hè? Sneu dat ze geen kinderen hebben.' Ze zuchtte en glimlachte meelevend. 'Dus je ouders wonen ook in de buurt van Kings Lynne?'

'Nee, mijn vader is naar het zuiden verhuisd, naar Dorset. Maar hij bezit wel een stuk grond voor de korhoenderjacht in Schotland. Toen ik klein was woonden we afwisselend daar en in ons andere huis, en uiteraard in ons chalet in Zwitserland.'

'Ski je soms ook?' kwam Thomas tussenbeide, die dol was op allerlei vormen van sport. Hij wist niet wat hij het meest indrukwekkend vond: het jachtterrein voor korhoenders in Schotland of het chalet in Zwitserland.

Hij ging in de armstoel zitten en nam een slok martini. 'Ik hoop dat je het hele weekend blijft, Fitzroy. Morgen komt de dominee lunchen, na de kerkdienst. Squash je ook?'

'Jazeker,' zei Fitz, en dat was ook waar. 'Ik zou dolgraag een partijtje spelen, maar liever niet met de dominee. Ik durf het niet op te nemen tegen een man die God aan zijn kant heeft.'

Margo lachte. Alba was stomverbaasd. Haar vader glom van genoegen. Ze vonden hem leuk! Viv had gelijk gehad. Ze was ook niet voor niets een bestsellerschrijfster.

En alsof Fitz hen nog niet genoeg had gecharmeerd, bukte hij zich ook nog eens en pakte een van Margo's hondjes op. 'Mijn moeder had terriërs,' zei hij, het hondje aaiend. 'Ze ging op een gegeven moment niet meer met vakantie omdat ze er niet tegen kon ze achter te laten.' Margo hield haar hoofd schuin en schonk hem een uiterst begripvolle glimlach. 'En die van u, mevrouw Arbuckle, zijn heerlijke dieren.'

'O, Fitzroy, als je me zo noemt voel ik me zo oud. Zeg maar Margo.'

'Alleen als u me Fitz noemt.'

Op dat moment kwam Miranda de kamer binnenstormen. Ze was lang en slank, met steil blond haar in een paardenstaart. Ze droeg een rijbroek en rijlaarzen, en haar nogal ronde, blozende gezicht stond verstoord. 'Summer is weer op hol geslagen, mama!' zei ze, hijgend en puffend in de deuropening.

Margo stond op. 'Lieverd, laat me je voorstellen aan Fitz Davenport, Alba's vriend.'

'O, sorry,' zei ze haastig, en ze stak haar hand uit. 'Ik ben bang dat mijn paard een uitbreker is.'

Fitz wilde een grapje maken over de Uitbreker in *Liefde in een koud klimaat* van Nancy Mitford, maar bedacht zich, want die toespeling zou waarschijnlijk aan zo'n jong iemand verspild zijn.

'Heb je hulp nodig om haar terug te halen?' zei hij in plaats daarvan. 'Voor Sprout zou het wel goed zijn om eens een flink stuk te rennen.'

'Zou je dat willen doen?' kwam Margo tussenbeide. 'Echt, Fitz, dat is heel aardig van je. En je bent hier nog maar net.'

'Ik zal even andere kleren gaan aantrekken, die vies mogen worden. Dan kunnen we allemaal meehelpen, nietwaar, Alba?'

'Hij slaapt in de gele kamer,' voegde Margo hun toe toen ze de gang in stapten.

Alba was ontzet. Ze hoopte maar dat ze alleen het hek open hoefde te houden of zoiets. Als kind was ze ertoe gedwongen om paard te rijden en tuig schoon te maken, maar toen ze oud genoeg was om te zeggen wat ze daarvan vond maakte ze er zo'n stampij over dat Margo haar maar liet gaan, zolang ze maar meehielp in de tuin – de hele zomer peulen plukken en doppen, maar dat was toch het minste van twee kwaden. Groente oogsten was niet zozeer een zwaar als wel een saai karwei, en bovendien waren er een heleboel dingen die ze liever deed, zoals tijdschriften lezen en met de make-up van de kokkin spelen. Maar het was tenminste iets wat ze in haar eentje kon doen, zodat ze alleen was met haar gedachten. Dan hoorde ze de anderen naar elkaar roepen in het veld achter het huis, hun krachtige stemmen galmend over de vallei, en was ze blij dat ze niet bij hen was. Ze had altijd een afkeer van groepsactiviteiten gehad, zeker als het om familie ging. Ze ging Fitz voor naar boven en toen ze alleen waren barstte ze los.

'Je bent helemaal top, Fitz!' riep ze uit, en ze sloeg haar armen om hem heen. 'Je hebt hen al voor je gewonnen, en weet je wat? Door jou gaan ze beter denken over mij. Opeens word ik als een volwassen mens behandeld.' Fitz genoot zo lang mogelijk van de sensatie van haar lichaam tegen het zijne, haar armen om zijn middel, totdat ze zich losmaakte.

'Je bént ook een volwassen mens,' zei hij, en hij keek toe hoe ze naar het raam huppelde. Hij tuurde in zijn lege koffer, verrast dat die al was uitgepakt.

'Dat heeft mevrouw Bromley gedaan, de huishoudster. Een schimmige figuur die je amper ziet, net een veldmuisje,' legde Alba uit toen ze zijn vragende blik zag.

'Pakt ze altijd koffers uit?'

'Natuurlijk, voor gasten wel. Maar helaas niet voor mij, en ik zou het beter kunnen gebruiken dan jij, want ik ben een chaoot.' Ze lachte omfloerst. 'In mijn kamer scharrelt geen veldmuisje rond.'

'Ik hoop maar dat ik mijn spullen terug kan vinden.' Hij opende een la en zag daar een onderbroek en een paar sokken keurig bij elkaar liggen, als een oud echtpaar in bed.

'Dat is maar de vraag. Ik weet niet hoe zij denkt, ervan uitgaand dát ze denkt, uiteraard. Ze is een fossiel.'

'Ik weet tenminste waar mijn onderbroek ligt!' zei hij grinnikend, waarna hij de kast opendeed, waar hij zijn spijkerbroek over een hangertje gedrapeerd zag.

'Zou het niet vreselijk zijn als we echt iets kregen samen? Dan zouden ze erachter komen dat je hebt gelogen.'

'Daar had ik niet bij stilgestaan,' zei Fitz ernstig, maar Alba giechelde alsof het idee alleen al volkomen absurd was.

'Ik zie je zo beneden wel,' zei ze, en ze zwiepte haar paardenstaart naar achteren. 'Ik ga me niet verkleden en ik ben ook niet van plan om door een modderveld achter zo'n rotpaard aan te gaan rennen. Echt, Fitz, dat gaat me te ver. Wist je dat ze in de bossen nota bene zwijnen houdt?'

'Zwijnen?'

'Ja, wilde zwijnen. Zes zeugen en twee beren, op een omheind stuk van zo'n vierduizend vierkante meter. Ze breken om de haver-klap uit en geloof mij maar, Boris zou je 's avonds in het donker niet graag tegen willen komen. Hij heeft ook nog eens de grootste bal-len die je ooit hebt gezien.' Ze trok speels haar wenkbrauwen op.

'Geef me nou niet het gevoel dat ik tekortschiet,' antwoordde Fitz grinnikend.

'Laat mij dan niet achter zo'n klotepaard aan rennen. Volgens mij speel je deze rol veel te graag.'

Alba maakte zich uit de voeten. Fitz trok zijn spijkerbroek en een grijze trui aan. Alba had gelijk: hij genoot enorm van deze act. Moeilijk was het niet. Thomas en Margo waren makkelijk te beha-gen. Evenmin was het moeilijk om Alba's hand vast te houden en te doen alsof haar hart hem toebehoorde. Maar helaas was het slechts toneelspel en zou hij haar aan het eind van het weekend weer naar Cheyne Walk brengen en alleen teruggaan naar Clarendon Mews. Hopelijk zou hij genoeg voor haar over haar moeder te weten ko-men om de reis naar Italië te ondernemen en op eigen gelegenheid meer te ontdekken. Dan had hij zijn nut bewezen en had ze hem niet langer nodig. Dan zou hij zijn bridgepartijtjes met Viv moeten hervatten en de aanblik moeten verduren van Rupert die fluitend de ponton op kwam in afwachting van Alba's unieke soort gastvrijheid, terwijl alle eventuele intimiteit met hem zou zijn vervlogen als de mistflarden die zo vaak boven de Theems hingen. Hij zette de ge-dachte aan dat alles van zich af en ging de kamer uit. Zolang hij zich in dit huis bevond was hij Alba's vriend en hij zou zijn best doen om de realiteit het niet voor hem te laten bederven. Hij was niet van plan om weer in een kikker te veranderen voordat dat absoluut noodzakelijk was.

Margo en Miranda stonden in de hal te wachten met Alba. Mar-go had een sjaaltje om haar hoofd geknoopt en een bruine corduroy broek aangetrokken. Alba stond te kijken bij het raam terwijl haar stiefmoeder en halfzusje het over het kapotte hek en over Summers uitzonderlijke intelligentie hadden.

'Het begint vervelend te worden,' zei Margo scherp. 'Peter zal het echt centimeter voor centimeter moeten nakijken en de zwakke plekken moeten repareren. We kunnen het niet hebben dat ze er zomaar vandoor gaat. Straks rent ze nog de weg op en veroorzaakt ze een ongeluk! Ah, Fitz,' zei ze, en op haar rode gezicht brak een brede glimlach door. 'Wat vind ik dat nou toch sportief van je!'

'Het is me een genoegen,' antwoordde hij. 'Trouwens, het is een prachtige dag. Het zou zonde zijn om de hele tijd binnen te zitten.'

Miranda bloosde toen hij zijn ogen op haar liet rusten. 'Ik hoop maar dat ze niet te ver weg is gegaan,' mompelde ze, en ze liep achter haar moeder aan het huis uit.

Alba rolde met haar ogen naar Fitz. 'Je bent niet wijs,' zei ze lachend. 'Ik zei toch al dat ze dol op je zouden zijn? Je bent echt net als zij.'

Fitz wist niet of ze dat als een compliment bedoelde.

Het was niet eenvoudig om Summer te vangen. Ze was de oprijlaan af gegaan en dreigde de weg op te lopen, gretig grazend van het fluitenkruid. In het begin deelde Margo de lakens uit. Zelfs Alba moest meedoen om de cirkel te sluiten, zodat de merrie geen kant op zou kunnen. Voor haar geen rondhangen bij hekken. Ze wierp Fitz een woedende blik toe; als hij niet had voorgesteld dat ze zouden helpen, zou ze nog steeds van haar wijn zitten te nippen in de zitkamer. Sprout en de terriërs renden rond en blaften naar het paard, maar Summer wierp eenvoudigweg haar hoofd in de nek en ging er in handgalop triomfantelijk vandoor. Toen Margo's strategie op niets uitliep, nam Fitz het over. Zijn eerste zorg gold niet Summer, maar Alba, die hij liever dan wat ook wilde plezieren. Onmiddellijk droeg hij haar op om terug te gaan naar de wei en het hek wijd open te houden. In plaats van dat ze probeerden de koppige merrie te vangen, moedigden hij, Miranda en Margo Summer er vervolgens toe aan om uit zichzelf terug te gaan naar de wei door simpelweg naast elkaar met uitgespreide armen naar haar toe te lopen. Haar natuurlijke instinct was om hun uit de weg te gaan. Stukje voor stukje, met veel geduld, slaagden ze erin haar terug te dringen. Tot Miranda's stomme verbazing ging Summer in handgalop de wei in en Alba kon het hek tot haar vreugde achter haar sluiten. Het had even geduurd, maar Alba had een brede grijns op haar gezicht. Het was het waard geweest.

Toen Margo Fitz complimenteerde, vertelde hij dat hij met paarden was opgegroeid. 'Maar ik zou wel naar dat hek laten kijken,' zei hij, terwijl hij zijn best deed te klinken als iemand die ruime ervaring had. 'Wij hadden ook ooit een merrie die losbrak. Ze bezeerde haar been aan prikkeldraad. Het raakte geïnfecteerd. Een nare toestand.'

'O, hemeltje. Dat moeten we koste wat het kost zien te voorkomen. Jammer dat Alba niet rijdt; anders hadden jullie voor de lunch een mooie tocht kunnen maken.'

Alba stak haar arm door die van Fitz. Het was haar niet ontgaan dat Miranda hem vol bewondering gadesloeg.

'Ik wil hem graag het terrein laten zien,' zei ze.

'Miranda gaat wel met je rijden, als je dat leuk zou vinden,' drong Margo met haar gebruikelijke tactloosheid aan. Alba werd kwaad. Ze wil Fitz voor Miranda, dacht ze nijdig. Fitz voelde dat Alba's stekels overeind gingen staan en hij sloeg de uitnodiging beleefd af.

'Dat is heel aardig van u, maar misschien liever een andere keer.' Toen riep hij Sprout. 'Kom op, ouwe jongen. Laten we maar eens gaan kijken bij die mazzelaar van een Boris.'

'Mazzelaar?' vroeg Alba, terwijl ze haar neus in rimpels trok.

'Ja toch?' antwoordde hij met een suggestief opgetrokken wenkbrauw.

'Aha,' zei ze met een glimlach. 'Ik snap 'm.'

Toen Alba en Fitz de richting insloegen van de boomgaard, keek Margo hen een poosje na en liep toen terug naar het huis. 'Wat een charmante jongeman,' zei ze tegen haar dochter.

'Alba mag in haar handjes knijpen,' antwoordde Miranda met een zucht. 'Hij is aantrekkelijk, hè?'

'Ja, zeker,' beaamde Margo. 'Maar geen type voor haar. Meestal gaat ze voor knappe jongens, en volgens Caroline zijn ze ook altijd erg modieus.'

'Hij is op een ruige manier wel knap te noemen, vind ik.'

'Ik hoop dat hij beseft waar hij aan begint.' Margo lachte en schudde haar hoofd. 'Ze is een koppige meid. Maar hij is voor geen kleintje vervaard, nietwaar? Hij is lang en breed en sterk. Ik weet zeker dat hij haar wel aankan.'

'Ik ben blij dat ze iemand heeft gevonden die aardig is.'

'O, ik ook. En een *keurige* jongen.'

'Maar hij is wel een stuk ouder dan zij, hè?'

'Godzijdank wel! Mannen van haar eigen leeftijd zijn niet tegen haar opgewassen.'

'Denk jij dat hij met haar zal gaan trouwen?'

'Bij Alba weet je het maar nooit.'

'Nou, ik denk dat ik dan maar eens alleen een stukje ga rijden,' zei Miranda, en ze liep weg.

'Ik ga met je mee,' zei haar moeder. 'Alba heeft me toch niet nodig.'

Margo draaide zich om om een blik te werpen in de tuin, maar het tweetal was niet meer te zien. Ze slaakte een zucht en beende het huis binnen om zich te verkleden.

Alba en Fitz kwamen rond lunchtijd terug. Hun gezichten bloosden en hun ogen schitterden. Alba had hem het terrein laten zien. De tuinen en de tennisbaan, de squashbaan en de stallen. Ze had hem ook het zwembad laten zien, waar geen water in stond en dat vol bladeren lag, en de vijver waar eenden en waterhoentjes rondzwommen te midden van waterkers en lisdodden. Vervolgens waren ze naar de bossen geslenterd, waar Boris hun maar al te graag zijn apparatuur had getoond en had gedemonstreerd hoe goed hij die in stelling wist te brengen. Ze hadden zelfs een paar fazanten tussen de bomen ontwaard en het raspende gekuch van een muntjak gehoord. De wilde boshyacinten stonden bijna in bloei en de vruchtbare geuren van de natuur hadden de lucht en hun harten vervuld. Thomas was onder de indruk. Alba ging nooit op eigen initiatief wandelen. Hij was blij dat ze trots was op haar ouderlijk huis en het graag wilde laten zien. Fitz heeft een goede invloed op haar, dacht hij vergenoegd.

Fitz had de familie Arbuckle met gemak om zijn vinger gewonden. Miranda sloeg hem gade terwijl zich in haar jongvolwassen lichaam iets duisters en primitiefs roerde, dat haar op een verrukkelijke manier in verwarring bracht. Margo was buiten zichzelf van vreugde dat Alba een normale man had gevonden met een normale baan. Een man die ze kon plaatsen. Een man uit haar wereld. Thomas keek uit naar een after-dinner sigaar in het gezelschap van een goedopgeleid man. Het deed hem genoegen om zijn dochter zo blij en kalm te zien, want meestal was Alba niet zo kalm. Van de razende dochter die op een avond vol verwijten op de stoep had gestaan was geen spoor meer te bekennen. Maar er was één lid van de familie met wie Alba en Fitz geen rekening hadden gehouden.

6

Lavender Arbuckle kwam de zitkamer binnenstrompelen. Margo keek verschrikt op en Thomas kwam overeind om aan zijn moeder zijn comfortabele leesstoel af te staan, het fijnste plekje. Lavender verschanste zich meestal in haar kamers boven, maar ze had de opwinding die in de lucht hing geroken zoals een hond eten ruikt en was naar beneden gekomen om te kijken wat er aan de hand was. Ze droeg een elegant tweedpakje uit de jaren twintig. Het slobberde om haar heen, want ze was in de loop der jaren gekrompen en at zo weinig dat haar botten aan alle kanten uitstaken. Het was een wonder dat ze niet door haar oude vel heen prikten.

'Moeder, laat me je voorstellen aan Fitzroy Davenport,' zei Thomas. Fitz stond op. Hij maakte een buiging en schudde haar de hand. Bij hem vergeleken leek ze wel een musje.

'En wie ben jij?' vroeg ze met een langzame, hooghartige stem, terwijl ze haar onderzoekende blik op hem liet rusten.

Op dat moment bemoeide Margo zich ermee: 'Lavender, hij is de vriend van Alba.'

'Aha!' zei ze, haar kin opheffend. 'De vriend van Alba.' Ze wendde zich tot Alba. 'Je bent weer terug! Wat leuk.' Alba bleef zitten. Niemand zei iets. Allemaal wachtten ze tot de oude vrouw in de leesstoel zou plaatsnemen. 'Ben je getrouwd, Fitzroy?' Margo probeerde nogmaals tussenbeide te komen. Dit was heel gênant.

'Nee,' antwoordde Fitz koeltjes.

'Heel goed! Dan kun je trouwen met Caroline, of met Miranda. Je lijkt me een prima knul.'

Alba nam zijn hand in de hare en ademde diep in. 'Als hij met iémand trouwt, trouwt hij met míj,' verklaarde ze nadrukkelijk, waarbij ze haar medeklinkers op dezelfde manier inslikte als Viv altijd deed.

'En wie ben jij?' herhaalde Lavender, dit keer tegen Alba.

'In godsnaam, oma, ik ben Alba – en ik kan wel een sigaret gebruiken!' Ze stond op en beende de kamer uit.

'Ik wil ook wel even een sigaret roken,' zei Fitz, en hij haastte zich achter Alba aan.

Toen ze eenmaal de kamer uit waren, knipperde de oude vrouw verdwaasd met haar ogen. 'Heb ik iets verkeerds gezegd?'

'Moeder, het is echt ongehoord dat je je eigen kleindochter niet herkent,' klaagde Thomas, die haar een glas cognac aanreikte.

'O ja, die donkere,' zei ze bedaard, en haar stem stierf weg alsof ze probeerde uit te vissen hoe dit ene meisje zo donker kon zijn terwijl alle Arbuckles blond waren. 'Ik ben helemaal in de war.' Ze richtte zich tot Margo. 'Is ze van jou?'

'Ze is van óns. Lavender, toe nou toch!' antwoordde Margo, inmiddels zenuwachtig. Het was allemaal zo goed gegaan voordat die getikte oude moeder van Thomas ten tonele was verschenen.

'Een knappe meid,' zei ze, zonder in de gaten te hebben dat ze haar schoondochter daarmee beledigde.

Toen zei Thomas, amper verstaanbaar: 'Haar moeder is kort na haar geboorte overleden. Dat weet je toch nog wel?'

Lavenders mond zakte open en ze liet een diep gekreun horen. 'O ja, Valentina,' fluisterde ze, alsof ze bang was die naam te noemen. Alsof die op de een of andere manier heilig was. 'Dat was ik even helemaal vergeten. Wat dom van me.' Opeens begonnen haar ogen te glinsteren en haar grauwe wangen kregen een paarse gloed. 'Je moet het me maar vergeven. Het arme kind.' Lavender schudde haar hoofd. 'Wat een toestanden. Afschuwelijke, afschuwelijke toestanden.'

'Volgens mij moesten we maar eens een hapje gaan eten,' zei Thomas, die overeind kwam. 'Miranda, ga maar tegen de kokkin zeggen dat we zover zijn. Zeg het ook maar tegen Alba als je haar kunt vinden. Laten we naar de eetkamer gaan.'

Miranda ging de kamer uit en Margo bood Lavender haar hand aan. Zoals de meeste oude mensen die weigeren te accepteren dat het allemaal niet meer zo soepeltjes gaat, duwde ze die weg en werkte zich met aanzienlijke inspanning zelf omhoog. 'Ik mankeer niks, kan ik je verzekeren,' mompelde ze, en ze hobbelde de gang op. Toen ze naar de eetkamer liep, kwam haar een verrukkelijke geur tegemoet: warm, sappig en uitheems. Ze snoof hem met genoegen op. 'Vijgen,' zei ze met een zucht. 'Ik heb in geen jaren vijgen gegeten!'

'Het wordt erger met haar,' mompelde Margo tegen haar man.

Thomas haalde zijn schouders op. 'Het is uitermate gênant. Wat moet Fitz wel niet denken? Dat ze nu uitgerekend díé vraag moest stellen!'

'Alba is wel erg dol op hem, hè?' zei Thomas. 'Dat is heel mooi.'

'Het is ontzettend mooi, Thomas. Ik hoop maar dat Lavender hem niet heeft afgeschrikt.'

'Hij kan vast meer hebben dan je denkt, Margo. Let op mijn woorden. Hij is ook erg dol op Alba.'

Margo begon te duimen. 'Laten we er maar het beste van hopen,' zei ze, en ze liep de gang in met haar hondjes achter zich aan.

Margo zorgde ervoor dat Lavender tussen Thomas en Miranda in kwam te zitten en plaatste Fitz en Alba naast haarzelf. De kokkin serveerde verrukkelijk lamsvlees met gebakken aardappels en bonen. Lavender voelde zich tot de orde geroepen en prikte in stilte in haar eten, hoewel ze amper haar ogen van Alba af kon houden. Ze staarde haar niet aan zoals mensen in de bus deden, maar sloeg haar met een mengeling van nieuwsgierigheid en sympathie gade. Alba probeerde er geen aandacht aan te schenken; haar grootmoeder was immers oud. Ooit was ze helemaal bij de tijd geweest en had ze prachtige verhalen verteld over de mensen die in haar leven waren gekomen. Regenbogen had ze hen genoemd. 'Als ik mijn vrienden niet had gehad, zou mijn leven net een saaie, lege lucht zijn geweest,' had ze vaak gezegd. Waarna ze dan hartstochtelijk had uitgeroepen: 'God verhoede!' Alba vroeg zich af of er nog regenbogen waren overgebleven of dat ze nu in die lege lucht leefde die ze zo had gevreesd.

Fitz bleef haar vader en stiefmoeder charmeren met zijn omzichtige leugens en jongensachtige glimlach. Een paar keer lette hij even niet goed op en ontsnapte er een waarheid die de leugens die hij eerder had gedebiteerd tegensprak, maar hij streek het glad door op die o zo Engelse manier te gaan stamelen en vaag te doen, die op zichzelf al charmant was. Niemand prikte erdoorheen. Alba sloeg hem met toenemende affectie gade. Hij was na de tactloze opmerkingen van haar grootmoeder achter haar aan gegaan naar het portaal en ze hadden samen een sigaret gerookt. Als hij er niet was geweest, was ze misschien wel in de auto gesprongen en teruggereden naar Londen. Wanneer ze van een situatie van streek raakte, maakte ze zich altijd uit de voeten. Fitz had erover gepraat, had er een grap van gemaakt. Ze hadden afgesproken dat ze twee keer met haar ogen zou knipperen elke keer dat Lavender iets geks of wreeds zou zeggen. Nu zat ze daarop te wachten, maar Lavender zei niets.

De kokkin kwam binnenzetten met een grote, dampende *treacle-pudding*. Lavender hief verwachtingsvol haar hoofd op en liet vervolgens haar smalle schouders teleurgesteld zakken. 'Ik dacht dat we vijgen zouden krijgen,' zei ze verontwaardigd.

'Vijgen?' zei Margo met een frons.

'Ja, vijgen,' klonk het antwoord.

'Het is pudding,' legde Margo uit. 'Laat iedereen zichzelf maar bedienen.' Ze knikte naar de kokkin, die de schaal op een bijzettafel zette.

'Ik rook toch echt vijgen in de gang. Jij niet soms?' Lavender wendde zich tot haar zoon.

'Nee, ik heb niets geroken, hoor,' antwoordde Thomas. Maar hij fronste verbijsterd zijn wenkbrauwen, want hij zou zweren dat hij de afgelopen weken inderdaad ook die overbekende fruitige geur had opgevangen. De geur van de oorlog, van Italië, van een mooie jonge vrouw en een verschrikkelijke tragedie.

'Ik ben diep teleurgesteld,' jammerde ze. 'Ik heb in geen jaren vijgen gegeten!'

'Het spijt me, Lavender,' zei Margo, en haar borstkas zwol toen ze diep inademde. 'De eerstvolgende keer dat ik bij Fortnum's kom zal ik wel wat vijgen voor je meenemen. Dat beloof ik je.'

Lavender legde haar magere hand op die van haar zoon, maar keek de tafel langs. 'Ik heb echt vijgen geroken. Ik ben heus niet achterlijk!'

Alba knipperde twee keer met haar ogen naar Fitz en trok een grimas. Maar Fitz vond het nu niet leuk meer. De verwardheid van de oude vrouw riep alleen maar medelijden op.

Na de lunch gingen ze in de zitkamer zitten, waar koffie werd geschonken met kleine vierkante koekjes. Margo's honden lagen aan haar voeten, Hedge op zijn gebruikelijke bevoorrechte plekje op haar schoot. Lavender trok zich terug om te gaan rusten en de vrolijkheid keerde terug bij het gezelschap. Thomas stelde voor een partijtje te bridgen. Alba ging op de bank zitten roken terwijl Fitz zich bij haar familie voegde. Het maakte allemaal deel uit van het plan, en hoe graag ze hem ook weg had willen sleuren, ze besefte dat dat niet verstandig zou zijn – en hij was tenslotte een goede bridger en het was een van haar vaders favoriete spelletjes.

Toen het partijtje was afgelopen, arriveerde Caroline. Margo en Fitz zaten nog na te praten over de details en te analyseren waar het verkeerd was gelopen en wat ze hadden moeten doen. Caroline kwam binnenzetten met een grote grijns op haar gezicht. 'O, wat heerlijk toch om thuis te zijn,' riep ze enthousiast uit, en ze kuste haar ouders en gaf de honden opgewonden klopjes. Ze omhelsde Miranda en Alba en stak haar hand uit naar de gast.

'Ik ben verliefd!' verkondigde ze stralend, en ze liet zich neervallen in een stoel en trok haar lange benen onder haar rok. 'Hij heet Michael Hudson-Hume. Jullie zullen hem geweldig vinden,' vervolgde ze tegen haar moeder. 'Hij heeft op Eton gezeten en in Oxford. Hij is heel slim. Nu werkt hij in de City.'

Margo keek voldaan. 'Lieverd, wat heerlijk. Wanneer krijgen we hem te zien?'

'Binnenkort,' antwoordde ze, terwijl ze haar haar met een bleke hand van haar schouder streek. 'Zijn ouders wonen in Kent. In het weekend gaat hij meestal naar hen toe. Hij kan ontzettend goed tennissen, pap, en hij gaat me leren golfen. Hij beweert dat hij zo wel ziet dat ik goed met een club overweg kan.'

'Mooi zo,' zei Thomas met een goedmoedige grinnik.

'Heet zijn moeder soms Daphne?' vroeg Margo, die haar ogen tot spleetjes kneep en in gedachten Michael Hudson-Hume al in een keurig doosje stopte voorzien van het etiket NET PERSOON.

Carolines ogen werden groot en haar glimlach verbreedde zich. 'Ja!' riep ze enthousiast. 'En zijn vader heet William.'

Margo stak haar kin omhoog en knikte. 'Daphne heeft bij mij op school gezeten. We gingen samen naar ponykamp. Ze was dol op paarden.'

'O ja, dat is ze nog steeds. Ze doet mee aan concoursen,' zei Caroline trots.

Margo vond het niet het juiste moment om op te merken dat Daphne ook erg dol was geweest op jongens en de bijnaam 'Lapin' had gekregen, omdat ze, zoals ze het botweg formuleerden, 'tekeerging als een konijn'.

'Ik verheug me erop haar weer eens te zien.'

'O, dat gaat ook zeker gebeuren,' zei Caroline. 'Héél gauw!'

Alba voelde aan haar water dat Michael haar halfzusje binnenkort ten huwelijk zou gaan vragen. Het Hudson-Hume-type kennende zou hij zijn opwachting maken bij haar vader om om Carolines hand te vragen. Hij zou alles doen zoals het hoorde, zoals hij ongetwijfeld al zijn hele leven had gedaan. Net als Caroline en Miranda. Ze nam een trek van haar sigaret en blies de rook langzaam uit, terwijl haar oogleden zwaar werden van verveling. Ze werd weer wakker geschud toen Fitz in haar hand kneep.

'Laten we een ommetje gaan maken,' stelde hij zachtjes voor.

Voordat ze mij vragen of ik weet wie de Hudson-Humes zijn, dacht hij, want hij wist dat hij de verleiding dan niet zou kunnen weerstaan en zou liegen dat hij hen inderdaad kende, waarmee hij zich in de toekomst allerlei narigheid op de hals zou halen. Vervolgens fronste hij zijn wenkbrauwen. Als het hem zou lukken Alba te geven wat ze wilde, dan zouden ze niet eens een toekomst hébben – althans niet samen.

Toen hij zich die avond stond om te kleden voor het diner, drong het terwijl hij zijn verwaaide haar probeerde te fatsoeneren tot hem door dat hij de Arbuckles niet alleen maar stroop om de mond smeerde om hen ertussen te nemen, maar ook omdat hij oprecht wilde dat ze hem zouden mogen. Het was helemaal geen rol. Ja, hij had leugens opgehangen, en dat was leuk geweest, en hij had ingespeeld op de zwakke plek van de Buffel om zich te willen omringen met mensen uit haar eigen wereldje. Maar hij wilde écht dat ze hem zouden zien zitten. Hij wilde dat Alba hem ook zag zitten. Een deel van hem hoopte dat hij, door haar te helpen haar moeder te ontdekken, het in orde zou kunnen maken tussen haar en haar vader, en dat zij hem dan met haar liefde zou belonen.

Hij was hopeloos verliefd. Alleen met de grootst mogelijke moeite kon hij zijn blik van haar afhouden, zo betoverend was ze. Haar zussen bevestigden alleen maar wat hij steeds al had vermoed, namelijk dat zij uniek was. Door hun aderen stroomde Arbuckle-bloed en toch hadden ze helemaal niets van Alba's schoonheid of mysterie. God had nadat Hij Alba had geschapen de mal kapot laten vallen. Hij staarde naar zijn spiegelbeeld. Zou ze ooit van hem kunnen houden? Besefte ze niet hoezeer ze hem kwelde? Zou zijn hart hier ooit van genezen? Zou hij achteraf zijn zetten analyseren zoals hij deed na een partijtje bridge? En zich dan afvragen of hij, als hij ook maar een klein beetje beter zou hebben gespeeld, een tikje alerter was geweest, gewonnen zou kunnen hebben?

Aan tafel kwam hij tussen Miranda en Caroline te zitten. Terwijl hij naar hen zat te luisteren moest hij denken aan broodpap en aan hoe laf die smaakte zonder zout. Maar zoals Alba en hij tijdens hun ommetje al tegen elkaar hadden gezegd, hielden figuren als Michael Hudson-Hume niet van vrouwen met pit. Over de tafel heen staarde hij Alba aan. Ze zag er vermoeid uit, of verveeld, en haar bijzondere ogen waren in het kaarslicht lichter van kleur en meer omschaduwd dan ooit. Ze zat naast haar vader en toch wisselden ze amper een woord met elkaar. Vanavond moest hij er echt in slagen zijn doel te bereiken.

Na het eten kreeg hij zijn kans. Thomas legde zijn hand op Fitz' rug en stelde voor dat ze in zijn studeerkamer een portje zouden drinken en een sigaar roken. Fitz slaagde erin tweemaal met zijn ogen te knipperen in Alba's richting, maar hoewel ze terugknipperde bleef ze verslagen kijken.

'Ik heb even genoeg van het gezelschap van vrouwen,' zei Thomas, die hun allebei een glas port inschonk. 'Deze is behoorlijk goed,' voegde hij eraan toe terwijl hij Fitz een glas aanreikte. 'Een sigaar?' Hij opende de humidor en nam er een uit, haalde hem langs zijn neus en rook eraan. 'Ah, de zoete geur van sigaren.'

Fitz had het idee dat het onbeleefd zou zijn om niet mee te roken. Trouwens, dit was zijn enige kans om vertrouwelijk met Thomas te worden.

Ze waren allebei een poosje bezig om hun sigaar rookklaar te maken. 'Ik heb in de oorlog zo veel gerookt,' zei Thomas, 'dat ik daarna, toen die beestachtige tijd voorbij was, op sigaren ben overgestapt. Ik wilde er niet aan herinnerd worden, snap je.'

Hij nam plaats in een verweerde leren stoel. Fitz deed hetzelfde. De lampen verspreidden een diffuus licht. Hij keek de kamer rond, naar alle boeken in kasten met glazen deuren, de meeste oud, prachtig ingebonden, ongetwijfeld erfstukken. Na een minuut of tien babbelen kwam Fitz terzake.

'Mijn vader heeft ook in de oorlog gevochten. Hij werd er een heel ander mens door. Nadien is hij nooit meer de oude geworden.'

'Waar zat hij?'

'In Italië.' Fitz merkte op dat Thomas zijn voorhoofd in diepe rimpels trok. Hij zei een hele poos niets, terwijl hij de port liet ronddraaien in zijn glas.

'Waar?'

'In Napels.'

Thomas knikte bars. 'Vreselijk was het daar, in Napels.'

'Hij zegt dat hij nooit zal vergeten hoe arm het daar was. De wanhoop. Dat menselijke wezens zo diep waren gezonken, dat er zo'n armoede heerste. Zo onwaardig. Nu nog steeds moet hij geregeld denken aan wat hij toen heeft gezien.'

'Ik ben nooit tot Napels gekomen.' Thomas nam een slok port en slikte die duidelijk hoorbaar door. 'Ik zat bij de marine.'

'Aha,' zei Fitz.

'Ik was kapitein van een MTB.'

Fitz knikte. Hij had ooit een artikel gelezen over de motortorpedoboten. Die vielen kustkonvooien van de vijand aan in het Kanaal, op de Noordzee, de Middellandse Zee en de Adriatische Zee. 'Het was een heel apart gevoel om met veertig knopen de golven te doorklieven. We doken in een mum van tijd weer onder water voordat onze doelen konden achterhalen waardoor ze waren geraakt. Prachtig was dat,' vervolgde hij, de laatste slok port wegspoelend. 'Maar ik denk tegenwoordig niet graag meer aan die tijd. Ik ben nooit meer terug geweest. Het is een afgesloten hoofdstuk. Een man hoort de nare dingen die hij heeft meegemaakt in zijn eentje te verwerken, vind je ook niet?'

'Daar ben ik het niet mee eens, Thomas,' zei Fitz boudweg. 'Ik vind dat een man alleen met zijn nare ervaringen tot klaarheid kan komen in het gezelschap van andere mannen. We strijden samen en we roken samen. Er is een goede reden waarom vrouwen aan het einde van een maaltijd van tafel gaan: dan zijn de mannen vrij om elkaar hun kwetsbaarheid te tonen. Dat is niet iets om je voor te schamen.'

Thomas trok aan zijn sigaar en nam met omfloerste blik de man op die zijn dochter leek te hebben getemd. 'Ik had nooit gedacht dat ik Alba nog eens met een man zoals jij samen zou zien.'

'O, nee?' grinnikte Fitz goedmoedig. 'Waarom niet?' Hij speelde nu geen toneel.

'Jij bent een verstandige kerel. Je hebt koppie-koppie. Je bent intelligent en gedreven. Doet behoorlijk werk. Bent van goede komaf. Waarom zou Alba kiezen voor zo iemand als jij?'

'Ik weet niet op wat voor soort mannen ze in de regel valt,' zei Fitz, die probeerde geen aanstoot aan Thomas' woorden te nemen.

'Mannen die haar voor korte tijd bevrediging kunnen schenken, maar geen blijvertjes zoals jij.'

'Ze is een energieke meid,' zei Fitz, verrast doordat haar eigen vader een toespeling maakte op haar promiscuïteit, hoe indirect ook. 'Ze is niet alleen mooi, Thomas, maar ze is ook nog eens kleurrijk, levendig, mysterieus. Ze intrigeert me.' Hij slaakte een diepe zucht en trok aan zijn sigaar. 'Ze is niet te doorgronden.'

Thomas knikte begrijpend en grinnikte. 'Net als haar moeder,' zei hij, en het was alsof Fitz niet aanwezig was. 'Zij was ook zo'n mysterie. Dat was het eerste wat me aan haar opviel: haar raadselachtigheid.' Hij schonk zichzelf nog een port in. Hij was overduidelijk dronken. Fitz voelde even een steek van schuldgevoel. Het was niet eerlijk om in iemands verleden te gluren, om zijn kwetsbaarheid te misbruiken. Maar Thomas ging verder. Het was alsof hij er behoefte aan had te praten, alsof de drank het makkelijker maakte aan een diep en pijnlijk verlangen tegemoet te komen.

'Elke keer dat ik naar Alba kijk, zie ik Valentina.' Zijn mond vertrok en zijn gezicht verslapte en werd grauw. 'Valentina,' herhaalde hij. 'Alleen al het noemen van haar naam is genoeg om me helemaal week te maken. Nog steeds, na al die jaren. Waarom juist nu die geur van vijgen? Mijn moeder is niet gek, weet je. Ik heb het ook geroken. Zoet en warm en fruitig. Vijgen. Ja, Alba is de dochter van haar moeder. Ik probeer haar te beschermen...' Hij sloeg zijn ogen op, die nu vochtig waren van de tranen. 'Ze was befaamd, kilometers in de omtrek kende iedereen haar naam. Over haar schoonheid werd ver buiten die behekste baai gesproken. Valentina Fiorelli, *La Bella Donna d'Incantellaria*. Een heel bijzondere kleine baai, Incantellaria. *Incanto* betekent "betovering", weet je. Het was er betoverd, behekst, alsof iemand er een toverspreuk op had losgelaten. We voelden het allemaal, maar mijn hart was het enige wat eronder leed. O, was het maar anders gelopen... De oorlog doet rare dingen met de mens. Dat gevoel van vergankelijkheid, van kansen, van opgeschorte werkelijkheid – dat kreeg mij ook in zijn greep. Ik was altijd al roekeloos, maar door Valentina vergat ik mezelf helemaal. Ik werd een ander mens, Fitz.'

'Tijd heelt geen wonden, Thomas, maar maakt het alleen maar makkelijker om ermee te leven.'

'Dat mag je hopen. Maar sommige dingen zullen me mijn leven lang blijven achtervolgen. Duistere dingen, Fitz. Ik kan niet van je verwachten dat je dat begrijpt.' Hij nam even een trek van zijn sigaar, waarna hij verder vertelde. 'Een man is de optelsom van zijn ervaringen, weet je. Ik kan de oorlog niet van me afschudden. Die blijft aanwezig in je onderbewuste. Ik droom erover.' Zijn stem daalde tot fluistertoon: 'Ik had in geen jaren van Valentina gedroomd, maar laatst... Het komt door die tekening, snap je. Ik droomde van haar en het was net of ze nog leefde.'

'Je hebt Alba nog,' zei Fitz.

'Alba,' zei Thomas met een zucht. 'Alba, Alba, Alba... Jij zorgt wel voor Alba, toch? Een mens moet niet in het verleden leven.'

'Ik zal zeker voor haar zorgen,' zei Fitz, die wenste dat hij daar de kans voor kreeg.

'Ze is geen makkelijk meisje. Ze is een buitenbeentje, zie je. Dat is ze altijd geweest.' Thomas' ogen zakten dicht. Vechtend tegen de slaap opende hij ze weer dankzij louter wilskracht. 'Jij bent een prima kerel, Fitz. Ik waardeer je bijzonder. Met die Hamilton-Home of Harbald-Hume weet ik het nog zo net niet...' Hij schraapte zijn keel. 'Maar van jou ben ik zeker, Fitz.'

'Ik denk dat ik maar eens naar bed ga, als je het niet erg vindt,' zei Fitz tactvol, en hij kwam overeind.

'Ga je gang. Ik wil je niet ophouden.'

'Welterusten, Thomas.'

'Welterusten, m'n jongen. Droom maar fijn.'

Toen Fitz terugkwam in de zitkamer, zag hij dat de vrouwen naar bed waren gegaan en dat de lampen waren uitgedaan. Hij wierp een blik op de klok op de schoorsteenmantel: de zilveren wijzers glansden in het maanlicht dat door de ramen naar binnen viel. Het was één uur. Hij had niet op de tijd gelet. Die was te snel gegaan. Hij vond het jammer dat hij kostbare momenten met Alba was misgelopen. Maar hij had zijn missie volbracht; hij wist nu waar Valentina vandaan kwam. Het zou niet moeilijk zijn om Incantellaria op een kaart terug te vinden. Met een beetje vasthoudendheid zouden ze de rest makkelijk kunnen achterhalen.

Voordat hij naar bed ging, liep hij naar buiten om te kijken hoe het met Sprout was gesteld. De hemel was zwart, bezaaid met sterren, en er stond een heldere, lichtende maan. Toen hij het vijfde portier van zijn auto opendeed, spitste Sprout zijn oren en kwispelde met zijn staart, maar hij was te moe om zijn kop op te tillen. Fitz gaf hem liefdevolle klopjes. 'Brave hond,' zei hij zachtjes met de stem die hij voor zijn oude vriend reserveerde. 'Als je wist hoe het is om je hart aan iemand te verpanden, zou je me vast wel goede raad kunnen geven. Maar dat doe je niet, hè Sprout?' Sprout slaakte een luide en vergenoegde zucht. Fitz dekte hem toe met een warm dekentje en met een lange, warme blik sloot hij de bagageruimte.

Langzaam liep hij de trap op en bij elke stap werd het hem droever te moede. Weldra zou het weekend voorbij zijn en zou Alba hem niet langer nodig hebben.

Hij liep de gang door. Graag zou hij op Alba's deur hebben geklopt. Om haar te vertellen wat hij had ontdekt. Maar hij wist niet in welke kamer ze sliep en het huis was zo groot dat het onbegonnen werk was ernaar te gissen. Hij opende de deur naar zijn eigen kamer en knipte het licht aan. Alba bewoog zich in het bed. 'Doe uit,' mompelde ze zonder haar ogen open te doen.

'Alba,' zei Fitz verbijsterd, en hij deed het licht weer uit. Het eerste wat hij dacht was dat hij per ongeluk háár kamer was binnengegaan. Misschien was hij wel net zo dronken als haar vader. 'Neem me niet kwalijk!'

'Doe niet zo mal,' zei ze slaperig. 'Kom in bed.' Toen giechelde ze in het kussen. 'Het is tenslotte jóúw bed. De Buffel zou niet weten hoe ze het had.'

'Eh...' zei Fitz, die zich geen houding wist te geven.

'Je gaat me toch niet nog een keer afwijzen, hè?'

'Natuurlijk niet, ik dacht alleen...'

'Ga in godsnaam niet denken. Denken heeft nog nooit iemand goed gedaan. En zeker niet in mijn bed. Kom gauw, ik heb het koud. Je pyjama ligt onder het kussen.' Ze slaakte een luide geeuw.

Haastig trok Fitz zijn kleren uit, en toen zijn ogen aan het donker gewend waren, pakte hij zijn pyjama vanonder het kussen, trok die aan en stapte in bed. Hij lag net te peinzen over zijn volgende zet, toen Alba zei: 'Als je me vasthoudt, Fitz, beloof ik dat ik niet zal bijten.' Hij schoof naar haar toe en trok haar tegen zich aan. Haar lichaam was slank en warm onder haar nachtpon van geruwde katoen die over haar benen omhoog was geschoven. Hij voelde dat zijn bloed sneller ging stromen, maar hij beheerste zijn impulsen en sloeg zijn armen om haar heen. Ze zuchtte tevreden. 'Wat heb je ontdekt, schat?' Ze had hem nog nooit eerder 'schat' genoemd.

'Dat je moeder de legendarische schoonheid van Incantellaria was. En dat jij heel veel op haar lijkt.' Alba draaide zich om en vlijde haar hoofd onder zijn kin. 'Elke keer dat je vader naar jou kijkt moet hij aan haar denken.'

'Wat zei hij verder nog?'

'Dat het noemen van haar naam alleen hem al sterk aangrijpt.'

'Wil hij dáárom niet over haar praten?'

'Hij wil je helemaal niet buitensluiten, Alba, maar het doet hem te veel pijn. Je had zijn gezicht moeten zien; hij zag grauw van narigheid.'

'Arme papa.' Ze gaapte.

'Jij, lieve schat, verlangt naar iemand die je nooit hebt gekend. Je vader verlangt naar een vrouw die hij wél heeft gekend en van wie hij heeft gehouden. Zijn pijn is groter dan de jouwe, en als hij die voor zichzelf wil houden, dan moet je dat respecteren.'

'O, dat zal ik ook doen, Fitz. Want nu kan ik zelf de rest uitvogelen.' Ze sloot haar ogen en na een poosje werd haar ademhaling diep en regelmatig.

Fitz bleef wakker liggen en vroeg zich af hoe het van hieraf verder moest. Het kwam niet in hem op dat hij nu al anders was dan alle anderen. Alba had immers nog nooit het bed gedeeld met een man zonder te vrijen. Voor de eerste keer liet ze zich troosten zonder de drang te voelen als compensatie daarvoor haar lichaam aan te bieden. Alba besefte het zelf niet eens, want ze lag te lekker in zijn armen om bij haar daden stil te staan.

Toen Fitz was vertrokken, liep Thomas op onvaste benen naar zijn bureau. Hij legde zijn bril neer en drukte zijn sigaar uit, waarna hij de la opende waarin hij de rol had opgeborgen. Hij haalde hem eruit en streek met zijn duim over het papier terwijl hij probeerde te bedenken wat hij nu zou gaan doen. Er waren zo veel jaren verstreken, en beetje bij beetje hadden die jaren hem veranderd, zodat hij zich nu amper nog de jongeman herinnerde die hij was geweest toen hij voor het eerst halsoverkop verliefd was geworden: zorgeloos, onnadenkend, stoutmoedig. Als een rups was hij van gedaante veranderd, maar hij was als een mot uit zijn cocon te voorschijn gekomen, terwijl hij, als het anders was gelopen, misschien een vlinder had kunnen zijn. Hij was zich bewust geweest van hoe het hem vergaan was, en toch had hij niets kunnen ondernemen om daar iets aan te veranderen, of misschien had hij dat ook niet gewild. Het was makkelijker om een schulp op te bouwen en zich daarin terug te trekken.

Hij liet zich weer in zijn stoel zinken en maakte de rol open. De aanblik van Valentina's gezicht deed zijn hart overslaan en hij ademde diep in. Hij kon haar voelen. Zijn ogen werden wazig en hij knipperde om ze weer helder te krijgen. Wat een ongebreidelde schoonheid. Wat een mysterie. Zijn gedachten sloegen op hol toen de herinneringen, nadat ze al die tijd opgesloten hadden gezeten, opeens losbarstten. Wat was die glimlach verleidelijk geweest. En die donkere ogen die zo veel verhulden. Ogen die een man naar zich toe trokken met een betovering die niet van deze wereld was. Terwijl de tranen hem over de wangen biggelden, besefte hij dat ze hem nog steeds niet had losgelaten. Alba's toorts had de donkere ruimte in zijn hart verlicht die hij had afgesloten – en ja, zijn hart was haar nog steeds even toegewijd als vroeger. Toen dreef die bekende geur zijn neusgaten weer binnen. Eerst rook hij hem amper, maar toen hij de schets met zijn ogen aftastte, ontwaarde hij steeds scherper de geur van vijgen, die hem nu omwikkelde met een stortvloed aan herinneringen. Vervolgens scheen er een licht door de mist, en daar, op de kade, stond ze: donker, verleidelijk en hartverscheurend mooi... Valentina Fiorelli. La Bella Donna d'Incantellaria...

7

Italië, lente 1944

LUITENANT THOMAS ARBUCKLE STUURDE DE MOTORTORPEDO-
boot naar de kalme Italiaanse haven van Incantellaria, een onverwacht juweel dat verstopt lag achter de rode kliffen en grotten van
de kust van Amalfi. Het zeewater was helder, met de kleur van saf-
fier. Zachte rimpelingen vingen het bleke ochtendlicht en twinkelden als diamanten. Hij liet zijn ogen over de hoefijzervormige baai
gaan die de havenmonding vormde van dit curieuze middeleeuwse
stadje waar blinkende witte en zanderig roze gekleurde huizen
baadden in de zonneschijn, de open ramen en smeedijzeren balkonnetjes getooid met rode geraniums en anjers. De van mozaïek voor-
ziene koepel van een kerk rees op naar de hemel en daarachter liepen de heuvels steil omhoog de verte in, vanwaar de geur van
naaldbomen naar hem toe dreef. Hemelsblauwe vissersbootjes waren op het zand getrokken, als vastgelopen walvissen die wachtten
tot het weer vloed zou worden en ze weer naar zee zouden worden
gespoeld. Hij kneep zijn ogen tot spleetjes en verschoof zijn pet. Op
de kade stond een groepje mensen te zwaaien.

'Wat denk je?' vroeg luitenant Jack Harvey, die naast hem op de
brug stond.

Op zijn schouder zat het rode eekhoorntje dat hem overal vergezelde – van Noord-Afrika, waar de scherpe geur van dood en ver-
minking werd overstemd door die van de goedkope hoerenkasten
van Cairo en Alexandrië, tot Sicilië, waar zelfs de bombardementen
van de Duitse Messerschmitts die boven hun hoofd vlogen hem zijn
zin voor avontuur niet hadden kunnen ontnemen. Brendan, vernoemd naar Churchills grote vriend Brendan Bracken, woonde in
Jacks zak en had de hele oorlog lang al het gezag uitgedaagd. Hij
had zich in deze familie van acht door de strijd uitgeputte mannen

een plekje verworven dankzij zijn onstuitbare levenslust en sterke overlevingsinstinct. Nu was hij zowel een symbool van hoop als een herinnering aan het thuisfront.

'Ziet er prima uit, Jack,' antwoordde Thomas. 'Alsof de tijd hier driehonderd jaar heeft stilgestaan.' Na de duisternis van de oorlog leek het onwerkelijk om ineens op de aanblik te stuiten van zo veel vredigheid. 'Zijn we soms in de hemel aanbeland?'

'Als ik niet beter wist zou ik denken van wel. Wat is het hier groen en mooi! Wat zou je ervan denken als we hier eens een poosje zouden blijven?'

'Even vakantie nemen, bedoel je? Vermoedelijk is er in dit slaperige stadje meer te doen dan in het hele Middellandse-Zeegebied. Stille wateren hebben diepe gronden,' zei Thomas grinnikend, en hij trok suggestief een wenkbrauw op. 'Ik zou wel een bad en een behoorlijke maaltijd kunnen gebruiken.'

'En een vrouw. Ik zou wel een vrouw willen,' voegde Jack eraan toe terwijl hij met een droge tong langs zijn lippen streek toen hij weer moest denken aan de huwbare jonge vrouwen van wie hij gedurende zijn verlof in Cairo had mogen proeven. Als hij geen dienst had, kon hij aan weinig anders denken dan aan Brendan en aan zijn pik, en niet per se in die volgorde.

'Wat je zegt,' beaamde Thomas, wiens gedachten ook afdwaalden – naar Shirley, die hem geparfumeerde liefdesbrieven en pakjes stuurde. Shirley, aan wie hij in een postcoïtale roes had beloofd te trouwen als hij het zou overleven. Shirley, die zijn ouders in de verste verte niet als schoondochter zouden kunnen accepteren, louter en alleen vanwege het feit dat haar vader de plaatselijke aannemer was. 'We kunnen allemaal wel een vrouw gebruiken!' zei hij, denkend aan Shirley.

Sinds de geallieerden naar het noorden waren opgetrokken, was er relatief weinig actie op zee. Zijn taak bestond er nu uit langs de kustlijn te patrouilleren en de aanvoerlijnen voor de geallieerden open te houden. Thomas voerde nu al ruim drie jaar het bevel over een Vosper van zeventig voet die de bijnaam 'Marilyn' had; eerst was hij in Alexandrië gestationeerd geweest, toen in Malta, in Bône aan de Tunesische kust, en ten slotte, na de invasie van Italië, in Augusta. Hij had overal middenin gezeten: van de landing in Noord-Afrika tot nachtelijke patrouilles in de Straat van Messina tijdens de landingen op Sicilië in juli 1943. Daarna was hij ingezet voor clandestiene operaties van de Special Services, wat inhield dat hij geheim agenten en voorraden naar Kreta en Sardinië moest zien te brengen. Hij stond bekend om zijn durf en moed, vooral tijdens de donkere dagen van 1942, toen het verwoestende offensief tegen Malta op zijn hoogtepunt was en bijna het hele havengebied plus alle luchtmacht die op Malta was gestationeerd eraan gingen. Motortorpedoboten waren klein en snel; ze konden ongezien door maanverlichte wateren varen, mijnenvelden en havenverdediging binnendringen, en stilletjes heel dichtbij komen om torpedo's af te vuren op vijandige schepen, waarna ze er in het donker snel weer vandoor gingen. De adrenalineroes was enorm. Sinds de dood van zijn oudere broer Freddie voelde Thomas alleen nog dat hij leefde als hij op het scherp van de snede balanceerde. Hij voelde zich prettiger wanneer hij geen tijd had om zich schuldig te voelen omdat Freddie was gestorven terwijl hijzelf was blijven leven.

Hij had vrienden verloren; dat gold voor iedereen, maar geen enkel verlies sneed zo diep als het verlies van Freddie, tegen wie hij altijd had opgekeken, die hij altijd als zijn voorbeeld had gezien en van wie hij met hondentrouw had gehouden. Hij was een formidabele persoonlijkheid geweest, Freddie, en had een grenzeloze wilskracht en ambitie gehad. Hij had een groot man moeten worden, en niet moeten eindigen in een droefgeestig zeemansgraf, gevangen in het verwrongen wrak van de *Hurricane*. Nee, Freddie had onsterfelijk geleken. Als de dood Freddie was komen halen, dan kon hij iedereen op elk moment komen halen. Dit liet een diep en pijnlijk litteken achter op Thomas' ziel.

Thomas zou Freddie, die bij de luchtmacht had gezeten, zijn gevolgd, ware het niet dat zijn moeder daar een stokje voor had gestoken en in tranen had gezegd dat als ze twee zonen in de lucht zou hebben dat net was of ze hen allebei naar God zond, 'en ik ben er nog niet klaar voor om je aan Hem terug te geven'. Ze wilde er niet van horen. Dus had Thomas zich na Cambridge bij de marine aangemeld. Hij was jaloers geweest op Freddie, maar nu benijdde hij hem niet meer. Ergens onder zijn boot, in deze weidse, meedogenloze zee, deinde Freddies lijk heen en weer op de eeuwige stromingen.

De boot voer naar de haven. De vroege-ochtendmist hing over de heuvels en Thomas ademde de houtige geuren van naaldbomen en eucalyptus in, een welkom tegengif tegen de zilte geuren van de zee. Het groepje stadsbewoners stond nog steeds te zwaaien en trok nog meer mensen aan, die samendromden als een kudde nieuwsgierige schapen. Hij zag dat een kleine jongen zijn hand hief in de Hitlergroet, waarna zijn moeder hem ijlings naar beneden tikte en het kind in haar armen nam. *Il sindacco*, de burgemeester, stond gewassen en gestreken op de kade naast de plaatselijke *carabiniere*, die een groezelig kaki uniform droeg met grote bruine zweetplekken onder zijn armen. Hij zette een borst op als een vette kalkoen die zich opmaakt om haantje de voorste te zijn. Gewichtig verschoof hij zijn pet. Ondanks de oorlog had hij een dikke buik, die uitpuilde boven zijn broekband. Voedsel mocht dan schaars zijn in het binnenland, maar hier in dit vissersplaatsje, dat gescheiden was van de rest van het land door steile heuvels en rotsen, was er overvloedig te eten. Er zaten immers vogels in de bossen, er hing fruit aan de bomen en er zwommen vissen in de zee. Geen van beide mannen had sinds de landing van de geallieerden, waarna de Duitsers zich spoorslags naar het noorden hadden teruggetrokken, nog enige actie meegemaakt. Dit was het moment om hun gezag te laten gelden en zich weer belangrijk te voelen.

Brendan rolde zich op in Jacks zak en boorde zich tot helemaal onderin, zoals hem was geleerd. Op dat moment merkte Thomas een knappe jonge vrouw op met lang zwart haar en grote, schuchtere ogen. In haar armen hield ze een tenen mand. Als door een magneet voelde hij zich aangetrokken tot de bruine welving van haar borsten, die zichtbaar waren in het diepe decolleté van haar jurk. Ze stond tussen de andere mensen, maar leek een eigen ruimte in te nemen, alsof ze een beetje apart bleef staan. Ze zag er zo lieftallig uit dat haar beeld ten opzichte van de rest naar voren leek te springen. De gezichten om haar heen vloeiden in elkaar over, maar het hare was scherpomlijnd en volmaakt, als de avondster aan de nachtelijke hemel. Ze glimlachte – niet de brede, oliedomme glimlach van het stadsvolk, maar een lichte welving van de lippen die tot aan haar ogen reikte, waardoor ze die iets samenkneep. Niet meer dan een vermoeden van een glimlach, zo subtiel dat hij haar schoonheid bijna onverdraaglijk maakte, alsof ze een verdichtsel was in plaats van iemand van vlees en bloed. Op dat moment verpandde Thomas Arbuckle zijn hart aan haar. Daar op de kade in het vissersstadje Incantellaria liet hij het bereidwillig gaan. Hij draaide zich om om de burgemeester te begroeten. Toen hij de jonge vrouw weer zocht, was ze verdwenen.

De sindacco schudde hun formeel de hand en heette hun welkom in Italië. Hij had niet in de gaten dat Brendan zijn rode kopje uit Jacks zak stak, alsof hij aanvoelde dat ze op geallieerd terrein waren en waren bevrijd van boven hen geplaatste officieren die bezwaren zouden maken tegen zijn aanwezigheid aldaar. Zonder zijn blik af te wenden van de burgemeester, die zich verontschuldigde voor zijn gebrekkige Engels, duwde Jack de eekhoorn terug het donker in.

Thomas probeerde zich ervan te weerhouden de menigte af te zoeken naar dat mooie meisje; hij herinnerde zichzelf eraan dat hij werk te doen had, maar als hij slim was zou hij dat werk kunnen rekken tot hij haar terugvond.

De burgemeester was een knappe man met grijzend haar en een toffeekleurige huid. Hij was klein van stuk en hield zijn rug recht om langer te lijken. Zijn slanke voorkomen weersprak zijn leeftijd – hij moest rond de vijftig zijn – en hij droeg een ronde bril op een ietwat gekromde neus boven een keurig verzorgde snor. Zijn uniform was schoon en geperst, en Thomas merkte op dat zijn nagels roze en gemanicuurd waren alsof hij meer tijd in de salon zat dan dat hij op straat liep of aan een bureau zat te werken. Hij was overduidelijk een veeleisend man, die erg gewichtig deed; nu de Duitsers waren vertrokken was hij de belangrijkste persoon in de stad.

De carabiniere bracht zijn hand omhoog in een imitatie van de marinegroet en zijn mond vertrok tot een zelfvoldane grijns. 'Lattarullo, tot uw dienst,' zei hij, zich ervan bewust dat hij de aandacht afleidde van de burgemeester. Thomas beantwoordde zijn saluut. Zijn Italiaans was niet vlekkeloos, maar hij had op school goed les gehad in de basisbeginselen en de afgelopen jaren had hij heel wat ervaring opgedaan, hoewel hij vooral niet-vervoegde werkwoorden gebruikte. Lattarullo ergerde hem nu al. Hij was een stereotype. Dik, lethargisch en hoogstwaarschijnlijk incompetent. Ze waren geen van allen vies van smeergeld, zo corrupt als de maffia zelf, en daar viel weinig aan te doen gezien hun karige salaris. Het was niet zo gek dat in tijden van oorlog, wanneer burgers amper in leven wisten te blijven, de zwarte markt welig tierde, vooral op gestolen voorraden van de geallieerden, en dat de plaatselijke ambtenaren daar een graantje van meepikten. Het was een verloren strijd en de oprukkende legers hadden geen tijd om zich daarmee bezig te houden.

Thomas legde uit waarom hij hier was: ze hadden informatie over een wapendepot dat was achtergelaten door de zich terugtrekkende Duitsers. Zijn opdracht was op onderzoek uit te gaan en ervoor te zorgen dat die wapens niet in verkeerde handen vielen. Hij vroeg of hij een escorte kon krijgen naar een in onbruik geraakte boerderij die La Marmella heette. De burgemeester knikte instemmend. 'Lattarullo zal u naar de heuvels brengen. We hebben een auto,' meldde hij trots, refererend aan de enige wagen die de stad rijk was. Ieder gewoon mens, behalve *il marchese* dan, moest zich verplaatsen met paard-en-wagen, op de fiets of te voet. De marchese, die in luisterrijke afzondering in het palazzo op de heuvel woonde, bezat een grote oude Lagonda, waarin hij zijn bediende naar de stad stuurde om boodschappen te doen wanneer hij iets nodig had. De marchese zelf liet zich zelden zien. Hij kwam niet eens naar de kerk; in plaats daarvan had hij een privé-kapel op zijn landgoed, waarin *padre* Dino, de plaatselijke priester, hem tegen een geringe vergoeding eens per maand ter communie liet gaan. 'Lattarullo zal u onder zijn hoede nemen,' vervolgde de burgemeester. 'Als u iets anders nodig hebt, aarzel dan niet erom te vragen. Het is zowel mijn plicht als mijn persoonlijk genoegen om uw verblijf zo aangenaam mogelijk te maken. Goedendag.'

'Het klinkt echt net als vakantie,' fluisterde Thomas tegen Jack toen de burgemeester zich op zijn goedgepoetste hakken omdraaide. Lattarullo krabde zich in het kruis en riep tegen de mensenmassa dat ze de officieren moesten doorlaten. De twee lange mannen in hun marine-uniformen baarden niet weinig opzien in het stadje. Jack liep achteraan; zijn ogen zochten de gezichten af naar mooie jonge vrouwen, en er waren er een paar wier uitnodigende blik zijn aandacht trok en die even vasthield, waarna hij in de officiële auto, die hoestte en proestte als een astmatische bejaarde, gezwind werd weggevoerd.

Ze hotsten door de smalle met keitjes geplaveide straten, af en toe uitwijkend voor een kat die zich ijlings terugtrok in de schaduwen, volstrekt niet gewend aan zo'n lawaaiig voertuig. Toen ze de kalme baai achter zich lieten en koers zetten naar de heuvels, begon de weg te stijgen en te kronkelen. Thomas wilde naar het meisje vragen dat hij op de kade had gezien; Lattarullo zou vast wel weten wie ze was. Met haar lieftalligheid had ze de tijd doen stilstaan, zodat niets om haar heen zich nog kon bewegen, alleen het briesje dat haar lange haren in beroering bracht, als draden fijne zijde.

Lattarullo voerde de hele weg omhoog via het smalle, onverharde pad het hoogste woord. Hij zwolg in zijn eigen belangrijkheid en vertelde verhalen over zijn heldhaftige optreden tegen plunderende bandieten. 'Ik heb Lupo Bianco gezien,' zei hij met zachte stem. 'Ik keek hem recht in de ogen, lang en doordringend. Hij zag wel dat ik een man ben die geen vrees kent. Lattarullo is voor niemand bang. En weten jullie wat hij toen deed? Hij knikte me respectvol toe. Respectvol! Jullie hebben niets van Lupo Bianco te vrezen zolang jullie onder mijn bescherming staan.'

Thomas en Jack wisten precies hoe het er met Lupo Bianco, of 'Witte Wolf', voor stond: dankzij hem en andere daadkrachtige mannen hadden de geallieerden succesvol op Sicilië kunnen landen. Maar ze speelden met vuur, want Lupo Bianco was een moordzuchtige crimineel. Hij werd zowel gevreesd als bewonderd, en alleen op fluistertoon durfden mensen over hem te praten, alsof de muren oren hadden en hen zouden kunnen verraden. Uiteraard beweerde Lattarullo dat hij de Duitsers nooit had gesteund. Mussolini was niet goed bij zijn hoofd geweest om de kant van Duitsland te kiezen. 'Als Mazzini en Garibaldi hun land nu eens konden zien, zouden ze zich omdraaien in hun graf,' zei hij met een diepe zucht, maar Thomas wist zeker dat Lattarullo net zo makkelijk naar de andere kant zou overlopen als de oorlog een gunstige wending zou nemen voor de fascisten.

Ze reden langs velden vol olijfbomen en op latwerk groeiende wijnstokken, waar de aarde uitgedroogd was, verschroeid door de warme Italiaanse zon; langs een kleine boerderij waar magere geiten in de schaduw stonden en over de grond snuffelden op zoek naar grassprietjes; en langs hier en daar een bastaardhond die op sterven na dood was. In lompen gehulde kinderen speelden met stokken en stenen, en een afgetobd uitziende moeder stond kleren te wassen in een teil, haar mouwen opgestroopt tot haar ellebogen en haar gezicht rood en bezweet van de inspanning. Thomas besloot de volgende keer dat hij aan land zou komen zijn pastelkrijt en tekenpapier mee te nemen, zodat hij met zijn kunstenaarshand dat wat hij zag zou kunnen vastleggen in charmante landelijke tafereeltjes. Hij had een beelddagboek bijgehouden van wat hij meemaakte. Maar zijn hart bloedde voor de mensen wier onschuldige leven overhoop werd gegooid door de oorlog, en zijn gedachten keerden nogmaals terug naar de mysterieuze jonge vrouw. Haar zou hij ook tekenen. Ze was zo mooi te midden van die lelijke oorlog.

Ze vonden het munitiedepot. Het was niet zo groot als Thomas had verwacht. Het grootste deel was ongetwijfeld gestolen door de plaatselijke maffia. Er lagen alleen handgranaten, machinegeweren en andere kleine wapens, verborgen in een verlaten schuur. Amper de moeite waard. Met de enthousiaste hulp van Lattarullo laadden ze een gedeelte van het materieel achter in de auto.

Toen ze met hun pet in de hand het zweet van hun voorhoofd stonden te vegen, stelde Lattarullo voor dat ze zouden blijven. 'Dan kunnen jullie je wassen, iets eten, een glas marsala drinken. Ik kan jullie ook vrouwen brengen, als jullie willen. Trattoria Fiorelli is het beste restaurant van de stad.' Hij zei er niet bij dat het het enige restaurant van de stad was.

'Iets te eten zou wel lekker zijn,' antwoordde Thomas, zonder aandacht te besteden aan Jack, die door verwoed zijn ogen wijd open te sperren aangaf dat vrouwen ook wel lekker zouden zijn.

'Wou je soms een druiper oplopen?' fluisterde hij toen Lattarullo buiten gehoorsafstand was. 'Hoeveel soldaten denk je dat dat al hebben meegemaakt?'

'Er zijn vast ook wel vrouwen van wie je geen druiper krijgt,' soebatte hij.

'Je moet het zelf weten, maar ik waag me er niet aan.'

'Mijn hand moet eventjes uitrusten.' Jack grinnikte terwijl hij hem in een onmiskenbaar gebaar op en neer bewoog. 'Toen we aankwamen zag ik op de kade een paar meisjes staan. Ze snakten ernaar, dat zag ik zo. Ze leken er wel voor in. Ik zou eens een poging kunnen wagen. In de Four Hundred scoorde ik immers altijd.' Even kon hij de rook en het parfum ruiken van de Four Hundred-club, waar hij voor de oorlog in Londen stamgast was geweest. Thomas dacht terug aan die donkere, mysterieuze ogen en kreeg een zinkend gevoel in zijn maag. Hij hoopte maar dat zíj er niet voor in was. Hij zou nog liever zien dat ze getrouwd en onbereikbaar was dan dat ze zich zo schandelijk zou verlagen. Brendan stak zijn kopje weer uit Jacks zak, alsof hij protest wilde aantekenen tegen mogelijke hoeren.

'Zoals je wilt. We zouden een poosje kunnen blijven. We moesten allemaal maar eens onze zeebenen strekken.'

'En die vrouwen kunnen wel een zeepik gebruiken!' voegde Jack er met een grijns aan toe, in zijn kruis grijpend.

Lattarullo reed het stoffige pad af, waarbij elke keer dat de auto over hobbels en stenen reed de wapens achterin rammelden als een gereedschapskist. Opeens klonk er luid getoeter en gepiep van remmen; ze zagen een witte flits en blinkend metaal, en Lattarullo zwenkte met een luid '*Madonna!*' in paniek de weg af. Een witte Lagonda kwam genoeglijk snorrend tot stilstand. De broodmagere chauffeur stapte uit en klopte met een van afschuw vertrokken gezicht het stof van zijn kleren. Zijn smetteloze grijze uniform en pet wisten zijn uitgemergelde oude lichaam, dat in een doodskist niet zou hebben misstaan, niet te verhullen. Lattarullo kwam het pad op gewankeld, zijn gezicht rood van kwaadheid. Er ontsnapte hem een reeks verwensingen. De chauffeur nam hem simpelweg op alsof hij een irritant torretje was dat hem voor de voeten liep. Hij snoof, sloot zijn ogen en schudde zijn hoofd. Vervolgens draaide hij zich om, stapte weer in zijn auto en reed weg. Zijn neus kwam amper boven het stuur uit. Aan de manier waarop hij zijn ogen tot spleetjes kneep was te zien dat de zon hem tijdelijk moest hebben verblind, waardoor hij op het midden van de weg terecht was gekomen.

'Wie was dat?' vroeg Thomas toen Lattarullo de auto eenmaal

uit de greppel had weten te manoeuvreren.

'De lakei van de marchese,' antwoordde hij, waarna hij snoof en op de weg spuwde. 'Zó denk ik over hem!' voegde hij er met een grijns aan toe, alsof het smerige gebaar hem een kleine overwinning opleverde. 'Hij denkt dat hij heel wat is omdat hij voor een markies werkt. Ooit waren de Montelimones de machtigste familie in deze streek, en het waren ook mensen die iets voor een ander overhadden, maar de marchese heeft hun goede naam zo goed als om zeep geholpen. Weet u wat ze over de marchese zeggen?' Hij kneep zijn ogen half dicht en schudde toen zijn hoofd. 'Dat wilt u niet weten!' Hoewel Thomas en Jack best nieuwsgierig waren, waren ze doezelig en hun magen rammelden. Lattarullo snoof en spuwde weer, waarna hij verder reed, in zichzelf van allerlei lelijks mompelend dat hij de chauffeur naar het hoofd had willen slingeren.

Ze keerden terug bij de kade en met hulp van de rest van de bemanning laadden ze de wapens op de boot. Joe Cracker, de dikste van de achtkoppige bemanning, deed zijn grote mond open en begon zijn lievelingsaria uit *Rigoletto* te zingen – vandaar zijn bijnaam 'Rigs'. Hij zag er onbehouwen uit, met een rosse huid en dunner wordend gemberkleurig haar, en toch zong hij met de stem van een professionele contra-alt. 'Hij denkt zeker dat hij de meisjes zo naar zich toe weet te lokken,' merkte Jack op, die Brendan over zijn arm omhoog liet klimmen en op zijn schouder liet plaatsnemen.

'Het is zijn enige mogelijkheid,' deed een ander een duit in het zakje. 'Straks gaat hij nog onder hun balkons staan zingen.' Ze lachten hartelijk, maar Rigs zong verder; hij had hun ogen wazig zien worden tijdens die eenzame nachten toen het wel een wonder mocht heten dat ze nog in leven wisten te blijven en toen muziek het enige soelaas bood voor hun angsten.

Ze lieten een paar man achter aan boord om de boot te bewaken en de rest wandelde het korte stukje naar Trattoria Fiorelli. Houten tafels waren voor het pand op de weg gezet, waar een knokige ezel met een paar manden op zijn rug in de zonneschijn vermoeid met zijn ogen stond te knipperen. Twee oude mannen zaten aan een tafel een spel te spelen met fiches en glazen lokale jenever te drinken die naar terpentijnolie rook; in vodden geklede kinderen met smoezelige gezichten renden rond met stokken, hun schrille kreten weergalmend door de stille middaglucht. Het menu stond aangegeven bij de geopende deur. Binnen zat een stel obers naar een radio te luisteren in de koelte, klaar om aan de slag te gaan. Toen de twee officieren met Lattarullo binnenkwamen, gevolgd door vier bemanningsleden, van wie er een luidkeels zong, sprongen ze overeind en begeleidden hen met meer enthousiasme dan ze sinds het vertrek van de Duitsers hadden opgebracht naar de tafeltjes buiten.

Lattarullo ging bij Thomas en Jack zitten. Hij was verbaasd toen hij Brendan zag, die in deze zware tijden een lekker maaltje zou zijn. 'Die kunt u maar beter goed in de gaten houden,' merkte hij op, terwijl hij tot zijn schande voelde dat het water hem in de mond liep. Eekhoorn-*prosciutto* zou inderdaad heel smakelijk zijn. 'Er is altijd eten bij Immacolata. Ook al sterft de rest van het land van de honger, Immacolata produceert volop vlees en vis. Jullie zullen het zien! Jezus veranderde water in wijn en gaf vijfduizend mensen te eten met niets meer dan een paar broden en wat vissen. Immacolata is gezegend.'

Opeens klonk er vanuit het restaurant een bassende stem. 'Dat is Immacolata Fiorelli,' fluisterde Lattarullo vertrouwelijk, en hij zette zijn pet af en veegde zich het zweet van het voorhoofd. 'Dit restaurant is de motor waarop de stad draait. En zij zit achter het stuur. Dat weet ik, dat weet de burgemeester, en dat weet padre Dino. Zelfs de Duitsers haalden het niet in hun hoofd om met haar te sollen. Ze stamt af van een heilige, weet u.'

Thomas trok zijn schouders naar achteren. Hij was tenslotte een bevelvoerend officier bij de Britse marine, dus wat kon er zo angstwekkend zijn aan een Italiaanse vrouw met een luide stem die haar luie personeel tot de orde riep?

'*Signora* Fiorelli,' zei Lattarullo met diep respect terwijl hij overeind kwam. 'Mag ik u voorstellen aan twee officieren van de Britse marine?' Hij stapte opzij en de kleine vrouw hief haar kin en liet haar diepliggende, kastanjebruine, intelligente ogen zien. Ze kneep ze peinzend tot spleetjes en nam hun gezichten op, alsof ze probeerde in te schatten of ze betrouwbaar waren en karakter hadden. Thomas en Jack stonden op, zodat zij nog kleiner leek, maar ze begrepen wel dat haar persoonlijkheid sterker was dan die van hen tweeën bij elkaar.

'U bent erg knap,' zei ze tegen Thomas, met een zachte stem die heel anders klonk dan het gebas van daarnet. Haar kraaloogjes namen hem van top tot teen op, alsof ze een naaister was die probeerde te bepalen welk pak hem het best zou passen. 'Ik zal een *spaghetti con zucchini* en *trecia di mozzarella* voor u klaarmaken.' Ze wendde zich tot Jack. 'En de brave burgers van Incantellaria zullen hun dochters moeten opsluiten,' zei ze, snuivend met opengesperde neusgaten. Jack slikte en Brendan schoot terug in zijn zak. '*Fritelle* voor u,' voegde ze er met een tevreden knikje aan toe. 'Ooit was het hier een drukte van belang, maar de oorlog heeft alles lamgelegd. De mensen hebben amper geld voor voedsel, laat staan dat ze in een restaurant gaan eten. Ik hoop van harte dat er betere tijden aanbreken. Dat er maar snel een einde mag komen aan het bloedvergieten. Dat de leeuw zich kan neervlijen naast het lam. Ik nodig u allebei uit om bij mij thuis te komen eten. Een hoekje van dit land waar nog steeds beschaving bestaat, al generaties lang. Waar traditionele normen en waarden in ere worden gehouden. Ik zal zelf voor jullie koken en we kunnen het glas heffen op de vrede. Lattarullo brengt jullie wel. Jullie kunnen baden in de rivier en de oorlog vergeten.'

'U bent een gulhartige vrouw,' zei Thomas.

'Ik ben slechts een nederige gastvrouw en jullie bevinden je in mijn stad.' Thomas vond haar er verre van nederig uitzien, want haar gezicht straalde een en al hooghartigheid uit. 'Trouwens, uw aanwezigheid hier zal de gemeenschap helpen. Het geld dat u spendeert zal de economie een broodnodige impuls geven. Het beetje economie dat we nog hebben. Dit zijn zware tijden, *signore*. Als u even rijk bent als knap, dan zullen we daar allemaal blij om zijn.'

'Hebt u een dochter?' vroeg Jack brutaal. Ze kneep haar ogen tot spleetjes en nam hem op langs haar heerszuchtige neus, hoewel ze minstens negentig centimeter kleiner was dan hij.

'En als ik die zou hebben, zou het niet verstandig zijn haar voor te stellen aan u en uw eekhoorn.'

'Waarom niet aan Brendan?' vroeg hij, en hij stak zijn hand in zijn zak om de vacht van het diertje te strelen. 'Brendan heeft wel kijk op de dames.'

'Omdat mijn dochter wel kijk heeft op eekhoorns,' lachte ze, maar haar lach klonk zwaar en treurig als melancholiek klokgebeier. Ah, dacht Lattarullo, eekhoorn-prosciutto, en hij likte zijn lippen af en kwijlde als een hond.

Het duurde niet lang of het hele restaurant was vol mooie meisjes, met gezichten die waren beschilderd als die van poppen, met het beetje make-up dat ze nog bij elkaar hadden kunnen scharrelen, gekleed in hun mooiste jurken en getooid met hun mooiste kapsels. In de diepe decolletés van hun japonnen bolden hun borsten op als romige cappuccino's. Ze deden geen enkele moeite om hun brandende verlangen om een Engelsman aan de haak te slaan te verhullen. Deze zeelui betekenden voor hen dé mogelijkheid om uit dit arme, benauwende stadje te ontsnappen. Ze wierpen hen kokette blikken toe, giechelden en fluisterden achter hun bruine handen, en toonden schaamteloos hun kuiten en enkels door hun benen over elkaar te slaan en hun rokken onbescheiden op te tillen.

Jacks ogen rolden bijna uit zijn hoofd en Brendan vloog snel naar zijn schouder om een beter uitzicht te hebben. Ze vonden het schattige eekhoorntje onweerstaanbaar en weldra was Jack omringd door parfum en bruine ledematen toen ze hun hand uitstaken om hem te aaien. 'Ah, Brendan, mijn geluksbeestje,' grinnikte hij, en hij deed zijn best om in zijn gebroken Italiaans met hen te flirten. Rigs, die niet wilde achterblijven, klom op een stoel en zong tot ieders grote vreugde zijn longen uit zijn lijf. Hij maakte er theatrale gebaren bij, alsof hij in Covent Garden op het podium stond.

Geleidelijk aan kwamen de stadsbewoners achter hun luiken vandaan, naar Trattoria Fiorelli toe getrokken door de hartverscheurend mooie muziek van Pagliacci die door de stille middaglucht weerklonk. De meisjes werden kalmer en keerden terug naar hun stoelen, waar ze met hun hoofd op hun handen steunden, hun ogen een en al melancholie. Thomas stak een sigaret op en sloeg het tafereel door een gordijn van rook gade. Hij moest weer denken aan de mooie jonge vrouw die hij op de kade had gezien en vroeg zich af waarom zij er niet was. De anderen zagen er allemaal best leuk uit – Jack wist maar net zijn broek aan te houden –, maar ze waren voor hem niet geschikt. Toen de menigte aanzwol speurden zijn ogen de gezichten af in de hoop dat zij zou verschijnen. Maar hij werd teleurgesteld.

Een tandeloze oude man begon op een trekharmonica te spelen. Rigs gooide nog meer dramatiek in de strijd en zijn ogen vulden zich met tranen toen hij helemaal opging in de woorden en de muziek, want die boden hem de gelegenheid uiting te geven aan zijn eenzaamheid zonder dat hij zich ervoor hoefde te generen. De oorlog leek nu heel ver weg, hoewel hij uit niemands gedachten was. Ze zouden nooit de verschrikkingen die ze hadden meegemaakt van zich af kunnen zetten. Getekend voor het leven zouden ze de littekens met zich meedragen totdat hun geest hun lichaam ontsteeg en zich voegde bij die van degenen die hun waren voorgegaan, zoals Freddie Arbuckle.

Toen Rigs eindelijk uitgezongen was, verzocht Thomas om een vrolijk lied, eentje dat ze allemaal zouden kunnen meezingen. Hij bette zijn bezwete gezicht met een servet, nam een grote slok water, zette met veel enthousiasme '*La donna é mobile…*' in, en het duurde niet lang of de trattoria weergalmde van de stemmen, klappende handen en stampende voeten.

8

THOMAS EN JACK HADDEN WEINIG ZIN OM BIJ IMMACOLATA FIORELLI te gaan dineren, en Brendan was nog zenuwachtiger dan zij tweeën bij elkaar. Liever zouden ze nog een keer in de trattoria hebben gegeten, waar een dansvloer was. Met Rigs en de tandeloze accordeonist zou er zeker gedanst worden. Er zouden ook vrouwen zijn, hunkerend naar liefde en opwinding. Jack was kwaad dat Thomas de uitnodiging had aangenomen. 'Waarom heb je nou niet gewoon nee gezegd?'

'Dat zou onbeleefd zijn geweest,' verklaarde Thomas zwakjes. 'Zij runt immers kennelijk de stad terwijl de burgemeester in de schoonheidssalon zit.'

'Ze heeft niet eens dochters!'

'De enige dochter die ze heeft eet eekhoorns.' Thomas klapte met zijn kaken naar Brendan, die alleen maar met een superieure blik naar hem terugstaarde.

Die avond zwaaiden Rigs en de jongens hen vrolijk uit, geamuseerd door hun tegenzin. Lattarullo had de hele middag achter de gesloten deur van zijn kantoor liggen slapen, zijn pet over zijn ogen getrokken en zijn voeten op het bureau, en was nu parmantiger dan ooit.

In stilte reden ze over de kronkelende weggetjes omhoog. Lattarullo probeerde een gesprek te beginnen, maar de twee mannen waren ieder in hun eigen gedachten verzonken: Jack dacht aan de vrouwen die hij zou kunnen versieren als hij terugkwam in de trattoria, en Thomas dacht aan de lieftallige vreemdelinge naar wie zijn hart uitging. Lattarullo hield aan; het kon hem niet schelen of ze nou luisterden of niet.

Uiteindelijk zette hij de truck stil naast een kromme olijfboom. Er liep geen verharde weg naar het huis, maar slechts een veelbelopen pad. 'Immacolata Fiorelli zal jullie de rivier laten zien,' zei Lattarullo, die al buiten adem was. 'Bovendien heeft ze zeep!' gniffelde hij. Thomas wist dat zeep alleen verkrijgbaar was op de zwarte markt en dat de meeste Italiaanse vrouwen zich met puimsteen, as en olijfolie wasten.

Thomas liet zijn blik over de zee dwalen, die zich kalm uitstrekte naar de mistige horizon en erachter verdween. Als hij geen marineuniform droeg en de dingen die hij had meegemaakt geen onuitwisbare indruk op hem hadden gemaakt, zou hij bijna vergeten dat de wereld in oorlog was. Dat de zee een heel eind verderop tegen de Afrikaanse kust spoelde, rood van het bloed van degenen die net als hijzelf hadden gevochten om zich te bevrijden van tirannie, hadden gestreden voor vrede. De zee bood een betoverende aanblik en zijn vingers jeukten om het tafereel vast te leggen met pastelkrijt; hij zou graag hier ter plekke op de heuvelflank zijn ezel hebben opgezet, tussen de grijze olijfbomen. Als het geen oorlog was geweest, zou hij op zoek gaan naar dat meisje en haar voor die weidse lucht plaatsen. Hij zou haar tekenen en er de tijd voor nemen. Het gezucht van de zee en het getsjilp van de cicaden zouden hun eigen unieke melodie toevoegen aan de ontspannen loomheid van de verscheidende dag, en ze zouden zich neervlijen en de liefde bedrijven. Maar het was oorlog en hij had werk te doen.

Na een poosje kwam de bescheiden boerderij, zandkleurig met een eenvoudig grijs pannendak, in zicht. Dikke takken wisteria klommen op tegen de muren, hun lila bloemen neerhangend in zware trossen alsof het druiven waren, en kleine vogels vlogen in en uit in een spel dat alleen zij begrepen. Het huis ging schuil achter cipressen en was half verborgen achter potten plumbago, langstelige aronskelken, struikjes lavendel en grote bossen nasturtiums, waardoor het leek alsof het daar verlegen achter vandaan tuurde. Toen ze naderbij kwamen, leken ze opeens een onzichtbare wolk parfum binnen te lopen. 'Wat ruik ik?' vroeg Jack, die zijn neusgaten wijd opensperde.

'Geen idee, maar het ruikt hemels,' antwoordde Thomas, en hij bleef staan. Hij zette zijn handen in zijn zij en ademde diep in. 'Wat een sterke lucht; ik word helemaal licht in het hoofd.' Hij wendde zich tot Lattarullo en vroeg hem ernaar in het Italiaans. Lattarullo schudde zijn hoofd.

'Ik heb geen idee waar u het over hebt. Ik ruik niets.'

'Ach, kom nou toch,' zei Thomas ongeduldig.

'*Niente, signor Arbuckle.*' Hij trok een scheef gezicht en haalde zijn schouders op. '*Bo!*'

'Beste man, je bent zeker je reukzin verloren. Maar je kunt het toch wel próéven?'

De Engelsman keek zo ongelovig dat het Lattarullo beter leek toe te geven. Hij ving ook inderdaad wel een heel zwakke geur op, hoewel hij niets ongewoons rook. De heuvels waren vol met geuren; als je hier woonde viel dat je op een gegeven moment niet meer op.

'Ik ruik vijgen,' zei hij onwillig. Vervolgens vertrok hij zijn lelijke vissengezicht en haalde zijn schouders op, waarbij hij dit keer zijn handpalmen ophief naar de lucht.

'God, dát is het!' zei Thomas enthousiast. 'Het zíjn toch wel vijgen, hè?' vroeg hij Jack.

Jack knikte en nam zijn pet af om over zijn bezwete voorhoofd te wrijven. 'Het zijn inderdaad vijgen,' herhaalde hij. 'Regelrecht uit de hof van God.'

Lattarullo nam hen met stijgende nieuwsgierigheid op en schudde zijn hoofd. Immacolata Fiorelli weet wel raad met hen, dacht hij, en hij nam ook zijn pet af en liep naar de deur.

Immacolata Fiorelli deed haar deur nooit op slot, zelfs niet in deze gevaarlijke oorlogstijden. Omdat ze een ontzagwekkende vrouw was, zowel qua karakter als qua postuur, meende ze wel tegen mogelijke passanten opgewassen te zijn, zelfs tegen een man met een bajonet. Lattarullo stak zijn hoofd naar binnen en riep haar naam. '*Siamo arrivati,*' kondigde hij aan, waarna hij bleef wachten en zijn pet als een timide schooljongen liet ronddraaien in zijn handen. Thomas rolde met zijn ogen naar Jack. Na een poos verscheen Immacolata, nog steeds gehuld in het zwart alsof ze permanent in de rouw was. Om haar hals hing een groot zilveren kruis, rijkelijk versierd met halfedelstenen.

Kom binnen, wenkte ze hen met een handgebaar.

Binnen in het huis was het koel en donker. De luiken waren gesloten, zodat er maar heel weinig licht in smalle banen binnenviel. De *salotto* was klein en sober, met aftandse banken, een zware houten tafel en een eenvoudige plavuizenvloer. Maar ondanks de sobere inrichting was het er gezellig: een huis dat zich had gevoegd naar menselijk verkeer. Wat Thomas onmiddellijk opviel waren de drie kleine schrijnen, kruisen en religieuze afbeeldingen die de kale muren en hoeken sierden. In de schemering glinsterden en glansden het zilver en het hier en daar aangebrachte verguldsel spookachtig. Immacolata riep haar dochter.

'Valentina!' Haar stem baste niet meer, maar klonk zacht en

vriendelijk, met de toon die je bezigt tegen iemand van wie je houdt. 'We hebben gasten.'

'De man van la signora is omgekomen in Libië,' zei Lattarullo zachtjes. 'Haar vier zonen zitten ook in het leger, hoewel twee van hen krijgsgevangen zijn gemaakt door de Britten en de andere twee... Nou ja, god weet waar die zijn. Valentina is het jongste kind en is haar het meest dierbaar. Dat zullen jullie nog wel merken.'

Thomas spitste zijn oren, alsof hij Valentina's zachte gezang buiten kon opvangen. De sterke geur van vijgen ging voor haar uit en Thomas werd daar helemaal gelukkig van. Hij wist het al voordat hij haar zag. Hij voelde het. Niets roerde zich behalve de zijdezachte luchtstroom die door de deur naar binnen glipte, de aankondiging van iets betoverends. En toen was ze daar, in een witte jurk die half doorscheen doordat de zon achter haar stond. Met een hart dat vol verwachting klopte nam hij de smalle taille, de zachte welving van haar heupen, de vrouwelijke vorm van haar benen en enkels, en haar in eenvoudige sandalen gestoken voeten in zich op. Haar schoonheid was nog adembenemender dan toen hij van de boot was gekomen. Hij durfde amper met zijn ogen te knipperen voor het geval ze dan weer zou verdwijnen. Maar nu glimlachte ze en stak ze hem haar hand toe. De sensatie van zijn huid tegen de hare zette zijn zintuigen op scherp en hij hoorde zichzelf in het Italiaans stamelen: 'È un piacere.' Ze glimlachte licht, maar zelfverzekerd en begrijpend, alsof ze er wel aan gewend was dat mannen in haar aanwezigheid zowel hun tong als hun hart verloren. Immacolata's stem verbrak de betovering en opeens bewoog alles in de kamer weer in het normale tempo, en Thomas vroeg zich af of hij de enige was die de verandering had opgemerkt.

'Valentina zal jullie de rivier wijzen, waar jullie je kunnen wassen,' zei Immacolata, die zich naar de ladekast begaf, waarop een ingelijste foto stond van een man, met daaromheen brandende kaarsen en een versleten zwarte bijbel. Thomas nam aan dat het een portret van wijlen haar man was. Ze haalde een klein voorwerp uit een verpakking van bruin papier en gaf het aan haar dochter, waarna ze de la weer sloot. 'Zelfs in tijden van oorlog moet je beschaafd blijven,' zei ze ernstig, en met een knikje gaf ze aan dat ze naar de rivier konden gaan. Dat is zeker die befaamde zeep, dacht Thomas.

Valentina draaide zich om en liep het huis uit. Thomas merkte op dat ze een ongewone tred had: ze zette haar voeten naar buiten gekeerd neer, hield haar buik in, stak haar billen naar achteren en draaide met haar heupen. Het was een kittige manier van lopen, uniek, en Thomas had nog nooit iemand zich zo charmant zien voortbewegen. Hij wilde dat hij alleen met haar was, zonder Jack erbij, die al net zo onder de indruk leek als hijzelf. Beide mannen volgden haar over het steile pad, dat zo smal was dat ze alleen maar achter elkaar konden lopen.

De lucht was warm en plakkerig, en gonsde van de muggen. De geur van vijgen was nog steeds te ruiken, maar Thomas zag nergens een vijgenboom, alleen eucalyptus, citroenen, naaldbomen en cipressen. Op de heuvelflank wemelde het van de krekels, en als je er niet aan gewend was klonk hun ritmische, onophoudelijke getsjilp heel hard. Het pad was veelbetreden, de aarde licht van kleur en droog, en bezaaid met stenen, dennennaaldjes en dennenappels. Hier en daar waren houten treden aangebracht om uitglijden te voorkomen. Ten slotte ontwaarde Thomas tussen de bomen door de rivier. Het leek meer een stroompje dan een rivier, maar het was in elk geval breed genoeg om erin te zwemmen. Het water sijpelde omlaag van de heuvel, borrelde om rotsen en gladde stenen heen, en bleef even stilstaan in een kristalheldere poel voordat het naar zee stroomde. Op die plek zouden ze gaan baden.

Valentina draaide zich om en glimlachte. Dit keer was haar glimlach breed en vol humor. 'Mama moet wel een hoge dunk van jullie hebben,' zei ze. 'Haar kostbare zeep geeft ze niet zomaar aan de eerste de beste.' Thomas vond het erg vreemd dat haar moeder haar in haar eentje op pad liet gaan met twee vreemde mannen. Ze moest inderdaad een hoge dunk van hen hebben. Valentina hield hun het blokje voor. 'Neem maar mee en geniet ervan. Haast u vooral niet.' Thomas pakte het aan en het ergerde hem alweer dat Jack naast hem stond, die ongetwijfeld zo meteen het moment met een slechte grap zou bederven.

'Kom jij niet met ons mee?' vroeg Jack met een schalkse grijns.

Valentina bloosde en schudde haar hoofd. 'Ik zal u in alle privacy uw bad laten nemen,' antwoordde ze diplomatiek.

'Niet weggaan!' zei Thomas zachtjes, zich ervan bewust dat hij wanhopig klonk. Hij schraapte zijn keel. 'Blijf wachten tot we in het water zijn en praat tegen ons. We weten niets van Incantellaria. Misschien dat jij ons er iets over kunt vertellen.'

'Vroeger bleef ik altijd naar mijn broers zitten kijken,' zei ze, wijzend naar de oever, waar een brede baan zonlicht op viel. 'Die spetterden altijd ontzettend.'

'Ga daar dan nu voor ons zitten,' drong Thomas aan.

'We hebben al heel lang geen vrouwelijk gezelschap gehad. Zeker geen gezelschap dat er zo mooi uitziet,' voegde Jack eraan toe, gewend als hij was vrouwvolk te vleien. Onder normale omstandigheden zou Thomas zijn teruggetreden en hem zijn gang hebben laten gaan met zijn oneerbiedige grappen en losbandige charme. Jack was tenslotte degene tot wie de vrouwen zich altijd aangetrokken voelden, niet hij. Maar dit keer was hij niet van plan zich de kaas van het brood te laten eten.

'Mama zou het geen prettig idee vinden dat ik in het gezelschap van badende mannen zou verkeren.'

'Wij zijn Britse officieren,' zei Thomas, die zijn best deed waardig over te komen door zijn rug te rechten en formeel met zijn hoofd te knikken. Dat zou Freddie ook hebben gedaan. 'Je bent in uiterst veilige handen, *signorina*.'

Ze glimlachte zedig, liep weg om op de oever plaats te nemen en draaide zich af terwijl de mannen zich uitkleedden. Toen ze hen hoorde spetteren, keerde ze zich weer om.

'Het is heerlijk!' riep Thomas enthousiast, naar adem happend toen het koude water zijn felle begeerte deed slinken. 'Precies wat ik nodig had!' Hij wreef de zeep tussen zijn handen en waste zijn armen. Hij was zich ervan bewust dat haar ogen op hem rustten. Die waren bruin, maar in het zonlicht leken ze bijna geelachtig groen, de kleur van honing. Toen hij opkeek, glimlachte ze hem toe. Hij wist zeker dat het flirterig bedoeld was. Hij draaide zich om en zag dat Jack onder water was gedoken. Op dat moment besefte hij dat haar glimlach alleen voor hem bestemd was.

Toen ze zich eenmaal hadden gewassen, lieten ze zich in hun ondergoed opdrogen. Thomas had Valentina wel ter plekke naar zich toe willen trekken, met de zon in haar haar en op haar gezicht, haar hoofd schuin naar voren gebogen, terwijl ze vanuit die houding naar hen opkeek zodat ze haar ogen niet tot spleetjes hoefde te knijpen. Ze leek verlegen. Thomas en Jack namen het praten voor hun rekening. Ze stelden haar vragen over de stad. Ze was daar opgegroeid. 'Het is zo'n stadje waarin iedereen iedereen kent,' zei ze, en Thomas durfde te garanderen dat, ook al was het zo groot als Londen geweest, iedereen nog steeds zou weten wie zij was.

Toen ze opgedroogd waren, kleedden ze zich aan en keerden verfrist door hun bad terug over het smalle pad. Valentina bracht hun allebei het hoofd op hol en gaf hun het gevoel dat ze tomeloze energie en levenslust bezaten.

Etensgeuren kwamen hen bij de ingang van het huis tegemoet en deden hen het water in de mond lopen. Immacolata ging hen voor door de kamers naar een met druivenranken overgroeid terras waar het naar jasmijn rook. Op het gras verderop pikten een paar kippen in de grond en vastgebonden aan een boom stonden een stuk of wat geiten. De tafel was gedekt. In het midden stond een broodmand, naast een messing *agliara* met olijfolie. Lattarullo was teruggekeerd naar de stad met de belofte hen na het eten weer te komen halen. Hij had voorgesteld dat ze de volgende ochtend nogmaals naar La Marmella zouden gaan, samen met een paar andere mannen, om de rest van de buit op te pikken. Thomas betwijfelde of er nog veel te halen zou zijn; hij vertrouwde Lattarullo net zomin als een gulzige hond met een bot. Maar het kon hem niet veel schelen. Hij had er schoon genoeg van langs de kust te patrouilleren. Alle actie vond nu in het noorden plaats, in Monte Cassino. Hoe zou hij, met dat kleine bootje van hem en met maar een handjevol mannen, het kunnen opnemen tegen bandieten? Corruptie maakte evenzeer deel uit van deze cultuur als machismo. Hij wierp een tersluikse blik op Valentina's profiel en besloot dat hij, wat er ook zou gebeuren, alles uit de kast zou trekken om zo lang mogelijk te kunnen blijven.

Immacolata gebood hun zo te gaan staan dat ze konden bidden. Ze sprak op lage, plechtige toon en sloeg haar vingers om het kruis dat om haar hals hing. '*Padre nostro, figlio di Dio…*' Toen ze klaar was, trok Thomas een stoel voor Valentina onder tafel vandaan. Ze sloeg haar zachte bruine ogen naar hem op en glimlachte bij wijze van dank. Hij wilde haar weer horen praten, maar haar moeder zat aan het hoofd van de tafel en het zou onbeleefd zijn geweest haar te negeren.

'Mijn zoon Falco was een partizaan, signor Arbuckle,' zei ze. 'Nu valt er hier niet meer te vechten. Als je vier zonen hebt, is het geen verrassing dat alle facties van deze oorlog in je familie vertegenwoordigd zijn. Gelukkig zit er geen communist tussen. Daar zou ik niet tegen kunnen!' Ze schonk marsala in hun glazen, een bitter smakende versterkte wijn, en hief toen haar eigen glas om een toast uit te brengen. 'Op jullie gezondheid, heren, en op de vrede. Moge de goede God ons vrede schenken.'

Thomas en Jack brachten eveneens hun glas omhoog en Thomas voegde eraan toe: 'Op de vrede en op uw gezondheid, signora Fiorelli. Hartelijk dank voor deze heerlijke maaltijd en voor uw gastvrijheid.'

'Ik mag dan niet veel bezitten, maar geleefd heb ik wel,' antwoordde ze. 'Ik ben nu oud en heb meer meegemaakt dan jullie ooit zullen meemaken, daar kun je donder op zeggen. Wat doen jullie hier eigenlijk precies?'

'Niet zo heel veel. Wat wapens verzamelen die het Duitse leger heeft achtergelaten toen het zich terugtrok. Hoewel er niet veel meer van over is.'

Immacolata knikte ernstig. 'Bandieten,' zei ze. 'Die zitten overal. Maar ze denken wel twee keer na voordat ze mij komen beroven. Zelfs de almachtige Lupo Bianco zou het moeite kosten mijn kleine fort binnen te dringen. Zelfs hem.'

'Ik mag hopen dat u veilig bent, signora. U hebt een heel knappe dochter.' Thomas voelde dat hij bloosde toen hij over Valentina begon. Opeens kwam haar welzijn hem als belangrijker voor dan wat ook ter wereld. Valentina sloeg haar ogen neer. Immacolata leek genoegen te scheppen in zijn opmerking en haar gezicht plooide zich in de eerste glimlach waartoe ze zich tot dan toe had verwaardigd.

'God is genadig geweest, signor Arbuckle. Maar schoonheid kan in tijden van oorlog ook een vloek zijn. Ik doe er alles aan om haar te beschermen. Maar zolang we ons in het gezelschap van Britse officieren bevinden, hoeven we ons geen zorgen te maken over onze veiligheid.' Ze pakte de broodmand op. 'Eet toch. U weet maar nooit wanneer u weer iets krijgt.'

Thomas bediende zich van een stuk grof brood en doopte het in de olijfolie. Hoewel hij er goed op moest kauwen, smaakte het prima. Ook Immacolata at met smaak. Kennelijk had ze veel werk van de pasta gemaakt, die ze met vissaus had bereid. Er was overal erg weinig te eten, maar net als die ochtend in de trattoria was ze erin geslaagd hun een vooroorlogs maal voor te zetten. Alsof ze inspiratie putte uit het banket dat ze had aangericht dwaalde haar gebabbel de kant op van de hoogtijdagen die haar familie had meegemaakt onder het keizerlijke Rome.

'Dat waren nog eens beschaafde tijden. Ik doe mijn best om iets van die beschaving over te brengen naar mijn huis, wat er ook in de rest van het land aan de hand moge zijn, omwille van mijn dochter.' Vervolgens vertelde ze hun over haar voorvader die graaf was. 'Hij heeft nog met Caraciolo gevochten in de oorlog tegen Nelson en de Bourbons, weet u.' Thomas luisterde maar met een half oor; de rest van zijn zintuigen was gespitst op de zwijgende Valentina.

'Hoe lang zijn jullie van plan te blijven?' vroeg ze toen ze waren uitgegeten en met een volle maag doezelig nog wat wijn zaten te drinken.

'Zo lang als het duurt om de wapens over te brengen,' antwoordde Thomas.

'Er zijn er nog veel meer, weet u. In de heuvels stikt het van de vuurwapens en granaten. Het is immers uw taak om ervoor te zorgen dat die niet in de verkeerde handen vallen?'

'Inderdaad,' antwoordde Thomas met een frons.

'Dan moet u blijven. Het ziet er hier misschien wel bekoorlijk uit, maar in elke schaduw schuilt iets boosaardigs. De mensen hebben niets, weet u. Niets. Ze zijn bereid te doden voor een beetje voedsel. Een leven is tegenwoordig maar weinig waard.'

'We blijven zo lang als het nodig is,' zei hij geruststellend, hoewel hij wist dat hij weinig zou kunnen uitrichten tegen het soort kwaad waar zij het over had.

Terwijl de zon de lucht roze kleurde, bleven ze zitten praten onder de druivenranken. Immacolata stak kaarsen aan, die motten en muggen aantrokken, die met hun vleugeltjes steeds dichter bij de dodelijke vlam kwamen. Thomas en Jack rookten, zich allebei scherp bewust van Valentina. Toen zij het woord nam, spitsten ze hun oren. Zelfs Jack, die weinig begreep van wat ze zei, leunde achterover om haar zachte, prachtig gearticuleerde stem over zich heen te laten spoelen als een verrukkelijk straaltje siroop. Jack had de conversatie aan Thomas overgelaten, want hij sprak tenslotte veel beter Italiaans. Maar hij had zijn mascotte bij zich, en toen hij het gevoel had dat hij tegelijk met de ondergaande zon uit beeld dreigde te verdwijnen, liet hij uiteindelijk Brendan tegen zijn mouw omhoogklimmen en op zijn schouder plaatsnemen. Zoals hij al had gedacht, trok de eekhoorn haar aandacht, en tot grote opluchting van het diertje toonde ze niet de minste neiging om hem op te gaan eten. '*Ah, che bello!*' verzuchtte ze, en ze stak haar hand uit. Thomas keek toe hoe haar slanke bruine vingers de rode vacht streelden en stelde zich onwillekeurig voor dat ze hém zouden strelen. Hij keek expres niet naar Jack, voor het geval zijn vriend suggestief een wenkbrauw zou optrekken. Maar Jack was ook diep onder de indruk van haar lieftallige schoonheid en voelde heel goed aan dat er voor zijn laag-bij-de-grondse grollen aan deze tafel geen plaats was.

Om een uur of halfelf kwam in een stofwolk de auto aanrijden. 'Dat zal Lattarullo zijn,' zei Thomas. Hij had de kans willen krijgen om met Valentina te praten, maar Immacolata had het hoogste woord gehad. Aan niets was te merken geweest dat Valentina dat erg vond. Misschien was ze er met al die broers wel aan gewend zich op de achtergrond te moeten houden.

Lattarullo kwam het terras op; zijn voorhoofd glinsterde en zijn beige shirt zat onder de transpiratievlekken. In de hitte was zijn buik gezwollen als die van een dood varken en muggen gonsden om zijn hoofd. Het bood geen aangename aanblik. Hij meldde Thomas en Jack dat de rest van de bemanning de hele avond in de trattoria had gedanst. 'Die zanger heeft de hele stad op stelten gezet!' zei hij enthousiast. Naar het zweet op zijn hemd te oordelen had de dikke carabiniere zelf ook gedanst.

Thomas voelde een golf van paniek. Wanneer zou hij Valentina terugzien? Hij bedankte Immacolata voor haar gastvrijheid en wendde zich tot haar dochter. Valentina's donkere ogen keken hem scherp aan, alsof ze zijn gedachten kon lezen. Haar mondhoeken krulden omhoog tot een bescheiden, schuchtere glimlach en ze bloosde. Thomas zocht naar woorden, welke woorden dan ook, maar wist niets te bedenken. Nu ze hem zo doordringend aankeek, werd zijn hoofd helemaal leeg. De zon zakte op dat moment net in de zee en het kaarslicht leek het bruin van haar ogen goud te kleuren. 'Misschien hebben we het genoegen je nog een keer te mogen zien,' zei hij ten slotte, en zijn stem klonk schor. Valentina wilde antwoord geven, toen haar moeder tussenbeide kwam.

'Waarom komt u morgenavond niet naar het *festa di Santa Benedetta*?' opperde ze. 'In de kleine kapel van San Pasquale. U zult getuige zijn van een wonder, en misschien dat God u voorspoed zendt.' Haar ruwe handen speelden met het kruis om haar hals. 'Valentina gaat wel met u mee,' voegde ze eraan toe.

'Mama speelt een rol in het stuk, dus ik ben alleen,' zei Valentina, die haar ogen neersloeg alsof ze het moeilijk vond het te vragen. 'Ik zou het heel fijn vinden als u zou meegaan.'

'Het zal een groot genoegen zijn om je te vergezellen,' zei Thomas, geheel betoverd door haar schroomvalligheid. Dit uitstapje zou hij in elk geval alleen maken.

Toen ze in de auto zaten, barstte Jack los. 'Die Valentina is wat je noemt een paradepaardje!' zei hij. 'Zelfs Brendan was onder de indruk, en dat is hij anders niet gauw!'

'Ik heb mijn hart verloren, Jack,' kondigde Thomas ernstig aan.

'Dan kun je het maar beter gaan zoeken,' antwoordde hij grinnikend. 'Zo lang zullen we niet blijven.'

'Maar ik moet haar weer zien.'

'En dan?' Jack trok nu hetzelfde vissengezicht als Lattarullo had gedaan en hief zijn handen ten hemel. 'Het draait toch op niks uit, sir.'

'Misschien niet. Maar daar wil ik zelf achter komen.'

'Dit is geen geschikt moment om verliefd te worden. Zeker niet op een Italiaanse. Trouwens, van haar moeder krijg ik de zenuwen.'

'Ik ben niet geïnteresseerd in haar moeder.'

'Ze zeggen dat je altijd eerst naar de moeder moet kijken voordat je werk maakt van de dochter.'

'Valentina's schoonheid zal nooit verbleken, Jack. Die is van het soort dat eeuwig standhoudt. Zelfs jij zou dat moeten kunnen zien.'

'Ja, ze is bloedmooi,' gaf hij toe. 'Doe dan maar wat je moet doen, maar kom straks niet op mijn schouder uithuilen als het allemaal in de soep loopt. Ik heb wel belangrijker zaken aan mijn hoofd. Als ik vannacht niet weet te scoren, ga ik Brendan molesteren!'

Maar toen ze terug waren in de stad, hadden ze geen van beiden zin om te dansen. In plaats daarvan maakten ze een wandeling langs de zee. Een paar oude mannen zaten in hun bootjes zeilen te repareren, hun gerimpelde gezichten verlicht door stormlantaarns. Bij nadere inspectie werd duidelijk dat ze voor hun doel gestolen wandtapijten gebruikten. Iemand die werd begeleid door een trekharmonica zong '*Torna a Sorrento*', en zijn droefgeestige stem galmde spookachtig door de straten. De hemelsblauwe luiken waren allemaal gesloten en Thomas vroeg zich onwillekeurig af wat zich daarachter afspeelde – of de bewoners sliepen of door de kieren stonden te gluren.

Omdat ze weinig zin hadden terug te gaan naar de boot, slenterden ze een van de smalle straatjes in. Er verscheen een jonge vrouw. Jacks gezicht lichtte op. Het was een van de meisjes die hij die ochtend had bewonderd. Met haar lange krulhaar en bruine huid zag ze er aantrekkelijk uit toen ze verstolen, dromerig glimlachte. 'Kom maar eens kijken wat Claretta voor jullie kan betekenen. Jullie zien er moe uit,' koerde ze toen ze naderbij kwamen. 'Italiaanse vrouwen staan bekend om hun gastvrijheid. Ik zal het jullie laten zien. Kom maar.'

Jack wendde zich tot zijn vriend. 'Vijf minuten,' zei hij.

'Je bent niet wijs.'

'Je bent zelf niet wijs. Als ik naar buiten kom, heb ik mijn hart tenminste niet verloren.'

'Maar je pik misschien wel.'

'Ik pas wel op.'

'Ik wil geen zieke eerste man. Ik kan je niet vervangen.'

'Een man moet neuken. Ik weet zeker dat ik anders stapelgek word. En aan een stapelgekke vent heb je ook niks! Trouwens, ik geef de lokale economie een nieuwe impuls. Iedereen moet immers zijn brood kunnen verdienen.'

Thomas keek Jack na toen hij in het huis verdween. Hij leunde met zijn rug tegen de muur en stak een sigaret op. Toen hij alleen was in de lege straat keerden zijn gedachten terug naar Valentina. Hij zou haar de volgende avond weer zien bij de plechtigheid voor Santa Benedetta. Verder dan dat kon hij nog niet denken. Als hij een schets van haar zou kunnen maken, zou hij een aandenken aan haar hebben. Om bij zich te dragen. Hij werd misselijk van verlangen. Hij had liefdespoëzie en het werk van Shakespeare gelezen, maar hij had nooit gedacht dat zulke intense gevoelens echt zouden bestaan. Nu wist hij wel beter.

Even later kwam Jack met een grote grijns naar buiten, nog sjorrend aan zijn gulp. Thomas gooide zijn sigarettenpeuk op de grond en trapte hem uit op de stenen. 'Kom op,' zei hij, 'laten we teruggaan naar de boot.'

Toen ze de volgende ochtend wakker werden, wachtte hun een betoverend tafereel. De motortorpedoboot was versierd met bloemen. Rode en roze geraniums, irissen, anjers en lelies. Ze waren om de relingen gewonden en als confetti uitgestrooid over het dek. Rigs, die de wacht had gehouden, was in slaap gevallen. Hij had niets anders gezien dan het enorme publiek in Covent Garden dat hem in zijn droom voor zijn vertolking van Pagliacci met daverend applaus had beloond. Thomas had kwaad kunnen worden. Het was een ernstige overtreding om tijdens de wacht in slaap te vallen, een die hun allemaal het leven had kunnen kosten. Maar de aanblik van al die fleurige, kleurige en onschuldige bloemen haalde de angel uit zijn woede. Hij dacht aan Valentina, aan de avond die voor hem lag en waarop hij haar weer zou zien, en hij sloeg de zeeman die in gebreke was gebleven op de rug en zei: 'Als je de boeven weet te pakken die dit hebben gedaan, mag je meteen met hen het bed in duiken.'

9

TOEN ZE DE VOLGENDE OCHTEND BIJ DE SCHUUR KWAMEN, ONT-dekten ze zoals ze al hadden voorspeld dat de wapens waren verdwenen. Lattarullo kreunde en haalde zijn schouders op. 'Bandieten! We hadden eerder moeten komen,' zei hij hoofdschuddend. Om weer bij hen in de gunst te komen – want hij besefte wel dat hij de hoofdverdachte was – vertelde hij hun vervolgens over meer depots waar hij zojuist van op de hoogte was gebracht. Thomas lachte. Hij had niet anders verwacht; dit was tenslotte Italië. Maar hij zocht wel een excuus om nog een dag te kunnen blijven en dat had Lattarullo hem gegeven. Hij klopte de carabiniere op de rug. 'Dan moesten we die andere maar gaan zoeken voordat de mannen van Lupo ze vinden, wat jij?'

Toen Lattarullo was weggegaan, gingen de twee mannen naar de trattoria om iets te drinken. Daar troffen ze Rigs en de anderen, die in de zon zaten tussen de meisjes. Rigs beheerste alleen maar opera-Italiaans, maar daarmee wist hij de meisjes zo te zien prima te bekoren, want ze zaten allemaal met hem te lachen, aaiden over zijn wangen en streelden zijn haar, tot grote teleurstelling van de andere bemanningsleden. 'Wie heeft gezegd dat hij met zijn gezang nooit een vrouw voor zich zou weten te winnen?' zei Thomas grinnikend. 'Ik wil wedden dat hij kan krijgen wie hij wil.'

'Als hij ze al niet heeft gekregen,' voegde Jack eraan toe. 'Maar nu kom ik dit samenzijn verstoren met mijn geluksbeestje.' Brendan zat nu de hele tijd op zijn schouder.

'Dat kan nog interessant worden,' zei Thomas peinzend. 'De stem versus de rat!'

'Hoe vaak moet ik nog tegen je zeggen dat het geen rat is!' snauwde Jack.

'Een rat met een staart.'

'Ah, maar wat hij met die staart voor elkaar weet te krijgen gaat niemand iets aan,' zei hij met een vuile grijns.

Thomas trok zijn neus op. 'Ik wil niet eens weten wat je dat arme beest allemaal laat uitvreten.'

'Laten we het er maar op houden dat hij zonder meer een mannetje is dat van borsten houdt.'

'Christus, want ben jij toch ook altijd pervers!'

Immacolata liet zich bij de lunch niet zien. Volgens de ober was ze zich aan het voorbereiden op het festa di Santa Benedetta, een uiterst vrome plechtigheid die al haar energie vergde. Maar ze had wel voorgesteld dat ze *ricci di mare* zouden eten. Thomas en Jack hadden nog nooit zee-egels gegeten en alleen al bij het idee die glanzende ingewanden door te slikken werden ze lichtelijk onwel. Toen de schaal voor hen werd neergezet liet een van de meisjes hun zien hoe het moest. Met vaardige handen sneed ze er een doormidden, kneep citroensap op het nog lillende binnenste en lepelde dat eruit, regelrecht in haar wijd geopende mond. '*Che buono!*' zei ze enthousiast, de lipstick van haar lippen likkend.

'Ik zal haar eens vertellen wat ze nog meer in die mond van haar kan steken,' merkte Jack met een grijns spitsvondig op. De zeelui bulderden van het lachen en het verbaasde meisje, dat niet begreep wat hij had gezegd, lachte mee.

Het duurde niet lang of ze waren weer het grote vermaak van de stad. Thomas voelde zich er ongemakkelijk onder om te gaan zitten eten voor de ogen van een menigte kwijlende toeschouwers. Na een poosje verscheen il sindacco, gewassen en gestreken en geurend naar reukwater, en hij joeg hen weg zoals een boer zou doen met zijn koeien. Met een vingerknip trok hij de aandacht van een ober. 'Ricci di mare,' zei hij, het speeksel doorslikkend dat hem in de mond was gelopen toen hij zag wat de Engelsen op hun bord hadden.

Toen de sindacco zorgvuldig zijn eerste hap nam, kwam Lattarullo aanlopen met een stevige envelop van helderwit papier. Thomas pakte hem aan en fronste zijn wenkbrauwen. In een prachtig handschrift stond zijn naam er met inkt op geschreven. Hij staarde er een poosje naar en probeerde te gissen wie hem dit had gestuurd. Lattarullo wist het wel, maar hij zei niets. Hij wilde de verrassing voor de Engelsman niet bederven. Hij bleef in de hitte zijn voorhoofd staan betten met een oude lap en keek verlangend uit naar een dutje. 'In godsnaam, maak open!' zei Jack ongeduldig, even nieuwsgierig als Thomas zelf. Thomas scheurde de envelop open en haalde er een elegant kaartje uit waarop bovenaan in marine-blauwe letters de naam marchese Ovidio di Montelimone was ge-stanst. Daaronder, in dat fraaie handschrift, stond een uitnodiging om bij hem thuis, in het Palazzo Montelimone, thee te komen drin-ken.

'Dus dit komt van die beroemde markies?' zei hij, zijn wenkbrau-wen optrekkend naar Lattarullo.

'Ja, de aristocraat die op de heuvel woont. De man wiens chauffeur ons gisteren probeerde dood te rijden.'

'Wat wil hij van me?'

Lattarullo haalde zijn schouders op en trok zijn vissengezicht. 'Bo!' antwoordde hij weinig behulpzaam.

Thomas wendde zich tot Jack. Jack deed de carabiniere na: 'Bo! Laten we zelf maar eens een kijkje gaan nemen. Misschien wil hij zich verontschuldigen voor zijn chauffeur.'

'Dan moesten we deze uitnodiging maar aannemen,' vond Tho-mas, die het kaartje weer in de envelop stak. 'Dat is niet meer dan beleefd. Maar ik heb zo het idee dat het alleen maar een excuus is om zich kenbaar te maken. Ik ken dat type. Ze willen je dolgraag over zichzelf vertellen en over hoe belangrijk ze zijn.'

'Ze zeggen dat hij een wijnkelder heeft zo groot als een huis. Dat de Duitsers die niet hebben kunnen vinden. Alleen al daarom is hij een bezoekje waard,' zei Lattarullo, en hij liet zijn tong langs zijn schubbige lippen gaan. 'Ik kan maar beter met jullie meegaan. Trouwens, u weet de weg niet.'

Die middag togen ze met z'n drieën op weg over het onverharde pad. Na een korte rit draaide Lattarullo een steile heuvel op, waar het pad een scherpe bocht maakte. De bomen kropen steeds verder de weg op, totdat de auto er amper nog tussendoor kon. Het voer-tuig zwoegde verder, hoestend en rochelend als een zieke oude man, totdat een stel imposante zwarte hekken eindelijk de ingang tot het Palazzo Montelimone aankondigde. Ze waren roestig en af-gebladderd door jarenlange verwaarlozing. Het was alsof het bos langzaam het terrein annexeerde en zijn groene tentakels om die hekken heen strengelde, totdat ze met het huis erbij op een goede dag helemaal zouden verdwijnen, opgeslokt door de superieure kracht van de natuur.

Ze reden erdoorheen, tot zwijgen gebracht door de aanblik die hun werd geboden. Het gebouw zelf was prachtig, maar gebrekkig onderhoud en de tand des tijds hadden duidelijk hun sporen nagelaten. Wisteria wolkte er overvloedig omheen alsof het palazzo zijn gebreken wilde camoufleren met een luxueuze aankleding. De tuinen waren verwilderd. Bloemen hadden zich heldhaftig overal uitgezaaid, maar niets kon voorkomen dat ze geleidelijk aan werden verstikt door onkruid met kwade bedoelingen.

Lattarullo parkeerde de auto voor de rijk met timpanen en lijstwerk versierde gevel, die eindigde in torentjes en spitsen en waarbovenop een nogal mottige vlag zwakjes wapperde in het briesje. Onmiddellijk ging als in een geluidloze geeuw de brede voordeur open. Een gebogen oude man, in het zwart gekleed, bleef hen plechtig staan opwachten. Thomas en Jack herkenden hem direct als de chauffeur van de marchese.

'Hij is zo trouw als een hond,' zei Lattarullo, die geen moeite deed zijn afkeer te verhullen. 'Hij werkt al tientallen jaren voor de markies. Als het moest zou hij zijn gouden tanden nog voor hem verkopen. Niemand weet wat hij weet, en hij neemt het straks allemaal met zich mee het graf in. Dat zal wel niet meer zo lang duren!'

'Hij strijkt vast zo gauw het vaantje niet met al die wijn in de kelders,' zei Thomas met een lach tegen Jack. 'Die houdt hem wel in leven.' Toen zei Lattarullo, die hun Engels niet had kunnen volgen, precies hetzelfde in het Italiaans.

Ze stapten de auto uit en Alberto begroette hen stijfjes, zonder ook maar een spoor van een glimlach. Hij keek alsof hij in geen jaren had geglimlacht. Of misschien wel helemaal nooit. Ze liepen achter hem aan de donkere gang in, doorkruisten een schaduwrijke hof waar gras opschoot tussen de tegels van het plaveisel, en gingen verder naar het eigenlijke huis. Toen ze door de kamers liepen, waarvan de ene nog mooier was dan de andere, met al dat ingewikkelde lijstwerk en die lichtroze en lichtblauw geschilderde muren, weergalmden hun voetstappen tegen de hoge plafonds; er stonden namelijk geen meubels die het geluid hadden kunnen dempen en de wandkleden waren al lang geleden verdwenen. Marmeren schoorsteenmantels omlijstten koude, lege haarden, en het glas van de hoge ramen zat onder de schimmelplekken. Het gebouw had iets griezeligs, alsof ze in een spookhuis waren.

Uiteindelijk kwamen ze bij een van de kamers in het huis die werden bewoond. Daar zat in een armstoel een waardige heer van een jaar of zeventig, omgeven door een uitgebreide bibliotheek van fraai ingebonden boeken, een grote wereldbol en twee enorme schilderijen. Zijn grijze haar was uit zijn gezicht naar achteren geborsteld en hij was nog steeds een knappe verschijning met zijn rechte Romeinse neus en donker-aquamarijnblauwe ogen. Hij was onberispelijk gekleed in een gestreken hemd en een tweedjasje, met een zijden sjaal om zijn hals geknoopt. Zijn voorouders moesten wel uit het noorden komen, want hij bezat een lichte huid en had het voorkomen van een prins.

'Welkom,' zei hij in accentloos Engels, terwijl hij overeind kwam uit zijn stoel. Hij dook op uit de schemering en liep naar hen toe om hun de hand te schudden. Lattarullo schonk hij een knikje, en tot grote teleurstelling van de carabiniere droeg hij Alberto op hem naar de keuken te leiden om hem op brood en kaas te vergasten. Vervolgens gebaarde hij dat Thomas en Jack moesten plaatsnemen. 'Wat vindt u van mijn stad, luitenant Arbuckle?' vroeg hij, terwijl hij thee voor hen inschonk waarvoor alle benodigdheden zorgvuldig waren klaargezet op een zilveren dienblad. Het servies was fijn en elegant, en beschilderd met delicate bloemranken. Een dergelijk theeservies leek in die haveloze ruimte volkomen misplaatst.

'Het is een charmant plaatsje, marchese,' antwoordde Thomas al even formeel.

'Ik hoop dat u de tijd hebt genomen om wat rond te kijken. De heuvels zijn bijzonder mooi in deze tijd van het jaar.'

'Dat zijn ze zeker,' beaamde Thomas.

'Het is een stad waar eenvoudige mensen wonen die weinig scholing hebben gehad. Ik had geluk. Mijn moeder bood me een Engelse privé-leraar, waarna ik naar Oxford werd gestuurd. Daar beleefde ik de gelukkigste tijd van mijn leven.' Hij tikte met zijn lange vingers op de armleuning van zijn stoel. Zijn handen deden Thomas denken aan die van een concertpianiste. Vervolgens slaakte hij een amechtige zucht. Misschien was hij astmatisch of had hij een andere longkwaal. 'Het volk dat hier woont is erg bijgelovig,' ging hij verder. 'Hoewel ze in de twintigste eeuw leven, worden ze geobsedeerd door middeleeuwse toestanden. Ik hou me daar verre van, hier op de heuvel. Ik heb een mooi uitzicht op de zee en de haven. Ik kan precies zien wie er komt en gaat. Ik heb een telescoop, ziet u, daar buiten op het terras staan. Ik meng me niet in hun rituelen. Maar rituelen houden de mensen wel bezig en uit de problemen, en de mensen in het zuiden zijn erg vroom. Ik ben hier opgegroeid met mijn broers en zussen, hoewel ik niet weet waar die nu zijn en of ze zelfs nog leven. Een bittere vete heeft een splinter in het hart van onze familie gedreven. Ik bleef achter met dit palazzo. Als ik getrouwd was geweest, zou het wellicht baat hebben gehad bij de aandacht van een vrouw, maar helaas ben ik nooit gehuwd en dat zal nu ook niet meer gebeuren. Het huis stort om me heen in en drijft me steeds verder naar zijn binnenste, totdat er straks niets anders meer van over is dan dit vertrek. Het heeft de Duitsers weerstaan, maar het zal de jaren niet kunnen weerstaan. De tijd kent geen genade. Bent u getrouwd, luitenant Arbuckle?'

'Nee, dat ben ik niet,' antwoordde hij.

'De oorlog is geen tijd voor de liefde, nietwaar?'

Integendeel, dacht Thomas bij zichzelf, maar in plaats daarvan zei hij: 'Ik ben blij dat ik in Engeland geen vrouw heb hoeven achterlaten. Als ik sneuvel, zal alleen mijn moeder om me rouwen.' Hij dacht aan Freddie en kreeg een knoop in zijn maag. Freddie had tenminste ook geen vrouw gehad, of kinderen. Opeens werd hij somber en hij wilde maar dat de man snel duidelijk zou maken wat de bedoeling van dit bezoek was. Het was donker in de kamer en de lucht was muf. Het rook er als in een oude crypte.

'En u,' zei de marchese, zich tot Jack wendend. 'Ik zie dat u nog steeds uw kleine harige vriend bij u hebt.' Jacks mond viel open van verbazing. Langzaam kroop Brendan uit zijn zak, als een stoute schooljongen die in de provisiekast is betrapt. 'Als u het achterland in gaat, wat u ongetwijfeld zult doen, kunt u hem maar beter goed verstoppen. Er heerst grote honger. De mensen verkopen hun eigen dochters om iets te eten te hebben.'

'Brendan heeft wel ergere dingen meegemaakt dan hongerige Italianen, marchese,' zei Jack met ongebruikelijk respect. De marchese straalde immers bedaarde importantie uit.

'Ik stel me zo voor dat jullie tweeën voor de oorlog al vrienden waren,' zei hij.

'We hebben samen in Cambridge gezeten,' antwoordde Thomas.

'Ah, Cambridge. Dan bent u mijn rivaal!' Hij lachte en keek Thomas recht aan. Maar de lach reikte niet tot aan zijn ogen.

De marchese wilde niet over de oorlog praten. Hij vroeg niet waarom Thomas en Jack in Incantellaria waren; dankzij zijn telescoop en kennelijke alwetendheid was hij daar ongetwijfeld al van op de hoogte. Hij vertelde over zijn jeugd in het paleis, toen hij amper de stad bezocht en zeker geen contact had met de andere kinderen daar. Het was alsof ze achter een glazen wandpaneel woonden, zei hij. Ze konden kijken naar wat zich daarbuiten afspeelde, maar konden er nooit deel van uitmaken.

'Hoe lang blijft u bij ons te gast?' vroeg hij opeens. Thomas vond dit een goed moment om net als Lattarullo zijn schouders op te halen en een vissengezicht te trekken, maar hij antwoordde dat ze waarschijnlijk de volgende ochtend zouden worden teruggeroepen naar hun basis. 'Oorlog is iets vreselijks,' vervolgde de marchese, en hij stond op. 'Nu zitten ze weer vast in Monte Cassino. Denkt u echt dat de geallieerden gaan winnen? Ze zullen een fout begaan. Wat een verspilling van uitstekende jongemannen. Mensen willen maar niet van de geschiedenis leren, hè? We maken telkens weer dezelfde fouten als onze vaders en grootvaders. We denken wel dat we de wereld verbeteren, maar toch helpen we die beetje bij beetje de vernieling in. Kom, ik zal jullie mijn telescoop laten zien.'

Ze liepen door de verweerde openslaande deuren het terras op en knepen hun ogen dicht tegen de zon. Thomas voelde de frisse lucht over zich heen slaan als een golf koel water die zijn zintuigen verfriste. Hij keek om zich heen. Ooit moest een goed bijgehouden tuin zich over de helling naar omlaag hebben uitgestrekt tot aan een siervijver waarin nu het water stagneerde als op een ondiepe wadi. Hij stelde zich vrouwen in prachtige japonnen voor die in tweetallen tussen de wilgen door liepen te kletsen onder hun parasols, kijkend naar hun fraaie spiegelbeeld in het water. Het moest er toen adembenemend hebben uitgezien, voordat de tand des tijds en verwaarlozing het landgoed van zijn glorie hadden beroofd. Maar nu kon het niemand iets schelen. De tuin lag stervend voor hem, evenals het huis. Evenals de rochelende oude marchese in zijn bedompte kamer, die zich vastklampte aan het laatste restje familietraditie.

De marchese liep naar het instrument dat op de haven gericht stond. Hij keek erdoorheen, draaide wat aan de lens, drukte op een knop en stapte vervolgens opzij om plaats te maken voor Thomas. 'Wat vindt u daarvan?' zei hij, terwijl zijn gezicht glom van genoegen. 'Ingenieus, nietwaar?' Thomas kon het stadje heel duidelijk zien. Op straat was het stil. Hij stelde scherp op zijn boot. Die oude, getrouwe Marilyn. De jongens hingen wat in groepjes rond; discipline was ver te zoeken. Hij zou hen daar niet veel langer kunnen vasthouden. Zijn hart sloeg over bij de gedachte aan vertrekken. Hij had nog maar net kennisgemaakt met Valentina. Hij zocht de kade af of hij haar zag, maar ze was er niet.

'Ingenieus,' herhaalde hij vlak. Hij zou best willen ruilen met de marchese, alleen maar om dichter bij haar te kunnen zijn. Nu was het Jacks beurt om te kijken.

'Kijkt u ook naar de sterren?' vroeg hij.

Die vraag deed de marchese groot plezier en hij begon omstandig de sterrenbeelden, vallende sterren en planeten te beschrijven, waarbij zijn Italiaanse accent steeds duidelijker werd naarmate hij minder aandacht besteedde aan de uitspraak van zijn Engels.

Thomas stond met zijn handen op de balustrade omlaag te kijken naar de zee die glinsterde in de middagzon. Hij was opgelucht toen Lattarullo verscheen, met een buik die van alle brood en kaas uitpuilde over zijn broekband. Alberto leek bij hem vergeleken nog meer op een geraamte, alsof hij in geen eeuwen iets gegeten had. 'We moesten maar eens gaan,' zei Thomas, die nog steeds geen idee had wat het doel was geweest van dit bezoek.

'Het was me een genoegen,' zei de marchese met een glimlach, en hij schudde hem de hand.

Toen ze op het punt stonden om te vertrekken, kwam er een jonge jongen aanlopen over een veelbetreden paadje dat vanaf een onzichtbare plek achter overwoekerde cipressen en struiken naar het terras voerde. Hij zag er heel leuk uit, met een breed gezicht, sneeuwwitte krullen en donkere bruine ogen die glommen als parels. Hij leek verrast hen te zien, maar herkende Lattarullo, die hij beleefd begroette. 'Dit is Nero,' zei de marchese. 'Is hij niet knap?' Thomas en Jack wisselden een blik, maar hielden hun gezicht in de plooi. 'Hij doet boodschappen voor me. Ik probeer de gemeenschap te helpen. Ik mag mezelf gelukkig prijzen. Ik ben een gefortuneerd man. Ik heb geen zonen en dochters aan wie ik mijn rijkdom kan verspillen. Dit zijn zware tijden. De oorlog wordt niet alleen uitgevochten op het slagveld, maar ook elke dag in elke stad en elk dorp van Italië. Het is een oorlog om te overleven. Nero zal niet sneuvelen, hè jongen?' Hij woelde liefdevol door het haar van de jongen. Toen Nero grijnsde, zagen ze dat hij twee voortanden miste.

'Wat een vreemde kerel,' zei Thomas toen ze wegreden.

'Boodschappen – ja ja!' schamperde Jack, in het Engels zodat de carabiniere het niet zou kunnen verstaan. Hij trok een wenkbrauw naar Thomas op. 'Nero ziet er heel opvallend uit. Je zou zulke lichte trekken in het zuiden niet verwachten.'

'Er klopt iets niet helemaal aan die man,' zei Thomas, die zich op het hoofd krabde. 'Ik moet er niet aan denken wat hij in Oxford allemaal kan hebben uitgespookt. De gelukkigste tijd van zijn leven, het zou wat! Waarom zijn we hier in godsnaam naartoe gekomen? Voor een kopje thee? Om ons stierlijk te gaan zitten vervelen bij zijn verhalen over zijn familie en de sterrenhemel?'

Jack schudde zijn hoofd. 'Ik zou het niet weten. Het is me een raadsel.'

'Ik zal je één ding zeggen: hij had een heel goede reden om ons daar boven op die berg uit te nodigen, en sterker nog: op de een of andere manier hebben we hem tevredengesteld.'

10

DE SCHADUWEN LENGDEN EN DE GEUR VAN PIJNBOMEN VULDE DE avondlucht. De bewoners van Incantellaria kwamen hun huizen uit en verzamelden zich voor de kleine kapel van San Pasquale. Er hing een sfeer van verwachting. Thomas stond zoals hem door Immacolata was opgedragen voor de *farmacia* en wachtte met kloppend hart op Valentina. Het viel hem op dat veel stadsbewoners kaarsjes in hun handen hielden, die spookachtig flakkerden in het afnemende licht. Een groezelige man met een bochel schoot de mensenmenigte in en uit als een mestkever met een missie, terwijl iedereen zijn bochel aanraakte in de hoop op geluk. Thomas was nog nooit van een dergelijk tafereel getuige geweest en hij raakte geïntrigeerd. Uiteindelijk leek de massa uiteen te wijken en kwam Valentina op hem afgezweefd met haar dansende tred. Ze droeg een eenvoudige zwarte jurk met een opdruk van witte bloemen en ze had haar haar opgestoken en versierd met madeliefjes. Ze glimlachte hem toe en zijn hart sloeg over, want haar uitdrukking was warm en hartelijk. Het was alsof ze elkaar hun gevoelens al kenbaar hadden gemaakt, alsof ze al een hele poos geliefden waren.

'Fijn dat u gekomen bent,' zei ze toen ze bij hem was. Toen deed hij iets impulsiefs: hij drukte haar handpalm tegen zijn lippen en kuste die. Hij schonk haar een lange, intense blik terwijl zijn mond het genot ervoer om haar huid te voelen en de inmiddels bekende geur van vijgen te ruiken. Ze bracht haar kin naar haar borst en lachte. Hij had haar nog niet eerder horen lachen. Het maakte hem zelf ook aan het lachen, want de lach borrelde omhoog vanuit haar buik en kietelde haar speels.

'Ik vind het ook fijn dat jij gekomen bent,' antwoordde hij, zonder haar hand te willen loslaten.

'Mama is een van de *parenti di Santa Benedetta*,' zei ze.

'Wat is dat?'

'Een van de afstammelingen van de heilige. Daarom zit ze ook bij het altaar om getuige te zijn van het wonder.'

'Wat gaat er dan gebeuren?'

'Jezus huilt bloed,' vertelde ze hem, en haar stem werd plechtig en haar glimlach ging over in een uitdrukking van opperste eerbied.

'Echt waar?' Thomas kon het bijna niet geloven. 'En als hij dat nou eens niet doet?'

Haar ogen werden groot van afgrijzen. 'Dan valt ons het komende jaar geen geluk ten deel.'

'Totdat het wonder zich opnieuw voltrekt?'

'Precies. We branden kaarsjes om onze eerbied te tonen.'

'En raken de gebochelde aan omdat dat geluk brengt.'

'U weet meer dan ik dacht,' zei ze, en de lach verscheen weer op haar gezicht.

'Het is maar een gefundeerde gissing.'

'Kom, we willen immers vooraan staan.' Ze pakte hem bij de hand en leidde hem door de menigte.

Het was donker toen de deuren van de kapel opengingen. Die was klein en rustiek, gedecoreerd met fresco's van de geboorte en kruisiging van Christus. Hij vermoedde dat alles van enige waarde was gestolen door de Duitsers, of door plunderaars, want er stonden alleen eenvoudige kaarsen op het altaar, dat was bedekt met een simpele witte doek. Erachter was het marmeren beeld van Christus aan het kruis ongeschonden gebleven.

Een diepe stilte, vervuld van vrees, onzekerheid en verwachting, zinderde door de lucht als het gedempte geluid van violen. Thomas geloofde niet in wonderen, maar de sfeer die om dit wonder heen hing was aanstekelijk en hij merkte dat zijn hart tegelijk met dat van de gelovigen sneller ging kloppen. Hij voelde een heleboel ogen op zich rusten; sommigen keken vijandig, want er waren onder de gelovigen mensen die van mening waren dat zijn aanwezigheid de voltrekking van het wonder zou kunnen verhinderen. Of misschien stond het hen niet aan dat Valentina zich liet vergezellen door een Engelsman. Hij zag dat een oudere vrouw Valentina dreigend aankeek en vervolgens met een afkeurend gesnuif haar blik afwendde. Hij hoopte maar dat hij Valentina niet in opspraak had gebracht door met haar mee te komen.

Hoewel hij nieuwsgierig was, keek hij uit naar het einde van de plechtigheid, zodat hij Valentina kon meenemen naar een rustig plekje waar ze alleen konden zijn. Net op het moment dat hij zich voorstelde dat ze elkaar voor het eerst zouden zoenen gingen de zware houten deuren open en voerde een windvlaag drie kleine vrouwtjes naar binnen die waren gehuld in lange zwarte japonnen en doorzichtige sluiers. Ieder van hen hield een kaars in de hand, die hun wijze oude gezicht grillig verlichtte. Immacolata liep een stukje voor de andere twee uit, die achter haar aan schuifelden als bruidsmeisjes bij een macabere bruiloft. Ze hielden hun hoofd gebogen, terwijl Immacolata haar kin trots geheven had, haar kleine oogjes in het besef van haar eigen belangrijkheid strak op het altaar gericht. Zelfs de priester, padre Dino, liep in zijn gewaad achter hen; hij had een rozenkrans in zijn hand en mompelde gebeden. Een misdienaartje vergezelde hem en zwaaide zachtjes met een wierookvat, dat de lucht vulde met zijn geur. Iedereen ging staan.

De stoet bereikte het altaar en de drie parenti di Santa Benedetta namen plaats op de voorste bank. Padre Dino en de kleine jongen gingen aan de zijkant staan. Niemand zei iets. Er werd geen welkomstwoord gesproken, er werd niet gezongen, geen muziek gemaakt – alleen maar afwachtende stilte en de onzichtbare kracht van het gebed. Thomas' blik werd evenals die van alle anderen naar het beeld getrokken. Hij kon niet geloven dat een voorwerp van marmer echt zou kunnen bloeden. Dat was vast een truc. Hij had het wel door; hem zouden ze niet voor de gek houden. Iedereen keek toe. Er gebeurde niets. De klok van de stad sloeg negen uur. De congregatie hield haar adem in. Het was nu heel warm in de kapel en Thomas begon te zweten.

Toen gebeurde het. Thomas knipperde een paar keer met zijn ogen. Het kon niet anders of hij verbeeldde het zich. Hij had het samen met alle andere aanwezigen natuurlijk te graag gewild en nu zat hij te hallucineren. Hij wendde zich naar Valentina, die een kruisje sloeg en iets onverstaanbaars mompelde. Toen hij weer naar het beeld keek, druppelde het bloed nog steeds over het lijdzame gezicht van Christus, felrood tegen het witte marmer, en het sijpelde van zijn kin op de grond.

Immacolata stond op en knikte plechtig. Naargeestig monotoon werd de kapelklok geluid en de priester, het jongetje en de drie parenti di Santa Benedetta liepen achter elkaar aan naar buiten. Vervolgens barstte de stad los in gejuich. Muzikanten grepen naar hun instrumenten en in het midden van de menigte vormde zich een grote open plek. Opeens begonnen de jonge vrouwen, die tot nu toe zo bescheiden waren geweest, een tarantella te dansen, zo woest en uitbundig alsof ze bezeten waren. De mensen klapten en juichten. Thomas stond geboeid mee te klappen. Vanuit de drukte trad

Valentina naar voren, die warm werd onthaald met applaus en ge-
fluit van de kant van de mannen en opmerkelijk valse blikken van de
vrouwen. Thomas vond dat hun afgunst hen erg lelijk maakte; die
vervormde hun anders zo aangename trekken tot groteske paro-
dieën, als beelden in een lachspiegel op de kermis. Valentina ging
de kring rond totdat ze alleen danste. Ze danste gracieus; haar haar
zwierde om haar hoofd terwijl ze op het levendige ritme van de muziek draaide en kronkelde. Thomas stond perplex: nu ze niet langer
in de schaduw van haar moeder stond, betoonde ze zich verrassend
sociaal. Ze bewoog zich zonder ook maar enige last te hebben van
remmingen, en haar rok waaide tijdens het dansen op en toonde
haar glanzende bruine kuiten en dijen. De aanzet van haar borsten
bolde in het diepe decolleté van haar jurk op als melkchocolade-
soufflé, en Thomas voelde een steek van verlangen. Haar maagde-
lijke charme ging gepaard met een uitbarsting van seksualiteit die
Thomas onweerstaanbaar vond.

Als aan de grond genageld bleef hij staan kijken; zij keek hem
recht aan. Haar donkere, lachende ogen leken zijn gedachten te lezen, want ze danste naar hem toe en pakte zijn hand. 'Kom,' fluisterde ze in zijn oor, en hij liet zich door haar meevoeren van het
plein af, naar de straatjes die uitkwamen op zee. Hand in hand liepen ze langs het strand, en daarna nog verder, om rotsen heen, tot
ze bij een kleine, afgezonderde baai kwamen waar bij het licht van
de maan en het zachte gekabbel van de golven een verlaten kiezelstrand zichtbaar werd, waar ze – eindelijk dan toch – alleen konden
zijn.

Thomas verdeed geen tijd met praten. Hij legde zijn hand in haar
nek, die nog warm en vochtig was van het dansen, en kuste haar. Ze
reageerde gewillig, deed haar lippen vaneen, sloot haar ogen en
slaakte een diepe en vergenoegde zucht. De muziek uit de stad was
in de verte nog steeds te horen, een ver geroezemoes als vrolijk ge-
gons van bijen. De oorlog had zich wel op een andere planeet kunnen afspelen, zo ver leek de werkelijkheid weg. Hij sloeg zijn armen
om haar heen en drukte haar tegen zich aan zodat hij de zachtheid
van haar vlees en soepelheid van haar lichaam kon voelen. Ze trok
zich niet terug toen hij zijn ruwe gezicht in haar hals begroef, haar
zilte zweet op zijn tong proefde en de nu slechts vage geur van vijgen opsnoof. Ze liet haar hoofd achterovervallen en bood het hem
bereidwillig aan, zodat zijn lippen ook haar kaaklijn konden kussen
en het tere oppervlak van haar keel. Hij voelde zijn broek spannen
van opwinding. Maar ze trok zich niet terug. Hij streek met zijn

vingers over de fluwelen huid op de plek waar haar borsten zich boven haar jurk uit welfden. Toen nam hij ze in zijn handen en streelde haar tepels met zijn duim; ze kreunde zacht, als een fluisterende zucht van de wind.

'*Facciamo l'amore,*' mompelde ze. Hij vroeg zich niet af of het goed of fout was om de liefde te bedrijven. Of het ongalant van hem was om haar zo te nemen, op het strand, terwijl hij haar nog maar een paar dagen kende. Het was oorlog. Mensen gedroegen zich irrationeel. Ze waren verliefd. Misschien zouden ze elkaar nooit meer zien. Haar onschuld zou hij met zich meenemen. Hij hoopte maar dat ze, als hij haar nu opeiste, op hem zou wachten. Hij zou als de oorlog voorbij was naar haar terugkomen en met haar trouwen. Hij bad dat God haar zou behoeden totdat hij haar zelf zou kunnen behoeden.

'Weet je het zeker?' vroeg hij. Ze gaf geen antwoord en streek alleen met haar lippen langs de zijne. Ze verlangde naar hem. Met een snelle beweging tilde hij haar op en bracht haar over het strand naar een beschutte plek, waar hij haar neerlegde op de kiezels. In het fosforescerende licht van de maan bedreef hij de liefde met haar.

Ze bleven verstrengeld liggen totdat de roze vingers van de dageraad de hemel aan de horizon kleurden. Thomas vertelde haar over zijn leven in Engeland. Het mooie huis waar ze op een goede dag in zouden wonen en de kinderen die ze samen zouden krijgen. Hij zei haar dat hij van haar hield. Dat het dus tóch mogelijk was om op slag verliefd te worden en om daar genietend aan toe te geven.

Ze liepen terug over de rotsen. Het feest was voorbij en in de stad was het stil en spookachtig. Alleen een zwerfkat sloop langs een muur op zoek naar muizen. Voordat hij haar naar huis zou brengen haalde hij eerst zijn tekenspullen op bij de boot. 'Laat me je tekenen, Valentina. Ik wil je gezicht nooit meer vergeten.'

Ze lachte en schudde haar hoofd. '*Che carino!*' zei ze teder, en ze pakte zijn hand. 'Als u wilt. Kom maar mee, ik weet een leuk plekje.'

Ze liepen over een paadje de rotsen op en volgden toen een spoor dat door een bos liep. De geur van tijm hing in de lucht, samen met die van eucalyptus en pijnbomen, en de krekels ritselden tussen de bladeren. Toen ze langsliepen schoot er een salamander het pad af om zich te verstoppen in de ondergroei, en vogelgezang kondigde de ochtend aan. Na een poosje maakten de bomen plaats voor een veld met citroenbomen. Vandaar af konden ze de zee, plat als gesmolten zilver, zien schitteren achter een groepje cipressen.

Boven op een heuveltje stond een verlaten uitkijktoren, waarvan de bakstenen waren verweerd door eeuwen van zeewind en zout. Het was een adembenemende plek. Ze konden van hieraf kilometers ver om zich heen kijken. Valentina wees haar huis aan en lachte toen ze dacht aan haar moeder, die in bed zou liggen en geen idee had van het avontuur waaraan haar dochter begon. Ze ging tegen de uitkijktoren zitten, haar haar wapperend in het briesje, en liet zich door hem tekenen. Hij schetste haar met oliepastelkrijt en genoot ervan haar gezicht te ontleden en zijn bevindingen zo goed mogelijk op papier te zetten. Hij wilde haar mysterieusheid vastleggen, datgene wat haar anders maakte dan alle anderen. Alsof ze een zoet geheim bezat. Dat was een enorme uitdaging en hij wilde erin slagen, zodat hij als ze afscheid hadden genomen naar de tekening zou kunnen kijken en zich haar precies zo voor de geest zou kunnen halen als ze nu was.

'Ooit zullen we onze kinderen over deze ochtend vertellen,' zei hij uiteindelijk terwijl hij het papier op armlengte van zich af hield en zijn ogen tot spleetjes kneep. 'Dan kijken ze naar deze tekening en kunnen ze zelf zien hoe mooi hun moeder was als jonge vrouw, toen hun vader verliefd op haar werd.'

Ze lachte zachtjes en haar gezicht gloeide van genegenheid. 'Wat bent u toch een mallerd,' zei ze, maar uit de manier waarop ze naar hem keek kon hij wel opmaken dat ze hem helemaal niet mal vond.

Hij hield de tekening op, zodat ze hem kon bekijken. Ze kreeg een blos van verrassing op haar wangen en haar gezicht werd heel ernstig. 'U bent een maestro,' fluisterde ze, met haar vinger haar lippen beroerend. 'Hij is prachtig, signor Arbuckle.' Thomas lachte. Ze had hem nog geen moment bij zijn naam genoemd. Na zo veel intimiteit klonk 'signor Arbuckle' formeel en onhandig.

'Zeg maar Tommy, hoor,' zei hij.

'Tommy,' antwoordde ze.

'Thuis noemt iedereen me Tommy.'

'Tommy,' zei ze nogmaals. 'Dat vind ik wel leuk. Tommy.' Ze sloeg haar donkere ogen op en keek hem aan alsof ze hem voor het eerst zag. Zachtjes duwde ze hem achterover op het gras en ging boven op hem liggen. '*Ti voglio bene*, Tommy,' zei ze. Toen ze een stukje achteruitging, glansden haar ogen als amber. Ze streek met een hand over zijn voorhoofd en door zijn haar, en plantte vervolgens een lange kus op de brug van zijn neus. '*Ti amo*,' fluisterde ze. Telkens weer fluisterde ze het: '*Ti amo, ti amo*', en ze drukte haar lippen op elk plekje van zijn gezicht, als een dier dat haar territorium markeert, omdat ze het zich zo wilde blijven herinneren.

Hij wilde haar niet naar huis brengen. Hij vreesde het moment dat hij haar uit het oog zou verliezen. Als hij weg zou moeten lopen. Ze bleven zo lang mogelijk op de heuvel bij de uitkijktoren, allebei vrezend voor de zee en de afschuwelijke verwijdering die die hun op zou leggen. Ze hielden elkaar stevig omklemd. 'Hoe kan ik nou toch zo veel van je houden, Valentina, terwijl ik je nog maar zo kort ken?'

'God heeft je naar me toe gebracht,' antwoordde ze.

'Ik weet helemaal niets van je.'

'Wat zou je willen weten?' Ze grinnikte verdrietig en liet haar vingers over zijn gezicht glijden. 'Ik hou van citroenen en aronskelken, van de geur van de dageraad en het mysterie van de nacht. Ik hou van dansen. Als klein meisje wilde ik danseres worden. Ik ben bang om alleen te zijn. Ik ben bang om niemand te zijn. Om er niet toe te doen. De maan fascineert me, ik zou er de hele nacht naar kunnen kijken. Hij geeft me een veilig gevoel. Ik vind deze oorlog afschuwelijk, maar ik ben wel blij dat die me jou heeft gebracht. Ik ben bang om te veel lief te hebben. Om gekwetst te worden. Om een leven vol narigheid en ellende te moeten doorstaan omdat ik van iemand hou die ik niet kan krijgen. Ik ben ook bang voor de dood, voor het niets. Om dood te gaan en tot de ontdekking te komen dat er geen God bestaat. Dat mijn ziel zal gaan dwalen in een verschrikkelijk niemandsland dat leven noch dood is. Mijn lievelingskleur is paars. Mijn lievelingsedelsteen diamant. Ik zou wel een halsketting willen hebben van de mooiste diamanten, al was het maar om één avond te schitteren en te weten hoe het is om je een dame te voelen. Mijn lievelingsdeel van de wereld is de zee. Mijn lievelingsman ben jij.'

Thomas lachte. 'Wat een samenvatting! Het slot staat me het meest aan.'

'Had je verder nog iets willen weten?'

'Je zult op me wachten, hè?' zei hij op serieuze toon. 'Ik kom terug om je te halen, dat beloof ik je.'

'Als er een God is, zal Hij weten hoe het gesteld is met mijn hart en jou naar mij terugbrengen.'

'Jezus, Valentina,' verzuchtte hij in het Engels. 'Wat heb je met me gedaan?'

Ze liepen samen zwijgend naar haar huis en hij kuste haar voor de laatste keer. 'Dit is geen afscheid,' zei hij. 'Het is een tot ziens. Het zal niet lang duren.'

'Dat weet ik,' fluisterde ze. 'Ik vertrouw je, Tommy.'
'Ik zal je schrijven.'
'En ik zal het papier kussen waarop je schrijft.'

Het zou een kwelling geweest zijn om het moment te rekken, dus rende ze het pad af en ging haastig haar huis binnen, zonder nog een keer achterom te kijken. Thomas begreep het en draaide zich om. Toen hij wegliep, leek de vroege ochtend opeens een stuk minder fris, alsof donkere wolken zich nu samenpakten voor de zon. Het platteland verloor zijn schittering. Het gezang van de vogels was niet langer melodieus en het getsjirp van de krekels dreunde tegen zijn trommelvliezen alsof het cimbalen waren. Alleen de geur van vijgen bleef achter op zijn huid om hem aan haar te herinneren, en aan de tekening die hij had gemaakt. Met een bezwaard gemoed zoals hij maar één keer in zijn leven had gevoeld – toen zijn dierbare broer was omgekomen – liep hij langzaam terug naar de haven. Terug naar zijn boot. Terug naar de oorlog.

11

Beechfield Park, 1971

THOMAS WERD UIT ZIJN SLAAP GEHAALD DOOR HET GELUID VAN DE klok in de hal. Zijn nek was stijf en pijnlijk, en hij knipperde verdwaasd met zijn ogen. Even was hij gedesoriënteerd. Waar was hij? Hij verwachtte dat hij op de boot zou zijn, maar de grond onder hem was vast. Geleidelijk aan kwam zijn studeerkamer scherper in beeld. Het was koud. Het was ook donker, op de lamp op zijn bureau na. God, hoe laat was het? Hij keek op zijn horloge. Drie uur in de ochtend. Zijn blik ging omlaag naar het portret in zijn hand. Valentina's gezicht keek hem aan zoals ze die dag op de heuvel naar hem had gekeken. Alles wat uniek aan haar was had hij weten vast te leggen, alles wat hij nooit in woorden zou kunnen vangen. Zelfs die ene eigenschap waarvan hij niet had geweten dat ze die bezat. Zelfs die. Hoe kon die hem zijn ontgaan?

Hij merkte dat hij had gehuild. In zijn slaap hadden tranen zijn wangen bevochtigd. Terwijl hij had liggen dromen. Hij rolde het papier weer op en kwam stram overeind. Hij zou de tekening opbergen in de kluis en er nooit meer een blik op werpen. Ze was dood. Wat had het voor zin om het zich allemaal te herinneren? Om in je slaap te huilen als een klein kind? Het behoorde allemaal tot het verleden, en dat was ook de plek die het toekwam. Behoedzaam nam hij het portret van zijn vader van de muur dat de kluis camoufleerde die Margo na hun trouwen had laten inbouwen. Zij dacht ook aan alles, Margo. Hij zocht de sleutel en opende het deurtje. In de met fluweel beklede nis lagen doosjes met sieraden en papieren. Heel even hield hij het portret nog in zijn handen. Een deel van hem wilde dat lieftallige gezicht helemaal niet aan de donkere nis toevertrouwen; het was net of hij haar dan weer in een kist legde. Maar hij besefte wat hem te doen stond. Zo moest het zijn.

Zonder het papier nog een laatste keer open te rollen legde hij het helemaal achter in de kluis. Toen het uit het zicht was, voelde hij zich beter. Nu trok het niet meer zo aan hem. Hij hing het portret van zijn vader terug, deed een stap naar achteren en wreef over zijn kin terwijl hij er zijn blik over liet gaan. Niemand zou het hoeven te weten. Misschien zou hij het zelf wel vergeten.

Toen Fitz wakker werd, was Alba in de badkamer. Hij bleef in het schemerlicht met zijn ogen liggen knipperen, en hoewel de gordijnen van dikke stof waren gemaakt, kon hij toch merken dat het een stralende en zonnige dag was. Hij rekte zich uit en vouwde zijn handen achter zijn hoofd. Hij vond het weliswaar jammer dat hij niet met Alba's warme lichaam tegen het zijne gedrukt wakker was geworden, maar dat was misschien maar beter ook. Ze hadden niet de liefde bedreven. Ze hadden niets meer gedaan dan samen slapen, als vrienden. Hij hoorde dat ze haar tanden stond te poetsen en ondertussen een liedje neuriede. Hij voelde zich onhandig. Wat werd hij nu geacht te doen?

Toen Alba de badkamer uit kwam, had ze nog steeds haar nachthemd aan; haar warrige haar viel voor haar gezicht en haar lange bruine benen waren verleidelijk bloot. Ze grijnsde hem toe, waarna ze lui weer in bed klom. 'Ik heb jouw tandenborstel gebruikt,' zei ze. 'Hopelijk heb je daar geen bezwaar tegen.' Fitz wist niet wat hij ervan moest denken. Ze was weer terug in bed nadat ze zijn tandenborstel had gebruikt, wat behoorlijk intiem was voor een stel dat het niet met elkaar deed. Hij stond op en ging zelf naar de badkamer.

Toen hij daar weer uit te voorschijn kwam, wist hij niet precies of ze van hem verwachtte dat hij ook terug in bed zou komen of zich zou aankleden, maar dat dilemma moest hij in een fractie van een seconde zien op te lossen. Alba lag met haar hoofd op het kussen naar hem te glimlachen. Zijn aarzeling amuseerde haar. 'Als ik in bed lig, blijven mannen meestal niet zo staan teuten,' zei ze met een lachje. 'Je houdt toch wel van vrouwen, Fitz?!' Fitz stapte weer in bed; hij vond haar geplaag niet leuk. Zonder op een uitnodiging te wachten legde hij zijn hand in haar nek en drukte hartstochtelijk zijn lippen op de hare. In plaats van weerstand te bieden beantwoordde ze zijn kus enthousiast. Ze kreunde zacht en sloeg haar armen om hem heen. Dat gekreun herstelde het evenwicht en gaf hem weer het gevoel dat hij een man was. Toen hij zijn hand onder haar nachthemd omhoog liet gaan, kwam hij tot de ontdekking dat ze geen slipje droeg.

'Heb je de hele nacht naakt gelegen?' vroeg hij, haar billen strelend.

'Ik draag nooit ondergoed,' antwoordde ze. 'Dat zit alleen maar in de weg.'

'Nooit?' God, wat ben ik toch burgerlijk, dacht hij bij zichzelf.

'Nooit, opa!' Ze giechelde in zijn hals.

'Ik kan je anders verzekeren dat ik je kan beminnen als een jonge vent!' zei hij lachend.

'Dat hoef je me niet te verzekeren, jonge vent. Laat maar eens zien!'

Fitz probeerde er niet aan te denken met hoeveel mannen Alba al in bed had gelegen. Dus deed hij zijn best om zich haar puur en onbezoedeld voor te stellen. Dat viel nog niet mee, want Alba had zich inderdaad de gunsten van velen laten welgevallen – te veel om te tellen. Al doende had ze geleerd wat een genot seks kon zijn. Haar geheel eigen manier van doen kwam voort uit enthousiasme en een natuurlijke gepassioneerdheid waarvoor ze zich volstrekt niet geneerde. Hoezeer Fitz ook probeerde om de leiding te nemen en zich haar met alle geweld als onschuldig voor te stellen, ze kronkelde en kreunde als de *femme du monde* die ze was.

'Lieveling, iets hoger zoenen, ja... daar... met je tong... zachter... zachter... langzamer, véél langzamer. Dáár. Ja!' Ze vond het geen enkel probleem om te vertellen hoe ze het wilde hebben en zuchtte van genot toen hij het goed deed. Hij kon niet ontkennen dat ze fantastisch was in bed. Technisch gesproken was ze geweldig. Maar toen ze naderhand uitgeput en hijgend naast elkaar lagen, met een hart dat zwoegde in hun bezwete borstkas, kon Fitz zich niet aan de indruk onttrekken dat er iets ontbrak. Zeker, alles was er: de vaardigheid, de knowhow, de techniek. Maar techniek zei hem weinig als er geen gevoel bij te pas kwam. Juist dankzij de passie werd vrijen iets speciaals. Fitz hield van Alba, maar zij hield duidelijk niet van hem.

Na een poosje trippelde Alba op haar tenen de gang door naar haar eigen kamer, half hopend dat ze de Buffel zou tegenkomen, al was het alleen maar omdat ze haar gezicht nu wel eens zou willen zien. Fitz bleef met een leeg gevoel achter. Onbevredigd. Alsof hij in een heerlijke donut had gehapt en merkte dat er binnenin geen jam zat. Hij had Alba zijn ziel geschonken en zij had niet meer gedaan dan hem met een speelse lach haar lichaam ter beschikking stellen. Hij dacht aan Viv en aan wat zij zou zeggen als hij het haar zou vertellen. 'Stomme idioot!' zou ze hem toebijten. 'Ik had je nog zo gezegd dat je je hart niet aan haar moest verliezen. Alba kauwt het tot pulp en spuugt het als ze met je klaar is gewoon weer uit.' Zulke dingen had ze gezegd over al die kerels die hem waren voorgegaan. Maar hij was anders. Zelfs haar vader moest dat toegeven: 'Waarom zou Alba kiezen voor zo iemand als jij?' Inderdaad ja: waarom? Omdat hij een blijvertje was.

Hij kleedde zich netjes aan, met het oog op de kerkdienst en de dominee die met hen mee zou gaan voor een zondagse lunch. Fitz vroeg zich af hoe het allemaal zou gaan als ze terug waren in Londen. Vond ze dit rollenspel alleen maar amusant? Of betekende hij toch meer voor haar? 'Ik lijk wel een wijf!' beet hij zijn spiegelbeeld toe terwijl hij zijn haar probeerde te fatsoeneren. Hoe hij het ook borstelde, kamde of natmaakte, het bleef een bos weerbarstige krullen, en daar berustte hij maar in. De dominee moest hem maar nemen zoals hij was.

Toen hij Sprout uit de auto had gelaten om wat rond te rennen in de tuin en daarna terugliep, hoorde hij stemmen vanuit de eetkamer. Hij liep er naar binnen en Margo begroette hem hartelijk. 'Heb je lekker geslapen, Fitz? Ik hoop maar dat je het bed comfortabel vond. Had je het warm genoeg?'

'Het was zeer comfortabel en zeker warm. Heel warm zelfs,' antwoordde hij, blij dat Alba niet in de kamer was om zijn blik te vangen en hem aan het glimlachen te maken.

'Mooi zo. Nou, hier staan thee en koffie,' zei ze, wijzend naar de wandtafel. 'Eieren, bacon en toast. Als je een gekookt eitje wilt, kan de kokkin er een voor je maken. Je zegt het maar.'

'Nee, gebakken eieren zijn prima. Wat een feestmaal.' Hij snoof de geur van de zoute bacon op en het water liep hem in de mond.

'Onze kokkin kan wonderen verrichten. Ik weet niet wat ik zonder haar zou moeten. Ze werkt al jaren voor ons. Ze kookte vroeger voor Lavender en Hubert toen Thomas nog klein was, hè Thomas?'

Thomas, die aan de grote ronde tafel de kranten zat te lezen en van zijn koffie nipte in een poging het frivole gekwebbel van zijn vrouw en dochters te negeren, sloeg zijn bloeddoorlopen ogen op en knikte. Fitz had al meteen gezien hoe vermoeid en slecht hij eruitzag. Zijn gezicht was asgrauw, alsof al het bloed naar zijn rode sokken was gestroomd.

'Goedemorgen, Fitz,' zei hij. 'Je hebt zeker lekker geslapen?'

'Ja, inderdaad,' antwoordde Fitz, die wel aanvoelde dat hij niet echt om een praatje verlegen zat. Hij wendde zich tot Margo en liet Thomas weer alleen met zijn krant.

Na enige tijd, terwijl Caroline maar doorkwekte over de man op wie ze verliefd was, kwam Alba binnen. Ze had een korter dan kort rokje aan, met daaronder een pastelkleurige panty en suède knielaarzen. Fitz vond onmiddellijk dat ze er geweldig uitzag, maar vervolgens schoot hem te binnen dat ze nooit een slipje droeg en voelde hij een erectie opkomen. Hij kon nu onmogelijk opstaan. Ze droeg niet alleen extravagante kleren, maar had ook een triomfantelijke uitdrukking op haar gezicht. Algauw werd duidelijk waarom. Hij liet zijn blik naar haar stiefmoeder gaan. Margo stond met open mond naar haar te kijken, met stomheid geslagen, wat helemaal niets voor haar was. Alba stapte op Fitz af, nam zijn gezicht in haar handen en drukte een hartstochtelijke en langdurige kus op zijn mond. Op dat moment was hij even perplex als Margo. Alleen Thomas had geen aandacht voor haar; hij bleef lezen in zijn krant, zich niet bewust van de verandering die de sfeer had ondergaan.

Terwijl Alba zichzelf een kop koffie inschonk, uitte Margo uiteindelijk haar ongenoegen. 'Lieve kind,' zei ze op een toon die Fitz deed vermoeden dat ze misschien ooit in het leger had gediend, of tenminste bij de politie. 'Je wilde toch niet in die kledij naar de kerk gaan?'

'O jawel, hoor,' antwoordde Alba onverstoorbaar. Fitz' eieren en bacon smaakten ineens niet meer. In plaats daarvan nam hij een slokje koffie en wachtte op de ruzie die zou losbarsten.

'Nee, dat ga je niet!' bitste Margo, en ze articuleerde elk woord langzaam, als om ze zo angstaanjagend mogelijk te laten klinken. Maar Alba was geen kind meer en een dergelijke reactie prikkelde haar alleen maar om zich nog erger te misdragen.

'Hoezo niet?' zei ze, terwijl ze zich omdraaide met haar kop koffie en plaatsnam naast Fitz. 'Vind je het niet leuk dan?'

'Het doet er niet toe of ik het leuk vind of niet. Zulke kleren zijn niet geschikt voor de kerk.'

'Volgens mij ziet God me graag zoals ik ben,' zei ze, en ze beboterde een stukje toast.

'Dominee Weatherbone wil het niet hebben.'

'Wat kan hij ertegen doen? Me eruit zetten soms?' zei ze uitdagend. Fitz probeerde te bemiddelen. Een grove fout.

'Lieverd,' begon hij dapper. 'Als je er nou een jas overheen aantrekt, heb jij je zin en Margo ook.' Hem leek dat een bevredigende oplossing. Maar Margo was het er niet mee eens.

'Het spijt me, Fitz, maar dat is onze eer te na. Wij zijn de meest vooraanstaande familie van dit dorp en het is aan ons een voorbeeld te stellen voor de rest van de gemeenschap.'

'O, in godsnaam, zeg!' riep Alba uit. 'Het interesseert niemand wat ik aantrek. Ik ben in geen jaren in de kerk geweest. Ze mogen blij zijn dat ik überhaupt kom.'

'Zolang je onder mijn dak verblijft, meisje, heb je je te houden aan mijn regels. Als je zo goed als naakt wilt rondlopen, doe je dat maar in Londen, op die boot van je, maar niet hier, waar de mensen respect voor ons hebben.'

Fitz dook in elkaar. Hij begreep wel dat de toespeling op haar boot haar woedend zou maken. Hij hield zijn adem in. Alba kneep haar lippen op elkaar en kauwde even op haar toast. Er viel een stilte. Caroline en Miranda probeerden hun moeder bij te vallen.

'Zou je eigenlijk wel naar de kerk gaan?' vroeg Caroline.

'Je kunt ook een ritje maken op Summer,' stelde Miranda voor.

'Ik ga naar de kerk en ik kleed me zoals ik wil. Daar heeft verder niemand iets mee te maken.'

Margo zocht haar toevlucht bij haar echtgenoot en sleepte hem achter de krant vandaan als een onwillige schildpad uit zijn schild.

'Zeg jij nou eens wat, Thomas!'

Thomas rechtte zijn rug. 'Wat is er aan de hand?'

'Nou, heb je gezien wat je dochter aanheeft?' Alba vond het vreselijk als er over haar werd gesproken als over 'Thomas' dochter', ondanks de moeite die ze zich getroostte om zich van haar stiefmoeder te distantiëren.

'Ik vind dat ze er wel charmant uitziet,' zei Thomas. Alba kon haar lol niet op. Haar vaders reactie kwam volkomen onverwacht. Zelden had hij haar kant gekozen.

'Is alles wel goed met je, Thomas?' zei Margo. 'Je hebt een heel vreemde kleur.'

'Misschien zou een jas eroverheen voor dominee Weatherbone beter zijn,' zei hij zonder zijn vrouw antwoord te geven, want hij voelde zich helemaal niet goed. Hij dacht aan het portret in de kluis. Vanuit die donkere plek reikte Valentina nog steeds naar hem, via het gezicht van zijn dochter.

'O, best hoor, dan trek ik wel een jas aan,' gaf Alba nonchalant toe. 'Misschien dat ik er een van jou mag lenen, Margo? Ik vrees dat de jas die ik bij me heb net zo ongeschikt is als mijn rokje.' Ze stak het laatste stukje toast in haar mond. 'Heerlijk!' riep ze uit.

Ze verzamelden zich in de hal, Miranda en Caroline in eenvoudige bruine jassen en met hoedjes op, en Margo in een tweedpakje met een grote bloemenbroche op haar borst. Thomas droeg een pak en Fitz, die op het platteland was opgegroeid, was helemaal op de gelegenheid gekleed in een colbertje met dofgroene tinten, een stemmige das en een gleufhoed. Alba kwam de trap af gesprongen in de vormeloze kameelharen mantel die Margo haar had geleend. Om de Buffel een plezier te doen had ze hem dichtgeknoopt, maar eenmaal in de kerk zou ze hem weer openknopen. Ze stapte op Fitz af en pakte zijn hand. Vervolgens fluisterde ze in zijn oor: 'Als je me ziet bidden, denk ik aan wat je in bed allemaal met me deed!' Fitz grinnikte. Margo snoof afkeurend, want als ze ergens een hekel aan had, was het wel aan gefluister.

Thomas nam zijn vrouw en hun twee dochters met zich mee in de auto, terwijl Fitz en Alba met zijn Volvo gingen, met Sprout hijgend uit het raampje hangend.

'Ik hoop maar dat dominee Weatherbone Alba kan hebben,' zei Margo, die luchtig over de situatie probeerde te doen.

'In jouw jas ziet ze er nog steeds onfatsoenlijk uit, mama,' zei Caroline vanaf de achterbank.

'Fitz is wel knap, zeg,' deed Miranda een duit in het zakje. 'Die hoed staat hem geweldig.'

'Wat zou hij toch in Alba zien?' wilde Caroline weten. 'Ze zijn zo verschillend.'

'We mogen blij zijn dat hij haar vriend wil zijn,' vond Margo. Ze keek schuins naar haar echtgenoot en voegde er tactvol aan toe: 'Ze trekt zich dan misschien niets aan van hoe het hoort, maar ze is wel pittig. Ik wil wedden dat met haar het leven geen moment saai is.'

'Hij heeft haar vast nog niet meegemaakt als ze een kwaaie bui heeft!' zei Miranda.

'God sta de arme jongen bij,' mompelde Margo binnensmonds. Ze keek weer even naar haar man. Maar die was mijlenver weg.

De kerk van Beechfield was precies zoals je zou verwachten: curieus, schilderachtig en heel oud. Hij was opgetrokken uit baksteen en vuursteen, met een houten kerktoren waar Fred Timble, Hannah Galloway en Verity Forthright al ruim dertig jaar de felbegeerde post van beiaardier bekleedden. Margo nam haar plichten als de chique mevrouw van het dorp uiterst serieus. Ze was ingeroosterd om eenmaal per maand de bloemen in de kerk te verzorgen en maakte dan veel werk van haar uiterst ingewikkelde creaties. Dat was nog geen geringe uitdaging, want Mabel Hancock bezat een schitterende tuin en háár arrangementen waren altijd erg gedurfd.

Als het Mabels beurt was, had Margo de hele weg naar de kerk een knoop in haar maag, totdat ze tevreden kon constateren dat zij niet was overtroefd door een vrouw uit het dorp.

Toen ze aankwamen, luidden de klokken, die de dorpelingen, op hun zondags gekleed, naar de dienst noodden. Nieuwtjes uitwisselen moest wachten tot daarna, wanneer de gebeden waren uitgesproken en ieder zijn geweten had gezuiverd. Alba pakte Fitz' hand en liep achter haar vader en stiefmoeder aan. Toen die even niet keken, knoopte ze haar jas open. 'Wat doe je nou?' vroeg Fitz bezorgd. Hij wilde niet nog een ruzie hoeven meemaken.

'Ik geef de dominee een lesje in mode,' antwoordde ze.

'Denk je niet dat je…'

'Nee,' antwoordde ze bruusk. 'Het kan me niet schelen wat de Buffel ervan vindt. Ik ben bijna dertig, verdorie.' Hij kon niet met haar in discussie gaan. 'Nu kun je naar mijn benen kijken,' voegde ze er met een besmuikt lachje aan toe. 'Ik wil voelen dat je daarnaar kijkt.' Ze wierp hem een allerverleidelijkste glimlach toe en hij kon er niets aan doen dat hij terugglimlachte. Ze was onweerstaanbaar. Zijn hart sloeg over en hij probeerde de leegheid die hij eerder had gevoeld te vergeten. Als ze nog een keer zouden vrijen, zou het misschien anders zijn. Wie weet was ze zenuwachtig geweest en waren al dat gekreun en alle drukte die ze had gemaakt alleen maar bedoeld geweest om dat te verhullen.

'Maak je geen zorgen. Ik zal aan niets anders denken dan aan jouw benen,' antwoordde hij terwijl ze door de grote houten deuren het middenpad op liepen.

De kerk zat vol. Alleen de bank helemaal vooraan was nog leeg; die was zoals elke zondag voor hen gereserveerd. Thomas stapte opzij, zodat zijn vrouw en twee jongste dochters langs hem heen konden om plaats te nemen. Hij knikte naar Fitz, zoals een man alleen naar een andere man kan knikken – een knikje van stilzwijgende verstandhouding –, ging zitten en liet de twee laatste plaatsen vrij voor Alba en Fitz.

Toen Alba ging zitten, viel de jas op dijhoogte open. Ze bewonderde het dessin op haar pastelkleurige panty, die ze voor veertig penny bij een discountzaak had gekocht. Ze voelde Fitz' ogen erop rusten en dacht terug aan hun liefdesspel. Maar wat haar vooral was bijgebleven, was zijn kus. Die was op de een of andere manier tederder geweest dan alle kussen die ze eerder had mogen ontvangen. Hij had haar in verlegenheid gebracht. Die kus was te intiem geweest. Hij had haar bang gemaakt. Maar ze had het lekker gevonden. Wie weet zou hij haar opnieuw op die manier zoenen. Als hij dat deed, zou ze misschien het ondraaglijke zinkende gevoel in haar maag in bedwang kunnen houden, zoals ze ook elke keer dat ze te snel over de brug buiten Kings Worthy reed deed.

Opeens kwam dominee Weatherbone het middenschip in gezeild. Hij zeilde echt. Zijn gewaad wapperde achter hem aan alsof er een enorme wind in het middenpad stond. Zijn haar was grijs, warrig en lang, en wapperde al niet minder in de denkbeeldige wind dan zijn ambtsgewaad. Zijn gezicht straalde een en al enthousiasme uit, zijn ogen lichtten op en zijn mond was breed en glimlachte. Alba was opgegroeid met de stugge, opgeblazen dominee Bolt en ze had niet verwacht dat zijn vervanger zo veel weg zou hebben van een op hol geslagen geleerde. Zijn stem was hypnotiserend en weerkaatste galmend tegen de muren. Niet een van de aanwezigen verroerde zich. Het was alsof hij hen allemaal had betoverd met zijn ontzagwekkende aanwezigheid. Haastig trok Alba de jas over haar knieën. Hij liet zijn blik op haar rusten en onder het gewicht daarvan hapte ze naar adem. 'O, god!' riep ze uit.

'Dank u wel, juffrouw Arbuckle, voor de reclame,' zei hij, en een licht, nerveus gelach rimpelde door de verzamelde gemeente. Alba werd vuurrood en sloeg haar ogen neer. Ze slikte en keek tersluiks naar haar stiefmoeder.

Margo's gezicht drukte een en al diepe, niet-aflatende bewondering uit. Daar staat hij dan voor de brave goegemeente, dacht ze, zich verkneukelend, maar hij luncht mooi bij óns! Ze zou Mabel moeten laten weten dat de dominee aan haar tafel te gast zou zijn. Volkomen onschuldig natuurlijk, stelde ze zichzelf gerust toen ze besefte waar ze was. Kinderlijke rivaliteit is geen zonde.

Alba was alleen maar naar de kerk gegaan om de Buffel te ergeren met haar korte rokje en om haar 'vriend' te showen. Ze was niet van plan geweest te luisteren. Geen moment. God was niet iemand die zij verwelkomde in haar leven. Als ze überhaupt al aan Hem dacht, was dat uit schuldgevoel. Ze was met Hem opgegroeid, zoals iedereen in de kleine, landelijke gemeenschap van Beechfield. Maar vervolgens was ze Hem ontgroeid. Natuurlijk besefte ze wel dat er iets als een hogere macht bestond. Haar moeder was ergens daar boven. Ze lag vast niet dood in een kist, begraven in de aarde als voedsel voor de wormen. Er bestond vast wel een soort spiritueel leven, maar daar stond ze nooit al te lang bij stil, voornamelijk omdat haar moeder, als ze haar zou kunnen zien, het decadente en promiscue leven dat zij leidde ongetwijfeld zou afkeuren, wat Alba ontstemde en overspoelde met zelfverwijten. Nee, het was beter om in het hier en nu te leven. Maar dominee Weatherbone wist haar aandacht te vangen. Ze hield geen oog van hem af. Hij beende met zo veel charisma door het middenschip – met zwaaiende armen en wapperend gewaad, zijn haar om zijn hoofd zwierend alsof het een eigen leven leidde – dat zelfs zij, de meest sceptische van de hele gemeente, geloofde dat God via hem direct tegen haar sprak.

Ze dacht niet aan seks. Ze stond geen moment meer stil bij Fitz' kus. Voor de eerste keer in haar leven dacht Alba Arbuckle aan God.

12

NA DE DIENST POSTEERDE DOMINEE WEATHERBONE ZICH IN HET portaal om de kerkgangers de hand te schudden terwijl die naar buiten stroomden. Margo zag dat ze achter Mabel Hancock liep. Omdat ze niet van plan was voor haar onder te doen zette ze zich schrap toen de dominee Mabel aansprak op de bloemstukken van de week tevoren; ze zag zich genoodzaakt tussenbeide te komen om Mabel onder de neus te wrijven dat de dominee op Beechfield Park zou komen lunchen. 'O ja, ik zou niet weten wat ik zonder haar moest beginnen.'

'Zonder u ook niet, mevrouw Arbuckle,' zei de dominee diplomatiek.

'Een opwekkende dienst,' beantwoordde Margo zijn compliment.

'Ik ben blij dat Alba er vandaag ook was.'

'Ja, ze is een weekendje over met haar nieuwe vriend. We hopen allemaal van harte dat het dit keer beklijft. Ik ben blij dat u haar tijdens de lunch uitgebreid zult kunnen spreken. Komt u maar wanneer u zover bent.' Ze glimlachte Mabel triomfantelijk toe.

'Ik snap er niets van wat jonge mensen tegenwoordig allemaal aantrekken,' zei Mabel terwijl ze hoofdschuddend wegliep. Margo draaide zich om en zag Alba de dominee begroeten, haar jas open en flapperend in de wind, zodat haar korte rokje en gewaagde panty te zien waren. Ze liep naar hen toe om zich ertegenaan te bemoeien. Ze zou zich er met een luchtige opmerking af moeten maken. Waarom had die malle meid haar jas niet dichtgeknoopt? Tot Margo's verbazing drong het terwijl ze naderbij kwam tot haar door dat hun hele gesprek nu draaide om dat gevreesde stukje stof en dat de dominee luidkeels en met groot enthousiasme zijn goedkeuring daarover uitsprak.

Alba's rokje had tevens de belangstelling gewekt van de onzicht-

bare beiaardiers: Fred Timble, Hannah Galloway en Verity Forthright. Toen die eenmaal klaar waren met hun hoogstaande arbeid,
waar, zo klaagden ze geregeld, de meerderheid van de gemeente
geen enkele aandacht voor had, namen ze plaats op de houten banken, hoog boven in de nu leegstromende kerk, om op adem te komen en de dienst te bespreken. Ze lieten geen tijd verloren gaan
met een analyse van de preek of het bewonderen van de bloemstukken, of zelfs met de figuren uit het dorp voor wie ze, omdat ze hen
zo goed kenden, inmiddels een soort liefdevolle verachting voelden, maar zoomden regelrecht in op Alba Arbuckle.
   'Je zag zó dat mevrouw Arbuckle het maar niets vond,' merkte
Verity op, die nooit iets zinnigs te melden had. 'Zelfs met die lange
jas eroverheen konden dat rokje en die laarzen je niet ontgaan. En
dat in de kerk, nota bene!'
   Fred was jarenlang verliefd op Margo geweest. Hij vond haar een
echte dame. Elegant, capabel, waardig en op en top *upper class*. Hij
hield van haar manier van spreken, die ouderwetse wijze van articu-
leren die haar zo onderscheidde van alle andere mensen in Beechfield. Een paar keer had ze zich verwaardigd iets tegen hem te zeggen. Ze had hem geprezen om zijn manier van klokken luiden en
had hem gezegd dat hij fantastisch werk deed. 'Het brengt iedereen
helemaal in de stemming om God te loven,' had ze gezegd. Dat wist
hij nog letterlijk. Maar tegenwoordig zag ze hem niet meer staan,
niet sinds ze had ontdekt dat hij tegen alle regels in had zitten drinken en roken met Alba toen die veertien was, in de Hen's Legs. Ze
was daar met een van woede vertrokken gezicht binnen komen stuiven en had het tienermeisje weggesleurd. 'Meneer Timble, u stelt
me teleur!' had ze uitgeroepen. Als hij eraan terugdacht, deed het
nog steeds pijn. 'Ik had toch gedacht dat u een eerzamer man was.
Ze is nog maar een kind en u brengt haar op het slechte pad.' Ze had
Alba aan één oor de pub uit gesleept. Een maand of wat later, toen
Alba stiekem weer naar binnen was geglipt, had ze hem verteld dat
haar zware sancties waren opgelegd: ze kreeg geen snoep meer,
mocht 's avonds de deur niet meer uit en moest elke dag van de vakantie een ritje maken op Miranda's schichtige pony. Met een boosaardige grijns had ze eraan toegevoegd dat haar benen zo'n pijn deden dat ze ze amper nog bij elkaar kon houden. 'Net goed als die
ouwe Buffel een slet van me maakt!' had ze met een rauwe lach gezegd. Daarna hadden ze zich uit voorzorg altijd om een hoekje verstopt.
   'Alba heeft altijd al willen weten hoe ver ze kon gaan,' zei hij in

antwoord op Verity's opmerking. 'Mevrouw Arbuckle heeft heel wat met haar te stellen.'

'Ach, Alba is gewoon jong. Ze geniet van het leven, het arme kind,' zei Hannah, die de gave had alleen het goede in de mens te zien. 'Ik vond dat ze er schattig uitzag. Ze is een knap meisje en heeft een leuke nieuwe vriend.' Ze beklopte haar grijze knotje om te controleren of het nog wel op zijn plaats zat. Ze ging keurig gekleed, een struise vrouw die er op zondag graag op haar paasbest uitzag. Ze werd te oud om klokken te luiden, had ze vastgesteld; nog een paar jaar en ze zou te beverig zijn om de smalle trap op te klimmen. 'Ze trouwt waarschijnlijk met die aardige jongeman en raakt dan gesetteld. Dat doen ze uiteindelijk allemaal. Mijn kleindochter...' Verity was niet geïnteresseerd in Hannahs kleindochter. Ze was verbitterd dat zij zelf geen kinderen had gekregen en alleen maar met een chagrijnige ouwe kerel zat opgescheept die nog meer werk met zich meebracht dan een baby.

'O, hij wordt nog wel gedumpt,' zei ze scherp. 'Ik ken meisjes als Alba. Ze heeft meer minnaars gehad dan ik kopjes thee!'

'Verity!' riep Hannah ontzet uit.

'Verity!' bauwde Fred haar na. Soms vergaten ze dat ze in het gezelschap waren van een man.

'Het getuigt niet van respect om zo over haar te praten op deze plek!' fluisterde Hannah. 'Jij weet er helemaal niets van!'

'Jawel, hoor,' zei Verity, die opstond en haar plooirok gladstreek. 'Edith hoort precies hoe het toegaat op Beechfield Park. Geef haar een slokje sherry en het komt er allemaal uit. Niet dat ik het zou wagen ernaar te vragen.' Ze perste haar lippen op elkaar, geërgerd omdat ze gedwongen werd Edith te verraden, die al tweeënvijftig jaar kokkin was op Beechfield Park. Maar nu was ze vanzelfsprekend niet meer te stuiten. 'Ze hebben verschrikkelijke ruzies gehad, weet je. Edith beweert dat Alba en mevrouw Arbuckle voortdurend met elkaar overhoopliggen en dat kapitein Arbuckle zijn kop in het zand steekt. Hij voelt zich schuldig, zegt ze, omdat ze geen echte moeder heeft. Daar kan hij natuurlijk ook niks aan doen, maar hij torst wel die last met zich mee. Hij ziet er veel ouder uit dan hij is, vinden jullie niet? Mevrouw Arbuckle heeft veel meer belangstelling voor haar eigen dochters. Het hemd is tenslotte nader dan de rok, nietwaar? En haar dochters zorgen niet voor problemen. Niet zoals Alba.'

'Als ze verstandig was, zou Edith haar mond houden!' zei Hannah op ongebruikelijk bruuske toon.

138

'Ze is uiterst discreet. Ze vertelt het alleen aan mij.'

'En jij brieft het wel over aan de rest van de wereld!' zei Hannah, die haar armen in de mouwen van haar jas stak. 'Nou, ik ga lunchen.'

'En ik ga naar de Hen's Legs,' zei Fred, die zich in zijn schapenvachtjas hees.

'Dominee Weatherbone luncht vandaag op het Park. Ik vraag me af wat hij van Alba vindt. Ik geloof niet dat ze elkaar eerder hebben ontmoet.'

'Nou Verity,' snoof Hannah, op weg naar de deur, 'als iemand daar iets zinnigs over kan zeggen, ben jij het wel!'

Op Beechfield Park liet Margo iedereen plaatsnemen voor de lunch. De kokkin had de hele ochtend staan zweten op de rosbief, Yorkshire-pudding, gebakken aardappeltjes, die altijd bijzonder krokant waren, en een hele rits al dente gekookte groente. De jus was dik en bruin – haar eigen recept, dat ze weigerde aan derden te verklappen, zelfs niet aan Verity Forthright, die er talloze malen om had gesoebat.

De kokkin keek nergens meer raar van op. Ze woonde al bijna haar hele leven bij de Arbuckles en had alles meegemaakt, van Alba's uitbarstingen tot de jongens die ze had gezoend achter de heggen in de tuin, toen ze als tiener haar voordeel had gedaan met de tennistoernooien en de ponykampen die haar stiefmoeder voor Caroline en Miranda had georganiseerd. Maar het flintertje textiel dat Alba aan het ontbijt had gedragen had toch zelfs haar geschokt. Onder dat niemendalletje dat een rokje moest voorstellen waren Alba's benen lang en in die laarzen leken ze op de een of andere manier vreselijk hoerig. Geen wonder dat mevrouw Arbuckle weigerde haar naar de kerk te laten gaan als ze er niet iets overheen aantrok. Vandaar dat ze erg schrok toen de beste dominee, toen hij was gearriveerd voor de lunch, grapjes begon te maken over haar kleding. Hij was immers een man van God.

Terwijl de kokkin het eten opdiende en deed of ze zich alleen met haar eigen zaken bemoeide, kon ze er toch echt niks aan doen dat ze af en toe een flard van een gesprek opving terwijl ze zichzelf bedienden van de bonen en de aardappels. De dominee zat tussen mevrouw Arbuckle en Alba in – een grove fout van de kant van de gastvrouw, vond de kokkin, want als Alba zat was haar korte rokje helemaal niet meer te zien. Ze had net zo goed in haar onderbroek kunnen zitten. Het deugde niet dat een man van God naar de dijen van een meisje keek. Laat staan dat hij er iets over zei.

'In mijn jonge jaren kreeg je zeker geen vrouwendijen te zien voordat je getrouwd was,' zei hij. Alba lachte haar uitdagende lach, dik en omfloerst als schoorsteenrook. De kokkin was verbijsterd door haar geflirt.

'Ik zou het vreselijk hebben gevonden om zo beperkt te worden. Trouwens, met die laarzen voel ik me lekker. Ik stap ermee rond alsof de hele wereld van mij is,' antwoordde ze. 'Ze zijn van Italiaans suède, weet u.'

'Ik zou ook wel zo'n paar laarzen willen hebben. Hoe denk je dat die zouden staan onder mijn ambtsgewaad?'

'Ik geloof niet dat het ertoe doet wat u daaronder aantrekt. Als u poedelnaakt zou zijn, zou niemand er iets van merken.' Ze moesten allebei lachen.

De kokkin wierp een blik op mevrouw Arbuckle, die in gesprek was met Fitz. Dat was nog eens een charmante man. Fatsoenlijk, beminnelijk, aardig. Hij was zelfs de avond tevoren na het eten de keuken in gekomen om haar te bedanken voor zo'n 'feestbanket', zoals hij het zo lief had genoemd. Ze merkte op dat de dominee vier aardappels nam. Niet alleen oog voor vrouwen, maar ook nog eens een gezonde eetlust. In haar tijd waren dominees bescheiden en gematigde mannen. Ze snoof afkeurend en haalde de schaal weg voordat hij zich van een vijfde aardappel zou bedienen.

Kapitein Arbuckle complimenteerde de kokkin met de lunch. Ze was erg dol op de kapitein, die ze vrijwel al zijn hele leven kende. Toen hij was teruggekeerd uit de oorlog met die kleine baby in zijn armen, had dat haar hart gebroken. Hoe moest hij het in hemelsnaam redden in zijn eentje met zo'n kleintje erbij? Het verdriet had zijn gezicht getekend. Hij zag eruit als een oude man, niet als de glorieuze jongeling die de rebel van de familie was geweest. Hij was me er eentje vroeger: altijd kattenkwaad uithalen, maar ook altijd even charmant. Hij kon zich met een glimlach overal uit redden, die Tommy, zoals hij in die dagen heette. Maar toen hij terugkwam uit de oorlog niet meer. Toen was hij veranderd. De wanhoop had een ander mens van hem gemaakt. Als het kleine meisje dat hij zo bezitterig in zijn armen hield er niet was geweest, zou hij misschien wel alle wil om te leven hebben verloren en gewoon zijn vervaagd. Zulke dingen gebeurden, dat had de kokkin wel eens gehoord. Ze hadden met gedempte stem over Valentina gesproken, alsof in zulke verdrietige tijden het noemen van haar naam alleen al die op de een of andere manier omlaag haalde. Mooi was ze geweest. Een engel, zeiden ze. Toen was de nieuwe mevrouw Arbuckle ten tonele verschenen en werd Valentina's gezegende naam nooit meer in het huis genoemd. Niet openlijk. Het was volkomen begrijpelijk dat Alba in opstand was gekomen. De kokkin liet een geluidje van ongenoegen horen en de kapitein, die dacht dat ze vond dat hij te veel aardappels had genomen, legde er discreet een terug.

De kokkin liep door naar Fitz. Hij rook naar sandelhout; dat kon ze boven het aroma van haar gerechten uit ruiken. Ze mocht Fitz wel. Hoewel Alba en hij een vreemd stel waren. Het was duidelijk dat ze dol op elkaar waren. Fitz maakte Alba aan het lachen. Dat was de weg naar haar hart, hoewel de kokkin niet precies wist of hij daar al was aanbeland. Hij wist waar het zat, hij ging er regelrecht op af, en toch kon hij, zoals alle jongemannen met wie Alba omging, er niet goed toe doordringen. Dat zag ze aan Alba's ogen. Misschien dat Fitz er nog op tijd in wist te slagen, als hij volhield. Maar Alba had geen beste papieren; zij was niet iemand voor de lange afstand, zoals haar vader het had uitgedrukt. Ze had hem op een avond tegen zijn vrouw horen praten, horen klagen over de minnaars die Alba erop na hield en haar decadente levensstijl, en hij had gezegd dat hij graag zou willen dat ze zich zou settelen. Ze werd er tenslotte ook niet jonger op. Toen Fitz de laatste aardappel op zijn bord schepte, vond ze dat helemaal niet erg.

Die middag, toen de kokkin door het huis liep om haar werkgevers te gaan vertellen dat ze koud vlees en salade in de koelkast had gezet voor het avondeten, stuitte ze toevallig op Alba, die rondrommelde in de studeerkamer van haar vader. De kokkin stond in het kabinet met de drankflessen en begluurde Alba door de kier in de deur, niet in staat haar nieuwsgierigheid te bedwingen. Ze wist wel dat het verkeerd was, maar ze kon het niet laten.

Behoedzaam opende Alba de laden van zijn bureau; ze lichtte papieren op en keek ze door, binnensmonds vloekend omdat ze kennelijk niet kon vinden wat ze zocht. Met gebogen hoofd sloeg ze telkens haar ogen op naar de deur naar de gang, bang dat er iemand binnen zou komen en haar zou betrappen. Af en toe verstarde ze even als een verschrikte kat, waarna ze zich weer opgelucht ontspande en haar zoektocht hervatte. De kokkin was gefascineerd. Wat zou ze daar nou zoeken?

Opeens verstarde de kokkin ook toen er een schaduw in de kamer viel. Mevrouw Arbuckle stond in de deuropening en haar forse gestalte blokkeerde het licht dat binnenviel vanuit de gang. Alba schoot overeind en hapte naar adem. Heel even keken ze elkaar alleen maar aan. Het gezicht van mevrouw Arbuckle verried een ziedende, maar beheerste woede. Nu kón de kokkin zich niet eens meer uit de voeten maken, zelfs al had ze dat gewild. De geringste beweging zou haar nu zeker verraden. Haar huid tintelde van angstige verwachting.

Ten slotte nam mevrouw Arbuckle uiterst kalm het woord. 'Zoek je iets, Alba?' De kokkin, die alleen maar Alba's profiel kon zien, zag een sluwe grijns over haar gezicht glijden. Ze boog zich over haar vaders bureau en pakte een potlood uit zijn pennenbakje.

'Gevonden,' zei ze luchtig. 'Wat dom van me. Het stond de hele tijd vlak voor mijn neus.' Mevrouw Arbuckle bleef ongelovig staan kijken toen haar stiefdochter zich langs haar heen de kamer uit haastte.

Na een poosje kwam mevrouw Arbuckle in beweging. Kalmpjes liep ze naar het bureau en begon het op te ruimen. Ze sloot de laden die half open waren blijven staan en legde de brieven van haar echtgenoot weer in een keurig stapeltje op het vloeiblad. Haar vaardige handen gingen langzaam te werk, behoedzaam, en ze stopte niet voordat ze tevreden kon vaststellen dat alles weer zo was als het hoorde. De kapitein was een nauwgezet man. Omdat hij jaren bij de marine had gezeten hield hij van ordelijkheid. Toen bleef haar hand boven een van de laden zweven. Ze beet op de binnenkant van haar wang, alsof ze bij zichzelf overlegde wat ze zou doen. Het was alsof er iets aan haar trok. Was ze misschien naar hetzelfde op zoek als Alba? Na een hele poos trok ze haar hand weer terug en liep de kamer uit, waarna ze de deur zachtjes achter zich sloot.

Toen de kokkin mevrouw Arbuckle aantrof in de zitkamer, zat ze op de haardrand met Caroline te praten alsof er niets was gebeurd. Ze glimlachte de kokkin toe, bedankte haar voor de lunch en wenste haar een prettige avond. De kokkin was geïntrigeerd. De animositeit tussen Alba en mevrouw Arbuckle was welbekend, maar nu realiseerde ze zich dat niemand precies besefte wat de volle omvang daarvan was.

De kokkin liep naar huis en trof daar een boodschap van Verity: of ze haar kon bellen. De kokkin snoof gewichtig. Die Verity, dacht ze onverdraagzaam, zit natuurlijk weer achter mijn recept aan. Ik geef het haar níét. Daar komt niets van in.

Alba en Fitz vertrokken niet lang nadat de kokkin was weggegaan. Thomas kuste haar op haar slaap en schudde Fitz stevig de hand. 'Ik hoop je nog eens te zien,' zei hij.

'Ik ook,' antwoordde Fitz. 'Ik heb het erg naar mijn zin gehad. Nu ik Alba's ouders heb leren kennen, weet ik tenminste waar al die charme van haar vandaan komt.'

Thomas grinnikte. Even voelde hij de jonge luitenant lachen binnen in het lichaam van de oude kapitein. Hij was vergeten hoe goed dat voelde. Hij klopte Fitz op de rug, en opeens grijnsde Jacks gezicht naar hem terug. Hij knipperde met zijn ogen het beeld weg. Hij had Jack sinds de oorlog niet meer gesproken. Hij wist niet waar hij was, áls hij nog ergens was. Hij wendde zich naar het portaal en herinnerde zich dat hij die treden op was geklommen met de kleine Alba, zijn wereld aan stukken gescheurd. Maar had dat bundeltje in zijn armen geen hoop en licht vertegenwoordigd terwijl alles om hem heen hopeloos en duister was? Hij keek toe hoe ze in de auto stapte. Ze zwaaiden en reden toen weg.

In de auto luchtte Alba haar woede. 'Hij heeft hem verstopt!' riep ze uit. 'Ik heb alle laden van zijn bureau doorzocht. Ofwel hij heeft hem verstopt, ofwel hij heeft hem vernietigd. Ik wou dat ik hem nooit aan hem gegeven had. Wat stom van me!'

'Ik denk niet dat hij die tekening heeft vernietigd, Alba. Niet na de dingen die hij gisteravond over haar heeft gezegd.' Fitz probeerde haar te troosten. Trouwens, hij mocht haar vader echt. Hij was helemaal geen ouwe mafkees. Hij was een nog betrekkelijk jonge man. Hij zou in de bloei van zijn leven moeten zijn. Maar zoals was gebeurd bij zovelen die de oorlog hadden overleefd, hadden zijn ervaringen hem van zijn jeugdigheid beroofd. 'Heb je hem ernaar gevraagd?'

Alba keek verrast. 'Nee,' antwoordde ze. 'We praten niet over haar. Elke keer dat ik het over haar had kregen we vreselijke ruzie, en dat alleen maar vanwege de Buffel. Ik vermoed dat hij dat portret ergens veilig heeft opgeborgen, op een plek waar hij het van tijd tot tijd weer uit te voorschijn kan halen om er in zijn eentje naar te kijken. Hij zal het niet snel in zijn bureau opbergen. Dan heeft Margo het binnen de kortste keren gevonden. Het zou iets moeten zijn wat we samen zouden kunnen delen,' zei ze met kalme stem. 'Zij is van mij en van papa. Niet van de Buffel, Caroline, Miranda of Henry. Het zou iets moeten zijn om bij de haard over te praten, met een glas wijn erbij. Het had iets heel bijzonders kunnen zijn. Maar door toedoen van de Buffel is het een ranzig geheim, en ik voel me onwaardig omdat ik daar het voortbrengsel van ben.'

Ze reden zwijgend voort, terwijl ze allebei probeerden wijs te worden uit de enorme warboel die Valentina ongewild had gecreëerd door te sterven. Achter hen ging de zon onder en kleurde de lucht stralend goud, met lichtroze wolkenflarden er als ganzendons doorheen. Sprout lag achterin vredig te slapen.

'Ik ga haar zelf wel zoeken,' zei Alba, die zich onderuit liet zakken in haar stoel en haar armen over elkaar sloeg. 'Ik ga op zoek naar Incantellaria.'

'Heel goed,' antwoordde Fitz. 'Ik help je wel...'

'Wil je dat doen?' onderbrak ze hem voordat hij zijn zin had afgemaakt. 'Bedoel je dat je met me mee wilt gaan?' Blij ging ze weer rechtop zitten.

Fitz grinnikte. 'Ik wilde je aanbieden het op te zoeken op een kaart.'

'O,' zei ze teleurgesteld.

Toen ze bij Cheyne Walk aankwamen, zette Fitz de auto stil onder de straatlantaarn. Hij wist niet wat hij kon verwachten. Ze hoefden niet langer een rol te spelen. Het leven kon zijn gewone loop hervatten. Zou hij nu 's avonds weer gaan bridgen bij Viv, en vervolgens verlangend naar Alba's ramen gaan zitten staren en zich verbijten als haar vrijers met armenvol rozen en een zelfvoldane grijns haar loopplank op kwamen?

'Je krijgt een bon als je hier parkeert,' zei ze.

'Ik blijf niet staan,' antwoordde hij.

Ze fronste haar wenkbrauwen. 'Waarom niet?'

Fitz slaakte een zucht. 'Ik wil je niet delen, Alba.'

'Me delen?'

'Ja. Ik wil je niet delen met Rupert of Reed of the River, of met wie van je andere vrienden dan ook. Als ik iets met jou heb, wil ik dat het exclusief is.'

Ze lachte blij. 'Dan ís het exclusief, Fitz. Je mag me helemaal voor jezelf alleen hebben.'

Weer voelde Fitz die onaangename leegheid. Ze had het heel luchtig gezegd. Het ging allemaal veel te makkelijk. 'Bedoel je dat je dan wilt stoppen met die anderen?'

'Natuurlijk! Wat denk je wel niet van me?' Ze keek beledigd. 'Heb je er ooit bij stilgestaan dat ik jou misschien ook wel helemaal niet wil delen?'

'Eh... nee,' zei hij beteuterd.

'Nou, parkeer de auto dan op je vaste plekje en laten we samen in bad gaan. Sprout mag wel toekijken als hij zich weet te gedragen. Ik vind niets zo lekker als een glas wijn drinken in bad, en voor het geval je je dat afvraagt: nee, ik ben nog nooit eerder met iemand samen in bad geweest. De eerste keer wordt met jou, en met Sprout.'

Fitz voelde zich schuldig. 'Het spijt me,' zei hij, met een kus op haar wang.

'Excuses aanvaard.' Vervolgens lachte ze haar aanstekelijke lach die opborrelde vanuit haar buik. 'Het idee dat we toch nog het stel zijn geworden waarvoor we ons het hele weekend hebben uitgegeven! Is het leven niet één grote grap?'

13

ALBA DEED WAT ZE HAD BELOOFD EN VERTELDE ALLE ANDERE mannen die genoten van de zwoele geneugten van haar bed dat ze nu een vriend had en niet langer met hen kon omgaan. Rupert was er kapot van. Hij klopte vele malen aan bij haar boot, met armenvol bloemen en een lang, getergd gezicht, en hij smeekte haar met hem te trouwen. Tim ging tegen haar tekeer aan de telefoon, hing op en stuurde vervolgens een cadeau van Tiffany om zich te verontschuldigen, in de hoop dat ze het zou accepteren en met hem zou trouwen. James, die toch meestal zulke goede manieren had en zo vriendelijk was, kwam op een avond stomdronken aanzetten en schoot met het geweer dat zijn vader hem had gegeven naar de eekhoorns op het dak van haar boot, totdat de politie, die was gewaarschuwd door Viv, hem kwam inrekenen. Alba haalde er nonchalant haar schouders over op, schonk zichzelf nog een glas wijn in en nam Fitz mee naar boven om de liefde met hem te bedrijven.

Fitz negeerde Vivs waarschuwingen en liep als een kip zonder kop het voorwerp van zijn liefde achterna. Meestal bracht hij de nacht door op de *Valentina*, want Alba was niet graag alleen. Ze genoot van de nachten dat ze niet vrijden, als ze opgerold tegen hem aan kon gaan liggen, zijn armen om haar heen, zijn ademhaling langs haar huid en zijn stem mompelend in haar oor. Hij was meer dan haar minnaar; minnaars waren tenslotte twee helften van dezelfde walnoot. Hij was haar vriend. Ze had nog nooit een vriend zoals Fitz gehad.

Alba nam hem mee uit winkelen naar Mr. Fish in Beauchamp Place en ze kreeg hem zover dat hij daar nieuwe hemden kocht. 'De kleren die jij altijd draagt stammen uit de Middeleeuwen,' zei ze toen hij er een keer een aanhad naar een lunch bij Drones. 'Echt, ik vond je veel te goed op Beechfield Park passen. Ik wil wedden dat de Buffel je wel zag zitten voor Caroline. Ik zal die oude hemden maar niet verbranden, want je weet maar nooit.' Fitz vond haar plagerijtjes niet leuk. Besefte ze dan niet dat zij met hem zou gaan trouwen?

Ze bezochten de pop-art-tentoonstelling van Andy Warhol in de Tate en in een poging trendy te zijn kocht Fitz de nieuwe elpee van Led Zeppelin voor haar, waar haar favoriete nummer op stond: 'Stairway to Heaven'. 's Avonds gingen ze naar Tramp of Annabel's en dansten tot in de kleine uurtjes. De enige reden waarom hij tot zo laat doordanste waren Alba's nieuwe hotpants. Voor haar maakte het niet uit; zij hoefde 's ochtends niet vroeg op te staan, hoewel Reed of the River vaak vroeg langskwam, en dan gehoorzaam beneden bleef staan. Maar Fitz moest werken. Viv begon telkens tegen hem over haar promotietoer, en het zag ernaar uit dat die meer zou omvatten dan alleen Frankrijk. Bovendien moest hij vroeg opstaan om met Sprout een wandelingetje te gaan maken door Hyde Park.

'Je ziet er moe uit, Fitzroy,' merkte Viv op terwijl ze de kaarten ronddeelde.

'Ik ben kapot,' antwoordde hij. Het ontging Viv niet dat zijn mondhoeken in een besmuikte grijns omhooggingen.

'Dat blijft niet zo, hoor,' zei ze vinnig, en ze tipte haar as af in een groen schoteltje.

'Wat bied je?' vroeg Wilfrid. 'Sterke of zwakke sans?'

'Zwak,' zei Viv met een zucht. 'Ik heb gemerkt dat Reed of the River 's ochtends nog steeds langskomt.'

'Ik vertrouw haar,' zei Fitz zelfverzekerd. 'Ze heeft het volste recht om er vrienden op na te houden.' Fitz had graag uitgelegd dat Alba alleen maar met mannen naar bed was gegaan omdat ze zich eenzaam voelde. Nu ze hem had, hoefde ze zich niet eenzaam meer te voelen.

'Ik heb ook een heleboel vriendinnen en Georgia vindt dat helemaal niet erg, hè schat?' kwam Wilfrid tussenbeide, die zijn kaarten sorteerde en over zijn kin wreef.

'Ik wil wedden dat ze geen van allen van die types zijn als Alba,' zei Viv. Georgia was beledigd; ook al zou ze nog zo hard het tegendeel hebben beweerd, stiekem zou zij er maar al te graag het soort vrienden op na hebben gehouden als Alba had.

'Ik ga niet over haar discussiëren aan de bridgetafel. Dat is niet netjes,' zei Fitz defensief. 'Eén ruiten.'

'Je bent wel veranderd, zeg.' Viv was verontrust. 'Pas.'

'Eén harten,' zei Georgia.

'Pas,' zei Wilfrid met een zucht.

'Drie sans. Ik respecteer haar,' zei Fitz.

Viv snoof. 'Mensen zijn niet altijd wat ze lijken, Fitzroy. Ik als schrijfster observeer mensen voortdurend. Alba is eraan gewend om voor verschillende mensen verschillende dingen te zijn. Ze speelt toneel. Ik wil wedden dat ze niet eens weet wie ze onder al die bravoure is.'

'Gaat ze nou naar Italië om haar moeder te zoeken?' vroeg Georgia.

'Ja, dat denk ik wel,' antwoordde Fitz.

'Wat hoopt ze dan te vinden?' wilde Wilfrid weten, die omdat hij niet alles had meegekregen niet precies begreep hoe met Alba's moeder de vork in de steel zat.

'Dat is een goede vraag. Ik geloof niet dat Alba daar nou zo over heeft nagedacht. We hebben het wel over dertig jaar geleden. In dertig jaar kan er een hoop gebeuren. Misschien is de familie van haar moeder wel verhuisd. Maar ik vermoed dat ze op zoek gaat naar herinneringen, verhalen; dat ze graag wil horen dat haar moeder werkelijk van haar heeft gehouden. Ze heeft nooit het gevoel gehad dat ze echt deel uitmaakte van het gezin van haar stiefmoeder. Ze wil het gevoel krijgen dat ze ergens bij hoort, naar haar familieleden kunnen kijken en haar trekken in die van hen weerspiegeld zien.'

'Je bent een ongeneeslijke romanticus, Fitzroy. Ben je van plan met haar mee te gaan?' vroeg Viv, die haar ogen tot spleetjes kneep toen Georgia de slag won.

'Nee,' antwoordde hij. 'Dit is iets wat ze in haar eentje moet doen.'

'Ik kan me niet voorstellen dat ze ooit iets in haar eentje heeft gedaan,' voegde Viv eraan toe.

'Waar ligt die plaats?' vroeg Wilfrid, die Italië meende te kennen omdat hij in Oxford kunstgeschiedenis had gestudeerd.

'Een uur of wat rijden ten zuiden van Napels, aan de kust van Amalfi. We hebben het al gevonden op de kaart. Ze is van plan haar vader er dit weekend over te vertellen.'

'Dus er is voor jou nog steeds een rol weggelegd in dit drama?' zei Viv.

'Het is geen drama meer, Viv,' kaatste Fitz terug. 'Het is een leven.'

Die avond in Beechfield Park kleedden Margo en Thomas zich uit om naar bed te gaan. Buiten regende het pijpenstelen, grote, ijskoude druppels die als stenen tegen de ramen kletterden. 'Verrekte koud voor de lente,' zei Thomas, die door de gordijnen van zijn kleedkamer tuurde. Toen hij erin slaagde langs zijn spiegelbeeld heen te kijken naar de donkere tuin beneden, die nat glinsterde in het licht dat vanuit het huis naar buiten viel, moest hij opeens denken aan die avond dat hij huiswaarts was gekeerd met de kleine Alba. Toen had het ook geregend.

'Ik mag hopen dat het niet gaat vriezen, want dan gaan alle knoppen die op uitkomen staan eraan,' antwoordde Margo. 'Het is de afgelopen tijd zo warm geweest, en nu dit weer. In dit land kun je er ook geen peil op trekken.' Ze stapte uit haar rok en bleef in haar onderjurk staan om haar halsketting los te maken. 'Heb je er nog aan gedacht tegen Peter te zeggen dat hij naar Boris' poot moest kijken? Ik zag dat hij mank liep.'

Thomas scheurde zich los van het raam en sloot de gordijnen.

'Dat komt waarschijnlijk doordat hij de hele dag achter de zeugen in de ren aan heeft gezeten,' zei hij, en hij vouwde zijn broek op en legde die op de stoel. Plotseling verscheen in zijn gedachten het gezicht van Jack, die Brendan wakker en speels op zijn schouder had zitten. Jack moest lachen om zijn grapje. Zijn brutale glimlach was breed en aanstekelijk.

'Wat zei je?' Margo liet haar onderjurk op de grond vallen.

'Niets, schat,' antwoordde hij, terwijl hij de knoopjes van zijn overhemd losmaakte.

'Wist je dat Mabel me heeft gebeld om me eraan te herinneren dat ik zondag de bloemen voor de kerk moet verzorgen? Alsof ik dat zou vergeten!' Ze deed haar kousen en beha uit en trok haar witte nachtpon aan. Vervolgens ging ze voor de spiegel zitten en kamde haar haar, dat nu bijna helemaal grijs was. Margo leek dat niet erg te vinden. Ze wreef haar handen in met Ponds-crème en veegde het teveel op haar gezicht. 'Echt, die Mabel is wat je noemt een bezig bijtje. Ze zou zich kandidaat moeten stellen voor burgemeester of zoiets. Dan zou ze nog haar voordeel kunnen doen met die nieuwsgierigheid van haar. Alba komt op bezoek met Fitz,' voegde ze eraan toe. 'Dat wordt al de derde keer deze maand,' vervolgde ze toen hij geen antwoord gaf. 'Volgens mij is Fitz degene die de kloof overbrugt, vind je niet?'

Toen Thomas de slaapkamer in kwam lopen, was zijn gezicht verhit en brandden zijn ogen. 'Is alles wel in orde met je, liever?' vroeg Margo met gefronste wenkbrouwen. 'Voel je je niet lekker?' Hij was de laatste tijd zichzelf niet meer.

'Mij mankeert niks, hoor,' antwoordde hij. 'Laten we vrijen.' Margo was verrast. Ze hadden in geen... Nou, in geen tijden meer gevreeën. De laatste keer kon ze zich niet meer heugen. Ze had altijd zo veel aan haar hoofd: Summer, Boris, de kinderen, Alba, het dorpsfeest, de bloemen voor de kerk, de rommelmarkt, paardenraces, de vrouwenclub – om nog maar te zwijgen over alle gasten die ze ontvingen. Ze had gewoon geen tijd om de liefde te bedrijven.

Ze kropen onder de lakens. Margo had best nog even willen lezen. Ze had de eerste moeilijke hoofdstukken achter de rug en de personages kwamen nu echt tot leven. Met een berustende zucht knipte ze het licht uit en bleef verwachtingsvol liggen wachten. Thomas deed aan zijn kant ook het licht uit en rolde naar haar toe om haar te zoenen.

'Zijn we hier niet een beetje te oud voor?' zei ze gegeneerd.

'Alleen onze lichamen zijn ouder geworden, Margo,' hijgde hij in haar nek. 'In ons hart zijn we toch zeker nog jong?' Zijn stem klonk wanhopig, alsof hij erop wachtte tot ze het zou beamen. Margo voelde wel aan dat hij ontzettend onrustig was. Sinds Alba was langsgekomen met dat portret van haar moeder was hij niet meer de oude. Die herinneringen waren keurig opgeborgen geweest, als slik op de bodem van een heldere vijver. Nu had Alba dat met haar klauwende vingers omgeweeld, zodat het water helemaal troebel was geworden. Terwijl hij de liefde met haar bedreef, kon Margo er niets aan doen dat ze zich afvroeg of hij aan Valentina dacht.

Alba lag te luisteren naar de regen die op het daklicht tikte. Ze voelde zich gelukkig en voldaan. Maar dat gold niet voor Fitz. Hij was nog steeds niet in staat haar nader te komen. 'Hoeveel nader zou je me kunnen komen?' zei ze dan, en ze drukte haar warme lichaam tegen het zijne. Maar dat bedoelde hij niet. Hij verwachtte niet dat Alba het zou begrijpen. Misschien zat ze gewoon zo in elkaar, maar hij had het idee dat er een deel was in de kern van haar wezen dat hem vreemd bleef. Hij kon zich maar niet aan de indruk onttrekken dat ze toneelspeelde. Hij geloofde niet dat ze oppervlakkig was, hij wist heus wel dat ze geheime diepten had, maar hij kon alleen niet bedenken hoe hij daarbij moest komen. Geef het wat tijd, stelde hij zichzelf gerust.

'Lieverd, ga je alsjeblieft met me mee?' soebatte ze, en ze streelde met haar hand over zijn borst.

'Natuurlijk,' antwoordde hij, in de veronderstelling dat ze het over het weekend had.

'Nee, ik bedoel naar Italië.' Er viel een lange stilte.

Fitz haalde diep adem, vrezend voor haar reactie. 'Je weet heus wel dat dat niet kan.'

'Vanwege Sprout?'

'Nee.'

'Vanwege je werk?'

'Niet echt.'

'Viv zou het niet erg vinden. Je zou kunnen zeggen dat je voorbereidingen treft voor haar promotietoer. Er is vast wel een boekwinkel in Incantellaria.'

'Daar zou ik maar niet al te vast op rekenen.'

'Hou je soms niet van me?' Ze klonk beledigd.

'Je weet best dat ik van je hou. Maar Alba, dit moet je alleen doen. Ik zou je alleen maar in de weg zitten.'

'Natuurlijk zou je me niet in de weg zitten. Ik heb je nodig,' smeekte ze, met een onbuigzame ondertoon in haar stem.

Fitz zuchtte. 'Lieve schat, ik spreek niet eens Italiaans.'

'Dat is wel de slapste smoes die ik ooit heb gehoord. Van jou had ik toch wel verwacht dat je loyaler zou zijn.' Ze ging nukkig overeind zitten en stak een sigaret op.

'Met loyaliteit heeft het niets te maken. Ik ben honderd procent loyaal tegenover jou. Je moet het zien als een avontuur.'

Ze keek hem aan alsof hij iets heel verkeerds had gezegd. 'Ik ben diep in je teleurgesteld, Fitz. Ik dacht dat jij anders in elkaar stak.'

Nu was het zijn beurt om zich aangesproken te voelen. 'Hoe kan ik nou zomaar alles uit mijn handen laten vallen om met jou heel Italië door te trekken? Ik heb mijn eigen leven, en ook al ben jij daar het middelpunt van, dat wil nog niet zeggen dat ik alles maar aan anderen kan overlaten. Ik zou dolgraag een lange vakantie met je houden op een leuke plek. Maar dit is daar niet het moment voor.'

Ze stond op, schoot de badkamer in en knalde de deur dicht. Fitz staarde omhoog naar het daklicht, waar de regen nog steeds gutsend over het glas stroomde. Al sinds ze elkaar hadden leren kennen was hij bang geweest om haar van streek te maken. Hij had zelf gezien hoe kwaad ze kon worden en had er welbewust moeite voor gedaan dat vuur niet aan te wakkeren. Hij was te bang geweest haar kwijt te raken. Nu ze in de badkamer zat te mokken, drong het tot hem door dat zijn onvermogen om haar nader te komen misschien iets met dat excuus te maken had. Ze waren niet eerlijk tegen elkaar geweest. Hij bewees haar geen dienst door aan elke gril van haar toe te geven; daarmee moedigde hij haar alleen maar aan om manipulatief en verwend te zijn. Als hun relatie wilde slagen, moesten ze het anders aanpakken.

Toen ze naar buiten kwam, had ze haar roze ochtendjas aan en haar pluizige pantoffeltjes aan haar voeten. 'Ik ben er niet aan gewend zo behandeld te worden,' zei ze, haar mond strak en gemelijk. Ze sloeg haar armen over elkaar en keek hem boos aan. 'Als je niet meegaat om me te steunen, waarom heb je dan eigenlijk een relatie met me?'

'Dat ik niet met je naar Italië wil, wil nog niet zeggen dat ik niet van je hou,' legde hij uit, maar ze luisterde niet. Als Alba kwaad was, hoorde ze niets anders dan haar eigen stem.

'Dit is het belangrijkste wat ik ooit in mijn leven zal ondernemen. Ik geloof gewoon niet dat een man die beweert dat hij van me houdt het niet met me wil delen. Het lijkt me niet dat we met elkaar verder moeten,' zei ze huilerig.

'We gaan niet uit elkaar vanwege ruzie om een kleinigheid,' redeneerde hij, en vanbinnen voelde hij een steek van spijt.

'Dat is nou precies waar het om gaat. Jij vindt dit een kleinigheid. Maar voor mij is mijn moeder de meest betekenisvolle persoon in mijn leven. Op zoek gaan naar haar is het belangrijkste wat ik ooit zal doen. Voor mij is het helemaal geen kleinigheid!'

'Maar het is van de gekke om om die reden uit elkaar gaan! Alba, je snapt toch wel dat de wereld niet om jou draait? Je bent mooi en aanbiddelijk, maar je bent de grootste egoïst die ik ooit ben tegengekomen. Als ik zou toegeven, zou ik niet eerlijk zijn tegenover mezelf of tegenover jou. Als je wilt dat we uit elkaar gaan, dan stap ik nu op, maar dat zou ik ontzettend jammer vinden.'

Alba's lippen trilden en ze keek hem vanonder haar wimpers aan. Ze had hem onder druk gezet, maar hij had niet toegegeven. Ze gaven altijd toe. 'Ja, ik wil dat je gaat.'

Hij schudde verdrietig zijn hoofd. 'Ik weet dat je dit niet echt zo wilt. Het is een kwestie van trots, nietwaar?'

'Ga nou maar!'

Terwijl ze hem gadesloeg, kleedde hij zich aan en pakte zijn spullen. Ze zeiden geen woord meer. De boot deinde en kraakte in de veranderlijke Theems en stootte om de paar tellen tegen de rubberband die Vivs boot tegen de *Valentina* beschermde. Opeens werd Fitz zeeziek. Hij hoopte maar dat ze er, als hij haar de tijd gunde, nog eens over zou willen nadenken. Hoe graag hij ook wilde dat ze van gedachten veranderde, hij was te trots om erom te smeken en te zeer een man van principes om te buigen voor haar wil. De paraffinegeur van de kachels die de boot verwarmden steeg op terwijl de regen uit de hemel gutste. Het lokte hem helemaal niet aan om midden in de nacht met zulk weer naar buiten te moeten. Hij was niet met de auto en had geen paraplu bij zich. Sprout zou zich ellendig voelen in de regen. Hij lag lekker beneden in Alba's warme keuken.

'Goed, dan neem ik dus maar afscheid,' zei hij, en hij gaf haar nog een laatste kans om tot andere gedachten te komen, maar haar mond was stijf dichtgeknepen tot een dunne, vastberaden lijn. 'Ik kom er zelf wel uit.'

Alba hoorde de deur achter hem dichtgaan, waarna het op het troosteloze gekraak van de boot en het lage gekreun van haar eigen snikken stil werd. Ze liet zich neervallen op het bed en sloeg haar handen voor haar gezicht.

Haar aandacht werd afgeleid door het geluid van druppels. Het werd harder en ging langzamer dan het gekletter van de regen op het daklicht. Ze hief haar gezicht op en zag dat het dak lekte. Het water kwam met grote ploppen naar omlaag, dik als tranen, en viel op het kleed dat eronder lag. Moeizaam kwam ze het bed uit, haar lichaam zwaar alsof ze een wapenrusting droeg. Ze haalde de prullenbak uit de badkamer en zette die onder het lek. Het maakte een hard, metalig geluid en plonsde vervolgens nattig naarmate de bak voller raakte. Ze wilde maar dat Fitz niet was weggegaan. Hij zou wel weten hoe dit opgelost moest worden. Meestal deden Harry Reed of Rupert reparaties voor haar, of zelfs Les Pringle van de Chelsea Yacht and Boat Company, die één keer per week de watertank kwam vullen. Maar Harry of Rupert wilde ze niet meer. Ze wilde Fitz.

Ellendig klom ze in bed en rolde zich op op de elektrische deken, waar de stoom vanaf sloeg door al het vocht. Ze hield zichzelf voor dat hij haar de volgende ochtend vast bloemen zou komen brengen, of een cadeautje van Tiffany. Dan zou ze hem terugnemen en zou alles weer goed komen. Ze zou niet alleen meer zijn. De rest van de nacht sliep ze met het licht aan.

Fitz stapte de loopplank op en voelde meteen de regen over zijn rug lopen. Hij trok zijn jas op tot aan zijn kin en dook in elkaar. Sprout kromp ineen en liet een zielig gejank horen. Op de oever was alles rustig. Af en toe reed er een auto voorbij, maar nergens was een taxi te zien. Hij kon niet naar huis lopen; dat was kilometers ver. Hij had geen andere keus dan bij Viv aan te kloppen. Hij moest een hele poos wachten terwijl binnen het licht aanging. Die nacht had ze niet zitten schrijven. Toen ze aan de deur kwam, keek ze verrast. 'O, ik dacht dat het Alba was,' zei ze slaperig. Zonder make-up zag ze er heel anders uit. Maar voordat hij kon uitleggen hoe het zat, voegde ze eraan toe, terwijl ze hem snel binnenliet en de deur weer sloot tegen de regen: 'Ik ga niet zeggen "Ik heb het toch gezegd?", want ik hou niet van leedvermaak, en ja: je kunt vannacht hier slapen. Sprout mag in de keuken. Maar één ding: stuur haar morgenochtend in vredesnaam geen bloemen. Dat is een ongelofelijk cliché en ik weet tóch dat jij gelijk hebt.'

Alba was eerst teleurgesteld en vervolgens spinnijdig toen ze de volgende dag helemaal niets van Fitz kreeg. Geen bloemen, geen cadeautje, en ook geen telefoontje. Ze bleef zitten wachten in haar peignoir en nam niet de moeite zich aan te kleden. Ze kreeg nu toch geen bezoek, en als Fitz langskwam hoefde ze des te minder uit te trekken. Ze lag maar wat op bed en lakte haar nagels rood om zichzelf te troosten. Uiteindelijk, aan het eind van de derde dag, drong het tot haar door dat hij geen contact met haar zou opnemen, althans voorlopig niet. Ze zou in haar eentje naar Beechfield Park moeten.

Haar vader en stiefmoeder reageerden precies zo op haar beslissing om af te reizen naar Italië als ze had verwacht. Dit keer koos ze het avondeten als moment om het te vertellen. Lavender was ten tonele verschenen, gehuld in een zijden japon met de parelketting die ze ooit voor hun trouwdag van Hubert had gekregen. Haar kortetermijngeheugen stelde niet veel meer voor, maar uit het verre verleden herinnerde ze zich alles nog precies, alsof het gisteren gebeurd was, en ze kon de aanzittenden met groot genoegen precies vertellen hoe het was gegaan toen ze de ketting kochten. De kokkin had een *cottage pie* gemaakt, die ze opdiende met erwtjes en worteltjes, en Thomas trok een fles wijn open. Toen hij naar Fitz vroeg, nam Alba haar toevlucht tot een leugen.
'Hij is op zakenreis naar Frankrijk. Hij is bezig voor Viv een promotietoer te organiseren. Ze is in Frankrijk heel bekend.' Margo kreeg het idee dat ze ruzie hadden gehad. Alba was helemaal niet haar gebruikelijke heerszuchtige zelf.
Tijdens de pudding liet Alba haar bom vallen, zonder te wachten tot de kokkin de kamer uit was. 'Ik ben van plan naar Italië te gaan om de familie van mijn moeder op te zoeken,' zei ze. Margo keek

ontzet. Henry, Caroline en Miranda hielden hun adem in.

'Zo,' zei Thomas, die in zijn koffie roerde.

'Omdat jullie me toch niets over haar willen vertellen, leek het me het beste om zelf maar op zoek te gaan. Zoals Viv zegt: "God helpt alleen degenen die zichzelf helpen", dus ik reken erop dat Hij ook mij zal leiden. Dominee Weatherbone zou dat vast goedkeuren.' Haar toon was luchtig.

'Lieverd,' begon Margo, die haar best deed zich niet op te winden, 'weet je wel zeker dat je in het verleden wilt gaan wroeten?'

'Heel zeker,' antwoordde ze.

'Je kunt het verleden misschien beter laten rusten.'

'Waarom?' Die vraag klonk geheel onverwacht volkomen oprecht, en Margo nam zichzelf haar opmerking kwalijk.

'Daarom,' stamelde ze.

'Omdat, schat,' kwam haar echtgenoot tussenbeide, 'het allemaal lang geleden is. Maar als je dit per se wilt, kunnen wij je niet tegenhouden. We kunnen je alleen maar aanraden het niet te doen. Omwille van je eigen gemoedsrust.'

'Mijn gemoed rust niet als ik mijn afkomst niet ken,' legde Alba uit, en ze verraste zichzelf met haar beheerstheid.

'Weet je waar je moet beginnen met zoeken?' vroeg hij.

'Incantellaria,' zei ze prompt. Thomas staarde in zijn koffie en voelde zich opeens duizelig.

'Incantellaria,' zei Lavender haar na. Iedereen aan tafel wendde zijn ogen naar de oude dame. 'In Incantellaria vind je niets dan dood en narigheid.'

'Wil je nog een beetje pudding?' vroeg Margo, die haar de schaal voorhield. Toen ze opeens merkte dat de kokkin nog in de kamer was, voegde ze eraan toe: 'Kokkie, kun je nog wat melk voor ons halen, voor de koffie?' Ze was zich ervan bewust dat het zilveren kannetje nog vol was, maar ze wist niets anders te bedenken. 'Ik geloof niet dat we dit moeten bespreken in het bijzijn van het personeel,' zei ze tegen haar man. 'Ik geloof zelfs dat we het helemaal niet moeten bespreken. Alba weet hoe we erover denken. Je familie bevindt zich hier. Waarom zou je helemaal naar Italië gaan om te wroeten naar geesten uit het verleden?'

Alba had er genoeg van. 'Ik ga naar bed,' zei ze terwijl ze opstond. 'Ik ga tóch, of jullie me nou steunen of niet. Het leek me alleen goed om jullie op de hoogte te brengen. Ze was tenslotte jouw vrouw, pap!'

Thomas keek zijn dochter na toen ze de kamer uit liep. In plaats van die afschuwelijke hopeloosheid voelde hij opluchting. Het was niet langer zijn verantwoordelijkheid. Ze was geen klein kind meer. Als ze wilde gaan, kon hij haar niet tegenhouden.

Na het eten trok Thomas zich terug in zijn studeerkamer om een sigaar te roken en een glas cognac te drinken. Hij zat in zijn leren fauteuil en staarde naar het portret van zijn vader dat aan de muur hing, totdat zijn blik onscherp werd en zijn ogen begonnen te glinsteren. Achter de waardige pose van Hubert Arbuckle lag het portret van Valentina, een duister geheim.

Toch was ze niet vergeten. Thomas had er zijn uiterste best voor gedaan, maar vergeten kon hij haar niet. Nu rook hij weer de geur van vijgen, alsof ze zich over zijn stoel heen boog om een kus op zijn slaap te drukken. De uitkijktoren rees op uit de nostalgische mistflarden van zijn geest en eindelijk keerde hij terug naar Incantellaria.

14

Italië, mei 1945

THOMAS VOELDE EEN GOLF VAN EMOTIE OVER ZICH HEEN SPOELEN toen de boot de kleine haven van Incantellaria binnenvoer. Hij keek omhoog naar de top van de heuvel waar het silhouet van de oude uitkijktoren zich aftekende tegen de lucht. Hij herinnerde zich Valentina zoals ze was geweest: haar haar wapperend in de wind, haar ogen vol droefheid, haar wangen rozig van hun liefdesspel. Zo was ze ook in zijn dromen verschenen: verleidelijk, mysterieus, als een lichtstraal die onmogelijk vast te pakken was.

Nadat ze waren vertrokken, had hij meegevochten in de Slag om Elba, waarna hij was overgeplaatst naar de Adriatische Zee. Op 15 augustus 1944 had hij het bevel over zijn torpedoboot gevoerd bij de invasie van Zuid-Frankrijk, het minder bekende vervolg op de beroemde landingen in Normandië: D-day. Vlak na de dood van zijn broer had het Thomas niet kunnen schelen of hij omkwam of in leven bleef. Hij was ten strijde getrokken met een roekeloosheid die je alleen ziet bij het soort dappere mannen die weinig waarde aan hun leven hechten. Vervolgens had hij Valentina leren kennen, en opeens was het leven weer de moeite waard geworden. Elke patrouille had hem met afgrijzen vervuld. Elke keer dat hij vrachtschepen van de vijand had geënterd, had hij veelvuldig kruisjes geslagen en God gedankt omdat Hij hem nog een dag in leven had gelaten, want elke dag bracht hem onherroepelijk dichter naar haar toe. Hij wilde zo graag blijven leven dat zijn moed nu groter was dan ooit, omdat die niet meer werd ingegeven door roekeloosheid.

Toen het allemaal achter de rug was, werd Thomas naar de Golf van Genua gestuurd, waar hij patrouilleerde langs de kust. Hij schreef Valentina zo vaak hij maar kon. Zijn geschreven Italiaans was niet bijster goed, maar hij wist desondanks over te brengen hoezeer zijn hart naar haar smachtte, al was zijn grammaticale kennis dan gebrekkig en zijn vocabulaire beperkt. Hij vertelde haar hoe hij naar het portret zat te staren dat hij op de heuvel van haar had getekend, naast de afbrokkelende uitkijktoren, waar de liefde die ze hadden bedreven een onverbrekelijke band tussen hen had geschapen. Hij schreef over hun toekomst. Hij zou met haar trouwen in het mooie kapelletje van San Pasquale en haar meenemen naar Engeland, waar hij haar een vorstelijk leven zou bieden, met alles wat haar hartje begeerde. Hij kreeg van haar niets terug – alleen geparfumeerde brieven en voedselpakketjes van Shirley. Toen, op een avond in september, nadat hij met succes een handelsschip van de vijand tot zinken had gebracht, lag er toen hij terugkeerde naar de basis in Leghorn een brief op hem te wachten. Er stond geen Engels poststempel op. Het handschrift was krullerig, kinderlijk en ongewoon.

Een hele poos bestudeerde hij de envelop, met een hart dat vol verwachting klopte. Hij hoopte van ganser harte dat deze brief van Valentina kwam. Wie zou hem anders schrijven? Toen verbleekte zijn optimisme. Stel dat dit een afwijzingsbrief was? Hoe zou zijn breekbare hart zo'n zwaar verlies kunnen verdragen? Met een bezorgde frons betastte hij het papier. Daarna ging hij zitten, haalde diep adem en maakte de envelop open.

De brief besloeg maar één kantje en was geschreven op papier dat zo dun was als vlindervleugels, en hij was gedateerd 'Augustus 1944':

Mijn liefste Tommy,
Mijn hart verlangt naar jou. Elke dag kijk ik bij de uitkijktoren op de heuvel of je boot ons haventje al komt binnenvaren. Elke dag word ik teleurgesteld. Ik wil je iets zeggen. Ik wilde wachten tot ik je weer zag, maar in deze oorlog vrees ik voor je leven. Ik ben bang dat je omkomt zonder het te hebben geweten. Daarom vertel ik het je in deze brief en ik hoop dat je die ontvangt: ik ben zwanger. Ik ben dolblij dat ik het kind draag dat we samen in liefde hebben gemaakt. Mama zegt dat het gezegend zal zijn omdat het werd verwekt op het festa di Santa Benedetta, toen Onze-Lieve-Heer Zijn liefde voor ons toonde door tranen van bloed te plengen. Ik bid dat je veilig uit deze oorlog mag terugkeren en dat God je weer bij me zal brengen, zodat je je zoon of dochter kunt leren kennen. Ik wacht op je, liefste.

Je toegewijde Valentina

Thomas las de brief een paar keer over en kon amper geloven dat er een kind van hem ter wereld zou komen. Hij stelde zich Valentina voor met een bolle buik, haar ogen stralend met het licht van het aanstaande moederschap. Toen voelde hij plotseling een huivering van paniek: ze was kwetsbaar in die kleine baai. Hij stond op en beende geagiteerd de kamer door, terwijl hij alle verschrikkelijke dingen voor zich zag die haar zouden kunnen overkomen als hij haar niet beschermde. Hij wilde niets liever dan naar haar toe gaan, maar toch kon dat niet. Voor zijn werk moest hij in het noorden zijn en de oorlog woedde nog steeds als een bosbrand. De geallieerden hadden de situatie onder controle en de vooruitzichten waren gunstig, maar hun kansen konden elk moment keren.

Vervolgens gingen zijn gedachten naar alle onschuld die de oorlog had vernietigd, de gruwelen waarvan ogen getuige waren geweest die nog te jong waren om er iets van te begrijpen, en de angst sloeg hem om het hart. Te midden van al deze verschrikkingen zou zijn kind geboren worden. Was het wel een goed idee om een onschuldig wezen op zo'n wrede wereld te zetten?

'Waarom kijk je zo somber?' vroeg Jack, die naast hem kwam zitten.

'Ik heb een brief van Valentina gekregen,' antwoordde hij, terwijl hij verbaasd zijn hoofd schudde.

'Wat is er gebeurd?'

'Ze is zwanger van me, Jack.'

Jacks mond viel open. 'Jezus!' En toen voegde hij er na lang nadenken op ernstige toon aan toe: 'Wat ga je nu in vredesnaam doen?'

'Met haar trouwen,' antwoordde hij zonder enige aarzeling.

Jack keek hem vragend aan. 'Dat is nogal drastisch, niet? Je kent haar niet eens!'

'Ik weet alles van haar wat ik moet weten. Ze houdt van citroenen, de zee en de kleur paars.' Hij glimlachte teder toen hij terugdacht aan haar kinderlijke monoloog. 'Jezus, ik ben frontaal getroffen – eerst door de liefde en nu hierdoor!'

'Ik denk niet dat Lavender en Hubert haar zullen zien zitten.'

'Meer dan Shirley!'

'Ik weet het niet, hoor. Je vader is een aartssnob en hij moet niet veel van buitenlanders hebben, zeker niet van Italianen...'

'Ze hebben geen keus.'

'Nu Freddie er niet meer is, ben jij de erfgenaam.'

Thomas haalde zijn schouders op. 'Waarvan? Van een huis? Mijn vader heeft anders heus geen heel graafschap na te laten!'

'Maar Beechfield Park is hem heel dierbaar. Het is niet niks om zo'n landgoed te bestieren.'

'Ze leert het wel. Ik zal het haar wel leren.'

'Verdorie, jij als vader!' Jack schudde verbijsterd zijn hoofd. Vervolgens keek hij hem doordringend aan, niet langer als zijn ondergeschikte maar als de vriend uit zijn jeugd. Hij sprak met zachte stem, zijn ogen omfloerst door emotie. 'De oorlog heeft je veranderd, Tommy. Ooit leken jij en ik heel veel op elkaar. We lapten de regels van Eton aan onze laars, zetten de klas op stelten, paradeerden rond alsof die hele tent van ons was. In Oxford ging het al niet veel anders; er waren daar alleen minder regels om je niets van aan te trekken. En toen deze verschrikkelijke oorlog. We zijn mannen geworden, vind je niet? Dat hadden we nooit kunnen denken. Hubert zou apetrots op je zijn als hij alles wist. Als dit allemaal voorbij is, ga ik het hem vertellen.'

Thomas slaakte een diepe zucht en pakte de sigaret aan die Jack hem aanbood. 'Toch was jij altijd degene die alle meiden achter zich aan kreeg. Voor mij bleef niets anders over dan wat kruimels!'

'Maar de enige vrouw die er iets toe doet is voor jou, Tommy.'

'Dit keer is het gelukt.'

'En je verdient haar,' zei hij, hoewel hij een onheilspellend gevoel kreeg. Valentina sprak geen Engels, was opgegroeid in een provinciaal havenstadje met een bevolking van niet meer dan een paar honderd zielen. Hoe dacht hij dat ze het zou redden in een huis dat zo groot was als het palazzo van de marchese? Hoe zou ze zich houden te midden van de koele, snobistische Britten, die wanneer het op klasse aankwam geduchter waren dan tien Immacolata's? Het was een op en top romantische fantasie, maar de realiteit zou allerlei problemen opwerpen waar hij niet bij had stilgestaan. Maar goed, dit was niet het moment om daarover te praten. Hij had het meisje zwanger gemaakt en hij was een eerzaam man. Hij zou doen wat juist was.

'Je lijkt meer op Freddie dan ik had gedacht, Tommy,' zei Jack ten slotte, en zijn blik verried opeens hoe zwaar de oorlog hem viel, wat hij meestal met humor wist te camoufleren.

Thomas was te geroerd om iets te zeggen; hij had een dikke brok van angst in zijn keel gekregen. Hij rechtte zijn rug en schraapte zijn keel. 'Voor jou ben ik "sir", Harvey,' zei hij om de emotie te verdrijven.

Jack knipperde de jeugdherinneringen weg die zich plotseling een weg door zijn verzwakte afweer hadden weten te banen. 'Yes, sir,' antwoordde hij. Maar beide mannen bleven elkaar aankijken met de ogen van jongens.

Op het moment dat Thomas met een kleine motorboot het haventje binnenvoer, was hij niet langer bevelhebber van de motortorpedoboot. De oorlog was voorbij. Ze waren gedemobiliseerd en hij had een kantoorbaan gekregen bij het ministerie van Defensie. Jack, Rigs en de jongens waren huiswaarts gekeerd. Brendan had het op wonderbaarlijke wijze overleefd – niet alleen de oorlog, maar ook Jacks diepe zak en Rigs vertolkingen van Pagliacci. Thomas was van plan om zo gauw ze getrouwd waren met Valentina en hun dochter naar Engeland terug te keren.

Hij had de afgelopen maanden over dit moment gefantaseerd. Valentina had hem bericht gestuurd dat ze zonder complicaties was bevallen van een dochtertje. Ze schreef niets over een naam. Hij had het in stilte gevierd met Jack – met een borrel, een sigaret en tranen waarvoor hij zich tegenover zijn vriend niet schaamde. Hij had haastig teruggeschreven. In slechtgeformuleerd Italiaans, waarbij hij in alle emotie werkwoorden en werkwoordstijden verhaspelde, kon hij er niet over uit hoe trots hij was en hoeveel liefde hij voelde. Zelfs zijn handschrift, dat anders altijd zo duidelijk en keurig was, schoot van tijd tot tijd uit over het papier.

Nu zag hij zijn dochter voor zich in haar moeders armen, en hij wilde niets liever dan hen allebei in de zijne sluiten. In zijn hand hield hij de weinige brieven die ze hem had gestuurd, waarvan het papier dun en rafelig was geworden als het knuffeldoekje van een kind. De brieven roken naar vijgen, die bedwelmende geur van haar die de scherpe reuk van de dood had weten uit te bannen. Diep ademde hij het aroma van pijnbomen en eucalyptus van Incantellaria in en hij dacht weemoedig terug aan de eerste keer dat hij het charmante stadje had aanschouwd, met Jack en Brendan naast zich, zonder op dat moment te beseffen hoe na het hem aan het hart zou komen te liggen. Hij was nu een ander mens, en dat kwam niet alleen maar doordat de oorlog zijn stempel op hem had gedrukt. Valentina had zijn instincten om te zorgen en te beschermen tot leven gewekt. Nu hij een kind had, waren zijn verantwoordelijkheden groter dan ooit tevoren.

De boot meerde aan bij de kade en Thomas stapte eraf met zijn kleine plunjezak met bezittingen, nog steeds gekleed in zijn vaalblauwe marine-uniform. Hij tuurde vanonder zijn pet naar de slaperige haven die baadde in de gloed van de warme lentezon. Aanvankelijk merkte niemand hem op. Hij kon zijn blik over de rij witte huisjes laten gaan, waarvan de ijzeren balkonnetjes evenals tevoren waren getooid met felrode geraniums, en over de bescheiden Trattoria Fiorelli. Zijn sentimentele overpeinzingen werden onderbroken toen de vissers hun netten neerlegden en er vrouwen uit de schaduwen naar voren traden, met hun kinderen aan hun schort, en hem met argwanend met tot spleetjes geknepen ogen opnamen. Toen herkende de oude trekharmonicaspeler hem. Hij wees met zijn artritische vinger en zijn gerimpelde gezicht vertrok toen zijn mond zich verbreedde tot een tandeloze glimlach. 'C'è l'inglese!' riep hij uit. Thomas' hart sprong op: ze wisten nog wie hij was.

De gemummelde woorden van de oude man weerkaatsten langs het water naarmate de inwoners van het plaatsje het nieuws verspreidden. 'È tornato, l'inglese!' Het duurde niet lang of in de stoffige straat was het een drukte van belang. Ze klapten in hun handen en zwaaiden. De kleine jongen die die eerste keer de fascistengroet had gebracht, bracht nu zijn hand naar zijn voorhoofd zoals Lattarullo had gedaan, en Thomas beantwoordde zijn saluut met een glimlach. Dit keer sloeg zijn moeder hem niet, maar ze klopte hem trots op zijn hoofd. Het jongetje werd vuurrood en drukte zijn benen tegen elkaar, want van alle opwinding moest hij plassen.

Toen werden Thomas' ogen weer naar de Trattoria Fiorelli getrokken. De obers stonden buiten, met open mond en met dienbladen in hun handen, die nog maar zo kortgeleden wapens hadden gehanteerd. De ouderen, die er al die tijd hadden gewerkt, glimlachten meewarig toen ze terugdachten aan de zangfestijnen en de kleine rode eekhoorn. Er hing nu een stilte om het café, terwijl de mensenmassa om hem heen stuwde en aanzwol als de golven van de zee. Het was alsof het bescheiden gebouwtje zijn adem inhield en wachtte tot zich een wonder zou voltrekken. Toen kwam ze naar buiten. Thomas' hart steeg tot grote hoogte – en daar bleef het, in uitgestelde geestdrift; het rees noch daalde, maar bleef roerloos hangen, want het vreesde dat elke beweging de betovering verbroken zou hebben en dat ze dan weer zou verdwijnen als een regenboog in de zon.

De obers stapten opzij. Geen seconde wendde Valentina haar blik af van de man van wie ze hield, maar ze kwam langzaam en weloverwogen op hem af gelopen, met haar elegante, soepele tred. In haar armen hield ze de drie maanden oude baby, die slechts in een dun wit laken was gewikkeld, dicht tegen haar borst gedrukt. Haar wangen gloeiden van trots en haar lippen plooiden zich tot een lichte glimlach. Pas toen ze dichterbij was gekomen, zag hij dat haar ogen glinsterden van de tranen.

Thomas nam zijn pet af en merkte op dat haar handen trilden. Valentina stond nu voor hem. Bij de aanblik van de baby die knipperend met haar oogjes naar hem opkeek voelde hij zich nederig. Te midden van alle gruwelen en het bloedvergieten was hier dan toch een zuivere, onschuldige ziel. Het was alsof God een felle lichtstraal had laten schijnen op een stikdonkere plek. Haar gezicht was in miniatuur het evenbeeld van dat van haar moeder, op haar ogen na, die lichtgrijs waren als de zijne, in schril contrast met haar donkere haar en olijfbruine huid. Ze wapperde met haar kleine handje. Thomas pakte het en liet haar haar vingers om een van de zijne klemmen. Hij glimlachte. Toen sloeg hij zijn ogen op naar Valentina.

De stadsbewoners bleven gespannen staan toekijken toen Thomas zijn hoofd boog en een kus op Valentina's voorhoofd drukte. Daar liet hij zijn lippen een hele poos rusten, terwijl hij haar unieke geur opsnoof en het zout op haar huid proefde.

Opeens dreunde er een luide stem uit boven het geklap en gejuich van de bewoners. 'Schiet op. Dit is geen voorstelling, maar een privé-moment. Kom op iedereen, genoeg nu. Doorlopen. Doorlopen.' Lattarullo's stem was onmiskenbaar. Langzaam gingen de mensen uiteen, al was het met grote tegenzin. Ze hadden allemaal Valentina's buik dikker zien worden en waren getuige geweest van haar verlangen en vaak van haar wanhoop. Toen zij terugkeerden naar hun middagslaapje, de vissers naar hun visverkoop en netten, en de kinderen naar hun spelletjes, trad Lattarullo naar voren, warm, bezweet en krabbend aan zijn kruis.

'Signor Arbuckle,' zei hij toen Thomas ongaarne zijn lippen terugtrok van Valentina's voorhoofd. 'Velen hebben eraan getwijfeld of u ooit wel zou terugkeren. Tot mijn genoegen kan ik zeggen dat ik niet een van hen was. Nee, ik heb nooit aan u getwijfeld. En dat bedoel ik niet alleen als compliment aan uw adres, maar ook aan de schoonheid van de signorina. Helena van Troje zou niet bij haar in de schaduw hebben kunnen staan, en zij had al zo'n enorme uitwerking op mannen! Het zou me zeer hebben verbaasd, om niet te zeggen dat ik dan een heel stuk armer zou zijn geweest, als u niet voor la signorina Fiorelli was teruggekeerd.' Thomas stelde zich voor hoe ze allemaal in het café weddenschappen hadden afgesloten over de vraag of hij wel of niet terug zou komen.

Ze liepen naar de Trattoria Fiorelli. Binnen in het café zat, als een grote en plechtige vleermuis, Immacolata. Ze was in het zwart gekleed, vanaf de sjaal om haar hoofd tot de schoenen aan haar voeten, en wapperde zichzelf koelte toe met een brede zwarte waaier met geborduurde bloemen.

Toen ze Thomas in het oog kreeg, legde ze de waaier op tafel en kwam met uitgestoken handen naar hem toe, als een blinde vrouw die smeekt om een aalmoes. 'Ik wist wel dat God je zou sparen voor Valentina,' zei ze, en haar kleine oogjes liepen over van de tranen. 'Dit is een gezegende dag.' Hij liet zich hartelijk door haar tegen de wangen tikken, hoewel die toen hij zich terugtrok pijn deden en gloeiden. 'Ga zitten, mijn zoon. Je zult wel moe zijn. Neem iets te drinken en vertel me alles. Drie van mijn vier zonen zijn teruggekeerd naar de moederschoot. God vond het tijd om mijn Ernesto tot Zich te nemen. Moge zijn ziel rusten in vrede. Nu heb jij mijn geluk compleet gemaakt.'

Thomas ging zitten. Het was onmogelijk niet te doen wat Immacolata je vroeg. Ze was een formidabele vrouw die eraan gewend was gehoorzaamd te worden. Trouwens, Thomas was ook niet in de positie om níét te gehoorzamen: ze was een uiterst vrome vrouw en hij had haar dochter zwanger gemaakt zonder met haar getrouwd te zijn. Hij had gehuiverd bij de gedachte aan wat zij daarover zou zeggen. Maar tot zijn verrassing heette ze hem nu hartelijk welkom. Niettemin maakte de eerste vraag die ze stelde haar ware bedoeling kenbaar. 'Zo,' zei ze, terwijl ze toekeek hoe de ober twee glazen wijn inschonk, 'je bent dus teruggekomen om met mijn dochter te trouwen.'

Thomas keek beschaamd. 'Daarvoor wilde ik u formeel uw toestemming vragen,' antwoordde hij.

Op Immacolata's gezicht verscheen een uitdrukking van medeleven. 'Als het Gods wil is, hoef je niemands toestemming te vragen.' Haar stem was zacht. De stem van een jong meisje.

Hij nam Valentina's hand in de zijne. 'Vanaf het moment dat ik haar zag, wist ik al dat we waren voorbestemd om met elkaar te trouwen.'

'Dat weet ik,' zei Immacolata met een ernstig knikje. 'Mijn dochter is heel knap en ze heeft je een dochter geschonken: Alba.'

'Alba? Wat een mooie naam,' zei hij, zonder te willen stilstaan bij de vermoedelijke reactie van zijn ouders. Misschien zouden ze haar Lavender als tweede naam kunnen geven.

'Alba Immacolata,' voegde Valentina eraan toe. Misschien toch niet, dacht Thomas. Hij was blij dat Jack niet bij dit gesprek aanwezig was.

'Dit kind is voor mij heel bijzonder,' zei Immacolata, grijpend naar haar boezem. 'Ze neemt in mijn hart een heel speciaal plekje in.'

'Ze lijkt op haar moeder,' zei Thomas.

'Maar die ogen heeft ze van haar vader. Er is geen twijfel mogelijk wiens kind ze is.' Immacolata streek met haar vingers over het gezichtje van de baby. 'Kijk maar, haar ogen zijn heel licht blauwgrijs. Net als een kalme zee bij laagtij. Hou haar eens vast,' voegde ze er met een knikje naar haar dochter aan toe. Valentina hield de baby naar hem op. Hij had nog nooit eerder zo'n klein kind vastgehouden en wist niet precies hoe hij dat moest aanpakken. Tot zijn verrassing was het helemaal niet zo moeilijk en de kleine Alba gaf geen kik. 'Zie je nou?' zei Immacolata. 'Ze wéét gewoon dat jij haar vader bent.'

Thomas keek omlaag naar de gelaatstrekken van zijn kind en kon amper geloven dat zij zijn genen in zich droeg, en die van zijn hele familie, inclusief Freddie. Ze leek helemaal niet op hem. Ze had in elk geval niets Arbuckle-achtigs. Behalve dan haar ogen, die inderdaad sprekend op de zijne leken. Wat was ze kwetsbaar. Zo weerloos. Maar hij hield vooral van haar omdat ze zo op haar moeder leek. Ze maakte deel uit van Valentina en daarom was ze hem dierbaarder dan wat ook ter wereld.

'Jullie trouwen in de kapel van San Pasquale,' vervolgde Immacolata. 'Ik vraag of padre Dino morgen komt lunchen, zodat je met hem kunt kennismaken. Ben je katholiek?' Thomas schudde zijn hoofd. 'Dat is geen probleem. Als het Gods wil is, kan niets ooit een probleem zijn. Jullie zijn verenigd door liefde, en dat is het enige wat ertoe doet. Je kunt tot aan de bruiloft hier in de trattoria verblijven; ik heb boven een comfortabele kamer.' Thomas verplaatste zijn blik van de kleine Alba naar Valentina en haar zachte mosbruine ogen glimlachten teder naar hem terug. Op dat moment van woordeloze communicatie brachten ze elkaar alles over wat ze te zeggen hadden.

Lattarullo zat buiten, als een waakhond, klaar om iedereen die het waagde naar binnen te gaan naar de strot te vliegen. Het zou niet lang duren of de Trattoria Fiorelli zou bol staan van de feestmuziek, vermoedde hij. De hele stad zou worden uitgenodigd en er zou worden gedanst. Valentina was dol op dansen. Het dansvloertje in het café zou niet groot genoeg zijn voor iedereen, zodat de mensen de straat op zouden gaan om daar te dansen, bij het licht van de volle maan – want Immacolata zou voor de bruiloft een gunstige dag uitkiezen – en naast de zee die hen had samengebracht.

Valentina legde Alba in haar Mozes-mandje en Thomas droeg haar naar de wagen die met een groot, mak paard ervoor gespannen in de schaduw van een acacia op hen wachtte. Lattarullo bood aan hen zelf te brengen, waarbij hij trots aankondigde dat hij eigenaar was van de auto van het stadje, maar Thomas sloeg dat aanbod beleefd af. Hij wilde Valentina niet met iemand anders delen, en al helemaal niet met Lattarullo, die zijn sterke, unieke zweetgeur om zich heen had hangen. 'Je kunt me na het eten komen ophalen,' zei hij tegen de groezelige carabiniere, die beteuterd knikte.

Ze zwaaiden naar hem terwijl het paard op weg ging. Ze hadden geen haast. Er waren geen dringende zaken om voor terug te keren. Als ze wilden, hadden ze de hele dag de tijd. Het langzame geklepper van de paardenhoeven weerklonk door de stille, warme lucht en wekte het slaperige stadje op uit zijn schaamteloze gestaar. Zelfs de kinderen onderbraken hun spelletjes om de wagen weg te zien rijden, waarna hij verdween op het overschaduwde pad de heuvel op. Lattarullo stak zijn onderlip naar voren en bette zijn voorhoofd met een klamme zakdoek. Hij begreep maar niet waarom ze de auto hadden afgeslagen. Hij hoopte van harte dat niemand had gehoord dat de Engelsman zijn aanbod had afgewezen. *Che figura di merda!* Het was een kwestie van trots, van *apparenza*.

Valentina pakte Thomas' hand en drukte die tegen haar wang terwijl ze hem gloedvol kuste. 'Eindelijk zijn we alleen.'

Na een hele poos weerklonk het zachte gesnor van een motor door de stilte van de middaglucht. Thomas dacht onmiddellijk aan Lattarullo en de moed zonk hem in de schoenen. Maar vervolgens realiseerde hij zich dat de auto vanaf de heuvel naar hen toe kwam, en niet vanuit de stad die ze zojuist achter zich hadden gelaten. Valentina stuurde het paard naar de zijkant van de weg en de wagen kwam knarsend tot stilstand. Het gebrom nam in volume toe, totdat de glanzend witte Lagonda van de marchese doodkalm de bocht om kwam. Het metaal van de radiateur schitterde in de zon en de twee ronde koplampen twinkelden als een paar grote kikkerogen. Het was onmogelijk niet onder de indruk te zijn van het grote vakmanschap van zo'n elegant voertuig. De herinnering aan het bijna-ongeluk van het jaar daarvoor leek terwijl Thomas waarderend bleef luisteren ver weg en wazig. De motor pruttelde zo efficiënt dat het meer als een lied dan als een mechanisch gebrom klonk: *pruttel-de-pruttel-de-pruttel*.

De auto minderde vaart. Achter het stuur, met zijn gezicht in de schaduw van zijn pet, zat de broodmagere Alberto. Het canvas dak van de auto was neergelaten, zodat hij in zijn volle glorie goed te zien was. Zijn grijze uniform was al even opgepoetst en smetteloos als de auto zelf, en zijn in witte handschoenen gestoken handen hielden het stuurwiel vast alsof het de teugels waren van een groots en krachtig dier. Hij had zijn neus zo ver de lucht in gestoken dat zijn kin bijna niet meer te zien was. Hij glimlachte niet, en zwaaide evenmin, hoewel uit het feit dat alle kleur plotseling wegtrok uit zijn toch al grauwe gezicht op te maken viel dat hij Thomas had herkend, en bijna verloor hij de macht over het stuur. L'inglese was terug.

15

THOMAS WAS ER NOG NIET AAN TOE MET DE REST VAN VALENTINA'S familie kennis te maken. Hij wilde met haar naar de oude uitkijktoren waar ze de liefde hadden bedreven. Dus wendden ze het paard het pad af naar de citroenboomgaard. Hoewel het paard de halve weg had lopen dommelen en zijn ene hoef automatisch voor de andere had gezet de maar al te bekende heuvel op, werd het dier nu ineens wakker en keek met een energie die hij anders nooit vertoonde om zich heen. De geuren van de cipressen, rozemarijn en tijm leken zijn zintuigen tot leven te wekken en plotseling kreeg zijn tred iets veerkrachtigs en snoof hij de geurige lucht met welbehagen op. Thomas was niet in staat zijn brandende verlangen te beteugelen. Hij kuste Valentina's hals en haar borst, waar het diepe decolleté van haar jurk de bovenkant van haar deinende boezem liet zien en donker-honingbruin gloeide. Hij woelde met zijn vingers door haar lange, golvende haar en inhaleerde de warme geur van vijgen. Ze lachte haar zachte bubbellach en duwde hem plagerig weg voor het geval iemand hen zou zien.

'De enige die ons eventueel zou kunnen bespieden is de marchese,' zei hij terwijl hij zijn gezicht begroef in de fraaie welving op de plek waar haar schouder overging in haar nek. Even zag hij de fatterige marchese voor zich, die met zijn met vet achterovergekamde haar en waterige oogjes door zijn telescoop tuurde, maar hij zette die gedachte meteen weer van zich af. Hij was het vorige jaar met een ongemakkelijk gevoel uit het vervallen palazzo weggegaan en nu was alleen al het beeld van het gezicht van de oude man genoeg om dat ongemak terug te brengen. Valentina verstrakte en werd ernstig.

'Ik wil door niemand worden gezien, Tommy,' zei ze, waarna ze een blik achterom wierp om te controleren of hun dochter nog in de schaduw lag te slapen. 'Je neemt me mee hiervandaan, hè?' Opeens stond er angst in haar ogen te lezen.

Hij streelde haar wang, schudde zijn hoofd en fronste zijn wenkbrauwen. 'Natuurlijk. Als we eenmaal getrouwd zijn, gaan we naar Engeland. Waar ben je bang voor?'

'Om je weer kwijt te raken,' antwoordde ze schor.

'Ik ga nooit meer bij je weg, zo lang als ik leef,' zei hij plechtig. 'Ik heb deze oorlog alleen maar kunnen overleven omdat ik jou had om voor te leven. Toen had ik jou en Alba, en werd mijn leven waardevoller dan ooit. Ik zal voor je zorgen, dat beloof ik.'

Ze glimlachte en het licht keerde terug in haar ogen. 'Dat weet ik wel. Je hebt geen idee hoeveel ik van je hou. Je hebt geen idee hoeveel pijn dat doet.'

'Het doet mij ook pijn,' zei hij, en voor hen rees de heuvel op naar de oude uitkijktoren, die er nog precies hetzelfde uitzag als de vorige lente. Wat is mijn leven veranderd, dacht Thomas bij zichzelf. En wat ben ik zelf veranderd. Jack had gelijk: ik ben niet langer zoals hij. Mijn leven heeft nu een doel. Ik heb er nooit voor gekozen verantwoordelijkheid te dragen, maar de verantwoordelijkheid heeft mij uitgekozen en nu ben ik daar dankbaar voor.

Hij droeg de kleine Alba in haar mandje naar de ruïne van de toren. Ze sliep nog steeds, met haar handjes naast haar oren en haar hoofdje naar opzij gedraaid. Ze zag er engelachtig uit, als een slapend cherubijntje van Rafaël. Ze had net zo goed op een wolk kunnen liggen, en als ze zich had omgedraaid en haar vleugeltjes had laten zien, zou Thomas daar helemaal niet van hebben opgekeken. 'Ze lijkt precies op jou,' zei hij toen ze in de schaduw gingen zitten. Het windje voerde tegelijk met het aroma van de heuvels de frisse geur van de zee met zich mee, en Thomas had het idee dat hij zich zijn hele leven nog niet zo blij en gelukkig had gevoeld.

'Ik hoop maar dat ze als ze later groot is niet al te veel op mij gaat lijken,' antwoordde ze, maar Thomas schudde zijn hoofd.

'Als dat wel zo zou zijn, mag ze haar handjes dichtknijpen, Valentina.'

'Ik zou niet willen dat zij dezelfde fouten in haar leven maakte als ik.'

'Maar je bent nog zo jong, wat voor fouten zou jij nu gemaakt kunnen hebben?' Hij keek haar lachend aan en ze glimlachte zedig. 'We maken allemaal fouten, toch?'

'Ja, dat is zo. Maar...'

'Het beste wat me ooit is overkomen is dat ik jou heb leren kennen.' Ze sloeg haar armen om hem heen en ze gingen op het gras liggen zoenen. Hoe graag hij ook de liefde met haar wilde bedrij-

169

ven, hij had niet het gevoel dat dat juist zou zijn terwijl hun baby naast hen lag te slapen. Hij concludeerde dat Valentina er ook zo over dacht, want er waren zweetdruppeltjes op haar voorhoofd en neus verschenen en ze ademde zwaar, maar ze moedigde hem niet aan om verder te gaan.

Ze wachtten zo lang mogelijk met terugkeren naar Immacolata's huis. Terwijl de dag langzaam ten einde liep, lagen ze in elkaars armen. Alba werd wakker en Valentina legde haar aan de borst. Thomas was geroerd. Hij had nog nooit een kind bij de moeder zien drinken. Valentina zag er stralend uit, sereen, op de een of andere manier onaanraakbaar. Zolang ze de baby voedde, behoorde ze niet hem toe, maar Alba. Weer voelde hij hoe etherisch ze was, dat ze iets had, wat hij het jaar daarvoor ook had gezien, wat haar buiten zijn bereik bracht. Heel even voelde hij zich bezitterig. Het maakte helemaal niet uit hoeveel ze beweerde van hem te houden, en of het kind dat ze voedde zijn kind was. Het leek alsof een hand zijn hart samendrukte. 'Jezus, Valentina,' zei hij in het Engels. 'Je doet de gekste dingen met me!' Ze draaide haar hoofd naar opzij en keek hem vragend aan. 'Je bent zo mooi,' vervolgde hij in het Italiaans. 'Ik wil je gewoon voor altijd bij me houden.'

Nu lachte ze hem toe. 'Je kent me nog niet, Tommy.'

'Je houdt van citroenen, het donker, de zee en de kleur paars. Toen je een klein meisje was, wilde je danseres worden. Zie je wel?' grinnikte hij. 'Ik weet nog alles van je.'

'Maar je kent me niet.'

'We hebben de rest van ons leven nog om elkaar te leren kennen.' Hij streek haar haar over haar schouders, zodat hij haar gezicht beter kon zien. 'Het wordt het grootste wat ik ooit in mijn leven heb ondernomen.'

'We zullen nog meer kinderen krijgen,' zei ze, terwijl ze het voorhoofd streelde van de drinkende Alba. 'Ik wil dat Alba broertjes en zusjes krijgt. Ik wil niet dat ze enig kind hoeft te zijn. Ik heb in deze oorlog helemaal alleen gestaan. Ik hoop van ganser harte dat ze kan opgroeien in een wereld waar vrede heerst,' zei ze opeens, en haar ogen vulden zich met tranen. 'Oorlog maakt beesten van mannen en maakt vrouwen tot schaamtevolle wezens. Ik wil dat ze alleen het goede in de mens ziet. Dat ze niet cynisch wordt. Dat ze vertrouwen kan hebben zonder dat dat wordt beschaamd. Ik wil dat ze zeker is van wie ze is. Dat ze zelfvertrouwen heeft. Dat ze zich op niemand hoeft te verlaten. Dat ze op eigen benen kan staan en vrij is. In Engeland is dat allemaal mogelijk, toch?'

Thomas wist even niet wat hij moest zeggen. 'Natuurlijk. Daar hebben we immers voor gevochten, Valentina. Voor de vrede. Zodat kinderen als Alba kunnen opgroeien zonder bang te hoeven zijn, in een vrije, democratische maatschappij.'

'Wat ben je toch dapper, Tommy. Ik zou willen dat ik zo dapper was als jij.'

'Dat hoeft niet, want ik ben er om je te beschermen.' Hij volgde met een vinger het glanzend natte spoor van tranen op haar wangen. 'Alba zal opgroeien zonder weet te hebben van de verschrikkingen van de oorlog. Maar we vertellen haar wel hoe dappere mannen hun leven hebben gegeven, zodat ze haar eigen geluk op waarde weet te schatten.' Toen vertelde hij met een kalme, verdrietige stem over Freddie, herinneringen waarover hij in het verleden alleen met Jack had gesproken. 'Mijn broer is gestorven, Valentina. Hij was gevechtspiloot. Niemand had kunnen denken dat hij zou neerstorten. Freddie niet. Hij was ontembaar, was overal boven verheven. Maar op Malta zijn talloze mensen omgekomen; uiteindelijk werd hij gewoon nummer zoveel. Ik heb nooit afscheid van hem kunnen nemen. De dood is een eenzame aangelegenheid, Valentina. Je sterft altijd alleen. Ik zou graag willen geloven dat hij nu bij God is. De waarheid is dat zijn lichaam op de zeebodem ligt en dat ik hem op geen enkele manier eer kan bewijzen.'

Valentina reikte naar voren en raakte zijn hand aan. 'Ik begrijp het, lieve Tommy. Mijn vader en Ernesto, een van mijn broers, zijn ook omgekomen. Zo veel levens zijn verloren gegaan, en toch kun je geen troost vinden in getallen, hè? Mama heeft een schrijn voor mijn vader ingericht, en nu heeft ze er ook een voor Ernesto gemaakt. De kaarsen branden dag en nacht; evenals hun zielen doven ze nooit. In onze herinnering leven ze voort. Meer kunnen we niet doen. Je bewijst je broer eer door hem te gedenken, Tommy. Je moet me over hem vertellen. Je moet me alles vertellen wat je je herinnert, want door hen te gedenken schenken we hun het leven.' Haar gezicht had een rijpheid en wijsheid gekregen die hij nog niet eerder bij haar had gezien. Tot zijn verrassing boden haar woorden hem troost, terwijl die van Jack daar nooit in waren geslaagd.

Uiteindelijk kreeg Thomas honger en wilde Valentina in verband met Alba graag naar huis. Ze klommen weer op de wagen en het paard, dat had staan slapen in de schaduw van een knoestige eucalyptus, sjokte met tegenzin naar het pad.

Valentina waarschuwde Thomas dat haar broers waren teruggekeerd uit de oorlog. Ludovico en Paolo, de twee die door de Britten krijgsgevangen waren gemaakt, zouden niet vervelend doen nu de oorlog voorbij was, en ze waren in hun gevangenschap goed behandeld, maar dat zou niet gelden voor Falco. Hij was partizaan geweest, legde ze uit, en was een duister, grillig en getroebleerd man. 'Hij zit ingewikkeld in elkaar,' zei ze. 'Dat is altijd al zo geweest, van jongs af aan. Mama zegt dat dat komt doordat hij als oudste kind altijd verwachtte dat er van hem meer zou worden gehouden dan van de rest, en dat hij teleurgesteld was en jaloers werd toen dat niet zo bleek te zijn. Hij heeft een vrouw, Beata, en een zoontje van vijf dat Toto heet. Je zou denken dat de liefde van een vrouw en een kind dat hem op handen draagt zijn hart wel zouden verzachten, maar zo is het niet gegaan. Hij is nog even kil en wantrouwend als altijd.'

Thomas keek er niet bepaald naar uit Falco te ontmoeten. Nu hun vader niet meer leefde, was hij het hoofd van de familie. Maar aan de andere kant, redeneerde hij, hoe moeilijk kon hij nou eigenlijk zijn? Ze hadden aan dezelfde kant gestreden. Als er iemand wrok tegen hem zou koesteren, was dat eerder te verwachten van de andere twee, die aan de kant van de Duitsers hadden gestaan.

Toen ze het huis naderden, dreef de geur van vijgen hem weer tegemoet en moest hij denken aan zijn eerste bezoek van een jaar geleden. Als een vleermuis schoot Immacolata naar buiten; ze knipperde met haar ogen in het licht en wrong haar handen. Ze was duidelijk geagiteerd. 'Waar hebben jullie gezeten? Ik heb me enorm zorgen gemaakt!'

'Mama!' zei Valentina lichtelijk verontwaardigd. 'We zijn alleen maar met Alba naar de uitkijktoren geweest.'

'Falco kneep 'm behoorlijk. Hij praatte me allerlei onzin aan.'

'Mijn excuses, signora,' zei Thomas terwijl hij Valentina uit de wagen hielp. 'We wilden de middag samen doorbrengen.'

Op dat moment kwam Falco naar buiten en hij ging naast zijn moeder staan. Hij was een ruig uitziende man, verruwd door jarenlange strijd, met diepliggende, heel donkerbruine ogen en een dikke, verweerde huid. Met zijn lange krulhaar en peinzende blik was hij zonder meer knap te noemen. Thomas merkte onmiddellijk op dat hij lang en breedgeschouderd was, en dat hij enigszins mank liep – waarschijnlijk vanwege een verwonding uit zijn gewelddadige verleden als partizaan. Hij betwijfelde of hij wel goed zou kunnen vechten. Hij probeerde te glimlachen, maar de man, die er ouder uitzag dan zijn dertig jaren, keek hem alleen maar dreigend aan. 'Je moet oppassen,' gromde hij, en zijn stem was diep en gruizig als zand. 'De oorlog mag dan afgelopen zijn, maar in de heuvels wemelt het van de bandieten. De mensen verrekken nog steeds van de honger. Je hebt geen idee hoe we hier in Incantellaria van geluk mogen spreken. Daarachter ligt een duistere en gevaarlijke wereld.'

Thomas raakte meteen geërgerd omdat Falco impliceerde dat hij naïef was. 'Er is ons niets overkomen, kan ik je verzekeren,' antwoordde hij koel.

Falco lachte hem toe. 'Je kent die heuvels niet. Ik ken ze als mijn broekzak. Met mijn ogen dicht kan ik de weg vinden langs elke rots en struik. Je zou er nog van staan te kijken wat voor demonen daar op de loer liggen. Want soms doen ze zich helemaal niet voor als demonen.'

Valentina legde haar hand op Thomas' arm en zei: 'Luister maar niet naar hem. Waar wij zijn geweest waren geen demonen. De enige demonen die zich in de heuvels ophouden zijn die in Falco's hoofd.' Thomas boog zich over de wagen en pakte het Mozesmandje. Valentina liep rakelings langs haar moeder en broer heen het huis binnen.

'Valentina weet wel waar ik het over heb, al is ze zo koppig als een ezel.' Thomas wilde iets zeggen om Valentina te verdedigen, maar hij zag dat Immacolata's gezicht pijnlijk vertrok en koos in plaats daarvan voor een vredige oplossing. Hij stak Falco zijn hand toe.

'De oorlog is voorbij,' zei hij. 'Laten we hier geen nieuwe beginnen.'

Falco's mond veranderde in een rechte streep, maar hij pakte zijn hand aan. Thomas voelde zijn ruwe, eeltige huid, maar zijn greep, die de ferme handdruk was van een man die zichzelf volkomen onder controle heeft, had iets geruststellends. Toch glimlachte hij niet en zijn ogen waren donker en ondoordringbaar, zodat Thomas geen idee had wat er in hem omging. Immacolata, die naar de achtergrond werd gedrongen door de aanwezigheid van haar zoon, was niet langer de almachtige matriarch die ze tevoren was geweest. Ze had duidelijk ontzag voor hem, zo niet enige angst. Maar ze was blij dat ze een wapenstilstand hadden gesloten.

'God heeft jullie samengebracht door Valentina. Laten we gaan eten en vriendschap sluiten.'

Het duurde niet lang voordat de rest van de familie zich liet zien. Ludovico en Paolo, die nog steeds bij hun moeder woonden, waren heel anders dan hun oudere broer. Terwijl de door de strijd vermoeide partizaan donker en koud was als een winternacht, waren zij warme stralen zomerzonneschijn. Het viel nog niet mee hen uit elkaar te houden, want ze waren allebei klein, taai en sportief gebouwd, met lichtbruine ogen net als hun zus, en een scheve, ondeugende grijns. Ze bezaten niet de magnetische uitstraling van hun broer of diens fraaie trekken, maar ze waren amusant en hun lach had op hun jeugdige gezichten diepe, aantrekkelijke lijnen geëtst. Hoewel ze tegen de geallieerden hadden gevochten, schudden ze Thomas de hand en sloegen hem op de rug, terwijl ze grapjes maakten over dat hij hun Valentina ontnam en haar kwam redden van een bont geschakeerde reeks arme Italiaanse vrijers.

Beata arriveerde voor het eten, samen met Toto. Ze was een goedhartige vrouw, die overduidelijk niet op de hoogte was van wat haar man in de oorlog had uitgevoerd. Ze was een eenvoudig boerenmeisje, dat voornamelijk aandacht had voor haar kind en het bereiden van de eerstvolgende maaltijd. Omdat ze een beetje angstig was voor de vreemdeling schudde ze hem niet eens de hand, maar ze sloeg haar ogen neer en nam haar plaats in aan de lange tafel onder de druivenranken waar Immacolata het jaar tevoren aan het hoofd had gezeten. Haar zoon zat naast haar en leunde met zijn hoofd tegen zijn moeder aan, veilig onder haar beschermende arm genesteld. Als een volgzaam, oplettend dier keek Beata knipperend met haar ogen om zich heen; ze luisterde naar wat er gezegd werd, maar nam niet aan het gesprek deel. Falco keek amper naar haar en richtte al helemaal niet het woord tot zijn echtgenote. Beata was duidelijk de mindere van deze dominante man met zijn maar al te duidelijke meningen. Thomas was blij dat hij op tijd was gekomen om Valentina een dergelijk lot te besparen.

Immacolata maakte in hun gesprek van tijd tot tijd toespelingen op het geloof. Ze leek Gods oor te bezitten, want ze wist precies wat Zijn bedoelingen waren, waarom Hij had toegestaan dat er oorlog was uitgebroken, en zelfs waarom Hij haar man en zoon tot Zich had genomen. God was voor haar de enige manier om lijn in de zaken te ontdekken. Misschien deed het minder pijn als je geloofde in de wil van God, als een kind dat zonder meer vertrouwen stelt in wat zijn ouders doen. Thomas kon amper geloven dat de vrouw die haar personeel in de Trattoria Fiorelli had afgeblaft dezelfde was als deze onderworpen moeder met haar zachte stem, die in de schaduw van haar oudste zoon kleiner leek te zijn geworden. Als Lattarullo haar nu eens kon zien, dacht hij geamuseerd, zou hij niet langer zo bang voor haar zijn.

Na afloop van de maaltijd ruimden Valentina en Beata de tafel af en brachten de borden naar de keuken. Toto liep achter hen aan met wat klein spul dat niet al te zwaar was. Hij was een mooi kind, met grote bruine ogen en een volle, zinnelijke mond waarvan de hoeken in stilzwijgende geamuseerdheid krulden. Hij was duidelijk dol op zijn grootmoeder, die met plechtige affectie zijn gezicht streelde en hem kuste.

Het was donker geworden. Motten fladderden rond de stormlantaarns en het krekelkoor klonk op vanuit de bosjes en bomen. Thomas stak een sigaret op en keek toe hoe de rook opsteeg op de koele lucht en kronkelde toen er vanuit zee een briesje opstak. Hij hoorde Beata en Valentina lachen in de keuken. Aan tafel had niemand gelachen en Immacolata leek haar gevoel voor humor al een hele tijd geleden te zijn verloren. Het was hartverwarmend om te horen dat ze zo vrolijk waren. Hij stelde zich voor dat ze het over hun kinderen hadden, elkaar vertelden wat ze die dag hadden gedaan, of dat ze misschien een grapje maakten ten koste van de mannen – hij wist het niet. Hij merkte dat Valentina Falco op de een of andere manier kwaad maakte. Hij nam haar met tot spleetjes geknepen ogen op en hij keek haar zo afkeurend aan dat het aan haat leek te grenzen. Valentina – dat sprak in haar voordeel – trok zich er niets van aan. Toen hij probeerde haar te kleineren, gaf ze geamuseerd antwoord en rolde met haar ogen. Thomas was trots op haar. Hij wist nog goed hoe ze had gedanst op het festa di Santa Benedetta; toen had ze ook al zo'n verrassende levenslust getoond. Hij keek met slaperige ogen door de rook op haar neer en besefte dat ze gelijk had: hij kende haar amper.

Uiteindelijk maakte de familie zich op om naar bed te gaan. Immacolata knielde neer voor de schrijnen voor haar man en zoon en mompelde een onverstaanbaar gebed. Nadat ze nadrukkelijk een kruis had geslagen wenste ze hun welterusten. Vervolgens pakte ze Thomas' hand en bedankte hem omdat hij was teruggekomen. 'Jij zult mijn Valentina meenemen naar een plek waar het beter is,' zei ze plechtig, terwijl ze hem met zachte, deegachtige vingers beklopte. 'Morgen kun je kennismaken met padre Dino. Hoe sneller jullie getrouwd zijn, hoe beter.'

Valentina gaf haar verloofde zedig een kus op de wang, maar Thomas kon aan de glinstering in haar ogen wel zien dat ze niets liever wilde dan dat hij bij haar in bed zou komen liggen. 'Tot morgen, lief,' fluisterde ze, waarna ze in de schaduwen verdween. Hij dacht dat hij Lattarullo hoorde aankomen in de auto die hij kennelijk deelde met de rest van de stad, en liep naar het raam. Achter hem zat Falco in zijn eentje op het terras te roken, met alleen de nachtdieren en krekels om hem gezelschap te houden. Hij zag er gekweld uit, zoals hij over de tafel gebogen zat, terwijl de vlam in een van de stormlantaarns het laatste beetje was verbrandde. Beata was teruggegaan naar hun huis, een eindje lopen door de olijfgaard in het maanlicht. Thomas vroeg zich af waarom hij niet met zijn vrouw en kind was meegegaan.

Buiten was er echter geen spoor van Lattarullo te zien. Hij had zeker het gebulder van de zee in de verte gehoord, of de galm van de bommen die maanden geleden waren afgeworpen en waarvan het geluid nog steeds in zijn oren en dromen naklonk. Hij trok zich terug van het raam. Omdat hij geen zin had om bij Falco te gaan zitten, pakte hij binnen in het donker een stoel en stak een sigaret op. Hij keek hoe de flakkerende kaarsen Immacolata's schrijnen voor haar man en zoon verlichtten, zodat het verguldsel op de heiligen-afbeeldingen glinsterde. Het duurde niet lang of hij hoorde stemmen vanaf het terras. Hij herkende Valentina's stem. Onder dekking van de schaduwen keek hij naar het terras buiten, waar ze voor haar broer stond met haar handen in protest geheven, haar stem een nijdig gesis. Ze spraken zo snel en zo zachtjes dat Thomas er geen woord van kon verstaan. Hij spitste zijn oren tot ze er pijn van deden, maar nog steeds kon hij er geen touw aan vastknopen. Opeens sprong Falco overeind, boog zich over de tafel en beet haar woedend iets toe, met zijn handen als twee grote leeuwenklauwen op het tafelblad. Ze diende hem fel van repliek, haar kin geheven, haar gezicht trots, haar ogen schitterend en vlammend. Thomas dacht nogmaals terug aan haar dans op straat op die avond van het festa. Toen had ze datzelfde licht in haar ogen gehad.

De anders zo zwijgzame, kuise Valentina had een vuur in zich dat ze maar zelden liet zien. Nu ze kwaad was zag ze er nog mooier uit dan anders, en Thomas' bloed begon sneller te stromen bij de aan-blik van haar priemende ogen en hooghartige glimlach, die nog eens versterkt werden door het inmiddels spookachtige geflakker van de dovende kaars. Hij hield zijn adem in toen hij de duizeling-wekkende sensatie ervoor van een nieuwe golf van verliefdheid. Hij vroeg zich af of ze ruziemaakten over hem. Misschien verweet Falco haar wel dat ze verliefd was geworden op een buitenlander. Tho-mas was zo wijs om zich erbuiten te houden; het zou trouwens toch niet lang meer duren of ze zou Incantellaria en haar bokkige, wrok-kige broer achter zich laten.

Ten slotte maakte het gerammel van Lattarullo's auto hem erop attent dat de carabiniere was gearriveerd. Thomas stond op en haastte zich stilletjes de deur uit. Hij wilde niet dat Falco en Valentina in de gaten zouden krijgen dat hij hun woordenwisseling had gehoord.

In de auto deed Lattarullo hem breedvoerig het relaas van zijn eigen trouwdag. 'Maar helaas,' zei hij, zonder verdrietig te klinken, 'heeft mijn vrouw me jaren geleden verlaten. Een persoonlijke tragedie die niemand anders treft dan mijzelf.' Thomas luisterde niet. 'De oorlog heeft me geleerd dat er dingen zijn die veel belangrijker en betekenisvoller zijn dan vrouwen.'

Toen Thomas eenmaal terug was in de trattoria, kleedde hij zich uit om naar bed te gaan. Immacolata had een grote kan water naast een waskom gezet, waarin hij zich nu waste. Hij pakte het kleine stukje zeep op en dacht terug aan het bad dat hij met Jack in het riviertje had genomen. Hij haalde zich Valentina voor de geest zoals hij haar de allereerste keer had gezien, gekleed in die maagdelijk witte jurk die zich zo mooi naar haar slanke jonge lichaam voegde. Hij zag weer hoe de zon achter haar had gestaan en haar benen in silhouet werden afgetekend.

Hij lag wakker naar het plafond te staren, piekerend over het tafereel waarvan hij zojuist getuige was geweest en de implicaties daarvan. Buiten danste het briesje tussen de cipressen en fluisterde speels met een zilte adem aan zijn raam. Hij lag te malen, had het warm en voelde zich ongemakkelijk, en hij wilde niets liever dan Valentina en hun kind beschermen. Niemand zal voorkomen dat ik hen allebei meeneem naar Engeland, dacht hij kwaad. Al moet ik ervandoor sluipen als een dief in de nacht.

16

PADRE DINO HAD DE DONKERE, GRUIZIGE STEM VAN EEN BEER, DIE opklonk vanuit de klankkast van zijn bolle buik. Zijn gezicht was vrijwel helemaal overdekt met dicht grijs haar, dat van zijn kin en wangen neerviel tot op zijn borst en eindigde in sprietige klitten die op pootjes leken. Als hij sprak bewoog al dat haar mee als een schurftig dier en leek het helemaal niet of hij zijn baard uit vrije wil had laten staan. Het zag er niet fris uit en Thomas had ergens het idee dat hij, als hij onverhoeds te dicht bij de man zou komen, door een uiterst onaangename geur zou worden getroffen. Verrassend genoeg waren de ogen van de padre boven zijn baard langgerekt en fraai getekend, en ze hadden een heel mooie kleur groen; licht, iriserend, als een mossige poel overgoten door de zon.

De priester kwam op de fiets. Het mocht een wonder heten dat zijn lange zwarte toga niet tussen de spaken kwam, waardoor hij een akelige smak zou kunnen maken. Hij kwam na de inspanning die het hem had gekost om de heuvel op te trappen hijgend en puffend het terras op schuifelen. Maar toen Immacolata hem wijn aanbood, leefde hij op en het weinige wat van zijn wangen te zien was kreeg de kleur van pruimen. 'Gezegend zij de Maagd en alle heiligen,' zei hij terwijl hij in de lucht een kruis sloeg. Thomas ving Valentina's blik, maar haar gezicht stond plechtig, eerbiedig.

Thomas keek even naar Falco en moest weer denken aan de verhitte woordenwisseling met zijn zus van de avond tevoren. In aanwezigheid van padre Dino was hij zwijgzaam en berustend, hoewel zijn gezicht nog steeds nors stond. Beata stond naast Toto, die, zo stelde Thomas zich voor, zijn gedachten over de baard van de oude man wel leuk zou vinden. Kinderen zagen al snel het groteske van dingen in en konden erom lachen. Ze vonden niets zo leuk als de spot met mensen drijven, ware het niet dat hun ouders hun al fluks leerden dat het niet netjes was om te wijzen en te staren. Paolo en

Ludovico, wier gevoel voor humor de afgelopen avond de conversatie aan tafel sjeu had gegeven, waren ongewoon ernstig. Padre Dino's komst had hen allemaal veranderd. Thomas voelde zich opeens schuldig vanwege zijn oneerbiedige gedachten. Deze man zou hen tenslotte in de echt verbinden.

'Ik herken u nog van het festa di Santa Benedetta,' zei padre Dino tegen Thomas, terwijl hij zijn hand uitstak.

'Dat was een heel bijzondere gebeurtenis,' antwoordde Thomas, die op de juiste toon probeerde te antwoorden. 'Ik vond het een eer om eraan deel te nemen.'

'Het was niets minder dan een wonder,' zei padre Dino, 'en door wonderen worden we herinnerd aan Gods almacht. In tijden van menselijke conflicten is het belangrijk te beseffen dat God machtiger is dan wij, al zijn onze wapens nog zo efficiënt en zijn onze legers nog zo sterk. God heeft Zichzelf kenbaar gemaakt in het bloed van Christus' tranen, en dat zal Hij weer doen wanneer we, zoals elk jaar, dit gewijde en meest heilige aller wonderen vieren.'

'Zit het festa er weer aan te komen?' vroeg Thomas, zich tot Valentina wendend. Padre Dino antwoordde in haar plaats, zoals hij steeds zou blijven doen in zaken die God betroffen.

'Aanstaande dinsdag. Misschien zal God het gepast oordelen jullie huwelijk en toekomst samen te zegenen,' zei hij plechtig. Vervolgens trok er een schaduw over zijn voorhoofd. 'Jullie hebben een kind op de wereld gezet.'

'Alle kinderen zijn een zegening, padre Dino,' kwam Immacolata tussenbeide, en ze stak haar kin naar voren. Vanwege Immacolata's afstamming, haar directe relatie met Santa Benedetta, die 254 jaar geleden de eerste was geweest die getuige was van het wonder, achtte padre Dino haar zeer hoog.

'Inderdaad zijn alle kinderen een zegening. Maar' – hij fronste weer zijn wenkbrauwen en keek Thomas recht aan – 'God moet wel Zijn zegen aan jullie vereniging hechten, zodat jullie kinderen het voortbrengsel worden van een gewijd huwelijk en niet van ongewijde nonchalance. Maar God is vergevensgezind, nietwaar? In tijden van oorlog is het soms onmogelijk in dat opzicht Gods weg te volgen.' Na die woorden lachte hij en de lucht om hem heen kwam in beweging. 'Gods weg is niet altijd makkelijk te volgen. Als dat wel zo was, zouden we allemaal linea recta naar de hemel gaan en had ik geen werk meer.'

'Tommasino (zoals Immacolata haar aanstaande schoonzoon nu noemde) is een jongeman van eer; dat wist ik al meteen zodra ik hem zag. Bij zijn vriend had ik dat idee helemaal niet.'

'Die man met dat eekhoorntje?' zei Valentina lachend. Padre Dino trok een verbaasd gezicht.

'Ja, die met dat eekhoorntje,' zei Immacolata. 'Kom, laten we eten en drinken om hun toekomst te vieren en de Heer danken dat ze niet verliefd is geworden op hém.'

Nadat padre Dino een onnodig lang gebed had afgewerkt, nam Thomas plaats naast zijn aanstaande, tegenover de priester. Zijn gedachten gingen naar Jack en hij hoopte maar dat die eraan had gedacht zijn brief naar zijn ouders te sturen, waarin hij hun liet weten dat hij was teruggegaan naar Italië en dat hij van plan was zijn bruid en kind mee naar Beechfield Park te nemen zodra ze getrouwd waren. Hij stond er geen moment bij stil dat zijn ouders zijn keus zouden kunnen afkeuren. Het feit dat hij de oorlog had overleefd moest maar opwegen tegen een minder geschikte huwelijkspartner.

Thomas pakte Valentina's hand. Eerst probeerde ze die los te wurmen, want ze werd heen en weer geslingerd tussen respect tonen voor de priester en haar hernieuwde verlangen heel dicht bij Thomas te zijn. Na een poosje gaf ze haar verzet op en liet ze Thomas haar hand onder tafel, waar niemand het kon zien, stijf vasthouden.

Opeens klonk er een diep gerommel vanuit de buik van de priester. Padre Dino deed alsof er niets aan de hand was. Maar Immacolata's gezicht verzachtte zich terwijl ze haar geamuseerdheid probeerde te verbergen. Het geluid klonk nog een keer. Het begon zachtjes, nam halverwege in volume toe en daalde dan weer, waarna het overging in geborrel. De priester schoof ongemakkelijk op zijn stoel. Immacolata bood hem nog wat wijn aan. Normaal gesproken zou hij die hebben afgeslagen. Het was een warme dag, de zon brandde aan de hemel, de loomheid van de middag had hem al in haar greep gekregen en kreeg nu invloed op zijn concentratievermogen. Maar hij pakte zijn glas en hield het op terwijl Immacolata inschonk. Toen het geluid niet alleen toenam qua volume, maar ook qua frequentie, sloeg de arme priester de inhoud van het glas in één keer achterover. Op zijn voorhoofd en neus parelden zweetdruppeltjes, die glinsterden in het licht. Hij begon met stemverheffing te spreken en zijn baard kwam onrustig in beweging, waarbij de kleine klauwtjes naar zijn soutane grepen terwijl hij zijn hoofd van de ene naar de andere kant bewoog. Hij had het niet langer over Gods grote macht en bedoelingen, maar stapte over op meer aardse zaken zoals prosciutto en pruimen. Keer op keer borrelde de wijn vanuit zijn buik omhoog, totdat Toto's onschuldige stemmetje uiteindelijk verwoordde wat ze allemaal dolgraag hadden willen zeggen. 'Padre Dino?' vroeg hij met een ondeugende glimlach.

'Ja, mijn kind?' antwoordde de priester met opeengeklemde kaken.

'Hebt u een hond ingeslikt?'

Het verraste Thomas dat Falco opeens bulderde van het lachen. Padre Dino excuseerde zich en ging naar binnen, waar hij een hele poos bleef. Immacolata slaakte een diepe zucht. 'Die arme padre Dino,' zei ze. 'Hij werkt veel te hard.'

'En hij eet te veel,' zei Ludovico.

'Het is niet zo slim om een hond op te eten,' voegde Paolo eraan toe. 'Zo'n beest is niet te verteren!' De broers moesten lachen. Falco sloeg zijn glas wijn met een luidruchtige slok achterover en veegde vervolgens met de rug van zijn hand zijn mond af.

'Ik heb medelijden met de arme ziel die na hem naar de wc moet,' zei hij, en zijn broers barstten weer in lachen uit.

'Ophouden nu!' zei Immacolata, en haar toon deed weer denken aan die van de krachtdadige oude vrouw die Thomas het jaar tevoren in de Trattoria Fiorelli had leren kennen. 'Hij is een man Gods. Toon een beetje respect!' Maar nu de jongens eenmaal moesten lachen, was er geen houden meer aan.

Na de lunch ging padre Dino er ijlings op zijn fiets vandoor, hoewel Immacolata hem tactvol een stoel in de schaduw aanbood, waar hij de middag in stille overpeinzing zou kunnen doorbrengen, met uitzicht op de zee. Maar hij vertrok slingerend op zijn fiets over de onverharde weg, en Thomas en Valentina hoopten maar dat hij veilig in de stad zou aankomen, zodat hij in staat zou zijn hen de week daarop, na het festa di Santa Benedetta, in de echt te verbinden.

Later, toen Valentina Alba de borst gaf, haalde Thomas zijn papier en pastels te voorschijn en maakte een tekening van hen. De middaghitte was niet meer zo intens en het licht was zacht en aangenaam toen de dag langzaam ten einde liep en de avond zich aankondigde. Een fluistering van een briesje kwam aandrijven vanuit de zee en voerde de frisse geuren van de heuvels en de belofte van een toekomst ver weg op een andere kust met zich mee. Alba, die een dun wit jurkje droeg, lag tegen haar moeders buik aan haar gezwollen borst te drinken. Valentina klemde haar dicht tegen zich aan en hield telkens haar hoofd schuin om naar haar dierbare kind te kijken. Haar gezicht had een warme uitdrukking, vol liefde voor het wezentje dat ze ter wereld had gebracht. Haar ogen vloeiden over van trots, en van de droeve blik die Thomas op zijn vorige tekening had vastgelegd was niets meer te zien. Nu ze zo vol verwachting naar de toekomst uitkeek, was haar schoonheid nog onaardser en leek ze nog meer buiten zijn bereik, want het voetstuk waarop hij haar had gezet was zo hoog dat haar hoofd schuilging in de wolken.

Thomas begon over hun toekomst te praten. Hij beschreef het huis waar ze zou komen te wonen en het dorp waar ze de toon zou gaan aangeven. 'In Beechfield worden ze vast allemaal dol op je,' zei hij, en hij stelde zich de bewonderende en jaloerse blikken voor als hij haar zou voorstellen aan zijn vrienden en familie. 'Ik geloof niet dat de bewoners van Beechfield ooit een echte Italiaanse hebben gezien. Ze denken natuurlijk dat alle Italianen zo knap zijn als jij, maar daar vergissen ze zich dan mooi in. Jij bent uniek.'

'O, ik sta te popelen om hier weg te gaan,' antwoordde ze met een zucht. 'Het is hier te klein voor me geworden. Ik kan amper nog mijn benen strekken.'

'Denk je niet dat je je familie zult gaan missen?' vroeg hij, en hij tekende de lijn van haar kaak, die voor zo'n lief gezicht verrassend krachtig en hoekig was.

'Falco zal ik in elk geval niet missen!' zei ze vrolijk lachend. 'Wat is hij toch oliedom. Ik vraag me af wat er van hem terecht moet komen. Als je het mij vraagt vindt hij het niet makkelijk om zich aan het naoorlogse leven aan te passen. Volgens mij vindt hij het veel fijner om tegen zijn eigen mensen te vechten en zich in de struiken te verstoppen dan om in vredestijd met zijn familie te zitten eten.'

'Hij is een gekweld mens. Misschien zou je moeten proberen hem te begrijpen,' opperde hij diplomatiek, en hij kleurde de schaduw in die haar kin op haar hals wierp.

'Waarom zou ik?' antwoordde ze geprikkeld. 'Hij doet ook zijn best niet om mij te begrijpen.' Opeens betrok haar gezicht. Thomas kreeg het idee dat dat wel eens iets te maken zou kunnen hebben met haar woordenwisseling met Falco van de vorige avond.

'Hij heeft dapper gestreden. Hij heeft gevochten voor allemaal goede dingen. Er is niets mis mee om tegen je eigen landgenoten te strijden wanneer dat in dienst staat van de vrede.'

'Hij denkt dat hij beter is dan een ander. Hij meent dat hij het recht heeft om zich met mijn leven te bemoeien. Nou, hij kent me niet eens meer! De oorlog verandert mensen, en heeft mij ook veranderd. Ik mag dan zelf niet in de frontlinies hebben gestreden, maar dat betekent nog niet dat de oorlog langs me heen is gegaan. Ik heb op mijn eigen manier moeten zien te overleven. Ik ben niet trots op mezelf, maar ik heb het gered en heb zo goed mogelijk voor mama gezorgd. Nee, hij heeft geen flauw idee wat ik heb moeten doorstaan.' Haar voorhoofd rimpelde zich toen ze haar wenkbrauwen fronste. 'Hij heeft zich schuilgehouden in de bosjes. Hoe kan hij nou denken dat hij zomaar weer aan kan komen zetten en de plaats van onze vader aan het hoofd van het gezin kan innemen? Hij was er niet toen we hem nodig hadden.'

Thomas begreep niet precies waar ze het over had. Hij had het gevoel dat hij midden in een gesprek viel en dat het belangrijkste gedeelte hem was ontgaan. 'Maak je geen zorgen,' zei hij, terwijl hij zich nu concentreerde op Alba's mooie hoofdje. 'Straks zit je ver weg en kan niemand je meer de wet voorschrijven.'

'Jij ook niet?' zei ze met een glimlach.

'Ik zou niet durven!' Hij lachte en was blij dat haar gezicht niet langer duister en zorgelijk stond.

Toen hij de tekening af had, hield hij hem omhoog zodat zij hem kon bekijken. Onder het portret had hij geschreven: *Valentina en Alba, 1945, door Thomas Arbuckle. Nu hou ik van twee mensen.* Haar gezicht bloeide op als een zonnebloem die de zon ziet en ze bracht haar vingers vol ontzag naar haar lippen. 'Wat prachtig,' zei ze zacht. 'Wat heb jij een talent, Tommy.'

'Nee, jij inspireert me, Valentina. Jij en Alba. Ik geloof niet dat ik ooit zo'n goede tekening heb gemaakt van Jack, of van Brendan!'

'Er is niets op aan te merken. Ik zal hem voor altijd bewaren. Pastelkrijt verkleurt toch niet?'

'Ik hoop het niet.'

'Ik wil dat Alba dit op een dag te zien krijgt. Het is belangrijk voor haar om te weten hoeveel er van haar wordt gehouden.'

Ze legde Alba tegen haar schouder en klopte haar met haar lange bruine hand zachtjes op haar ruggetje. Toen hij zich bukte, hief ze haar kin en bracht haar lippen naar hem omhoog. Hij liet zijn lippen een lang moment op de hare rusten en wenste dat ze de rest van de avond in bed konden doorbrengen, in elkaars armen. Met een zucht maakte hij zich van haar los.

'Binnenkort zijn we getrouwd,' zei ze, zijn gedachten radend. 'Dan kunnen we de rest van ons leven tegen elkaar aan liggen.'

'Als God het wil,' voegde Thomas eraan toe, want hij wilde het lot niet tarten.

'God zal ons zegenen. Dat zul je zien. Hij zal tranen van bloed plengen op het festa di Santa Benedetta, en daarna beginnen we aan de rest van ons leven, hier ver vandaan.' Ze wierp een blik op haar ouderlijk huis. 'Ik zal het niet missen,' zei ze. 'Maar misschien dat het mij zal missen.'

Maar één keer konden ze naakt bij elkaar liggen, 's ochtends vroeg in de citroenboomgaard, terwijl het stadje onder hen lag te slapen. Daar, in het bleke licht van de opkomende zon, tekende Thomas haar voor de derde en laatste maal. En dat portret was zo intiem dat hij bedacht dat hij het aan niemand zou laten zien. Toen hij het haar overhandigde, moest ze blozen, maar aan de schittering in haar ogen zag hij wel dat ze het mooi vond. 'Dit is míjn Valentina,' zei hij trots. 'Mijn geheime Valentina.' En Valentina rolde het papier op, zodat dat ook zo zou blijven.

Thomas was zo vaak mogelijk samen met Valentina en hun dochtertje. Maar hij moest ook loze tijd in zijn eentje zien door te komen wanneer Valentina samen met haar moeder en signora Ciprezzo aan haar bruidsjurk werkte. Tijdens die lange, warme uren zat hij buiten voor de trattoria te kijken naar de kinderen die speelden op de kade, de vissers die hun netten boetten, of de zee op zeilden om ze uit te werpen. Dan kwamen ze terug met tonnen vol met vis, die ze verkochten in de plaatselijke winkel of verder het binnenland in, waar nog steeds grote schaarste heerste. De kinderen kwamen eromheen staan en keken toe terwijl ze hun vangst aan land brachten, en soms ontsnapte er per ongeluk een klein visje en gristen ze dat weg om ermee te spelen voordat de vissers het in de gaten kregen en hen tot de orde riepen. Op zulke momenten dronk hij een borrel met Lattarullo of met il sindacco, die als hij zijn benen over elkaar sloeg fraai gepoetste zwarte schoenen bleek te dragen, onder een smetteloos geperste broek.

Als hij alleen was, keek Thomas naar het opkomende en afnemende tij, waarbij het water zachtjes over de kiezels speelde. Hij stelde zich dezelfde kust voor, maar dan duizenden jaren geleden. Voor het eerst werd hij zich bewust van de niet-aflatende wisselvalligheid van de menselijke natuur en van zijn eigen sterfelijkheid. Ooit, dacht hij, zal ik niets meer zijn dan zand op een strand, en ook dan zullen de jaren verstrijken, zal het tij afnemen en opkomen, en zullen daar andere mensen naar kijken.

Uiteindelijk brak de dag van het festa di Santa Benedetta aan. Het was een prachtige ochtend. De hemel was blauwer dan Thomas hem ooit had gezien en leek wel gevuld met piepkleine deeltjes toverstof die glinsterden in de zon. Hij bleef een poosje verwonderd naar al die pracht staan kijken en wist zeker dat als er een God bestond, Hij hier moest zijn. De lucht was fris en zoet, en het briesje vanuit zee voerde een bedwelmende geur van anjers met zich mee. Toen hij omlaag keek naar het strand, wachtte hem een heel bijzondere aanblik. Het was eb, zodat het kiezelstrand breed en open was, en als door een wonder was het overdekt met een sprankelend tapijt van roze anjers. De bloemen blonken en schitterden terwijl de wind door hun blaadjes speelde, zodat die fladderden als vleugeltjes. Boten die vlak voor de kust in het water hadden gelegen waren nu aan wal gebracht en lagen te midden van deze verrukkelijke, geurige bloemenweide. Thomas kleedde zich ijlings aan en bleef met de rest van de stadsbewoners met stomheid geslagen naar zoveel onaardse pracht staan kijken. Niemand zei iets; dat durfden ze geen van allen, voor het geval de magie zou verdwijnen als die met zoveel woorden zou worden benoemd.

Hoe de bloemen daar waren gekomen wist niemand. Als de vloed opkwam, zouden ze door het water worden meegevoerd, en zou iedereen zich alleen nog maar kunnen afvragen of het echt was gebeurd of dat ze het zich allemaal hadden verbeeld. Thomas vouwde zijn handen achter zijn hoofd en glimlachte van oor tot oor. Als je dit ziet, Freddie, mag ik hopen dat jij er net zo blij van wordt als ik, dacht hij verzaligd. Vandaag is het festa di Santa Benedetta. Dit is vast een vingerwijzing van God. Morgen gaan we trouwen. Na het bloedbad van de oorlog kunnen we nu werken aan een langdurige vrede. Onze toekomst staat geschreven in bloemen.

Maar de oude Lorenzo krabde aan zijn kin en schudde zijn hoofd. 'De anjer is een symbool van de dood,' merkte hij duister op, zodat alleen Thomas het kon horen. 'Als elke bloem symbool staat voor een mens, komen we binnenkort met z'n allen om.'

Thomas schonk geen aandacht aan de gruwelijke voorspelling van de oude man en hield zich liever bij de zijne. Het zou niet lang duren voordat de mare van het nieuwste *miracolo* de ronde had gedaan. Padre Dino arriveerde om het met eigen ogen te aanschouwen en rekende het tot de andere kleine wonderen die zich in Incantellaria hadden geopenbaard. Lattarullo krabde verdwaasd in zijn kruis, terwijl il sindacco overwoog een paar bloemen mee naar huis te nemen voor zijn vrouw. Immacolata en haar gezin kwamen de heuvel af zodra ze het nieuws hadden gehoord. Valentina hield Thomas' hand vast terwijl ze neerkeken op het visioen van hun toekomst, en hun hart stroomde over van vreugde.

Toen werd Thomas' aandacht afgeleid door een plotselinge schittering vanaf de heuveltop, een heel eind in de verte. Het duurde even voordat hij besefte dat het de marchese was, die hen vanaf zijn terras door zijn telescoop bekeek. Keek hij op dat moment ook naar hen, of verwonderde hij zich alleen maar net als iedereen over de ongelofelijke aanblik van de anjers?

Die avond ervoer Thomas een scherp gevoel van déjà vu toen hij met Valentina in het kapelletje van San Pasquale zat. Samen met de rest van haar familie wachtten ze tot het bloed uit Christus' ogen zou stromen. Immacolata, gehuld in het traditionele zwart dat ze sinds de dood van haar echtgenoot droeg, stond trots en plechtig op een afstandje van de rest van de stadsbewoners. Ze leek kleiner geworden, alsof het gewicht van zo veel hoop haar lichaam terneerdrukte. Thomas voelde een golf van compassie met deze vrouw die een man en een zoon had verloren en nu ook haar enige dochter en kleindochter zou gaan verliezen. Ze had voorheen zo sterk geleken, zo formidabel, maar opeens, in haar eentje in het gangpad van die kapel, met de andere twee parenti gehoorzaam achter zich, leek ze kwetsbaar en alleen.

Het kon Thomas persoonlijk niet schelen of Christus bloed zou huilen of niet. Hij was ervan overtuigd dat het een truc was van padre Dino of een van zijn consorten. Hij hoopte voor Valentina en haar moeder dat het wel zou gebeuren, die er allebei veel te veel waarde aan hechtten, alsof het bepalend was voor hun toekomst. Ze snappen niet, dacht hij bij zichzelf, dat ze hun toekomst zelf in de hand hebben. Het wonder heeft er niets mee te maken. Maar dat kon hij natuurlijk niet tegen hen zeggen. Hij kon alleen maar hopen dat het bloed even dik en rood zou zijn als kersensiroop.

Ze wachtten, en hoe langer ze wachtten, hoe warmer het in de kapel werd, en hoe bedwelmender de geur van wierook. De stilte was oorverdovend, als van een hondenfluitje dat ze niet konden horen, maar dat niettemin doordrong tot hun hersenen en daar pijn veroorzaakte. Valentina's hand werd vochtig in de zijne. Hij gaf er een kneepje in om haar gerust te stellen, maar ze kneep niet terug. Ze staarde alleen maar naar het beeld van Christus en wenste uit alle macht dat het tranen zou gaan plengen. Omdat zij het zo graag wilde, begon Thomas het ook te hopen. De bloemen op het strand waren toch zeker een goed teken geweest, dacht hij hoopvol. Maar zelfs de wilskracht van de voltallige bevolking van Incantellaria kon die ogen er niet toe dwingen te gaan bloeden. De klok sloeg het hele uur en Immacolata zakte op haar knieën in elkaar.

Toen ze teleurgesteld naar buiten liepen, hief Valentina haar gezicht glimlachend naar Thomas op. 'Maak je geen zorgen, lief,' zei ze. 'Morgen gaan we trouwen en dan laten we alle ongeluk achter ons.'

'Is het strand vol met anjers soms geen symbool voor ons toekomstig geluk?' vroeg hij fluisterend.

'Ja, zeker wel. Maar we kunnen niet zonder de zegen van Christus. Ik weet wel hoe ik die moet krijgen. Ik maak het wel in orde, dat zul je zien.'

Thomas vond haar boerse bijgeloof charmant en onschuldig. Maar later zou hij het diep betreuren dat hij geen idee had gehad hoe ze in elkaar zat.

17

Londen, 1971

ALBA WAS AAN HET PAKKEN. ZE WIST NIET WAT ZE MOEST MEENE-
men en ze had evenmin een duidelijk idee hoe ze op haar bestem-
ming moest komen. Sinds Fitz haar woonboot had verlaten, nu
ruim een maand geleden, had ze hem niet meer gesproken. Toen hij
niet had gebeld, restte haar niets anders dan blijven hopen dat ze elkaar toevallig zouden tegenkomen op de ponton. Maar er was geen
spoor van hem te zien. Niets. Nu weergalmde haar slaapkamer van
een ontroostbare eenzaamheid. Ondanks Rupert en Tim en James
en Reed of the River hing Fitz' geur nog in de lucht, en als die haar
onverwacht trof, prikten de tranen in haar ogen. Ze miste die malle
oude hond ook. Hun kameraadschap had iets heel moois gehad.
Waarom had hij haar niet willen vergezellen op haar avontuur? Als
hij van haar hield, zou hij zonder meer mee hebben gewild. Misschien vroeg ze te veel van hem. Zo zat ze nou eenmaal in elkaar. Als
hij haar niet kon bijbenen, dan was het maar goed dat hij niet langer
in de race was. Maar toch miste ze hem. Nu had ze alleen maar seks
en haar hart hunkerde naar datgene waar ze even een glimp van had
mogen opvangen.

Vanzelfsprekend had Viv partij voor hem gekozen. Alba had altijd al vermoed dat zij een mannenvrouw was. Ze probeerde zich
voor te stellen dat Viv Fitz voor zichzelf zou willen hebben, ook al
was ze veel te oud voor hem. Aanvankelijk had Alba zich eenzaam
en verlaten gevoeld. Ze was in de loop der tijd op Viv gaan rekenen.
Ze was van Fitz gaan houden. Zij waren de familie geworden die ze
voor haar gevoel nooit had gehad. Ze dacht met weemoed terug aan
die avond dat ze onder de sterren hadden gelegen. Toen was het
volmaakt geweest.

De afgelopen weken had Viv haar genegeerd. Als hun wegen elkaar al hadden gekruist op de ponton, had de oudere vrouw haar lippen op elkaar geperst en een snuivend geluid laten horen, en was ze met opgeheven kin langs haar heen gebeend, alsof het allemaal Alba's schuld was. Fitz was kennelijk erg vrij met de waarheid omgesprongen. Nou, als Viv zo dwaas was om hem op zijn woord te geloven en haar niet, dan konden ze allebei in hun eigen sop gaarkoken. Zij ging naar Italië en als ze daar haar familie had gevonden, kon ze best eens besluiten om nooit meer terug te komen. Dan zouden ze nog mooi spijt krijgen van hun gedrag, of niet soms? Dat ze haar hadden weggejaagd.

Rupert, Tom en James waren maar al te graag teruggekeerd naar haar bed, blij dat Fitz de eindstreep niet had gehaald. 'Hij is geen blijvertje,' zei Rupert vergenoegd, omdat hij nu was gaan denken dat hij dat zelf wel was. Reed of the River kwam weer langs en ze liet zich door hem meenemen naar Wapping; ze verschool zich onder in zijn boot toen zijn baas voorbijvoer. Ze trok op met de jongens in de Star & Garter, dronk bier en lachte om hun grappen, intens genietend van hun aandacht.

Les Pringle van de Chelsea Yacht and Boat Company kwam regelmatig langs om de post te brengen en de watertank te vullen. Hoewel hij zeer zeker niet in haar bed belandde, zat hij wel aan haar keukentafel koffie te drinken en te kletsen over de maffe types die hij zoal tegenkwam, en hij bekende haar geamuseerd dat niemand zo excentriek was als Vivien Armitage. 'Het zijn rare gasten, die schrijvers,' peinsde hij. 'Wist je dat haar septic tank nooit vol is? Volgens mij laat ze haar herenbezoek over de rand van de boot piesen.'

'Dat is helemaal geen gek idee,' zei Alba. 'Ik wou dat ik daar zelf op gekomen was. Ach ja,' voegde ze er vals aan toe, 'ze mag dan slim zijn, maar heb je haar wel eens zonder make-up gezien? Ik dacht dat het monster van Frankenstein griezelig was, maar toen zag ik Viv om twee uur 's nachts met krulspelden in!'

Hoe kon ze zich in vredesnaam eenzaam voelen met zo veel vrienden, dacht ze, en ze klapte haar koffer dicht en ging erop zitten om de rits dicht te trekken. Het was begin juni. In Londen was het warm en daarom ging ze ervan uit dat het in Napels nog warmer zou zijn. Ze had het grootste deel van haar garderobe van de vorige zomer ingepakt en was ervan overtuigd dat ze in een klein provinciestadje aan zee veel opgang zou maken. En zij zou eenzaam zijn?

Ze ging aan dek zitten, keek fronsend naar de eekhoorns en gooide wat stukjes oud brood in het water voor de eenden. Ze wierp een verstolen blik op Vivs woonboot. Die zag er tiptop uit. Er hingen potten met geraniums aan de relingen en de bloemen stroomden in lange rode slierten over de rand. Er stonden ook grote zwarte vierkante potten met citroenboompjes en tot volmaakte kegels gesnoeide struiken. Zelfs de ramen waren blinkend schoon gepoetst. Alba keek naar haar eigen dek. Ook bij haar stonden potten, een heleboel zelfs, maar daar moesten de dode bloemen nodig uit gehaald worden en ze konden ook wel eens wat water gebruiken, want het had al ruim twee weken niet geregend. Ze had het dek in geen maanden geveegd. De eekhoorns mochten er graag spelen en lieten overal noten en uitwerpselen liggen, die de wind wegblies en die de regen weliswaar deels wegspoelde, maar toch was het dek niet zo schoon als dat van Viv. Binnen was het ook al niet netjes, en niemand had nog het lek gerepareerd. Dat had ze Fitz willen vragen. Maar Fitz was niet teruggekomen. Er zat een gat in haar hart dat niet minder hard lekte, maar dat repareerde Fitz ook al niet. Ze wierp nog een blik op Vivs volmaakte onderkomen en kreeg opeens een idee.

Boven op de boot liet Viv tegenwoordig gras groeien. Ze was naar het tuincentrum geweest en had kant-en-klare zoden gekocht. Weelderig en groen. Schitterend. In een weekend had ze alle mogelijke moeite gedaan om het dak op de juiste manier voor te behandelen, zodat het water weg kon en niet haar plafond zou bederven en haar slaapkamer in zou lopen, en vervolgens had ze de zoden keurig neergelegd, zodat het dak er nu uitzag alsof het naar een dure kapper was geweest. Ze kweekte er madeliefjes en boterbloemen op en experimenteerde nu met klaprozen. Alba staarde naar het grasdak en grijnsde. Ik wil wedden dat Viv geen flauw idee heeft hoe goed ik kan tuinieren, dacht ze boosaardig. Misschien moest ik haar eens laten zien hoe inventief ik ben.

Alba had een suikerroze Vespa-brommer gekocht om de stad mee in te gaan. Die kon je makkelijker parkeren dan een auto. Ze zou pas 's avonds in het vliegtuig stappen en had nog ruim de tijd. Het leek haar wel leuk om nog met Rupert in Mayfair te gaan lunchen. Ze had hem verteld dat ze naar Italië zou gaan, maar niet dat ze van plan was niet meer terug te komen.

Voor de lunch zou ze een telefoontje plegen naar haar oude vriend Les Pringle. Hij zou alles voor haar doen. En nu wilde ze hem iets vragen waarvan ze zeker wist dat nog nooit iemand het hem had gevraagd.

Viv zat met Fitz in het cafeetje waar hij vaak kwam, om de hoek van het verbouwde koetshuis waar hij woonde. Het was er rustig en ouderwets, en ze schonken er heerlijke koffie. Sprout lag op het beton suffig naar de schoenen van de langslopende mensen te kijken. Viv blies rook de lucht in, haar ogen aan het zicht onttrokken door een grote zwarte zonnebril waarachter alleen haar kleine neus en kin te zien waren, alsof ze een insect was. Toen hij de bril had bewonderd en die modieus had genoemd, had ze ontstemd gereageerd. 'Ik bén niet modieus, Fitzroy, dat zou je moeten weten. Ik sta boven dat soort dingen. Daar wil ik niets mee te maken hebben. Kijk me niet zo aan. Ik had je toch al gezegd dat ik die mooie bruine ogen van je niet vol tranen wilde zien?'

'Ze vertrekt vanavond, hè?' zei hij met een diepe zucht.

Viv was ontzet. 'Had je soms afscheid willen nemen?' blafte ze. 'Opgeruimd staat netjes. Ze heeft je niets dan ellende gebracht.'

'En een paar heel mooie hemden van Mr. Fish.'

'Doe niet zo dwaas, lieve schat. Als ze het om zoiets onbenulligs met je uit heeft willen maken, had ze toch niet van je kunnen houden. Ik heb altijd al zien aankomen dat het slecht zou aflopen, en ik heb gelijk gekregen. Ze heeft er geen gras over laten groeien om weer met Rupert het bed in te duiken, is het wel? Ik heb niet het idee dat ze ook maar één traan heeft gelaten. De stomme slet. Het is vervelend, maar als je het mij vraagt, zul je moeten accepteren dat het over en uit is en je leven weer oppakken. Er lopen nog ik weet niet hoeveel andere vrouwen rond die dolgraag iets met je zouden willen.'

'Ik wil niemand anders. Ik had beter mijn best moeten doen om haar te begrijpen,' zei hij spijtig, en hij sloeg zijn ogen neer.

'O, in hemelsnaam, Fitzroy. Hou hiermee op. Je kunt haar toch bepaald geen sfinx noemen; ze is juist zo doorzichtig als wat. Verwend, mooier dan goed voor haar is en maar al te bereid om zich in te laten met de eerste de beste kerel die haar complimentjes geeft. Het is allemaal dieptriest. Ze is op zoek naar een vaderfiguur. Je hoeft niet gestudeerd te hebben om dat te snappen. Misschien leek je gewoon te veel op haar vader.'

'Ik speelde een rol!' zei hij fel.

'Nee, dat deed je niet,' zei Viv met een wetende glimlach. 'Lieverd, jij bent geen saaie piet en je bent geen ouwe walrus, maar je bent conventioneel, fatsoenlijk, lief, grappig en niet iemand die zich een air aanmeet. Jij veroorzaakt geen strubbelingen, maar bent ook niet iemand die de wereld in vuur en vlam zet. Je bent geen man met geldingsdrang. Alba wil iemand met vuurwerk. In Italië zal ze die vast wel weten te vinden. Daar wemelt het van de kontenknijperige vuurwerktypes.'

'Weet je, je zit er helemaal naast. We waren heel gelukkig samen. We konden ontzettend met elkaar lachen. In bed was het fantastisch, en ik zette net mijn eerste aarzelende schreden op het pad van de mode,' voegde hij er met een jongensachtige grijns aan toe. Viv drukte haar sigaret uit. Ze keek hem een hele poos aan en haar gezicht verzachtte van tederheid. Ze klopte hem liefdevol op de hand, zoals een moeder kan doen bij een klein kind.

'Dat klopt helemaal, lieverd. Je maakt er een grapje van. Het mag dan fijn zijn geweest, maar nu is het voorbij. Laat haar maar naar Italië gaan. Als je mazzel hebt, vrijt ze met al het vuurwerk dat ze kan vinden en komt ze er uiteindelijk achter dat geen van die kerels haar gelukkig heeft gemaakt. Als het goed zit tussen jullie, komt ze wel terug. Zo niet, dan moet je maar met mij trouwen.'

'Ik zou het slechter kunnen treffen,' zei hij terwijl hij haar hand in de zijne nam.

'En ik ook.' Ze zette haar bril af en onthulde waterige rode ogen die zwaar waren aangezet met zwarte mascara. 'Weet je, het viel niet mee om haar te negeren.'

'Je zou geen partij moeten kiezen.'

'Ik zal altijd voor jou kiezen, Fitzroy. Al zou je een moord plegen, dan nog zou je niet in mijn achting kunnen dalen.'

'En dat is niet alleen omdat ik de meest fantastische contracten voor je in de wacht sleep?'

'Dat speelt wel mee, natuurlijk. Maar je bent een man uit duizenden. Zij is een oppervlakkig typetje. Ze is niet in staat te begrijpen wat jij waard bent. Ik wil niet dat je je leven verkwanselt met een vrouw die alleen maar aan zichzelf denkt. Waarom zou je een vrouw nemen die je maar voor de helft kent – en dan ook nog niet eens de beste helft? Hoe dieper je tot jouw hart doordringt, Fitz, hoe meer je jou op waarde weet te schatten.'

Hij lachte haar mistroostig toe. 'Wat aardig van je om dat te zeggen, Viv. Ik weet niet of ik wel zo veel lof verdien. Maar ik kan er nu eenmaal niets aan doen dat ik van haar hou.'

'Ik hou ook van haar, malle jongen. Dat is Alba's gave.'

Fitz bracht de middag op kantoor door. Hij beantwoordde telefoontjes, handelde papierwerk af en keek een paar nieuwe manuscripten in, maar aan het eind van de dag had hij geen idee meer wie hij had gesproken, wat voor brieven hij had geschreven en of de nieuwe manuscripten nu wel of niet de moeite waard waren. Hij zou om zeven uur bij Viv gaan bridgen. De afgelopen paar weken hadden ze expres bij Wilfrid of Georgia thuis gespeeld, zodat hij geen glimp hoefde op te vangen van Alba op haar boot. Maar zelfs toen was hij afgeleid geweest. Ook een evaluatie achteraf, iets wat hem meestal wel uit de put wist te halen, kon hem niet van zijn gedagdroom afhouden. Sprout vergezelde hem nu overal waar hij ging, blij dat hij niet meer alleen thuis in de keuken hoefde te zitten of achter in de auto. Hij mocht nu zelfs weer voorin op de passagiersstoel plaatsnemen, en als er ruimte was, lag hij soms als een Romeinse keizer breeduit op de achterbank en keek naar de bovenkanten van gebouwen die aan de andere kant van het raampje voorbijflitsten. Hij was uiteraard goed gezelschap, maar het was niet hetzelfde.

Fitz miste Alba ontzettend. Hij miste alles aan haar en voelde zich het best wanneer hij 's nachts in het donker aan de leuke dingen kon terugdenken. Hij had het heerlijk gevonden met haar te vrijen, maar de manier waarop ze tegen hem aan had gelegen op avonden dat ze alleen maar dicht bij hem had willen zijn, had iets ontroerends gehad. Hij had wel geweten dat dat soort intimiteit nieuw voor haar was. Ze had niet geweten wat ze met een man in haar bed aan moest als ze geen seks met hem kon bedrijven. Vervolgens had ze ontdekt hoe dat moest en had ze er meteen een naam voor verzonnen; Alba was daar goed in. Ze noemde die avonden 'peultjesavonden', omdat ze dan als erwten in een peul lagen, zo dicht bij elkaar dat ze bijna één hadden kunnen zijn.

Sprout voelde wel aan dat zijn baasje mijlenver weg zat met zijn gedachten en kwispelde met zijn staart alsof hij compensatie probeerde te bieden. Fitz sloeg zijn armen om zijn hond heen en begroef zijn gezicht in diens vacht. Hij wilde niet gaan zitten grienen, zelfs niet ten overstaan van Sprout. Dat was onwaardig, en het was zeer zeker niet mannelijk. Maar een enkele keer, na een paar glazen wijn, onder een wel heel mooie hemel, had hij zichzelf laten gaan.

Toen hij uit kantoor kwam, nam hij Sprout mee voor een wandeling langs de Serpentine. Het was nog te vroeg om naar Viv te gaan, want die was in het Ritz een borrel aan het drinken met haar nieuwe redacteur. Het was een prachtige avond. De hemel was lichtblauw en ging rondom de laagstaande zon over in rozetinten. De lucht was warm en zacht, en rook naar pasgemaaid gras. Eekhoorntjes schoten over de blootgekomen aarde heen en weer en pakten stukjes voedsel op die toeristen hadden laten vallen. Hij dacht aan Alba, die zo'n hekel had aan deze diertjes, bang dat ze zich een weg naar haar slaapkamer zouden banen en zich onder de lakens zouden verstoppen om aan haar tenen te knabbelen. Dat vond hij nou zo leuk aan haar: zoals zij dacht, dacht niemand anders. Ze leefde helemaal in een eigen wereld. Het was alleen jammer dat hij, hoe hij ook zijn best had gedaan, niet in staat was gebleken die met haar te delen.

Hij keek op zijn horloge. Hij wist niet hoe laat haar vliegtuig zou gaan, maar als hij opschoot, zou hij misschien nog net voordat ze naar het vliegveld vertrok bij Cheyne Walk kunnen zijn. Stel nou dat zij er net zo ellendig aan toe was als hij? Stel nou dat ze zat te wachten totdat hij haar de olijftak zou aanreiken? Was hij te gekwetst en te kwaad geweest om daardoorheen te zien? Viv had hem aangeraden haar niet te bellen, maar hij was niet verplicht naar haar advies te luisteren. Hij hield van Alba. Zo simpel was het.

Haastig liep hij naar de weg en hield een taxi aan. 'Cheyne Walk,' zei hij, terwijl hij het portier achter zich dichttrok. 'Zo snel als u kunt, alstublieft.'

De taxichauffeur knikte mistroostig. 'Niemand zegt ooit: zo langzaam als je kunt, is het wel?'

Fitz fronste geïrriteerd zijn wenkbrauwen. 'Dat zal wel niet, nee.'

'Ik rij altijd zo snel als wettelijk is toegestaan,' zei hij, en met een sukkelgangetje reed hij door Queensgate.

'De meeste taxichauffeurs die ik ken vinden het maar wat leuk om de regels aan hun laars te lappen,' zei Fitz, die graag had gezien dat hij wat meer opschoot. Misschien stapte Alba wel precies op dit moment haar boot af.

'Dat kan zijn, maar regels zijn er niet voor niets, en ik hou me eraan.'

'En hoe zit het dan met het elfde gebod?' opperde Fitz.

'Ik heb altijd gedacht dat er maar tien geboden waren.' De taxichauffeur snoof en veegde met de rug van zijn hand langs zijn neus. 'Nee hoor, er is er nog eentje, dat vaak wordt vergeten. Gij zult zich niet laten betrappen.' Zelfs de taxichauffeur wist iets voort te brengen wat op gegrinnik leek.

'Goed dan, meneertje, ik zal doen wat ik kan,' zei hij, en Fitz zag de snelheidsmeter omhooggaan richting zestig.

Viv nam afscheid van haar redacteur, blij dat die tevreden was over hoe het vlotte met het boek waar ze nu aan bezig was. Ros Holmes was een fantastische vrouw, bedacht ze. Op een heel Engelse manier direct, beraden, openhartig en hartelijk. Viv moest niets hebben van dweperige types. Ros dweepte niet en zou dat ook nooit gaan doen, hoe briljant haar werk ook was, en volgens Viv begon het tekenen van briljantheid te vertonen. Op Piccadilly hield ze een taxi aan. Het was vijf voor zeven, dus ze zou wat aan de late kant zijn; dan moesten ze maar even op haar terras op haar wachten en konden ze haar nieuwe daktuin en citroenboompjes bewonderen. Toen dacht ze aan Alba en ze voelde zich schuldig. Misschien was het toch niet zo'n goed idee geweest om haar zo lelijk te behandelen. Alba had tenslotte 's avonds vaak bij haar in de keuken gezeten om bij talloze glaasjes wijn haar hart uit te storten. Ook al zei ze nog zulke vreselijke dingen, daarachter ging een lieve meid schuil. Viv was er te oud voor om zich zo kinderachtig te gedragen. Alba kon niet met haar ouders praten en nu had ze Fitz ook al niet meer. Schandelijk, mompelde ze binnensmonds. Ik had toch beter moeten weten.

'Kan het iets sneller, chauffeur?!' riep ze boven de blèrende radio uit. 'Ik ben geen toerist, dus laten we een beetje opschieten, vindt u ook niet?' De taxichauffeur was zo verbluft dat hij uit pure paniek het gaspedaal intrapte.

Viv vond het wel ontzettend toevallig dat ze tegelijk met Fitz bij Cheyne Walk aankwam. Geen van beiden zei iets; ze wisten allebei dat het veel belangrijker was om Alba nog te bereiken dan om uit te leggen waarom ze zich zo snel over de ponton naar de *Valentina* haastten. Fitz klopte op de deur. De woonboot zag er verlaten uit. Alleen een troep eekhoorns zat elkaar op het dak van de roef achterna. 'Wel godallemachtig!' vloekte Viv. 'Zijn we te laat?'

'Ik geloof het wel,' zei Fitz.

'Probeer het nog eens!' moedigde ze hem aan.

'Wat dacht je dat ik aan het doen was?' riep hij geërgerd uit, en hij hamerde met zijn vuist op de deur. Er kwam nog steeds geen reactie, en nog steeds waren daar alleen de eekhoorns, die nu met hun scherpe klauwtjes over het dak klommen.

'Nou, dat was het dan. Ze is er niet meer.'

'Niet te geloven! Wat ben ik dwaas geweest!'

Viv legde haar hand op zijn schouder. 'Lieverd, dit kon jij ook niet weten.'

'Ik had de afgelopen maand elke dag langs kunnen gaan, maar dat heb ik niet gedaan. Ik heb haar laten stikken, terwijl ze me nodig had. Ik heb niet eens gebeld om haar succes te wensen.'

'Ze komt wel terug,' troostte ze.

Fitz draaide zich met een nijdige blik naar haar om. 'Zou je denken?'

'Nou, het heeft geen zin om hier te blijven staan bonken. Kom, we gaan iets drinken.' Ze trok hem weg bij de deur.

Op dat moment van opperste wanhoop viel hun allebei de ongelofelijke aanblik op die Vivs mooi verzorgde daktuin bood. Vivs hand schoot naar haar mond terwijl ze een verstikte kreet slaakte. Fitz' gezicht brak open in een brede grijns. 'Alba!' riepen ze allebei tegelijk uit.

'Hoe heeft ze in godsnaam…' begon Viv, maar ze maakte haar zin niet af en voor het eerst zat ze om woorden verlegen.

'Echt iets voor haar!' zei Fitz, die zich een beetje beter voelde.

'Nou, ik zal het wel verdiend hebben,' voegde ze er met een zucht hoofdschuddend aan toe. Want boven op haar keurig bijgehouden grasveldje stond een geit de boterbloemen en de madeliefjes te vermalen, en waarschijnlijk werkte hij ook nog de klaprozenzaden naar binnen.

Alba zat in de taxi naar Heathrow. Ze dacht aan de geit op het dak van Vivs woonboot en hoopte van harte dat die inmiddels al het gras zou hebben opgevreten. Met een beetje geluk was hij in haar slaapkamer gevallen en baande hij zich nu een weg door haar lingerie. Die goeie ouwe Les! Maar ondanks de grap voelde ze zich toch ellendig. Fitz had niet de moeite genomen even te bellen om haar succes te wensen en nu zou hij dat nooit meer doen, want ze wist niet precies waar ze heen ging. Ze wist dat ze het vliegtuig naar Napels moest nemen, dan de trein naar Sorrento en vervolgens de boot naar Incantellaria. Bij het reisbureau was haar gezegd dat de wegen smal en kronkelig waren, en ze was niet van plan haar leven op het spel te zetten met een Italiaan achter het stuur. Ze reden om te beginnen aan de verkeerde kant van de weg. Nee, ze kon veel beter een boot nemen. Het was een avontuur. Fitz had gezegd dat ze dat alleen moest aangaan. Ze stond op het punt haar moeder te leren kennen. Dat was tegelijkertijd bevrijdend en angstaanjagend.

Het tweede portret

18

ZODRA ALBA IN HAAR VLIEGTUIGSTOEL ZAT, WAREN HAAR ENERGIE-reserves uitgeput en gaapte ze slaperig. Ze was doodmoe. Moe van dezelfde oude leegheid en moe van de hoop dat Fitz die zou vullen. Het zou goed zijn om weg te gaan. Om het allemaal achter zich te laten. Om opnieuw te beginnen op een nieuwe plek, met nieuwe mensen.

Met opzet had ze een stoel genomen naast het raampje, zodat ze maar met één vreemde te maken zou krijgen. In een bus kon ze ten-minste gaan zitten waar ze wilde en een andere plek kiezen als er een ongewenst persoon naast haar kwam zitten. In een vliegtuig lag dat anders; daar zat ze opgescheept met wie het lot maar op 13B wilde plaatsen. Het getal 13 leek geen goed begin. Er kwam een knappe Italiaanse man het vliegtuig binnen, die duidelijk zijn be-komst had van de rij mensen die traag en ongehaast door het gang-pad schoven en om de paar passen stil bleven staan terwijl iemand zijn spullen in het bagagevak boven de stoelen opborg. Hij ving haar blik. Het verraste Alba niet dat hij niet wegkeek; dat deden ze zelden. Ze keek zelfverzekerd naar hem terug, totdat hij vanwege haar onverhulde gestaar zijn blik verplaatste naar het ticket dat hij in zijn hand had. Ze hoopte maar dat hij het ongeluksgetal toebe-deeld had gekregen, maar als hij dat had zou het met dat ongeluk nog wel meevallen. Zover ze kon zien was hij de enige met een beet-je fatsoen in zijn lijf die ze die avond onder ogen had gehad, en het zou leuk zijn om met iemand te praten nu ze zich zo nerveus maak-te om het onbekende tegemoet te vliegen.

Ze bleef hem gadeslaan. Haar lichte ogen brachten hem duidelijk van zijn stuk. Aan zijn plotselinge schroom te oordelen was hij ze-ker geen versierderstype, bedacht ze terwijl haar humeur opklaarde. Ze was niet in de stemming voor versiertrucs. Hij wierp haar nog een snelle blik toe voordat hij doorliep naar het achtereinde van het vliegtuig. Ze snoof misnoegd en sloeg haar armen over elkaar. Voordat ze de kans kreeg om de rest van de passagiers op te nemen, liet een forse, opgeblazen man, een piramide van blubber, zich in de stoel naast haar neervallen. Demonstratief schoof ze naar het raampje. Met een dunne, schrille stem verontschuldigde de man zich uitgebreid en hij probeerde zichzelf tevergeefs samen te drukken tot een mens met normale afmetingen.

'Neem me niet kwalijk,' zei hij met een hulpeloos schouderophalen.

Alba snoof. 'Voor mensen zoals u zouden ze speciale stoelen moeten maken,' zei ze zonder te glimlachen.

'Dat zou inderdaad niet gek zijn.' Met enige moeite haalde hij een witte zakdoek uit zijn broekzak en bette zijn voorhoofd. Zweterig type ook nog, dacht ze vol afkeer. Dat heb ik weer. Hij klikte zijn riem vast en Alba verbaasde zich erover dat de luchtvaartmaatschappij de riemen groot genoeg maakte. Wat onwellevend van hem om zo dik te zijn, bedacht ze vals. Je ziet zo dat hij een enorme vreetzak is. Ze vroeg zich af of de knappe Italiaan nog steeds aan haar dacht en wenste dat híj het geluk had gehad op de stoel naast de hare te belanden. Alles was beter geweest dan meneer Dikzak, dacht ze nijdig bij zichzelf. Ze draaide haar gezicht naar het raampje om duidelijk te maken dat ze niet in was voor een praatje. Toen hij een boek opensloeg, leek het haar veilig de *Vogue* te gaan lezen.

Ze verdiepte zich in de modepagina's van haar lijfblad, dacht een poos helemaal niet meer aan Fitz en Italië, maar concentreerde zich in plaats daarvan op de foto's van meisjes in hotpants en laarzen. Ze stak een sigaret op, ook al begon meneer Dikzak naast haar te puffen als een oude stoommachine. Toen er dienbladen met eten werden rondgedeeld, was ze stomverbaasd dat hij er een aanpakte en zijn tanden gretig in het broodje zette zonder ook maar een moment stil te staan bij de kilo's die hij aankwam. 'U zou niet zo veel moeten eten,' zei ze terwijl ze hem op de hand tikte. 'Daar wordt u alleen maar nog dikker van, en straks trekt u zich van vliegtuigstoelen helemaal niets meer aan.' Meneer Dikzak trok een beteuterd gezicht en keek sip omlaag naar het witte broodje met boter in zijn hand. Hij dacht er even over na, terwijl Alba zich weer wijdde aan haar eigen eten en aan de *Vogue*. Hij legde het broodje neer en slikte in plaats daarvan de bal van narigheid door die zich had vastgezet in zijn keel.

Uiteindelijk landden ze in Napels. Het leek een klein vliegveld, ook al was het te donker om er veel van te zien. Alba's reisagent had voor die nacht een hotel in de stad voor haar geboekt. De dag daarop zou ze de trein nemen naar Sorrento en vervolgens de boot naar Incantellaria. Ze was blij dat ze weer kon gaan staan en haar benen kon strekken. Dikzak maakte ruimte voor haar, maar ze had het er te druk mee naar de knappe Italiaan te zoeken om 'dank u wel' te zeggen.

Ze zag hem weer toen ze in de aankomsthal op hun bagage stonden te wachten. Nadat ze een paar keer zijn blik had gevangen, besloot ze hem een beetje meer aan te moedigen. Ze keek hem eerst glimlachend aan en sloeg vervolgens zedig haar ogen neer. Het duurde niet lang of de boodschap was bij hem aangekomen en hij kwam naar haar toe om een praatje te maken. Terwijl hij op haar afliep, nam ze hem waarderend op. Hij was lang, met brede schouders en lichtbruin haar, dat over in zijn brede hoekige gezicht viel. Zijn ogen waren lichtgroen en lagen diep in hun kassen verzonken. Toen hij grijnsde, kreeg hij donkere kraaienpootjes bij zijn slapen, zodat hij er grappig en zorgeloos uitzag. 'Je bent alleen, zie ik,' zei hij in het Engels. Zijn accent stond haar wel aan; het klonk heerlijk exotisch na een leven lang alleen maar Engelse accenten te hebben gehoord.

'Inderdaad ja,' antwoordde ze, en ze grijnsde hem toe. 'Dit is de eerste keer dat ik in Italië ben.'

'Dan heet ik je welkom in mijn land.'

'Dank je.' Ze hield haar hoofd schuin naar één kant. 'Woon je in Napels?'

'Nee, ik ben hier voor zaken. Ik woon in Milaan.' Hij nam haar van top tot teen op zonder moeite te doen zijn bewondering te verhullen. 'Logeer je in een hotel?'

'Ja, het Miramare.'

'Wat toevallig. Ik ook.'

'O, ja?'

'Daar overnacht ik altijd. Het is een van de beste hotels van de stad. We kunnen samen een taxi nemen. Aangezien het de eerste keer is dat je in Italië bent, moet je me het genoegen doen je gastheer te zijn en je mee uit eten te nemen.'

Alba kon amper geloven dat het allemaal zo voorspoedig liep. 'Dat zou ik heel leuk vinden. Wat moet je als vrouw tenslotte in je eentje in Napels?'

'Ik heet Alessandro Favioli.' Hij stak zijn hand uit.

'Alba Arbuckle,' antwoordde ze. 'Dat klinkt niet zo mooi als jouw naam. Mijn ouders hebben er kennelijk niet al te lang bij stilgestaan hoe twee namen bij elkaar zouden klinken. Mijn moeder was Italiaanse.'

'Ze moet wel erg knap zijn geweest.'

Alba glimlachte en dacht even terug aan het portret. 'Dat was ze ook.'

'Wat kom je hier doen? Je ziet er niet uit als een toerist.'

'Dat ben ik ook zeer zeker niet! Ik ben op weg naar Incantellaria.'

'O?'

'Zeg maar niets meer. Ga jij daar soms ook heen?'

Hij lachte. 'Nee. Maar ik heb gehoord dat het een betoverende plek moet zijn. Het schijnt er te wemelen van de belachelijke wonderen en bizarre bovennatuurlijke verschijnselen.'

'O, ja? Zoals?'

'Nou, ze zeggen dat, toen de mensen op een dag na de oorlog wakker werden, het hele strand was bezaaid met roze anjers. Toen het vloed werd, spoelden ze allemaal weer weg.'

'Geloof jij dat?'

'O, ik geloof wel dat het gebeurd is. Maar ik geloof niet dat al die bloemen door de zee zijn aangespoeld. Het was natuurlijk een geintje van een of andere grapjas. Het grappigste is dat de plaatselijke priester het tot wonder verklaarde. Zo is Italië nou, en zeker Napels: het stikt er van de heiligen die bloeden en dat soort dingen. Wat het geloof betreft zijn we lichtelijk topzwaar.'

'Nou, ik ben helemaal niet gelovig, dus gooien ze mij misschien straks nog in zee.'

Weer nam hij haar met zijn donkere, lome blik van top tot teen op. 'Dat lijkt mij niet, Alba. Ze zullen je nog eerder heilig verklaren en een marmeren beeld van je maken.'

Ze namen samen een taxi naar het hotel. Alba waardeerde zijn wellevendheid, en ook dat hij het portier voor haar openhield en haar hielp in en uit te stappen. In haar kamer nam ze een douche en trok een simpel zwart jurkje aan, waarna ze naar de lobby beneden ging, waar ze hem zou treffen. Ze moest lachen toen hij haar hand kuste. Hij rook sterk naar citroenaftershave en zijn haar was nog nat. 'Je ziet er prachtig uit,' zei hij.

'Dank je,' antwoordde ze gevleid, en opeens drong het tot haar door dat ze sinds ze Engeland had verlaten niet meer aan Fitz had gedacht. Ik geloof dat ik Italië wel leuk ga vinden, peinsde ze. 'Zijn alle Italianen zo charmant als jij?' vroeg ze.

'Nee, natuurlijk niet. Als dat zo was, zouden alle vrouwen van Europa in Italië wonen.'

'Mooi zo. Ik mag graag het gevoel hebben dat wat mij overkomt uniek is.'

'Ik ook, en daarom viel je me in het vliegtuig ook op.'

'Jammer dat we niet naast elkaar zaten. Ik werd helemaal tegen het raampje gedrukt door een grote, gulzige, dikke kerel.'

'Dertien is geen geluksgetal.'

'Nee, maar nadien heb ik het wel getroffen, of niet soms?' Met haar kenmerkende hooghartigheid grijnsde ze hem toe, en hij leek, zoals alle mannen, in haar bijzondere lichte ogen te verdrinken.

Ze dineerden in een klein restaurant aan het water, met uitzicht op zee en het kasteel van Sant' Elmo. Hij wilde niet over zichzelf praten. Hij vroeg haar het hemd van het lijf over haar leven in Engeland. 'Mijn vader is rijk en verwent me ontzettend,' zei ze. 'Maar ik heb een boze stiefmoeder die varkens fokt en paardrijdt. Ze heeft een kamerbreed achterwerk en een stem die klinkt als een klok, waarmee ze iedereen commandeert. Vroeger was mijn vader een forse man, maar nu is hij zo plat als een dubbeltje – verpletterd onder de hoeven van de Buffel.' Hij vond haar erg amusant en moest lachen om de meeste dingen die ze zei. Toen hij bij de koffie een sigaret opstak, merkte ze op dat hij een gladde gouden trouwring om zijn linkerringvinger droeg. Dat liet haar volkomen koud; ze vond het juist wel leuk. Ze mocht graag denken dat zij het vermogen had om een man bij zijn vrouw weg te lokken.

Ze keerden te voet terug naar het hotel, zodat Alba iets van Napels kon zien. Het was een warme, klamme avond. De lucht was stil en zwaar, en omgaf hen als een deken. Alma bewonderde de smalle straatjes, de fraaie lichtgekleurde stadswoningen met hun ijzeren balkonnetjes en luiken, het overvloedige lijstwerk dat ze karakter en charme gaf. De stad was tot leven gekomen met muziek, gelach, auto's, claxons en het aroma van verrukkelijk Italiaans eten. De scherpe staccato stem van een moeder die haar kind een standje gaf klonk boven het rijzen en dalen van motoren uit, als de kreet van een vogel boven het gebulder van de zee. Mannen met een donkere huid stonden met elkaar te kletsen in steegjes, hun blik gericht op de passerende vrouwen. Hoewel ze haar niet nafloten, voelde ze wel dat ze haar met hun intense gestaar uitkleedden en laag voor laag haar kleding afpelden totdat ze poedelnaakt was. Ze besefte dat ze beschermd was met Alessandro aan haar zij, en ze was blij dat ze niet alleen door de stad hoefde te lopen. Londen doorkruiste ze alsof het een makke pony was, maar Napels was meer een soort moeilijk te beteugelen rodeostier, en dat maakte haar van slag.

Ze kwamen bij het hotel aan en Alessandro wachtte niet tot ze hem vroeg mee te gaan naar haar kamer. Hij liep achter haar aan de lift in en de gang door. 'Je bent nogal zeker van jezelf,' zei ze. Maar haar glimlach maakte hem duidelijk dat hij daar het volste recht toe had.

'Ik wil met je vrijen,' mompelde hij. 'Ik ben tenslotte ook maar een man.'

'Dat geloof ik graag.' Ze zuchtte meelevend en draaide de sleutel om in het slot. Voordat ze de tijd kreeg om het licht aan te knippen, had hij haar al omgedraaid en zoende hij haar vurig op haar verraste mond. Voor het eerst sinds hun relatie was beëindigd was ze zo overrompeld dat ze geen vergelijkingen meer trok met Fitz. Ze dacht helemaal niet aan hem. Alessandro, die in vuur en vlam stond, drukte haar tegen de muur en begroef zijn gezicht in haar hals. Ze rook zijn citroenaftershave, waarvan het aroma zich inmiddels had vermengd met de natuurlijke geur van zijn huid, en ze voelde zijn ruwe stoppels tegen haar vel.

Hij streek met zijn handen over haar benen, omhoog naar haar heupen. Zijn aanraking was krachtig en vaardig; met elke streling benam hij haar nog verder de adem. Hij liet zich op zijn knieën vallen en sloeg haar jurk tot aan haar taille omhoog, zodat hij haar naakte buik kon kussen en likken. Zij mocht helemaal niets doen. Elke keer dat ze probeerde een stukje verloren terrein te heroveren, trok hij haar handen weg en begroef zijn hoofd nog verder in haar vlees en liet hij zulke huiveringen van genot door haar heen gaan dat ze de strijd algauw staakte en zich overgaf.

Ze bedreven vijfmaal de liefde, waarna ze uitgeput neerzakten op het bed. Ze sliepen met hun armen en benen verstrengeld, hoewel de intimiteit was vervlogen. De opwinding van de jacht was voorbij en Alba wist, zelfs in haar slaap, dat ze hem de volgende ochtend koeltjes de deur zou moeten wijzen.

Ze droomde niet van Fitz. Ze droomde helemaal nergens van. Maar toen ze wakker werd, wist ze zeker dat ze nog steeds in een fantasiewereld verkeerde, want ze herkende de kamer niet. Banen licht filterden door de kieren in de luiken naar binnen. De stadsgeluiden van buiten drongen door in de slaperige stilte van haar kamer, hoewel ze heel ver weg leken. Ze knipperde met haar ogen en probeerde zich te oriënteren. Zoals gewoonlijk had ze te veel gedronken. Haar hoofd bonkte en haar ledematen voelden aan alsof ze keihard had getraind. Vervolgens herinnerde ze zich Alessandro, en inwendig glimlachte ze bij de herinnering aan de gladde Italiaan die ze op het vliegveld had ontmoet. Ze draaide zich om in de verwachting dat ze hem naast zich in bed zou zien liggen, maar die plek was leeg. Ze spitste haar oren of ze geluiden uit de badkamer hoorde komen, maar de deur stond op een kier en het licht was uit. Hij was weg. Ook goed, dacht ze. Het beviel haar in de regel toch al niet als ze langer bleven dan ze welkom waren. Lichamelijk was ze immers een wrak. Het laatste waar ze nu op zat te wachten was wel om nog een nummertje te moeten maken.

Ze keek op de klok naast haar bed. Het was nog vroeg. Ze hoefde pas om tien uur op het station te zijn. Ze had ruim de tijd om te douchen en te ontbijten. Maar bij nader inzien voelde ze meer voor roomservice. Ze had geen zin hem in de eetzaal weer tegen te komen.

Nadat ze had gedoucht, waarbij ze de citroengeur van zich af had gespoeld, kleedde ze zich aan en pakte haar bagage in. Toen ze zichzelf in de spiegel zag, dacht ze weer terug aan alle opwinding van de vorige avond. Alessandro was goed voor haar geweest. Hij had in elk geval een pleister op haar gebroken hart geplakt en het tijdelijk geheeld. Hij had haar gedachten afgeleid van Fitz naar een meer exotische wereld vol avonturen, waarin ze vrij was om te zijn wie ze wilde, op een plek waar niemand haar kende. In een opwelling van enthousiasme besloot ze naar Alessandro's kamer te bellen en hem te bedanken. Hij had haar tenslotte een hele hoop genot geschonken. Misschien konden ze samen ontbijten, want in haar eentje eten vond ze toch maar niks.

Ze belde de receptie. 'Ik wil graag doorverbonden worden met Alessandro Favioli,' zei ze hooghartig. Het bleef even stil terwijl de receptioniste in het boek keek.

'Alessandro Favioli,' herhaalde Alba. God, ze begrijpen hun eigen taal niet eens, dacht ze geërgerd.

'Helaas staat er niemand die Favioli heet in dit hotel ingeschreven.'

'Natuurlijk wel. Ik heb gisteravond met hem gegeten.'

'Geen signore Favioli.'

'Kijk dan nog eens. We zijn gisteravond samen aangekomen en na het diner ook samen teruggekeerd. U moet hem vast hebben gezien.'

'Ik had gisteravond geen dienst,' liet de receptioniste haar koeltjes weten.

'Nou, vraag het dan aan uw collega. Ik heb het echt niet gedroomd, hoor.'

'Weet u welke kamer hij heeft?' De receptioniste begon ongeduldig te worden.

'Natuurlijk niet – daarom bel ik u nou juist!' repliceerde Alba. 'Misschien heeft hij uitgecheckt.'

Met geforceerde beleefdheid herhaalde de vrouw wat ze al had gezegd: 'Er heeft niemand met de naam Favioli in dit hotel overnacht. Het spijt me.'

Opeens werd Alba misselijk. Bij nader inzien leek het ook wel érg toevallig dat hij in hetzelfde hotel zou hebben geboekt. Hij had haar ook niet op zijn eigen kamer uitgenodigd. Op het moment zelf had ze dat helemaal niet vreemd gevonden, maar nu leek het best wel raar. Terwijl de angst haar om het hart sloeg, maakte ze haar handtas open en zocht haar portemonnee. Dit moet een grap zijn, dacht ze, met het gevoel alsof ze tegen een heel sterke stroom in zwom. Haar portemonnee zat niet in haar tas. Ze slikte moeizaam en keerde de tas in haar wanhoop ondersteboven, zodat de hele inhoud op het bed rolde. Ze was opgelucht dat ze haar paspoort nog had, maar geen geld. Hij had haar portemonnee meegenomen met daarin al haar reischeques en lires. Hoe moest ze in vredesnaam de hotelrekening betalen, en de trein – laat staan de veerman die haar naar Incantellaria moest brengen?

Ze liet zich neervallen op het bed. De klootzak! Hij heeft me gebruikt en me vervolgens beroofd. Hij had het allemaal al van tevoren uitgekiend, het hele gedoe. En ik trapte er met open ogen in. Ze was te kwaad om te huilen en geneerde zich te veel om iemand in Engeland te bellen en te moeten toegeven hoe stom ze was geweest. Ze zou dit helemaal in haar eentje moeten oplossen.

Aangezien ze toch niet van plan was de hotelrekening te betalen, vond ze dat ze nog minstens kon genieten van een stevig ontbijt. Trouwens, ze moest nu zo veel mogelijk zien te eten, want ze had geen geld om later iets te kopen. Ze zou een paar broodjes meepikken van het buffet. Beneden begroette ze de receptioniste zo vriendelijk als ze maar kon en zelfverzekerd stapte ze de eetzaal binnen. Ze nam plaats aan een kleine tafel midden in de zaal en bestelde koffie, jus d'orange, croissants, toast en een fruitsalade. Terwijl ze de andere gasten opnam, ging ze zich steeds eenzamer voelen. Ze had geen vrienden in Italië, helemaal niemand. Stel nou dat haar familie uit Incantellaria was verhuisd? Stel nou dat ze een regenboog najoeg? Ze had geen geld. Het zou een paar dagen duren om het naar de bank in Incantellaria te laten overmaken. Ze voelde er weinig voor om in Napels te blijven rondhangen, want wie weet zou ze

Alessandro weer tegenkomen. Ze was de sinister ogende mannen die de avond tevoren vanuit de donkere steegjes naar haar hadden staan loeren nog niet vergeten en voelde zich opeens naakt en kwetsbaar. Hij had net zo goed haar kleren kunnen stelen, zo bloot en verloren voelde ze zich.

Opeens zag ze, tot haar enorme opluchting, aan de andere kant van de zaal meneer Dikzak zitten, in zijn eentje. Met een golf van warme gevoelens voor degene die ze tevoren beneden alle waardigheid had geacht, stapte ze op zijn tafeltje af. Ze had geen aandacht voor de blik van afgrijzen die over zijn gezicht trok zodra hij haar opmerkte. Hij keek omlaag naar zijn broodje, dat al beboterd was en waar de aardbeienjam vanaf droop, en probeerde het te bedekken met zijn grote, vlezige hand.

Ze ging zitten en plantte haar ellebogen op de tafel. 'Ik hoop dat u er geen bezwaar tegen hebt dat ik even bij u kom zitten,' zei ze met haar liefste stemmetje. Met grote reeënogen keek ze naar hem op. 'Ik ben bestolen. Een Italiaanse man heeft álles van me afgepikt. Mijn geld, mijn kleren, mijn paspoort, mijn ticket naar huis – alles. U bent de enige die ik ken in heel Italië. Op het hele vasteland van Europa, in feite. Mag ik zo vrij zijn om u om een grote gunst te vragen? Zou ik wat geld van u kunnen lenen? Genoeg om naar Incantellaria te komen? Ik zal uw adres noteren en u met rente terugbetalen. Ik zou u heel dankbaar zijn.' Ze keek hem glimlachend aan en voegde eraan toe: 'Wat mij betreft kunt u rustig dooreten.'

Dikzak dacht even na over wat hem te doen stond. Plotseling, met een heftig gebaar waardoor Alba geschrokken achteruitdeinsde, propte hij het hele broodje in zijn mond. Stomverbaasd bleef Alba geduldig toekijken terwijl ze haar weerzin probeerde te onderdrukken, want hij kauwde er langzaam en weloverwogen op, waarbij de boter tussen zijn lippen door sijpelde en over de trap van kinnen droop die vanaf zijn mond naar beneden voerde. Na enige tijd veegde hij zijn mond af met een servet. 'Heerlijk!' riep hij uit. 'Ik ga nog wat bijbestellen!'

Geleidelijk aan vervloog Alba's hoop. Schuldbewust herinnerde ze zich dat ze in het vliegtuig niet alleen grof tegen hem had gedaan, maar hem ook onvergeeflijk had beledigd. Waarom zou hij iets voor haar doen? 'Juist,' stamelde ze, bijna in tranen. 'Neem me niet kwalijk dat ik u heb lastiggevallen.'

'Je móét op vliegvelden ook geen vreemde mannen oppikken,' zei hij, nu met meer zelfvertrouwen. 'Beroving is wel het laatste waar jij je druk om zou moeten maken.'

Alba's mond viel open. 'Pardon?'

'Je hebt me wel verstaan. Wat verwacht je dan? Heb je dan helemaal geen fatsoen in je donder, of ga je net zo makkelijk met iedere man mee die je mee uit eten vraagt?' zei hij, terwijl hij er duidelijk genoegen in schepte haar te vernederen. 'Tja, nu ik erover nadenk: als je mij zou willen pijpen, zou ik nog wel bereid zijn je vlucht naar huis te betalen!' Alba schoot achteruit, kwam wankelend overeind en haastte zich zo snel haar bibberende benen haar konden dragen de eetzaal uit.

Toen ze weer op haar kamer was, reageerde ze zich af; ze trapte nijdig tegen het bed en de kast en alles wat haar maar voor de voeten kwam. Wat een ploert! Wat grof! Hoe kón hij?

Maar na een poosje vermande ze zich en kwam ze tot bedaren. Zelfmedelijden was niets voor haar. Woede en wraak waren zoals altijd de beste mogelijkheden die haar ten dienste stonden. Ze kon de hotelrekening niet betalen en ze had niemand die dat voor haar kon doen. Er stond haar maar één ding te doen: bij twijfel altijd maken dat je wegkomt.

Ze sleepte haar bagage de gang door, nam de lift naar de eerste verdieping en ging vervolgens op zoek naar een geschikt raam. Toen ze er een had gevonden in een donker hoekje waar de gloeilamp kapot was, gooide ze haar koffer in het steegje eronder en sprong er zelf achteraan. Ze ging pas langzamer lopen toen ze bij het station was.

19

Alba kwam buiten adem op het station aan, maar met een onverwacht gevoel van triomf. Het leek wel of ze een moord had gepleegd en daarmee weg was gekomen. Ze vroeg zich af wat de manager van het hotel zou doen als hij eenmaal ontdekte dat de rekening niet betaald was en dat ze op haar kamer een zootje had achtergelaten. Ze was op geen enkele manier op te sporen. Ze was nu een anoniem gezicht tussen duizenden andere mensen. Ze keek om zich heen. De Italiaanse vrouwen hadden net als zij een olijfkleurige huid en bruin haar. Nergens was een blondine te bekennen. Ze paste hier goed tussen. Niemand had haar aangestaard alsof ze een buitenlandse was. Om eerlijk te zijn keurde helemaal niemand haar een blik waardig. De angst die ze had gevoeld voor enge mannen die in steegjes op de loer lagen en rondhingen voor cafés nam iets af. Een stuk of wat heren glimlachten haar hartelijk toe, terwijl ze vol bewondering hun ogen over haar lange bruine benen en gele zonnejurk lieten gaan. Van hen ging geen dreiging uit; ze waardeerden haar. Ze was gewend aan dat soort welwillende belangstelling en ze genoot ervan. Maar ze had wel een levensgroot praktisch probleem. Ze was van plan geweest de trein te nemen naar Sorrento en daar de boot te pakken naar Incantellaria, maar ze had geen geld. Ze stond op het punt een van de glimlachjes te beantwoorden in de hoop het benodigde geld te kunnen lenen van een van die vriendelijke mannen die haar wisten te waarderen, ware het niet dat de scherpe woorden van meneer Dikzak haar nog vers en brandend in het geheugen lagen: *als je mij zou willen pijpen, zou ik nog wel bereid zijn je vlucht naar huis te betalen!* Ze bloosde van schaamte, wendde haar blik af en haastte zich verder.

De eerstvolgende trein naar Sorrento vertrok over veertien minuten. Ze zocht het perron op en keek vervolgens als een treinrover naar de tourniquet. De beambte die de kaartjes controleerde was een kleine, magere jongeling met een zenuwtrek. Om de haverklap verdween zijn hele gezicht in een grotesk geknipper met zijn ogen. Opeens had Alba met hem te doen. Omdat ze niet aan een dergelijke emotie gewend was, voelde haar hele lichaam prikkelend aan, alsof ze een nieuwe huid aanpaste. Evenals meneer Dikzak was de jeugdige beambte gemakkelijk te intimideren. Ze had liever gewild dat hij lang, sterk en vaardig was, zodat ze zich niet zo beroerd zou hoeven te voelen als ze een truc met hem uithaalde. Passagiers stapten op hem af en maakten een praatje met elkaar terwijl hij hun kaartje knipte. Ze deinsden vol afgrijzen achteruit toen ze zijn tic zagen of maakten er met hun hand voor hun mond een opmerking over. Ze namen niet de moeite zijn beleefde groet te beantwoorden; sommigen mompelden niet eens een bedankje. Alba stak een sigaret op en ging op haar koffer zitten. Ze wist al wat ze ging doen. Normaal gesproken zou een dergelijk akkefietje haar hebben geamuseerd, maar vandaag was dat niet het geval. Het spottende gezicht van Alessandro Favioli kwam haar weer voor de geest en Dikzaks obscene voorstel weerkaatste tegen de verzwakte wanden van haar geweten. Ze vond zichzelf een ontzettende sukkel.

Oké, nu gaat het gebeuren, Alba. Laat je tranen stromen en maak er goed gebruik van, dacht ze terwijl ze haar sigaret uitmaakte en naar de beambte toe liep.

Terwijl Alba naderbij kwam, vertrok het gezicht van de jonge beambte onbeheersbaar. Hij was niet zozeer onder de indruk van haar schoonheid als wel van de intensiteit van haar verdriet. Ze was ontroostbaar. Haar liefallige gezicht was rood en vlekkerig, haar schouders waren gebogen en huiverden bij elke snik. 'Het spijt me zo,' snifte ze, haar wangen bettend met een vochtig papieren zakdoekje. Vervolgens sloeg ze haar ogen op en hij deed een stap achteruit; die ogen waren heel lichtgrijs, als zeldzame, betoverende kristallen, en zo bijzonder dat hij er helemaal van op tilt sloeg. 'Mijn geliefde heeft me verlaten,' jammerde ze. De beambte keek verbijsterd en zijn getrekkebek hield opeens op. 'Hij houdt niet meer van me, en daarom wil ik uit Napels weg. Ik kan niet meer in deze stad wonen in de wetenschap dat degene die mijn hart heeft gebroken hier ook woont en dezelfde lucht inademt en door dezelfde straten loopt. Dat begrijpt u zeker wel, hè?' Ze legde een hand op zijn arm.

Haar list pakte heel goed uit. Zijn gezicht was nog steeds bevroren in een uitdrukking van diep mededogen en heel even vergat ze zichzelf. Ze hield op met huilen en glimlachte hem toe. 'Wat hebt u een leuk gezicht,' zei ze naar waarheid, want nu ze het goed kon zien besefte ze dat hij nog maar een jongen was, en verrassend knap. Hij bloosde, maar wendde zich niet af.

'*Grazie, signora*,' zei hij ten slotte met een zachte, verlegen stem. Ze omklemde zijn arm met haar vingers. 'Ú bedankt,' zei ze welgemeend, waarna ze zich het perron over haastte, dolblij dat ze weg had weten te komen zonder dat ze haar kaartje had hoeven laten zien, maar ook omdat ze hem met haar truc niet had vernederd. Ze had hem blij gemaakt. Het verrassende was dat zijn overduidelijke vreugde ook op haar was overgeslagen.

Alba had een waardevolle les geleerd: mensen droegen hun lichaam alsof het een jas was. Of ze nou knap of lelijk waren, dik of dun, en een tic hadden of niet, daarachter waren ze allemaal kwetsbare menselijke wezens, die respect verdienden. Vervolgens schoot haar iets te binnen wat Fitz een keer had gezegd: 'Als je goed kijkt, zie je ook op de lelijkste en donkerste plaatsen schoonheid en licht.' Alba besefte dat ze eigenlijk nooit de moeite nam om te kijken.

Ze zette haar koffer in het bagagerek aan het eind van het rijtuig en installeerde zich op een plekje naast het raam. Als er een conducteur langskwam, zou ze gewoon zeggen dat ze haar kaartje op het perron moest zijn verloren – want ze zou toch zónder kaartje immers nooit het perron op gekomen zijn?

Tegenover haar namen een paar aantrekkelijke jongemannen plaats en ze zetten broodjes en drankjes op het tafeltje tussen hen in. Ze wenste dat ze een boek bij zich had. De laatste keer dat ze een boek helemaal uit had gelezen was op school geweest: *Emma*, van Jane Austen, en dat was zo'n toer geweest dat ze er tien jaar later nog steeds van moest bijkomen. Met tegenzin haalde ze de beduimelde *Vogue* voor den dag die ze in het vliegtuig had zitten lezen en bladerde die lukraak door.

Het duurde niet lang of de jongemannen probeerden een praatje aan te knopen. Normaal gesproken zou ze het enig hebben gevonden om met hen in gesprek te raken, maar vandaag nam ze aanstoot aan hun aandacht. Zag ze er soms zo benaderbaar uit? Was zij zo makkelijk te vangen?

'Wil je misschien een koekje?' vroeg de eerste.

'Nee, dank je,' antwoordde ze zonder te glimlachen. De eerste keek naar de tweede om aanmoediging. De tweede knikte.

'Waar kom je vandaan?' hield hij aan. Ze realiseerde zich dat haar accent haar zou verraden. Toen kreeg ze een idee en een glimlach verspreidde zich over haar gezicht.

'Ik ben Engelse, getrouwd met een Italiaan,' zei ze, en ze boog zich voorover en keek zedig naar hem op vanonder haar geloken wimpers. 'Wat leuk om een paar knappe jongemannen te ontmoeten. Zie je, mijn man is al op leeftijd. Ach, hij is schatrijk en invloedrijk en geeft me alles wat mijn hartje begeert. Ik woon in een kast van een palazzo. Overal ter wereld bezit ik huizen. Genoeg personeel om een lijnschip tot zinken te brengen, en juwelen bij de vleet. Maar als het op liefde aankomt... Tja, zoals ik al zei: hij is op leeftijd.' De durfal van de twee stootte zijn kameraad opgewonden aan. Allebei bewogen ze onrustig op hun stoel, amper in staat hun wellust te verbergen toen de gedachte aan deze dartele jonge vrouw wier man te oud was om de liefde met haar te bedrijven goed tot hen doordrong. Maar toen haar te binnen schoot dat ze in een tweedeklascoupé zat, voegde ze eraan toe: 'Soms wil ik graag anoniem zijn. Ik mag graag onder gewone mensen verkeren. Dan laat ik de auto met de chauffeur bij het station staan en pak ik de trein. In treinen kom je interessante mensen tegen, en uiteraard ben ik dan buiten bereik van mijn echtgenoot.'

'Wat jij nodig hebt zijn een paar jongemannen die je datgene kunnen geven waartoe je man niet in staat is,' zei de eerste, nu met meer lef, met gedempte stem, terwijl zijn ogen koortsachtig schitterden. Ze nam hen langzaam met tot spleetjes geknepen ogen op, haalde een sigaret uit haar pakje, stak die tussen haar lippen en hield er een vlammetje bij. Toen ze de rook uitblies, boog ze zich weer naar voren en plantte haar ellebogen op het tafeltje.

'Tegenwoordig ben ik iets voorzichtiger,' zei ze langs haar neus weg. 'Bij de laatste minnaar die ik had werden zijn ballen afgehakt.' De twee mannen trokken wit weg. 'Zoals ik al zei, is mijn echtgenoot een invloedrijk man – heel invloedrijk. Macht gaat samen met bezitterigheid; hij wil alles wat van hem is voor zichzelf houden. Maar ik hou er wel van risico's te nemen. Ik hou van de uitdaging. Ik mag hem graag uitdagen. Dat vind ik leuk. Snappen jullie dat?' Met openhangende mond knikten ze.

Alba was opgelucht toen ze bij het volgende station uitstapten, met een keel die te droog was om haar gedag te zeggen.

Toen de conducteur eraan kwam, was ze op haar allercharmantst. 'Ik moet u bekennen dat ik mijn kaartje ben verloren,' zei ze met een schaapachtige glimlach. 'Het spijt me ontzettend, maar door die jongen met die zenuwtrek' – de conducteur knikte, want toen ze zijn geknipper nabootste, wist hij wie ze bedoelde – 'werd ik toen ik een praatje met hem maakte zo afgeleid, en hij was zo aardig en ik had zo met hem te doen, dat ik, toen hij me mijn kaartje teruggaf, het op het perron heb moeten laten vallen. Ik heb er uiteraard geen bezwaar tegen om een nieuw te kopen.' Ze begon in haar handtas te rommelen, in de hoop dat hij zou zeggen dat het niet nodig was, want anders zou ze ook nog een verhaal moeten verzinnen over hoe ze haar portemonnee was kwijtgeraakt, waarmee de grens van zijn medeleven misschien zou worden bereikt.

'Alstublieft, signora,' zei hij vriendelijk. 'Michele is een prima jongen, maar een beetje simpel. Waarschijnlijk heeft hij vergeten het aan u terug te geven.' En vervolgens had hij de euvele moed, zoals de meeste mannen die ze tegenkwam, een poging te wagen om zijn generositeit nog een stapje verder te voeren. 'Als u zware bagage hebt, help ik u straks graag om die uit te laden.'

'Dank u wel,' zei ze, wetend dat ze, als ze zijn aanbod zou afwijzen, zijn trots zou krenken. 'Dat is erg aardig van u. Ik heb toevallig inderdaad een zware koffer bij me, en zoals u ziet ben ik niet erg sterk.'

Nadat de conducteur langer bij haar was blijven stilstaan dan strikt noodzakelijk was, liep hij door, met de geruststelling dat hij Alba zou komen helpen als ze bij het eindstation kwamen. Toen hij weg was, staarde ze uit het raam.

Ze dacht aan Fitz. Ze bloosde toen ze zich zijn kus herinnerde. De intimiteit! Het was net een slow na een potje wild twisten. Het was haar bijna te veel geworden, kwellend langzaam en teder. Van die kus was elke zenuw in haar lichaam strak gaan staan en hij had haar gedwongen te voelen. Écht te voelen. Fitz zelf was het heel vlot afgegaan, dat voelen. Zij had zich er in het begin ongemakkelijk onder gevoeld, vervolgens geamuseerd en ten slotte had het haar bijna pijn gedaan.

Het platteland lag er in het nevelige licht van de zon glanzend bij. Hoge cipressen rezen op in de hitte en zandkleurige huizen verscholen zich in de schaduw van pijnbomen en ceders. Alba kreeg zin om haar hoofd uit het raampje te steken en de lucht op te snuiven zoals Sprout dat deed achter in Fitz' Volvo. Van die geuren had ze zich haar leven lang al een voorstelling geprobeerd te maken. Ze had natuurlijk het een en ander van Italië gezien in boeken en films, maar niets had haar kunnen voorbereiden op de hartverscheurende schoonheid van het land. Het was passend dat haar moeder uit deze hemel op aarde afkomstig was, want in Alba's gedachtewereld belichaamde ze al die kwaliteiten; haar geest dwaalde tussen de weelderige bougainville, de olijfgaarden en de zware ranken van de druiven.

Uiteindelijk kwam de trein met veel lawaai in Sorrento tot stilstand. De conducteur kwam zoals hij had beloofd terug om Alba te helpen met haar koffer. Om haar een plezier te doen reed hij die helemaal het perron af, tot op de straat, waar hij afscheid van haar nam.

In de stad was het een drukte van belang. De voorbijgangers waren verdiept in hun eigen gedachten en schonken geen aandacht aan de jonge vrouw die verdwaasd om zich heen stond te kijken, met een maag die rammelde van de honger. De gebouwen waren wit, geel en rood – de luiken gesloten om de kamers koel te houden, de ramen op de begane grond beveiligd met ijzeren tralies, de deuren breed, open en gastvrij. Hoewel de plaats er leuk uitzag, straalde hij ook iets afwerends uit.

De straat kwam uit bij de zee. Boten deinden op en neer op het water of werden op het strand gesleept. Het natte zand was bruin als grind en mensen wandelden heen en weer over de kade, genietend van de zonneschijn. Een paar restaurants en winkels namen een deel van het trottoir in beslag en het briesje voerde de geur van gegrilde tomaten en uien met zich mee. Alba voelde haar maag knorren en het water liep haar in de mond. Ze snakte naar een glas water. In haar razende woede had ze er niet aan gedacht een paar flesjes uit de minibar mee te nemen. Hoe langer ze nadacht over eten en drinken, hoe hongeriger en dorstiger ze werd.

Ze stond zichzelf niet toe te zwelgen in zelfmedelijden, wat zou zijn gebeurd als ze minder wilskracht had gehad. Met zelfmedelijden kwam je nergens, en ze verachtte al die jammerende vrouwen in films. Ze was nu tot hier gekomen, en als ze haar charme inzette zou ze ook wel in Incantellaria belanden. Ze liet haar koffer op de kade staan, verzamelde al haar moed en stapte op een oude gerimpelde visser af die rondscharrelde bij zijn boot. Toen ze naderbij kwam, dreef de geur van vis haar neusgaten binnen en voelde ze een golf van misselijkheid opkomen.

'Neem me niet kwalijk,' zei ze, liefjes glimlachend. De oude man keek op. Hij glimlachte niet. In feite leek hij zelfs hooglijk ontstemd dat hij werd gestoord. 'Ik moet naar Incantellaria,' verklaarde ze. Hij keek haar uitdrukkingsloos aan.

'Ik kan u niet meenemen,' antwoordde hij, en hij schudde zijn hoofd alsof ze een vervelende vlieg was die hij wilde verjagen.

'Kent u iemand die dat wel zou kunnen?'

Hij haalde weinig behulpzaam zijn schouders op en stak zijn handpalmen de lucht in. 'Nanni Baroni kan u wel meenemen,' zei hij na enig nadenken.

'Waar kan ik hem vinden?'

'Hij komt niet voor zonsondergang terug.'

'Maar het is toch maar een klein eindje verderop aan de baai? Gaan daar niet voortdurend boten naartoe?'

'Waarom zou iemand naar Incantellaria willen?'

Alba wist even niet wat ze moest zeggen. 'Is het dan geen grote stad, zoals deze?'

Hij lachte spottend. 'Het is een klein, vergeten plaatsje. Slaperig. Het heeft altijd geslapen. Waarom zou een mens naar Incantellaria willen?' herhaalde hij.

Alba draaide zich om om terug te lopen naar haar koffer. Haar reisagent had met zoveel woorden gezegd dat ze een boot zou moeten nemen. Ze was ervan uitgegaan dat er voortdurend boten heen en weer voeren, net als de trein van Basingstoke naar Londen. Even viel ze uit haar rol en binnensmonds foeterde ze nijdig. Ze zou toch zweren dat ze haar koffer naast die meerpaal had gezet. Verschrikt keek ze om zich heen. Hij was nergens te zien. In de korte tijdsspanne van vierentwintig uur voelde ze opnieuw het bloed misselijkmakend naar haar hoofd stromen, het hete gebons in haar oren, het duizelig makende zinken van haar maag, de ontzetting toen het tot haar grote ongeloof en afgrijzen tot haar doordrong dat ze wéér was beroofd. Nu had ze alleen nog haar handtas, met haar lippenstift, haar agenda en een lichtelijk verkreukelde *Vogue*, en – godzijdank – haar paspoort.

'Ik ben verdomme beroofd!' riep ze in het Engels uit, en ze slingerde de woorden de zware middaglucht in. Ze stampvoette en sloeg haar armen om haar hoofd. 'Arrrrgh! Ik háát dit kloteland! Ik háát die klote-Italianen! Jullie zijn geen natie, maar één grote bende die samenspant. Een dievenbende. Allemaal, stuk voor stuk! Waarom ben ik hier verdorie naartoe gekomen? Het is verdomme één grote ramp, één grote tijdverspilling! Arrrrgh!'

Opeens hoorde ze een vriendelijke, geduldige mannenstem en voelde ze een warme hand op haar schouder. 'Gelukkig vloek je in het Engels,' zei hij glimlachend. 'Anders zouden ze je de hele middag opsluiten!' Ze keek hem woedend aan.

'Ik ben zojuist bestolen,' sputterde ze, vechtend tegen haar tranen. 'Er is net iemand met mijn koffer vandoor gegaan. In Napels was mijn geld al gestolen, en nu in dit klotestadje ook nog mijn koffer!'

'Het is wel duidelijk dat je hier nooit eerder bent geweest,' zei hij vriendelijk en op serieuze toon om haar niet te beledigen. 'Je eigendommen moet je hier met je leven verdedigen. Ben je Engelse?'

'Ja. In Londen kun je de kroonjuwelen nog midden op Piccadilly Circus neerleggen, gaan lunchen, een beetje shoppen in
Bond Street, een ommetje maken in Hyde Park, theedrinken in
het Ritz en een borrel nemen bij Connaught, en dan zouden ze er
om zes uur nog steeds gewoon liggen, verdomme.' Dat was op de
keper beschouwd niet helemaal waar, maar het klonk goed. 'Nu
heb ik geen geld en geen kleren!' De moed zonk haar nog verder
in de schoenen toen ze nadacht over de prachtige kleren die ze nu
kwijt was. 'Ik moet in Incantellaria zien te komen en ik kan helemaal niemand vinden die me daarnaartoe wil brengen. Die klojo
van een Nanni Baroni ligt natuurlijk thuis zijn wijf te naaien of
zoiets en komt niet voor zessen terug. Hoe moet ik tot zes uur de
tijd zien door te komen? Nou? Ik kan niet eens een broodje voor
mezelf kopen!'

'Waarom wil je in hemelsnaam naar Incantellaria?'

Ze keek hem dreigend aan en haar lichtgrijze ogen kregen de
kleur van steen. 'Als nog één iemand me dat vraagt, kan-ie een knal
voor z'n kop krijgen!'

'Moet je luisteren,' stelde hij met een glimlach voor. 'Laat mij je
nou op een lunch trakteren, en daarna breng ik je zelf naar Incantellaria. Ik heb een boot.'

'Waarom zou ik jou vertrouwen?'

'Omdat je niets meer te verliezen hebt,' antwoordde hij met een
schouderophalen, en hij legde zijn hand op haar onderrug om haar
naar het restaurant te leiden.

Gabriele Ricci legde bij een glas rosé uit dat hij in Napels had gewoond, maar 's zomers altijd aan de kust bij zijn familie was, die daar
een huis bezat. 'Ik heb daar van jongs af aan alle vakanties doorgebracht, maar heb er nog nooit zo'n leuke vrouw ontmoet als jij.'

Alba rolde met haar ogen. 'Ik zit er echt niet op te wachten te horen te krijgen dat ik knap of leuk ben. Jullie Italianen zitten me tot
híér!' Ze bracht haar hand naar haar hals.

'Weten Engelse mannen vrouwen dan niet te waarderen?'

'Jawel, hoor. Maar niet met zoveel woorden.'

'Of leren die kostscholen waar ze hun zonen naartoe sturen hun
soms dat ze van jongens moeten houden?'

'Helemaal niet. Engelse mannen zijn geweldig en tonen respect.'
Ze dacht aan Fitz. Ze zou zich nooit zo in de nesten hebben gewerkt
als hij het fatsoen had gehad om met haar mee te gaan.

'Je hebt nog amper een voet in mijn land gezet of je doet al cynisch.'

'Ik ben beroofd door een Italiaan die net zo knap was als jij. Overal waar ik kom lokken mannen me in de val. Ik heb er genoeg van om als lustobject te worden gezien. En ik heb het helemaal gehad met berovingen!'

'Je bent zelf tenminste nog ongedeerd,' zei hij ter geruststelling.

'Alsof jij dat weet.'

'Hoe ben je hier gekomen als je geen geld hebt?'

'Dat is een lang verhaal.'

'We hebben de hele middag.'

'Nou, als je me nog een glas wijn wilt inschenken en niet steeds tegen me zegt dat ik knap ben, en belooft dat je niet zult proberen me te versieren, te beroven of me op weg naar Incantellaria om zeep te helpen, dan zal ik het je vertellen.'

Hij wreef geamuseerd over zijn kin en dacht na over haar voorwaarden. 'Ik kan niet ontkennen dat je knap bent, maar je bent wel grof. Bovendien vloek je te veel voor een dame. Ik zal je niet beroven, want je hebt niets bij je wat de moeite van het roven waard is. Ik ben geen moordenaar. Maar ik kan niet beloven dat ik niet zal proberen je te versieren – ik ben tenslotte een Italiaan!'

'O god!' zei ze met een melodramatische zucht. 'Laat me even bijkomen, zodat ik luid en duidelijk nee kan zeggen.' Normaal gesproken zouden Alba de aantrekkelijke lijntjes om zijn mond zijn opgevallen wanneer hij lachte, en zijn lichtgroene ogen die ondeugend schitterden en haar innemend aankeken, maar daar was ze nu volkomen ongevoelig voor geworden.

Ze gebruikten een eenvoudige maaltijd in de zon, en de wijn zwakte haar woede af en bezorgde haar een vals gevoel van optimisme. Ze vertelde over haar avonturen, waarbij ze Dikzak en zijn minne suggestie uit haar relaas wegliet, evenals de gepassioneerde nacht die ze had doorgebracht met de vreemdeling die ze op het vliegveld had ontmoet, waarvoor ze zich inmiddels diep schaamde. Het feit dat Gabriele gretig naar haar luisterde moedigde haar aan om nog meer details te vertellen, totdat haar verhaal een soort roman werd waar Vivien Armitage trots op zou zijn geweest.

Toen ze ten slotte van hun *limoncello* zaten te nippen, vroeg hij haar nogmaals waarom ze naar Incantellaria wilde. 'Omdat mijn moeder daar heeft gewoond en er is gestorven,' antwoordde ze. 'Ik heb haar nooit gekend, want ze stierf vlak na mijn geboorte. Ik wil op zoek gaan naar haar familie.'

'Als die daar nog steeds woont, moet het niet moeilijk zijn hen te vinden. Het is een klein plaatsje. Maar een paar duizend inwoners, schat ik.'

'Waarom wil niemand erheen?'

'Omdat er niets te doen is. Het is een slaperig stadje. Een vergeten hoekje van Italië. Maar het is er erg mooi. Heel anders dan aan de rest van de kust. Ze zeggen dat het betoverd is.'

'Anjers,' zei ze met een glimlach. 'Dat verhaal heb ik gehoord.'

'En wenende beelden. Ik ben er vaak geweest. Als ik alleen wil zijn, ga ik daarheen. Je kunt er helemaal bijkomen. Als ik zou willen verdwijnen, zou ik ook daarheen gaan,' voegde hij er met een bittere glimlach aan toe. 'Ik mag hopen dat jij niet verdwijnt.'

'Denk aan wat je beloofd hebt,' zei ze op kille toon.

'Moet je horen – als je, wanneer je eenmaal daar bent, geld nodig mocht hebben, dan wil ik je dat wel zolang lenen. Ik zou het je best willen geven, maar ik begrijp dat je dat toch niet zou accepteren. Beschouw me maar als een vriend in den vreemde. Ik beloof je dat je me kunt vertrouwen.' Hij raakte haar blote arm aan. Zijn hand was warm en onverwachts geruststellend.

'Breng me nou maar naar Incantellaria,' zei ze, en ze stond op. Zijn hand viel op tafel. Toen wendde ze zich naar hem toe en kreeg haar gezicht een zachtere uitdrukking. 'Vriend.'

20

HET VOELDE GOED OM AAN HET ROER TE STAAN VAN EEN SNELLE speedboot. De wind woelde met koele, verkwikkende vingers door haar haar en voerde haar hopeloosheid met zich mee. De boot danste terwijl hij de golven doorkliefde en Alba moest zich goed vasthouden om niet om te vallen. Op dat moment, met de zon op haar gezicht en met een onverwoestbaar optimisme dat brandde in haar borstkas, had ze helemaal geen zorgen.

Gabriele grijnsde haar toe en schiep genoegen in deze lieftallige vreemdelinge die aan de kust van zijn land alles was kwijtgeraakt. Hij wees naar de steile rotsen die als de muren van een onneembaar fort recht uit zee oprezen en legde uit dat Incantellaria een heel besloten plek was, alsof God een stukje van het paradijs had afgenomen en dat midden in dit meedogenloze landschap had neergevlijd. 'Je zou niet verwachten dat het er zo mooi is,' zei hij toen de boot langs de ene inham van grijze rotsen na de andere scheerde.

Het was verder dan Alba had gedacht. Ze had het idee gehad dat het vlak om de hoek was, niet om tien hoeken. 'Als het allemaal niet goed uitpakt,' riep hij tegen het gebulder van de wind in, alsof hij haar gedachten kon lezen, 'dan kom ik je weer ophalen. Je hoeft me maar te bellen.'

'Dank je,' antwoordde ze dankbaar. Haar ongemakkelijke gevoel kwam terug. Incantellaria lag kennelijk niet alleen geïsoleerd van de rest van Italië, maar ook van de rest van de wereld. De zon ging schuil achter een enkele wolk en de zee kreeg een onheilspellend donkere kleur, een weerspiegeling van haar eigen angsten. Stel nou dat haar familie was overleden of was weggetrokken? Joeg ze een regenboog achterna? Ze zou het niet kunnen verdragen naar huis te moeten terugkeren zonder dat er iets was opgelost.

Toen Gabriele geruststellend zijn hand op de hare legde, werd de wolk weggeblazen en kwam de zon weer stralend te voorschijn. De boot voer langs een brede en massieve zwarte rotswand, waarachter de kust zich onverwacht opende als het deksel van een primitief gemaakte schatkist, en onthulde een glinsterende groene baai.

Voor Alba was het liefde op het eerste gezicht. Het tafereel zoog haar in zich op en vervulde haar helemaal. De vorm van de kustlijn was zo harmonieus als de zachte welving van een cello. De witte huisjes lagen te blinken in het duizelingwekkende licht, hun smeedijzeren balkonnetjes vol met weelderige rode en roze geraniums. De toren van de kapel steeg uit boven de grijze pannendaken, waar duiven nestelden om het komen en gaan van vissers gade te slaan. Alba huiverde van opwinding, want daar, in dat kapelletje, moesten haar ouders met elkaar zijn getrouwd. Nog voordat ze een voet aan land had gezet voelde ze al dat hun liefdesrelatie eindelijk concreet voor haar werd.

Ze sloeg haar ogen op naar de smaragdgroene heuvels erachter, waar kronkelige pijnbomen stonden met hun spichtige groene vingers en de ruïne van een oude uitkijktoren na eeuwen van verlatenheid nog steeds trots en waardig overeind stond. Ze ademde de aromatische geuren in van rozemarijn en tijm die de wind met zich meevoerde, tezamen met een vleugje mysterie en avontuur.

'Schitterend, hè?' zei Gabriele, die gas terugnam zodat de boot in kalm tempo de haven binnen kon varen.

'Je hebt helemaal gelijk. Het is heel anders dan de rest van de kust. Het is zo groen. Zo stralend.'

'Pas als je dit stadje ziet, snap je dat de bewoners dat wonder met die anjers helemaal zo vreemd niet vonden. Op een andere plek zou het iets heel bizars zijn, maar hier kun je je voorstellen dat zulke dingen wel vaker gebeuren.'

'Het voelt al aan als thuis,' zei ze zachtjes. 'Ik voel het híér,' voegde ze eraan toe terwijl ze haar hand op haar hart legde.

'Het mag wel een wonder heten dat het geen toeristenoord is geworden, met restaurants, bars en clubs. Die zijn er natuurlijk wel, maar het is nou niet bepaald Saint Tropez.'

'Ik ben blij dat het niet op Saint Tropez lijkt, want het gaat míjn geheime plekje worden.' Haar blik werd wazig van de tranen. Geen wonder dat haar vader en de Buffel haar nooit mee hiernaartoe hadden genomen; dan hadden ze er donder op kunnen zeggen dat ze haar voorgoed kwijt waren geweest.

Gabriele loodste de boot de haven in. Toen hij recht langs de kademuur lag, kwam er een jongetje aangesneld om de tros vast te leggen om een paal, zijn ronde gezicht stralend van opwinding. Gabriele wierp hem de tros toe, die hij met een triomfantelijk kreetje opving, terwijl hij ondertussen naar zijn vriendjes riep dat ze moesten komen kijken. 'Er komen hier zo te merken niet veel mensen op bezoek,' zei Gabriele. 'Volgens mij gaan we heel wat opzien baren.'

Alba stapte van de boot af en bleef met haar handen in haar zij vergenoegd om zich heen staan kijken. Van dichtbij zag alles er nog charmanter uit, alsof ze was teruggegaan in de tijd naar een trager, ouderwetser levensritme. Vissers zaten in hun bootjes met elkaar te kletsen terwijl ze hun netten boetten of de vangst van de dag overhevelden in vaten. Met gefronste wenkbrauwen keken ze argwanend in haar richting. Er was inmiddels een hele groep jongetjes om haar heen komen staan, die stonden te schuifelen, elkaar aanstootten en giechelden achter hun groezelige handen. Voor de paar winkels die er waren stonden vrouwen te roddelen en een paar mensen zaten koffie te drinken onder de gestreepte luifels die de barretjes en restaurantjes tegen de zon beschermden. Ze namen de jonge mensen allemaal nieuwsgierig op.

Gabriele sprong de kade op en legde zijn hand op haar rug. 'Zullen we iets gaan drinken? Dan gaan we daarna een plekje zoeken waar je kunt overnachten. Ik kan je niet achterlaten als je op het strand zou moeten slapen.'

'Er is vast wel een hotel,' zei ze, om zich heen kijkend.

'Een klein *pensione* moet wel te vinden zijn. Maar het wordt natuurlijk geen Hilton.'

Een voor een verstrakten de gezichten van de vissers toen ze de huiveringwekkend bekende schoonheid zagen van de jonge vrouw die zojuist voet bij hen aan land had gezet. Als oude schildpadden rekten ze hun halzen en een voor een vielen hun tandeloze monden open van verbazing. Alba had het al snel in de gaten. Zelfs Gabriele voelde zich ongemakkelijk. Het leek wel of er een stille rimpeling door het hele stadje trok.

Opeens kwam er een oude man, in elkaar gedoken en dik als een pad, uit het schemerige interieur van de Trattoria Fiorelli te voorschijn, en aan zijn kruis krabbend bleef hij in de deuropening staan. Zijn ogen, die schuilgingen achter zware oogleden, bleven op Alba rusten en zijn doffe starende blik werd ineens ongewoon stralend. Hij maakte een zacht fluitend geluid dat van diep onder uit zijn borstkas kwam, en hield op met krabben. Alba, die angstig was geworden door de stilte die plotseling over het stadje was neergedaald, pakte Gabrieles hand.

'Valentina!' riep de man uit, happend naar adem. Alba draaide zich om en bleef hem staan aanstaren alsof hij zojuist een geest leven had ingeblazen. Vervolgens stapte er een man van een jaar of zestig, met een broeierige blik en een formidabel postuur, achter de ander vandaan naar voren. Hij liep een tikkeltje mank, maar dat had geen invloed op zijn tempo. Zijn gezicht stond zo donker alsof er een wolk voor de zon was geschoven.

Toen hij bij haar was gekomen leek hij niet precies te weten wat hij moest doen, en Gabriele nam als eerste het woord. 'Waar kunnen we hier iets drinken?' vroeg hij. Zijn blik verplaatste zich van de man naar de vissers, die allemaal uit hun boot waren geklauterd en in een kring om hen heen waren komen staan.

'Ik ben Falco Fiorelli,' zei Falco met een heel diepe stem. 'Jij... Jij...' Hij wist niet hoe hij het moest zeggen. Het klonk absurd. 'Ja, natuurlijk, een drankje.' Hij schudde zijn hoofd in de hoop het fantoom te verdrijven waarvan hij nu zeker wist dat het een grap met hem uithaalde en dat niet, zoals hij had gehoopt, in werkelijkheid voor hem stond.

'Ik heet Alba,' zei Alba, wier gezicht nu even wit was als de duiven die op de grijze pannendaken zaten. 'Alba Arbuckle. Valentina was mijn moeder.' Falco's verweerde wangen begonnen te gloeien en hij slaakte een bijna pijnlijke zucht van verlichting en vreugde.

'Dan ben ik je oom,' zei hij. 'We dachten dat we je helemaal kwijt waren.'

'Ik dacht dat ik u nooit zou vinden,' antwoordde ze. Vanuit de kring vissers steeg geroezemoes op.

'Ze dachten dat je de geest was van je moeder,' legde Falco uit. 'Een rondje voor iedereen,' riep hij joviaal, en hij stak zijn hand op toen de menigte begon te juichen. 'Alba is thuisgekomen.' Zonder aandacht te besteden aan Gabriele pakte Falco trots zijn nichtje bij de hand en leidde haar de treetjes naar het restaurant op, waar hij de scepter zwaaide sinds zijn broers naar het noorden waren getrokken. 'Kom, je moet kennismaken met je grootmoeder.' Alba kon haar oren niet geloven. Haar oom was net een sterke leeuw en zijn hand was zo groot dat de hare er helemaal in verdween. Gabriele haalde hulpeloos zijn schouders op en liep achter haar aan naar binnen.

Immacolata Fiorelli was oud geworden. Heel oud. Vanaf haar negentigste had ze het niet meer precies bijgehouden. Eenennegentig? Tweeënnegentig? Ze had geen idee. Wat haar betrof kon ze ook honderd zijn. Niet dat het haar trouwens iets kon schelen. Haar hart was stil blijven staan sinds ze haar dierbare Valentina had verloren. Zonder een hart om haar jong te houden was ze langzaam vervaagd en letterlijk in elkaar gekrompen. Maar ze was nog niet dood, ook al bad ze daar nog zo vaak om, zodat ze herenigd kon worden met haar dochter.

Nu kwam ze met behulp van een stok overeind, als een mottige oude vleermuis die niet gewend is aan het licht. Haar grijze haar zat in een knotje en haar ogen keken vanachter een rokerige zwarte sluier de wereld in.

Alba ging voor haar staan, het evenbeeld van Valentina, op haar onwerkelijk lichte ogen na, die in haar ondraaglijke gelijkenis iets van de vreemdeling verrieden. Immacolata's eigen ogen vulden zich met tranen en ze bracht haar hand omhoog, die trilde van ouderdom en emotie, om de zachte bruine huid van de jonge vrouw aan te raken. Zonder dat ze iets zei raakten haar vingers het deel van haar dochter aan dat leefde. Het deel dat ze had achtergelaten. De kleindochter die was meegevoerd over zee, die verloren was, zo goed als dood. Thomas had haar nooit teruggebracht, zoals hij had beloofd. Ze hadden hoop gekoesterd. Aan hun hoop waren ze bijna bezweken.

Toen Alba de tranen van de oude vrouw zag, schoot ze zelf ook vol. De liefde op het gezicht van haar grootmoeder was zo intens, zo pijnlijk, dat ze het liefst haar armen om haar heen had geslagen, maar daar was Immacolata te broos en te klein voor.

'God heeft deze dag gezegend,' zei ze met een zachte, kinderlijke stem. 'Valentina is teruggekeerd in de gedaante van haar dochter. Ik ben niet langer alleen. Mijn hart komt weer tot leven. Als ik kom te overlijden, zal God een gelukkige, dankbare ziel kunnen ontvangen, en in de hemel zal het er mooier op worden.'

'Laten we naar binnen gaan, waar het koeler is,' stelde Falco voor. Ineens schoot hem te binnen dat Alba iemand bij zich had gehad, en hij draaide zich om en knikte. 'Neem ons niet kwalijk,' voegde hij eraan toe.

'Gabriele Ricci,' zei Gabriele. 'Alba heeft een hele reis gemaakt om jullie te komen opzoeken. Ik blijf niet. Als u haar alleen dit zou willen geven.' Hij haalde een wit kaartje uit zijn zak en overhandigde het aan Falco. 'Als ze iets nodig heeft, kan ze me bellen, maar ik denk niet dat het zover zal komen.' Hoewel hij nieuwsgierig was, besefte Gabriele dat hij niet op zijn plaats was bij deze familieherenging. Hij glipte ongemerkt weg, hoewel hij haar graag een afscheidszoen had willen geven en haar nog eens had willen verzoeken om contact met hem te houden, zodat ze elkaar nog eens zouden kunnen zien. Hij ging terug in de hoop dat ze naar buiten zou komen rennen om hem te bedanken, maar het restaurant zat vol mensen en hij bleef in zijn eentje op de kade staan. Alleen het jongetje schoot op hem af om hem te helpen met de tros.

In het restaurant werden drankjes ingeschonken en werd er feestgevierd. Lattarullo zat naast Immacolata als een grotesk soort hofdame, blij dat hij degene was die Alba welkom had kunnen heten en niet il sindacco. Het duurde overigens niet lang voordat il sindacco kwam opdagen. Hij leek geen dag ouder dan vijftig. Hij had een mooie scheiding in zijn keurig gekamde haar, dat op een paar streepjes grijs bij de slapen na nog altijd zwart was. Hij zag er parmantig uit in een olijfgroene broek, met een riem hoog in de taille, en een lichtblauw overhemd dat smetteloos was gestreken. Toen hij het restaurant binnentrad, vulde de geur van zijn reukwater de ruimte, zodat iedereen besefte dat de belangrijkste man van de stad was gearriveerd en ze allemaal uiteenweken om hem door te laten.

Toen hij Alba bij Immacolata, Lattarullo en Falco zag zitten, viel zijn gladgeschoren kaak open en slaakte hij een hoorbare zucht. 'Madonna!' riep hij uit. 'De doden zijn inderdaad herrezen!' Voor een stadje dat gewend was aan wonderen, viel de herrijzenis van Valentina helemaal niet buiten de mogelijkheden. Hij trok een stoel bij en Falco stelde hen aan elkaar voor.

'Is dit toeval?' vroeg hij. 'Kwam je toevallig langs Incantellaria?' 'God heeft haar naar me toe gebracht,' zei Immacolata.

'Ze is ons komen opzoeken,' kwam Falco tussenbeide.

'In heb jullie al willen ontmoeten sinds ik een klein meisje was,' zei Alba, dolblij met alle aandacht. Ze was de vernedering uit Napels en haar gestolen koffer helemaal vergeten, en Gabriele ook.

'Zie je,' zei Immacolata, met een stem die zo zoet en blij klonk als die van haar dochter toen Tommy aan het eind van de oorlog was teruggekomen, 'ze is ons niet vergeten. Je spreekt zelfs Italiaans! Zie je nou,' – ze wendde zich tot haar zoon – 'Italië zit haar in het bloed.'

'Jij blijft bij ons,' verklaarde Falco met zijn diepe, gruizige stem. Na Valentina's dood was hij met zijn vrouw en zoon bij zijn moeder ingetrokken. Nu woonde zijn zoon daar ook, met Cosima, zijn dochtertje van zes; ze waren bij hen komen wonen toen Cosima's moeder ervandoor was gegaan met een Argentijnse tangodanser.

'Ze kan Valentina's oude kamer krijgen,' stelde Immacolata ernstig voor, en de adem leek het groepje te worden benomen. Het was een welbekend feit dat Immacolata Valentina's kamer als een schrijn intact had gelaten. Zesentwintig jaar lang had ze hem liefdevol schoongemaakt en onderhouden, maar niemand mocht het vertrek ooit gebruiken, zelfs Cosima niet.

Alba voelde wel aan wat de betekenis was van dit gebaar en ze bedankte haar grootmoeder. 'Ik vind het een hele eer om mijn moeders kamer te krijgen,' zei ze naar waarheid. 'Ik heb nu al het gevoel dat ik haar door jullie beter leer kennen. Hier heb ik mijn hele leven naar uitgekeken.'

Immacolata, die uitgeput was door alle opwinding, verzocht Lattarullo haar naar huis te brengen. 'Ik heb de bewoners van Incantellaria een openbaar feestje gegeven en nu wil ik deze heuglijke gebeurtenis graag thuis met mijn familie vieren.' Alba vond het ontzettend spannend om naar het huis te gaan waar haar moeder had gewoond en om in hetzelfde bed te slapen als waarin zij had geslapen. Als ze had geweten dat het allemaal zo betoverend zou zijn als dit, was ze al jaren eerder gekomen.

'Waar is je bagage?' vroeg Falco aan Alba toen ze de avondzon in liepen.

'Foetsie,' zei ze langs haar neus weg. 'Die is gestolen, maar dat doet er nu niet toe.'

'Gestolen?'

'Lieve help, waar is Gabriele?' Ze draaide zich om en keek om zich heen, beschaamd dat ze hem helemaal was vergeten.

'O, die is weggegaan.'

'Weggegaan? En ik heb hem niet eens bedankt!' riep ze teleurgesteld uit. 'Hij heeft helemaal geen gedag gezegd.' Ze wendde zich naar de haven, alsof er een kleine kans was dat hij daar nog naast zijn boot zou staan te wachten.

'Hij vroeg me dit aan jou te geven.' Falco overhandigde haar het witte kaartje. Daarop stonden zijn naam en telefoonnummer gedrukt.

'Wat slim!' zei ze, en ze stak het in haar handtas.

'Dus je hebt helemaal niets bij je?' zei Falco ongelovig.

'Niets. Als Gabriele niet zo vriendelijk was geweest – o, en ook de Italiaanse spoorwegbeambten, al hadden ze dat niet in de gaten –, dan zou ik hier niet eens gekomen zijn!' Ze klom achter in de auto en liet zich tegen het warme leer zakken, waar de zon op had geschenen. Falco nam naast haar plaats. Immacolata zat voorin – ze wilde graag terug naar het stille heiligdom van haar huis en de relieken van de overledenen –, terwijl Lattarullo reed.

De weg die de heuvel op liep was hobbelig en weinig meer dan een stoffig pad. 'Een jaar of tien geleden hebben ze geprobeerd hem te asfalteren, maar het geld raakte op; vandaar dat alleen de eerste halve kilometer vanuit de stad zo egaal is, en dan krijg je dit,' legde Falco uit.

'Ik vind het wel charmant,' antwoordde Alba. In haar ogen was alles wat met Incantellaria te maken had charmant.

'Dat zeg je niet meer als je er elke dag overheen moet rijden!'

Alba had het raampje omlaag gedraaid om de stadsbewoners die haar thuiskomst hadden meegevierd uit te zwaaien, en nu ze het huis naderden stak ze haar neus naar buiten om de houtige geuren van het platteland op te snuiven. Vanaf de heuvel kon ze de zee zien, die zachtblauw glansde in het avondlicht. Ze vroeg zich af hoe vaak haar moeder naar datzelfde uitzicht moest hebben gekeken. Wie weet had ze wel gezien dat haar vader de baai in kwam varen met zijn motortorpedoboot.

Ze stapten de auto uit en liepen het met gras begroeide pad naar het huis af. Het was de afgelopen jaren verlengd, zodat het nu bijna doorliep tot aan de voordeur. Opeens rook Alba een zoete, sappige geur. 'Wat is dat?' vroeg ze, snuffelend zoals Sprout altijd deed. 'Wat een goddelijke lucht!'

Lattarullo keek naar haar. 'Toen je vader hier voor het eerst kwam, vroeg hij me precies hetzelfde.'

'O, ja?' vroeg ze monter.

'Vijgen,' zei Immacolata ernstig. 'Al daag ik je uit om een vijgenboom te vinden!' Alba keek vragend naar Falco. Die haalde zijn schouders op.

'Ze heeft gelijk. Het heeft hier altijd naar vijgen geroken.'

'Het is bedwelmend,' zei ze met een diepe zucht. 'Betoverend.'

Ze liep achter hen aan het zandkleurige huis binnen, dat bijna volkomen schuilging achter dichte wisteriaranken. Haar grootmoeder ging haar voor door de betegelde gang naar de zitkamer. Daar, in de hoek, brandden kaarsen op drie schrijnen. De ene voor Immacolata's echtgenoot, de andere voor de zoon die ze had verloren, en de derde, waarvan de kaars feller leek te branden dan de andere twee, voor Valentina. Toen Alba naderbij kwam, zag ze de zwartwitfoto van haar grootvader in uniform, die fier rechtop stond. Uit zijn blik sprak een vurige bereidheid om te strijden voor de zaak die hij rechtvaardig achtte en om zijn mond speelde een vastberaden glimlach, die wel iets weg had van die van Falco. De foto van zijn zoon, Alba's oom, was ook een zwartwitportret, en ook hij droeg een uniform. Hij was knap, met het brutale gezicht van een deugniet, en keek vanonder zijn hoofddeksel glimlachend de wereld in. Toen haar ogen bleven rusten op de schrijn van haar moeder, hield ze haar adem in. Er stond geen foto, alleen maar een getekend portret. Uitgevoerd in dezelfde pasteltinten als de tekening die ze onder haar bed in de woonboot had gevonden. *Valentina en Alba, voorjaar 1945. Thomas Arbuckle.*

Ze pakte het op en liep naar het raam om het in het licht beter te kunnen bekijken. Deze tekening was nog mooier dan de eerste, want haar moeder was afgebeeld terwijl ze in aanbidding neerkeek op de baby die aan haar borst lag te drinken. En die baby was zijzelf, Alba, niet meer dan een paar maanden oud. Valentina's gezicht was een en al tederheid en ze straalde een krachtige, beschermende liefde uit die zich tot buiten het papier en de pastelkleuren leek uit te breiden tot haar, zoals ze nu hier, zesentwintig jaar later, in haar eentje bij het raam zat.

'Ze hield zielsveel van je,' zei Immacolata, die naar haar toe kwam gehobbeld en naast haar ging zitten. 'Jij symboliseerde een nieuw begin. De oorlog was afgelopen. Ze wilde opnieuw beginnen, iemand anders worden. Jij was het anker dat ze nodig had, Alba.' Alba begreep het niet helemaal, maar het klonk goed.

'Ik heb me altijd afgevraagd wat voor soort moeder ze was,' zei ze zachtjes.

'Ze was een goede moeder. God schonk haar een kind om haar te leren wat compassie, onzelfzuchtigheid en trots waren. Jij kwam voor haar op de eerste plaats, vóór al het andere, zelfs vóór haarzelf. Misschien heeft Hij haar daarom teruggenomen: omdat ze de les had geleerd die ze hier op aarde te leren had.'

'Het is een prachtige tekening.'

'Ik vraag wel of Falco er een kopie van maakt. Het is niet te geloven wat er tegenwoordig allemaal kan.'

'Daar zou ik heel blij mee zijn. Mijn vader heeft het enige andere portret. Ik heb helemaal niets.'

Immacolata pakte haar hand. 'Nu heb je ons, Alba, en ik zal mijn herinneringen met je delen. Ik weet zeker dat Valentina het zo zou hebben gewild. Je lijkt ontzettend op haar. Je bent precies zoals zij.' Haar stem ging over in een gefluister.

'Nee, dat ben ik niet,' antwoordde Alba verdrietig, en ze dacht met een wrange smaak in haar mond aan haar promiscue, lege leventje. 'Ik lijk helemaal niet op haar. Maar dat kan nog komen. Dat moet nog gebeuren. Ik zal veranderen en een goed mens worden. Ik zal alles zijn wat zij zou hebben gewild.'

'Alba, lieve kind, je bént al alles wat zij zou hebben gewild.'

Opeens kwam de geur van vijgen door het open raam naar binnen gedreven, nog sterker dan eerst. Immacolata pakte het portret en zette het weer voorzichtig achter de dansende vlam, zodat Valentina's gezicht werd verlicht. 'Kom,' zei ze. 'Ik zal je je kamer laten zien.'

21

IMMACOLATA GING ALBA VOOR EEN SMALLE STENEN TRAP OP. HET huis was oud, veel ouder dan Immacolata zelf. Het ademde ouderdom uit en rook naar de tand des tijds die tot in elk hoekje ervan was doorgedrongen. Immacolata klom langzaam omhoog en Alba moest haar ongeduld bedwingen, want elke stap bracht haar dichter bij haar moeder.

Ten slotte liepen ze de overloop over naar een uitgebleekte eikenhouten deur. Immacolata reikte onder haar zwarte omslagdoek en haalde een ring met zware sleutels te voorschijn, die metalig rammelden aan een ketting die, als ze een middeleeuwse gevangenbewaarder was geweest, om haar middel had gezeten. 'Daar zijn we dan,' zei ze zachtjes.

De kamer was klein, met witte muren en gesloten luiken. Zachte stralen amberkleurig licht schenen naar binnen door de openingen tussen de houten latten, zodat er een spookachtig waas in de kamer hing. De lucht zinderde van het leven, alsof Valentina's geest nog steeds aanwezig was en zich bezitterig vastklampte aan haar verloren wereld. Immacolata stak de kaars aan die op de tafel van naaldboomhout stond. Hij verlichtte het geborduurde linnen kleedje waarop Valentina's haarborstel en kam, parfumflesjes, flesjes met crèmeachtige lotion en een flinke kristallen pot gezichtspoeder netjes op een rij voor een grote spiegel in Queen Anne-stijl stonden. Alba merkte op dat er nog steeds haren van haar moeder in de borstel zaten. Immacolata schuifelde naar de klerenkast, die was uitgebleekt en was versierd met snijwerk van druivenranken. Ze deed de deuren open en onthulde een rij jurken.

'Valentina had een eenvoudige smaak,' zei haar moeder trots. 'We hadden niet veel, het was oorlog.' Ze pakte een witte jurk en hield die omhoog zodat haar kleindochter hem kon bekijken. 'Deze had ze aan toen ze je vader voor het eerst ontmoette.' Alba streek met haar vingers over de zachte katoenen stof. 'Je vader werd verliefd op haar toen hij haar hierin zag. Ze zag eruit als een engel. Heel mooi. Ontzettend mooi, volkomen onschuldig. Ik zei haar dat ze hem naar de rivier moest brengen om een bad te nemen. Het was warm. Ze hadden weinig aanmoediging nodig. Ik besefte wel dat ze niet veel tijd zouden krijgen om elkaar te leren kennen. Ik begreep dat ze alleen wilden zijn.' Ze sloeg een kruisje. 'God vergeve me.'

'Wat is hij klein. Ik heb me altijd voorgesteld dat ze een lange vrouw was.'

Immacolata schudde haar hoofd. 'Ze was Italiaanse. Natuurlijk was ze niet lang.' Haar artritische handen zochten tussen de andere jurken, totdat ze een zwart exemplaar vond met geborduurde bloemen erop. 'Ah…' Ze slaakte een weemoedige zucht. 'Deze had ze aan naar het festa di Santa Benedetta. Je vader begeleidde haar. Ik hielp haar om madeliefjes in haar haar te vlechten en haar huid in te wrijven met olie. Ze zag er stralend uit. Ze was verliefd. Hoe had ze kunnen weten hoe het allemaal zou aflopen? Haar toekomst hield een grote belofte in.'

'Wat is het festa di Santa Benedetta?' vroeg Alba, die toekeek hoe Immacolata de jurk behoedzaam terughing in de kast.

'Jij stamt af van Santa Benedetta, een eenvoudig boerenmeisje dat getuige was van een wonder. Het marmeren beeld van Christus dat in het kapelletje van San Pasquale staat weende tranen van bloed. Het was een wonder, Gods manier om de inwoners van Incantellaria te laten zien dat Hij almachtig was. Soms was het bloed slechts een druppel; dan vingen de vissers weinig vis, of bedierf het water, of was de druiven-*vendemmia* mager. Als er overvloedig bloed werd geplengd, ging alles het jaar daarop heel voorspoedig. Incantellaria produceerde sappige druiven en tonnenvol olijven. De citroenen waren dik en sappig; de bloemen bloeiden uitbundiger dan ooit. Dat waren goede jaren. Maar toen kwam er een jaar dat Hij geen bloed weende, geen druppel. We wachtten, we keken toe, maar Hij had geschreven wat komen zou en Hij strafte ons door onze dierbare Valentina uit ons midden weg te nemen.' Ze sloeg nogmaals een kruisje. 'Zesentwintig jaar lang heeft Hij niet gebloed.'

Alba keek vreemd op van de vroomheid van haar grootmoeder. Zijzelf noemde zelden Gods naam, behalve als ze vloekte, zodat Immacolata's simpele boerse geloofsovertuigingen haar absurd voorkwamen. Haar blik ging naar het voeteneinde van het bed, waar een gevlochten tenen mand op een standaard stond. Ze ging op het bed zitten en tuurde erin, naar het witte lakentje en het gehaakte wollen dekentje. 'Was dit mijn wiegje?' vroeg ze verbaasd, en ze pakte het dekentje op en bracht het naar haar neus om eraan te ruiken. Immacolata knikte. 'Ik heb alles bewaard,' zei ze. 'Ik moest me ergens aan kunnen vastklampen toen ze er niet meer was.' De twee vrouwen keken elkaar aan. 'Je hebt me ontzettend gelukkig gemaakt. Mijn kleine Alba.' Met haar duim streelde ze haar kleindochters wang. 'Ik zal je laten zien waar je je kunt wassen. Je mag vannacht Valentina's nachtpon aan – dan kopen we morgen wel wat kleren voor je, *va bene?*' Alba knikte. 'Kom, we gaan een hapje eten.'

Toen ze het terras op liepen, klonk er een schrille kinderkreet, vergezeld door een koor van krekels. 'Ah, Cosima,' zei Immacolata, met een vertederde blik op haar gezicht. Vanachter een groepje struiken sprong een klein meisje te voorschijn, gevolgd door een hondje met een rossige vacht. Toen ze haar overgrootmoeder zag, rende ze naar haar toe, buiten adem van het giechelen, en haar donkere, honingkleurige krullen dansten om een rond, rozig gezichtje, terwijl haar lichtblauw-met-witte jurk om haar knieën fladderde. '*Nonnina! Nonnina!*' Automatisch bleef ze staan voordat ze zich in de armen van de oude vrouw stortte, want ze besefte wel dat haar enthousiasme haar uit haar evenwicht zou kunnen brengen. Immacolata legde haar hand op het hoofd van het meisje en bukte zich om haar te kussen. Ze wendde zich tot Alba.

'God heeft Valentina van me afgenomen, maar Hij heeft me gezegend met Cosima.' Het meisje keek Alba met grote nieuwsgierige bruine ogen aan. 'Cosima, dit is Alba. Ze is je' – Immacolata zweeg even, niet in staat onmiddellijk te bedenken in welke relatie ze tot elkaar stonden – 'achternicht. Alba is je achternicht.'

Alba had nooit van kinderen gehouden. Die leken op hun beurt ook van haar weinig te moeten hebben. Maar de kwetsbare uitdrukking in Cosima's ogen – een vurig verlangen om te worden bemind, als van een klein hondje of een jong kalfje – overviel haar. Ze had donker haar, dat in losse krullen op haar schouders viel en een lang, ondeugend gezicht met fraai gewelfde lippen. Haar bovenlip was iets voller dan haar onderlip en haar neus wipte een beetje. Evenals Alba had ze charme. Anders dan Alba was ze zich daar niet van bewust. Cosima, die in de gaten had dat er naar haar werd gekeken, glimlachte schuchter en bloosde.

'Wie is dit?' vroeg Alba, die zich bukte en het hondje aaide.

'Cucciolo,' antwoordde het kind, dat dichter bij haar overgrootmoeder ging staan. 'Hij is een draak.'

'Hij ziet er angstaanjagend uit,' zei Alba, die het spelletje mee-speelde. Cosima giechelde en keek vanonder haar dichte zwarte wimpers naar haar op.

'Je hoeft niet bang te zijn, hoor. Hij doet niks. Hij is een lieve draak.'

'Dat is fijn. Ik begon al een beetje zenuwachtig te worden. Ik heb tenslotte nog nooit eerder een draak gezien.'

'Hij maakt de kippen bang, en Bruno.'

'Wie is Bruno?'

'De ezel.'

'Jullie hebben veel dieren.'

'Ik hou van dieren,' zei ze, en haar gezichtje straalde van genoe-gen. Toen ze naar de aftandse ezel liep, merkte Alba op dat ze veer-de op de bal van haar voeten: de tomeloze levensvreugde van een kind dat geen zorgen heeft.

Het duurde niet lang of Falco verscheen met Beata en hun zoon Toto, wiens vrouw ervandoor was gegaan met de Argentijnse tan-godanser. Hij was een knappe jongeman, van dezelfde leeftijd als Alba, met bruin krulhaar en een breed, open gezicht, net als zijn dochter. Toen Cosima haar vader zag, sloeg ze haar armen om zijn middel. 'Alba is bang voor de draak!' riep ze uit, en opgewonden duwde ze haar gezicht tegen Toto's buik, zodat haar gegiechel werd gesmoord in zijn shirt. Hij nam haar in zijn armen en tilde haar op.

'Nou, je kunt maar beter tegen hem zeggen dat hij zich moet ge-dragen, want anders loopt ze misschien wel weg.'

'Alba gaat nergens heen,' zei Immacolata, terwijl ze plaatsnam aan het hoofd van de tafel waar ze het grootste gedeelte van haar ne-gentig-en-nog-wat jaren had gezeten. 'Ze is nu thuis.'

Toto schudde haar de hand en schonk haar een hartelijke glim-lach. 'Zover ik me je moeder herinner, lijk je erg op haar,' zei hij. Het verraste Alba dat in zijn stem niet dezelfde treurigheid door-klonk als in die van zijn vader en grootmoeder als ze het over Va-lentina hadden.

'Dank je,' antwoordde ze.

'Ik herinner me je vader ook nog, door zijn uniform. Hij was de meest glamoureuze man die ik ooit heb gezien. Ik raakte niet op hem uitgekeken. Hij had ook humor, herinner ik me, want hij was de enige die moest glimlachen toen de oude padre Dino een hele lunch lang alleen maar winden zat te laten.'

'Toto toch!' riep Beata in protest uit. Maar Alba vond haar neef heel leuk. Zijn aardse aanwezigheid maakte de zware sfeer die

Valentina's geest over het huis had doen neerdalen lichter.

Immacolata was maar al te bereid om over haar dochter te praten. Opeens had ze een excuus om, op een manier waarop ze dat eerder niet had gekund, verhalen te vertellen en herinneringen op te halen. Hun wonden deden nog steeds pijn bij het noemen van haar naam, alsof er zout water over kwetsuren werd gegoten die nooit hadden kunnen helen. Maar door Alba waren ze genoodzaakt zich met het verleden bezig te houden, en Immacolata gaf daar graag gehoor aan. Terwijl ze anekdotes vertelde die de deugdzaamheid, wijsheid en onvergelijkelijke goedheid van haar dochter moesten illustreren, luisterde Falco de hele tijd met een stuurs gezicht en een bars samengeknepen mond toe.

Toen de vrouwen zich opmaakten om naar bed te gaan, bleef hij aan de tafel zitten met een glas limoncello en een sigaret, en staarde doelloos in de stervende vlam van de stormlantaarn. Alba's terugkeer was een onverwachte zegen. Ze bracht een vreugde met zich mee waar ze zelf geen weet van had. Maar ze herinnerde hem tevens op pijnlijke wijze aan een deel van zijn verleden waar hij liever niet meer over nadacht.

Alba waste zich en spoelde de emoties van wat misschien wel de langste dag van haar leven was van zich af. Als ze al had gedacht dat de geest van haar moeder rondspookte op haar kleine boot, hoeveel meer spookte die dan rond in dit huis. Immacolata had haar lucifers gegeven, zodat ze de kaars op de kaptafel en die naast haar bed kon aansteken; ze had uitgelegd dat ze geen elektriciteit hadden gehad tijdens de oorlog, zodat ze die toen ze de rest van het huis hadden gerenoveerd niet in Valentina's kamer hadden laten aanleggen. Ze had de kamer precies zo willen houden als hij was. Dus toen Alba voor de spiegel zat, gehuld in het witte nachthemd van haar moeder, met haar haar los over haar schouders, haar gezicht bleek in het licht van de dansende vlam, werd ze bijna even bang voor haar eigen spiegelbeeld als ze was voor de atmosfeer van dood waarvan het kleine vertrek was doordrongen.

Ze pakte de haarborstel op. Die was van zilver en vrij zwaar. Met langzame, weloverwogen streken begon ze haar haar te borstelen, terwijl ze zichzelf ondertussen bestudeerde in het verweerde glas van de spiegel. Ze besefte dat ze naar de grootste gelijkenis met haar moeder zat te kijken die ze in haar hele leven te zien zou krijgen. Misschien was dat nog wel verontrustender dan de portretten, want dít evenbeeld leefde en ademde. Terwijl ze ernaar keek, werden haar ogen zwaar van verdriet, want ze was zich ervan bewust dat haar moeder zo deugdzaam was geweest dat zij er nooit aan zou kunnen tippen. Als ze nog zou leven, zou ze teleurgesteld zijn, daar twijfelde Alba niet aan. Valentina had iedereen beroerd met een natuurlijke gratie, als iets van een andere wereld. Maar als Alba opeens zou komen te overlijden, wat zouden mensen zich dan van haar herinneren?

Die nacht sliep ze onrustig. Ze had van tevoren niet gedacht dat haar zoektocht naar haar moeder tot zulk diepgaand zelfonderzoek zou leiden. Ze had gehoopt dat ze verder zou kunnen gaan met haar leven, maar Valentina's geest achtervolgde haar nu meer dan ooit tevoren.

Toen ze uiteindelijk doorsliep, had ze vreemde, onbegrijpelijke en onrustbarende dromen. Toen ze wakker werd was ze blij dat het dag was, dat de hemel helder en blauw zag, en dat de zon scheen, die licht in de schaduwhoekjes van de kamer wierp.

In de lichtgele jurk die ze de vorige dag ook had gedragen slenterde Alba het terras op; alleen Toto en Cosima waren al wakker en zaten te ontbijten. Het gezicht van het kleine meisje verbreedde zich tot een enorme grijns en haar mooie pruilmondje onthulde parelwitte tandjes. 'Alba!' riep ze uit, en ze klauterde van haar stoel om haar te omhelzen. 'Je hebt toch niet van draken gedroomd, hè?' vroeg ze terwijl ze haar armen om Alba's middel sloeg, zoals ze de vorige avond bij haar vader had gedaan.

'Nee, hoor.'

'Je ziet er moe uit,' zei Toto, die op een stukje brioche zat te kauwen.

'Ik heb niet zo goed geslapen. Volgens mij was ik bijna te moe om te slapen.'

'Nou, eet maar eerst wat. Dan brengen Cosima en ik je daarna naar de stad, als je wilt. Ik heb gehoord dat je koffer is gestolen.'

'Ik moet naar de bank,' zei ze terwijl ze plaatsnam naast Cosima, die een stoel voor haar had bijgetrokken.

'Ja, inderdaad. Je kunt nu inkopen doen en betalen als het geld er is. Je hebt hier heel wat krediet.'

Het was fijn om buiten te zijn, met de geur van eucalyptus die kwam aandrijven vanaf zee. 'Het is hier prachtig,' zei ze. 'Het laat vast niemand onberoerd.'

'Ergens anders zou ik niet kunnen wonen. Het leven is hier niet bijster opwindend, maar ik taal niet naar iets anders.' Hij grijnsde zijn dochter toe. 'Voor een kind is dit een fantastische plek om op te groeien. Je hebt een heleboel vriendinnetjes, hè Cosima?'

'Constanza is mijn beste vriendin,' zei ze ernstig. 'Eugenia wil mijn beste vriendin zijn, maar ik heb tegen haar gezegd dat dat niet kon, omdat Constanza dat al is.' Ze slaakte een diepe zucht. 'Constanza vindt Eugenia maar niks.' Ze trok haar neusje op en vergat vervolgens haar hele betoog omdat Cucciolo het huis uit kwam getrippeld samen met Falco. Hij glimlachte, maar zijn ogen bleven zo hard als steen; ze hadden iets wat Alba aan haar vader deed denken.

'Ik ga met Cosima en Toto naar de stad,' zei ze toen haar oom ging zitten en zichzelf een kop koffie inschonk. 'Misschien kun je me naar de kapel van San Pasquale brengen,' ging ze verder. 'Het zou leuk zijn om de plek te zien waar mijn ouders zijn getrouwd.' Falco zette de koffiepot neer en keek alsof ze hem een klap in het gezicht had gegeven. 'Immacolata heeft me over het festa di Santa Benedetta verteld. Het is allemaal in de kapel gebeurd, hè?' vervolgde ze zonder dat ze zich van enig kwaad bewust was.

'Dat wonder voltrekt zich al jaren niet meer,' zei Toto met een grijns. Het was wel duidelijk dat hij ook niet veel op had met het middeleeuwse rituaal.

'Ligt mijn moeder daar begraven?' vroeg ze, waarbij ze haar vraag aan Falco richtte, die wit was weggetrokken.

'Nee,' antwoordde hij vlak. 'Ze is begraven op de heuvel die uitkijkt over zee. Het is een afgelegen plek, waar ze kan rusten in vrede. Er staat geen steen op het graf.'

'Geen steen?'

'We wilden haar met rust laten,' zei hij. 'Ik neem je er vanmiddag wel mee naartoe.'

Toen Toto Alba en zijn dochter met de auto de kronkelende weg af naar de stad bracht, dwaalden Alba's gedachten als vanzelf af naar het raadsel dat haar moeders dood omgaf. Ze wilde Toto ernaar vragen, maar ze had het gevoel dat ze zulke dingen beter niet kon bespreken waar Cosima bij was. In plaats daarvan stelde ze het meisje vragen over haar dieren, zowel de echte als de denkbeeldige. Cosima boog zich voorover in de ruimte tussen de voorste stoelen en kwetterde er even enthousiast op los als een jonge vogel op een lenteochtend.

In de stad bracht Toto Alba naar de bank en hielp haar een rekening te openen, samen met de manager, die hij al vanaf de schoolbanken kende. Nadat ze met haar bank in Londen hadden gebeld, gaven ze haar graag krediet. Cosima vond het prachtig met haar mee te mogen naar de boetiek om kleren te kopen. Omdat ze geen moeder had, was ze er niet aan gewend toe te kijken hoe een vrouw jurken en schoenen aanpast; haar overgrootmoeder droeg altijd alleen maar zwart. Geïnspireerd door het enthousiasme van het kind paste Alba alles aan en bij elke outfit vroeg ze Cosima er een cijfer aan toe te kennen tussen de een en de tien. Cosima kraaide van vreugde en giechelde om de kleren die ze vreselijk vond en deelde dan grif nullen uit. Toto liet hen met z'n tweeën rondsnuffelen terwijl hij koffie ging drinken in de trattoria. Iedereen kende Cosima en er waren maar weinig mensen die niet van Alba's emotionele aankomst van de vorige dag op de hoogte waren. Samen liepen ze hand in hand over het trottoir en hielden bij elke winkel halt, lachend om hun weerspiegeling in het glas. Het was Alba niet ontgaan dat Cosima haar dochter had kunnen zijn. Ze leken sprekend op elkaar.

'Nu ga ik je voorstellen aan de dwergen,' kondigde Cosima opgewekt aan.

'De dwergen?' herhaalde Alba, die niet helemaal zeker wist of ze het wel goed had begrepen.

'*Si, i nani!*' zei Cosima, alsof het de gewoonste zaak van de wereld was. Ze leidde haar achternicht naar het donkere interieur van een grotachtige winkel waar van alles te koop leek te zijn, van stokdweilen en levensmiddelen tot kleding en speelgoed. De vrouw achter de toonbank glimlachte Cosima hartelijk toe. Ze zag er helemaal niet uit als een dwerg. Pas toen ze achter de toonbank vandaan stapte, drong het tot Alba door dat ze op een speciaal verhoginkje had gestaan, zodat ze langer leek. Zonder haar voetstuk was ze niet meer dan een meter twintig.

'Ik ben Maria. Jij bent Valentina's dochter,' zei de vrouw gretig. 'Ze zeggen dat je precies op haar lijkt.' Voordat Alba antwoord kon geven, kwam de rest van Maria's familie als muizen te voorschijn uit deuropeningen die schuilgingen achter de koopwaar. Het waren er een stuk of zes, allemaal rond de een meter twintig, met glimmende rode gezichten en montere glimlachjes. Alba bedacht dat ze allemaal prima tot hun recht zouden komen in een tuin, met een hengel in de hand en een malle muts op, maar zette die valse gedachte vervolgens weer uit haar hoofd toen haar te binnen schoot dat ze zou proberen haar leven te beteren.

'Verkoopt u ook kinderkleding?' vroeg ze.

'Ooo! Ja, hoor!' riep Cosima uit, en ze verdween in een van de gangpaden, haar glanzende krullen als veren dansend om haar hoofd. Alba, die werd gevolgd door de hele dwergenschare, schoot achter haar aan. Het meisje haalde mooie jurken te voorschijn en hield ze naar Alba op, terwijl de hoop glansde in haar bruine ogen.

'Goed dan, Cosima, een cijfer tussen de een en de tien. Welke jurken vind je mooi?' zei ze, en ze sloeg haar armen over elkaar en trok een ernstig gezicht. Eerst wist Cosima niet hoe ze het had. Ze had nog nooit meer dan één jurk per keer mogen uitzoeken. Koortsachtig van opwinding trok ze haar eigen kleren uit en bleef staan in haar witte onderbroek, met drie jurken tegelijk in haar handen, niet wetend welke ze het eerst moest aanpassen. Met hulp van Maria en haar dochters showde het kind de jurken als een prinsesje; ze schreed door het gangpad op en neer en draaide rond, zodat de rokken opbolden als bloemen. Geen enkel kledingstuk kreeg een nul. Cosima was zo opgetogen dat ze niet wist welke ze moest kiezen.

'Ik weet het niet,' jammerde ze bijna in tranen, en haar borstkas zwoegde op en neer terwijl haar ademhaling zich versnelde. 'Ik weet niet welke ik moet nemen!'

'Dan zit er niets anders op dan ze allemaal te kopen,' antwoordde Alba met een stalen gezicht. Met ogen als schoteltjes keek het meisje haar aan. Vervolgens barstte ze in tranen uit. Maria sloeg haar armen om haar heen, maar Cosima trok zich los en klemde zich snikkend aan Alba vast.

'Wat is er nou, lieverd?' vroeg Alba, en ze streelde over haar haar.

'Er heeft nog nooit iemand zo veel jurken voor me gekocht,' zei ze, moeizaam slikkend. Alba dacht aan de moeder, die haar kind in de steek had gelaten voor een tangodanser, en haar hart sloeg een slag over.

'Wacht maar tot je vader ze ziet. We kunnen vanavond wel een modeshow opvoeren. Dan houden we het geheim en verrassen we hem ermee.'

Cosima wreef met de rug van haar hand over haar ogen. 'O ja, zullen we dat doen?'

'Hij denkt vast dat je een prinsesje geworden bent.'

'O ja, dat denkt hij vast.'

'Kun je nu iets voor mij doen?'

'Ja.'

'Ik wil graag dat je je door mij laat tekenen.' Sinds haar jonge jaren had Alba niet meer getekend. Ze wist niet eens zeker of ze wel kón tekenen. 'Dan gaan we papier en krijtjes kopen en ga jij voor me poseren. Vind je dat goed?' Het meisje knikte enthousiast. 'Je moet me maar meenemen naar een mooi plekje. Dan maken we een picknickmand klaar en kun je me alles vertellen over Constanza en Eugenia en al je andere vriendinnetjes van school.'

Toen ze met armenvol tassen bij de trattoria aankwamen, viel Toto's mond open. 'Vandaag heeft de middenstand waarschijnlijk meer verdiend dan anders in een hele maand,' zei hij. Cosima glimlachte en slaakte een diepe zucht. Haar vader kneep zijn ogen tot spleetjes. 'Wat heeft dat gezicht te betekenen?' vroeg hij terwijl hij haar op zijn knie trok.

'Een verrassing,' zei ze giechelend. Hij keek naar Alba en vervolgens naar de tassen.

'Aha, ik snap het al.'

'Ik ben al mijn kleren kwijtgeraakt. En een vrouw moet kleren hebben,' verklaarde Alba.

'Ja, dat moet,' beaamde Cosima, en haar engelengezichtje straalde van geluk.

Voordat ze terugkeerden naar huis om te lunchen namen Toto en Cosima Alba mee naar de kapel van San Pasquale. Die lag midden in de stad, in een smal straatje dat uitkwam op een pleintje. De kapel was wit-blauw geschilderd en bood met zijn symmetrie en kloekheid een charmante aanblik. De klokkentoren stak omhoog in de frisse zeelucht, een vredig uitkijkpunt voor duiven en meeuwen. Alba liep door de zware houten deur waar bijna drie decennia tevoren haar moeder had gestaan, getooid met wit kant en madeliefjes, om met haar vader te trouwen. Ze bleef even staan en liet de aanblik van het middenpad tot zich doordringen, terwijl ze zich dat voorstelde versierd met bloemen, het geschitter van heiligenafbeeldingen en fresco's die de muren sierden, de glanzend gouden kroonluchter die het licht ving en twinkelde. Het altaar bevond zich aan de voet van een rijkversierd altaarstuk met daarop taferelen van de kruisiging en was keurig afgedekt met een gesteven witte doek, voorzien van gouden kandelaars en de bewerkte attributen voor de mis. Na alle eenvoud van de stad was de kapel opvallend weelderig. Maar haar aandacht werd vooral getrokken door het witmarmeren beeld van Christus dat in het verleden tranen van bloed zou hebben geplengd. Ze stapte erop af, haar espadrilles zacht op de flagstones.

Het was kleiner dan ze had gedacht, zonder enig teken van tranen, bloed of anderszins. Ze rekte zich uit om erachter te kunnen kijken, zoekend naar een verklaring, naar een of ander bewijs van een truc. 'Er valt daar niets te zien,' zei Toto, die naast haar kwam staan terwijl Cosima achterin was gaan zitten en de winkeltassen bewaakte met haar leven.

'Is het echt gebeurd?' vroeg Alba.

'O, ik twijfel er niet aan dat er íéts is gebeurd. Ik vraag me alleen af of het wel werd geïnspireerd door God.'

'Maar het heeft in geen jaren meer plaatsgevonden?'

'Niet sinds Valentina's dood.' Zijn toon was feitelijk.

'Immacolata beweert dat door haar het wonder is opgedroogd,' opperde Alba, terwijl ze met haar vingers het koude, levenloze stenen gezicht van Christus beroerde.

'Immacolata is een heel vrome vrouw. Ze heeft een man, een zoon en een dochter verloren. Het is niet zo gek dat ze het allemaal binnen dat kader probeert te verklaren. In haar ogen is Valentina een heilige, maar ze was een menselijk wezen. Een feilbaar menselijk wezen, net als wij allemaal.'

'Ik had er geen idee van dat ze zo'n invloed in Incantellaria had.'

'Ze was mooi en mysterieus, en is jong gestorven. Dit is een klein stadje, een bijgelovig stadje. Haar verhaal was zowel romantisch als tragisch. Niets grijpt mensen zo aan als de combinatie van romantiek en tragiek, denk maar eens aan Romeo en Julia. Vervolgens nam je vader Valentina's baby mee overzee. Het lijkt wel als een roman.' Alba dacht aan wat Viv hiermee zou doen en hoe ze het verhaal zou vereeuwigen in woorden.

'En zesentwintig jaar later keert ze terug,' voegde Alba eraan toe.

Toto knikte. 'En worden alle oude wonden weer opengereten.'

'Je vader heeft veel verdriet, hè?' zei ze.

'Hij is nooit over haar dood heen gekomen. En Immacolata ook niet. Maar Immacolata's verdriet is het natuurlijke verdriet van een moeder die haar kind heeft moeten verliezen. Bij mijn vader is het gekweldheid.'

'Hoezo?' vroeg ze, en met een vreemd gevoel van déjà vu dacht ze terug aan de ontroostbare uitdrukking op haar vaders gezicht op de avond waarop ze hem het portret had overhandigd.

Hij haalde zijn schouders op. 'Ik zou het niet weten.'

22

DE OPWINDING WAS GROOT TOEN ALBA COSIMA IN DE EERSTE VAN haar drie nieuwe jurken hielp. Immacolata zat met de rest van haar familie aan het hoofd van de tafel te gissen naar het soort verrassing dat ze hadden. 'Ze geloven vast hun ogen niet,' zei Alba, die de strik op de rug knoopte. 'Je ziet eruit als een engeltje.' Ze kreeg de neiging over de moeder van het meisje te beginnen. Sinds ze in Incantellaria was gearriveerd, had niemand haar naam nog genoemd. Cosima deed alsof ze niet bestond, maar Alba had wel een idee hoe het werkelijk zat, want ze herkende zichzelf in het stilzwijgen van het kind: vanbinnen borrelden vragen die op een dag zouden overkoken en iedereen het vuur na aan de schenen zouden leggen als ze niet nu eerlijk en gevoelvol zouden worden beantwoord. 'Ga ze nu maar allemaal eens laten zien hoe mooi je eruitziet.' Cosima danste met de lichtvoetigheid van een tuinelfje het zonlicht in. Haar entree werd verwelkomd met een luid applaus en kreten in de trant van 'Er komt nog meer!' van Cosima, die weer het huis in schoot om de volgende jurk aan te trekken.

Alba leefde met haar mee. Ze sloeg de uitdrukkingen op de gezichten van de familieleden van het meisje gade: niemand was toegeeflijker en blijer dan haar vader. Alba slaakte een diepe zucht en haar gedachten dwaalden af naar haar eigen vader. Ze stond niet vaak stil bij herinneringen, want het heden was een stuk aangenamer, maar toch dacht ze met enige verrassing terug aan die keer dat haar vader haar had meegenomen om op konijnen te jagen achter het huis in Beechfield. Ze waren hand in hand de heuvel op gelopen, zijn geweer over zijn schouder, zijn passen lang en doelgericht, en waren toen op hun buik gaan liggen, terwijl het vochtige gras onder hun kin kietelde. De geur van de pasgeoogste graanakkers dreef nu vanuit het mistige verleden haar neusgaten binnen en deed haar duizelen van weemoed. Haar vader had een konijn geschoten, had het gevild en de ingewanden verwijderd, en ze hadden een vuurtje gemaakt en het gebraden, terwijl de zon over de velden spoelde en ze in een roze gloed zette. Alleen zij tweetjes. Ze herinnerde zich het nu weer.

Cosima kwam weer binnen om zich voor de derde keer te verkleden en Alba werd wakker geschud uit haar gepeins. Ze hielp haar uit de ene jurk en in de andere. Alba pakte de kleren op die het meisje in een hoop op de grond had laten liggen en hing ze netjes over de rugleuning van de stoel. Ze bedacht dat ze nu ineens – heel anders dan anders – zo netjes was, als een soort redderende moeder, en het verbaasde haar hoe vanzelfsprekend dat leek. Aan het eind van de modeshow kwam ze te voorschijn uit de schaduwen en klapte met de anderen mee. Toto bedankte haar en ze wist wat de stiltes tussen zijn woorden betekenden: nu zij er was, voelde hij sterker dan ooit de afwezigheid van zijn vrouw.

Na de lunch ging Immacolata naar binnen om een dutje te doen. Falco bood aan met Alba naar Valentina's graf te gaan. Cosima sprong van haar stoel en wilde mee. Ze keek gretig naar Alba op. Maar Alba wilde Falco alleen spreken. Ze stelde voor later op de dag met haar ergens te gaan picknicken, alleen zij tweetjes. Daar nam het kind genoegen mee en ze keek hen na toen ze wegliepen door de olijfgaard en draaide zich vervolgens op haar hakken om om met de ezel te gaan spelen.

'Wat is ze een schat,' zei Alba, in de hoop hem even af te leiden van gedachten aan zijn overleden zus.

Falco knikte. 'Het is een heerlijk kind. Mijn zoon is een goede vader. Het is niet makkelijk geweest.'

'Hij is een vader uit duizenden. Hij geeft haar alles wat ze nodig heeft.'

'Hij kan haar niet álles geven,' zei hij knorrig. 'Hij zou moeten hertrouwen, zodat zijn kind weer een moeder krijgt.'

'Niemand kan de plaats van Cosima's moeder innemen,' zei ze, iets te snel, denkend aan zichzelf.

'Nee, natuurlijk niet,' antwoordde hij, en hij keek haar een hele poos doordringend aan. 'Maar moet je eens zien hoe ze is opgebloeid sinds jij hier bent.'

'Ik heb alleen maar een paar jurkjes voor haar gekocht,' zei ze met een schouderophalen.

'Het betekent veel meer. Jij bent jong. Ze heeft behoefte aan een jonge vrouw om tegen op te kijken. Als rolmodel.'

'Ze heeft Beata, haar *nonna*,' merkte Alba op, hoewel zij ook wel besefte dat de aanwezigheid van de stille vrouw in huis niet genoeg was.

'Je weet toch dat je altijd je vriend Gabriele kunt uitnodigen, hè? Wanneer je maar wilt,' zei hij, en Alba glimlachte. Ze wist wel dat ze allemaal hoopten dat ze bij hen zou blijven.

'Dank je. Misschien doe ik dat ook nog wel,' antwoordde ze, terugdenkend aan Gabrieles knappe gezicht.

Over een stoffig pad dat door het bos voerde liepen ze de heuvel af. Het getsjirp van krekels weerklonk door de stille middaglucht, die heerlijk naar rozemarijn en pijnbomen rook. Alba voelde zich ongemakkelijk in Falco's gezelschap. Niet dat hij vervelend deed, hoewel hij een bruuske manier van doen had, maar hij had iets duisters en sombers over zich, alsof hij in schaduwen gehuld ging. Terwijl ze naast hem voortliep, daalden die schaduwen ook over haar neer. Ze voelde een zware, onbestemde zwaarte over zich komen. Het viel haar niet mee het gesprek met hem gaande te houden. In het begin was hij blij geweest om haar te zien, blijer dan hij met woorden had kunnen uitdrukken. Zijn vreugde was overgegaan in tranen en vervolgens in rauw gelach. Hij kon het ene moment huilen en zich het volgende ogenblik op de dijen slaan van plezier – volkomen onvoorspelbaar. Nu was het alsof alleen al haar aanblik hem te veel aan Valentina deed denken. Maar zij was Valentina niet. Haar aanwezigheid kon zijn zus niet terugbrengen. Ze leek in de verste verte niet op haar. Misschien was dat een teleurstelling geweest. Misschien had hij niet alleen op een fysieke gelijkenis gehoopt, maar ook op eenzelfde karakter. Naar de verhalen die Immacolata haar had verteld te oordelen, kon Alba niet aan haar tippen. Het was een hele opluchting dat ze niets van haar wisten.

Falco was even oud als haar vader, ergens achter in de vijftig, en toch waren ze allebei oud voor hun leeftijd. Ze liepen allebei op dezelfde manier krom, alsof ze werden neergedrukt door een onzichtbaar gewicht dat zwaar op hun schouders lag. Allebei glimlachten ze, maar in hun blik lag een onpeilbare onrust.

Het pad voerde het bos uit en kwam uit in een citroenboomgaard. Links van hen, waar de heuvels steil oprezen, stond de oude vervallen uitkijktoren die ze vanaf de zee had gezien, uitdagend de elementen te trotseren.

'Ze vond het hier heerlijk,' zei hij, terwijl hij zijn handen in zijn zakken stak. 'Ze was dol op de geur van citroenen, en uiteraard heb je hier een schitterend uitzicht op zee.' Hij ging haar voor naar de andere kant van de boomgaard, bij het klif, waar een enkele knoestige, kronkelige olijfboom zich koesterde in de zon. 'Hier hebben we haar begraven.' Onder de boom stond een eenvoudig houten kruis met haar naam erop. 'Ze had je vaders boot al lang voor de anderen aan zien komen en rende omlaag naar de haven. Als je hier meteen de rotsen af gaat, ben je daar verrassend snel. Als Valentina iets in haar hoofd had, kon niets haar tegenhouden.'

'Ik weet zeker dat ze hier gelukkig is. Het is hier heel vredig.'

'De uitkijktoren was ook een lievelingsplek van haar. Ze heeft er uren zitten wachten tot je vader aan het eind van de oorlog terugkwam.'

'Het is erg romantisch.' Alba wilde haar moeders aanwezigheid voelen hier in de schaduw van deze boom, maar ze voelde alleen maar de zware wolk die om Falco heen hing. 'Wil je me de toren laten zien?' vroeg ze, en ze draaide zich om om de heuvel op te lopen. Zonder een woord te zeggen liep Falco achter haar aan.

'Wauw! Je kunt hier kilometers ver kijken!' riep ze opgetogen uit, en ze zoog de zuivere zeelucht tot diep in haar longen. Ze wierp een blik op Falco's zorgelijke gezicht.

'Doe ik je aan haar denken?' vroeg ze toen boudweg, met haar hoofd schuin. 'Zie je haar elke keer dat je mij ziet? Ben je daarom zo van slag?'

Hij schudde zijn hoofd, haalde zijn schouders op en stak toen zijn handpalmen in de lucht. 'Natuurlijk lijk je op haar. Je bent haar dochter.'

'Maar doet dat pijn, Falco? Brengt het feit dat ik hier ben alles weer naar boven?' Haar vraag overviel hem.

'Ik denk het wel,' antwoordde hij bedaard. Opeens had ze te doen met deze forse man en wilde ze iets tegen hem zeggen om hem te troosten.

'Ze is nu bij God,' zei ze zwakjes.

'Ja, zij wel. Maar wij zijn achtergebleven in de hel.' Ze schrok van de heftigheid waarmee hij dat zei en kromp even in elkaar. Verward knipperde ze met haar ogen. Hij verzweeg iets voor haar. Misschien hadden ze wel ruzie gehad op de dag dat ze stierf. Misschien was ze wel doodgegaan voordat hij haar zijn excuses had kunnen aanbieden, zaten mensen daar na een sterfgeval niet wel vaker mee?

Ze draaide zich om en keek om zich heen. Boven hen, half aan het zicht onttrokken door dichte bossen, bevonden zich de verre torens en spitsen van een paleis. 'Wie woont daar?' vroeg ze, om over iets anders te beginnen.

'Niemand. Het is een ruïne.'

'Dat moet er vroeger indrukwekkend hebben uitgezien.'

'Inderdaad, maar de familie raakte verdeeld door een vete en het palazzo werd aan zijn lot overgelaten.' Zijn toon was vlak.

'Ik ben dol op ruïnes. Ze zijn zo heerlijk mysterieus. In Engeland hebben we oude spookkastelen. Ik stel me altijd graag voor wie daar hebben gewoond en hoe dat moet zijn geweest.'

'Je zou daar niet eens bij kunnen komen, al zou je het willen,' voegde hij eraan toe. 'Het bos eromheen is ondoordringbaar.'

'Wat jammer.'

Falco schudde zijn hoofd. 'Kom, Cosima zit vast op je te wachten.'

'Dank je wel dat je me hebt meegenomen hiernaartoe,' zei ze, terwijl ze hem glimlachend aankeek. 'Ik snap wel hoe zwaar dit alles je moet vallen. Als je van iemand houdt en diegene verliest, gaat de pijn nooit meer over, hè?' Hij knikte even en liep terug de heuvel af.

Zoals Falco al had gezegd, zat Cosima inderdaad in de olijfgaard op haar te wachten, een mand met etenswaren in haar hand. Alba's stemming klaarde helemaal op toen ze vanaf een afstandje de kleine gestalte geduldig in de zon zag staan. Zodra het kind haar in de gaten kreeg, begon ze opgewonden te zwaaien en Alba zwaaide terug en haastte zich verder, blij dat ze Falco met zijn schaduwen alleen kon laten.

Alba stelde voor dat ze terug zouden gaan naar de uitkijktoren. Daar was het niet alleen prachtig, maar ze wilde bovendien dicht bij de kronkelige olijfboom zijn waar haar moeder lag begraven. Cosima wachtte tot Alba haar papier en kleurkrijt van binnen had gehaald. Toen Alba terugkwam, pakte ze haar hand. 'Wat heb je daar in die mand?' vroeg Alba, naar binnen turend.

'Appels, mozzarella, broodjes met tomaat en koekjes.'

'Heerlijk,' zei ze. 'Wat een feest!'

'In Engeland eten jullie toch ook?' vroeg Cosima argeloos.

'Natuurlijk. Maar Italië is beroemd om zijn eten en om zijn mooie landschappen, architectuur en taal.'

'O, ja?' Ze trok haar neus op. 'Om de taal?'

'Jazeker, je zou andere talen eens moeten horen. Afgrijselijk, net valse klanken. Italiaans is net muziek die heel mooi wordt gespeeld.'

'Ik vind het helemaal niet leuk om te luisteren als Eugenia bandjes draait. Die doen pijn aan mijn oren.'

'Wees dan maar blij dat ze Italiaans praat als ze geen bandjes draait!'

Ze installeerden zich naast de uitkijktoren en Cosima beet in een appel. Alba sloeg haar schetsboek open en nam een krijtje tussen duim en wijsvinger. Ze had geen idee waar ze moest beginnen: bij het hoofd, het haar of de ogen. Ze bleef een hele poos naar het meisje zitten kijken. Ze wilde niet zozeer haar gelaatstrekken vastleggen als wel de uitdrukking die daarin besloten lag. Cosima's uitdrukking was engelachtig en ondeugend, en ook een tikje heerszuchtig. Hoewel haar wangen nu ze haar mond vol appel had opbolden als die van een eekhoorn.

'Kun jij goed tekenen?' vroeg het meisje met gesmoorde stem, lustig kauwend.

'Ik weet het niet. Ik heb nooit eerder getekend. Niet echt.'

'Als het mooi wordt, mag ik je tekening dan houden?'

'Alleen als hij goed wordt. Als hij mislukt, gooi ik hem in zee.'

'Net als dit klokhuis,' zei Cosima, en ze gooide het zo ver weg als ze kon. Het kwam neer op een rots.

'Goed geprobeerd.'

'Ik vind het niet fijn om te dicht bij de rand te staan. Misschien val ik er dan wel af.'

'Dat zou heel erg zijn.'

'Waarom praat jij Italiaans?' Cosima haalde een broodje uit de mand.

'Omdat mijn moeder Italiaanse was.'

'Jouw moeder was mijn oudtante. Dat heeft papa me verteld.'

'Ja, dat was ze inderdaad.'

'Ze is omgekomen.'

'Ja, helaas is ze gestorven voordat ik haar kon leren kennen. Mijn vader is met een andere vrouw getrouwd.'

'Vind je je nieuwe moeder leuk?'

'Niet echt. Niemand haalt het ooit bij je echte moeder. Ze is altijd aardig voor me geweest, maar ik geloof dat ik mijn vader helemaal voor mezelf wilde.'

'Ik heb mijn vader helemaal voor mezelf,' zei Cosima trots, en ze streek haar nieuwe roze jurk glad.

'Dan mag je van geluk spreken. Hij is een prima man, die vader van jou. Hij houdt heel veel van je.'

Terwijl ze zaten te praten, begon Alba te schetsen. Ze concentreerde zich er niet op, maar liet het krijt gewoon zijn eigen gang gaan. 'Je zult je moeder wel missen,' zei ze. Opeens zette Cosima een ernstig gezicht.

'Ik geloof niet dat ze nog terugkomt,' zei ze met een zucht. Toen voegde ze er opgewekt aan toe: 'Maar dat geeft niet, hè?'

'Weet je, toen ik klein was, praatte er nooit iemand met me over mijn moeder. Daar werd ik heel verdrietig van, omdat het leek of ik geen herinneringen aan haar mocht hebben. De wereld van de grote mensen kan vaak verwarrend lijken voor een kind. Tenminste, voor mij was hij verwarrend. Ik wilde gerustgesteld worden dat ze van me had gehouden en dat haar dood niets met mij te maken had. Ik wilde niet het gevoel hebben dat ze me in de steek had gelaten. Jouw moeder had een goede reden om ervandoor te gaan, maar dat was niet omdat ze bij jóú weg wilde. Ik denk dat ze wel wist dat ze jou niet mee kon nemen. Voor jou was het beter om bij je familie te blijven. Ze zal je wel heel erg missen.' Cosima dacht daar met een plechtig gezicht over na. Die uitdrukking was niet goed voor het portret. Alba hield op met tekenen. 'Wat is ze voor iemand, je moeder?' Het gezicht van het kind klaarde weer op en Alba zette haar krijtje weer op het papier.

'Ze is heel mooi. Ze draagt haar haar graag opgestoken. Ze heeft lang, glanzend haar. Ik wil mijn haar ook opsteken. Volgens mij lijk ik op haar. Tenminste, dat zegt iedereen. Ze vertelde me altijd verhaaltjes voor het slapengaan, zodat ik niet bang zou zijn. Ik vond het niet leuk als ze ruzie had met papa. Papa vond dat ook niet leuk. Maar met mij maakte ze nooit ruzie.'

'Natuurlijk niet. Grote mensen maken om de gekste dingen ruzie met elkaar, zeker Italianen,' zei Alba, die nu met de ogen bezig was. Cosima had ver uiteenstaande ogen, net als Toto. Ze hadden een heel zachte honingbruine kleur.

'Ze kan goed koken,' vervolgde Cosima. Toen moest ze lachen. 'Papa zei altijd dat ze de beste paddestoelenrisotto van heel Italië kon maken.' Ze zweeg even en voegde er toen luchtig aan toe: 'Zij heeft nooit drie jurken voor me gekocht.'

Alba keek op van haar tekening. 'Ze zou verrast zijn, denk je niet?'

'Ze zou mijn haar borstelen en mijn gezicht wassen.'

'Tja, het heeft ook weinig zin om mooie kleren aan te trekken als je gezicht en je haar niet netjes zijn.'

'Heb jij kinderen?'

Alba glimlachte en schudde haar hoofd. 'Ik ben niet getrouwd, Cosima.'

'Misschien ga je wel met Gabriele trouwen.' Cosima giechelde ondeugend.

Alba wist even niet wat ze moest zeggen. 'Wie heeft jou over Gabriele verteld?'

'Ik hoorde mijn opa met papa praten.'

'Ik ken Gabriele niet echt,' zei ze. 'Ik heb hem ontmoet in de haven van een stadje hier in de buurt en hij heeft me met zijn boot hiernaartoe gebracht.'

'Papa zei dat je hem mocht bellen en hier mocht uitnodigen.'

'O ja, heeft hij dat gezegd?'

'Is hij knap?'

'Heel knap.'

'Hou je van hem?'

Alba grinnikte om haar onschuldige vragen. 'Nee, ik hou niet van hem.' Cosima keek teleurgesteld.

'Ik hou van een man die Fitz heet,' zei ze. 'Maar hij houdt niet van mij.'

'Dan zou ik Fitz maar vergeten. Ik wil wedden dat Gabriele wel van je houdt.'

'Liefde moet groeien, Cosima. Hij kent me amper.' Peinzend arceerde ze de haarpartij.

'Als je wilt, kan hij wel een keer mee gaan picknicken. Dan kun je daarna met hem trouwen.'

'Was het maar zo eenvoudig,' verzuchtte Alba, die Fitz opeens miste.

'Weet je, over een poosje word ik zeven,' babbelde Cosima verder, die genoeg kreeg van het poseren.

'Je bent al heel groot!'

'Dan trek ik een van mijn nieuwe jurken aan,' zei ze blij. 'En steek ik mijn haar op, net als mama.'

Toen Alba klaar was, hield ze haar schetsboek op een armlengte afstand om het portret te bestuderen. Het was goed gelukt. Dat verraste haar, want ze was nooit ergens bijster goed in geweest, behalve dan in winkelen.

Cosima kwam achter haar staan en ademde zwaar over haar schouder. 'Wat mooi, zeg!' riep ze uit.

'Goed, hè?'

'Je gaat het toch niet in zee gooien?'

'Nee, dat denk ik niet.'

'Mag ik het hebben?'

Alba wilde er eigenlijk geen afstand van doen. 'Nou, goed dan,' gaf ze toe. 'Als jij me even een broodje aangeeft.'

Ze liepen de heuvel af naar de olijfboom. 'Hier ligt mijn moeder begraven,' vertelde ze Cosima. Het was vreemd om te bedenken dat Valentina onder haar voeten lag, dichterbij dan in zesentwintig jaar het geval was geweest.

'Ze is daar niet!' riep Cosima uit. 'Ze is in de hemel.'

'Daar stel ik me haar ook graag voor,' zei ze, maar bij zichzelf bedacht ze dat Valentina's geest nog steeds in het huis ronddoolde, te midden van de kaarsen en de schrijnen en het museum dat Immacolata van haar kamer had gemaakt.

Toen Alba het pad af liep naar de stad, nadat ze Cosima bij het huis had achtergelaten bij haar dieren en het portret dat ze aan haar familie kon laten zien, merkte ze dat haar gedachten terugkeerden naar Fitz. Ze overwoog hem te bellen. Ze was in een opperbeste stemming na de gezellige picknick met Cosima, op wie ze ontzettend dol begon te worden. De schoonheid van haar omgeving was adembenemend. Het avondlicht was roze en weemoedig, en haar hart hunkerde naar liefde. Ze zou willen dat hij hier was om zijn armen om haar heen te slaan en haar zo'n intieme zoen van hem te geven. Ze dacht niet dat ze daar nu nog erg door van slag zou raken. Misschien zou ze hem vanavond bellen – wat kon er tenslotte nou helemaal voor ergs gebeuren?

Toen ze bij de trattoria kwam, werd ze begroet door Lattarullo, die in zijn eentje een kop sterke koffie zat te drinken. Zijn overhemd zat onder de vetvlekken en zijn haar was onverzorgd en stak in grijze pieken omhoog. Hij nodigde haar uit bij hem te komen zitten. 'Ik zal een drankje voor je bestellen om je welkom te heten in Incantellaria,' zei hij, de ober wenkend. 'Waar heb je zin in?' Hoewel Alba liever in haar eentje wat door het stadje had willen dwalen waar haar moeder was opgegroeid, kon ze niet anders dan op zijn aanbod ingaan.

'Een kopje thee graag,' zei ze terwijl ze plaatsnam.

'Op en top Engels,' grinnikte hij, en hij snoof en veegde met de rug van zijn hand langs zijn neus.

'Nou, ik ben dan ook Engelse,' reageerde ze koeltjes.

'Je ziet er niet Engels uit, op je ogen na tenminste. Die zijn heel vreemd.' Ze wist niet of ze dat als een compliment moest opvatten. Lattarullo, die genoot van het geluid van zijn eigen stem, praatte niettemin verder. 'Ze zijn heel licht. Een aparte kleur grijs. Bijna blauw.' Hij boog zich naar haar toe en zijn koffieadem omhulde haar in een onwelriekende wolk. 'Ik zou ze violet noemen. Je moeder had bruine ogen. Je lijkt precies op haar.'

'Hebt u haar goed gekend?' vroeg Alba, die besloot dat ze als ze toch zijn koffieadem en opdringerige observaties moest trotseren, maar beter kon zorgen dat ze daar ook iets voor terugkreeg.

'Ik heb haar gekend toen ze een klein meisje was,' zei hij trots.

'En, wat was ze voor iemand?'

'Een zonnestraaltje.' Ja, daar heb ik wat aan, dacht Alba. Immacolata en hij hadden de gewoonte om in clichés over Valentina te praten.

'Hoe was haar bruiloft?' vroeg ze. Die vraag had ze tenminste nog niet gesteld. Lattarullo fronste zijn wenkbrauwen en keek haar aan alsof het een absurde vraag was.

'Bruiloft?' herhaalde hij, terwijl hij haar met een uitdrukkingsloos gezicht knipperend met zijn ogen aankeek.

'Ja, haar trouwerij.' Heel even dacht ze dat ze misschien het verkeerde woord had gebruikt. 'U weet wel, toen ze met mijn vader trouwde?'

'Er is helemaal geen bruiloft geweest,' zei hij op fluistertoon.

Alba's hart stond stil. 'Geen bruiloft? Hoezo niet?'

Hij bleef haar een hele poos aankijken en zijn gezicht leek op dat van een opgezette vis zoals die in Engelse pubs aan de wand hingen. 'Omdat ze toen al dood was.' Alle kleur trok weg uit Alba's gezicht. Valentina was dus nooit met haar vader getrouwd geweest…

'Vond het auto-ongeluk dan plaats vóór de bruiloft?' herhaalde ze langzaam. Geen wonder dat haar vader niet had gewild dat ze naar Italië zou gaan.

'Er is helemaal geen auto-ongeluk geweest, Alba,' zei hij. 'Valentina is vermoord.'

23

Beechfield Park, 1971

NA DE MOORD OP VALENTINA BEZWOER THOMAS ZICHZELF DAT HIJ
de herinneringen aan die verschrikkelijke tijd in een kist zou stoppen, die op slot zou draaien en hem naar de bodem van de zee zou
laten zakken, zoals een scheepswrak met daarin de lichamen van de
opvarenden. Jarenlang had hij zich verzet tegen de macabere aan-
drang om die kist te gaan zoeken, hem open te wrikken en door de
roestige inhoud te rommelen. Margo had hem gered van de donkere schaduwen waartussen hij zich ophield en had hem, terwijl hij
verwoed met zijn ogen knipperde, een wereld van licht en liefde
binnengevoerd, ook al was het dan een ander soort liefde. Hij was
die afgesloten kist nooit vergeten, maar de herinnering eraan kwelde hem in zijn dromen. Dan was Margo er met haar troostende
hand op zijn voorhoofd en zakte de kist weer veilig weg in het zich
almaar ophopende zilt op de bodem van de zee. Hij had gehoopt
dat, als hij uiteindelijk zou sterven, de kist helemaal in dat zilt zou
zijn weggezakt en dat hij niet meer boven zou komen.
  Maar hij had geen rekening gehouden met Alba's vaste voornemen om een duik te nemen in deze wateren. Jarenlang had hij uit
alle macht geprobeerd haar op het droge te houden. Maar ze had
het portret gevonden, de sleutel tot de kist, en ze wist dat er ergens
een slot was waar die sleutel precies in paste. Hij was trots op haar
omdat ze zo slim was en een deel van hem had bewondering voor
haar vastberadenheid, want het was voor het eerst van haar leven
dat ze doelgericht naar iets streefde. Maar haar vader was bang voor
haar. Ze had geen flauw idee van wat er in de kist zat. Dat die, als hij
eenmaal was geopend, niet meer dicht zou kunnen. Ze zou de waarheid achterhalen en daarmee moeten zien te leven; ze zou zelfs haar
eigen verleden moeten herschrijven.

Nu had Thomas geen andere keus meer dan de kist op te diepen uit de zee, het zout en het koraal eraf te vegen die zich erop hadden afgezet, en hem opnieuw te openen. Alleen al de gedachte daaraan stuitte hem tegen de borst en verkilde hem tot op het bot. Hij stak een sigaar op en schonk zichzelf een glas cognac in. Hij vroeg zich af of Alba Immacolata had gevonden. Of die nog leefde. Misschien was Lattarullo er ook wel, wellicht met pensioen, babbelend als altijd zonder zich erom te bekommeren of er iemand luisterde. Hij dacht aan Falco en Beata. Toto moest nu volwassen zijn; wie weet had hij zelf wel kinderen. Of ze hadden na Valentina's dood mogelijk besloten dat het hun alleen maar ongeluk zou brengen als ze op die plek zouden blijven wonen. Het kon zijn dat Alba hen niet zou vinden. Voor haar bestwil hoopte hij maar dat ze als ze terugkwam nog steeds een frisse en onschuldige verbeelding zou hebben, want hoewel hij nooit tegen haar had gelogen, had hij haar eigen kinderlijke versie van de waarheid ook nooit gecorrigeerd. Hij had niet tegen haar gezegd dat hij nooit met haar moeder was getrouwd, dat ze in de nacht voor hun bruiloft was vermoord. Als ze de waarheid ontdekte, zou ze het dan begrijpen? Zou ze hem ooit vergeven?

Trekkend aan zijn sigaar leunde hij achterover in zijn leren stoel. Margo was uit rijden met de paarden en hij was alleen, de kist aan zijn voeten, de sleutel in zijn handen. Hij hoefde alleen het slot maar los te draaien en het deksel open te doen. Hij hoefde niet naar het portret te kijken, want haar gezicht was nu zo duidelijk alsof ze nog maar kort tevoren voor hem had gestaan.

Weer omhulde hem haar warme vijgengeur, die hem terugvoerde naar Incantellaria. Het was avond. De volgende dag zou hij trouwen. Zijn hart was helemaal vervuld en liep over van geluk. Het festa di Santa Benedetta was hij vergeten. Het rampzalige moment waarop Christus had geweigerd te bloeden. Hij had ook amper nagedacht over de vreemde woorden die Valentina had gesproken. Nu stak hij de sleutel in het slot, klapte het deksel omhoog en herinnerde ze zich weer, en hij dacht na over hun betekenis: we kunnen niet zonder de zegen van Christus. Ik weet wel hoe ik die moet krijgen. Ik maak het wel in orde, dat zul je zien.

Italië, 1945

Die nacht was Thomas rusteloos van opwinding. Hij kon niet slapen in de trattoria, want de lucht was warm en plakkerig, ondanks het briesje vanaf zee. Hij trok een broek en een hemd aan, en wandelde op en neer over het strand, zijn handen in zijn zakken, nadenkend over zijn toekomst. In de stad was het stil. Alleen een enkele kat sloop op zijdezachte pootjes door de schaduwen op zoek naar muizen, met zijn buik tegen de grond. De blauwe bootjes die op het strand waren getrokken kregen in het halfduister een inktachtige kleur. Het was volle maan; de hemel was diep en glinsterde van de sterren, die als edelstenen weerspiegelden in de kabbelende golfjes. Hij dacht terug aan zijn avonturen uit de oorlog, inmiddels een hele tijd geleden, en voelde zich even schuldig dat hij niet de moeite had genomen zijn familie ervan op de hoogte te stellen dat hij zou gaan trouwen. Hij had hun niet eens verteld over zijn dochter. Maar hij zou Valentina en Alba mee naar huis nemen en iedereen verrassen. Hij wist zeker dat zij net zo veel van haar zouden houden als hij.

Terwijl hij glimlachte, dwaalden zijn gedachten af naar Valentina. Hij zou trots met haar door het stadje lopen. Haar op zondag meenemen naar de kerk, zoals traditie was, met de kleine Alba in haar armen, en iedereen zou haar schoonheid en voorkomen bewonderen. Ze zouden haar door het middenpad zien schrijden met die unieke tred van haar, alsof ze alle tijd van de wereld had. Hij zou Jack een weekend te logeren vragen en ze zouden na het eten in de studeerkamer een sigaar roken en een glas whisky drinken. Ze zouden lachen om de oorlog, om de avonturen die ze hadden beleefd. En ze zouden terugdenken aan de dag dat het lot hen naar de kust van Incantellaria had gevoerd. Ze zouden herinneringen ophalen aan Rigs vertolking van Pagliacci, de nachtvlinders, en aan Valentina, zoals ze daar in haar witte jurk, halfdoorzichtig in het zonlicht, in de deuropening van Immacolata's huis had gestaan. Jack zou hem benijden en hem bewonderen. O Jack, dacht hij terwijl hij over het strand slenterde. O, kon je er maar bij zijn.

Thomas had de plannenmakerij en voorbereidingen voor de bruiloft aan Immacolata en Valentina overgelaten. Hij wist dat de kleine kapel van San Pasquale zou worden versierd met bloemen, de aronskelken die Valentina zo mooi vond. Hij wist dat Valentina's jurk tot in de puntjes zou worden verzorgd door de stokoude, maar beruchte signora Bellanotte, wier vingernagels lang en vergeeld waren als oude kaas. Naderhand zou er worden gedanst in de trattoria. Hij stelde zich voor dat de hele stad zou worden uitgenodigd. Lorenzo zou trekharmonica spelen, de kinderen zouden van de wijn nippen, en overal zou gelach opklinken – de oorlog allang vergeten, een stralende en optimistische toekomst binnen ieders bereik. Immacolata, Beata en Valentina hadden dagenlang in de keuken gestaan om te marineren, te bakken, te glazuren en te garneren. Er leek geen einde aan de voorbereidingen te komen. Ze hadden het er zo druk mee dat Thomas zijn verloofde amper zag. Ze liet hem alleen met Alba terwijl zij de stad in ging om een boodschap te doen of om haar jurk nog een keer te passen, terwijl ze vrolijk van de rotsen danste, al lopend naar hem zwaaide en instructies riep voor Alba, die kieskeurig en verwend was.

Hij keek uit naar avonden alleen met zijn vrouw, wanneer hij de zilte geneugten van haar huid weer zou kunnen smaken. Wanneer hij haar mond weer kon kussen in de wetenschap dat hij er zo lang over kon doen als hij wilde, dat hij niet gestoord zou worden. Hij keek ernaar uit de liefde met haar te bedrijven, om haar als zijn echtgenote in zijn armen te houden. Hij keek ernaar uit om voor de wet een paar te vormen, met God als hun getuige.

Als Freddie nog zou leven, wat zou hij dan van haar vinden? Freddie kennende zou hij haar schoonheid en haar glimlach wantrouwen. Freddie was geen romantisch type geweest, maar een realist. Hij zou met een vrouw zijn getrouwd die hij zijn hele leven al had gekend, een opgewekte, aardse vrouw die een goede echtgenote en moeder zou zijn. Hij had niet geloofd in het soort liefde dat Thomas en Valentina hadden; hij had dat maar iets gevaarlijks gevonden, die wilde, allesverterende passie. Toen Thomas dit keer aan Freddie dacht, kromp hij niet ineen van de pijn. Hij was zijn broers dood gaan accepteren, en hoewel niemand zijn plaats kon innemen, had Thomas' liefde voor Valentina de leegte in zijn hart gevuld. Maar hij dacht wel dat Freddie uiteindelijk van haar had kunnen houden. Het was onmogelijk om dat niet te doen. Freddie zou zijn broer op de rug hebben geklopt en hebben toegegeven dat hij zich gelukkig mocht prijzen, want dat hem meer ten deel was gevallen dan een normaal mens mocht verwachten.

Het was drie uur in de ochtend. Hij wilde niet moe zijn op zijn trouwdag. In Italië duurden de feestelijkheden dagenlang, dus hij moest zo fit mogelijk zijn. Hij wandelde over het strand terug naar de rij gebouwen die uitzagen op zee. Straks zou de dag aanbreken en zouden de blauwe luiken worden opengegooid om de zon binnen te laten. De potten geraniums die de balkons sierden zouden water krijgen en de dode bloemen zouden eruit worden geknipt, en de katten zouden terugkeren van hun nachtelijke jacht om in de warmte te gaan liggen soezen.

Toen hij terugliep naar de trattoria hoorde hij in de verte onmiskenbaar de muziek van de trekharmonica. Lorenzo's diepe, melancholieke stem rees op in de zwoele lucht terwijl hij een lied zong van leed en verlies. Wat hij precies ten gehore bracht over de dood ging verloren en Thomas kon er geen wijs uit worden.

Vannacht slaap ik voor de laatste keer als vrijgezel, dacht hij blij. Morgen ben ik getrouwd. Hij vlijde zijn hoofd op het kussen en viel in een vredige en verkwikkende slaap.

Een paar uur later werd hij wakker doordat er driftig op zijn deur werd geklopt. 'Tommy! Tommy!' Het was de stem van Lattarullo. Thomas ging rechtop in bed zitten en de angst sloeg hem om het hart. Hij deed de deur open en zag dat het gezicht van de carabiniere grauw zag van ellende. 'Valentina,' bracht hij hijgend uit. 'Ze is dood.'

Thomas bleef hem een hele poos aanstaren terwijl hij tot zich door probeerde te laten dringen wat hij zojuist te horen had gekregen. Misschien was dit een nachtmerrie en was hij nog niet goed wakker. Hij kneep zijn ogen tot spleetjes en schudde zijn hoofd. 'Wat zeg je nou?'

Lattarullo herhaalde wat hij had gezegd en voegde eraan toe: 'U moet met me meekomen.'

'Dood? Valentina? Hoe dan?' Thomas voelde de grond onder zijn voeten wegzakken en zijn hart begon te hameren, eerst langzaam en vervolgens in een angstaanjagend tempo. Hij greep zich vast aan de deurpost om niet om te vallen. 'Ze kan niet dood zijn!'

'Ze ligt in een auto op de weg vanuit Napels. We moeten nu gaan, voordat... voordat...' bracht hij hortend uit.

'Voordat wat?'

'Voor het hele circus losbarst,' zei Lattarullo.

'Waar heb je het over?'

'Komt u nou maar mee. Dan begrijpt u het wel.' Lattarullo's stem was een smeekbede.

IJlings trok Thomas de broek en het hemd aan die hij de vorige avond had gedragen, stapte in zijn schoenen en volgde Lattarullo naar buiten, waar Falco in de auto zat te wachten. Falco's gezicht zag wit en somber. Hij had donkere kringen om zijn ogen en schaduwen maakten zijn wangen hol. Zijn blik was leep en moeilijk te doorgronden. Thomas vertrouwde hem niet. De twee mannen keken elkaar aan, maar geen van beiden zei iets. Falco was de eerste die wegkeek, alsof de verdenking die van Thomas' gestaar uitging hem te veel werd. Thomas klom achterin en Lattarullo startte de motor. De auto hoestte en proestte, en maakte uiteindelijk voldoende toeren om in beweging te komen. De dag brak net aan. De zon was bleek en onschuldig, alsof hij niets wist van de brute moord die nu het daglicht zag.

Thomas had talloze vragen, maar hij besefte dat hij daarmee moest wachten. Zijn hoofd bonsde alsof het in een koude metalen klem zat. Hij wilde zich overgeven aan zijn verdriet, zoals toen hij te horen had gekregen dat zijn broer was omgekomen, maar hij was niet in staat zijn tranen de vrije loop te laten met Lattarullo en Falco erbij. In plaats daarvan klemde hij zijn kaken op elkaar en probeerde gelijkmatig adem te halen. Wat deed Valentina midden in de nacht op de weg vanuit Napels? De avond voor haar bruiloft? Hij herinnerde zich wat ze had gezegd: *we kunnen niet zonder de zegen van Christus. Ik weet wel hoe ik die moet krijgen. Ik maak het wel in orde, dat zul je zien.* Wat had ze bedoeld? Waar was ze naartoe geweest? Hij kreeg een zinkend gevoel in zijn maag van spijt. Hij had het haar moeten vragen. Hij had er meer aandacht aan moeten besteden.

Op het laatst kon hij de spanning niet langer aan.

'Hoe is het gebeurd?'

Falco gromde en wreef over zijn voorhoofd. 'Ik heb geen idee.'

Thomas verloor zijn geduld. 'In godsnaam, we hebben het wel over mijn verloofde!' riep hij uit. 'Je weet toch wel iets? Is de auto van de weg af geraakt? Er is geen vangrail om ongelukken te voorkomen...'

'Het was geen ongeluk,' zei Falco bedaard. 'Het was moord.'

Toen ze ter plaatse arriveerden, zag Thomas allereerst de auto. Het was een bordeauxrode Alpha Romeo convertible met een schitterend interieur van leer en notenhout. Hij stond keurig geparkeerd in een parkeerhaven met uitzicht op zee. Toen hij de vrouw onderuitgezakt op de passagiersstoel zag liggen, werd hij even overspoeld door vreugde. Het was Valentina niet. Natuurlijk was zij het niet. Hier lag een vrouw met opgestoken haar, haar polsen, vingers en oren schitterend van de diamanten, een gezicht dat met zwarte kohl en felrode lippenstift was opgemaakt als dat van een hoer. Haar keel was doorgesneden met een mes en het bloed had vlekken gemaakt op haar avondjurk met pailletten en de witte bontstola die als een geslacht dier om haar schouders lag gedrapeerd. Haar wangen waren even wit als de stola. Naast haar zat een man die hij niet herkende, al even elegant, met grijs haar en een smalle grijze snor. Bloed sijpelde uit zijn mond. Op de ivoorkleurige zijden sjaal die om zijn hals zat gebonden was het al opgedroogd. Thomas keek naar Falco en fronste zijn wenkbrauwen.

'Dat is Valentina niet,' begon hij, maar toen leek het of plotseling zijn hart uit zijn borstkas werd gerukt. Falco keek alleen maar terug. Thomas' blik ging weer naar de auto. Hij had zich vergist. Het was Valentina wél, maar niet de Valentina die hij kende.

Mijn lievelingsedelsteen is diamant. Ik zou wel een halsketting willen hebben van de mooiste diamanten, al was het maar om één avond te schitteren en te weten hoe het is om je een dame te voelen.

Op dat moment opende hij het portier en stortte zich op haar lijk, snikkend van wanhoop en ongeloof, rouwend om de vrouw die hij had gekend en om zichzelf omdat hij was verraden. Hij klemde zich aan haar vast; haar lichaam was nog warm en rook sterk naar een parfum dat hij niet herkende. Hoe kon Valentina zo gekleed gaan? Wat deed ze in deze auto met die vreemde man? Op de avond voordat ze zou gaan trouwen? Het sloeg allemaal nergens op. Hij schudde haar heen en weer, alsof hij haar wakker zou kunnen maken. Was zijn liefde dan niet genoeg?

Hij voelde dat ruwe handen hem naar achteren trokken en van haar af sleurden. Opeens stonden er een heleboel mannen in blauwe uniformen en met petten op om de auto heen. Er waren politieauto's komen aanrijden, met jankende sirenes. De pers was ook gearriveerd en er waren camera's, flitslampen, opgewonden stemmen. Te midden van al deze chaos begon het te regenen, en rechercheurs haastten zich om de plaats delict veilig te stellen voordat het bewijsmateriaal verloren zou gaan.

Thomas werd opzij geduwd als een figurant in een film. In verwarring keek hij toe hoe de politie de dode man omzichtig benaderde. Niemand leek enige aandacht te besteden aan Valentina. Vervolgens zag hij een paar mannen obscene gebaren maken in haar richting, waarna ze uitbarstten in rauw gelach. Terwijl hij zich in een hel van vuur en pijn bevond, realiseerde hij zich dat alle andere mensen om hem heen blij waren. Er werd geglimlacht, er werd op ruggen geklopt, er werden grappen gemaakt. Een dikke rechercheur in een lange jas wreef in zijn handen voordat hij onder zijn regenhoed een sigaret aanstak, alsof hij wilde zeggen: goed, alles klaar hier, zaak opgelost.

Thomas wankelde naar hem toe. 'Doe iets!' riep hij uit, zijn ogen vlammend van woede.

'En u bent?' antwoordde de rechercheur, die hem met tot spleetjes geknepen, intelligente ogen opnam.

'Valentina is mijn verloofde!' stamelde hij.

'Wás uw verloofde. Die vrouw verkeert niet in een positie om met wie dan ook te trouwen.' Thomas' mond ging open en toen weer dicht, als die van een drenkeling, maar er kwam geen geluid uit. 'U bent hier niet bekend, nietwaar, signore?' vervolgde de man. 'De vrouw is voor ons niet van belang.'

'Waarom niet? Ze is vermoord, verdomme!'

De rechercheur haalde zijn schouders op. 'Ze was gewoon op het verkeerde moment op de verkeerde plek,' zei hij. 'Knappe meid. *Che peccato!*'

Terwijl de regen van zijn haar in zijn ogen droop, strompelde Thomas naar Falco en greep hem bij de kraag van zijn hemd. 'Jij weet wie dit heeft gedaan!' beet hij hem toe. Falco's brede schouders begonnen te schokken. De ijzeren ruggengraat die hem overeind hield begon te smelten en hij boog voorover, met zijn armen om zijn eigen lichaam geslagen. Thomas was verbijsterd om zo'n stevig gebouwde man te zien huilen en voelde zich verrassend opgelucht toen ook hij als een klein kind begon te snikken. Ze klemden zich in de regen aan elkaar vast. 'Ik heb nog geprobeerd haar tegen te houden!' jammerde Falco. 'Maar ze wilde niet luisteren.'

Thomas kon geen woord uitbrengen. Hij was helemaal kapot van verdriet. De vrouw met wie hij zou gaan trouwen had al die tijd van een ander gehouden, en daar had ze met haar leven voor moeten boeten. Hij maakte zich los uit Falco's omhelzing en braakte op de grond. Iemand had Valentina's zachte, tere keel doorgesneden met een mes. De bruutheid van de moord, in koelen bloede, maakte hem helemaal gek van verdriet. Degene die Valentina van haar toekomst had beroofd, had ook de zijne verwoest.

Hij probeerde zich haar lieve gezicht voor te stellen, maar kon alleen het masker zien dat in elkaar gezakt op de voorste stoel van de Alfa Romeo lag. Het masker van de vreemdelinge die een dubbelleven had geleid waar hij niets van wist. Toen hij over de vochtige grond gebogen stond, klaarde de mist op: *oorlog maakt beesten van mannen en maakt vrouwen tot schaamtevolle wezens ... Ik zou niet willen dat zij dezelfde fouten in haar leven maakte als ik ... Je kent me nog niet, Tommy.* Ze had ontzettend graag uit Incantellaria weg gewild. Was hij alleen dát voor haar geweest: een paspoort naar een nieuw leven waarin ze een nieuwe start kon maken en haar smerige, schaamtevolle verleden achter zich kon laten?

Hij voelde een hand op zijn rug en zag toen hij zich omdraaide Lattarullo naast hem in de regen staan. 'Ik heb haar nooit echt gekend, is het wel?' zei hij met een desolate blik op de carabiniere.

Lattarullo haalde zijn schouders op. 'U bent niet de enige, signor

Arbuckle. Niemand van ons heeft haar echt gekend.'

'Waarom doen ze alsof zij er niet toe doet?' De politie was nog steeds druk in de weer met de dode man, als wespen om een honingpot.

'Herkent u hem dan niet?'

'Wie is hij?' Thomas keek in alle onschuld naar hem op. 'Wie is hij dan in vredesnaam?'

'Dat, mijn vriend, is de duivel in eigen persoon. Lupo Bianco.'

Later, toen Thomas als een slaapwandelaar was teruggekeerd naar de trattoria, zocht hij de portretten bij elkaar die hij van Valentina had getekend. Het eerste was een verbeelding van haar deugdzaamheid en mysterie, getekend op de ochtend na het festa di Santa Benedetta op de kliffen bij de uitkijktoren, lieflijker dan de dageraad, maar als hij er nu over nadacht even vluchtig. Het tweede was een verbeelding van het moederschap. Hij had uitstekend de tedere uitdrukking op haar gezicht weten te treffen terwijl ze had toegekeken hoe haar baby dronk aan haar borst. Haar liefde voor haar dochter was oprecht, onbezoedeld, puur. Misschien had de intensiteit ervan haarzelf verrast. Hij zocht naar het derde portret, waarna hem te binnen schoot dat Valentina dat met zich mee naar huis had genomen.

Immacolata's huis was zo stil en kalm als een graftombe. De oude weduwe zat in de schaduwen en richtte een schrijn in voor haar dochter, naast de twee die ze al had gemaakt voor haar echtgenoot en haar zoon. Haar blik was met doffe berusting op haar taak gericht. Toen Thomas naderbij kwam, sprak ze met heel zachte stem. 'Ik word weduwe genoemd omdat ik mijn man heb verloren, maar wat ben ik nu ik ook twee kinderen kwijt ben? Daar is geen woord voor, omdat het te verschrikkelijk is om uit te spreken.' Ze sloeg een kruisje. 'Ze zijn met z'n allen bij God.' Thomas wilde haar vragen of zij iets had geweten van Valentina's dubbelleven, maar de oude vrouw zag er zo breekbaar uit zoals ze daar in haar eigen persoonlijke hel verkeerde dat hij zich er niet toe kon zetten.

'Ik zou graag Valentina's kamer willen zien,' zei hij in plaats daarvan.

Immacolata knikte ernstig. 'De trap op, de overloop over en dan links.' Hij liet haar alleen met haar kaarsen en gezangen, en ging de trap op naar de kamer die tot de vorige avond nog aan Valentina had toebehoord.

Toen hij het kleine vertrek binnenkwam, waren de luiken gesloten en de gordijnen dichtgetrokken, en lag haar witte nachtpon klaar op het bed. Op de kaptafel lagen haar borstels en stonden de flesjes die ze nog maar zo kortgeleden had gebruikt. Hij kreeg een brok in zijn keel en hij kon maar moeilijk ademen, want in de kamer hing een sterke geur van vijgen. Hij liet zich neerzakken op het bed, bracht haar nachtpon naar zijn gezicht en ademde haar geur in.

Naarstig begon hij te zoeken naar het ontbrekende portret. Hij trok alle laden uit, zocht tussen de kleren in de klerenkast, keek onder het bed, onder de lakens en het tapijt – overal. Hij zocht de kamer centimeter voor centimeter af. Desondanks was het portret nergens te vinden.

24

Italië, 1971

ALBA EXCUSEERDE ZICH EN LIET LATTARULLO ALLEEN, TERWIJL ZE
haar thee amper had aangeroerd. De gepensioneerde carabiniere
keek haar na toen ze wegliep, verbaasd dat ze niet op de hoogte was
geweest van de afschuwelijke omstandigheden waaronder haar
moeder was gestorven. De gewelddadigheid daarvan stuitte hem
tot op de dag van vandaag tegen de borst. Vaak moest hij eraan terugdenken. Valentina was een toonbeeld geweest van schoonheid
en elegantie, ondanks de geheime wereld waarvan ze deel had uitgemaakt. Het was alleen maar een kwestie van tijd geweest voordat
een nieuwsgierige journalist haar gangen was nagegaan en een artikel over haar had geschreven in *Il Mezzogiorno*. Lorenzo voegde
nog een paar verzen toe aan de ballade die hij had gecomponeerd,
over voortekenen, moord en de geheime wereld van een vrouw die
zo lieftallig is als een veld wilde viooltjes. 's Avonds had hij die gezongen; zijn klaaglijke stem had door de stad gegalmd totdat iedereen het lied uit zijn hoofd kende en Valentina in plaats van dat ze
werd herdacht zoals andere overledenen nu voortleefde als legende.
Ze had haar delicate voetafdrukken overal over de stad verspreid
liggen. Er was in de jaren na haar dood weinig veranderd. Alles herinnerde hem aan haar en soms, in de zilveren gloed van een volle
maan, meende hij dat hij haar steels om een hoekje had zien sluipen,
waarbij de witte stof van haar jurk zowel het licht ving als zijn verbeelding in gang zette. Valentina was als een regenboog geweest,
die er van een afstandje tastbaar uitziet, maar verdwijnt zodra je
dichterbij komt. Een onmogelijke luchtgeest, een prachtige regenboog – het feit dat ze was vermoord maakte haar alleen nog maar
mysterieuzer.
      Met bonzend hart rende Alba de rotsen op naar Immacolata's

huis. Haar vader had tegen haar gelogen, haar stiefmoeder had met hem samengezworen, zelfs Falco en Immacolata hadden de waarheid verzwegen. Dachten ze soms dat ze achterlijk was? Ze had er recht op te weten hoe het met haar moeder zat. Ze dacht aan Fitz en Viv; zelfs zij zouden dit in hun stoutste dromen niet hebben kunnen vermoeden.

Haar voeten glipten weg op de rotsen en ze schaafde haar knie, die begon te bloeden. Woedend slaakte ze een luide vloek, maar ze klopte zich af en vervolgde haar weg, met het vaste voornemen om Falco de hele waarheid te ontfutselen. Toen ze bij het huis kwam, zat Beata onder de bomen Cosima voor te lezen. Het meisje had zich tegen haar grootmoeder aan gevlijd en zoog op haar duim.

'Waar is Falco?' wilde Alba weten. Beata keek op van haar boek. Toen ze Alba's roze gezicht en glazige ogen zag, betrok haar eigen gezicht en verstarde ze als een dier dat gevaar ruikt. Cosima nam haar achternicht ernstig op.

'Hij is in de citroenboomgaard,' zei ze, en ze keek Alba na toen die zich het pad af haastte en tussen de bomen verdween.

'Is Alba boos?' vroeg Cosima.

Beata kuste haar op haar slaap. 'Volgens mij wel, *carina*. Maar maak je geen zorgen. Straks lacht ze weer, dat geef ik je op een briefje.'

Alba rende de citroenboomgaard door tot ze Falco had gevonden. Toen hij haar zag, zette hij zijn kruiwagen neer en sloeg zijn armen over elkaar. Hiervoor was hij al bang geweest vanaf het moment dat ze hier was gekomen. 'Waarom heb je me verdomme niet verteld dat mijn moeder is vermoord?' riep ze hem toe, en ze zette haar handen op haar heupen. 'Wanneer was je van plan me dat te gaan vertellen? Of had je het helemaal niet willen zeggen, net als mijn vader?'

'Je vader wil je alleen maar beschermen, Alba,' zei hij bruusk, en hij vervolgde zijn weg door de boomgaard naar de kliffen. Alba kwam achter hem aan.

'Nou, wie heeft haar vermoord?'

'Dat is een lang verhaal.'

'Mooi. Ik heb net zolang de tijd als jij nodig hebt om het te vertellen.'

'Laten we een plekje zoeken waar we rustig kunnen zitten.'

'Ik wil de waarheid horen, Falco. Ik heb het recht die te weten.'

Falco stak zijn handen in zijn zakken. 'Dat recht heb je inderdaad. Maar het is niet prettig om te horen. Dat zul je nog wel merken. Het is niet simpelweg zo dat je moeder niet lang genoeg is blijven leven om met je vader te trouwen; dat haar leven haar op brute wijze werd ontnomen. Dat is nog maar het topje van de ijsberg. Kom, laten we hier gaan zitten.' Hij liet zich op de grond zakken naast de boom waaronder Valentina begraven lag. Alba ging in kleermakerszit naast hem zitten en sloeg haar ogen verwachtingsvol naar hem op.

'Nou, waarom is ze vermoord?' vroeg ze. Haar stem klonk oneerbiedig, alsof ze het eerder over een personage in een roman had dan over iemand van vlees en bloed, laat staan over haar moeder. De barsten in Falco's hart die nooit waren genezen, gingen weer open en deden pijn.

'Ze werd gedood met een mes op haar keel.' Hij maakte met zijn vingers een gebaar over zijn eigen hals en zag Alba's wangen grauw worden. 'Ze was in Napels geweest met haar minnaar, de beruchte maffiabaas Lupo Bianco.'

'Lupo Bianco? Wie mag dat dan wel zijn?' onderbrak Alba hem. 'Ik kan niet geloven dat ze met een andere man mee zou zijn gegaan op de avond voordat ze met mijn vader zou trouwen.'

'Ze was toen al een tijdje Lupo Bianco's maîtresse.'

'Wie was hij dan?'

'Zo'n beetje de machtigste man in het zuiden. In mijn jonge jaren heb ik Lupo zelf gekend. We gingen samen vissen. Hij had toen al sadistische trekjes. Eerst waren het vissen, later mensen. Een leven betekende weinig voor hem. Hij werd gezocht door de politie voor afschuwelijke misdaden. Maar hij was zo glad als een aal en niets had vat op hem. Hij profiteerde gigantisch van de oorlog. Verdiende miljoenen door afpersing, chantage en zelfs moord. Hij bracht al zijn geld onder op geheime rekeningen die nooit zijn opgespoord. Degene die hem vermoordde bewees de politie een dienst, hoewel er daarna wel een enorme vete ontstond tussen Lupo's opvolger, Antonio Il Morocco, en de *camorra* van Napels. Een ruzie over tonijnprijzen, die vandaag de dag nog steeds niet is beslecht.'

'Wist mijn vader ervan?'

'Hij kwam erachter op de ochtend van haar dood.'

'Arme papa!' zei ze met een zucht. 'Dit heb ik nooit geweten.'

'Ze lag dood in de auto van Lupo Bianco, helemaal opgedirkt met bont en diamanten. Hij schrok zich een ongeluk. Maar ik stond er niet van te kijken. Ik begreep Valentina beter dan wie ook. Ze was geen slecht mens, ze was alleen maar zwak – meer niet. Ze was mooi en ze hield van mooie dingen. Ze was verzot op aandacht, ze hield van intriges en avontuur. Ze wilde graag weg uit Incantellaria. Ze was te intelligent voor een stadje als dit. Ze was net een vogel die nooit zijn vleugels helemaal kon uitslaan. Hier werd ze beknot. Ze had kunnen schitteren in Rome, Milaan of Parijs, zelfs in Amerika. Ze was veel te bijzonder om door de simpele mensen hier begrepen te kunnen worden. Maar boven alles hield ze van de liefde. Ze was eenzaam. Ze was net een lege honingpot, die altijd door anderen gevuld moest worden. Maar ze was een overlever en zo slim als een stadse vos. Vergeet niet dat het oorlogstijd was.' Hij schudde zijn hoofd en zijn dikke krulhaar viel voor zijn ogen. 'Misschien had ik beter mijn best moeten doen om haar tegen te houden, maar ik had mijn eigen strijd te leveren.'

'Hield ze dan helemaal niet van mijn vader?' vroeg Alba met een klein stemmetje.

Falco raakte teder haar arm aan. 'Volgens mij begon ze pas toen hij weg was te beseffen dat ze van hem hield. Vervolgens kwam ze erachter dat ze zwanger was, en jij, Alba, was haar allergrootste vreugde.' Alba sloeg haar ogen neer en keek strak naar het gras voor haar voeten. 'Ze lette erop dat ze gezond at, zo gezond als maar kon in oorlogstijd. Dankzij haar connecties met Lupo Bianco en anderen wist ze eten te krijgen op de zwarte markt, en een Amerikaan gaf haar de medicijnen die ze nodig had.'

'Zette ze haar verhouding voort toen ze zwanger was van mij?'

Falco zei niets. Ze beet peinzend op de huid rond haar duimnagel.

'Je werd thuis geboren, en mama en een vroedvrouw assisteerden bij de bevalling. Vanaf dat moment bewaarde ze zichzelf voor je vader. Ze had plannen, snap je. Ze zou in Engeland gaan wonen en een gezin stichten. Ze zou een respectabele vrouw worden, een dame. Je vader had haar verteld over zijn grote huis, waar zij in zou komen te wonen. Ze keek er ontzettend naar uit. Toen jij eenmaal was geboren, deden alleen jij en je vader er nog toe. Toen hij terugkwam, hadden ze voor niemand anders oog dan voor elkaar en voor jou. Ze zaten onder de bomen in de tuin en keken naar hoe je lag te slapen. Jij was alles voor hen. Hij tekende haar en ze voerden gesprekken. Maar ze vertelde hem niets over haar geheimen. Ze wilde het niet bederven. Ik probeerde haar over te halen om hem de waarheid te vertellen. Ik wist zeker dat hij, als hij echt van haar hield, niets liever zou willen dan haar hier weghalen en naar een plek brengen waar ze veilig zou zijn en goed zou worden verzorgd.'

'Waarom werd ze dan vermoord?'

Falco bleef even zwijgen en keek uit over zee. Zijn gezicht verhardde zich en zijn blik werd duister en gekweld. 'De laatste paar dagen had ik geregeld woorden met haar. Ik vond dat ze hem de waarheid moest vertellen. Zij wilde niet luisteren. Valentina kon zo koppig zijn als een ezel. Ze zag eruit alsof ze geen vlieg kwaad zou doen, maar onder die engelachtige buitenkant zat een soms harde en zelfzuchtige vrouw. Toen vatte ze het belachelijke plan op om het uit te maken met haar minnaar. Alsof ze door hem van haar plannen op de hoogte te brengen bij God in een beter blaadje zou komen te staan. Snap je, het beeld van Christus huilde niet meer.'

'Het beroemde festa di Santa Benedetta, daar weet ik alles van,' zei ze. 'Beschouwde mijn moeder dat als een slecht voorteken?'

'Ze was erg bijgelovig. Ze geloofde dat het weinig goeds voorspelde voor de bruiloft en voor haar toekomst. Ze ging naar Napels om Lupo Bianco te vertellen dat ze Italië zou verlaten.'

'Gehuld in bont en diamanten?'

'Laten we maar zeggen dat ze zich voor de gelegenheid kleedde, Alba. Ze was een toneelspeelster.' Bitter kneep hij zijn lippen op elkaar. 'Ik heb me wel eens afgevraagd of ze misschien nog één laatste keer de bloemetjes buiten wilde zetten. Wie weet hield ze op haar manier ook wel van Lupo Bianco. Dat laatste avontuur had mogelijk helemaal niets met bijgeloof te maken.'

'Maar zou ze dan alleen daarvoor alles op het spel hebben gezet?' Alba was ontzet.

'Valentina? Zeker weten. Het was gewoon de zoveelste rol die ze speelde, misschien wel die waar ze het meest van genoot. Ze zou die persoon nooit meer worden. Ze zou weggaan om een dame te worden. Het zou best kunnen dat ze de verleiding niet kon weerstaan.'

'Dus ze werd vermoord omdat ze op het verkeerde moment op de verkeerde plek was?'

'Dat vond de politie. Ze werd vermoord omdat ze had gezien wie Lupo Bianco om zeep had geholpen. Ze wist te veel. Zo simpel is het.'

Ongelovig schudde Alba haar hoofd. 'Als ze die avond niet was uitgegaan, zou ze nu nog leven.'

'Nu je de waarheid weet, begrijp je vast wel waarom je vader het allemaal voor je heeft verzwegen. Hij heeft op de dag dat ze stierf gezworen dat hij jou zou beschermen tegen alle verschrikkingen uit Valentina's verleden.' Hij drukte haar hand. 'Hij heeft juist gehandeld.'

Alba zat voor de spiegel in Valentina's kleine slaapkamer. Ze staarde naar haar spiegelbeeld, het evenbeeld van haar moeder. Nu ze wist hoe het was gegaan, besefte ze dat zijzelf precies zo in elkaar zat. Niet alleen uiterlijk, maar ook wat betreft haar tekortkomingen. En ze had nog wel geloofd dat haar moeder een toonbeeld was van deugd, een engel, en dat zijzelf haar onwaardig was. Ze had verachting gevoeld voor haar lege, loze leven en haar straatkatmentaliteit. Hoe meer ze had nagedacht over de volmaaktheid van haar moeder, hoe onvolmaakter ze zelf geworden was, in het besef dat zij nooit aan haar zou kunnen tippen. Maar toch moest haar vader al die tijd, wetend wat voor leven ze leidde, hebben bedacht hoeveel ze op haar moeder leek. Hij moest wanhopig zijn geweest.

En Margo? Alba werd vervuld van schaamte. Margo was op de hoogte van de ware toedracht en had haar willen beschermen tegen de kwalijke details van haar moeders verleden. Ze had alleen maar geprobeerd haar een fijn thuis en een fatsoenlijk gezinsleven te bieden. Alba liet haar hoofd in haar handen zakken terwijl ze nadacht over haar tactloze gebaar om Valentina's portret aan haar vader te geven, van hem te verwachten dat hij naast de haard zou gaan zitten en haar charmante verhalen zou gaan vertellen over een vrouw wier geheime leven zo weinig charmant was geweest. Ze moest huilen toen ze dacht aan het verdriet dat ze hem in de loop der jaren had gedaan, zo vaak als ze de rauwe wond die Valentina zijn hart had toegebracht had opengereten.

Wat zou Fitz nu van haar vinden? Zij was niet beter dan haar moeder was geweest. Fitz verdiende een betere vrouw, onzelfzuchtig, niet zoals zij, niet zoals haar moeder. Ze pakte een schaar en begon lukraak haar haar af te knippen.

Gefascineerd keek ze toe hoe de veerachtige plukken neervielen op de kaptafel. Eerst waren het dunne sprieten en vervolgens grote, dikke lokken. Ze had een heleboel haar. Toen ze het kort had geknipt, concentreerde ze zich erop het tot op haar schedel af te knippen. Het kon haar niet schelen hoe ze eruitzag. Ze wilde niet langer mooi zijn. Ze wilde niet langer manipuleren, verleiden, mannen om haar vinger winden. Ze wilde dat mensen haar zouden beoordelen om wie ze was, niet omdat ze een oppervlakkige en onverdiende schoonheid bezat. Evenals Valentina wilde ze opnieuw beginnen. Anders dan Valentina kreeg zij daar de kans toe.

De woorden die Dikzak had gesproken kwamen haar weer op pijnlijke wijze voor de geest: *als je mij zou willen pijpen, zou ik nog wel bereid zijn je vlucht naar huis te betalen!*, en ze bloosde, alsof hij dat zojuist tegen haar had gezegd. In de loop van een paar dagen was haar hele leven overhoopgehaald. Dingen waarin ze had geloofd gingen niet langer op. Ze zag zichzelf in een ander licht. Ze draaide haar hoofd voor de spiegel en nam haar nieuwe uiterlijk in zich op. Als een slang had ze haar oude huid afgeschud en ze voelde zich vernieuwd, bevrijd. Niemand zou nu nog kunnen zeggen dat ze op haar moeder leek. En ook zou niemand nog een opmerking maken over haar schoonheid. Ze glimlachte haar spiegelbeeld toe, veegde haar gezicht af met een handdoek en ging naar beneden, naar Immacolata.

Toen Cosima haar zag, slaakte ze een verbaasde kreet. 'Alba heeft al haar haar afgeknipt, nonna!' Beata kwam binnen vanuit de tuin en Immacolata haastte zich de salotto uit. Onder aan de trap bleef Alba staan, haar haar kort, piekerig en ongelijkmatig, maar met een waardigheid die ze eerder niet had bezeten.

'Wat heb je met je prachtige haar gedaan, kind?' vroeg Immacolata, die naar haar toe geschuifeld kwam.

'Ik vind het mooi staan,' zei Cosima met een glimlach. 'Net een elfje.'

Immacolata liep langzaam naar Valentina's schrijn en nam het portret in haar handen. Behoedzaam ging ze zitten en ze klopte op de bank om Alba naast zich te noden. 'Je hebt met Falco gepraat,' zei ze ernstig. 'Luister eens, Alba, je moeder was een vat vol tegenstrijdigheden. Maar ondanks alles had ze een groot hart, en ze hield heel veel van jou en van je vader.'

'Maar ze heeft hem bedrogen. Ze had een minnaar.'

Immacolata pakte haar kleindochters hand. 'Lieve kind,' zei ze zacht, 'hoe zou jij ook maar in de verste verte kunnen begrijpen hoe het is om in oorlogstijd te overleven? Alles was toen anders. Er was hongersnood, dood, barbaarse toestanden, wanhoop, goddeloosheid, allerlei vormen van kwaad. Valentina was kwetsbaar. Haar lieftalligheid maakte haar kwetsbaar. Tegen soldaten kon ik haar niet beschermen. Ik kon haar ook niet verbergen. Af en toe het bed delen met een belangrijk, machtig man was haar manier om te overleven, dat moet je proberen te begrijpen. Probeer haar in de context van haar tijd te zien. Toe.' Alba staarde omlaag naar het gezicht dat haar vader zo niet-ziend had getekend.

'Falco zei dat ze van mijn vader hield,' zei ze.

'Dat deed ze ook, Alba. Eerst niet; ik moest haar ertoe aanmoedigen. Ik zei tegen haar dat ze het stukken slechter zou kunnen treffen dan door te trouwen met een aardige, knappe Engelse officier. Maar ze werd helemaal uit zichzelf verliefd op hem.'

'Dus u wist het al die tijd al?'

'Natuurlijk wist ik het. Ik kende Valentina beter dan mezelf. Moederliefde is onvoorwaardelijk, Alba. Valentina hield op diezelfde manier van jou. Als ze je had kunnen zien opgroeien, zou ze ondanks je fouten van je hebben gehouden. Misschien daarom juist nog wel meer. Valentina was geen engel, ze was geen heilige; ze was een feilbaar menselijk wezen, net als wij allemaal. Wat haar van de rest onderscheidde was haar vermogen om te veranderen. Maar als er íémand dicht bij de vrouw kwam die ze in werkelijkheid was, dan was het je vader wel, omdat hij haar tot moeder maakte. Dat raakte haar in haar hart. Haar liefde voor jou was zuiver en oprecht.'

'Ik ben niet beter dan zij was, nonna,' zei Alba. 'Dat is ook de reden waarom ik mijn haar heb afgeknipt. Ik wil niet zijn zoals zij. Ik wil niet mooi zijn zoals zij. Ik wil mezelf zijn.'

Immacolata streek met een beverige hand over haar jeugdige wang en keek met vochtige ogen naar haar gelaatstrekken. 'Je bent nog steeds mooi, Alba, omdat je schoonheid hiervandaan komt.' Ze drukte een gebalde vuist tegen haar eigen borst. 'Je moeders schoonheid kwam ook van binnenuit.'

'Mijn arme vader. Hij heeft alleen maar geprobeerd me te beschermen.'

'Dat deden we allemaal. Je vader had groot gelijk dat hij je mee naar Engeland nam. Hoeveel verdriet het ons ook deed, hij heeft de goede keus gemaakt. Het zou niet gezond zijn geweest om op te groeien onder zo'n donkere schaduw. Iedereen was op de hoogte van de moord; ze praatten hier over niets anders. De kranten stonden vol verhalen over Valentina's verhouding. Ze werd afgeschilderd als een hoer. In niet één artikel werd iets gezegd over haar hart. Hoe groot dat was, hoe vervuld. Niet eentje sprak over wat ze gaf, alleen maar over wat ze nam. Nu je terug bent gekomen, ben je oud genoeg om de waarheid onder ogen te kunnen zien. Ik heb zesentwintig jaar van je leven niet mogen meemaken, maar die heb ik graag opgeofferd in de wetenschap dat je veilig was.'

Nu was het Alba's beurt om de hand van haar grootmoeder in de hare te nemen. 'Het wordt tijd om haar los te laten,' zei ze, met ogen die schitterden van emotie. 'Het is tijd om haar te bevrijden. Ik voel dat haar geest hier ronddoolt in dit huis en een donkere en ongelukkige schaduw over ons allemaal werpt.'

Immacolata dacht een poosje na. 'Ik wil de schrijn niet kwijt,' protesteerde ze.

'Jawel, dat moet. Laten we de kaarsen uitblazen, de ramen open-
zetten en haar met blijdschap gedenken. Ik stel voor om een dienst
te houden in de kleine kapel voor haar nagedachtenis. Laten we een
feest geven. Laten we haar afscheid vieren.'

Ondanks haar tranen werd Immacolata enthousiast. 'Dan kan
Falco herinneringen aan haar ophalen. De goede. Ludovico en Paolo kunnen komen logeren met hun gezin. We kunnen in de tuin
eten, een feestmaal.'

'Laten we haar een behoorlijke grafsteen geven en bloemen
planten op haar graf.'

'Ze hield het meest van aronskelken.'

'En viooltjes zouden ook leuk zijn. Wilde. Een heleboel. Laten
we er iets moois van maken.'

'Wat ben je toch verstandig, Alba. Ik had nooit kunnen vermoeden dat jouw komst zo veel zou veranderen.'

Die avond stond de familie bij elkaar in de salotto. Cosima hield Alba's hand vast, Beata die van haar zoon, en Falco was alleen met zijn
gedachten. Immacolata nam Valentina's kaars in haar trillende handen. De vlam had sinds de ochtend van haar dood, zesentwintig jaar
geleden, voortdurend gebrand. Zelfs als de was helemaal tot het
laatste stukje van de lont was gesmolten, was er een nieuwe kaars
aangestoken met dezelfde vlam en ter vervanging van de vorige
neergezet. Immacolata had de kaars geen enkele keer laten uitgaan.

Met veel ceremonie mompelde ze een lang gebed en sloeg nadrukkelijk een kruisje. Ze liet haar blik over haar familie dwalen,
waarna hij op haar oudste zoon bleef rusten. 'Het wordt tijd om het
verleden los te laten,' zei ze zonder haar ogen van hem af te wenden.
'Het wordt tijd om Valentina te laten gaan.' Vervolgens blies ze de
kaars uit.

Ze bleven allemaal doodstil naar de rokende lont staan kijken.
Niemand zei iets. Toen blies een vlaag koele wind het raam open,
tilde Valentina's portret van de muur en liet het even in de lucht
zweven, waarna het op de grond dwarrelde met de beeltenis naar
omlaag gekeerd. De lucht raakte vervuld van de zware, onmiskenbare geur van vijgen. De vrouwen glimlachten. Het volgende moment was de geur verdwenen en roken ze in plaats daarvan net als
anders de zee.

'Ze is naar het licht gegaan,' verkondigde Immacolata. 'Ze heeft
nu vrede.'

Toen Alba die avond naar bed ging, viel het haar onmiddellijk op dat de lucht in de kamer niet langer bezwangerd was met Valentina's getroebleerde geest, of met haar parfum. Het raam stond open en de koele nachtlucht dreef samen met het verre gebulder van de zee naar binnen. Het voelde leeg aan, alsof het een andere kamer was, alsof de herinneringen zelf waren vervlogen. Ze voelde zich lichter. Ze ging op het bed zitten en zocht in de la naar een stuk papier en een pen, waarna ze een brief begon te schrijven aan haar vader.

Ze zette net haar naam onder aan het vel toen de deur van haar kamer piepend openging. Daar stond Cosima in haar witte nachtpon, met een oude lappenpop in haar handjes. 'Is alles goed met je?' vroeg ze toen ze het bedrukte gezichtje van het meisje zag.

'Mag ik vannacht bij jou slapen?' De bescheiden plechtigheid die ze voor Valentina hadden gehouden had haar duidelijk bang gemaakt, bedacht Alba. Ze hielp het kind het bed in en begon zich uit te kleden.

'Ik glipte hier altijd even naar binnen om naar Valentina's kleren te kijken,' zei Cosima, die opleefde bij het vooruitzicht niet alleen te hoeven slapen.

'O, ja?' Daar stond Alba van te kijken. Ze had niet gedacht dat het kind bijster veel over Valentina had geweten.

'Het mocht eigenlijk niet. Nonnina zei dat het heilig was. Maar ik vond het fijn om haar jurken aan te raken, die zijn mooi, hè?'

'Dat zijn ze zeker. Ze moet er prachtig in hebben uitgezien.'

'Ik vind de doos met brieven ook leuk, maar die zijn in het Engels geschreven, dus ik snap niet wat er staat.'

Alba keek haar achternichtje verbaasd aan. 'Welke brieven?' Haar hart sloeg over bij de gedachte dat ze op het punt stond haar vaders brieven aan haar moeder in handen te krijgen.

'Daar, in de kast.'

Alba fronste haar wenkbrauwen. Ze had de kasten behoorlijk grondig nagezocht. 'Ik heb al in de kast gekeken.'

Cosima vond het maar wat leuk om een geheimpje te verklappen. Ze deed de kastdeur open, schoof de schoenen opzij en haalde een van de planken van de bodem los. Alba liet zich op haar knieën zakken en keek ongelovig toe hoe Cosima een kleine kartonnen doos te voorschijn haalde. Gretig gingen de twee meisjes op het bed zitten om hem open te maken. 'Wat ben je toch ondeugend, Cosima,' riep Alba uit, en ze gaf haar een kus. 'Maar daar ben je me des te liever om.'

Cosima bloosde van plezier. 'Nonnina zou hier heel boos om worden!' giechelde ze.

'Daarom verklappen we het haar ook niet.'

Alba voelde dezelfde golf van opwinding die ze had gevoeld toen ze het portret onder haar bed had gevonden. Ze nam het papier in haar handen. Het was stijf en wit, en toen ze het openvouwde, zag ze dat het adres bovenaan was uitgevoerd in zwarte drukinkt. Het was geen Engels adres. En het nette en precieze handschrift was ook niet Engels. Alba voelde het bloed wegtrekken uit haar gezicht.

'Nou?' drong Cosima aan.

'Het is in het Duits, Cosima,' zei ze met vaste stem.

'Valentina hield van Duitse uniformen,' zei Cosima opgewekt.

'Hoe weet jij dat?'

Ze haalde haar schouders op. 'Dat heeft papa gezegd.' Alba keek naar de brief. Ze begreep er genoeg van om te zien dat het een lief-desbrief was. Naar de datum te oordelen was hij geschreven vlak voordat haar vader voor het eerst in Incantellaria was gekomen. Ze draaide het blad om. De brief was ondertekend met *In ewige Liebe* – met eeuwige liefde. De naam die in het briefhoofd stond was *Oberst* Heinz Wiermann.

Valentina had niet één minnaar gehad, maar twee. Misschien nog wel meer. Toen de geallieerden waren binnengevallen, hadden de Duitsers zich naar het noorden teruggetrokken; ze verloren hun macht. Kolonel Heinz Wiermann had niets meer voor haar kunnen betekenen.

Alba stopte de brieven terug. Ze kon de aanblik ervan niet ver-dragen. 'Ik geloof niet dat we haar persoonlijke correspondentie moeten gaan lezen. Trouwens, Duits beheers ik niet.' Cosima was teleurgesteld. 'Ik ben moe. Laten we naar bed gaan. Of heb je nog meer verrassingen?' vroeg Alba.

'Nee,' zei Cosima. 'Ik heb me een keer opgemaakt met haar make-up. Verder niets.'

Alba trok haar nachtpon aan en ging in bed liggen naast haar ach-ternichtje. Ze sloot haar ogen en probeerde te slapen, maar ze ver-moedde dat ze alleen nog maar aan het oppervlak van een veel gro-ter raadsel had gekrabbeld. Was haar moeder een onschuldige toeschouwer geweest in een maffiavete over tonijnprijzen? Ze zou anders nergens van staan te kijken op een plek waar beelden tranen van bloed plengden en er op mysterieuze wijze anjers aanspoelden op het strand. Maar als Valentina inderdaad een onschuldige toe-schouwer was geweest, wie had haar dan vermoord en waarom?

25

Londen, 1971

DE VROEGE ZOMER WAS FITZ' FAVORIETE SEIZOEN. DE BLAADJES
aan de bomen waren nog fris en nieuw; de bloesem was verdwenen,
maar de witte bloemblaadjes van de sleedoorn sprankelden in het
ochtendlicht. De bloembedden barstten uit in kleur, maar waren
nog niet overgroeid geraakt. Het was warm, maar niet te, en in het
park klaterde vogelgezang. De lucht vibreerde van het leven na de
intense kou van de winter. Die lucht vervulde hem en maakte zijn
tred licht, zodat hij eerder huppelde dan liep. Maar nu Alba weg
was, huppelde hij niet. Hij wandelde door Hyde Park en zelfs de
bloemen en de uitbottende bomen vermochten hem niet te roeren.
De winter zat nog in zijn botten en in zijn hart.

Vaak dacht hij aan haar tussen de cipressen en de goudenregen,
met een gloed op haar gezicht door de ondergaande Italiaanse zon,
die het een beetje amberroze kleurde. Hij stelde zich haar voor te
midden van haar Italiaanse familie, dat ze aanzat aan langdurige
banketten van pasta met tomaten en mozzarella, lome middagen
tussen de olijfbomen, helemaal op haar plaats met haar donkere
haar en huid, op die fletse, lichtgevende ogen na die verrieden dat
ze in werkelijkheid een vreemde was in hun midden. Hij wist dat ze
het heerlijk zou vinden om de taal te spreken, het voedsel te proeven, vol welbehagen de geuren van eucalyptus en pijnbomen op te
snuiven, te luisteren naar de krekels en zich te koesteren in de warme mediterrane zon. Hij hoopte maar dat ze na een poosje naar huis
zou gaan verlangen. Misschien zelfs naar hem.

Hij deed zijn best zich op zijn werk te concentreren. Hij organi-
seerde de promotietoer voor Viv in Frankrijk, en terwijl zij daarvoor
twee weken weg was, zat hij met Sprout op de muur langs de
Theems vlak bij Alba's woonboot wat voor zich uit te kijken, terug te

denken en te hunkeren, blij dat Viv niet thuis was om hem tot de orde te roepen. Viv vond dat Alba veeleisend was, vervuld van zichzelf, lichtzinnig, egocentrisch – een hele waslijst van minder fraaie eigenschappen, alsof ze er als een soort wandelend woordenboek mee wilde pronken hoeveel termen ze er wel niet voor kon bedenken.

Misschien wás Alba dat ook allemaal wel. Fitz was niet blind voor haar tekortkomingen, maar desondanks hield hij van haar. Haar lach was licht en borrelend als schuim; de blik in haar ogen was schalks, als van een kind dat wil kijken hoe ver ze kan gaan; haar zelfverzekerdheid was een schulp waarin ze zich kon verschuilen. Als hij zich voorstelde dat hij met haar zou vrijen, kreeg hij een knoop in zijn maag van verlangen. Hij herinnerde zich de wilde sessies op de *Valentina*, die stiekeme keer in de bossen bij Beechfield, de tedere vrijpartij waarbij ze zichzelf niet had kunnen laten gaan, toen ze zo geremd was geweest dat ze niet wist waar ze het zoeken moest – want Alba was helemaal niet bang om het uit te schreeuwen, maar juist om te fluisteren, voor het geval ze op zo'n moment van intimiteit de eenzaamheid in haar hart zou horen. Viv begreep gewoon niet dat hij haar begreep.

Viv keerde verkwikt en in een stralend humeur terug van haar promotietoer. Ze leek er bovendien jonger op geworden. Ze straalde als een opgepoetste ketel, zo goed als nieuw. Haar ogen schitterden en haar wangen gloeiden; haar kennelijke gezondheid was aanstootgevend, schokkend aanstootgevend. Fitz had in jaren niet meegemaakt dat ze er zo goed uitzag. Toen hij er een opmerking over maakte, glimlachte ze hem alleen maar geheimzinnig toe en antwoordde dat ze in Parijs een nieuwe gezichtscrème had gekocht, waarna ze zich uit de voeten maakte. Geen telefoontjes, geen bridgeavondjes, geen dineetjes met goedkope Franse wijn – alleen maar een gapende stilte. Er was maar één verklaring voor: ze had in Frankrijk een minnaar gevonden. Fitz was jaloers; niet omdat hij haar voor zichzelf wilde, maar omdat zij liefde gevonden had terwijl hij de zijne had verloren. Hij voelde zich eenzamer dan ooit.

Op een warme avond aan het eind van augustus, toen hij zich gestaag een stuk in de kraag zat te drinken in een pub in Bayswater, buiten op een bankje onder een stortvloed van rode geraniums, kwam er een aantrekkelijke jonge vrouw naar hem toe. 'Heb je er bezwaar tegen als ik bij je aan dit tafeltje kom zitten?' vroeg ze. 'Ik wacht op een vriendin en het is hier nogal vol.'

'Natuurlijk niet. Kom er maar bij,' zei hij, terwijl hij zijn gezicht ophief van zijn bierglas.

'O, is dat je hond?' vroeg ze, wijzend naar Sprout onder de tafel. 'Ja,' zei hij. 'Hij heet Sprout.'

Haar amandelvormige ogen lichtten op met de kleur van sherry. 'Wat een enige naam. Ik heet Louise.'

'Fitz,' zei Fitz, haar de hand schuddend. Ze moesten allebei lachen om de absurditeit van dat formele gebaar. Louise ging zitten en zette haar glas wijn op tafel. Vervolgens bukte ze zich onder tafel om Sprout te aaien, die blij met zijn staart kwispelde, waarmee hij een wolkje stof deed opwaaien van het plaveisel.

'Ach, wat een lief beest,' dweepte ze terwijl ze weer overeind kwam. Ze had lang bruin haar, dat uit haar gezicht werd gehouden door een gele haarband, en toen Fitz zijn blik over haar hals en schouders liet gaan, zag hij dat ze een flinke boezem had en een witte, zijdeachtige huid.

'Hij is een goeie ouwe lobbes,' voegde Fitz er met een tedere glimlach aan toe. 'Omgerekend naar mensenleeftijd zou hij nu zestig zijn.'

'Nou, ik vind hem een knapperd,' antwoordde ze. Sprout voelde dat er over hem werd gesproken en spitste zijn oren. 'Net als mannen worden honden er met de jaren alleen maar mooier op.'

'Sommige vrouwen ook,' zei Fitz, en het drong tot hem door dat hij zat te flirten. Dat kon hij dus nog. Louise bloosde en schonk hem een brede glimlach. Ze keek om zich heen, waarschijnlijk zoekend naar haar vriendin, en wendde zich vervolgens weer tot Fitz.

'Ben je alleen?' wilde ze weten.

'Nou, niet helemaal.'

'Je hebt Sprout natuurlijk.'

'Ik ben alleen, dit is mijn stamcafé.' Hij wilde niet dat ze zou denken dat hij zo'n sneue zuiplap was die in zijn eentje in pubs rondhing en vervolgens terugstrompelde naar een smerige, verwaarloosde flat en een mislukt leven.

'Leuk wonen hier, zo dicht bij het park.'

'Fijn voor Sprout.'

'Ik woon in Chelsea. Ik wacht op de vriendin met wie ik samenwoon.' Ze keek op haar horloge. 'Ze komt altijd te laat. Zeker ook te laat geboren.' Ze lachte en sloeg haar ogen neer. Fitz interpreteerde haar zedigheid als een teken dat ze wel iets in hem zag.

'Ik heb ook een vriendin gehad, maar ze heeft mijn hart gebroken,' zei hij met een zucht, ook al drong tot hem door dat hij daarmee buiten zijn boekje ging.

Ze trok een meelevend gezicht. 'Wat akelig voor je.'

'Ach, het gaat wel weer over.'

Vrouwen als Louise zijn tegen bepaalde dingen niet bestand: een man met een gebroken hart, een kind of een hond. Fitz had op dat moment twee van de drie. Louise zocht niet langer naar haar vriendin.

Fitz stortte zijn hart bij haar uit; hij vond het prettig dat ze een vreemde was en niets van zijn leven wist. Ze bleef geboeid zitten luisteren, en hoe langer ze luisterde, hoe meer ze zich tot hem aangetrokken voelde, als iemand die op het randje van een vulkaankrater staat en het niet kan laten naar beneden te kijken naar de roodgouden borrelende lava. Hij bestelde nog een paar drankjes en daarna iets te eten. Haar vriendin kwam niet opdagen, wat een hele opluchting was, want hoe meer bier Fitz dronk, hoe aantrekkelijker hij Louise begon te vinden. Hij voelde zich beter nu hij zijn verhaal had gedaan. Hij voelde zich minder bedrukt nu Alba even niet meer door zijn hoofd spookte.

Om tien uur was het bijna donker. 'Wat doe jij zoal, Louise?' vroeg hij toen hij besefte dat hij haar de hele avond geen enkele vraag over haarzelf had gesteld.

'Ik werk bij een reclamebureau,' zei ze.

'Spannend,' antwoordde hij met geveinsde belangstelling.

'Dat valt wel mee. Ik ben secretaresse, maar ik hoop binnenkort gepromoveerd te worden tot account executive. Ik heb hersens, die zou ik graag gebruiken.'

'Dat moet je ook zeker doen. Waar werk je?'

'In Oxford Street. Deze pub is bijna ook mijn stamcafé!'

'Blijf je vannacht bij me?' stelde hij voor, plotseling serieus. 'Dan kun je morgenochtend lopend naar je werk. Dat is veel beter voor je dan in een bus in de spits te zitten.'

'Graag,' antwoordde ze, en Fitz stond ervan te kijken hoe snel ze erop inging. Hij was het dus nog niet verleerd.

'Sprout zal het leuk vinden,' zei hij met een glimlach. 'Hij is al heel lang niet meer zo dicht in de buurt geweest van een mooie vrouw.'

Ze liepen naar zijn huis. De lucht was zwaar en vochtig; het zou straks gaan regenen. Hij pakte haar hand en het voelde prettig die in de zijne te houden. Ze giechelde zenuwachtig en speelde met haar haar, dat over haar schouder viel. 'Ik doe dit niet vaak,' zei ze. 'Met vreemde mannen mee naar huis gaan.'

'Ik ben niet vreemd. We kennen elkaar nu, en trouwens: een man met een hond kun je altijd vertrouwen.'

'Ik wil gewoon niet dat je denkt dat ik een losbandig type ben. Ik heb maar met heel weinig mannen het bed gedeeld. Ik ben niet zo'n meisje dat er een hele rits minnaars op na houdt.' Fitz dacht aan Alba en plotseling voelde hij zich weer bezwaard. Toen hij háár had leren kennen, had ze een heel leger minnaars gehad. De loopplank naar haar boot was half weggesleten door het komen en gaan van al haar vrijers. Zijn voetstappen waren inmiddels uitgewist door de hunne.

'Ik denk helemaal niet dat je een losbandig type bent, en als je dat wel was, zou ik je daar nog niet minder om vinden.'

'Dat zeggen ze allemaal.'

'Kan zijn, maar ik meen het.' Hij haalde zijn schouders op. 'Waarom zouden vrouwen niet met iedereen het bed in mogen duiken, en mannen wel?'

'Omdat wij niet zoals mannen zíjn. Wij worden geacht toonbeelden van deugdzaamheid te zijn. Om ons te settelen met één man en zijn kinderen groot te brengen. Wil een man echt met een vrouw trouwen die een heleboel mannen heeft gehad?'

'Ik zie niet in waarom niet. Als ik van een vrouw zou houden, zou het mij niet uitmaken met hoeveel kerels ze naar bed is geweest.'

'Je bent wel ruimdenkend,' zei ze, en ze keek hem bewonderend aan. 'De meeste mannen die ik ken willen met een maagd trouwen.'

'Dat is dan erg egoïstisch van ze. Maar ze doen volgens mij niet veel moeite om vrouwen in die staat te houden, vind je wel?'

Bij hem thuis schonk hij twee glazen wijn in en ging haar voor naar de zitkamer boven. Die was klein, masculien, ingericht met veel beige en zwart, met een houten vloer en witte muren. Hij zette een plaat op en ging naast haar op de bank zitten. De wandeling terug had hem somber gestemd. Hij wilde nu dat hij haar niet mee naar huis had gevraagd. Zelfs Sprout wist dat dat geen goed idee was geweest.

Maar hij kon nu maar beter door de zure appel heen bijten. Hij sloeg de inhoud van zijn glas achterover en zoende haar. Ze reageerde enthousiast. Het bijzondere gevoel een nieuw iemand te kussen prikkelde hem enigszins. Hij maakte haar blouse los en liet die van haar schouders glijden. Haar borsten werden in bedwang gehouden door een grote witte beha. Het volgende moment ritste haar hand zijn broek open en gleed naar binnen, en hij kwam snel weer op temperatuur en trok zich bij haar aangename aanraking niet veel meer aan van haar te grote borsten.

Ze gingen achterover op de bank liggen, die daar groot en breed en comfortabel genoeg voor was. Louise trok haar hand terug en verdween uit het zicht om hem in haar mond te nemen. Hij sloot zijn ogen en liet de warme, tintelende sensatie van prikkeling over zich heen komen en zette wederom elke gedachte aan Alba van zich af. Louise mocht dan niet met veel mannen het bed hebben gedeeld, ze wist wel van wanten. Fitz had een oud doosje condooms in zijn medicijnkastje gevonden, vreselijke dingen waren dat, die hem van vrijwel alle gevoel beroofden, maar op dat moment besefte hij dat hij er een moest gebruiken. Louise maakte de verpakking met haar tanden open en keek vanonder haar bruine wimpers koket naar hem op. Ze rolde het ding af over zijn penis alsof ze een sok aantrok.

Ze klom op hem, sloeg haar rok omhoog en nam schrijlings boven op hem plaats, haar naakte borsten wit en deegachtig in het gedimde licht van de zitkamer. Hij sloot zijn ogen voor de bruine tepels die voor zijn gezicht dansten en af en toe zijn neus of lippen raakten, en probeerde zich erop te concentreren zijn erectie in stand te houden. Het zal wel door het bier komen, dacht hij toen hij zijn lid langzaam voelde verslappen. Hoe ze ook haar best deed, Louise wist hem niet te stimuleren. Met een ongemakkelijk kuchje liet ze hem als een worm uit zich wegglippen. 'Het geeft niet,' zei ze vriendelijk, en ze klom van hem af.

'Het spijt me, het moet het bier zijn,' legde hij uit, niet zo'n klein beetje gegeneerd. Dit was nog nooit eerder gebeurd.

'Vast. Maar ik vind het niet erg. Je kunt heerlijk zoenen.'

Hij forceerde een glimlach en keek toe hoe ze haar borsten weer in hun tuigje hees. 'Zal ik een taxi voor je bellen?' vroeg hij, in het besef dat hij nu zou moeten aanbieden haar met de auto terug te brengen naar Chelsea. Tot zijn schande kon hij haar gezelschap geen moment langer verdragen. Hij wilde haar zo snel mogelijk zijn huis uit hebben. Hij wilde vergeten dat hij haar ooit had ontmoet. Waarom heb ik dit aangehaald, dacht hij ellendig toen ze haar slipje aantrok en ging zitten om haar schoenen aan te doen. Niemand kan aan Alba tippen.

Een kwartier later kwam de taxi en de chauffeur belde aan. Die vijftien minuten waren een ware hel geweest. Louise had niets beters weten te bedenken dan commentaar leveren op de boeken die in de boekenkasten stonden. Hij had niet eens de fut gehad om haar te zeggen dat hij in de boekenbranche werkte. Wat deed dat ertoe als hun relatie al een zachte dood was gestorven voordat ze überhaupt was begonnen? Hij liep met haar mee naar beneden en boog zich omlaag om haar een zoen op haar wang te geven, maar net toen hij dat deed draaide ze haar hoofd naar de deur en de kus belandde op haar oor. Het volgende moment was ze weg. Hij sloot de deur en draaide die op slot, waarna hij de trap weer opging om het licht in de zitkamer uit te doen en de muziek uit te zetten. Wat een ramp.

Sprout lag op het kleed te slapen en zag er heel lief uit met zijn ogen dicht en zijn grijzende snuit helemaal verkreukeld en warm. Fitz bukte zich en drukte zijn gezicht tegen de kop van de hond. Die rook bekend en vertroostend. 'We missen Alba, hè jongen?' fluisterde hij. Sprout verroerde zich niet. 'Maar we moeten verder. We hebben geen keus. We moeten haar vergeten. Er komt wel iemand anders.' Sprouts snuit begon te trekken in zijn slaap, in zijn dromen zat hij ongetwijfeld een haas achterna over een veld. Fitz gaf hem teder een paar klopjes en ging vervolgens naar bed.

Toen hij 's ochtends wakker werd, was hij blij dat zijn ochtenderectie fier en vorstelijk overeind stond.

Hij zat achter zijn bureau toen de telefoon ging. Met zijn concentratie wilde het niet erg vlotten. Zijn bakje met inkomende post liep over van de papieren waar hij zich over moest buigen: contracten om door te lezen, manuscripten van zijn auteurs en van aanstormende schrijvers, brieven die geschreven moesten worden, papieren om te ondertekenen, en een lijst zo lang als zijn bureaublad van mensen die hij moest bellen. Maar terwijl hij de stapel almaar hoger en hoger zag worden, zat hij met zijn gedachten honderden kilometers ver weg, onder de cipressen aan de kust van Amalfi. Hij legde zijn pen neer en pakte de telefoonhoorn op. 'Met Fitzroy Davenport.'

'Schat, met Viv.' Haar stem klonk slaperig.

'Hallo, vreemdeling.'

'Niet boos zijn, Fitzroy. Vergeef je je oude vriendin niet?'

'Alleen als ik je te zien krijg.'

'Daarom bel ik ook. Kom je vanavond bij me eten?'

'Goed.'

'Enig, schat. Je hoeft geen wijn mee te nemen. Ik heb net een krat peperdure bordeaux gekregen. Gisteravond heb ik in mijn eentje een halve fles gedronken, hij is verrukkelijk. Dankzij die wijn heb ik een fantastische seksscène geschreven; er komt geen eind aan. Geweldig!'

Fitzroy fronste zijn wenkbrauwen. Viv klonk meer als 'Viv' dan anders. 'Dan zie ik je later,' zei hij om het gesprek af te ronden. Toen hij de hoorn neerlegde, klaarde hij helemaal op. Viv was terug;

hij had haar gemist. Met hernieuwde energie pakte hij het eerste het beste papier uit zijn bakje met binnengekomen post en legde het op het bureau voor zich neer.

Even voor achten maakten Fitz en Sprout hun opwachting bij de woonboot van Viv. Haar dak was nu mooi begroeid met gras en bloemen. De vuurrode klaprozen waren toen ze eenmaal waren herplant wild uitgegroeid en de madeliefjes en boterbloemen lieten hun kopjes knikken in het windje dat over de Theems kwam aanwaaien. Met geamuseerde bewondering dacht hij terug aan de aanblik van de geit die zich al kauwend een weg door haar pasgeplante grassen en planten had gebaand. Alba was inventief, dat kon zelfs Viv niet ontkennen.

De *Valentina* had nu meer weg van een trieste en lege schulp. De bloemen waren doodgegaan, het dek moest worden schoongemaakt, de verf begon te bladderen. Het schip zag er droog en dof uit, alsof het hard aan een slok drinken toe was. Alba was weg en de herfst was op de boot vroeg aangebroken.

Toen Viv de deur opendeed, zag ze hem melancholiek naar Alba's onderkomen kijken. 'O, schat,' zei ze met een zucht, en ze zwaaide met haar sigaret door de lucht. 'Gaat het nog steeds niet beter?'

'Hoe is het met je?' stelde hij als wedervraag, want tegenover Viv was een antwoord op de een of andere manier te pijnlijk.

'Ik heb een heleboel te vertellen. Kom binnen.' Hij liep achter haar aan door de kamers naar het dek. Hij liet zich neer in een dekstoel en vouwde zijn armen achter zijn hoofd.

'En? Waar heb je gezeten, en wat vertelde je nou allemaal over seks?' Het was fijn om haar te zien. Ze zag er zo blozend uit als een verse perzik en leek erg in haar nopjes.

'Ik ben verliefd, schat. Ik, nota bene! Mijn hart verpand, weg is het!' Ze maakte een kort handgebaar in de lucht. 'Ik ben helemaal hoteldebotel, Fitz, net als een van mijn heldinnen.'

'Ik vond al dat je er veel te goed uitzag. Wie is hij? Denk je dat ik hem mag?'

'Je zult dol op hem zijn, schat. Het is een Fransman.'

'Vandaar die wijn.'

'Precies.'

'Goddank, ik kan je nu wel zeggen dat ik nogal schrok van dat wijnverhaal.'

'Weet ik, maar ik ben altijd te gierig geweest om zelf goede drank te kopen. Ik had altijd het idee dat het toch allemaal hetzelfde smaakte. Maar dat zag ik uiteraard verkeerd. Mag ik je laten proeven?' Ze schonk een glas bordeaux voor hem in en reikte het hem trots aan. 'Pierre heeft zijn eigen château op het platteland in de Provence. Daar ga ik schrijven. Het is er zo vredig! Lange lunches met *foie gras* en *brioches*.'

'Lekker, Viv,' zei Fitz verrast. 'Goed gedaan. Wat wijn betreft heeft hij een uitstekende smaak.'

'En wat vrouwen betreft ook,' voegde ze er schalks aan toe.

'Uiteraard. Wat doet hij?'

'Hij is een echte heer, schat: hij dóét helemaal niets. Hij is geen man om iets te doen.'

'Hoe oud is hij?'

'Van mijn leeftijd, wat in jouw ogen oud is. Maar hij is in zijn hart net zo jong als ik en hij kan vrijen als een jongeman met honderd jaar ervaring.' Fitz schonk haar een warme glimlach. Ze had iets heel meisjesachtigs over zich, dat er eerder nog niet was geweest. 'Ik ben dolgelukkig, Fitzroy,' voegde ze er enigszins beduusd aan toe. 'En ik wil dat jij ook gelukkig wordt.'

Fitz ademde de warme zomerlucht in en wendde zijn blik af. 'Ik red het wel,' zei hij.

'Ik heb eens zitten denken. Waarom zou je niet eens iets geks doen? Ga naar Incantellaria. Ga haar halen.'

'Maar daar was je faliekant op tegen. Je zei…'

'Het doet er niet toe wat ik heb gezegd, schat. Moet je jezelf nou zien. Je verkommert helemaal, en die blik in je ogen staat me helemaal niet aan.'

'Welke blik?' vroeg hij met een glimlach.

'Die intens droeve blik, als van een konijntje.'

'Ach, hou toch op!'

'Wat heb je te verliezen?'

'Niets.'

'Precies: niets. God helpt alleen degenen die zichzelf helpen. Hoe kun je nou weten of ze niet ergens op een strand naar jou zit te smachten? Misschien heeft ze wel spijt dat ze het heeft uitgemaakt, want voorzover ik me herinner had ze daar een malle reden voor. Als ik het script zou schrijven – wat ik misschien nog wel ga doen ook als ik straks in Pierres château in de Provence zit –, zou ik mijn held onmiddellijk naar Incantellaria sturen. Daar zou hij vol verwachting arriveren, zijn hart hamerend in zijn keel, terwijl hij vurig hoopt dat ze niet in de zomer met een of andere Italiaanse prins is getrouwd. Hij zou haar alleen aantreffen, zittend op een kliftop terwijl ze verlangend uitkijkt over zee naar een teken van de man van wie ze houdt en die geen moment uit haar gedachten is geweest. Als ze hem ziet, is ze te blij om trots te zijn. Ze vliegt hem in de armen en kust hem. Ze blijven een hele tijd zoenen, want woorden schieten op zo'n moment tekort.' Ze nam een trek van haar sigaret. 'Wild romantisch, vind je niet?'

'Ik wou dat het waar was.'

'Het kan waar worden.'

'Ach, misschien is het het risico wel waard. Zoals jij net al zei: wat heb ik tenslotte te verliezen?'

Ze hief haar glas naar hem op. 'Je weet dat ik Alba erg graag mag. Ze maakt iedereen stapelgek, maar niemand is onderhoudender of charmanter dan zij. Misschien kun je die ruwe kantjes een beetje bijschaven. Ze zou haar handjes mogen dichtknijpen als ze jou aan de haak kon slaan. Van Fitz is er immers ook maar één. Ik ben verliefd, dus ik ben in een gulle bui. Ik zou er alles aan doen om het boek een happy end te geven.'

Het derde portret

26

Italië, 1971

TOEN VALENTINA'S GEEST EINDELIJK WAS OVERGEGAAN, KWAM ER een verandering over het huis. Maar opvallender nog was de verandering in Immacolata. Alba herkende haar bijna niet meer. De jurken van vroeger werden uit de kast gehaald. Tinten roze, blauw en rood, bedrukt met bloemen. Hoewel de mode sinds de periode vlak na de oorlog was veranderd, gold dat niet voor Immacolata. Zij droeg nog steeds dezelfde schoenen als toen haar man haar mee uit dansen had genomen in Sorrento. Ze waren zwart en sloten met een gespje bij de enkel. Haar taille mocht dan zijn uitgedijd, maar haar voeten waren nog steeds even klein en fijn als de rest van haar figuur ooit was geweest. De herleving van haar oude uiterlijk leidde tot een heleboel plagerijen van Ludovico en Paolo, die uit het noorden kwamen om de herdenkingsdienst voor Valentina en de plaatsing van haar grafsteen bij te wonen. En Immacolata glimlachte de brede, open glimlach van een vrouw die voor het eerst in vele jaren weer vreugde voelt, even verrast als de rest dat je de kunst van het glimlachen net zomin als fietsen ooit verleert.

Alba had eveneens plezier in haar eigen nieuwe look, en ze kreeg daar veel commentaar op. Haar haar afknippen was een dramatische uiting geweest van de hekel die ze aan zichzelf had, maar naar buiten toe werd het een teken van haar eigen emotionele ontwikkeling. Ze was nu gedwongen haar leven en de stuurloosheid daarvan onder ogen te zien. Ze wilde deel uitmaken van de structuur van een gemeenschap. Ze wilde zich nuttig maken.

Toen de plechtigheden rond Valentina achter de rug waren en de bezoekende gezinnen weer waren teruggekeerd naar hun huizen in het noorden, vroeg Alba Falco of ze kon helpen in de trattoria. 'Ik wil mijn handen uit de mouwen steken,' legde ze uit bij de lunch onder de luifel, de blik gericht op de komende en gaande blauwe vissersbootjes. Falco dronk van zijn limoncello. Zijn ogen stonden nog steeds ernstig; kennelijk voelde hij zich niet zoals de rest bevrijd.

'Ik zou inderdaad wel wat hulp kunnen gebruiken, als je het echt meent,' antwoordde hij.

'Natuurlijk meen ik het. Ik wil hier graag blijven, bij jullie allemaal. Ik wil niet meer terug naar mijn vroegere zelf en mijn oude leventje.'

Hij keek haar aan. 'Voor wie loop je weg, Alba?' Zijn woorden overvielen haar.

Ze verstrakte. 'Ik loop voor niemand weg. Ik vind het gewoon prettig om degene te zijn die ik hier ben. Ik heb het gevoel dat ik hier thuishoor.'

'Hoorde je dan niet thuis in Engeland?'

Ze sloeg haar ogen neer. 'Ik kan papa nu niet onder ogen komen, niet na wat ik heb ontdekt. En ik kan zeker Margo niet onder ogen komen, want ik heb haar mijn hele leven verweten dat ze jaloers op Valentina was. Ik kan Fitz al evenmin onder ogen komen.'

'Fitz?'

'De man die van me houdt of van me hield. Iemand zoals ik verdient hij niet. Ik ben niet zo'n leuk persoon, Falco.'

'Dan zijn we met z'n tweeën.'

'Met z'n drieën,' verbeterde Alba hem. 'Valentina was ook niet leuk.' Ze dacht aan kolonel Heinz Wiermann, maar zei niets.

'Ze was een wervelwind, Alba. Een natuurkracht. Maar jij bent nog jong genoeg om te veranderen.'

'En jij?'

'Voor deze ouwe hond is het te laat om nieuwe kunstjes te leren.'

'Mag ik je een keer tekenen?' vroeg ze in een opwelling.

'Nee.'

'Waarom niet?'

Hij trok een ongemakkelijk gezicht, alsof hij te groot was voor de kleine stoel. 'Je vader was een kunstenaar. En een heel goede bovendien.'

'Dat weet ik. Ik heb in mijn woonboot een tekening van mijn moeder gevonden. Die moet hij daar lang geleden hebben verstopt. Daarna maakte hij nog een tekening van mijn moeder en mij; die heeft Immacolata. Er moet nog ergens een derde tekening zijn, want op de twee andere staat dat ze deel uitmaken van een serie van drie.'

'Er was er volgens mij inderdaad nog een,' zei Falco, die zijn blik naar zee liet dwalen. 'Ik herinner me dat je vader er in Valentina's kamer na haar dood naarstig naar heeft gezocht.'

'En heeft hij hem nooit gevonden?'

Falco schudde zijn hoofd. 'Ik geloof het niet. Toen hij met jou vertrok, gaf hij het tweede portret aan mijn moeder, zodat ze een aandenken aan je had.'

'Waarom heeft hij me niet mee teruggenomen om haar te bezoeken? Hij kon toch zeker zelf ook wel bedenken dat ze haar kleindochter zou missen?'

'Ik denk dat je dat aan je vader zou moeten vragen.' Hij dronk zijn glas leeg.

'Dat zal ik ook heus wel een keer doen. Maar voorlopig blijf ik hier bij jullie. Dus ik heb een baan?'

Ondanks zichzelf glimlachte Falco. Alba's charme was ontwapenend. 'Je hebt een baan voor zo lang als je wilt.'

En zo begon voor Alba een nieuw hoofdstuk. Overdag werkte ze in de trattoria samen met Toto en Falco, en in haar spaarzame vrije tijd tekende ze. Cosima, aan wie ze enorm gehecht was geraakt, wilde altijd graag voor haar poseren. Ze zaten in de avondzon op de kliftoppen bij de oude uitkijktoren of op het kiezelstrand nadat ze de grotten hadden verkend. Na een paar maanden begon Cosima Alba als een soort moeder te beschouwen; ze liet haar hand in de hare glijden als ze het pad over de rotsen af liepen naar huis. 's Ochtends klauterde ze bij haar in bed en vlijde haar hoofd in de zachte welving tussen Alba's hals en schouder. Alba vertelde haar verhaaltjes, schreef die vervolgens op en illustreerde ze zelf. Ze ontdekte een talent waarvan ze niet had geweten dat ze het bezat. Ze ontdekte eveneens dat ze een groot vermogen had om lief te hebben.

'Ik wil je bedanken omdat je zo veel van Cosima houdt,' zei Toto op een avond.

'Ik zou jou moeten bedanken,' antwoordde ze, terwijl ze opmerkte dat zijn gezicht ongewoon ernstig stond.

'Ieder kind heeft een moeder nodig. Ze heeft nooit gezegd dat ze haar mist. We hebben het er nooit over gehad. Maar nu besef ik dat dat wel zo is, want doordat jij er bent is het een stuk minder pijnlijk.'

'Natuurlijk mist ze haar moeder. Ze wil er waarschijnlijk niet over beginnen omdat ze het jou niet moeilijk wil maken. Of misschien heeft ze het te druk met spelen om er lang bij stil te staan. Dat weet je maar nooit. Maar het zou denk ik geen kwaad kunnen als je haar van tijd tot tijd iets over haar vertelde. Wat mij het meest pijn heeft gedaan in verband met mijn eigen moeder was dat niemand ooit iets over haar zei. Cosima moet worden gerustgesteld dat haar moeder haar niet heeft afgewezen. Dat het haar schuld niet was. Ze moet zich bemind voelen, dat is alles.'

'Je hebt gelijk,' zei hij met een zucht. 'Je weet nooit precies hoeveel een kind van die leeftijd begrijpt.'

'Heel wat meer dan jij zou denken.'

'En, je bent dus van plan nog een poosje hier te blijven?'

Toen was het Alba's beurt om ernstig te kijken. 'Ik pieker er niet over hier weg te gaan. Nooit meer.'

Alba zat lekker in haar vel. Ze lag 's avonds in bed graag in haar eentje naar het vogelgezang en de tsjirpende krekels te luisteren. Ze was niet langer bang voor het donker of om alleen te zijn. Ze voelde zich veilig. Maar haar gedachten dwaalden vaak af naar Fitz, en dan vroeg ze zich af wat hij aan het doen zou zijn en haalde ze met bitterzoete weemoed herinneringen op aan de leuke dingen die ze samen hadden gedaan. Vervolgens zat ze weer te spelen met het kaartje van Gabriele, streek met haar vinger over de naam en het telefoonnummer, en stelde zichzelf de vraag of voor haar het moment was aangebroken om verder te gaan en nieuwe horizonten te verkennen. Hij was knap en aardig geweest. Hij had haar laten lachen, ondanks de rampen die haar sinds ze in Italië was gearriveerd waren overkomen. Het had op de een of andere manier tussen hen geklikt. Ze pasten goed bij elkaar, alsof ze uit hetzelfde hout gesneden waren. Na zo lang alleen te zijn geweest voelde ze nu dat ze toe was aan liefde.

Vervolgens nam het lot een beslissing voor haar. Het was de eerste week van oktober en nog steeds warm, hoewel de wind vanuit zee al iets kils had. De trattoria zat vol mensen: het toerisme was in opkomst, er waren een paar artikelen geschreven over de wonderen van het stadje, zodat buitenlanders er een bezoek aan wilden brengen als ze langs de Amalfi-kust op weg waren naar beroemdere plaatsen zoals Positano en Capri. Alba had het druk met bestellingen opnemen en dienbladen met dampende schotels rondbrengen. Ze vond het leuk om een praatje te maken met de plaatselijke bewoners en de nieuwe mensen, die maar al te graag even wilden babbelen met de knappe jonge vrouw met het korte piekhaar en die merkwaardig lichte ogen. Terwijl ze drankjes rondbracht, hoorde ze de motor van een boot en ze keek op. Voordat ze duidelijk zag wie de passagier was, begon haar hart te hameren. Ze zette haar dienblad neer en stapte onder de luifel vandaan. Met haar ene hand in haar zij en de andere boven haar ogen om die af te schermen tegen de zon, kneep ze haar ogen half dicht om eens goed te kijken. Toen er zachtjes een boot langs de kade kwam gevaren, vergat ze de klanten en haar werk, en rende het strand over, met ogen die prikten van opwinding. 'Fitz, Fitz!' riep ze, zwaaiend met haar hand.

Fitz stapte de kade op, met in zijn ene hand zijn koffer en in de andere een panamahoed. Hij herkende de jonge vrouw die naar hem toe gerend kwam en zijn naam riep niet. 'Fitz, ik ben het, Alba!' riep ze hem toe toen ze de verdwaasde uitdrukking op zijn gezicht zag.

'Je hebt je haar afgeknipt!' zei hij met een frons. 'En wat ben je bruin!' Hij liet zijn blik glijden over haar dunne met bloemen bedrukte jurk en de eenvoudige zwarte espadrilles aan haar voeten. Ze was ontzettend veranderd. Hij vroeg zich af of het wel verstandig was geweest om hiernaartoe te gaan. Maar toen was haar glimlachende gezicht vlak voor het zijne, haar ogen die straalden van geluk, en zag hij dat ze nog steeds de Alba was die hij had gekend.

'Ik heb je gemist, Fitz,' zei ze, terwijl ze zijn arm aanraakte en naar hem opkeek. 'Ik heb je ontzettend gemist.' Hij zette zijn koffer neer en nam haar in zijn armen.

'Ik heb jou ook gemist, lieverd.' Hij kuste haar slaap.

'Het spijt me dat ik je nooit heb gebeld,' begon ze.

'Nee, ik zou moeten zeggen dat het mij spijt dat ik nooit afscheid van je heb genomen. Dat heb ik wel geprobeerd, maar ik was te laat. Je was al weg.' Hij begon te lachen. 'Die stomme geit van je stond al Vivs nieuwe planten op te vreten!'

Zij moest ook lachen; de lach borrelde als een verrukkelijke fontein op vanuit haar buik. 'Was ze erg kwaad?'

'Eventjes maar. Zij mist je ook.'

'Ik heb je zo veel te vertellen!'

'En ik jou.'

'Je moet bij mijn oma thuis komen logeren. Boven is er nog een kamer vrij. Ik heb de oude kamer van mijn moeder.' Ze stak haar arm door de zijne. Hij zette zijn hoed weer op en pakte zijn koffer. 'Kom mee iets drinken. Ik vraag Toto wel of hij het van me overneemt. Ik heb tegenwoordig een baan. Ik werk in het familiebedrijf met mijn oom en mijn neef. Kijk,' zei ze, en ze wees trots naar de trattoria, 'daar is het.'

Ze zocht een tafeltje voor Fitz en bracht hem een glas wijn en een fles water. 'Je moet Immacolata's heerlijke eten eens proeven,' zei ze terwijl ze een stoel bijtrok en erop plaatsnam. 'Ze kookt nu natuurlijk niet meer zelf, want daar is ze te oud voor. Maar het zijn allemaal haar eigen recepten. Hier, kies maar uit. Het is van het huis.' Ze gaf hem een menukaart aan.

'Kies jij maar wat je denkt dat ik lekker vind. Ik wil mijn tijd niet verspillen aan een menukaart terwijl ik met jou kan praten.'

Ze boog zich naar voren en haar bruine gezicht straalde hem tevreden toe. 'Je bent gekomen,' zei ze zachtjes.

'Ik was bang dat je niet meer terug zou komen.'

'Ik dacht niet dat ik jou nog onder ogen kon komen.'

'Mij niet?' Hij fronste zijn wenkbrauwen. 'Waarom in hemelsnaam niet?'

'Ik ben gaan inzien hoe egoïstisch ik ben geweest.'

'O, Alba!'

'Nee, echt. Ik heb een heleboel tijd gehad om na te denken en er is veel gebeurd. Het is tot me doorgedrongen dat ik niet erg aardig ben geweest.'

'Ik had je niet moeten laten gaan. Het is mijn schuld.'

'Dat is erg lief van je, Fitz, maar de waarheid is dat jij beter verdiende. Ik heb steeds alleen maar aan mezelf gedacht. Afschuwelijk vind ik dat nu. Als ik de kans had, zou ik dolgraag bepaalde momenten uit mijn leven willen wissen.' Ze moest even aan Dikzak denken, maar zonder het zinkende gevoel in haar maag dat ze daar anders altijd bij had. 'Ik ben blij dat je er bent.'

'Ik ook.' Hij pakte haar hand en streelde haar huid met zijn duim. 'Ik vind je haar leuk. Dat korte staat je goed.'

'Het past goed bij mijn nieuwe ik,' zei ze trots. 'Ik wilde niet langer meer op mijn moeder lijken.'

'Dus je hebt alles uitgezocht wat je wilde weten?'

'Ik ben opgegroeid met een droom, Fitz. Maar die was niet echt. Nu weet ik wat voor vrouw ze werkelijk was. Ze zat ingewikkeld in elkaar. Ik geloof eigenlijk helemaal niet dat ze zo leuk was. Maar volgens mij hou ik daarom des te meer van haar.'

'Mooi zo. Ga je het me later allemaal vertellen? Misschien kunnen we een stukje gaan lopen. De kust van Amalfi staat bekend om zijn schoonheid.'

'In Incantellaria is het mooier dan waar ook. Als je gegeten hebt, zal ik het je laten zien. Daarna moet je Immacolata leren kennen, mijn oma, en Cosima, de dochter van mijn neef. Ze is net zeven geworden. Het is een schatje.'

'Ik dacht dat jij niet van kinderen hield.'

'Cosima is een geval apart. Ze is niet zoals andere kinderen. Ze is een bloedverwante.'

'God, wat klink je Italiaans!'

'Ik bén ook Italiaans. Ik voel me hier prima thuis. Ik hoor hier.'

'Maar Alba, ik ben hiernaartoe gekomen om je mee terug te nemen.'

Ze schudde haar hoofd. 'Ik geloof niet dat ik dat aan zou kunnen. Niet na wat ik allemaal heb ontdekt.'

Hij gaf een kneepje in haar hand. 'Wat je ook onder ogen moet zien, lieve schat, dat hoef je niet alleen te doen. Die fout maak ik niet nog eens.'

Haar ogen, die even tevoren nog zo ernstig hadden gestaan, lichtten op toen er een bord met eten voor Fitz werd neergezet. 'Ah, *fritelle*!'

Na de lunch nam Alba hem mee het pad op over de rotsen om hem het graf van haar moeder onder de olijfboom te laten zien. 'We hebben vorige maand een herdenkingsdienst voor haar gehouden. Voor die tijd had ze nog geen grafsteen. Mooi hè, die steen? We hebben hem met z'n allen uitgezocht.'

Fitz bukte zich om de tekst te lezen. 'Wat staat er?'

'Hier rust Valentina Fiorelli, het licht van Incantellaria, de lieveling van haar familie, in vrede met God.'

'Waarom stond er eerst geen steen?'

Alba ging naast hem zitten en trok haar benen onder zich op. 'Omdat ze werd vermoord, Fitz, op de avond voor haar bruiloft. Ze is nooit met mijn vader getrouwd geweest.'

'Goeie god!'

'Het zou een mooi verhaal zijn, dus vertel het maar niet aan Viv.'

'Zal ik niet doen. Vertel het mij maar. Van het begin af aan. Wat was ze voor iemand?'

Alba was maar al te graag bereid hem alles te vertellen.

Toen ze was uitverteld ging de zon onder, zodat de zee veranderde in gesmolten koper. De avondlucht was koel en rook naar afstervend groen en bladeren. De herfst zat eraan te komen. Fitz was geroerd door Valentina's levensloop, maar nog meer door de beproevingen die Thomas Arbuckle had moeten doorstaan. Geen wonder dat hij niet over haar had willen praten, en al helemaal niet met zijn dochter. 'Dus je snapt nu wel,' zei ze ernstig, 'dat ik niet meer terug kan gaan.'

'Hoezo niet?'

'Omdat ik mijn vader en Margo niet meer recht aan kan kijken. Daarvoor schaam ik me te veel.'

'Wat een onzin! Je zei toch dat je nog meer van Valentina houdt dan eerst, juist omdat je nu weet wat haar fouten waren en daar begrip voor hebt?'

'Ja, maar dat is iets anders.'

'Nee, dat is het niet. Ik hou niet van jou *ondanks* je fouten. Ik hou van je *om* je fouten. Die maken jou anders dan alle andere mensen, Alba. Liefhebben heeft niets te maken met alleen maar de goede dingen eruit pikken, maar met het geheel en met houden van het geheel.'

'Ik vind het hier fijn omdat niemand weet wat voor leven ik vroeger heb geleid. Hier word ik beoordeeld naar wat ze hier van me zien.'

'Dat houdt dus in dat je vader, Margo en ik meer van je houden, omdat wij al die tijd al van je hielden.'

'Nu praat jíj onzin!' zei ze met een klein lachje.

'Ik praat geen onzin als ik zeg dat ik graag wil dat je met me trouwt.' Fitz was niet van plan geweest om het zo te brengen; hij had zijn aanzoek romantisch willen inkleden.

'Wat zeg je nou?' Haar mondhoeken krulden aarzelend omhoog. Hij stak zijn hand in zijn zak en haalde er een verkreukeld stukje vloeipapier uit. Met trillende handen vouwde hij het open en hij liet haar een eenvoudige diamanten ring zien. Hij pakte haar linkerhand en stak de ring om haar ringvinger. Zonder haar los te laten keek hij haar diep in de ogen. 'Ik zei: Alba Arbuckle, wil je trouwen met een literair agent zonder centen die je weinig meer te bieden heeft dan zijn liefde en een oude stinkende hond?' De oude Alba zou hem hebben uitgelachen, hem een malloot hebben genoemd en hem het gevoel hebben gegeven dat hij niet wijs was om zoiets te vragen. Of ze zou ja hebben gezegd alleen maar omdat het zo leuk was om zo'n prachtige ring te kunnen dragen. Maar nu keek ze naar de diamant die schitterde in het licht. 'Hij is van mijn grootmoeder geweest,' zei hij. 'Ik wil graag dat hij van jou wordt.'

'Als je me wilt hebben,' antwoordde ze. 'Ik zou heel graag willen trouwen met een man die zo goed is als jij, Fitzroy Davenport.'

27

Z<small>E BESLOTEN EEN PAAR WEKEN IN</small> I<small>NCANTELLARIA DOOR TE</small> brengen; dan zou Alba de kans krijgen afscheid te nemen van haar familie. Daarna zouden ze naar Engeland terugkeren – naar Viv, de woonboot, Beechfield Park, haar vader en stiefmoeder en een nieuw leven samen. 'We komen toch wel terug, hè?' zei ze, denkend aan Cosima. 'Ik zal ze allemaal zo missen.'

'Je kunt elke zomer teruggaan als je wilt.'

'Wat moet ik tegen dat arme kind zeggen?'

'Dat het een tot ziens is, maar geen afscheid.'

'Ze is al in de steek gelaten door haar moeder. Nu laat ik haar weer alleen. Ik vind het verschrikkelijk om haar dat aan te doen.'

'Lieverd, jij bent haar moeder niet.'

Alba schudde haar hoofd. 'Ik kom het dichtst bij een moeder in de buurt. Het zal ondraaglijk worden.'

Fitz kuste haar en streelde haar haar. 'Misschien krijgen we wel kinderen van onszelf.'

'Daar kan ik me geen voorstelling bij maken.' Ik kan me niet voorstellen dat ik evenveel van een ander kind zal houden als van Cosima, dacht ze somber.

'Natuurlijk wel.'

Ze slaakte een berustende zucht. 'Ik ben gewoon zo aan haar gehecht geraakt.'

'De wereld wordt elke dag kleiner. Zo ver weg is het niet, weet je.' Maar Alba besefte dat Fitz geen flauw idee had van haar liefde voor Cosima: in de omgang met haar leek ze zelf net zo veel op een moeder als maar kon. Het zou haar hart breken om afscheid van haar te nemen.

Alba nam Fitz mee naar het huis van Immacolata voor het eten. In zijn ogen was het een fraai gebouw: typisch Italiaans, knus, levendig, weergalmend van het gelach van een grote familie. Immacolata zegende hem en glimlachte. Fitz zag niets ongewoons aan haar glimlach; hij kon niet weten dat die ooit even zeldzaam was geweest als een regenboog. Beata en Falco heetten hem in gebroken Engels hartelijk welkom en Toto maakte grapjes over de verschillen tussen de stadse omgeving waar Fitz aan gewend was en de landelijke rust van Incantellaria. Toto's Engels was verrassend goed. Fitz mocht hem onmiddellijk. Hij had dezelfde ongedwongen manier van doen als hijzelf en een droge humor die hem aansprak. Toen Cosima de kamer binnen kwam dartelen, snapte hij wel waarom Alba zo dol op haar was geworden. Ze kwam naar haar toe gerend en sloeg haar dunne armpjes om haar middel, haar krullen dansend als kurkentrekkers om haar gezicht.

Toen ze aan tafel gingen, kondigde Alba hun verloving aan. Toto bracht een heildronk uit, ze hieven allemaal hun glas en bewonderden opgetogen haar ring. Maar onder alle opwinding lag een vreesachtige ondertoon, want op Cosima na begrepen ze allemaal dat Alba hen nu zou gaan verlaten.

Alba voelde hun onrust al snel aan, maar begon waar het kind bij was liever niet over haar vertrek. Ze sloeg Cosima gade terwijl die met smaak haar prosciutto verorberde en onbekommerd babbelde over wat ze had geleerd op school, welke spelletjes ze had gespeeld, en dat ze zich er zo op verheugde met Alba te gaan winkelen nu het kouder werd en haar zomerjurken allemaal te dun werden. Alba ving Beata's blik. De oudere vrouw glimlachte haar meelevend toe. Alba was niet in staat de gedachte die haar het meest van alles bezighield te verwoorden. Aan de ene kant was ze dolgelukkig bij het vooruitzicht met Fitz te trouwen, maar aan de andere kant werd al dat geluk tenietgedaan door de gedachte dat ze Incantellaria en Cosima zou moeten achterlaten. Zij bleef in de schaduw zitten terwijl alle anderen om haar heen in het licht zaten.

Na het eten ging Cosima naar bed en bleven de volwassenen in het maanlicht op het terras onder de druivenranken zitten praten. 'Wanneer denk je ons te gaan verlaten?' vroeg Immacolata. Haar stem had een scherp kantje. Alba snapte wel waarom ze een beetje nukkig was: ze hadden elkaar nog maar net teruggevonden.

'Ik weet het niet, nonna. Binnenkort.'

'Ze komt terug om jullie op te zoeken,' zei Fitz, in een poging de sfeer luchtig te houden.

Immacolata hief uitdagend haar kin op. 'Dat zei Tommy zesentwintig jaar geleden ook toen hij haar weghaalde. Maar hij heeft haar niet teruggebracht. Niet één keer.'

'Maar ik neem nu mijn eigen beslissingen. Het zal niet makkelijk voor me worden om jullie allemaal te verlaten. Dat lukt me alleen als ik zeker weet dat ik binnen afzienbare tijd weer terug kan komen.'

Falco legde zijn grote grove hand op de kleine hand van zijn moeder. 'Mama,' zei hij, en zijn stem klonk als een smeekbede, 'ze heeft haar eigen leven. Laten we maar dankbaar zijn voor de tijd die we samen hebben gehad.'

De oude vrouw snoof. 'Wat ben je van plan tegen het kind te gaan zeggen?' zei ze. 'Haar hart zal breken.'

'Het mijne ook,' voegde Alba eraan toe.

'Het komt wel goed met haar,' zei Toto, die een sigaret opstak en de lucifer achter zich weggooide. 'Ze heeft ons allemaal nog.'

'Het hoort erbij als je opgroeit,' zei Falco ernstig. 'Dingen blijven niet altijd hetzelfde, en mensen ook niet.'

'Ik ga het haar morgen vertellen,' zei Alba. 'Het is geen afscheid, maar alleen een tot ziens.'

'Waarom kan Fitz niet bij ons blijven?' vroeg Immacolata, en ze liet haar blik bij wijze van stille uitdaging op hem rusten. Fitz hoefde geen Italiaans te verstaan om te begrijpen waar ze het over had.

Hij keek ongemakkelijk. 'Omdat ik mijn werk in Londen heb.'

Immacolata was niet bijster ingenomen met Fitz. Hij bezat niet de passie van Italiaanse mannen. 'Je hebt je keus dus gemaakt,' zei ze tegen Alba terwijl ze overeind kwam. 'Maar daar hoef ik het nog niet mee eens te zijn.'

'Ik wil morgen met Fitz naar die oude kasteelruïne gaan. Hij is net zo dol op ruïnes als ik,' zei Alba om over een ander onderwerp te beginnen.

Immacolata draaide zich om; haar gezicht zag lijkbleek. 'Palazzo Montelimone?' bracht ze met een kraakstem uit terwijl ze zich vastgreep aan de rugleuning van haar stoel.

'Daar is niets te zien,' protesteerde Falco. Hij wierp zijn moeder een snelle blik toe.

Alba's nieuwsgierigheid was gewekt. 'Ik ben het al van plan sinds ik hier ben. Het ís toch een ruïne, of niet?' Ze probeerde uit te vissen wat voor stille boodschap haar grootmoeder en oom met elkaar uitwisselden.

'Het is er gevaarlijk. De muren staan op instorten. Je kunt er maar beter niet heen gaan,' drong Immacolata aan.

'Je kunt beter met hem naar Napels gaan,' zei Falco.

Alba trok zich terug. Ze zou alles doen om haar grootmoeder te gerieven. Dat was wel het minste nu ze op het punt stond te vertrekken.

'Goed, dan gaan we naar Napels,' zei ze in het Engels.
'Dan wordt het Napels.' Het maakte Fitz weinig uit waar ze heen gingen, zolang ze het huis maar uit waren.

De volgende ochtend leende Alba Toto's Fiatje en zette koers naar Napels. Ze vond het heel jammer. Ze had er echt naar uitgekeken in de ruïne op verkenning uit te gaan. Maandenlang had hij haar verlokt vanaf de heuvel. Ze had het hun niet moeten vertellen; ze had er gewoon heen moeten gaan.

'Wat ben je stil,' zei Fitz, met een blik op haar stuurse gezicht dat op de weg die voor hen lag gericht was.

'Ik wil helemaal niet terug naar Napels,' vertelde ze hem. 'Daar heb ik mijn buik wel van vol.'

'We kunnen lunchen in een gezellig restaurantje en wat rondwandelen. Het is vast best leuk.'

'Nee,' zei ze opeens, en de schaduw trok als een wolk weg van haar gezicht. 'Ik keer om. Er is daar iets, dat weet ik gewoon zeker. Waarom zouden ze anders niet willen dat ik erheen ga? Ze houden nog steeds iets verborgen, dat voel ik. En wat het ook is, het is daarboven in het palazzo.'

De banden piepten op het warme wegdek toen Alba remde en de auto terugstuurde naar de kust. Ze raakten allebei enthousiast door het nieuwe plan, verenigd op een missie, *partners in crime*.

Na een poosje sloegen ze af van de weg die omlaag kronkelde naar de kust en reden de heuvel op naar het palazzo. De laan werd steeds steiler en smaller. Op een gegeven moment kwam er een afslag naar rechts. Die was bijna dichtgegroeid met struiken, doorns en bladeren, en vanwege de cipressen die er aan weerskanten langs stonden reden ze nu in de schaduw. Toen ze bij het zwarte ijzeren dubbele hek kwamen, hoog en imposant, ook al bladderde de verf ervanaf nu het zo was verwaarloosd, zagen ze dat het was afgesloten met een hangslot, dat helemaal bruin zag van de roest. Ze stapten uit de auto en keken door de spijlen de overwoekerde tuin in en vervolgens naar het huis. Er was een hele muur ingestort, die nu niet meer was dan een berg puin. Zelfs de neergevallen stenen werden geleidelijk aan verzwolgen door klimop en ander onkruid. Het tafereel bood een onweerstaanbare aanblik en trok hen ontzettend aan. Nu ze eenmaal zo ver waren gekomen, waren ze niet van plan om te keren. Alba keek om zich heen en zag dat als ze bereid waren het risico te nemen een paar schrammen op te lopen, het mogelijk moest zijn zich een weg te banen door de struiken en over de muur te klimmen. Fitz ging als eerste; zijn spijkerbroek bleef aan de doorns hangen. Vervolgend draaide hij zich om om Alba te helpen, wier korte, dunne zomerjurk helemaal geen geschikte kleding was voor zo'n onderneming. Toen ze aan de andere kant omlaag sprong, voelde ze zich triomfantelijk. Ze klopte haar jurk af en likte aan haar hand, die ze had geschramd. 'Gaat het?' vroeg hij.

Ze knikte. 'Ik ben alleen een beetje zenuwachtig voor wat we zullen aantreffen.'

'Misschien treffen we wel helemaal niets aan.'

Ze kneep haar ogen tot spleetjes. 'Ik wil iets vinden. Ik wil niet terug naar Engeland met zo veel onbeantwoorde vragen.'

'Oké, Sherlock, kom op.'

Toen ze het pad op liepen naar het huis, kreeg ze het ineens koud. Het was net of het palazzo op de top van een hoge berg stond waar een heel eigen klimaat heerste. Het was een vochtige dag geweest en ze had het door de wandeling de heuvel op warm gekregen. Maar hier, op het terrein rondom het huis, had de wind een ijzige ondertoon en ze wreef over haar armen om warm te blijven. De zon stond hoog aan de hemel, maar toch lag het gebouw nog steeds in de schaduw, grijs, streng en verlaten. Er was weinig leven te bespeuren, zelfs niet in de tuin, waar ze de woekerende planten bijna kon zien groeien die zich stilletjes als boosaardige slangen een weg baanden over de grond en zich gretig om het groen wonden dat ze al hadden verstikt.

Een van de torens was tegelijk met de muur naar beneden gekomen en lag als een neergestorte schildwacht dwars over de tuin. De kamers die nu aan de lucht blootstonden lagen vol bladeren en er groeide klimop over de vloeren en muren. Alles van waarde was ongetwijfeld geplunderd. Ze klommen over de rommel heen naar binnen en keken verbijsterd om zich heen. Het lijstwerk waar de muur overging in het plafond was rijkversierd en met de hand gemaakt, her en der afgebladderd als een rij oude tanden. Ze schraapte met haar voet de lagen vuil en aarde van de grond, en zag dat de marmeren tegels nog ongeschonden waren. Een grote eikenhouten deur hing nog in zijn scharnieren. 'Laten we daardoorheen gaan,' stelde ze voor. Fitz klauterde over het puin en kwam tot de ontdekking dat de deurklink geen enkele weerstand bood. Tot hun vreugde liepen ze vervolgens het hoofdgedeelte van het huis in, waar het bos nog niet was doorgedrongen.

Het was tamelijk donker en griezelig stil. Alba durfde niet goed iets te zeggen, voor het geval het geluid van haar stem demonen zou wekken die zich ophielden in de schaduwen. Na een poosje leek elk vertrek op het vorige: leeg, kaal en verloren. Net toen ze terug wilden gaan, deed Fitz een plafondhoge dubbele deur open, die uitkwam op een salon waar een volkomen andere sfeer hing. Terwijl de andere kamers koud en vochtig hadden aangevoeld, als een lijk, hing hier een verkwikkende warmte. Het vertrek was kleiner dan de rest, vierkant van vorm, met een haard waarin de overblijfselen van het laatste vuur nog op het rooster lagen. Zo te zien was hij nog kortgeleden gebruikt. Een grote leren armstoel die was aangevreten door de muizen stond ervoor. Verder was er niets in de kamer, behalve dan het onmiskenbare gevoel dat ze niet alleen waren.

Fitz keek argwanend om zich heen. 'Hier woont iemand,' zei hij.

Alba bracht een vinger naar haar lippen. 'Ssst,' siste ze zachtjes. 'Misschien vindt hij het wel niet leuk dat wij hier zijn.'

'Ik dacht dat ze hadden gezegd dat hier niemand woonde.'

'Ik ook!' Alba spitste haar oren of ze iets hoorde, maar er viel geen ander geluid te bespeuren dan het hameren van haar eigen hart. Ze keek naar de dubbele deuren die uitkwamen op de tuin en trok er een open; hij kraste over de vloer. Fitz liep achter haar aan naar buiten. Het was duidelijk dat hier vroeger een terras was geweest, hoewel de balustrade was afgebrokkeld en er maar een klein gedeelte van was blijven staan. Alba schraapte met haar voet over de grond en ontblootte een vloer van kleine rode tegels. Toen werd haar aandacht getrokken door iets zwarts in de ondergroei. Ze liep naar de vervallen balustrade en reikte omlaag, tot ze iets hards en metaligs voelde.

'Wat heb je daar?' fluisterde Fitz.

'Het lijkt wel een telescoop.' Ze veegde het voorwerp schoon en probeerde erdoorheen te kijken.

'Is er iets interessants te zien?'

'Ik zie alleen maar zwart,' antwoordde ze, en ze gooide het geval weer tussen de struiken.

Opeens voelden ze dat er iemand achter hen stond. Ze draaiden zich geschrokken om en zagen een schriele mannengestalte door de dubbele deuren naar buiten stappen.

Alba nam het woord: 'Ik hoop niet dat we u lastigvallen. We waren aan het wandelen en zijn verdwaald,' legde ze met een charmante glimlach uit. Toen de man zijn bloeddoorlopen ogen naar haar opsloeg, hapte hij naar adem alsof alle lucht uit zijn longen werd geslagen. Hij bleef staan en staarde haar zonder een spier te vertrekken aan.

'Madonna!' riep hij uit, met een stem zo zacht als een lint. Vervolgens glimlachte hij, waarbij hij een groot gat onthulde op de plek waar ooit zijn voortanden hadden gezeten. 'Ik wist wel dat ik me tussen de doden ophield!' Hij stak zijn hand uit. Met tegenzin pakte Alba die aan. 'Ik ben Nero Bonomi. Wie zijn jullie?'

'Wij komen uit Engeland,' antwoordde ze. 'Mijn vriend spreekt geen Italiaans.'

'Maar jij, beste meid, spreekt het alsof je hier geboren bent,' zei hij in het Engels. 'Met je korte haar ben je net een mooie jongen. Je lijkt ook op iemand anders, iemand van heel lang geleden. Je hebt me laten schrikken, om eerlijk te zijn.' Hij streek met zijn knokige vingers door zijn witte haar. 'Ooit was ik zelf een mooie jongen. Maar wat zou Ovidio zeggen als hij me nu eens kon zien?'

'Woont u hier?' vroeg ze. 'In deze ruïne?'

'Toen Ovidio hier nog woonde, was het ook al een ruïne. Of moet ik zeggen: marchese Ovidio di Montelimone? Hij was een echte heer. Na zijn overlijden heeft hij het aan mij nagelaten. Niet dat het nou zo'n waardevol bezit is. Hier zijn alleen herinneringen, die, neem ik aan, geen waarde hebben voor een ander.'

Alba merkte op dat de huid van zijn gezicht dik en rood was. Hij zag eruit alsof hij door de zon was verbrand, maar bij nader inzien werd duidelijk dat hij zichzelf langzaam dooddronk. Hij had een enorme alcoholkegel om zich heen hangen; dat kon ze ruiken. Ze merkte bovendien op dat hij zijn linnen broek hoog in de taille droeg, met een strakke riem, en dat de broek te kort was en dat er smalle enkels in witte sokken onderuit piepten. Hij was niet oud, maar zag er even breekbaar uit als een man op leeftijd.

'Wat was de marchese voor iemand?' vroeg Fitz.

Nero ging op de balustrade zitten en sloeg zijn ene been over het andere. Hij leek het niet erg te vinden dat ze zich op privé-terrein bevonden; hij scheen het leuk te vinden om gezelschap te hebben. Met een zucht liet hij zijn kin op zijn hand rusten. 'Hij was een groot estheet. Hij hield erg van mooie dingen.'

'Bent u familie van hem?' Intuïtief wist Alba dat dat niet het geval was.

'Nee. Ik hield van hem. Hij hield van mannen, zie je. Ik was totaal niet cultureel ontwikkeld, maar hij hield van me. Ik was een simpele weesjongen uit Napels. Hij haalde me van de straat en bracht me groot. Maar moet je zien wat ik met mijn erfgoed heb gedaan. Ik deug nu nergens meer voor.' Hij tastte in zijn zak naar een sigaret. 'Als jij een jongen was, zou ik zó verliefd op je kunnen worden.' Hij lachte, maar Alba vond het helemaal niet amusant. Hij knipte zijn aansteker aan en inhaleerde. 'Met de marchese was niets simpel. Hij hield van mannen, en toch schonk hij het grootste deel van zijn hart aan een vrouw. Hij was bezeten van haar. Door haar raakte ik hem bijna kwijt.' Alba keek naar Fitz en Fitz keek naar Alba. Geen van beiden zeiden ze iets. Maar ze begrepen nu hoe het zat. Nero vervolgde: 'Ze was onvoorstelbaar mooi.'

'Ze was mijn moeder,' zei Alba. Nero staarde haar aan door de wegdrijvende rook die voor zijn ogen opsteeg. 'Valentina was mijn moeder.'

Opeens liet Nero zijn schouders hangen en kreeg hij tranen in zijn ogen. Hij beet op zijn lip en zijn handen begonnen te trillen. 'Natuurlijk, daarom ben je ook hier. Dus daarom kwam je me al zo bekend voor.'

'Was Valentina de minnares van de marchese?' vroeg Fitz.

Nero knikte, en zijn hoofd leek veel te groot voor zijn uitgemergelde lichaam. 'Ze was een verbazingwekkende vrouw. Zelfs ik bewonderde haar. Het was onmogelijk om dat niet te doen. Ze had iets betoverends. Allure, heel magisch. Ik was een straatjongen en toch vond ik in haar mijn gelijke. Vergeef me.'

'Kom op,' zei Fitz, in een poging hem te troosten. 'Wat valt er nou te vergeven?'

Nero stond op. 'Ik heb het hier laten verkommeren. Een paar jaar geleden is er brand geweest in een vleugel; het was mijn schuld, ik had zitten drinken met vrienden... Ik heb alles om me heen laten instorten. Het geld is op. Ik heb niets gedaan van wat hij me allemaal had gevraagd. Maar één ding heb ik zo gelaten als hij het had achtergelaten.'

Ze liepen achter hem aan over een paadje dat kronkelend omlaag liep onder een haag van cipressen. Aan het eind, met uitzicht op zee, stond een huisje van grijs steen. Anders dan het palazzo was dit niet aangetast door het bos. Slechts een paar dappere klimopranken kropen omhoog over de muren en wonden zich om de pilaren. Het was prachtig, als iets uit een sprookje, een kabouterhuis. Fitz en Alba werden erg nieuwsgierig. Ze stapten achter Nero aan, die verbaasd om zich heen keek, want anders dan in het palazzo was hier alles nog intact, hoewel de tijd er had stilgestaan.

Er was maar één kamer. Het was een vertrek met een harmonieuze vierkante vorm, met een gewelfd plafond, fraai beschilderd met een fresco van een blauwe wolkenlucht met naakte cherubijntjes erin. De muren eronder hadden een warme terracottakleur; op de vloer lagen kleden, uitgesleten doordat ze veel waren belopen, maar niet kaal. Een groot hemelbed domineerde de kamer. De zijde waarmee het was aangekleed was tot lichtgroen verkleurd, maar de gestikte sprei, die van hetzelfde materiaal was gemaakt, had zijn oorspronkelijke rijke tinten behouden. Er lag een losse fluwelen doek op met ingewikkeld borduursel, die rafelde aan de randen. Er stonden een chaise longue, een fauteuil, een notenhouten schrijftafeltje met inlegwerk, met op een leren onderlegger een glazen inktfles en een pen, plus papier en enveloppen met daarop de naam marchese Ovidio di Montelimone. Aan roeden hingen fluwelen gordijnen; de luiken waren gesloten; een boekenplank torste het gewicht van rijen in leer gebonden boeken.

Toen ze beter keek, zag Alba dat alle boeken ofwel over geschiedenis ofwel over erotiek gingen. Ze liet haar vinger langs de ruggen gaan en veegde het stof weg zodat ze de glanzende in goudopdruk aangebrachte titels kon lezen.

'Ovidio was verzot op seks,' zei Nero, die zich neervlijde op de chaise longue. 'Dit was zijn heiligdom. De plek waar hij heen ging als hij even weg wilde van het instortende palazzo en de echo's van zijn glorieuze verleden dat hij door zijn vingers had laten wegglippen.' Hij sloeg zijn blik op naar het plafond en nam een trek van zijn sigaret, die nu nog maar zo kort was dat hij bijna zijn vergeelde vingers brandde. 'Ah, al die uren van genot die ik in deze charmante kleine grot heb doorgebracht.' Hij slaakte een theatrale zucht en liet zijn blik loom op Alba rusten, die nu de schilderijen in zich op stond te nemen. Het waren allemaal mythologische taferelen van naakte jongemannen of jongens. Ze waren schitterend ingelijst en vormden een collage op de muren. In een muurnis stond een beeld op een zwarte sokkel met verguldsel. Het was een marmeren replica van Donatello's *David*. 'Is dat niet schitterend? Het is net een panter, hè? Ovidio vond die langoureuze pose van hem prachtig. Hij heeft het speciaal laten maken voor deze grot. Hij streek er altijd met zijn handen overheen; hij mocht graag dingen aanraken. Hij was een sensueel man. Zoals ik al zei, hield hij van mooie dingen.'

'Net als mijn moeder,' zei Alba, die zich haar moeder voorstelde zoals ze aan de fraaie toilettafel zou zitten en haar haar kamde voor de Queen Anne-spiegel. Er stonden rijen en rijen flesjes en parfumflacons, een pot gezichtspoeder en er lagen twee zilveren borstels. Waren die ook van haar moeder geweest?

'Net als Valentina, ja,' herhaalde Nero, en zijn ogen vulden zich weer met tranen.

Alba dwaalde door de kamer, langs een marmeren haard waar nog steeds de warmte af sloeg die hij de marchese en zijn geliefden had geboden; langs een hoge, smalle ladekast, waarvan de laden allemaal leeg waren. Vervolgens ging ze op het bed liggen. Ze voelde zich ongemakkelijk. Ze wilde Nero niet aankijken, alsof ze aanvoelde dat hij op het punt stond een verschrikkelijke onthulling te doen. Haar blik viel op een tekening van een mooie jonge vrouw die naakt op het gras lag. Haar borsten waren jeugdig en vol, haar heupen rond en zacht, haar schaamhaar een donkere veeg tegen de witheid van haar dijen. Alba schrok ineens. Het lange donkere haar, de lachende ogen en de raadselachtige glimlach die rond haar lippen speelde waren onmiskenbaar. En inderdaad, onderaan stonden de woorden: *Valentina, liggend naakt, Thomas Arbuckle, 1945.*

'O, mijn god!'

'Wat is er?' Fitz haastte zich naar haar toe.

'Het derde portret.'

'Hè?'

'Het derde portret dat mijn vader van mijn moeder heeft getekend. De tekening waar hij zo naar heeft gezocht toen ze was omgekomen, maar die hij niet kon vinden. Ze had hem aan de marchese gegeven.'

Nu begreep Alba waarom haar vader het per se had willen vinden: het was het intiemste portret van allemaal. Een tekening die niemand anders onder ogen mocht komen. Maar desondanks had Valentina hem weggegeven. Alba nam de lijst van de muur en veegde het stof eraf. Fitz kwam op het bed naast haar zitten. Geen van beiden schonk er aandacht aan dat Nero's schouders begonnen te trillen. 'Hoe durfde hij!' riep ze woedend uit. 'Hoe durfde zíj!' Ze herinnerde zich haar vaders grauwe, gekwelde gezicht toen ze hem het eerste portret had gegeven. Wat had ze hem toen slecht begrepen. 'Mijn hart breekt als ik eraan denk dat papa hiernaar heeft gezocht, terwijl het al die tijd hier bij die smeerlap heeft gehangen. Waar hij ook is, ik zal spugen op zijn graf!'

Nero draaide zich om, met een gezicht als een open wond. 'Nu weet je waarom dit huis vervloekt is. Waarom het tot een ruïne is vervallen. Waarom het tot stof zal vergaan. Waarom Ovidio werd vermoord.' Zijn stem was een kreet van wanhoop, als van een dier in nood.

Fitz en Alba staarden hem verbijsterd aan. 'Is de marchese dan ook vermoord?' zei Fitz.

'Mijn Ovidio werd vermoord.' Nero liet zich op de vloer zakken en rolde zich op tot een bal.

'Waarom dan?' vroeg Alba in verwarring. 'Ik snap het niet.'

'Omdat hij Valentina had vermoord,' jammerde hij. 'Omdat hij haar had omgebracht.'

28

TOEN FITZ EN ALBA BIJ DE TRATTORIA KWAMEN, ZAT LATTARULLO daar limoncello te drinken met de burgemeester in ruste. Lattarullo zette een ernstig gezicht op toen ze naderbij kwamen, want ze waren allebei zo bleek alsof ze zojuist een geest hadden gezien. De burgemeester excuseerde zich, zodat ze alleen konden zijn. Hij wist wel waar ze over kwamen praten. Het was beter dat ze zulke dingen met de carabiniere bespraken. Hij had tenslotte de vader van het meisje gekend en was als eerste op de plek van de moord geweest. Hij had gehoopt dat ze niet in het verleden zouden gaan wroeten; dat kon je maar het best met rust laten en vergeten.

'Ga zitten,' zei Lattarullo met een geforceerde glimlach.

'We moeten praten,' zei Alba. Ze pakte Fitz' hand. 'We zijn net in het palazzo geweest.'

Lattarullo liet zijn schouders hangen. 'Jullie hebben Nero gesproken,' zei hij. 'Hij is een dronkaard. Hij heeft geen cent. Heeft alles erdoorheen gejaagd met drinken en gokken. Hij is net zo geruïneerd als het palazzo.'

'De marchese heeft Valentina vermoord. Waarom?' Alba's stem klonk ontzagwekkend.

De carabiniere leunde achterover in zijn stoel en beet op de binnenkant van zijn wang. 'Jij hebt een zaak opgelost waar de beste rechercheurs zich nooit raad mee hebben geweten.'

'Dan hebben ze niet genoeg hun best gedaan,' snauwde ze.

'Ze hadden Lupo Bianco, dus wat kon een huiselijke twist hun schelen?'

'Waarom heeft hij haar vermoord? Hij hield van haar.'

'Omdat hij niet wilde dat je vader haar zou krijgen.'

'Was hij jaloers?'

'Als hij haar niet kon hebben, mocht niemand haar hebben. Ze maakte hem helemaal gek. Zo was Valentina: ze maakte mannen stapelgek. En de marchese wás al gekker dan de rest.'

'Ik weet dat ze een Duitse minnaar heeft gehad, ik heb zijn brieven gezien.'

'O, die. Ja, ze had een Duitse beschermheer. Ze had er wel meer. Ze bracht hun allemaal het hoofd op hol. Zelfs degenen die ze niet zag zitten.'

'Het slaat allemaal nergens op.' Alba slaakte een diepe zucht.

'En het was zo zonde.' Lattarullo draaide zich om en bestelde drie limoncello's.

Die avond, toen Alba met Fitz en Falco op het terras zat, werd de waarheid eindelijk onthuld. Immacolata en Beata hadden zich teruggetrokken in hun kamers en Toto was de stad in met vrienden. Cosima lag lekker in bed, met haar lappenpop en de blije herinneringen aan die dag. De ondergaande zon lichtte goudkleurig op in een dunne, waterige lucht, en kleurde de voorbijdrijvende wolken roze als een suikerspin. Het was een schitterend gezicht. Alba was zich bewust van haar aanstaande vertrek en haar hart vulde zich met ondraaglijk verdriet.

Toen ze haar oom het derde portret liet zien, wreef hij over zijn kin. 'Madonna!' riep hij uit, en hij keek nog eens goed. 'Waar heb je dit vandaan?'

'Uit het palazzo,' antwoordde Alba uitdagend.

Zijn grove gezicht kreeg een plechtige uitdrukking. 'Dus daar ben je toch naartoe gegaan?'

'Je kent me, Falco. Ik geef niet snel op.'

'Nero heeft ons het huisje laten zien,' zei Fitz. 'Daar ontdekte Alba het portret.'

'En de waarheid,' voegde ze eraan toe. 'Dat de marchese mijn moeder heeft vermoord.'

Falco schonk een glas water in en nam een slok. 'Dus daar is die tekening al die tijd geweest,' mompelde hij.

'Ze had hem niet gekregen om hem weer weg te geven,' gromde Alba. 'Hij was van mijn vader.'

'Je moet hem maar aan hem geven,' vond Falco.

'Dat kan ik niet,' verzuchtte ze, terwijl ze terugdacht aan de uitwerking die het eerste portret had gehad.

'Volgens mij zie je dat verkeerd, Alba. Ik vind dat je het hem zou moeten vertellen.'

'Falco heeft gelijk. Volgens mij wordt het tijd dat hij de waarheid te horen krijgt,' merkte Fitz in alle redelijkheid op.

Alba slaakte een diepe, berustende zucht. 'Ik kan gewoon niet geloven dat die klootzak mijn moeder uit jaloezie heeft vermoord. Wat een achterlijke reden!'

Falco trok een wenkbrauw op. 'Wie heeft je dat verteld?'

'Lattarullo,' zei Alba.

Haar oom dacht even na en zei toen ernstig: 'Dat is niet het hele verhaal.'

Alba's hart sloeg een slag over. 'Valt er dan nog meer te vertellen?'

'Hij heeft Valentina vermoord vanwege jou.'

Alba wist niet wat ze hoorde. 'Vanwege míj?'

'Hij dacht dat je zijn kind was.'

Ze greep naar haar keel en haalde moeizaam adem. 'Hoe weet je dat ik dat niet ben? Bén ik dat?' Ze voelde alleen maar afschuw en twijfelde opeens aan haar afkomst.

'Valentina was degene die het wist. De marchese wist het ook, in zijn hart.'

'Hij vermoordde haar om wraak te nemen,' zei Fitz hoofdschuddend. 'Wat een lafaard.'

'Omdat hij haar kwijt was, en omdat hij jou ook nog kwijt zou raken. De marchese had geen erfgenaam. Hij was oud en der dagen zat. Valentina en jij waren zijn toekomst, zijn leven. Zonder jullie had hij niets. Hij wilde Tommy van zijn toekomst beroven zoals Valentina hem van de zijne beroofde.'

'Nero zei dat hij vermoord was.' Alba's blik ving die van Falco. Hij keek niet weg; zijn ogen waren zo hard als hematiet.

'Laten we maar zeggen dat hier in het zuiden families zo hun eigen manieren hebben om wraak te nemen.'

'Jij, Falco?' Haar stem was een fluistering.

'Ik heb hem de keel doorgesneden zoals hij Valentina de keel doorsneed, en ik heb hem zien sterven, stikkend in zijn eigen bloed,' zei hij. Het feit dat hij nu doodkalm zijn geheim onthulde verdreef de donkere schaduwen uit zijn ogen. 'Het was een erekwestie.'

Een paar dagen later vertelde Alba het nieuws aan Cosima. Ze nam haar expres mee de stad in om nieuwe jurken te kopen bij de winkel van de dwergen, in de hoop dat de opwinding van nieuwe aankopen zou opwegen tegen de teleurstelling die zou volgen. Cosima paste de jurken, draaide rond als een danseres en nam er net als de eerste keer dat Alba haar had gefêteerd de tijd voor om tot een beslissing te komen. Omdat ze zich schuldig voelde en omdat ze wilde dat het kind met warme gevoelens aan haar zou terugdenken, kocht Alba alle vijf de jurken, met bijpassende maillots en vestjes en een lichtblauwe jas erbij voor als het koud zou worden. Cosima was in de zevende hemel, maar dit keer huilde ze niet. Ze bedankte haar achternicht en drukte haar kleine gezichtje tegen dat van Alba om haar op de wang te kussen. Alba moest haar tranen verbijten. Ze was nog niet eens weg en haar hart brak al.

Ze voerde haar aan de hand mee het pad tussen de rotsen op naar de uitkijktoren, waar ze haar de eerste keer had getekend. Dat leek wel iets uit een ander leven. In slechts een paar maanden had ze vele levens geleid.

'Zal ik vanavond een modeshow geven?'

'Dat moet je zeker doen. Ze moeten je nieuwe herfstcollectie natuurlijk wel zien,' antwoordde Alba, die haar best deed opgewekt te klinken.

'Wat heb je véél voor me gekocht,' zei ze, met de nadruk op 'veel'. 'Vijf jurken! O, wat zijn ze mooi. Ik hou van mooie dingen.'

'Dat komt doordat je zelf ook mooi bent. En niet alleen mooi, Cosima, maar je bent bovendien zo zoet als honing.'

'We hadden picknickspullen mee moeten nemen. Ik heb honger.'

'Dat komt door al dat winkelen; dat kost een heleboel energie. Wacht maar tot je naar Londen komt; dan zullen we eens flink tekeergaan in de winkels. Misschien als je een beetje groter bent.' Cosima knikte, niet in staat te bevatten wat 'Londen' precies inhield. 'Lieverd, ik moet je iets belangrijks vertellen.' Ze schraapte haar keel. Cosima sloeg haar heldere ogen naar haar op en glimlachte verwachtingsvol. 'Ik vertrek hier binnenkort.' Ze knipperde haar tranen weg en haar stem brak.

Cosima werd bleek. 'Ga je weg?' herhaalde ze.

'Ja, Fitz heeft me gevraagd of ik met hem wil trouwen.'

'Waar ga je dan heen?'

'Naar Engeland.'

'Mag ik niet met je mee?'

Alba nam haar in haar armen en kuste haar kruin. 'Dat kan toch niet? Wat zou papa zonder jou moeten? En nonna? Om nog maar te zwijgen over nonnina? Die zouden allemaal heel verdrietig zijn als jij niet bij hen was.'

'Maar ik zal verdrietig zijn als jij er niet bent,' zei ze.

'Maar ik kom je weer opzoeken.'

'Hou je soms niet meer van me?' vroeg ze met een klein stemmetje, en Alba hoorde haar hart weer breken, dit keer luider en met meer druk.

'O, Cosima. Natuurlijk wel. Ik hou zo veel van je dat het gewoon pijn doet. Ik wil helemaal niet bij jou weg. Ik wil met Fitz trouwen en hier blijven wonen. Maar zijn werk is in Londen. Hij is geen Italiaan, zoals ik. Het is al niet leuk om de hele familie achter te laten, maar het allermoeilijkste is nog wel om weg te gaan van jou. Maar laten we het van de zonnige kant bekijken. Ik zal je schrijven en opbellen en je jurken opsturen uit Londen. Die zijn nog veel mooier dan die je vandaag hebt gekregen. Veel, veel mooier! En ik kom terug om je op te zoeken. En op een dag, als je wat groter bent, kun jij bij mij op bezoek komen.' Zwijgend bleven ze zitten, met hun armen stijf om elkaar heen geslagen, terwijl de dag langzaam ten einde liep.

Alba bleef nog tien dagen bij de Fiorelli's. Zolang ze nog bij hen was, vergat Cosima dat ze binnenkort zou vertrekken. Kinderen leven in het hier en nu, en zolang Alba er was, was het hier en nu aangenaam. Ze hield haar modeshow en het applaus was luider dan de vorige keer, maar ze wist niet dat de volwassenen overcompenseerden. Alba liet Fitz alle plekjes zien die haar inmiddels dierbaar waren: de oude uitkijktoren, de citroenboomgaard en het riviertje. Ze liet hem haar tekeningen zien, die in haar kamer hingen en verspreid door de rest van het huis, waar Immacolata de mooiste werken van haar geweldige kleindochter goed in het zicht had gezet. Fitz was onder de indruk. Hij pakte ze op, bestudeerde ze zorgvuldig en complimenteerde haar keer op keer.

Immacolata liep te mokken. Hoewel ze geen rouwkleding meer droeg, zette ze nog wel het bijbehorende gezicht: lang, grauw en vertrokken in een permanente frons. Pas bij de haven, toen Alba op het punt stond te vertrekken, brak het open. 'Ik ben alleen maar zo narrig omdat ik van je hou,' zei ze, terwijl ze haar handen om Alba's gezicht legde en haar op haar voorhoofd kuste.

'Ik bel jullie en zal schrijven en op bezoek komen. Ik beloof dat ik over niet al te lange tijd terugkom,' verklaarde Alba in een plotselinge opwelling van paniek.

'Dat weet ik wel. Ga met God, mijn kind, en moge Hij je beschermen.' Ze sloeg naarstig een kruis en liet Alba vervolgens los. Die omhelsde Beata en Toto, maar reserveerde haar innigste omhelzing voor Falco. Ze hielden elkaar een hele tijd vast voordat ze zich weer losmaakten.

Cosima liet zich in Alba's wijdgespreide armen nemen. Ze moesten allebei huilen. Fitz pakte Alba's hand en hielp haar de boot in. Het kleine groepje bleef verloren op de kade staan. Het was een droevig afscheid. Toen de boot de haven uit voer, bracht Cosima haar handje omhoog en zwaaide.

29

DE KOKKIN HAD SCONES EN JAM GEMAAKT VOOR BIJ DE THEE. Scones waren altijd lekker, maar vooral in de winter, wanneer het vocht en de kou tegenwicht vroegen van iets warms en zoets. Verity Forthright stak er een in haar mond; ze had al lopen watertanden voordat ze bij de cottage van de kokkin op het landgoed van de Arbuckles was aangekomen. De scones waren klein, van eenhapsformaat, en smolten op de tong. Ze pakte het damasten servet op, eentje uit een set van zes die de oude mevrouw Arbuckle de kokkin een keer met Kerstmis cadeau had gedaan, en bette haar mondhoeken. 'Edith, lieverd, in de keuken ben je echt onovertroffen. Wat een verrukkelijke scones.' De kokkin beboterde er een voor zichzelf.

'Ik denk dat ik ook scones voor de thee ga maken als Alba thuiskomt,' antwoordde ze peinzend. 'Voor de lunch zal ik uiteraard aardappels poffen. Als ik me goed herinner was Fitzroy nogal dol op mijn gepofte aardappels.'

Het water liep Verity weer in de mond. 'Het is allemaal nogal plotseling, nietwaar?' zei ze terwijl ze haar ogen tot spleetjes kneep en een dikke dot jam op haar tweede scone lepelde.

'Alba is altijd al anders geweest dan anderen. Zo is ze nou eenmaal. Kennelijk, vertelde mevrouw Arbuckle me, is Fitzroy helemaal naar Italië gereisd om haar ten huwelijk te vragen.' Ze glimlachte om de romantiek hiervan.

'Gelukkig voor hem heeft ze ja gezegd; anders had hij die hele reis voor niets gemaakt,' zei Verity.

De kokkin schonk voor hen allebei thee in. 'Ze belde vanuit Italië met het goede nieuws. Volgens mij passen ze prima bij elkaar. Prima,' zei ze. 'Hij is rustig en vriendelijk, en zij is wild en wispelturig. Ze vullen elkaar goed aan.'

'Zo dacht je er een halfjaar geleden anders niet over,' bracht Verity haar in herinnering.

'Het is het voorrecht van de vrouw om van gedachten te mogen veranderen.'

'Misschien heeft hij haar een beetje weten te temmen. Dat had ze wel nodig. Ze moet ook langere rokken gaan dragen. Hij is een fatsoenlijke jongeman; misschien kan hij haar wat respectabeler maken. Ik weet zeker dat mevrouw Arbuckle dat graag zou zien.'

'Mevrouw Arbuckle hecht zo veel waarde aan die dingen,' zei de kokkin, terwijl ze haar theekopje neerzette. 'Ze is ontzettend deftig. Zij heeft het niet met de paplepel ingegoten gekregen, zoals de oude mevrouw Arbuckle. Mevrouw Arbuckle is erin getrouwd, en dan ligt het heel anders. Zulke mensen zijn altijd geaffecteerd, volgens mij. Ze maakt zich erg druk om klasse en afkomst. Gelukkig, heeft ze me verteld, komt Fitzroy uit een uitstekende familie uit Norfolk. Ze kent een neef van hem. Hij is, zoals zij het noemt, een "geschikt" persoon.'

'Ze zal wel blij zijn dat Alba dan toch eindelijk trouwt, stel ik me zo voor,' zei Verity.

De kokkin had in de gaten dat ze op roddels uit was, maar ze was te blij met het nieuws om haar mond te kunnen houden. 'Alba heeft haar altijd veel zorgen gebaard. Hun allebei. Zoals ze altijd bij haar ouders komt aanzetten, met een gezicht dat op storm staat. Dat komt door die moeder van haar, zie je. Die Italianen zijn een heetgebakerd stelletje. Mevrouw Arbuckle stelt prijs op mensen uit haar eigen kringen en Alba heeft daar nooit echt in gepast. Er zal wel een last van haar af vallen. En hierna is Caroline aan de beurt, let op mijn woorden.'

Maar Verity was helemaal niet geïnteresseerd in Caroline. Ze werkte een derde scone naar binnen en bracht het gesprek vervolgens terug op Alba. 'Denk je niet dat de kapitein het moeilijk zal vinden om zijn dochter weg te geven? Je hebt me tenslotte vaak verteld dat Alba hem van al zijn kinderen het meest dierbaar is.'

'Dat geloof ik ook, maar hij zou dat zelf nooit zeggen. Ik zie het aan zijn ogen, weet je. Mijn Ernie zei altijd dat ik de intuïtie heb van een heks. Alba kan hem raken zoals niemand anders dat kan. Ik heb altijd medelijden met hem als ik merk dat zij hem met haar kwaaie kop pijn doet. Hij geeft haar alles, alles. Die meid heeft nog nooit van haar leven ook maar één dag hoeven werken omdat de kapitein zo gul is. Maar een poosje geleden is er iets heel vreemds gebeurd.' Ze aarzelde. Ze had zich vast voorgenomen het niet aan Verity te vertellen, want dan wist ze zeker dat het het hele dorp rond zou gaan nog voordat de oude aasgier de tijd had gekregen om het zelf te verwerken. Maar het gewicht van wat ze wist drukte te zwaar op haar om het alleen te dragen. Verity's mond hield halverwege een hap op met kauwen en ze rechtte haar rug. De kokkin wenste dat ze haar mond had gehouden. Maar ach, redeneerde ze bij zichzelf, ze zou Verity alleen de mooie gedeelten vertellen. 'Er is een brief van Alba gekomen,' deelde ze mede.

'Een brief?'

'Geadresseerd aan de kapitein. Ik herkende haar handschrift en het Italiaanse poststempel.'

Verity spoelde haar scone weg met thee. 'En?'

'Nou, hij ging naar zijn studeerkamer om hem te lezen. Ik was bezig in het kabinet met de drankflessen, zodat ik zijn gezicht kon zien terwijl hij hem las. Het was een lange brief, vele kantjes vol met die hanenpoten van haar. Door het papier heen kon ik zien dat er veel doorhalingen in zaten.'

'Dan stond je zeker wel erg dichtbij?'

'Heel dichtbij. De kapitein had niet eens in de gaten dat ik er was, zo verdiept was hij in de brief.'

'Wat stond erin?'

De kokkin slaakte een zucht en haalde haar schouders op. 'Ik heb geen idee, maar toen hij hem uit had, leek hij wel een ander mens.'

Verity keek haar niet-begrijpend aan. 'In welk opzicht?'

'Nou, hij leek ineens een stuk jonger.'

'Jonger?'

'Ja. En gelukkiger. Weg waren die donkere kringen onder zijn ogen. Als je het mij vraagt, stond er in die brief iets wat hem zijn jeugdigheid heeft teruggegeven.'

'Echt, Edith, je overdrijft.'

'Nee, hoor. Het was heel vreemd. Het was net alsof er iets van hem af viel. Iets zwaars en droevigs. Hij liet het gewoon gaan.'

'En toen?'

'Hij bleef over zijn kin zitten wrijven en naar het portret van zijn vader staren dat aan de muur hangt.'

'Zijn vader?'

'Ja, de oude meneer Arbuckle. Ik weet niet waar hij aan zat te denken, maar hij bleef een hele poos zitten peinzen.'

'Wat stond er volgens jou dan in die brief?' vroeg Verity, en ze bracht haar theekopje luid slurpend naar haar lippen.

'Nou, een poosje later hoorde ik mevrouw Arbuckle en de kapitein met elkaar praten in de zitkamer. Ik was in de hal, zie je, aan het tafeldekken. Als ze maar met z'n tweeën zijn, eten ze graag daar, aan de kloostertafel.'

'Ja, ja – wat zeiden ze?'

'Nou, ze dempten allebei hun stem. Ik denk dat ze wel wisten dat ik vlak in de buurt was, want ze konden me horen rondrommelen, zie je. Het valt niet mee om zachtjes te doen met bestek. Dus waren ze voorzichtig en ik kon niet alles verstaan. Ik ving het zinnetje "Alba weet de waarheid" op. Toen zei hij, nogal blij: "Ze heeft haar verontschuldigingen aangeboden." Dat viel me op, zie je, omdat ik zo het idee heb dat Alba zich nog nooit van haar leven ergens voor heeft verontschuldigd.'

Verity fronste haar wenkbrauwen. 'Waarvoor verontschuldigde ze zich dan? Welke waarheid?'

De kokkin kreeg het warm. Genoeg, zei ze tegen zichzelf. Je hebt Verity genoeg verteld. Het gezicht van Verity bevond zich onaangenaam dicht bij het hare. Er was geen houden meer aan; het hele verhaal zou naar buiten komen.

'Het is heel gek allemaal. Maar als je het mij vraagt, is Alba sinds ze naar Italië is gegaan om de familie van haar moeder te zoeken op iets anders gestuit. Ik heb geen idee wat...' Verity staarde haar met slangenogen aan. 'O, Verity,' zei ze opeens. 'Voor jou kan ik het niet stilhouden. Ik móét het aan iemand vertellen. Ik heb het woord...' Ze zweeg even, en voegde er vervolgens op luide fluistertoon aan toe: '... "moord" horen vallen.'

Toen Verity dit tot zich had laten doordringen en naar behoren had verwerkt, hapte ze naar adem. 'Goeie god! Je denkt toch niet dat de kapitein zijn eerste vrouw vermoord heeft?'

De kokkin wrong haar handen. 'Nee, dat geloof ik niet. Maar wat zou het anders kunnen zijn?'

'Waarom zou Alba zich daarvoor verontschuldigen?'

'Beste Verity, Alba bood haar verontschuldigingen aan omdat ze erachter gekomen was.'

'Aha.'

'Ik had nooit gedacht dat de kapitein in staat zou zijn om iemand te vermoorden,' zei de kokkin.

'Vergeet niet dat het toen oorlog was. Hij bracht links, rechts en overal daartussenin Duitsers om, en dat was maar goed ook! En als Valentina net zo temperamentvol was als Alba, zou ik het hem niet kwalijk nemen!'

'Moge Gods toorn op je neerdalen!' berispte de kokkin haar.

'Maar dan wil ik eerst nog een laatste scone,' zei Verity, en ze stak er een in haar mond.

De kokkin was opgelucht dat ze haar geheim aan een vriendin

had verteld. Verity had een heel ander gevoel; haar misselijkheid had niets te maken met de onthullingen van de kokkin, maar alles met de scones. Tot haar schande moest ze onderweg naar huis aan het eind van de oprijlaan de auto stilzetten, en ze braakte in de bosjes.

Toen de taxi die Fitz en Alba naar het centrum van Londen bracht Earls Court bereikte, vergat Alba hoe verdrietig het was geweest om Incantellaria te verlaten en wipte ze opgetogen op de bank heen en weer. Het was een heldere oktoberdag. De zon tuimelde naar binnen door het raam en viel op de verlovingsring die sprankelde aan haar vinger. 'Niet te geloven dat we thuis zijn,' zei ze met een zucht, en ze keek naar de schittering en bewoog haar hand zo dat het licht erop viel. 'Het idee dat mijn kasten vol prachtige kleren hangen. Ik kan mijn geluk niet op!'
Fitz maakte zich zorgen over de staat van haar boot. Alba kennende zou ze voor haar vertrek niet de koelkast hebben leeggehaald en zou het er afschuwelijk stinken.
'Ik heb het gevoel dat ik een eeuwigheid weg ben geweest.'
'Ik hoop dat je boot er nog ligt.'
De taxi reed Cheyne Walk op. Alba ging rechtop zitten en keek door de voorruit. 'Daar is-ie!' verkondigde ze, wijzend. En toen: 'Wel godallemachtig!' Fitz boog zich naar voren, en de moed zonk hem in de schoenen toen hij dacht aan de chaos die ze konden verwachten. Hij betaalde de taxi en liep met de koffers achter Alba aan over de ponton.
'Ik herken het amper,' zei ze blij. 'Het heeft zelfs een nieuw verfje gekregen!'
'Viv!' zei hij, en hij zette de bagage neer. 'Ze heeft planten en bloemen op het dek gezet. Nu ziet het er net zo mooi uit als bij haar, alleen is jouw boot excentrieker, net als jij.'
Alba stak de sleutel in het slot en deed de deur open. 'Het ruikt zelfs naar Viv,' zei ze met een lachje, en ze snoof de wierookgeur op die in de boot hing. Viv had alle kleren die ze in de badkamer had aangetroffen gewassen en gestreken, en de hele boot van onder tot boven schoongemaakt. Alba deed de koelkast open. 'Ze heeft melk gekocht!' riep ze. 'We kunnen thee drinken!' Fitz bracht de koffers naar binnen en liep vervolgens de blinkende gang door naar de keuken.
'Hoe is ze binnengekomen?' vroeg hij.
'Ze heeft een sleutel. Die heb ik haar tijden geleden een keer ge-

geven, voor het geval er brand of zoiets uitbrak als ik niet thuis zou zijn.' Fitz nam haar in zijn armen en zoende haar.

'Laat die thee maar zitten,' zei hij. 'Ik heb een veel beter idee.' Alba keek hem schalks aan.

'Jij en ik zijn eigenlijk helemaal niet zo verschillend,' zei ze lachend. Ze nam hem mee naar boven naar haar slaapkamer onder het daklicht. Het vertrek was opgeruimd en schoon, het lek was gerepareerd. Op het bed lag een briefje:

Aangezien dit vast de plek is waar je het eerst heen gaat, heb ik besloten dit briefje maar op je bed te leggen. Waarschijnlijk ben ik er niet als je terugkomt, want Fitzroy wist niet precies wanneer hij thuis zou komen. Maar ik mag hopen dat je de enige juiste beslissing hebt genomen en ja hebt gezegd op zijn aanzoek. Die arme schat, wat heeft hij lopen smachten! Ik heb de vrijheid genomen de boot schoon te maken; het was hier een enorme bende, die me elke ochtend aan het ontbijt de adem benam als ik ernaar moest kijken. Om nog maar te zwijgen van de stank van eekhoornpoep. Waarom ze hun behoefte niet ergens anders doen is mij een raadsel. Welkom thuis, lieverd, en vergeef deze oude dame alsjeblieft dat ze zo bitter en stom is geweest. Die geit was een giller, en ik vergeef jou ook. Ben gauw weer terug. Ik zit in Frankrijk met Pierre (vraag maar aan Fitzroy). De liefde is nog nooit zo heerlijk geweest.

Duizend kusjes, Viv

Alba keek Fitz met vaste blik aan. 'De liefde is nog nooit zo heerlijk geweest,' zei ze, en ze streelde zijn stoppelige gezicht met haar hand. 'Héb je gesmacht?'

'Ja,' antwoordde hij. 'Viv heeft me zover gekregen dat ik je ging zoeken.'

'Die goeie ouwe Viv.'

'Ze is een goede vriendin, Alba.'

'En jij ook. Dank je wel, Fitz, dat je in me bent blijven geloven.'

'Je had mijn hart met je meegenomen, dus moest ik er wel achteraan.'

'Het is nu van mij,' zei ze met een glimlach. 'Ik wil het bij me houden en van nu af aan zal ik er met zorg mee omgaan.'

Hij sloeg zijn armen om haar heen en trok haar omlaag op het bed. Dit keer was vrijen met Alba een langzame, intieme en tedere aangelegenheid. Hij voelde zich niet leeg en onbevredigd. Hij schonk haar zijn ziel en kreeg daar de hare voor terug. Ze was net een zeldzame mooie vlinder die hij in zijn handen kon houden; ze vloog niet weg.

Nadat ze samen lui een warm bad hadden genomen, ging Fitz op het bed liggen terwijl Alba haar kasten doorkeek om na te gaan wat ze zou aantrekken naar haar vader en stiefmoeder. Hij merkte op dat ze de kledingstukken die ze afkeurde niet zoals vroeger gewoon op de grond liet vallen, maar ze weer opvouwde en teruglegde. Ze moest lachen om de blauwsuède laarzen met plateauzolen en de gedessineerde kousen, de korte rokjes en felgekleurde jasjes. 'Ik was vergeten hoeveel kleren ik had,' mompelde ze terwijl ze haar blik over de rijen handtassen en schoenen liet gaan. 'God, wat was ik extravagant. En Cosima dacht nog wel dat vijf jurken helemaal je-van-het waren.' Ze hield haar adem in toen ze terugdacht aan het kleine meisje dat op de kade had staan zwaaien. Ze draaide zich om naar Fitz. 'Ik weet niet wat ik aan moet trekken. Het voelt allemaal niet goed. Ik wil er niet meer zo sletterig bij lopen. Ik wil eruitzien als een jonge vrouw die op het punt staat mevrouw Fitzroy Davenport te worden. Deze kleren passen niet bij haar.'

Fitz moest lachen. 'O, schat. Je raakt er wel weer aan gewend. Waarom trek je zolang niet een spijkerbroek en een sweater aan?'

'Ik wil deze kleren niet meer!' Een frons bracht haar wenkbrauwen naar elkaar. 'Ik ben ze ontgroeid.' Fitz kwam achter haar staan en sloeg zijn armen om haar middel.

'Wat je ook aantrekt, jij ziet er altijd fantastisch uit.' Ze schudde hem van zich af en begon verwoed in haar laden te zoeken. Uiteindelijk haalde ze er wanhopig een verschoten spijkerbroek en een wit shirt uit.

'Wat vind je hiervan?'

'Geknipt voor de toekomstige mevrouw Fitzroy Davenport.' Ze glimlachte en Fitz herademde. 'Wat zal Margo wel niet denken als David en Penelope Davenport niet op de gastenlijst staan?' zei hij grinnikend.

'Als het een beetje meezit is ze het vergeten.'

'Vind jij dat ik opening van zaken moet geven?'

'Dat lijkt me geen goed plan.'

'Misschien moet ik wel een nepadres voor hen bedenken.'

'Dat lijkt me beter. Je kunt altijd zeggen dat ze tot hun grote spijt niet konden komen.' Alba probeerde monter te doen, maar er was iets waardoor ze een ongemakkelijk gevoel kreeg. Ze keek om zich heen in de kamer waar zo veel herinneringen lagen, herinneringen die nu tot een leven behoorden dat ze achter zich had gelaten. 'Laten we gaan,' stelde ze voor. 'We kunnen een taxi nemen naar jouw huis, je spullen ophalen en dan met jouw auto naar Beechfield gaan. Ik wil graag snel naar ze toe.'

'Wil je ze niet eerst bellen?'

'Nee,' antwoordde Alba. 'Ik heb het verrassingselement altijd veel leuker gevonden.'

Fitz pakte zijn spullen in terwijl Alba op de bank de kranten lag te lezen. Sprout was nog steeds bij Fitz' moeder op het platteland, waar hij ongetwijfeld gehakte lever en biefstuk te eten kreeg. Fitz' moeder was er nooit helemaal overheen gekomen dat haar kinderen waren uitgevlogen. 'Hij wil vast niet meer terug,' riep Fitz Alba vanuit de slaapkamer toe. 'Dat zou ik verschrikkelijk vinden. Zonder Sprout is er niets aan.' Maar Alba luisterde niet. Ze las ook geen kranten. Haar gedachten waren bij Cosima en Falco.

De rit over de landwegen was precies wat Alba nodig had om weer een beetje op te monteren. De aanblik van de vallende bladeren, die goud glansden in de herfstzon, deed haar goed. De wind liet ze dwarrelen, zodat ze in mooie spiralen dansten voordat ze zo licht als sneeuwvlokjes op de grond neerkwamen, en hier en daar vloog een fazant op, met zijn veren als een waaier in de lucht. De geploegde akkers lagen kaal onder de hemel en grote zwarte vogels pikten naar de graankorrels die de combines er na de oogst hadden achtergelaten. De herfst was, samen met de lente, haar favoriete jaargetijde, want ze was dol op de verandering: de zomer was dan nog niet helemaal ten einde, terwijl de winter al in aantocht was. Ze hoopte maar dat ze misschien een huisje ergens op het platteland zouden kunnen kopen en een kalmer leven konden gaan leiden. Ze voelde zich niet langer thuis op haar woonboot en Londen trok haar niet meer aan. Ze keek schuin naar Fitz. Ze zou hem gelukkig maken.

Haar hart sprong op toen de auto de oprijlaan op draaide. De grond was bezaaid met oranje en bruine bladeren, die Peter de tuinman zo veel mogelijk wegharkte om ze te verbranden. Hij tikte tegen zijn pet en ze zwaaide terug. Ze vond het niet vreemd om thuis te komen, zoals in het verleden zo vaak het geval was geweest. Ze had het gevoel dat ze hier thuishoorde, want in elk hoekje van het landgoed lagen jeugdherinneringen. Herinneringen die vergeten waren geweest en nu weer terugkwamen.

Fitz drukte op de claxon. Het huis rees statig en stil voor hen op;

de welving in het dak verried een steelse glimlach, want het had eeuwenlang de ups en downs van de levens die erin werden geleid met stille geamuseerdheid gadegeslagen. Toen ze kwamen aanrijden, ging de deur open en verscheen Thomas boven aan het bordes. Onmiddellijk viel Alba de verandering in zijn houding op: hij stond rechtop, met zijn schouders naar achteren, zijn hoofd geheven, zijn vreugde toen hij hen zag zonder reserves en oprecht. Alba's knieën knikten. Ze deed het portier open en stapte trillerig uit. Haar vader bleef niet langer in de deuropening staan, maar kwam met gespreide armen naar haar toe. Weg waren de schaduwen die altijd om zijn ogen speelden en de spanning die had gezinderd in de lucht tussen hen in. Hij kuste haar hartelijk en door een brok in haar keel kon ze geen woord uitbrengen. 'Wat een enorme verrassing!' zei hij, Fitz de hand schuddend. 'Geweldig nieuws, beste jongen. Heerlijk. Kom binnen, dan trek ik een fles champagne open.'

Ze liepen achter hem aan de gang door naar de zitkamer, waar het warm was en naar kaneel rook. Het vuur knapperde in de haard. 'Waar is Margo?' vroeg Alba, die opmerkte dat de honden er niet waren.

'In de tuin. Ik geef wel even een gil.' Thomas beende de gang op. De kokkin kwam de keuken uit.

'Is Alba daar?' vroeg ze, en ze hield haar vraag met opzet kort voor het geval het woord 'moord' haar onverhoeds zou ontglippen.

'Ja, is dat geen heerlijke verrassing?' riep hij uit terwijl hij verder het huis in liep.

'Ik ga maar gauw wat scones maken,' mompelde ze, want ze durfde het jonge paar in de zitkamer niet te storen.

Alba ging op de haardrand zitten en keek Fitz aan. 'Heb jij het ook gezien?'

Hij knikte. 'Heeft hij een facelift laten doen?'

Alba giechelde. 'Hij loopt in elk geval kwiek. Zou mijn brief echt zo veel hebben uitgemaakt?'

'Ik weet het wel zeker. De waarheid over je moeder heeft hem kennelijk jarenlang dwarsgezeten. Nu je alles weet, zal hij zich wel bevrijd voelen.'

'En hij is natuurlijk blij dat ik met jou ga trouwen!' Ze vlijde haar hoofd tegen zijn schouder. 'Maar binnenkort komt hij er wél achter dat ik niet een van de chique Davenports word.'

'O, hij is veel te blij om zich daar druk om te maken!'

Op dat moment hoorden ze krabbelende pootjes over de vloer van de gang snel naderbij komen. Alba hief haar hoofd op van Fitz' schouder en kwam overeind. De honden kwamen binnendribbelen, met Margo en Thomas achter zich aan, Margo gekleed in een beige truitje van kasjmier. Haar wangen gloeiden van de buitenlucht en haar neus zag rood. Toen ze Alba's korte haar zag, schrok ze even. 'Lieve kind, wat een aangename verrassing. Je ziet er fantastisch uit. Echt waar.' Met nauwverholen verbazing nam ze haar stiefdochter op. 'Ik geloof dat ik je nog nooit met kort haar heb gezien. Wat zie je er anders uit. Het staat je goed. Echt, vind je niet, lieverd? Wat enig!' Ze drukte haar koude gezicht tegen dat van Alba, waarna ze haastig achteruitschoot. 'Neem me niet kwalijk,' zei ze, en ze bracht haar handen naar haar wangen. 'Ik ben natuurlijk ijskoud. Ik geef je geen zoen, Fitz, want ik ben één brok ijs. Ik heb in de tuin gewerkt. Er valt zo veel te doen. Welgefeliciteerd! Trouwen jullie in de zomer?' Alba en Fitz gingen zitten. 'Goeie hemel, moet je die ring eens zien. Prachtig, hoor. Is het een familiestuk?'

'Hij is van mijn grootmoeder geweest,' antwoordde Fitz.

'Hij staat je mooi, Alba, zeker nu je handen zo lekker bruin zijn. Goeie genade, wat zie je er goed uit.'

Thomas staarde naar zijn dochter. De verandering in haar gezicht was hem niet ontgaan, maar hij had niet meteen begrepen wat er anders was. Nu zag hij het: ze had haar haar geknipt. Ze zag er zonder lang haar kleiner uit, breekbaarder, en ze leek zo zeer zeker minder op haar moeder. Hij wilde haar bedanken voor haar brief, maar vond dit niet het geschikte moment. In plaats daarvan schonk hij haar een glas champagne in. Ze sloeg haar ogen naar hem op en hield zijn blik even vast. Tot haar verbijstering moest ze aan Falco denken en aan de verstandhouding die ze hadden gehad; hij had haar ook zo aangekeken, alsof ze dankzij hun verbond afgezonderd waren van de rest. Maar voordat ze er dieper over na kon denken, klonk er geritsel bij de deur.

'Ontgaat mij hier een samenzijn? Ik vind het vreselijk om een samenzijn te moeten missen.' In de deuropening stond Lavender, kromgebogen en broos; ze leunde zwaar op een stok en haar waterige ogen speurden de kamer af naar het bezoek.

30

'AH, ALBA,' ZEI LAVENDER TOEN ZE HAAR KLEINDOCHTER IN HET oog kreeg. 'Wanneer is de bruiloft? Ik ben dol op een mooie bruiloft.' Ondanks Margo's pogingen om haar naar de leren leesstoel te loodsen, kwam ze naar Alba toe gestrompeld. Het verraste haar dat haar grootmoeder haar met haar korte haar herkende, want eerder had ze haar nog nooit herkend. 'Het werd tijd dat we in Beechfield eens een bruiloft kregen.'

'Dank u, oma,' zei Alba, die haar wang kuste, waarvan de huid zacht en doorschijnend was als die van een paddestoel. 'Het verbaast me dat u me herkent!'

Lavender reageerde verontwaardigd. 'Natuurlijk herken ik je. Goeie god, het zou echt niet best met me gesteld zijn als ik mijn eigen kleindochter niet eens zou herkennen. Je haar zit leuk, trouwens. Het staat je goed.'

'Dank u.' Ze keek naar haar vader, die, even verbijsterd als zij, zijn schouders ophaalde. Margo probeerde haar naar de stoel te helpen, maar Lavender schudde haar gepikeerd van zich af.

'Zo, Alba. Kom jij maar eens met mij mee. Ik heb iets voor je.' Alba trok een gezicht naar Fitz.

'Niet te lang wegblijven, hoor,' zei Margo teleurgesteld. 'We hebben zo veel te bepraten. Jullie blijven toch wel een nachtje over? Ik zal Fitz naar zijn kamer brengen.'

Alba liep achter haar grootmoeder aan de trap op. Ze liet het wel uit haar hoofd om haar te helpen, ook al kwam de oude vrouw moeizaam omhoog. Ze gingen een lange gang door, waar de vertrekken van Lavender helemaal aan het eind om de hoek lagen. De deuropening was laag – Alba moest bukken –, maar als je eenmaal binnen was, kwam je terecht in een grote vierkante zitkamer met een hoog plafond en schuiframen, plus een grote open haard, waarin een vuur lustig knapperde. Ernaast waren haar badkamer en slaapkamer. 'Ga zitten, meisje,' zei ze. 'Toen ik hier woonde, was dit een vrij koude logeerkamer. We gebruikten hem amper. Maar tegenwoordig, nu ik hier het grootste deel van mijn tijd doorbreng, ben ik blij met het prachtige uitzicht op de tuin. Ik zou nergens anders willen wonen.' Alba liet zich neer in een fauteuil naast de haard. 'Leg nog maar wat hout op het vuur, kind. Ik zou niet willen dat je kouvat. Niet voordat je getrouwd bent.' Ze verdween haar slaapkamer in. Alba keek om zich heen. De kamer was gedecoreerd in lichte tinten groen en geel. Het was er licht en rook er naar rozen. Alle horizontale vlakken stonden vol met snuisterijen: Fabergé-eieren, Halcyon Days-potjes en -doosjes, porseleinen vogeltjes en foto's in zilveren lijstjes.

Lavender keerde terug met een rood doosje. Het was plat en vierkant, en het gouden motief waarmee het was versierd was afgesleten. Ze wist onmiddellijk dat er een sieraad in zat. 'Dit heb ik op mijn bruiloft gedragen en mijn moeder op de hare. Ik wil graag dat jij het draagt als Fitz en jij trouwen. Ik denk dat je het wel mooi vindt.'

'Wat een mooi cadeau, oma,' zei ze opgetogen. 'Ik weet zeker dat het prachtig zal staan.'

'Spullen van dit soort kwaliteit raken nooit uit de mode, zie je,' zei Lavender. Alba drukte op het gouden knopje van de sluiting en klapte het deksel omhoog. In het doosje lag een halsketting van drie rijen glanzende parels.

'O, wat mooi,' fluisterde ze.

'Hij is ook nog eens veel geld waard, maar de geldwaarde zinkt in het niet bij de emotionele waarde. Mijn trouwdag was de gelukkigste dag van mijn leven en ik weet van mijn moeder dat zij op de hare ook heel blij was. Ik mag Fitz graag. Hij is een vriendelijk mens en daar is vandaag de dag heel wat voor te zeggen. Als jij zo oud bent als ik, zul je begrijpen dat vriendelijkheid de meest bewonderenswaardige eigenschap is die iemand kan hebben.'

'Ik zal deze ketting met trots dragen, oma.'

'En je dochter zal hem ook dragen, en háár dochter. Het is een familietraditie. Niet van de Arbuckles, maar van de vrouwelijke kant – anders had ik hem wel aan Margo gegeven toen ze met Thomas trouwde. Nee, ik heb hem voor jou bewaard. Jij bent de oudste dochter en hebt er recht op.'

Alba paste de ketting aan voor de vergulde spiegel die boven de haard hing. Ze streek met haar vingers over de parels. 'Schitterend,' zei ze enthousiast, en ze draaide zich om om haar grootmoeder te laten zien hoe hij stond.

'Ze voelen heel zacht aan tegen je huid. Ik vind ze bijzonder flatteus. Je hebt een prachtig lange hals, zie je; daarop komen ze goed tot hun recht. Die heb je vast van mij geërfd. Maar voor de rest lijk je meer op je moeder. Arbuckles zijn blond.'

Alba ging zitten en legde de ketting terug in het doosje. 'Heeft mijn vader met u ooit over mijn moeder gesproken?' vroeg ze.

'Wat een afschuwelijke toestand was dat,' zei Lavender hoofdschuddend. 'Ik geef toe dat mijn kortetermijngeheugen me wel eens in de steek laat, maar dat hij terugkwam uit Italië, met die kleine baby in zijn armen, herinner ik me nog als de dag van gisteren.'

'Ik dacht vroeger altijd dat hij met mijn moeder was getrouwd,' zei Alba, die zich afvroeg hoeveel haar grootmoeder wist. Maar ze had zich geen zorgen hoeven maken, want Lavender was helemaal op de hoogte.

'Ik dacht dat de oorlog Tommy gebroken had,' zei ze. De naam die ze gebruikte viel Alba op: wat klonk die teder. Haar gezicht verzachtte zich in de oranje gloed van het haardvuur en opeens zag ze er jonger uit. 'Maar het was Valentina die hem had gebroken. De moord was één ding, iets verschrikkelijks en wreeds om een vrouw aan te doen, maar ik denk dat als ze was blijven leven de vrouw van wie hij hield toch al was gestorven, daar in die auto met al haar diamanten en bont. De schok die dat betekende deed hem de das om. Alsof ze zijn hart uit zijn lijf had gerukt!' Ze zweeg even.

'Hoe heeft hij Margo leren kennen?'

'Op de dag dat je vader terugkeerde, regende het. Hij had ons van tevoren getelegrafeerd, maar we wisten natuurlijk niets van Valentina. Op een kleine baby hadden we niet gerekend. Hij stond op het bordes, de regendruppels dropen langs zijn pet, met jou in zijn armen, in een veel te dun dekentje. Ik nam je van hem over en we gingen bij de haard zitten. Je was heel klein en teer. Je leek helemaal niet op Tommy, behalve dan je ogen. Ik hield meteen van je alsof je mijn eigen kind was. We hebben die avond lang zitten praten, Tommy, je opa en ik. Hij vertelde ons alles. Hij liet ons het portret zien dat hij had getekend. Ze was een mooie vrouw, Valentina. Maar dat glimlachje van haar had iets mysterieus. Tommy zag het niet, en Hubert ook niet, maar ik wel. Ik zou haar voor geen cent hebben vertrouwd, maar ik was er niet bij geweest om hem te waarschuwen. Mannen zijn als was als ze met zo'n schoonheid te maken krijgen. We besloten toen omwille van jou tegen niemand te vertellen dat de bruiloft nooit had plaatsgevonden. Er bestaat een lelijk woord voor kinderen die buiten het huwelijk worden geboren en we wilden niet dat jij met die schande zou moeten opgroeien. Het waren toen andere tijden. Tommy kocht vervolgens die akelige boot waarop hij had gediend, de motortorpedoboot – het nummer kan ik me niet meer herinneren. Hij besteedde er een klein fortuin aan om hem te laten ombouwen tot woonboot. Doordeweeks werkte hij in Londen en in het weekend kwam hij hier om bij jou te zijn.' Lavenders gezicht gloeide van trots. 'Ik had jou voor mezelf en ik zorgde voor je alsof je mijn eigen kind was.'

'Dus de *Valentina* was zijn motortorpedoboot?' zei Alba verbaasd.

'Jazeker. Hij was erdoor geobsedeerd. Ik had het gevoel dat ik hem ook kwijt was. Maar ik had jou.' Ze draaide zich naar Alba toe en haar ogen glansden van de tranen. 'Je was míjn baby. Maar toen kwam Margo.'

'Hoe hebben ze elkaar leren kennen?' vroeg ze nogmaals.

Lavender haalde diep adem. 'Tommy werd uitgenodigd om te gaan jagen in Gloucestershire en zij maakte deel uit van het gezelschap. Ik geloof niet dat hij verliefd op haar werd. Ze was capabel, geestig en integer. Hij wilde graag trouwen. Hij wilde een moeder voor jou.' Haar gezicht verstrakte. 'Ze was ook een goede echtgenote. Tommy was hopeloos. Hij kon niet eens zijn eigen hemd wassen. Op de woonboot was het een troep. Ik ben daar één keer geweest, maar dat was eens maar nooit weer. Hij leidde een decadent leven, had vriendinnen bij de vleet. Hij besefte wel dat hij zich moest settelen. Margo kwam in zijn leven en stelde orde op zaken. Ze was geweldig goed voor jou, dat moet ik haar nageven. Ze gingen in Dower House wonen en stichtten een eigen gezin. Eerst bracht ze jou elke dag naar me toe. Als klein meisje woonde je praktisch hier in Beechfield en hadden we heel goed contact.' Ze moest weer glimlachen. 'Je speelde altijd "Vingerhoed zoeken". Daar kon je uren mee zoet zijn, en ik las die konijnenboeken van Alison Utley uitentreuren voor. Je was dol op Haas. "Een zaag om dingen te zagen" – weet je nog? Nee, van die tijd herinner je je waarschijnlijk niet veel meer. Je was nog klein. Maar je was dol op me. Toen kwam Caroline, en daarna Miranda en Henry, en beetje bij beetje werd je opgenomen in Margo's gezin. Je was niet langer mijn kind.'

'Maar oma, u herkende me voorheen helemaal niet!' zei Alba.

Lavender zei zachtjes: 'Tut-tut-tut, natuurlijk herkende ik je wel, kind. Ik probeerde alleen maar Margo op de kast te jagen. Jou heb ik nooit willen beledigen. Ik raakte alleen verbitterd omdat ik opzij werd gedrukt terwijl jij een soort dochter voor me was. De dochter die ik nooit had gehad. Je moet het me maar vergeven.'

'Er valt niets te vergeven, oma,' zei Alba, die haar aanraakte. 'Ik ben zelf ook niet de makkelijkste geweest. Ik heb ook vreselijk gedaan tegen Margo.'

'Ik ook,' zei Lavender schuldbewust. 'Maar ze is een goede moeder voor je geweest en voor Tommy was ze ook goed. Ze pakte hem stevig aan en zette zijn leven weer op de rails. Nam zijn kind op in haar gezin en zorgde voor hem. Ze liet hem zelfs zijn gang gaan met die malle boot die hij weigerde te verkopen. Ze is een sterke vrouw, Alba. Ze heeft heel wat te verduren gekregen.'

'Ik vroeg me al af waarom dat portret onder het bed lag,' mompelde ze. 'Maar nu snap ik het. Geen wonder dat Margo me daar nooit is komen opzoeken. Ze heeft het volste recht om een hekel aan die boot te hebben.'

'Je blijft daar zeker niet wonen nu je met Fitz gaat trouwen?'

'Ik wil buiten wonen,' zei ze.

Lavenders ogen lichtten op. 'O, je kunt in Dower House trekken. Dat is verhuurd, maar daar valt wel een mouw aan te passen.'

'Dat is een uitstekend idee!'

'Nadat Hubert was overleden, heb ik het daar erg naar mijn zin gehad.'

'Ik wil graag dicht bij papa in de buurt zijn. Tegen hem ben ik ook vreselijk geweest.'

'Nou, hij heeft het niet makkelijk gehad. Dat, plus het feit dat je zo op je moeder leek. Aan haar viel niet te ontkomen. Toen je ouder werd, vroeg hij zich voortdurend af of hij het je nou moest vertellen of niet. Het was een zware last voor hem.'

'Toen ik erachter kwam, heb ik hem een brief geschreven vanuit Italië,' zei ze monter.

'En die heeft hem veel goed gedaan. Eindelijk kan hij het allemaal achter zich laten, en dat zou jij ook moeten doen. Straks ga je trouwen met Fitz en sticht je een eigen gezin.'

'Dank u wel voor de ketting. Die zal ik koesteren,' zei ze, en ze stond op om haar grootmoeder een dikke kus te geven.

'Je bent een beste meid, Alba,' zei Lavender, en ze klopte haar op haar arm. 'Je bent toch nog volwassen geworden. Dat werd tijd ook!'

Toen Alba en Lavender terugkwamen in de zitkamer, zat Fitz champagne te drinken met Thomas en Margo. 'Moeten jullie eens kijken wat ik van Lavender heb gekregen,' zei Alba, terwijl ze op haar vader afliep en het doosje openmaakte.

'Ah, de parelketting, wat mooi,' zei hij. 'Daarmee zul je een prachtige bruid zijn.'

'Mooi, hoor,' zei Margo, die bij hen kwam staan. 'Wat ontzettend aardig van je, Lavender.'

'We hebben een goed gesprek gehad,' zei Alba, die naast Fitz ging zitten. 'Ik was nog nooit eerder bij oma op de kamer geweest.'

'Het is er niet zo comfortabel als in Dower House,' zei Margo.

'Maar hier zijn we tenminste allemaal bij elkaar.'

'Lavender stelde voor dat we als we getrouwd zijn in Dower House zouden kunnen gaan wonen,' merkte Alba op. 'Wat denk jij daarvan, papa?'

Thomas keek vergenoegd. 'Dat lijkt me een goed plan. Daar hebben wij ook gewoond toen we pas getrouwd waren.'

'Dank je, Thomas,' zei Fitz enigszins ongemakkelijk. 'We zullen het in beraad nemen.' Alba keek hem fronsend aan. 'Ja, liever, je moet niet vergeten dat ik in Londen werk.' Alba trok een sip gezicht. Zij wilde niet in Londen wonen.

In zijn slaapkamer begon ze er weer over. 'Kun je niet heen en weer reizen?' zei ze, op bed liggend terwijl hij zich omkleedde voor het eten.

Fitz slaakte een zucht. 'Ik weet niet zeker of dat wel te doen is.'

'Bedenk eens hoe fijn Sprout het daar zou vinden. Al dat land waar hij op rond kan rennen. We zouden misschien wel een vriendje voor hem kunnen aanschaffen.'

Hij knoopte zijn overhemd dicht. 'Ik dacht dat jij zo dol was op de stad.'

'Dat was ik ook. Maar nu niet meer.'

'Dat komt alleen maar doordat je een halfjaar in Incantellaria hebt gewoond. Dat raak je wel weer kwijt. Voor je het weet vind je het weer heerlijk om de winkels onveilig te maken in Bond Street.'

'Ik wil nu liever een wat rustiger leven,' zei ze, terwijl ze met een steek van spijt terugdacht aan de trattoria. 'Dat mis ik.'

'Laten we een compromis sluiten,' opperde hij. 'We zouden in de weekends naar Dower House kunnen gaan.'

'Wat moet ik dan de hele week doen?'

'Schilderen.'

'In Londen?'

'Je kunt een atelier inrichten in mijn logeerkamer.'

'Ik wil me laten inspireren door het platteland,' zei ze, en ze kreeg het Spaans benauwd toen ze terugdacht aan de citroenboomgaarden, de oude uitkijktoren, de weidsheid van de zee en aan Cosima, met haar krullen die dansten op haar schouders terwijl ze ronddraaide in haar nieuwe jurken.

'Lieverd, je bent nog maar amper terug. Gun jezelf wat tijd om je aan te passen.' Hij gaf haar een kus. 'Ik hou van je. Ik wil dat jij gelukkig bent. Als je per se hier wilt zijn, vinden we daar wel iets op.'

Na de maaltijd, waarbij ze uitvoerig over de bruiloft hadden ge-sproken, vroeg Thomas of Alba meekwam naar zijn studeerkamer. 'Ik wil je iets geven,' zei hij, een blik wisselend met zijn vrouw.

'Ik kom zo. Ik moet eerst even iets uit mijn kamer halen,' ant-woordde ze, en ze schoot de gang in. Thomas ging naar zijn stu-deerkamer en haalde het portret van zijn vader van de muur.

Hij reikte in de kluis en haalde er de rol uit, die helemaal achter-in lag. Hij voelde Valentina's aanwezigheid niet langer aan zich trekken, die onzichtbare eis om herinnerd te worden. Hij maakte de rol open en keek nogmaals naar het portret. Dit keer voelde hij zich er los van; voor het eerst kwam het gezicht hem voor als dat van een vreemde. Eindelijk dan toch kon hij haar bijzetten in het verleden en haar daar laten.

Alba stapte de kamer in en deed de deur dicht. Ze zag de rol in zijn hand en keek hem vragend aan. 'Volgens mij komt dit jou toe,' zei hij, en hij gaf hem aan haar. 'Ik hoef het niet langer te hebben.'

'Ze was mooi, hè? Maar ook niet meer dan menselijk,' zei ze ter-wijl ze toekeek hoe haar vader een glas whisky voor zichzelf in-schonk en plaatsnam in de verweerde leren stoel waarin hij na het eten altijd ging zitten. Hij boog zich voorover en opende de hu-midor, koos een sigaar uit en begon hem langzaam bij te knippen.

'En, hoe was het in Incantellaria?'

'Waarschijnlijk hetzelfde als toen jij er was. Het is zo'n plek die nooit verandert.'

'Je schreef dat Immacolata het nog steeds goed maakt. Daar sta ik van te kijken, want in mijn tijd was ze al oud.'

'Ze is heel klein en verschrompeld, als een noot. Maar ze houdt van me als van een dochter. Toen ik er net was, viel er geen glim-lachje op haar gezicht te bespeuren. Maar later, toen ik haar ervan had weten te overtuigen dat ze afstand moest doen van die morbide schrijnen, ging ze weer gekleurde kleding dragen, plus een mooie glimlach.'

'Ik stel me zo voor dat ze ooit een aantrekkelijke jonge vrouw moet zijn geweest.' Hij dacht terug aan Jack, die hem had gewaar-schuwd voor Valentina omdat alle dochters uiteindelijk op hun moeder zouden gaan lijken. Valentina was echter niet lang genoeg blijven leven om die theorie te toetsen.

'Ik heb met Toto en Falco in de trattoria gewerkt,' vervolgde Alba.

'Dus Toto is nu ook volwassen geworden?'

'Hij heeft een dochtertje dat Cosima heet.' Opeens werd haar ge-zicht ernstig en ze haalde diep adem. 'Ik wil maar zeggen, papa, dat

ik nu begrijp waarom je me hebt willen beschermen tegen je verleden. Ik heb me afgrijselijk gedragen. Daar wil ik me voor verontschuldigen.'

Thomas stak de brand in zijn sigaar en trok eraan tot het uitein-
de gloeide. 'Jij kon er ook niks aan doen. Misschien had ik het je
eerder moeten vertellen. Maar er was nooit een geschikt moment.'

'Nou, híérvoor is geen beter moment dan dit,' zei ze, en ze gaf
hem het derde portret. 'Falco zei dat ik het aan jou moest geven,
maar ik was daar nog niet zo zeker van.'

'Waar heb je dat in vredesnaam vandaan?' Hij wist niet of hij nu
aangenaam verrast of gechoqueerd moest zijn. Wat had hij hiernaar
gezocht. Wat had de gedachte eraan hem gekweld.

Alba zette zich schrap. 'Ik heb het raadsel helemaal opgelost,
papa. Ik heb de moord opgelost.'

'Ga door.'

'Fitz en ik zijn naar het palazzo Montelimone geweest.'

'Echt waar?' Zijn gezicht stond ondoorgrondelijk.

'Falco en Immacolata hadden gezegd dat we daar niet heen
moesten, dus begreep ik daaruit dat daar iets te vinden was wat ik
beter niet kon ontdekken. Er woont daar een heel aparte man, ene
Nero. Hij zei dat hij de ruïne had geërfd van zijn minnaar, de marchese. Maar goed, hij liet ons het heiligdom van de marchese zien.
Die had hij intact gelaten; het was er nog precies zoals in de tijd van
de markies. Daar was het portret verborgen, bij het bed. Nero had
het er heel moeilijk mee en vertelde ons het hele verhaal. Valentina
was de minnares van de marchese geweest en hij was degene die
haar heeft vermoord. Ik had ook wel door dat ze geen onschuldige
toeschouwster was geweest bij een maffiamoord; toen ik hoorde dat
ze diamanten en bont had gedragen, wist ik gewoon dat dat niet met
elkaar samenging.' Ze keek toe hoe de rook van haar vaders sigaar
een wolkje om hem heen vormde. 'Lattarullo zei dat zelfs de beste
rechercheurs van Italië niet hadden weten te achterhalen hoe het
precies zat. Maar dat is nog niet alles, papa.'

'Wat heb je verder nog weten te ontdekken?' vroeg hij. Zijn stem
was vast, want hij wist het al. Er ontbrak nog maar één stukje aan de
puzzel.

'Falco heeft toegegeven dat hij de marchese heeft vermoord.'
Thomas knikte, omdat hij gelijk kreeg. 'Hij zei dat het een erekwestie was.'

'Voor mij had het met meer te maken dan met eer.'

Alba staarde hem aan, met ogen die groot waren van zowel afgrijzen als bewondering. Het laatste stukje van de puzzel verander-

de het totaalbeeld volkomen. Hij ving haar blik en keek niet weg. Zijn ogen hadden iets onbekends: een meedogenloosheid die ze er nog niet eerder in had gezien.

'Je was bij hem, hè?' fluisterde ze. 'Falco was niet alleen, of wel? Jij was bij hem. Jullie hebben samen de marchese vermoord.'

Thomas gaf haar kalm antwoord. 'Ik heb toen niets gedaan wat ik niet nog eens zou doen.'

Hij overhandigde haar het portret. 'Bewaar jij dit maar, Alba. Het komt je toe.' Hij stond op, rekte zich uit en gooide zijn halfopgerookte sigaar in de haard. 'Zullen we teruggaan naar de anderen?'

Toen Thomas die avond naar bed ging, voelde zijn hoofd licht van vreugde. 'Lieverd,' zei hij, 'het wordt tijd om afscheid te nemen van de boot.' Margo wist niet wat ze hoorde. 'Ik geloof niet dat we hem zouden moeten verkopen. Ik denk dat we hem tot zinken moeten brengen, hem naar de zeebodem moeten sturen samen met alles waar hij voor staat. Het wordt tijd om het allemaal los te laten.'

Margo rolde zich naar hem toe en vlijde haar hoofd op zijn borst. 'Zou Alba daar geen bezwaar tegen hebben?' vroeg ze.

'Nee. Ze gaat met Fitz trouwen en ergens anders wonen. Ofwel hier, ofwel in Londen. De *Valentina* is te klein voor hen tweeën.'

'Ze zijn het er kennelijk nog niet over eens waar ze willen gaan wonen,' zei Margo.

'Dat komt nog wel. Ze zullen gewoon een compromis moeten sluiten.'

Ze boog zich naar hem toe en kuste zijn wang. 'Dank je wel, Tommy,' zei ze.

'Hé, je noemde me Tommy,' zei hij verrast.

'O, ja?' riep ze lachend uit. 'Daar had ik geen erg in. Tommy! Ik vind het wel leuk klinken.'

'Ik ook,' zei hij, en hij trok haar tegen zich aan. 'En ik vind jou ook leuk, lieverd. Ik vind je héél leuk.'

De volgende ochtend deed Thomas iets wat hij al jaren eerder had moeten doen. Hij liep naar zijn studeerkamer en deed de deur achter zich dicht. Hij ging aan zijn bureau zitten en sloeg zijn adresboek open. Hij bladerde door naar de H. Vervolgens belde hij het nummer. Nadat het toestel een paar keer was overgegaan, werd er opgenomen door een stem die hij al van jongs af aan kende. De jaren vielen weg en hij voelde zich weer een jonge officier. 'Hallo, Jack, ouwe jongen, je spreekt met Tommy.'

31

ALBA VOND HET NIET AL TE ERG DAT DE BOOT TOT ZINKEN WERD gebracht. Het leek een goede oplossing na alles wat er was gebeurd. Ze sleepten hem naar het midden van het Kanaal, boorden een gat in de gasleiding en wachtten tot het ruim was volgestroomd met gas, waarna het door de waakvlam dramatisch vlam vatte. Ze stond met Margo, Fitz en haar vader toe te kijken hoe het schip zonk. Dat duurde langer dan ze had gedacht. De boot bood enige tijd weerstand aan het water, maat toen ging hij ten slotte onder en was het zeeoppervlak weer glad en kalm als tevoren. Ze stelde zich voor dat hij geruisloos naar de bodem zakte en neerkwam op het zand, waar vissen in en uit zouden zwemmen door de raampjes en de romp begroeid zou raken met koraal. De boot was de laatste schakel met Valentina. Nu konden ze allemaal verder met hun leven. Ze merkte op dat haar vader zijn arm om Margo's middel had geslagen en dat hij zachtjes haar heup streelde. Ze merkte tevens op dat zij hem Tommy noemde en dat hij dat leuk leek te vinden.

Ze trok in bij Fitz in zijn appartement in het omgebouwde koetshuis, richtte de logeerkamer in als atelier en tekende een eindeloze hoeveelheid portretten van Sprout. Sprout poseerde maar al te graag voor haar en leek haar gebabbel nooit moe te worden als ze hem vertelde over de plannen voor hun bruiloft, die in de lente zou plaatsvinden. Hij spitste zelfs op de juiste momenten zijn oren en slaakte een meelevende zucht wanneer ze klaagde dat het haar allemaal te veel dreigde te worden. Margo was onvermoeibaar. Ze had een tent en cateraar gehuurd. Beechfield gonsde van de komende en gaande mensen die Margo had ingeschakeld om de bloemen, de auto's, de uitnodigingen, de tuin, de verlichting en de muziek te verzorgen. Er viel zo veel te organiseren en ze stortte zich er met groot enthousiasme op. Alba en zij spraken elkaar elke dag aan de telefoon en eindelijk deelden ze nu dan toch iets waar ze allebei graag over mochten praten. Tot Alba's verrassing luisterde Margo naar hoe zij erover dacht en stemde ze van harte met haar ideeën in. Tot Margo's verrassing leek Alba het helemaal niet bezwaarlijk te vinden om naar haar raad te luisteren, en geen één keer werd ze kwaad of ging ze zitten mokken.

'Edith beweert dat mevrouw Arbuckle en Alba nu uitstekend met elkaar overweg kunnen,' zei Verity, die haar jas uitdeed om de klokken te gaan luiden.

'Niets brengt mensen zo dicht bij elkaar als een bruiloft,' zei Hannah.

'Of die drijft hen juist uit elkaar,' voegde Verity er snuivend aan toe. 'Bruiloften zijn net Kerstmis: al die vreselijke mensen die je niet voor niets tientallen jaren niet hebt gezien. Vreselijke toestanden.'

'O, Verity, ga me niet vertellen dat je niet van Kerstmis houdt,' zei Hannah, die haar sjaal op de bank legde en haar knotje beklopte om te controleren of het wel goed zat.

'Wat moet je ermee?' vroeg ze, en schokschouderend maakte ze haar bitterheid kenbaar omdat zij geen familie meer had om kerst mee te vieren. Zij had alleen haar man, en hem vond ze nog vermoeiender dan het allersaaiste familielid.

'Het is meer iets voor de kinderen,' zei Fred, die zijn touw vastpakte en er een flinke ruk aan gaf. 'Zo mag ik het horen!' riep hij uit toen de klok luidde.

'Het wordt een prachtige dag als Alba gaat trouwen,' zei Hannah. 'Mevrouw Arbuckle weet de bloemen voor de kerk altijd uitstekend te verzorgen, dus de bloemstukken worden vast spectaculair. Het is dan tenslotte voorjaar, en ze heeft natuurlijk een heleboel keus.'

'Ik zie Alba al voor me met witte bloemen in haar haar,' zei Fred zachtjes.

'O, Fred, wat ben je toch een ouwe romanticus,' plaagde Hannah. Verity keek verstoord. Toen ze voetstappen op de trap hoorden, staakten ze hun gesprek. Dominee Weatherbone had iets onmiskenbaar veerkrachtigs in zijn tred en ze wisten allemaal al dat hij het was nog voordat hij op hun zoldertje was aanbeland.

'Goedemorgen,' zei hij joviaal. Zijn haar stak in grijze pieken alle kanten op, als bij een vogel die zojuist is neergestreken. 'Ik hoop dat jullie een passend stuk muziek hebben bedacht voor Alba's bruiloft.'

'Ik ben zo vrij geweest zelf iets te componeren,' zei Fred.

'Mooi zo,' zei de dominee met een knikje.

Verity was uit het veld geslagen. 'Je hebt ons helemaal niet verteld dat je bezig was iets te componeren,' zei ze.

'Hij heeft het tegen mij wel gezegd,' loog Hannah, waarna ze snel een verontschuldiging mompelde. Ze was tenslotte in het huis van God, in aanwezigheid van de dominee. Hoe ouder ze werd, hoe minder goed ze Verity kon verdragen.

'Nou, als ik het heb gehoord laat ik jullie wel weten of ik denk dat we het moeten spelen of niet.'

'Is het niet heerlijk dat Alba en Fitzroy in ons bescheiden kerkje in de echt worden verbonden? Ik vind het een hele eer,' zei dominee Weatherbone. Hij kon er niets aan doen dat hij nog een bijgedachte had, of eerder een gedachte die hem veel sterker had beziggehouden dan hem betaamde: 'Ik vraag me af in wat voor jurk ze verschijnt.'

'Een korte, natuurlijk,' zei Verity.

'Een traditionele,' kwam Hannah tussenbeide. 'In wezen is Alba een meisje van tradities. Ga maar na uit wat voor nest ze komt.'

'Italië?' zei Verity, die een wenkbrauw optrok.

'Ze is maar één keer naar Italië geweest. Dat maakt haar nog niet meteen tot een Italiaanse. Ze is gewoon een van ons,' zei Hannah, en ze perste haar lippen op elkaar.

'Het zit in het bloed,' zei Verity. 'Ze lijkt helemaal niet op de rest van de familie. Arbuckles zijn blond en Alba is bruin.'

'Ze is exotisch,' zei de dominee. 'Ze wordt vast een prachtige bruid.'

'Dat denk ik ook,' beaamde Fred, terwijl hij afwezig over het touw streelde. 'Mevrouw Arbuckle trekt volgens mij ook iets heel aparts aan.'

'Maar zij is niet Alba's moeder, toch?' zei Verity langzaam. Dominee Weatherbone merkte op dat ze haar slangenogen onheilspellend tot spleetjes kneep. Je kon erop wachten dat zo meteen haar gespleten tong naar buiten zou glippen met de een of andere vreselijke onthulling die ze Edith had weten te ontfutselen.

Hij slaakte een zucht. 'Nee, biologisch gezien niet, maar ze is voor Alba meer dan een moeder geweest.' Hij liet zijn stem gezaghebbend klinken, in de hoop daarmee een einde te maken aan de discussie.

'Jammer hoor, dat Alba's echte moeder de bruiloft niet kan meemaken. Ik was zelf apetrots op mijn dochter toen die trouwde. Ik zal het nooit vergeten,' zei Hannah.

'Ik weet nog dat Alba een hummeltje was.'

'En dat ze als tiener zat te drinken in de Hen's Legs!' bracht Hannah hem met een knipoog in herinnering.

'Weet jij hoe haar moeder is gestorven?' vroeg Verity. Dominee Weatherbone ging bij zichzelf te rade en probeerde naarstig barmhartigheid te voelen, maar voor Verity kon hij maar bar weinig opbrengen.

'Ze is om het leven gekomen bij een auto-ongeluk,' zei hij. 'Het gebeurde alweer een hele tijd geleden.' Net toen hij een ander onderwerp wilde aansnijden, was Verity hem voor.

'Nee hoor, zo is het niet gegaan.'

'Ik heb geen idee naar wie je hebt geluisterd,' zei de dominee.

'Edith hoorde hen toevallig praten. De kapitein heeft haar vermoord.' Hannahs mond zakte open en Fred geloofde zijn oren niet. Dominee Weatherbone legde zijn bijbel neer.

'Wat een baarlijke nonsens, Verity Forthright. Edith en jij moeten je schamen, om zulke valse en ongefundeerde geruchten de wereld in te sturen. Dit is het huis van God, en ik ben de bewaarder. Zolang dat zo is, tolereer ik niet dat er leugens worden verspreid onder de brave burgers van Beechfield.' Zijn stem weergalmde door het schip en kaatste tegen de muren alsof het de stem van God was. 'Begrijp je dat, Verity?' Zijn heldere, glanzende ogen boorden zich in de hare en onder de druk daarvan bond ze in.

Ze slikte moeizaam. 'Edith had het gehoord.'

'Weet je wat "oog om oog, tand om tand" betekent?'

'Natuurlijk.'

'Het betekent, Verity, dat je zult oogsten wat je zaait. Ik zou maar oppassen met wat je zaait, want je zult het tienvoudige oogsten. Wij zijn heer en meester over ons eigen lot. Als ik jou was, zou ik maar wat vriendelijker over anderen zijn. Ook dat komt tienvoudig bij je terug. En, zou dat geen verrassing zijn? Ik kijk ernaar uit je compositie te horen, Fred. Laat het me maar weten wanneer je voldoende hebt gerepeteerd. Kom, laten we minder over moord en meer over de bruiloft praten. Alba's moeder is bij God en ze zal op de bruiloft van haar dochter in de geest aanwezig zijn. Denk maar niet dat dat niet zo is.' Na die woorden draaide hij zich om, zodat zijn gewaad om hem heen wapperde, en maakte hij zich uit de voeten.

'Goed zo!' zei Fred grinnikend, terwijl hij weer aan het klokkentouw trok. 'Klokgelui voor de dominee!'

Op Beechfield Park kwam en ging Kerstmis tegelijk met de sneeuw en brak het nieuwe jaar aan met een groot vuurwerk voor het hele dorp op het veld bij het huis. Fitz en Alba keken toe hoe de felle lichtjes explodeerden in fonteinen van glitter, die hun bewonderende gezichten deden oplichten. Fitz keek optimistisch en blij naar het nieuwe jaar uit. Alba sloeg de kinderen met hun sterretjes gade en dacht aan Cosima. Wat zou zij die mooi hebben gevonden. Met het verstrijken van de tijd waren haar warme gevoelens niet minder intens geworden en was haar bezorgdheid niet afgenomen. Fitz had niet in de gaten dat hij haar beetje bij beetje dreigde te verliezen, dat ze met elke dag die verstreek haar gedachten minder bij hun toekomst had en meer bij haar verleden.

In een weekend in de winter, toen de regen tegen de ramen beukte, zat Alba met Margo uitnodigingen te schrijven. Margo zette Mozart op en stak de haard aan, terwijl Fitz een potje squash speelde met Henry. Miranda en Caroline, die bruidsmeisjes zouden zijn, waren gaan winkelen in Winchester. Het was Margo opgevallen dat Alba zich de afgelopen tijd in zichzelf had teruggetrokken, dat ze stil en tobberig was geworden. Dit zou de gelukkigste tijd van haar leven moeten zijn, maar desondanks leek ze niet gelukkig. Toen ze alleen waren in de knusse zitkamer, besloot ze haar eens zachtjes aan de tand te voelen. 'Lieverd, je lijkt er niet helemaal bij met je gedachten,' begon ze bezorgd, en ze nam haar leesbril af en liet die aan het kettinkje bungelen. 'Je maakt je toch niet zenuwachtig over de bruiloft, is het wel?'
Alba keek haar niet aan. 'Met mij is alles goed, hoor,' zei ze. 'Het is alleen een beetje veel allemaal.'
'Ja, ik weet het. Er valt zo veel te organiseren dat je vast af en toe het gevoel hebt dat je helemaal ondergesneeuwd dreigt te raken.'
'Ja,' beaamde Alba, die aan een envelop likte en hem dichtplakte. 'Hebben Fitz en jij al besloten waar jullie willen gaan wonen?'
Alba slaakte een zucht. 'Nog niet. Hij moet echt in Londen wonen en het is niet praktisch om op en neer te reizen. Maar ik wil hier zijn.'
'Maar hoe moet het dan met al je vrienden?'
'Welke vrienden, Margo? Je weet best dat ik geen vrienden heb. Ik heb vriendjes gehad, maar die passen nu niet meer in mijn leven. En Viv zit zo veel ze kan bij Pierre in Frankrijk. Fitz is mijn vriend. Ik wil zijn waar hij is. Het is alleen jammer dat dat Londen moet worden.'
'Misschien is het maar voor een poosje. Wie weet is het als je kinderen krijgt veel handiger voor jullie allemaal om buiten te gaan wonen.'

'Ik zou willen dat Cosima bruidsmeisje was,' zei ze, en ze voelde een golf van emotie. 'Dat zou ze enig vinden.'

'Je mist ze, hè?' zei Margo, die nu een idee kreeg van wat de kern van het probleem was.

'Ik mis hen allemaal, maar Cosima het meest. Ik moet steeds maar aan haar denken. Af en toe een telefoongesprek is gewoon niet hetzelfde. De verbinding is niet zo goed en bellen maakt haar kopschuw. En ik heb altijd zo'n pijn in mijn keel omdat ik zo mijn best doe om niet te huilen dat ik het ook geen pretje vind.' Ze slikte. 'Ik ben ten einde raad. Zij heeft me nodig en ik ben er niet voor haar.'

'Hebben Fitz en jij het er al over gehad om misschien in Italië te gaan wonen?'

Alba moest lachen, want het idee was absurd. 'Hij zou nooit in zo'n slaperig stadje kunnen wonen.'

Opeens keek haar stiefmoeder heel serieus en legde ze haar pen neer. 'Lieverd, als je het idee hebt dat je er nog niet aan toe bent om te trouwen, kun je het nog steeds allemaal afzeggen.' Alba keek haar verbijsterd aan, als een drenkeling die ineens onverwacht een reddingslijn krijgt toegeworpen. 'Je vader en ik vinden dat echt niet erg. We willen alleen maar dat jij gelukkig bent.'

'Maar jullie hebben alles georganiseerd. Al die moeite! We staan op het punt de uitnodigingen te versturen. Ik kan er nu niet meer onderuit!'

Margo legde haar hand op Alba's arm. Ooit zou dat vreemd hebben aangevoeld, maar nu was het iets heel natuurlijks. Een moederlijk gebaar. 'Lieve kind,' zei Margo vriendelijk, 'ik zou nog liever de bruiloft afzeggen dan weten dat jij ongelukkig in Londen zit. Het heeft geen zin die door te laten gaan als jullie over drie jaar toch gaan scheiden. Stel je eens voor wat een toestand dat zou zijn als jullie kinderen zouden hebben. Als jij in Italië wilt gaan wonen, zouden we dat allemaal heus begrijpen en je erin steunen. Als je hart daar ligt, meisje, geef daar dan gehoor aan.' Alba drong haar tranen terug en sloeg haar armen om Margo's hals.

'Ik dacht dat je boos op me zou zijn.'

'O, Alba, wat heb je me verkeerd begrepen.' Ze duwde haar stiefdochter zachtjes van zich af en hief het gouden medaillon op dat op haar boezem hing. 'Zie je dit?' zei ze. Alba knikte en veegde met een hand over haar gezicht. 'Ik draag het altijd. Doe het nooit af, geen moment. Dat is omdat er foto's in zitten van mijn kinderen. Alle vier.' Ze maakte het medaillon open, zodat Alba kon kijken. Daar, binnen in een fijne gouden omlijsting, zaten kleine zwart-wit jeugdportretjes van haar, Caroline, Miranda en Henry. 'Ik hou van jou evenveel als van hen. Hoe zou ik het níét kunnen begrijpen?'

'Ik kan maar beter met Fitz praten,' zei Alba uiteindelijk snuffend.

'Doe dat,' stemde Margo met haar in, en ze stopten alle ongeschreven uitnodigingen weer terug in de doos.

Alba durfde het nieuws niet goed aan Fitz te vertellen. Na alles wat hij voor haar had gedaan, na al die tijd die hij op haar had gewacht. Het leek zo oneerlijk dat hij nu weer gegriefd zou worden. Maar toen ze de trap op liep naar zijn kamer, voelde ze dat zich in haar hart een zacht getinkel van opwinding roerde. Ze stelde zich Cosima's gezichtje voor dat gloeide van geluk, en Immacolata en Falco die glimlachten van vreugde. Ze zag hen voor zich op de kade om haar welkom te heten. Ze besefte dat het het enig juiste was wat ze kon doen. Ze besefte ook dat Fitz niet met haar mee zou kunnen gaan. Wat moest hij beginnen in zo'n provincieplaatsje?

Ze bleef op zijn bed zitten wachten tot hij terugkwam van squashen. Het licht nam af en zware donkere wolken pakten zich samen. De bomen waren kaal, hun takken als honderden spichtige vingers tegen een desolate achtergrond. Uiteindelijk hoorde ze stemmen op de trap, de vrolijke scherts tussen hem en haar broer. Ze werd zenuwachtig. Het zou een stuk makkelijker zijn geweest om in alle plannen mee te gaan en te doen alsof ze gelukkig was.

Fitz zag haar op het bed zitten en haar ernstige gezicht viel hem onmiddellijk op. 'Wat is er gebeurd? vroeg hij, en zijn eigen goede humeur loste op als bubbels in champagne.

Alba haalde diep adem en waagde het erop. 'Ik wil terug naar Italië.'

'Zo zo,' zei hij. 'Sinds wanneer?' Opeens was de lucht zwaar van verdriet.

'Al vanaf dat ik weer hier ben, denk ik.'

'Heb je het daar met je ouders over gehad?'

'Alleen met Margo. Ik wil dat je met me meegaat.'

Hij schudde zijn hoofd en staarde uit het raam. 'Mijn leven speelt zich hier af, Alba.' Hij kreeg een akelig gevoel van déjà vu.

'Maar zou je niet een boek kunnen gaan schrijven?' zei ze terwijl ze achter hem neerknielde en haar armen om zijn schouders sloeg.

'Ik ben agent, geen schrijver.'

'Je hebt het nog nooit geprobeerd.' Ze drukte haar wang, die nat was van de tranen, tegen de zijne.

Hij fronste zijn wenkbrauwen. 'Hou je niet meer van me?' vroeg hij, en zijn stem brak.

'Jawel, dat doe ik wel!' riep ze uit, want ze wilde het verdriet in zijn bruine ogen ontzettend graag verzachten. 'Ik hou heel veel van je. We horen bij elkaar. O, Fitz!' verzuchtte ze. 'Wat moeten we nu doen?'

Hij nam haar in zijn armen en drukte haar dicht tegen zich aan. 'Jij kunt niet hier leven en ik niet daar.'

De vlinder spreidde haar vleugels, klaar om weg te vliegen. Dit keer wist hij niet of hij haar ooit terug zou krijgen.

'Ik moet gaan, Fitz. Cosima heeft me nodig. Ik hoor daar thuis.' Ze drukte haar gezicht tegen zijn hals. 'Zeg niet dat je niet komt. Zeg niet dat het voorbij is. Dat zou ik niet kunnen verdragen. Laten we gewoon kijken hoe het gaat. Als je van gedachten verandert, wacht ik op je. Ik zal wachten en hopen en sta klaar om je met open armen te verwelkomen. Mijn liefde zal niet minder worden, niet in Italië.'

Epiloog

Italië, 1972

ALBA'S HART ZWOL. DE LENTE IN INCANTELLARIA WAS DE MOOISTE lente ter wereld. Op de tafeltjes en stoelen die voor de trattoria stonden hipten vogeltjes heen en weer, en de zon deed de zee die eronder lag baden in het zachte, doorzichtige ochtendlicht. Alba veegde haar handen af aan haar schort. Ze droeg een eenvoudige wikkeljurk, bedrukt met blauwe bloemen, en slippers. Ze had haar teennagels gelakt met de roze nagellak die Cosima en zij in de winkel van de dwergen hadden gekocht. Cosima's nagels had ze ook gelakt, wat doordat ze haar tenen niet stil wilde houden en steeds zat te giechelen langer had geduurd dan nodig was. Ze streek met haar hand over haar voorhoofd. Het was warm in de trattoria en ze werkte hard; ze kocht voorraden in, dekte de tafels, bediende de klanten. Ze had zelfs geleerd hoe ze moest koken. Ze had nooit gedacht dat ze nog eens in staat zou zijn om zulke heerlijke maaltijden te bereiden. Zelfs Immacolata was ervan onder de indruk. Beata feliciteerde haar op haar kalme, waardige manier, en zei dat koken haar in het bloed zat, dat ze de Fiorelli-traditie en hun goede naam in ere zou houden als zij al allemaal hoog en breed overleden zouden zijn.

Ze stak een hand in de zak van haar schort en haalde er een gebruikt papieren zakdoekje en een wit kaartje uit. Ze draaide het kaartje om en las Gabrieles naam die erop gedrukt stond. Bij het raam, dat uitkeek op het strand, bleef ze er even naar staan kijken. Na een poosje borg ze het weer op. Haar haar was enigszins gegroeid. Het was nu lang genoeg om het in een korte paardenstaart te binden. Niet dat ze het wilde laten groeien, maar ze nam gewoon niet de moeite het te laten knippen. Ze bracht haar handen omhoog en bond het opnieuw op met een lintje. Terwijl ze dat deed, hoorde ze in de verte de motor van een boot. Ze sloeg haar ogen op naar de

333

naast de deur. Daar hingen drie tekeningen in eenvoudige
en lijsten. De eerste was er een van een vrouwengezicht. Het
k vriendelijk, onschuldig, met een glimlach vol geheimen en een
ondefinieerbare droefheid in haar blik. De tweede was er een van
een moeder en een kind. De uitdrukking van liefde op het gezicht
van de moeder was onmiskenbaar en zonder reserves, zonder ook
maar enig geheim behalve de verlangens die een moeder koestert
voor haar kind. De derde schets was een liggend naakt. Op dit laatste portret was Valentina blozend, zinnelijk en wulps, en belichaamde ze alle zonden van aardse geneugten, altijd even mysterieus als de zee. Maar op Alba na schonk niemand meer enige
aandacht aan deze portretten. Ze gingen evenzeer op in de muren
van de trattoria als de strengen knoflook en uien, andere wandver-
sieringen en heiligenafbeeldingen. Vaak liep zelfs zij erlangs zonder
ook maar even opzij te kijken.

Het geluid van de motor zwol aan. Het verscheurde de stilte van
de slaperige baai, bracht de lucht in beroering en deed de vogels op-
vliegen. Er zinderde iets van opwinding door de atmosfeer, zoals
een steentje dat in een stille vijver wordt gegooid wijde kringen veroorzaakt. Ze liep naar buiten en bleef staan onder de luifel, een tenen mand met appels aan haar arm. In haar hart verbreidde zich een
golf van verwachting, eerst langzaam en toen steeds sneller, totdat
ze zich, erdoor meegevoerd, over het strand repte. Het lintje viel uit
haar haar, zodat haar lokken als draden fijne zijde om haar gezicht
en schouders wapperden. Toen bleef ze hijgend staan, zodat haar
borsten rezen en daalden, wat nog geaccentueerd werd door het
diepe decolleté van haar jurk. Haar gezicht was helder en volmaakt,
als de nachtelijke hemel midden op zee. Ze glimlachte, niet de brede, dommige glimlach van de stadsbewoners die nu hun huizen uit
kwamen om te kijken wie daar was, maar een licht welven van haar
lippen dat haar ogen bereikte en die iets samenkneep. Niet meer
dan een fluistering van een glimlach, zo subtiel dat haar schoonheid
er bijna ondraaglijk door werd. De boot kwam dichterbij en er stapte een jongeman aan wal. Zijn ogen vingen de merkwaardig lichte
ogen van de vrouw met de mand. Ze stond in een menigte, maar
leek desondanks een eigen ruimte in te nemen, alsof ze van iedereen
afgezonderd was. Ze was zo lieftallig dat haar gestalte zich scherper
leek af te tekenen dan die van de rest. Op dat moment verloor hij
zijn hart. En daar op de kade van het vissersplaatsje Incantellaria liet
hij het maar al te graag gaan. Hij wist toen nog niet dat hij het voorgoed kwijt zou zijn, dat hij het nooit meer terug zou krijgen.

Dankwoord

IK KWAM OP HET IDEE VOOR DIT BOEK DOOR TOEDOEN VAN MIJN tante Naomi Dawson, die in de jaren zestig op een omgebouwde motortorpedoboot woonde. Ik kan haar niet genoeg bedanken voor alle foto's die ze me heeft laten zien en alle anekdotes die ze me heeft verteld, en voor het feit dat ze haar licht heeft laten schijnen over haar kleurrijke verleden, wat ik uiterst amusant heb gevonden. Ze is een grote steun en een echte vriendin voor me, en daarom heb ik dit boek aan haar opgedragen.

Voor de meer uitdagende aspecten van deze roman heb ik de hulp ingeschakeld van een heleboel vrienden, en ook hen wil ik allemaal van harte bedanken: Julietta Tennant voor haar uitgebreide kennis van de Italiaanse Amalfi-kust en het gebruik van haar dochters naam Valentina. Kapitein Callum Sillars voor het inzicht dat hij me bood in de marine en de vele boeken over motortorpedoboten in de Middellandse Zee tijdens de oorlog. Valeska Steiner voor haar prachtige zangstem, die me naar de wereld van mijn verbeelding voerde, en haar vader Miguel, mijn peetvader, voor de Duitse zinnetjes waar ik met mijn woordenboek niet uit kwam. Katie en Caspar Rock omdat ze me niet bepaald met rust lieten en me lieten toekijken bij hun bridgeavondjes, en voor een heerlijke week tussen de krekels en pijnbomen in Porto Ercole.

Ik heb het manuscript gereviseerd in de grootst mogelijke luxe die een hotel maar kan bieden, namelijk het weelderige Touessrok Hotel op Mauritius, inmiddels mijn tweede thuis, dus Paul en Safinaz Jones verdienen een enorm dankjewel omdat ze mijn verblijf daar zo kalm en vredig hebben gemaakt. Wanneer de chaos bij mij thuis het onmogelijk dreigde te maken het boek te voltooien, waren Piers en Lofty Westenholz zo vriendelijk me hun eetkamer af te staan, en daar kon ik dan eindelijk dit boek afmaken.

Mijn Italiaanse vrienden, Alessandro Belgiojoso, Edmondo di

...nt en Allegra Hicks, waren ontzettend behulpzaam wanneer ...gen had over hun land, en Mara Berni was altijd beschikbaar ...talië even te proeven in San Lorenzo.

Ik dank mijn nieuwe vriendin Susie Turner omdat ze me tijdens onze lunches zoveel verrukkelijke verhalen heeft verteld over haar leven in de jaren zestig, waarvan ik een groot deel moet bewaren voor een volgend boek. Mijn oom en tante Jeremy en Clare Palmer-Tomkinson moesten wederom een duik nemen in hun herinneringen aan mistige tijden (mijn oom Jeremy ontkent die mist, maar ik geloof hem niet!). Clarissa Leigh-Wood, mijn beste vriendin, is altijd positief en is er altijd voor me: dank je wel. Dank aan Bernadette Cini omdat ze voor mijn kinderen heeft gezorgd, zodat ik tijd had om te schrijven, en aan Martin Quaintance omdat hij zijn uitgebreide kennis over schepen met me heeft willen delen.

Dank aan mijn ouders, Patty en Charlie Palmer-Tomkinson, omdat ze mijn leven zo veel kleur hebben gegeven dat ik mijn boeken allerlei nuances kan meegeven. Aan mijn schoonouders, Stephen en April Sebag-Montefiore, omdat ze zo veel belangstelling en enthousiasme hebben getoond. Dank aan Tara, James en Sos, Honor, India, Wilfrid en Sam, voor hun loyaliteit en inspiratie. Dank aan mijn kinderen Lily en Sasha omdat ze me grondig hebben veranderd en een poort hebben geopend naar een wereld met meer compassie.

Ik wil ook Jo Frank bedanken, die een toegewijd en fantastisch agente was, en met me in zee ging toen mijn eerste boek nog weinig meer was dan een idee. Ik wens haar succes op haar nieuwe pad en hoop dat dat haar naar mooie en gelukkige oorden mag voeren. Hartelijk welkom aan mijn nieuwe agente, Sheila Crowley: een natuurkracht. Ik kijk ernaar uit voor een heleboel boeken met je samen te werken.

Ook bij de totstandkoming van dit boek heeft mijn redactrice Susan Fletcher een belangrijke rol gespeeld. Ze was een sleutelfiguur in elke fase. Ze is niet alleen fijnzinnig in haar kritiek, maar is ook heel verstandig, en daarom vertrouw ik haar volledig.

Maar de allermeeste dank gaat uit naar mijn echtgenoot, Sebag, want zonder hem zou er helemaal geen boek zijn. Zijn hulp bij ideeën en plotlijnen is van onschatbare waarde geweest. We zijn samen een uitstekend team.